回眸・凝視：明清文學與文化研究論集

李瑞騰、卓清芬、李宜學
主編

臺灣 學て書局 印行

本書與各單篇論文，皆通過雙向匿名審查出版

序

李瑞騰

　　國立中央大學文學院明清研究中心在去年出版了一本《物我交會：古典文學中的物質性與主體性》，今年又將出版《回眸‧凝視：明清文學與文化研究論集》，這速度的背後有一種學術的積極性所形成的動能，沒有追求知識的熱情是做不到的。

　　我在博士班階段主要的研究領域是晚清文學，處理外來的沖擊和內部的衝突，對於當時知識分子已能通過傳媒和文字文本回應時代的呼喚，甚至於用行動踐履思想信念，總懷抱著探索的興趣。完成博士論文以後，本有一些後續研究想開展，終敵不過強烈的現實感，轉到了臺灣文學領域從事基礎建設，深耕人文鄉土，晚清部分，只寫了一本探討劉鶚《老殘遊記》的專書和零星的幾篇論文。

　　我當然知道，晚清的課題，必須往上追溯，蒙古帝國的興滅、滿人政權的盛衰，乃至於漢人及其文化在其中的起伏動盪，這裡面有很多歷史和文化，我的理解都只是一般程度，可想見我的晚清文學思想之研究必然有所局限。因之，多少年來，只要有接觸和學習的機會，我通常會珍惜。

　　我很高興我所側身的文學院，有很多同事在明清領域有所鑽研，他們分布在文史哲和藝術領域，因此而有了一個跨領域的學術社群，平常在各自的單位從事教研，有月會或學術會議的時

候，他們就會聚在一起，和外來的朋友們，交流對話，相互切磋。

　　《回眸‧凝視：明清文學與文化研究論集》正是他們結合同道的產品之一。因為主要是文學，我就其目次，從更根本的主題意涵上延伸思索：「詠蘭詩」是以「蘭」為對象的詠物詩，不論古今，在我與物的相對關係上，還是物動心搖、體物寫志的模式；蘭如此，而石呢？明之張岱寫「石」，怎麼看怎麼寫？和唐代韓愈、清代鄭燮、當代臺灣詩人洛夫有何不同？「籤詩」是神與人之間的求應關係，不同的神，籤詩或有其系統性差異，但解籤者在人，不管代解或自解，應有普遍性；而雖然也具宗教性，「僧詩」是僧人寫詩，歷代多得是，是佛教文學史上最重要的篇章，民國以後的高僧，能詩者不乏其人。另外，學者們亦論及詩之跨代的圖象化傳播、版本流傳，回看過去的老照片，甚至藉由從中國到英國的「外銷畫」看「戲劇」，既跨國，又跨藝術類別。

　　這些研究都很有價值，有其時代性，亦值得當代參照；有特殊性，也可以從中找到普遍的意義。我期盼這樣的學術活動能夠持續，成果可以再擴大且深化。

序

卓清芬

　　自 2016 年 8 月接掌中央大學明清研究中心以來，到 2018 年 12 月卸任為止，已舉辦了 12 場關於明清歷史、儒學、文學、文化主題的月會演講。除例行的演講之外，2016 年 11 月 11-12 日明清研究中心與中文系「古典文學的『物』與『我』」研究團隊聯合舉辦了「回眸·凝視——2016 年明清文學與文化國際學術研討會」，邀集了海內外優秀的學者與會，期盼在學術研究環境劇變、典範轉移的二十一世紀，重新「回眸」、「凝視」明清文學與文化的各種面向，透過反思與觀照，為明清研究領域開展新的學術視野。

　　本次會議特別邀清華大學人文社會學院院長蔡英俊教授進行第一場主題演講，為了呼應大會主題，題目訂為：「回眸與凝視——物我關係的解讀」。蔡英俊教授認為「回眸」是古典的語詞，而「凝視」則是當代的術語。蔡教授從「觀看」的字源（目、見、觀、看）說起，談到「視覺」的文化和「凝視」的理論，認為「物」、「我」之間的關係即是「主觀的情」和「客觀的物」、「觀看者」和「觀看對象」之間的關係。蔡英俊教授回溯視覺文化論述的歷史發展，舉王士禎〈秋柳詩〉四首為例，指出研究不能停留在符號化的詩的世界，而應看到研究對象所處的具體時空，思考人的可能性與複雜化所產生的影響。蔡教授認為

「回眸與凝視」是一種觀看關係，也是一種「物」、「我」關係的解讀，若能把兩者放入中國文學的脈絡，特別是明清文學的脈絡，不但可以找到更多元更細膩的研究題目，亦有更深入探討的可能性。

第二場主題演講，特邀上海華東師範大學文學研究所所長胡曉明教授演講。題目為：「楊龍友《山水移》及其實景山水畫分析」。胡教授首先說明「移」字具有「移我情」、「移山水」、「移人心」、「移世界」、「不限法度」等五種豐厚的美學意涵，進而從楊龍友《山水移》的研究，提出「勢」的觀點，以及「我」從何處觀看、「我」為何回眸、「我」如何凝視的省思，認為最重要的是回歸人的研究，如精神史和心靈史，方能作出跨界的突破。此外，胡曉明教授也對近年來明清文學與文化的發展方向提出「文獻整理」、「地域／家族／女性文學」、「商業與明清文學」、「政治與制度」、「藝術史與文學文化」等綜合性的歸納與思索。

中央大學明清研究中心除了提供學術交流的平臺，也期盼集中學術能量，對當代明清文學文化研究產生正面而積極的影響。本書以企劃專書的形式出版，除收錄「回眸‧凝視──2016 年明清文學與文化國際學術研討會」的部分篇章之外，也邀集海內外不同年齡層的學者共同以「回眸‧凝視」為主題，呈現出不同主題面向的研究思考。編排方式是以王偉勇教授、蔣寅教授兩篇分論明清的特稿置首，詠蘭詩是「物」（客體）的主軸，詩學研究是「我」（主體）的主軸，恰恰扣合中文系「古典文學的『物』與『我』」團隊的研究主題。以下依次分為三輯，一是「物的回眸」，除了植物的蘭，也包括了礦物的石，還有外銷畫

和老照片。二是「物的流播」，包括籤詩的演變、白居易詩書跡的圖像化傳播、雕橋莊的建構題詠等。三是「詩的凝視」，包括詩選、詩論和詞學研究。經由詩、詞、曲、文、文化藝術等各項主題的回眸與凝視，為明清學術研究開拓出新方向和新領域。

　　本書能夠順利出版，要特別感謝中央大學周景揚校長、李光華副校長、文學院李瑞騰院長的支持，感謝主編之一的李宜學老師居中聯繫，並肩負起編輯的主要工作。感謝賜稿的海內外學者、審查專書與各單篇論文的諸位委員，還有玉成出版並負責實際編務的學生書局編輯人員。也要向協辦研討會的徐秀菁老師、李苑鳳助理，現任明清研究中心助理李亨昱致上最誠摯的謝意，沒有諸位的辛苦與付出，不會有目前的成果。相信未來的中央大學明清研究中心仍能持續保持豐沛的學術能量，為明清學術研究搭起國際交流的橋樑，在國際化、全球化的趨勢下，對學術的推展有所貢獻。

卓清芬 謹識於中央大學明清研究中心

2018 年 12 月 21 日

回眸・凝視：
明清文學與文化研究論集

目　次

特　稿

明代詠蘭詩及其相關問題考述

國立成功大學中文系教授
王偉勇

摘　要

　　本論文旨在考索明代詠蘭詩及其相關問題，就歌詠蘭花言之，一為詠實物，一為詠畫蘭。前者除泛詠蘭花，或藉詠蘭寓志外，亦見詠紅蘭、紫蘭、建蘭、丫蘭等，已較前代別緻。後者則或詠前人畫作，或詠當代畫作，要皆以墨蘭為主；所畫內容，以〈題懸崖蘭〉、〈風蘭〉、〈雨蘭〉為特殊，並以蘭竹入畫為常見。此外，明代頗見詠著色蘭者，並見歌妓能詩者，亦有詠畫蘭詩篇傳世。

　　其次，明代見於書錄與蘭相關之著作雖有四部，且盡江、浙人士所撰，然高濂《蘭譜》全錄自宋代閩人趙時庚《金漳蘭譜》；李奎《種蘭訣》亦就趙譜卷下「奧法」項予以抄錄，唯「雜法」、「培蘭四戒」兩項不同耳。因之明人實際專著，當推張應文《羅鍾齋蘭譜》、馮京第《蘭史》兩書。然明人不少單篇文章係見載個人著作，實有賴進一步蒐輯，如文震亨〈蘭〉文，見於所著《長物志》；屈大均〈蘭〉文，見於所著《廣東新語》，即是其例。至論其內容，不外論述蘭花之分類與養殖方法。此中屈大均〈蘭〉文，尤具劃時代意義，以其既打破宋代閩人之思維，亦為近代中國蘭花之分類，提供新視野，因之其分類名詞，猶為今日養蘭者所沿用。

關鍵詞：明代　詠蘭詩　畫蘭　蘭譜　蘭

一、前言

　　有關中國歷代詠蘭詩及其相關問題，筆者已撰成〈唐代以前詠蘭詩及其相關問題考述〉、〈宋代辨識蘭花及所填詠蘭詞考述〉兩文[1]，前者之重要論點如次：（一）先秦諸多典籍已可見蘭之蹤影，此中僅《詩經‧陳風‧防有鵲巢》提及之「鷊」（即「綬草」），以及《荀子‧宥坐篇》所稱「且夫芷蘭生於深林」的蘭，與我們認定的蘭花相同外，餘書所提，或非是，或無法區別；（二）最早之詠蘭詩，經考索應是東漢‧張衡藉蘭抒懷的〈怨詩〉。至於詩題標明〈蘭〉的詩，則是南朝‧鮑照五首〈幽蘭〉詩中之一首，餘四首兼指菊科的澤蘭、蘭草，非蘭科植物；（三）文人抒寫蘭花的體製，經考索以五言詩最多。此外，戰國已用賦體寫蘭，唐代亦多有繼踵者。另有題孔子譜的〈猗蘭操〉，採四言體，故隋、唐亦有繼之者；（四）在蘭花形象典故方面，先秦到漢魏，主要強調蘭花的芳香，以及用蘭花譬喻環境的影響力。兩晉或因政治環境險惡，強調蘭花的清高脫俗、不染塵埃。隋唐到五代，文人運用各種體製寫蘭花，內容與前朝無異，但由於天子至一般文人，都有詠蘭之作，也帶出了種蘭的風尚。

---

[1]　此兩篇拙作，〈唐代以前詠蘭詩及其相關問題考述〉，已見收於中國韻文學會主辦：《2016 第八屆中國韻文學國際學術研討會論文集》（天津：南開大學文學院，2016 年 5 月），冊上，頁 38-51。〈宋代辨識蘭花及所填詠蘭詞考述〉，見收於《2018 中國詞學國際學術研討會論文集》（無錫：江南大學人文學院，中國詞學學會主辦，2018 年 8 月），冊 1，頁 237-253。

　　後者之重要論點如次：（一）就宋人辨蘭言，最早、最引人
注目者，厥推黃庭堅〈書幽芳亭〉對蘭科蘭花之區別，即「一幹
一花而香有餘者，蘭；一幹五、七花而香不足者，蕙」。唯該文
「以蘭比德」文字，多取自古人對菊科「蘭草」之稱頌，致造成
後人諸多困惑。泊乎晚宋，同屬閩籍之趙時庚撰《金漳蘭譜》、
王學貴撰《王氏蘭譜》，對於蘭科蘭花概以蘭稱之，而不取
「蕙」名。至若將蘭科蘭花分成蘭、蕙兩大類，今日業界及學
者，多有踵繼者，黃庭堅誠然吾道不孤！（二）就宋人詠蘭詞言
之，要可分為詠蘭科蘭花及菊科蘭草、澤蘭兩大類，而以前者居
多，可見宋人對蘭花之認識，亦形諸作品。概而言之，對兩類蘭
花之比德，如稱國香、王者香等，填詠蘭詞者均可能採用。對菊
科蘭草、澤蘭，生水岸或水澤中、下濕地，可紉而佩；蘭科蘭花
生深谷或幽谷，不可紉佩，亦能明顯區分。至若寫蘭科蘭花，多
用幽香、幽花，且以春日花開為常見；又或寫一莖多花之「蕙」
蘭，則賴讀者仔細分辨。（三）諸多詠蘭詞中，備受關注者，厥
推吳文英〈瑣窗寒〉詠「玉蘭」一詞，筆者就相關詞句、所用事
典及其他旁證析論，認定所詠係菊科之「蘭草」，非蘭科之蘭花
也。

　　本文則承繼上揭兩文，針對明代詠蘭詩及其相關問題，予以
考述，茲分節析論如次：

二、明代出現類詠蘭花的詩、賦

　　自唐代以詩、文、賦等文體寫蘭花之後，宋代文壇繼續予以
發揚光大，同時開創詠畫蘭詩的題材；還出現類分蘭花、教人種

蘭花之專著。元代未見文、賦或與蘭花相關的專著，卻承偏發展，出現畫蘭專家趙孟頫、普明上人等，也大量湧現詠畫蘭的詩篇。明代仍以詠畫蘭詩為大宗（見第三節分析），其次為詠蘭詩篇；至於文、賦、操等，頗為少見，相關著作則有四部（見第四節分析）。茲先舉宋濂（1310-1381）〈蘭花篇〉為例：

> 陽和煦九畹，晴芬溢青蘭。潛姿發茉麝，幽藴凝紫檀。綠蘿托芳鄰，白谷抱高寒。元聖未成調，湘纍久長歎。荼蕪雖外蔽，貞潔終能完。豈知生平心，卒獲君子觀。雜以青瑤芝，承以白玉槃。靈風曉方薦，清露夜初溥。此時不見知，駢羅混荒菅。春風桃杏花，爛若霞綺攢。徒媚夸毗子，千金買歌歡。棄之不彼即，要使中心安。願結嫙人佩，把玩日忘餐。[2]

這首詩寫蘭花生長山谷，與綠蘿為芳鄰，又被荼蕪遮蔽，但貞潔始終能保全。然一朝見賞於人，雖「雜以青瑤芝，承以白玉槃」，終究與荒菅混雜，未見知心。偏偏桃、杏霞燦，能取媚於屈從人意的人，千金買歌取歡，備受寵愛。而蘭花終究棄之不近，只為求心安；且願作美（按：嫙即「美」字）人佩帶，終日忘餐把玩。如果我們了解作者的行跡，顯然這也是藉物寫志的詩篇。茲簡介宋濂生平如次：

---

[2]　此詩見清・康熙敕撰：《御定佩文齋詠物詩選》（臺北：臺灣商務印書館，1986 年 3 月，《文淵閣四庫全書》本），卷 353，頁 265。按：以下凡引自此書之詩篇，逕標頁碼於其後，不一一附注，以省篇幅。

宋濂，字景濂，號潛溪，又號玄真子，浙江浦江縣人。元朝末年，順帝曾召為翰林院編修，以奉養父母為由，辭不應召。朱元璋稱帝，宋濂就任江南儒學提舉，為太子講經。弘武二年（1369），奉命主修《元史》；累官至翰林學士承旨，知制誥。洪武十年（1377），以年老辭官還鄉。後因長孫宋慎牽連胡惟庸案，全家流放茂州（今四川茂縣），途中病死於夔州（今重慶市奉節縣東），年七十二。明武宗正德（1506-1521）中，追諡文憲。[3]

對照〈蘭花篇〉所述，這株蘭花不出山能保潔，就像作者處元末辭不應召，故能悠游自在。然朱元璋稱帝後，應邀擔任官吏，卻敵不住險惡的官場環境，甚而遭到流放，不就像蘭花雖見賞於人，卻又令其混雜荒菅一般，未受青睞。而蘭花終不學取媚於人的桃李，以求心安，且期盼能隨配美人，保持高潔。但宋濂這樣的期待畢竟落空，甚乃流放茂州，客死他鄉，悔恨何極！我們再讀下列詩篇：

張羽（1333-1385）〈詠蘭花〉：

能白更兼黃，無人亦自芳。寸心原不大，容得許多香。[4]

明宣宗（1399-1435）〈擬猗蘭操〉：

3　宋濂生平，見清・張廷玉等撰：《明史・宋濂傳》（臺北：鼎文書局，1982 年 11 月），卷 128，頁 3784-3788。

4　此詩見清・康熙敕撰：《御定佩文齋廣群芳譜》（臺北：臺灣商務印書館，1986 年 3 月，《文淵閣四庫全書》本），卷 44，頁 374。

蘭生幽谷兮，娓娓其芳。賢人在野兮，其道則光。嗟蘭之
茂兮，眾草為伍。於乎賢人兮，汝其予輔。[5]

潘希曾（1476-1532）〈詠蘭四首〉（蕙一類而蘭特少，其香特
勝，開謝之早晚遲速亦異，予於贛之行臺並植之）：

山人遺我蘭，百里到城邑。采之千仞崖，故土帶砂礫。瓦
盆及時栽，風雨相潤色。空階白日靜，綠葉光嶷嶷。（其
一）

猗蘭含紫蕤，經冬凍不發。春風幾何時，碧幹爭挺拔。一
幹僅一花，清香乃傾國。貞姿頗耐久，逾月未衰落。（其
二）

蕙本蘭之族，氣味亦相似。一幹五七花，生香春夏際。復
有閩中產，葉高而稍膩。誰書本草經，誤以零陵視。（其
三）

古人多佩蘭，貴有君子德。況為王者香，尼父興歎息。芳
名播終古，俗眼常罕識。高齋風日和，相對余心懌。（其
四）[6]

5　此操見清‧康熙敕撰：《御定淵鑑類函》（臺北：臺灣商務印書館，
　　1986 年 3 月，《文淵閣四庫全書》本），卷 408，頁 17。

6　此組詩見明‧潘希曾：《竹澗集》（北京：商務印書館，2005 年 12
　　月，《文津閣四庫全書》本），卷 4，頁 314。

以上三例，第一例為五絕，寫蘭花之高潔芬芳，淺白有味。第二例為帝王詩，出之以「操」體而新裁別出：先以蘭喻在野賢人，與眾草為伍，何等可惜，末乃呼籲賢人，宜出仕輔佐君王治天下，真是帝王口氣。第三例為五言古絕，聯章四首，第一首寫山人相贈蘭蕙，於是栽植瓦盆培養；第二首寫蘭的特質，一幹一花，清香傾國；第三首寫蕙的特質，一幹五、七花，生香春夏之際，並帶出福建所產葉高稍膩；第四首總結蘭蕙芳德，俗眼罕識，己則相對傾心。而似此養蘭的題材，宋人已見，甚至闢軒栽植，明人亦不例外。如釋妙聲（明太祖洪武年間人）〈采蘭堂〉：

> 去年采蘭蘭葉長，今年采蘭蘭葉短。秉芳欲寄路漫漫，國香零落風吹斷。蓮花峰下采蘭堂，永懷佳境不能忘。上人開窗面山坐，山水含暉吟謝郎。三生誤落夫差國，翠結瓊琚香不息。目斷王孫猶未歸，江南春草連天碧。（同注2，頁265）

此詩係七言古詩，作者釋妙聲處於元末明初，是江蘇吳縣的高僧。此詩先寫今年採蘭，蘭葉苦短，以遭風吹斷之故；且秉芳欲寄，偏又路長漫漫，無法如願。因憶起江西廬山蓮花峰下的采蘭堂，是蘭花生長的佳境，即使「誤入夫差國」（江蘇），仍然芳香不息。詩末則表達王孫猶未歸，但見江南春草無窮碧綠，綿延天際，想念不已！引這首詩，除了印證明人也採蘭闢堂，呵護養植外；似又可嗅出釋妙聲此詩，對江南勢力的崛起也充滿期待！

　　以上所舉，不論以詠蘭寫志，或頌蘭比德，或寫栽蘭養蕙，

皆不出前代吟詠的範疇。至於著書分類蘭花，歸納品種，雖始於
宋代，但以詩類詠蘭花，的確始自明人，也算是明代文人的創舉
了！如：

　　朱讓栩（1500-1547）〈紅蘭〉：

　　幽香秀質本天工，曄曄朝陽映彩紅。晨夕滋潤多雨露，終
　　教不入棘荊叢。

景翩翩（生卒年不詳）〈紫蘭〉：

　　碧玉參差簇紫英，當年剩有國香名。風前漫結幽人佩，澧
　　浦春深寄未成。（同注 2，頁 268）

以上兩詩所詠，純以顏色類分，這是最寬的分類方式。但宋人著
作裡，只分白蘭、紫蘭，並未見紅蘭，紅蘭係歸入紫蘭。前詩作
者朱氏，是明蜀獻王朱椿五世孫，封蜀成王，「尤賢明，喜儒
雅，不邇聲伎，創義學，修水利，振災卹荒。……賜敕嘉獎，署
坊表曰忠孝賢良」[7]。今讀所作詩，稱紫蘭「幽香秀植，出於天
工」，並受雨露朝夕滋潤，絕不許落入荊棘叢中。則見其義行高
舉，純出以自我惕勵，故能卓爾不群。至於景氏，係明末建昌曲

---

[7]　明・朱讓栩〈紅蘭〉詩，見收於所著《長春競辰稿》卷 6，明嘉靖蜀藩
　　刻本；其生平見《明史・諸王二・蜀獻王椿》，同注 3，卷 117，頁
　　3581。

妓，「有美色，工詩；誤歸建寧丁長發，自縊死。」[8]讀其所作詩，稱紫蘭儘管有「國香」美名，卻無法寄與幽人作佩，深表惋惜，蓋亦有自憐身世之感。又如文徵明（1470-1559）〈建蘭〉詩：

> 靈根珍重自甌東，紺碧吹香玉兩叢。和露紉為湘水佩，凌風如到蕊珠宮。誰言別有幽貞在，我已相忘臭味中。老去相如才思減，臨窗欲賦不能工。（同注2，頁267）

此詩題為〈建蘭〉，根據宋・王貴學《王氏蘭譜》載：「建蘭，色白而潔，味芎而幽。葉不甚長，只近二尺許，深綠可愛。最怕霜凝，日曬則葉尾皆焦。愛肥惡燥，好濕惡濁，清香皎潔，勝於漳（福建漳州）蘭；但葉不如漳蘭修長，此南建之奇品也。品第亦多，而予尚未造奇妙，宜黑泥和沙。」[9]清・康熙敕撰《御定佩文齋廣群芳譜》亦載：「建蘭，莖葉肥大，蒼翠可愛；其葉獨闊，今時多尚之，葉短而花露者尤佳。若非原盆，須用火燒山土栽根。甚甜招蟻，以水瀹隔之，水須日換，恐起皮則蟻易度。頻分則根舒，花開不絕，此已試妙法也。澆洗須如法，又有按月培植之方，乃閩中仕紳所傳，宜照行之。」（同注4，頁359）由

8　景翩翩生平，見臧勵龢等編：《中國人名大辭典》（臺北：商務印書館，1979年2月），頁1160。又見清・周燝、陳恂修纂《建寧縣誌》，收錄於《北京師範大學圖書館藏稀見方志叢刊》（北京：北京圖書出版社，2007年7月），冊18，卷11，頁506。

9　宋・王貴學《王氏蘭譜》（臺北：新文豐出版公司，1989年7月，《叢書集成續編》本）冊83，頁439。

以上兩書所述，吾人可知「建蘭」之外觀特質是「花白、清香皎潔、莖葉肥大、深綠可愛，尤以「葉短而花露者尤佳」，生長於建州（今福建建甌縣）之南方，文徵明詩首句以「甌東」稱之，方位稍有出入。次句以「紺」稱其深綠，「玉」稱其色白，「吹香」稱其清香遠逸，大致已掌握其特質。下兩句則稱其堪作湘江屈夫子之佩帶，臨風聞香又好似置身仙境（蕊珠宮指仙境）。末四句，表明自己已感染其幽貞，久而不聞其香；只可惜老去才減，未能盡寫其高妙之境！

欣賞了建蘭，接著我們欣賞陸治（1496-1576）介紹的廣東丫蘭，詩題是〈浮山梁中舍遺我丫蘭，品質異常。隨其感遇，得詩八首，分題記之〉，茲依序摘錄如次：

出自廣南，兩花一叉，各成奇偶

嘗聞東海仙崖種，若個分攜西畹香。細數花枝忝造化，卻回奇偶辨陰陽。

每莖十六花，花各一叉

不與秋蘭並九英，仙葩二八自天成。祇緣無力禁香重，換作骈枝駕玉莖。

心帶微紅，迎風舞動

新裁魯縞袗秋衣，肌骨冰瑛注暈微。獨立嫣然風自舉，低迴翻學舞容機。

直幹玉立，露下屯香

亭亭浴露立而清，淡薄秋容幻態輕。獨有檀心禁不得，一庭香思動蜂嬰。

花枝應節，六葉叢生

玉戟稜稜應節分，枝枝柔玉細香雲。凝粧擬待三更月，露
染生綃六幅裙。

瓣若輕綃，色帶青黃

方空輕翼竊青黃，製得霓裳稱澹粧。香抱幽懷嬌不語，含
情渾欲待迎將。

弱蒂下垂，花英若珮

瓊幹冰叉藥玉容，緗枝香魄引玲瓏。分明月下歸環珮，恍
似羅浮夢裏逢。

葉過三尺，花多晚發

三尺丰標高髻粧，兩行釵玉一奩香。朝朝擬待烟屏展，徐
攬輕羅上畫堂。[10]

就類詠蘭花而言，這組詠「丫蘭」的八首詩真是彌足珍貴，除總
題外，每首詩前的小題，即道出「丫蘭」的特色：每莖十六花，
花各一叉；瓣若輕綃，色帶青黃，心帶微紅；直幹玉立，六葉叢
生，葉過三尺；弱蒂下垂，花英若珮。可惜清館臣不識，又不查
原典，致誤以為是畫蘭，爰收入《御定歷代題畫詩類》，又誤題
作「畫了蘭」，真教人啼笑皆非。

　　次如楊慎（1488-1539）寫了一篇賦，歌詠〈伊蘭〉，序云：

---

[10] 此組詩見收於明‧陸治：《陸包山遺稿》（臺北：臺灣學生書局，1985
年 2 月，二版），頁 216-218。清‧康熙敕撰《御定歷代題畫詩類》收
錄第五首〈花枝應節，六葉叢生〉，並題作「畫了蘭」。見清‧康熙敕
撰：《御定歷代題畫詩類》（臺北：臺灣商務印書館，1986 年 7 月，
《文淵閣四庫全書》本），冊 685，卷 75，頁 178。按以下凡引自此書
之詩篇，逕標頁碼於其後，不一一附注，以省篇幅。

「江陽有花名賽蘭香，不足於艷而有餘於香，戴之綯紛，經旬猶馨，意古者紉佩之用，頮浴之具，必此物也。西域有伊蘭，以為佛供即此；《漢書》所謂伊蒲之供也。」[11]清‧高士奇《天祿識餘》載：「蜀中有花，名賽蘭香，花小如金粟，特馥烈。戴之髮髻，香聞十步，經月不散。西域以之供佛，名曰伊蘭。」[12]是知伊蘭即賽蘭香，出產於西域、四川一帶，香氣馥烈。茲錄原賦如次：

> 英英有蘭，猗猗其美。謚以伊蘭，實自邛始。維蘭之品，粵繁有叢。曰蕙曰蓀，錯遻丰茸。曰芷曰茝，名殊物同。形如蒲萱，盆盎是薦。謠俗攸珍，乃蘭之贗。可佩可紉，服之媚人。昔號國香，今茲曷湮。宜湯宜浴，陳除新沃。昔聞其語，今茲則愬（按：愬，憂貌）。先正詧（按：詧乃詧之訛字，詧為「辯」之俗字。）蘭，謂識之艱。山谷致疑，晦翁屢歎。
>
> 懿若卉之挺生兮，何理美而琦絕。既葳蕤以晞暘兮，亦辰岑而帶崑。友射干而偕生兮，朋荔挺而俱發。潄玄英之朝澤兮，應復至之陽月。秉菶菶之專榮兮，擅芳菲之酷烈。開以景風之俶辰兮，貫乎星回之火節。潄沆瀣之芳潤兮，全朱明之炎德。匪直十步之有芳兮，曾諗經旬之未

---

[11] 明‧楊慎〈伊蘭賦〉，見清‧康熙敕撰：《御定歷代賦彙》（臺北：臺灣商務印書館，1986 年 3 月，《文淵閣四庫全書》本），卷 121，頁 557。

[12] 清‧高士奇撰：《天祿識餘》，收錄於《故宮珍本叢刊》（海口：海南出版社，2001 年 1 月），冊 483，卷 4，頁 39。

歇。

乃有娥媌掩嫮，靡曼縈昭。步步移艷，笑笑傾城。子夫興於鬒髮，昭儀寵於體馨。曳步搖之馥郁，映角犀之豐盈。若蘭機回文之錦，季蘭琴綠綺之聲。爰色授而魂與，且目眩而心縈。倭墮梁家之髻，浮滇韋娘之纓。

咸纖指兮爭掇，並巧粲兮相迎。都梁蟾蜍兮，闃爾而減價，虎蒲龍棗兮，瞠乎甚亡菁。超旃檀於雪域，壓迷迭於雲清。星芒當晝而弗隱，金粟未秋而先成。埒瑤華兮玉蕊，叶綠葉兮紫莖。堪納凉於玄圃，思御風兮蓬瀛。詎數秋紅之蘭子，豈顧晚翠之長卿。爰感子兮體物，遂錫子以嘉名。

重為繫曰：肇允嘉卉兮，昉自炎皇。嬿人之佩兮，王者之香。深谷遠迤兮，無人自芳。宣尼息鄹兮，屈平纍湘。晨月秋風兮，屬國之堂。洪波霜晚兮，謫仙之鄉。紉遺佩捐兮，庸亦何傷。體物瀏亮兮，聊以相羊。（同注11）

此賦首段先辨明伊蘭出自四川（按：邛水發源於四川榮經縣，故以邛指四川），形如蒲萱，宜湯宜浴，識者殊少。次段敘寫伊蘭挺生，與射干、荔挺共榮，開於夏季，芳菲酷烈，經旬不歇。三段敘寫伊蘭適合女子佩帶，或繫於鬒髮，或繫於首飾（步搖），頓生步步移艷之美；而其顏色繽紛，若回文之錦，綠綺之琴，足教人色授魂與，目眩心縈。四段寫人們摘取之後，身價不凡，都梁蟾蜍、虎蒲、龍棗，均為之遜色，於是賜給它美好的名稱。末段為繫辭，稱伊蘭肇自炎黃，為美人之佩，王者之香，深

長幽谷,無人自芳。就像孔子、屈原,即使「紉遺佩捐」,不見用於當時,亦無愧乎高潔之士。而此正是被梃杖、消籍,遣戌雲南永昌衛之楊慎[13],夫子自道語也。

三、明代詠畫蘭者輩出,
蘭與梅、竹、菊並稱四君子

　　詩詠畫蘭,始自宋蘇軾〈題楊次公春蘭〉詩,所謂「丹青寫真色,欲補離騷傳」[14]是也。而兩宋以畫蘭著名者,有宋徽宗趙佶與南宋晚期趙孟堅、宋遺民鄭思肖等。洎乎元代,可謂畫蘭之第一高峰期,出現了趙孟頫與普明上人;前者影響中土之文壇及畫壇,後者影響方外及日本畫壇,均已見注 1 拙作考述。

　　明代歌詠畫蘭之風氣,有增無減,歌詠的對象,可分為前代與當代作品。前代作品,主要是指宋徽宗、趙孟堅、鄭思肖、趙孟頫、普明上人等人之畫作,而以題詠趙孟頫作品為多,以其作品流傳最多故也。此中張燦〈宋徽廟畫蘭〉、吳寬〈題趙子固畫蘭〉,皆已見引於拙作〈宋、元兩代詠蘭詩及其相關問題考述〉,茲更舉他人作品為例。錢逵(?-1384)〈趙子固蘭蕙卷〉:

---

[13] 楊慎生平,見清・張廷玉等撰:《明史・楊慎傳》,同注 3,卷 192,頁 5081-5083。

[14] 蘇軾此詩,見北京大學古文獻研究所編:《全宋詩》(北京:北京大學出版社,1991 年 7 月),卷 815,頁 9428。按楊次公即楊傑,字次公,號無為子,仁宗嘉祐四年(1059)進士。

王孫書畫出天姿，痛憶承平鬢欲絲。長惜墨花寄幽興，至今葉葉向南吹。（同注10，頁181）

朱凱（元末明初人）〈題鄭所南畫蘭〉：

渚宮春冷北風寒，九畹蕭條入寒垣。老死靈均在南國，百年誰為賦招魂。（同注10，頁178）

史鑑（1413-1496）〈子昂蘭〉：

國香零落佩纕空，芳草青青合故宮。誰道有人和淚寫，託根無地怨東風。（同注10，頁177）

張以寧（1301-1370）〈墨蘭，為湛然明上人題〉：

雲林蒼蒼石齒齒，一花兩花幽薄底。遠香自到定中來，道人湛然心不起。（同注10，頁176）

上引四首詩，顯然是就畫者身世以詠其作品。第一首詠宋末趙孟堅所畫蘭蕙，見畫中蘭葉皆拂動南向，因揣測作者既痛憶昔日承平之歲月，亦感慨江山已經易主，故借墨花以寄興。第二首係詠宋遺民鄭思肖所畫的蘭花，顯然感受到北風冷峭，邊塞蕭條之氛圍，所以寧步屈原之後後塵，老死南國，也不被苦寒所扼殺，但有誰能為我寫賦招魂呢？第三首詠趙孟頫之畫蘭，卻感受到他是和淚畫花，即使為官異朝，也嗅出他「託根無地」的苦痛。第四

首詠方外明上人之墨蘭，有蒼蒼雲林，齒齒石根，傍生一、兩朵蘭花，是道人湛然心定的表徵，所以遠香自來，不染塵埃！

至於詠當代的墨蘭作品，就少了作者身世的聯想，泰半歌詠畫蘭的技藝、歌頌蘭花的高潔芳香。如劉基（1311-1375）〈題蘭花圖〉：

> 幽蘭花，在空山。美人愛之不可見，裂素寫置月窗間。幽蘭花，何菲菲。世方被佩蕉荔菆。我欲紉之充佩韋。裊裊獨立眾所非。幽蘭花，為誰好。露冷風清香自老。（同注10，頁175。裊裊，音義同「嫋嫋」。）

劉崧（嵩）（1321-1381）〈戲題墨蘭〉：

> 自有幽閒姿，本無出山志。誰使清風來，吹香落人世。[15]

文徵明（1470-1559）〈題畫蘭〉：

> 手培蘭蕙兩三栽，日暖風微次第開。坐久不知香在室，推窗時有蝶飛來。（同注2，頁268）

薛綱（生卒年不詳）〈題徐明德墨蘭〉：

---

[15] 劉崧（嵩）此詩，見於氏著：《槎翁詩集》，收錄於《文津閣四庫全書》（北京：商務印書館，2005年1月），冊410，卷7，頁154。

　　我愛幽蘭異眾芳，不將顏色媚春陽。西風寒露深林下，任
　　是無人也自芳。（同注 10，頁 178）

以上諸詩篇，縱歌詠墨蘭、畫蘭，皆不忘歌頌其芳香，此乃平日
觀物之感受。唯劉基所詠，隱約道出幽蘭花之孤潔不群，明顯借
物寫志。至於「坐久不知香在室，推窗時有蝶飛來」，係寫畫蘭
之栩栩如生，手藝高妙；「不將顏色媚春陽」，則寫墨蘭不以顏
色誇人，卻也無人自香，巧思可見。此外，在明人詠畫蘭的詩篇
中，我們也發現不少特殊之題材。如僧宗衍（1307?-1370?）
〈題懸崖蘭圖〉：

　　居高貴能下，值險在自持。此日或可轉，此根終不移。
　　（同注 10，頁 179）

李日華（1565-1635）〈風蘭〉：

　　托身得所倚，當此雄風快。吐語正傾懷，無心約裙帶。
　　（同注 10，頁 179）

又，〈雨蘭〉：

　　側身非取妍，延頸欲送語。不辭展香約，春塘夜來雨。
　　（同注 10，頁 179）

從所引詩題及內容判斷，此等畫作確乎生動。崖蘭寫出蘭生懸

崖，居高能下，處險自持，根本不移之特質。至於〈風蘭〉、〈雨蘭〉，皆以傾、側取態，一則當風傾懷，無心更繫裙帶；一則延頭開口（絇，古代鞋頭上的裝飾，有孔，可穿鞋帶。），願承受春塘夜雨之滋潤。

　　當然，自元代趙孟頫兒子趙雍（字仲穆，1290-?）畫著色蘭之後[16]，明代也有繼之者，只是詩題難察覺。如楊守阯（1436-1512）〈題蘭竹圖〉：

> 深谷香風冷紫蘭，雲根斜倚碧琅玕。若為盡化黃金色，應作西山返照看。（同注 10，頁 183）

此詩前兩句寫深谷中浮泛著紫蘭的花香，石頭（雲根）旁斜倚著碧綠的竹子（琅玕）。後兩句就所見畫面說解：為什麼蘭、竹盡透映著金黃的色澤，那應該是西山夕陽返照的緣故。由此內容敘述，此幅亦應是著色蘭，只是詩題未特別標明而已。至於畫蘭應與何物搭配最佳？除了傳統蘭、蕙並配之外，明人的上選當推竹子，所以隨處可見詠蘭竹圖的詩篇，楊氏此作即是一例。他如：

　　劉溥（1392-1453）〈蘭竹畫〉二首：

> 湘江雨晴白雲濕，湘妃愁抱香蘭泣。望望夫君去不還，珮珠落盡無人拾。

---

[16] 明代楊基有〈趙仲穆墨蘭二首〉，張羽有〈仲穆著色蘭二首〉，可見趙雍既畫墨蘭，也畫著色蘭，其作品明代猶存，見同注 10，頁 176。

碧天秋江冷明月，千里洞庭橫白波。請君莫唱竹枝曲，水遠山長其奈何。（同注 10，頁 183）

李日華（1565-1635）〈蘭竹〉：

江南四月雨晴時，蘭吐幽香竹弄姿。蝴蝶不來黃鳥睡，山窗風捲落花絲。（同注 10，頁 183）

薛素素（生卒年不詳）〈畫蘭竹題贈蘇時欽〉：

翠竹幽蘭入畫雙，清芬勁節伴閒窗。知君已得峨嵋秀，我亦前身在錦江。（同注 10，頁 183）

以上三首詩，劉溥所作的兩首，係敘寫湘妃懷香蘭泣望夫君之未還，並勸湘人勿傳唱竹枝曲，庶免增添山遠水長、路遠莫致之哀傷。劉氏顯然是藉湘妃哭帝舜崩逝九疑山之故實[17]，以及沅、湘流行唱〈竹枝曲〉之民情[18]，予以聯類歌詠，一片淒清。李日華

---

[17] 晉・張華：《博物志》卷八載：「堯之二女、舜之二妃曰湘夫人，帝崩，二妃啼，以涕揮竹，竹盡斑。」

[18] 劉禹錫〈竹枝詞引〉：「四方之歌，異音而同樂。歲正月，余來建平，里中兒聯歌竹枝，吹短笛擊鼓以赴節。歌者揚袂睢舞，以曲多為賢。聆其音，中黃鐘之羽，卒章激訐如吳聲，雖傖儜不可分，而含思宛轉，有淇澳之豔音。昔屈原居沅湘間，其民迎神，詞多鄙陋，乃為作〈九歌〉，到于今荊楚歌舞之，故余亦作〈竹枝〉九篇，俾善歌者颺之，附于末。後之聆巴歈，知變風之自焉。」見清・康熙御編：《全唐詩》（臺北：文史哲出版社，1987 年 12 月），冊 6，卷 365，頁 4112。

所詠的是「江南四月雨晴時」的蘭竹，當然是細雨濕流光的景況，輕逸有味。由此亦可見一樣蘭竹畫面，卻因地域寄託不同，而有不同的情調；一方水土養一方人，果不其然！至於薛氏所詠，係以歌妓贈別男子的立場，告知竹、蘭清芬有節，蘇君此去固然可以攬峨嵋山川之秀，但別忘了此前我也曾待過錦江，是值得你青睞的，祝福中帶出含蓄的叮嚀，情味別具。而似此歌妓的筆觸，在明代詩壇的確可以看到別樣異彩，除前舉景翩翩〈紫蘭〉，以及薛素素此詩外，茲更舉王微（約 1597-1647）〈題小姬畫蘭二首〉之一為證：

> 借郎畫眉筆，為郎畫紈扇。紈扇置郎懷，開時郎自見。
> （同注 10，頁 179）

再者，如果追溯蘭花匹配的對象，最早是唐人的「蘭菊配」，其次是宋人的「蘭蕙配」。到了元代，吳鎮（1280-1354）期待蘭花能結交宋人推出的「歲寒三友」，於是畫出了松、竹、梅、蘭「四友圖」，清代帝王還為之歌詠不已；元人甚而還畫出了蘭、蓮、菊、梅「四愛圖」，也引發文人的吟詠。[19]可是在畫家筆

---

[19] 宋人作品中，明確提出「歲寒三友」一詞者，係見於葛立方（?-1164）〈滿庭芳‧和催梅〉（未許蜂知）下片：「梅花，君自看，丁香已白，桃臉將紅。結歲寒三友，久遲篔松。」見錄於唐圭璋編纂，王仲聞參訂，孔凡禮補輯：《全宋詞》（北京：中華書局，1999 年 1 月），冊2，頁 1736。至於吳鎮〈畫蘭〉詩所稱：「軒窗相逢與一笑，交結三友成風流」，以及道地畫了「四友圖」，引發清代皇帝作了〈題吳鎮松竹梅蘭四友圖〉的詩（見《御製詩集》三集卷9、五集卷67）。而詠「四愛圖」的詩，又早在元代，即有馬祖常為之歌詠（見《石田集》卷

下，仍以蘭蕙、蘭竹、蘭梅、蘭石等兩物配置的為多。明代大抵遵循前人的布局，唯多蘭竹配而已。可是明代卻出現「四君子」一詞，這是因為明熹宗天啟（1621-1627）年間，隸籍安徽歙縣的黃鳳池輯《集雅齋畫譜》成書，中有《梅竹蘭菊四譜》，其〈小引〉稱：「文房清供，獨取梅竹蘭菊四君者無他，則以其幽芬逸致，偏能滌人之穢腸而澄瑩其神骨。」[20]於是「四君子」之名號從此流傳士林，成為一般常識，只是我們在明人詠畫蘭的詩中，猶未見之，不免遺憾！

四、明代江浙廣東文人亦撰寫與蘭相關著作

　　類分蘭花、記載蘭花培植方法及注意事項之專著，最早出現在宋代，而且都是閩人所撰；分別是趙時庚《金漳蘭譜》、王貴學《王氏蘭譜》。另有一本鹿亭翁《蘭易》，序云是得自「四明」山中田父，作者隸籍較難確定。因「四明山」，一位於浙江鄞縣西南一百五十里、餘姚縣南一百十里；一位於福建羅源縣西。而獲得此書的人是明代的「葦溪子」馮京第，他是慈谿（浙江寧波）人，或許隸籍浙江的可能性較大。又據《叢書子目類篇・子部・農家類・園藝之屬・花卉》所載，明代與蘭花相關的著作凡四部，即張應文（生卒年不詳）《羅鍾齋蘭譜》一卷、高

四）。以上均見注 1 拙作引述。

[20] 有關「四君子」一詞，確實見錄於詞典，亦皆提及黃鳳池其人，然筆者尋查文獻資料，猶未見之。此處所據，一據林尹、高明主編：《中文大辭典》（臺北：中國文化大學出版部，1972 年 10 月），冊 2，頁 2815。一據下列網址提供之資料：http://baike.baidu.com/view/9937392.htm。

濂（1573-1620）《蘭譜》一卷、李奎（生卒年不詳）《種蘭
訣》一卷、馮京第（?-1654）《蘭史》一卷[21]。此四人中，張應
文是崑山（江蘇蘇州）人，高濂是錢塘（浙江杭州）人，李奎是
歸安（浙江吳興）人，馮京第是慈谿（浙江寧波）人，可見明代
撰寫蘭花相關著作的全是江、浙人，似欲與宋代福建人分庭抗
禮。

　　但經筆者筆對，高濂《蘭譜》全錄自宋‧趙時庚《金漳蘭
譜》卷上、卷中；李奎《種蘭訣》所列「分種法」等七項目，係
錄自《金漳蘭譜》卷下「奧法」（其中「雜法」項文字出入較
大），故本文均不列入討論。唯《種蘭訣》末項「培蘭四戒」，
首見著錄，故予以引述。又，據《四庫全書總目‧蘭易一卷附錄
蘭易十二翼一卷、蘭史一卷提要》稱：

> 是書上卷為《蘭易》，一名《天根易》，題宋‧鹿亭翁
> 撰。朱彝尊《經義考》載其自序云……又載馮京序
> 云……。考《經義考》載馮京序此本，題曰蕈溪子，則蕈
> 溪子即京也。其序稱鹿亭翁為宋代隱者，則非宋之馮京，
> 當別一人而同姓名矣。末為《蘭史》一卷，亦題蕈溪子
> 撰……蓋鹿亭翁戲擬經，京既戲擬傳，又戲擬史也。[22]

此提要顯受朱彝尊《經義考》誤導，以為「蕈溪子」是馮京，致

21　見楊家駱主編：《叢書子目類篇》（臺北：鼎文書局，1977 年 1
　　月），頁 790。

22　此題要見《四庫全書存目叢書》（臺南：莊嚴文化出版公司，1995 年 9
　　月），子部，譜錄類，冊 81，頁 246-247。

懷疑「非宋之馮京，當別一人而同姓名矣」，殊不知「蕈溪子乃明代之馮京第」[23]，非宋代之馮京；而《蘭史》亦為馮京第所撰，有必要先予辨明。此外，明代文人於相關文章中，也會提及蘭花養植、分類等問題，只是未予以摘出印行，端賴有心人挖掘。如文徵明曾孫，隸籍長洲（江蘇蘇州）的文震亨（1585-1645），於所撰《長物志》，即載有〈蘭〉一文[24]；隸籍番禺（廣東廣州）的屈大均（約 1630-1697）於所撰《廣東新語・草語》，亦載有〈蘭〉一文[25]，尤足代表粵人類分蘭花的情形，本文將一併列入析論：

（一）有關蘭花的分類

明人對於蘭花的分類，見於張應文《羅鍾齋蘭譜》、馮京第《蘭史》之名稱，與宋代兩本專著無異，但馮京第對於蘭花的品第，採九品列分，要比宋人仔細，茲移錄如次：

上上品	上中品	上下品	中上品	中中品	中下品	下上品	下中品	下下品
陳夢良	吳紫	潘紫	趙師博	何紫	大張青	小張青	不列	不列
	金稜邊				蒲統領	許景初		
					陳八斜	石門紅		
					淳監糧	蕭仲弘		

---

[23] 馮京第之生平，可參《中國人名大辭典》，同注 8，頁 1220。

[24] 見明・文震亨撰：《長物志》，見黃賓虹、鄧實編：《美術叢書》（臺北：藝文印書館，1975 年），三集第九輯，頁 115-268；〈蘭〉一文，見於冊 15，卷 2，頁 145-146。

[25] 見明・屈大均撰：《廣東新語》（北京：中華書局，1985 年 4 月），卷 27，頁 690-693。

						何首座		
						林仲孔		
						莊觀成		
以上紫品一十七種								
濟老	竈山	李通判	黃殿講	鄭少舉	黃八兄	夕陽紅	不列	不列
	魚魷	葉大施	馬大同		周染	雲嶠朱		
		惠知客				觀堂主		
		玉莖				名弟		
						弱腳		
						青蒲		
						玉小娘		
以上白品一十九種								
樹蘭	真珠蘭	伊蘭	蘭草	蕙草	含笑花	風蘭	山蘭	
玉蘭	木蘭	朱蘭	澤蘭			蒻蘭	馬蘭	
以上外品一十四種								

　　由以上表列，可見題為「蘭九品」，而實為八品，豈不可怪？馮京第乃辨之曰：「九品無下下者，苟為蘭，則皆王者香也，不然則猶為王者之香之類也。下品已過抑之，故闕之，以處夫同乎薰臭者焉。」至於「外品」所列，大抵均非今人所認定之蘭花，以至出現「下中品」等級。

　　其次，馮氏又本乎史書體制，將建蘭（福建所產）、山蘭（江南諸春蘭）、杭蘭（杭州所產）列入「本紀」，如此提高山蘭、杭蘭之身價，實宋代所未見。而此亦是江、浙類分者共同之心態。如張應文《羅鍾齋蘭譜》，於「列品第一」之前引曰：「今但敘目觀者，辨閩贛，惡紫奪朱也；評奇品，玄之又玄也；進興杭，道不遠人也。」文中所稱「興杭」，即指宜興（江蘇常

州）、杭州，顯然也是企圖擡高家鄉產蘭之身價。張氏又云：
「宜興、杭州，皆有本山蘭、蕙，土人掘取，以竹籃裝售吳中，
其花香與閩埒，但質則一妍一癯，而葉甚不及耳。杭最早出，興
即繼之。……一幹一花為蘭，開在春末夏初，正與閩蘭各占一
時，有無相濟。……興之與閩，大似鐘鼎山林，各一天性，可相
有不可相無也。」如此在意與閩蘭相比，斯可見建蘭誠然名聞遐
邇，亦可見江、浙文人用心推銷自我。

　　「本紀」之外，馮京第又將陳夢良、吳花、金稜邊、潘花
（以上屬紫蘭）、濟老、竈山、魚魷、玉莖、李通判、葉大施、
惠知客（以上屬白蘭），列為「蘭世家」；趙師博、何花、大張
青、蒲統領、淳監糧、蕭仲和、許景初、何首座、林仲孔、莊觀
成（以上屬紫蘭）、黃殿講、馬大同、鄭少舉、黃八兄、周染、
夕陽紅、觀堂主、名弟、弱腳（以上屬白蘭），列為「蘭列
傳」；其他表列「外品」14 種，則歸入「蘭外紀」。如此分
類，奇特而不知所以然，謹提供參考。26

　　但是，隸籍廣東的屈大均，在所撰《廣東新語》中，對蘭花
的分類與宋代兩本專著，以及前揭明代江、浙文人的分類，迥然
不同。茲全文移錄如次，以見此文獻劃時代的意義：

　　〈蘭〉

　　　　蘭為香祖，蘭無偶乃第一香，以**椏蘭**為上。椏者，莖
　　　多歧出，其葉長至三尺，蕾尖花大且繁多，有一莖及椏開

26　以上敘論，引自馮京第《蘭史》之文字，見同注 22；引自張應文《羅
　　鍾齋蘭譜》之文字，見《美術叢書》，第四集第十輯，同注 24，頁
　　329-333。

至五十餘花者。色黃，有紫點，香味甚厚，稱隔山香。

次則**公孫偓**，每一大莖輔以二小莖，若公領孫，其花從上開下。

次曰**出架白**，花高出葉上，甚潔白，從下開上。

次則**青蘭**，葉長二尺，小而直，其花青碧；以白幹者為上，青幹、紫幹次之。

次**黃蘭**，葉長而稍大，花淡黃，有小紅紋。

吹草蘭以短葉白幹者為上，其花肥，喜食霜雪，不資灌穢；有雙花、單花之別。

外有**風蘭**，花如水仙，黃色，從葉心抽出，作雙朵，繫置簷間，無水土，自然繁茂。

又有花如秋海棠，藥則蘭，花紫藥黃，甚幽媚，名**鹿角蘭**，葉細如鹿角、海藻。

有**石蘭**，生於石上，與相類；葉長四五寸，小而柔靭，花色淡白。

有**小玉蘭花**，亦作淡白色，甚清香。

有**倒蘭**，花倒垂，紫色。

有**報喜蘭**，如蠟梅而色紅紫，香味亦同，每莖作七八枝；懸樹間，勿侵地氣，遇有吉事則開。

寄生者，以花根懸戶上即生，亦曰**催生蘭**。是皆以空為根，以露為命，乃風蘭之族。

有**賀正蘭**，每當立春及元日開。

有**夜蘭**，尋之不見，夜乃聞香，羅浮多有之。凡蘭生深林中，微風過之，其香藹然達於外，故曰幽蘭。林愈深則莖愈紫，香更有餘，而夜蘭開於夜，尤為幽絕，斯又蘭

之隱者也。

有**翡翠蘭**，六瓣三蕊，色如翡翠。

有**鶴頂蘭、鳳蘭、龍蘭**，皆以花形似名，然不香。鶴頂蘭花大、面青綠、背白、蕊紅紫，卷成筒形，微似鶴頂，一莖直上，作二十餘花，葉甚大。

有**朱蘭**，花小、色麗，開只一朵，朵六出葉如百合。

有**毬蘭**，開至五十餘朵，團圓如毬。

有**竹葉蘭**，葉似竹、似萱，花則蘭也；深紫叢生，有微香。

有**文殊蘭**，葉長四五尺，大二三寸，而厚花如玉簪、如百合而長大，色白甚香，夏間始開，是皆蘭之屬。

或謂蘭與蕙難辨，凡生下溼，方莖、赤花者為蕙，所謂蕙也；凡多花者皆蕙，非真蘭。真蘭者，葉短而柔，一莖一花，色如玉瓣，中無黑脈紫紋，蕾未出土，香已噴人，幽谷中亦不可多得，是為真蘭。然大抵春芳者為春蘭，色深；秋芳者為秋蘭，色淺。而椏蘭四時有花，春秋尤盛，故為蘭之伯長。舊說謂楚人賤蕙而貴蘭，故其室西養蕙而東養蘭，南粵亦然。予有種蘭經云：「植以蘭盎，培以蘭泥；沃用豶毛之水，或兼白蜆之肥；半陰平陽，風日遲遲。溫湯最善人氣，尤宜美人膏沐，灌之繁滋，於是芽抽不已，葩吐無時，發箭九節，開椏十枝。三歲一分，根忌盤結，瘠則少花，腴則多葉。」凡蘭生虱斑，謂之鷗鴣斑，以佳茗和茶子油灑葉，斑則自除。蘭性畏寒，而荊棘氣可以溫之；燥則葉黃，溼則蟲；置之橘柚樹下少蟲，龍眼樹下多蟲。離騷香草皆服御恆珍，而尤以蘭為貴。言

蘭必兼言蕙，蘭花少而香多，蕙花多而香少。蘭，兄也；
蕙，其弟也。蘭又女類，故男子樹之不芳；草木之性，惟
蘭宜女子樹之。一名水香，以其多生水旁，故溱洧士女秉
之以祓禊也。然此蘭古謂都梁香，本草以為大澤蘭，其花
葉皆香，而燥溼不變，故可刈而為佩，凡香草皆然。今之
所謂蘭者，花雖香，葉乃無氣；又其花質弱易萎，皆非可
刈而佩者，斯乃蕙也，非蘭也。沅澧所生，在春而黃，在
秋而紫，秋紫之芬馥勝於春黃。嶺南之蘭不然，其非三閭
之所采也，明甚！予詩：「猗彼幽蘭花，春黃而秋紫；顏
色能隨時，所以媚君子。」又云：「花葉皆有香，乃可持
為佩；幽幽君子心，非蘭無所愛。」

　　種蘭之泥宜色黑，以日暴之，泥既乾則隔以尿，以火
燔燒之，亦勿過熟，使生氣多留蓋。暴以取日之陽，燒以
取火之煖，亦使泥一一成塊而爽水也。泥不可滿，水不可
多，燥溼得宜，蘭斯茂發。故疎之使其不逼，密之使其相
親，深之使其根固，淺之使其易芽。芽生於鬆不於實，花
生於煖不於寒，故冬勿覆蓋，春勿灌溉，夏勿曬而秋勿
肥，依時以為珍護，而後蘭乃暢盛也。蘭者，花之君子，
能知恩義，有喜則報，有哀則知，所手植之人死，必以衰
麻一片挂之，否則立槁。（同注 25，頁 690-693）

〈賽蘭〉

賽蘭長二三尺，莖葉離披甚弱，盛以美盎，以竹圈數重護
之。性喜陰潤，亦勿過溼，及以煙火相近。花如珍珠、如
金粟，一枝輒作數串，分布若雞爪，一名雞爪蘭，亦曰碎

蘭。四時有花，色黃綠而香經久不散。白沙詩：南有賽蘭
香，名花人未識；光風散微馨，甘露洗新碧。一月薰蒸
來，氤氳在肝膈；乃知方寸根。中稟天地塞。一名暹蘭，
以來自暹羅斛故名。（同注 25，頁 693）

〈同心蘭〉

廣中蘭多種，有同心蘭者，八瓣分張，雙順聯綴，比並頭
者更勝。萬紅友有詞云：魚魟凝煙，鳳鬢承露。懷春久、
因抱孿胎，吹香遠、早垂駢乳。半腮月晼，正玉立、翠綃
羣聚。只杜蘭蘇蕙，攜手雙雙私語。（同注 25，頁 716）

讀這篇文章，發現屈氏類分蘭花凡 25 種，名稱頗新穎，其中公
孫偏、出架白、風蘭、鹿角蘭、石蘭、小玉蘭花、報喜蘭、催生
蘭、賀正蘭、葉蘭、翡翠蘭、鶴頂蘭、鳳蘭、龍蘭、朱蘭、毬
蘭、竹葉蘭、文殊蘭、同心蘭、賽蘭等，迄今養蘭人家仍沿用，
因此筆者認為他有著劃時代的意義。至於辨別蘭、蕙、水香（都
梁香），以及種蘭、養蘭宜注意土質、氣候、四季等，他人亦多
及之，立論尚屬平允。

（二）有關蘭花的培植

關於蘭花培植的問題，宋代的幾部專著均已涉及。《金漳蘭
譜》於卷下「奧法」，提出了「分種法」、「栽花法」、「安頓
澆灌法」、「澆花法」、「種花肥泥法」、「去除蟣蝨法」、
「雜法」等項目。《王氏蘭譜》則提出「灌溉之候」、「分拆之
法」、「泥沙之宜」、「受養之地」等項目。今翻讀明人相關著

作，張應文《羅鍾齋蘭譜》分「列品第一」、「封植第二」、「雜說第三」三節；其中「封植第二」論及換盆、造泥、換土、納日、澆灌、培壅、逐室、風散、防蟲、避蟻、去蚓等，與宋人所論無大差異。唯隸籍江蘇的他特別叮嚀：

> 蘭產於閩，而芳襲於吳，夫楚材晉用，少林西來，皆此意也。顧地氣既別，而養法亦殊，避其寒而燠是熟，於是乎閩蘭即吾蘭。

又稱：

> 閩地恆燠，木葉不脫，蘭離彼而至此，多不耐寒，必須霜降入室，立冬閉戶，冬至則用紙糊竹籠藏護周密，安頓南牖，遇十分晴和，乃揭籠曝之。每數日轉換一方，四面俱得日精，則明歲四面有花。若風冷，即晴亦遮覆，尤畏春風，倘早出密室，多於此敗，切戒切戒！[27]

以上乃針對吳地養閩蘭者，殷殷垂戒，誠然特殊。

另有李奎《種蘭訣》，列「分種法」、「栽花法」、「安頓澆灌法」、「澆花法」、「種花肥泥法」、「去除蟣蝨法」等項目，係抄自《金漳蘭譜》卷下，唯「培蘭四戒」云：「春不出（宜避春之風雪）、夏不日（宜避炎日之銷爍。）、秋不乾（宜

常澆也。）、冬不濕。（宜藏之地中，不當見水成冰）」[28]，以四季示人養蘭要訣，簡單明瞭，最為受用。而似此以四季示人養蘭之道，似乎成了明人風氣。如文震亨《長物志》卷二「蘭」目下即云：

> 蘭出自閩中者為上，……四時培植，春日，葉芽已發，盆土已肥，不可沃肥水；常以塵帚拂拭其葉，勿令塵垢。夏日，花開葉嫩，勿以手搖動，待其長茂，然後拂拭。秋，則微撥開根土，以米泔水少許注根下，勿漬污葉上。冬，則安頓向陽暖室，天晴無風异出，時時以盆轉動，四面令勻；午後即收入，勿令霜雪侵之，若葉黑無花，則陰多故也。[29]

又如馮京第所輯《蘭易》卷上末，附錄「蘭四時口訣二條」，其第一條即前揭李奎所示之口訣，其第二條稱：「春壅、夏灌、秋蔭、冬曬」，亦以四季示養蘭之訣。而其下更附〈蘭月令口訣十二章〉，注云：「與舊傳多異同。」所謂「舊傳」，即注1拙作所引宋・李侗〈養蘭口訣〉，由於文字頗有出入，乃全文移錄如次：

> 正月收藏未出窗，每將寒葉近陽光。出時只在南簷下，春雪春風最易傷。

---

[28]　明・李奎《種蘭訣》，見錄於明・馮可賓輯《廣百川學海》（臺北：新興書局，1970年7月），頁3510-5.6。

[29]　以上引述，見文震亨《長物志》，同注25。

二月陰晴不定天，最防葉作鷦鴣斑。直須葉盡方移出，竹架遮風護更難。

三月新條出舊叢，卻還珍重怕西風。莫教傷濕多生蝨，記取澆培雨後功。

四月盆中泥土焦，休將井漢灌新苗。燖湯茗汁與河水，戌未寅時一再澆。

五月芽長花正芳，樹陰竹下好乘涼。書齋移玩休多灌，枯葉全除不用防。

六月移涼澆莫多，澆多無奈腐根何。根中饒水兼承露，三日為期不可過。

七月秋風已漸來，灌如六月自無災。麻膚浸水能滋益，消息投之為善培。

八月芳當花事闌，壅培澆灌莫教開。肅霜未降先多備，此是年年消長關。

九月蘭齊可析盆，三年盆滿始堪分。若生白點將油灑，帶雨須教淨洗痕。

十月宜將土氣培，來年花萼此時胎。若防蚯蚓中宜溺，前此驅除須慎哉。

十一月來防凍寒，沾濡便免葉黃殘。黃多無復青青色，待臘燒茅用火熏。

臘月南窗映太陽，勝於籠罩土埋缸。花開四面君知否，日曬輪推標記方。

上引十二月份養蘭口訣，雖不同李侗原創，然亦經驗有得之言。唯八月訣第二句「開」字出韻，疑係「閒」字之誤；十一月訣末

句「熏」字，亦出韻，義則合理。尤值留意者，《蘭易》既稱得之於四明山中野人，又題宋・鹿亭翁撰，緣何附錄之口訣係出自明・李奎《種蘭訣》？而李氏此書所列項目，除「雜法」文字及「培蘭四戒」外，悉與《金漳蘭譜》卷下「奧法」項相同，豈李奎亦就所見聞養蘭之資料而予以彙輯耶？俟考。至於馮京第《蘭史》中所列各類蘭花之培植方式，較宋人之記述集中，可見其綜合之功。亦即宋人兩部專著，論氣候，係記入「天下愛養」、「受養之地」項；論用土，係記入「堅性封植」、「泥沙之宜」項；論用水，係記入「灌溉得宜」、「灌溉之候」項。馮氏所記，則以品類為主，再將培植注意事項記述於下，茲就其所分本紀、世家、列傳（「外紀」絕多數不屬蘭科，不引），各舉一例如次：

蘭本紀

杭蘭：惟杭州有之，花如建蘭，一幹一花，葉比建蘭差大，有紫白二種，皆黃蕊，最香豔。性宜見天不見日，種用黃沙土，或以水浮炭，實盆之半種之；上覆青苔，則花益茂。澆用羊鹿矢水，或燖雞鵝諸水；頻灑水，花益香。

蘭世家

陳夢良（紫）：一莖十二華，紫色，花朵最大，三瓣尖竊碧。葉長三尺許，深綠色；葉梗微柔，背作劍脊，至尾梢處減薄，斜分變細。色芳艷婉媚，為眾花冠，希得其真種。種宜黃沙細潔無泥者，此種最難養；忌用肥，稍肥即腐爛；灌宜清水。

蘭列傳

趙師博（本名趙十四，紫）：一莖十五華，蓓蕾甚紅，開
時變紫，特艷。葉亦勁綠，種漑同金稜邊，每半月
一用肥。

由此三例，可見馮氏記述蘭花之培植，係先介紹其莖、花（含色
澤）、葉，而後再提用泥、用肥、用水等注意事項，雖詳略不
一，要亦可見其次第。

五、結語

本文係針對明代詠蘭詩及其相關問題，予以考述，茲將重要
成果總結如次：

其一，明代文人持續自兩方面歌詠蘭花，一為詠實物，一為
詠畫蘭。就詠實物言之，除泛詠蘭花，或藉詠蘭寓志外，明代文
人較前代特出者，係類詠蘭花，如朱讓栩〈紅蘭〉、景翩翩〈紫
蘭〉、文徵明〈建蘭〉、陸治詠廣東「丫蘭」，即是其例。另有
明宣宗〈擬猗蘭操〉、楊慎〈伊蘭〉兩篇，一出以操體，一出以
賦體，特予拈出，以見別緻；唯〈伊蘭〉或謂非蘭，姑留俟考。

其二，就詠畫蘭言之，明代文人或詠前人畫作，即末徽宗趙
佶、趙孟堅、鄭思肖、趙孟頫、普明上人所畫墨蘭是也。或詠當
代之作，亦以墨蘭為主，唯似前揭名家且具影響力者，猶未見
之。而所畫內容，獨繪蘭花者，以〈題懸崖蘭〉、〈風蘭〉、
〈雨蘭〉為特殊；並配蘭花者，以畫蘭竹最常見，故歌詠之詩篇
最夥。至於歌詠「梅、蘭、竹、菊」四友之畫作，則付之闕如。

但著色蘭明人亦當為之，亦見歌詠，如楊守阯〈題畫蘭竹圖〉即是，特詩題未予顯示。此外，明代歌妓，如景翩翩、薛素素、王微等，蓋皆能詩，故亦見詠畫蘭詩篇傳世。

其三，明人撰寫與蘭相關之著作，見於書錄雖有四部，且盡江、浙人士，但高濂《蘭譜》全錄自宋、閩人趙時庚《金漳蘭譜》；李奎《種蘭訣》，亦就趙譜卷下「奧法」項，予以抄錄，唯「雜法」及「培蘭四戒」兩項不同耳。因之明人實際專著，當推張應文《羅鍾齋蘭譜》、馮京第《蘭史》兩書。然明人不少單篇文章，係見載於個人著作中，實有賴蒐輯：如文震亨〈蘭〉文，見所著《長物志》卷二；屈大均〈蘭〉文，見所著《廣東新語》卷二十七，即是其例。至論此等著作之內容，不外論述蘭花之分類與養植方法。而類分蘭花，除就宋人所記，細分其品第，並費心凸顯宜興、杭州之蘭花外，要以隸籍廣東之屈大均在〈蘭〉一文中之分類，最具劃時代意義；以其既打破宋代閩人之思維，亦為近代中國蘭花之分類，提供了新視野，因此其分類名詞，猶為今日養蘭者所沿用。至於栽養蘭花應注意栽盆、風日、造泥、澆灌、防蝨、避蟻、去蚓等問題，宋、明文人專著所述，大抵陳陳相因，無大改變。但因明代作者皆出江、浙，因之對於江、浙人養閩蘭宜注意之事項，倍加叮嚀，是其特殊處，亦可見閩地蘭花真名聞遐邇、名不虛傳也。

參考書目

一、傳統文獻

宋‧王貴學：《王氏蘭譜》，《叢書集成續編》本，臺北：新文豐出版公司，1989 年 7 月。

明‧文震亨：《長物志》，《美術叢書》本，臺北：藝文印書館，1975 年。

明‧屈大均：《廣東新語》，北京：中華書局，1985 年 4 月。

明‧李奎：《種蘭訣》，《廣百川學海》本，臺北：新興書局，1970 年 7 月。

明‧劉崧：《槎翁詩集》，《文津閣四庫全書》本，北京：商務印書館，2005 年 12 月。

明‧潘希曾：《竹澗集》，《文津閣四庫全書》本，北京：商務印書館，2005 年 12 月。

明‧朱讓栩：《長春競辰稿》，明嘉靖蜀藩刻本。

明‧陸治：《陸包山遺稿》，臺北：臺灣學生書局，1985 年 2 月。

清‧張廷玉等撰：《明史》，臺北：鼎文書局，1982 年 11 月。

清‧周煐、陳恂修纂：《建寧縣誌》，《北京師範大學圖書館藏稀見方志叢刊》本，北京：北京圖書館出版社，2007 年 7 月。

清‧高士奇撰：《天祿識餘》，《故宮珍本叢刊》本，海口：海南出版社，2001 年 1 月。

清‧康熙御編：《全唐詩》，臺北：文史哲出版社，1987 年 12 月。

清‧康熙敕撰：《御定佩文齋詠物詩選》，《文淵閣四庫全書》本，臺北：臺灣商務印書館，1986 年 3 月。

清‧康熙敕撰：《御定佩文齋廣群芳譜》，《文淵閣四庫全書》本，臺北：臺灣商務印書館，1986 年 3 月。

清‧康熙敕撰：《御定淵鑑類函》，《文淵閣四庫全書》本，臺北：臺灣商務印書館，1986 年 3 月。

清‧康熙敕撰：《御定歷代題畫詩類》，《文淵閣四庫全書》本，臺北：

臺灣商務印書館，1986 年 3 月。

清‧康熙敕撰：《御定歷代賦彙》，《文淵閣四庫全書》本，臺北：臺灣
　　商務印書館，1986 年 3 月。

北京大學古文獻研究所編：《全宋詩》，北京：北京大學出版社，1991 年
　　7 月。

唐圭璋編纂，王仲聞參訂，孔凡禮補輯：《全宋詞》，北京：中華書局，
　　1999 年 1 月。

二、近人論著

王偉勇：〈唐代以前詠蘭詩及其相關問題考述〉，《2016 第八屆中國韻文
　　學國際學術研討會論文集》，天津：南開大學文學院，2016 年 5
　　月。

王偉勇：〈宋代辨識蘭花及所填詠蘭詞考述〉，無錫：江南大學人文學
　　院、中國詞學學會主辦，2018 年 8 月。

在中國發現批評史——清代詩學研究與中國文學理論和批評傳統的再認識

華南師範大學文學院教授
蔣寅

摘　要

　　近代以來，批評史乃至整個文學史研究始終是前重後輕、前實後虛，對明清以來關注不夠。然而傳統總是距離最近的部分對我們影響最大，由於明清文學理論與批評研究的薄弱，20 世紀中國文學理論和批評傳統的建構，始終存在很大缺陷和偏頗。其中最突出的表現，便是學界對古代文論和批評持有三個偏見：一、中國文學批評屬於感悟式、印象式的；二、沒有成系統的理論著作；三、缺少真正科學意義上的理論範疇，沒有嚴格意義上的理論命題。但清代詩學的豐富文獻將改變我們的看法，促使我們重新認識中國文學理論、批評的傳統，看到它擁有的豐富的概念、命題和獨特的批評形式，從而實現「在中國發現批評史」的學術理念。而真正意義上的批評史研究也是理論創新的一個重要前提。

關鍵詞：清代　詩學　傳統　再認識

一、關於中國文學理論、批評的三個偏見

從 1983 年我第一次參加中國古代文學理論學會的年會，在尋找古代文論民族性的主題下聽到的各種對古代文論民族特色的概括，到三十年後在「失語症」或喪失話語權的令人沮喪的反思中聽到的對古代文論「異質性」的強調，雖然心態和出發點完全不同，但思維方式和得出的結論卻驚人地相似。明明是一個尚未登臺的無交流狀態，卻被偷換成沒有聲音的判斷。香港學者黃維梁教授的這樣一個感慨，竟似成為中國文論不言自明的判詞：「在當今的西方文論中，完全沒有我們中國的聲音。二十世紀是文藝理論風起雲湧的時代，各種主張和主義，爭妍鬥麗，卻沒有一種是中國的。」[1]再經過一番追根溯源的反思，這筆賬很大程度上被算到中國文論傳統的頭上，於是在反思傳統的名義下對傳統文學理論和批評形成三個以偏概全的結論，在很長一段時間內主導了我們對傳統的認識。以至於今天當學人一談到中國古代文論的傳統，不覺就陷入這些先入為主的觀念中。

雖然三個偏見作為老生常談隨時都能聽見看到，但為了避免給人無的放矢的印象，我還是花了很大的力氣來搜集證據材料，以致本文延宕多年方得成稿。按照我的歸納，三個偏見表達為這樣一些判斷。

---

[1] 黃維梁：〈《文心雕龍》「六觀」說和文學作品的評析──兼談龍學未來的兩個方向〉，《北京大學學報》1996 年第 3 期，頁 70。

（一）中國文學批評屬於感悟式、印象式的

　　早在上世紀30年代，朱光潛在歐洲留學期間寫作《詩論》，就提出了「中國人的心理偏向重綜合而不善分析，長於直覺而短於邏輯的思考」的論斷[2]。長期以來，這一結論框定了後人對傳統文學理論和批評基本性格的認識，限制了人們全面認識傳統的視野。四十年後美國加州大學葉維廉教授又在 1971 年寫作的〈中國文學批評方法略論〉一文中指出：「中國的傳統批評中幾乎沒有娓娓萬言的實用批評，我們的批評（或只應說理論）只提供一些美學上（或由創作上反映出來的美學）的態度與觀點，而在文學鑒賞時，只求『點到即止』」[3]。雖然他並不否認中國傳統文學批評的功能和價值，但對事實的認定明顯與朱光潛的論斷如出一轍。而且這並不只是他們一兩個人的看法，許多老輩學者都這麼認為。先師程千帆先生在 1979 年 3 月的日記中，記下他比較中西文藝理論得出的認識，以為中國文論「科學性、邏輯性不強，隨感式的，靈感的，來源於封建社會悠閒生活」[4]。幾十年過去，至今學界的一般看法仍是「西方美學偏於理論形態，具有分析性和系統性，而中國美學則偏於經驗形態，大多是隨感式的、印象式的、即興式的，帶有直觀性和經驗性」[5]。葉維廉舉

---

[2]　朱光潛：《詩論》（北京：北京出版社，2005 年），頁 1。

[3]　葉維廉：《從現象到表現》（臺北：東大圖書公司，1994 年），頁 116。

[4]　徐有富：《程千帆沈祖棻年譜長編》（南京：南京大學出版社，2013 年），頁 288。

[5]　葉朗：《中國美學史大綱》（上海：上海人民出版社，1985 年），頁 14。

的例子以司空圖《二十四詩品》為代表，雖然當代學者有不同的看法和評價，但仍同意以詩話為主體的中國詩學具有這樣一些特點：(1)類比與譬喻式的論詩方式；(2)「語錄」與「禪語體」式的批評話語；(3)「以詩論詩」的獨特文體[6]。這些特點概括了今人對中國古代文學理論、批評言說方式的理解。

（二）沒有成系統的理論著作

這種論斷也由來已久，1924 年陳榮捷就斷言：「中土之文學評論，實不得謂為有統系的研究，成專門的學問。」[7]1928 年出版的楊鴻烈《中國詩學大綱》也認為：「中國千年多前就有詩學原理，不過成系統有價值的非常之少，只有一些很零碎散漫可供我們做詩學原理研究的材料。」[8]朱光潛《詩論》則說：「中國向來只有詩話而無詩學，（中略）詩話大半是偶感隨筆，信手拈來，片言中肯，簡練親切，是其所長；但是它的短處在零亂瑣碎，不成系統。」[9]1977 年臺灣學界曾有一場關於批評方法的論爭，以夏志清與顏元叔為對立雙方的代表。夏志清認為當下的文學批評太過於注重科學化系統化，且迷信方法，套用西洋理論往往變成機械的比較文學研究；顏元叔則反駁說夏志清是「印象主

6　方漢文：〈當代詩學話語中的中國詩學理論體系──兼及中國詩學的印象式批評之說〉，《蘭州大學學報》2010 年第 2 期，頁 5。

7　陳榮捷：〈中國文學批評〉，《南風》1 卷 3 期（1924 年 11 月），頁 33。

8　楊鴻烈：《中國詩學大綱》（臺北：臺灣商務印書館，1976 年），頁 7。

9　朱光潛：《詩論》，頁 1。

義之復辟」，並認為中國傳統的文學批評，如詩話詞話都只是印象式的批評，主張批評應該基於理性的分析，而不應只停留在直覺層面和對作家傳記的瞭解上。兩人的對立觀點引發了有關中國古代文學批評是不是主觀的、印象主義式的論辯，議論蜂起，見仁見智[10]。但最終大家都承認，「中國文學批評確實比較沒有系統，缺乏分析與論證，似乎較為主觀。這點，頗令人沮喪」[11]。大陸的文學理論家則往往在中西比較的視野下認定：「西方的詩學理論有較強的系統性，而我國傳統的理論則較為零散。因為西方傳統理論重分析、論辯，當然就表現出很強的系統性；而中國的詩學理論批評重感受、重領悟，所以往往表現為片言隻語。」[12]《中國詩學批評史》的作者陳良運也說中國詩學「缺少全面的、系統的詩學專著，詩人和詩評家關於詩的發展史及詩的創作與鑒賞等方面的見解與闡述，多屬個人經驗式和感悟式的，尚未自覺地進行理論建構和實現整體把握」[13]。非古典文學專業的學者尤其會認同這種看法，如周海波《中國現代文學批評史論》第

---

[10]　參見沈謙：〈文學批評的層次——從夏志清顏元叔的論戰談起〉，《幼獅文藝》45 卷 4 期（1977 年 4 月），頁 192-209；收入氏著：《期待批評時代的來臨》（臺北：時報文化出版企業股份有限公司，1979年）。

[11]　龔鵬程：〈細部批評導論〉，《文學批評的視野》（臺北：大安出版社，1990 年），頁 390。

[12]　黃藥眠、童慶炳主編：《中西比較詩學體系》（上）（北京：人民文學出版社，1991 年），頁 24。

[13]　陳良運：〈論中國詩學發展規律、體系建構與當代效應〉，收入錢中文主編：《文學理論：面向新世紀》（濟南：山東人民出版社，1997 年），頁 483。

一章就認為，中國古代批評家「從樸素的整體觀念和直覺閱讀感受出發，構築了一個漫不經心的缺少嚴密邏輯推導和理性特點的批評框架。在批評文體專事記載閱讀偶感和某種體驗，是一些人生碎片的集合」，「而過分簡單化的語句，又使人感到古典批評的某種空白藝術，那些零散的、斷片的詞句，在表達自己的批評思想時有些躲躲閃閃，而微觀批評方法和考據式的方法，使整個批評文體缺少綜合性」，因而「中國古典文學批評較之西方文學批評，主要缺少那種富有哲學精神的理性色彩」[14]。至於西方學者，限於自己接觸到的少量文獻，更容易產生一個印象：「大多數有關詩歌及其本質的討論都見於有關具體的詩歌或對聯的文章、書信或附帶性言論的上下文之中；全面、整體性的理論著作往往是例外。從嚴格意義上講，中文中確實沒有與在內含與結構上系統表述的『理論』（theory）一詞相對應的術語。於是，有必要提請注意的是，在言及中國古代詩歌理論時，人們所討論的不外乎是某種不言而喻的樣式，或以極有特點的詞彙和論述策略重新建構起來的系統，而非概要分析樣式的系統（synoptic models）。」[15]這些議論足以代表當今對古代文論作為知識形態之特徵的認識。

---

[14] 周海波：《中國現代文學批評史論》（上海：上海人民出版社，2002年），頁 20-23。

[15] 王曉路主編：《北美漢學界的中國文學思想研究》（成都：巴蜀書社，2008 年），頁 1-2。

（三）缺少真正科學意義上的理論範疇，沒有嚴格的意義 上的理論命題

　　這一判斷似乎出現得較晚，也許其部分指向已包含在上面第二個偏見中。所以我只見到《中國文學理論》的作者劉若愚曾說過：「中國傳統之詩評每散見於詩話、序文、以及筆記、尺牘之中，咳珠唾玉之言有餘而開宗明義之作不足。縱有專著，亦多側重詩人之品評次第，或詩句之摘瑜指瑕，或詩法之枝節推敲，而少闡發明確之概念與系統之理論。」[16]中國學者的說法則可以舉出季廣茂的論斷，他認為中國詩學「缺少真正科學意義上的理論範疇，沒有嚴格的意義上的理論命題，更不能嚴格地論證自己的結論，它更喜歡以比喻性的策略展示獨特的內在感悟。這是一種典型的東方式詩學，不是西方意義上的理論，它展示出來的是東方式智慧而不是西方式的智力」[17]。這種看法應該是有普遍性的。曾對傳統文論範疇意蘊的賦予、限定、派生和衍變的方式做過精彩論述的吳予敏，也認為「傳統文論並無意於運用概念範疇建構一個自足的批評——理論話語系統」[18]。如果要為這種判斷尋找理據的話，汪湧豪《範疇論》指出的古代文論範疇涵義模糊性的兩個表現——「一是用詞多歧義，沒有明確界說；二是立辭

16　劉若愚：〈清代詩說論要〉，《香港大學五十周年紀念論文集》第一
　　輯，（香港：香港大學，1964 年），頁 321。

17　季廣茂：〈比喻：理論語體的詩化傾向〉，收入錢中文主編：《文學理
　　論：面向新世紀》，頁 572。

18　吳予敏：〈論傳統文論的語義詮釋〉，《文學評論》1998 年第 3 期，
　　頁 62；李旭：〈關於中國古代美學範疇和範疇體系建構問題〉，《江
　　西社會科學》2003 年第 5 期，頁 71-75。

多獨斷，缺乏詳細的論證」[19]，也可引為佐證。這都是關於中國古代文論話語特徵的一種普遍認識。

上述三種判斷當然不能說是完全錯誤的或者違背事實的，誰都知道，任何老生常談都必定包含著某些一般意義上的正確知識。如果它們指涉的對象都只限於唐、宋以前的文學理論和批評——論者作為例證舉出的文獻，清楚表明其立論的基礎是唐宋以前的資料——那或許也可以說大體不錯。但如果要將元明清文論和批評都包括進來，就未免太唐突了。我所以稱上述論斷為偏見而不說是謬見，就是說它們是部分正確同時含有很大偏頗的判斷，在說明一部分事實的同時遮蔽了另一部分事實——也未必是刻意遮蔽，只不過是不瞭解而已。只要我們認真調查和閱讀一下元代以來尤其是清代的文學批評文獻，就會獲得不同的印象，得出不同的結論。

二、清代詩學提供的另一種歷史認知

自近代以來，批評史乃至文學史研究被一種先入為主的價值觀所主導，始終是前重後輕、前實後虛，對明清以來的大量文獻關注不夠。本來，傳統總是距離最近的那部分對我們影響最大：對沈德潛影響最大的是王漁洋、葉燮而不是鍾嶸、皎然，對王國維影響最大的是紀曉嵐、梁啟超而不是劉勰、嚴羽，而對今人影響最大的則是王國維、朱光潛、宗白華而不是袁枚和許印芳。但我們談論傳統時卻總是有意無意地忽略了這一點，總是將《文心

---

[19] 汪湧豪：《範疇論》（上海：復旦大學出版社，1999 年），頁 81。

雕龍》、《詩品》、《詩式》、託名司空圖《二十四詩品》、
《滄浪詩話》作為古典文論的代表，頂多再加上《薑齋詩話》、
《帶經堂詩話》、《原詩》、《藝概》。這個傳統序列，說它不
能反映古代文學理論和批評的面貌，當然是不妥的；但若認為它
能全面反映古代文學理論和批評的面貌，就更有問題，起碼說存
在很大的缺陷和偏頗。清代文學家程晉芳《正學論》論及治宋學
者未嘗棄漢唐，而治漢學者獨棄宋元以降的問題，曾有言：

> 唐以前書，今存者不多，升高而呼，建瓴而瀉水，曰：
> 「我所學者，古也。」致功既易，又足以動人。若更浸淫
> 於宋以來七百年之書，浩乎若涉海之靡涯，難以究竟矣。
> 是以群居坐論，必《爾雅》、《說文》、《玉篇》、《廣
> 韻》諸書之相礪角也，必康成之遺言，服虔、賈逵末緒之
> 相討論也。古則古矣，不知學問之道，果遂止於是乎？[20]

這是譏諷治漢學者僅抱著秦漢以上有限的文獻，螺螄殼裡做道
場，不知後代學問的發展。既然清代經學家已意識到，不瞭解晚
近的著述，只在有限的秦漢文獻裡打轉，就不可能有經學的進
境。如今研究古代文學理論和批評，不瞭解明清以來的豐富文
獻，又怎麼能全面和正確地理解中國文學理論、批評的傳統呢？
　　由於元明清文學文獻長久被忽略（也可能由於閱讀的困
難），元明清三代的文學理論和批評文獻一直處於半沉睡狀態

---

[20]　清・程晉芳：《正學論》四，《勉行堂詩文集》（合肥：黃山書社，
　　　2012 年），頁 694。

中，相比古代文學其他領域，文獻整理的工作明顯滯後。畢生致
力於搜集古代文論資料的郭紹虞先生曾說清詩話有三百多種，吳
宏一《清代詩學初探》後附清詩話知見書目也著錄三百多種，讓
學界誤以為清詩話就是有限的這麼些書。可根據我《清詩話考》
（中華書局 2007 年版）的著錄，見存書籍已達 977 種，待訪
書 506 種，計 11483 種。再據杜澤遜主編《清人著述總目》所增
見存書 46 種，待訪書 144 種[21]，加上我自己後來搜集的資料，
總數已達到 1790 種。這個數目是明代以前詩學文獻總和的幾
倍！再加上眾多的文話、賦話、詞話、曲（劇）話、小說評論，
清代文學理論和批評著作將達兩千餘種。我不清楚整個歐洲在這
近二百七十年間是否出版過如此眾多的文學理論、批評著作？歐
洲學者若忽視同一時期的書籍，就不可能產生韋勒克《近代文學
批評史》這樣的巨著。然則我們在忽略清代文獻的情況下寫作的
文學理論史和批評史，究竟能在多大程度上反映中國文學理論和
批評的傳統，實在很讓人存疑。

　　有清近二百七十年帝祚，不僅是中國古代封建社會的末期，
也是傳統文化的總結期。在濃厚的學術風氣下，文學理論和批評
也步入一個嶄新的時代。我多年研究清代詩學所得到的一個基本
認識，就是只有到清代，中國文學理論和批評才真正成為一門學
問。我曾將清代詩學的學術特徵和歷史意義概括為這樣一段表
述：

21　杜澤遜主編：《清人著述總目》係未刊稿，其所補清詩話書目見江曦、
　　李婧：〈清詩話拾遺〉，《中國詩學》第 19 輯（北京：人民文學出版
　　社，2015 年），頁 26-33。

中國古代詩學的理論框架到明代已告完成，清代詩學的貢
獻主要是在內容的專門化、細節的充實和深描，其成就不
是基於一種創造性的衝動，而是基於一種徵實的學術精
神。清代詩論家不再滿足於將自己對詩的理解、期望和判
斷表達為一種主張，而是努力使之成為可以說明的，可以
從詩歌史獲得驗證的定理。大到一種觀念的提出，小到一
個修辭的揭示，他們不僅付以多方的論述，而且要在歷史
的回溯中求得證實，從前人的詩歌文本中獲得印驗。清代
詩學著述因此而顯出濃厚的學術色彩，由傳統的印象性表
達向實證性研究過渡。[22]

梁啟超曾將有清一代學術的基本精神概括為「以復古為解放」，
而「其所以能著著奏解放之效者，則科學的研究精神實啟之」
[23]，這也就是章太炎所說的「一言一事，必求其徵」[24]。在清代
嚴謹的實證學風薰陶下，清代的文學研究也表現出學術性、專門
性、細緻性的特點，清代詩學無比豐富的歷史經驗與實踐成果足
以糾正今人的三個偏見，讓我們重新體認中國文學理論和批評的
固有傳統。

---

[22] 蔣寅：《清代詩學史》第一卷〈緒論〉（北京：中國社會科學出版社，
　　2012 年），頁 19-20。

[23] 梁啟超：《清代學術概論》（北京：東方出版社，1996 年），頁 7。

[24] 清・章太炎：《檢論》卷四〈清儒〉，《章太炎全集》（三）（上海：
　　上海人民出版社，1984 年），頁 479。

三、清代詩學實踐與傳統的再思

傳統不是一個僵死的東西，它永遠存續於生生不息的詮釋和建構中。由三個偏見支撐的一般認識主導著當今對古代文論、批評傳統的詮釋和建構，而清代詩學經驗和實踐的加入，必將在很大程度上改變我們現有的對傳統的認知。

首先我們要注意，清代詩論家絕不像喜歡炫博的明人那樣大而化之地泛論詩史，他們更多地致力於對專門問題進行持續而深入的探究，在詩人傳記考證、語詞名物訓釋、聲調格律研究、修辭技巧分析各方面，都有遠過於前人的傑出成果。前人研究詩學，目的主要在於滋養自己的創作；而清人研究詩學，卻常出於純粹的學術興趣。一些很專門的問題，會引起學人的共同關注，各自以評點、筆記乃至詩話專著的形式發表自己的見解。比如反思明代復古思潮所激發的唐宋詩之爭，「泛江西詩派」觀主導下不斷湧現的江西地域詩話[25]，古音學復興所催生的古近體詩歌聲調研究，性靈論思潮引發的學人之詩與詩人之詩的辨析等等，都是清代詩學史上的重要現象。古詩聲調之學，自康熙間王士禛、趙執信肇端，在乾、嘉濃厚的考據風氣中得到更細緻的推進。到道光年間，鄭先樸《聲調譜闡說》終於以徹底的量化分析避免了舉例的隨意性和結論的不周延性[26]，至今看來仍是很有科學精神

---

[25] 張寅彭：〈略論明清鄉邦詩學中的「泛江西詩派」觀〉，《文學遺產》1996 年第 4 期，頁 78-88。

[26] 有關清代古詩聲調學說的研究，參看蔣寅：〈古詩聲調論的歷史發展〉，《學人》第 11 輯（南京：江蘇文藝出版社，1996 年），頁 11-25。

的研究。像這樣以精確的數學模型來統計、分析一個文學現象，
驗證一條寫作規則的研究，在清代以前是難以想像的。類似的例
子還可以舉出李因篤對杜甫律詩字尾的研究。《杜詩集評》卷十
一引朱彝尊評有云：

> 富平李天生論少陵自詡「晚節漸於詩律細」，曷言乎細？
> 凡五七言近體，唐賢落韻其一紐者不連用，夫人而然。至
> 於一三五七句用仄字，上去入三聲少陵必隔別用之，莫有
> 疊出者。予尚未深信，退與李武曾誦少陵七律，中惟八首
> 與天生所言不符：其一〈鄭駙馬宅宴洞中〉詩疊用三入
> 聲，其一〈江村〉詩疊用二入聲，其一〈秋興〉詩第七首
> 疊用二入聲，其一〈江上值水〉詩疊用三去聲，其一〈題
> 鄭縣亭子〉詩疊用三去聲，其一〈至日遣興〉詩疊用二去
> 聲，其一〈卜居〉詩疊用三去聲，其一〈秋盡〉詩疊用三
> 入聲。觀宋、元舊雕本，暨《文苑英華》證之，則「過江
> 麓」作「出江底」，江不當言麓，作底良是；「多病」句
> 作「但有故人分祿米」，「夜月」作「月夜」，「漫興」
> 作「漫與」，「大路」作「大道」，「語笑」作「笑
> 語」，「上下」作「下上」，「西日落」作「西日下」。
> 合之天生所云，無一犯者。[27]

儘管他們的統計或因標準的歧異，與當代學者的研究結果不太一

---

[27] 此說又見於清·朱彝尊《曝書亭集》卷三十三〈與查德伊編修書〉，有
關探討詳蔣寅：〈清初李因篤詩學新論〉，《南京師範大學學報》2003
年第 1 期，頁 121-127。

致[28]，但討論問題的方式是實證性的，用歸納法將問題涉及的全部材料一一作了驗證。仇兆鰲《杜詩詳注》卷一〈鄭駙馬宅宴洞中〉也曾引述李因篤的說法，舉出具體版本覆驗其結論，所舉篇目雖較朱彝尊為少，但討論更為扎實。汪師韓《詩學纂聞》針對有人提出五古可通韻，七古不可通，杜甫七古通韻者僅數處的結論，檢核杜詩，知杜甫通韻共有十一例，又考唐宋諸大家集，最後得出結論：「長篇一韻到底者，多不通韻；而轉韻之詩，乃有通韻者。蓋轉韻用字少，故反不拘；不轉韻者用字多，故因難見巧。」[29]這種實證精神後來一直貫穿在清代的詩學研究中[30]，即使一個細小的論斷也要將有關作品全數加以覆按、統計。這種追求精密的實證態度成就了清代詩學的學術性，也構成了中國詩學批評非印象式的實證的一面。

其次我想指出，如果只看詩話和詩選中言辭簡約的評點，的確容易對中國古代文學批評產生零星散漫、語焉不詳的印象。但這只是問題的一方面，清代還有一些很典型的細讀文本。比如金聖歎選批唐詩、杜詩，徐增《而庵說唐詩》，一首詩動輒說上幾百字甚至上千字；吳淇《六朝選詩定論》說《易水歌》，多達一千二百字；佚名《杜詩言志》、酸尼瓜爾嘉氏‧額爾登諤《一草

---

[28] 據簡明勇《杜甫七律研究與箋注》（臺北：五洲出版社，1973 年）統計，杜甫 151 首七律中，上去入三聲遞用的例子只有 56 首，占總數的三分之一。

[29] 清‧汪師韓：《詩學纂聞》「通韻」條，收入丁福保輯：《清詩話》（上海：上海古籍出版社，1978 年），上冊頁 449-450。

[30] 清‧張文虎：《舒藝室餘筆》卷三又曾將此說推廣到五言近體，一一加以驗證。

堂說詩》也是類似的解說詳盡的杜詩評本。為舉子示範的大量試
帖詩選本，解析作品更細於普通的詩選。最近我在湖南省圖書館
看到一種麓峰居士輯評《試帖仙樣集裁詩十法》，乃是這類書中
的極至之作。每首詩都從描題、格、意、筆、句、字、韻、典、
對、神氣十個方面來講析，故曰裁詩十法[31]。不難想像，一首詩
經這十法就像十把刀剖析一番，其意義和表現形式將被解剖得多
仔細！

　　這種詳細的解說、評析正是古典詩歌批評的原生態，其方法
論核心就是許印芳所說的：「詩文高妙之境，迥出繩墨蹊徑之
外。然舍繩墨以求高妙，未有不墮入惡道者。」[32]因此古人研討
詩藝和詩論慣於從作品的細緻揣摩入手，日常披覽和師生講學莫
不深細微至。可是最後形成文字，為什麼又這麼零星和簡約呢？
臺灣詩學前輩張夢機教授的解釋是：「在過去，這種被我們認為
印象式的批評，能大行其道，可見得當時創作者、批評者、讀者
之間，借這類文字相互溝通時，並沒有遇到我們今天所遭遇的不
可理解的障礙。那是因為在過去，創作、批評、閱讀是三位一體
的，因此古人能在不落言詮的情況下，會然於心。」[33]這麼說當
然是有道理的，我還想再補充一個理由，那就是出版的艱難。古
代雕版印刷非常昂貴，即使是王士禛這樣的達官也難以承受。除
非像周亮工、張潮、金聖歎這樣家有刻工，或兼營出版，否則市場

---

[31] 清・麓峰居士輯評：《試帖仙樣集裁詩十法》卷首，咸豐六年刊本。

[32] 清・許印芳：《詩法萃編》序，收入《叢書集成續編》（158）（上
　　海：上海書店出版社，1994 年），第 158 冊頁 243。

[33] 張夢機：《鷗波詩話》（臺北：漢光文化事業股份公司，1984 年），
　　頁 80。

價值不高的詩文評是很難上梓的，甚至謄抄也價格不菲。考慮到這一點，一般詩文評點只保留最精彩的部分，就很容易理解了。

但以上兩個解釋都絕不意味著簡約一定與隨意漫與的印象式批評相聯繫。清代詩學除了作品細讀與新批評派的封閉式閱讀可有一比外，作家批評也呈現出細緻和實證的趨向。一些兼為學者的詩人，寫作詩話之審慎細密就更不用說了。趙翼《甌北詩話》卷四專論白居易，第 7 則評「香山於古詩律詩中又多創體，自成一格」，所舉計有：(1)如〈洛陽有愚叟〉五古、〈哭崔晦叔〉五古「連用疊調」作排比之體。(2)〈洛下春遊〉五排連用五「春」字作排比之體。(3)和詩與原唱同意者，則曰和；與原唱異意者，則曰答。如和元稹詩十七章內，有〈和思歸樂〉、〈答桐花〉之類。(4)五言排律「排偶中忽雜單行」，如〈偶作寄皇甫朗之〉中忽有數句云：「歷想為官日，無如刺史時。」下又云：「分司勝刺史，致仕勝分司。何況園林下，欣然得朗之。」(5)五七言律「第七句單頂第六句說下」，如五律〈酒庫〉第七句「此翁何處富」忽單頂第六句「天將富此翁」說下，七律〈雪夜小飲贈夢得〉第七句「呼作散仙應有以」單頂第六句「多被人呼作散仙」說下。(6)五排〈別淮南牛相公〉自首至尾，每一句說牛相，一句自述，自注：「每對雙關，分敘兩意。」(7)以六句成七律，李白集中已有，而白居易尤多變體。如〈櫻桃花下招客〉前四句作兩聯，後兩句不對；〈蘇州柳〉前兩句作對，後四句不對；〈板橋路〉通首不對，也編在六句律詩中。(8)七律第五、六句分承第三、四句，如〈贈皇甫朗之〉：「一歲中分春日少，百年通計老時多。多中更被愁牽引，少里兼遭病折磨。」趙翼不僅抉發出這些創格，還肯定它們都屬於「詩境愈老，信筆所

之，不古不律，自成片段」，雖不免有恃老自恣之意，要之可備
一體³⁴。這樣的批評還能說是印象式的嗎？放在今天或許要被以
新理論自雄者鄙為學究氣吧？

　　與這種學術色彩相應的是，清代詩學在理論與批評兩方面都
清楚地顯示出學理化的自覺，實踐的理論化和理論的實踐性時刻
盤旋在論者的意識中。今人每每遺憾中國古代缺乏「成系統的理
論著作」，所謂成系統的理論著作，如果是指《文心雕龍》那樣
條理井然的專著，那麼南宋魏慶之《詩人玉屑》二十一卷已可見
系統的詩歌概論的雛形。元代以後類似的彙編詩法層出不窮，如
近年因《二十四詩品》辨偽而為人關注的懷悅刊《詩家一指》以
及朱權《西江詩法》、周敘《詩學梯航》、黃溥《詩學權輿》、
宋孟靖《詩學體要類編》、梁橋《冰川詩式》、王檟《詩法指
南》、譚浚《說詩》、杜浚《杜氏詩譜》、題鍾惺纂《詞府靈
蛇》等等，其中有的在清代仍占據蒙學市場很大份額。乾隆間朱
琰曾提到，署明代王世貞編的《圓機活法》是坊間翻印不絕的暢
銷書³⁵。清代所編的這類詩話起碼有四十多種，較重要的有費經
虞輯《雅倫》、伍涵芬輯《說詩樂趣》、佚名輯《詩林叢說》、
張燮承輯《小滄浪詩話》等，而以游藝輯《詩法入門》、蔣瀾輯
《藝苑名言》、徐文弼輯《匯纂詩法度針》三種最為流行，書板
被多家書肆輾轉刷印，我在《清詩話考》中分別著錄有 15、14
和 18 個版本行世。

　　這類書籍都是根據編者對詩學知識框架的理解彙編前代詩論

---

³⁴　清‧趙翼：《甌北詩話》卷四，收入曹光甫校點：《趙翼全集》（五）
　　（南京：鳳凰出版社，2009 年），頁 33。
³⁵　清‧朱琰輯：《詩觸》自序，嘉慶三年重刊本。

而成。以游藝《詩法入門》五卷為例，卷首「統論」輯前人泛論詩法之語，卷一「詩法」包括詩體、家數及詩學基本範疇，卷二「詩式」選古今名人詩作示範各種詩歌體式，卷三為李、杜兩家詩選，卷四為古今名詩選，四卷外別有詩韻一冊。這種詩法＋詩選＋詩韻的結構，是清代蒙學詩法、詩話的典型形態，王楷蘇《騷壇八略》、鍾秀《觀我生齋詩話》則是清人新撰之書的代表。此類詩話向來不為詩家所重，但在我看來卻有特殊的價值，從中可以窺見編者總結、提煉歷代詩學菁華的自覺意識。如游藝《詩法入門》卷一總論部分，采入元人《詩法家數》「作詩準繩」及《詩家一指》「詩家十科」所歸納的詩學基本概念（詳後），使古典詩學的概念系統驟然變得清晰起來。晚清侯雲松跋張雯承《小滄浪詩話》說「雖曰先民是程，實則古自我作」[36]，一語道破這類彙編詩話對於建構古典詩學傳統的重要意義。這類書籍在當時都非常普及，像今天的教材一樣占據初級閱讀市場的很大分額，主導著普通士人的詩學教養。沒有人會說今天的各類教材是不成系統的知識，那麼對古代這種教材式的蒙學詩話又該怎麼評價其系統性呢，如果我們能正視其存在的話？

　　由於詩家不重，藏書家不收，這些曾非常普及的蒙學詩話大多亡佚，少數若存若亡，自生自滅。於是中國詩學中數量龐大的「成系統的理論著作」就落在了當代研究者的視野之外。而眾目睽睽所見的精英詩話，又總是以不襲故常、自出創見為指歸，意必心得，言必己出，於是一條一條就顯得孤立而零星，常給人不

---

[36] 清・侯雲松：〈小滄浪詩話跋〉，收入賈文昭主編：《皖人詩話八種》（合肥：黃山書社，1995 年），頁 371。

成系統的印象。儘管如此，清詩話中仍不乏思維縝密、明顯有著條理化傾向的作品，趙翼《甌北詩話》就不用說了，賀裳《載酒園詩話》也是很有系統性的一種。卷一論皎然《詩式》「三偷」，共 10 則詩話，以古代作品為例，說明(1)古詩中的「偷法」有「或反語以見奇，或循蹊而別悟」的效果；(2)「偷法」一事，名家所不免；(3)「偷法」每有出藍生冰之勝；(4)「偷法」意不相同者，不妨並美；(5)蹈襲得失有不同，係於作者見識；(6)矗夷中詩多竊前人之美；(7)「偷法」妙在以相似之句，用於相反之處；(8)詩有同出一意而工拙自分者；(9)歷代對「偷法」的態度不同；(10)詩家雖厭蹈襲，但翻案有時更為拙劣。將這十條稍加整理，就是一篇內容相當全面的《摹仿論》。論柳宗元的部分，也同樣是涉及多方面內容的作家論。類似這樣的作品，雖還保留著詩話固有的散漫形態，但內容已具有清晰的條理。這很大程度上是得力於清代嚴謹的學術風氣的薰陶。

如果我們的眼光不是局限於體兼說部的詩話，而擴大到更多的文獻部類，那麼清代詩學就有許多有系統有條理的作品進入我們的視野，包括序跋、書劄甚至專題論文。清代別集卷首所載的序跋和文集中保存的詩序，最保守地估計也有十多萬乃至二十多萬篇。文集和尺牘集保存的論詩書簡，是比詩序更真實地反映作者詩歌觀念的文獻。金聖歎的詩學理論主要見於尺牘，黃生的《詩麈》卷二是與人論詩書簡的輯存，侯朝宗〈與陳定生論詩書〉是較早全面論述雲間派詩學及其歷史地位的詩史論文[37]，焦

37　清・周亮工輯：《賴古堂名賢尺牘新鈔》卷九，宣統三年國學扶輪社石
　　印本。

袁熹〈答釣灘書〉則是迄今所見最全面地論述「清」這一重要詩
美概念的長篇論文[38]，黃承吉〈讀關雎寄焦里堂〉詩附錄寄焦循
書也是對「詩之大要，情與聲二者」的全面陳述[39]。明清之交以
及後來刊行的各種尺牘集中收錄了大量的論詩書簡，是尚未被有
效利用的重要資料。書劄之外，清人文集中還每見有各種詩學專
題論文，最著名的當然是馮班《鈍吟文稿》所收〈古今樂府
論〉、〈論樂府與錢頤仲〉、〈論歌行與葉祖德〉，翁方綱《復
初齋文集》所收〈神韻論〉、〈格調論〉、〈唐人律詩論〉、
〈杜詩「精熟文選理」理字說〉、〈韓詩「雅麗理訓誥」理字
說〉、〈黃詩逆筆說〉、〈李西涯論〉、〈徐昌穀詩論〉等文。
王崧《樂山集》中的《詩說》三卷在當時也小有名氣。至於像柴
紹炳《柴省軒文集》中的〈唐詩辨〉、〈杜工部七言律說〉，劉
榛《虛直堂文集》中的〈西江詩派論〉，干建邦《湖山堂集》中
的〈江西詩派論〉，許新堂《日山文集》中的〈樂府詩題考〉，
陳錦《勤餘文牘》中的〈論趙秋穀聲調譜〉，吳昆田《漱六山房
全集》中的〈擬文心雕龍神思篇〉，郭傳璞《金峨山館乙集》中
的〈作詩當學杜子美賦〉、〈建安七子優劣論〉等論文，還有待
於我們去披閱發掘。這類專題論文無疑是清代學術專門化的產
物，也是清代詩學獨有的文獻源，注意到這批文獻的存在將改變
我們對古代文學理論和批評著述形式的認識。

38　此文收在中國社會科學院文學所藏《此木軒文集》稿本中，內容可參看
　　蔣寅：〈古典詩學中「清」的概念〉，《中國社會科學》2000 年第 1
　　期，頁 146-157。

39　清‧黃承吉：《夢陔堂詩集》卷二，民國二十八年燕京大學圖書館排印
　　本。

　　說到底，對中國古代缺乏成系統著作的遺憾，純粹緣於對中國文學理論、批評文體形態及言說方式多樣化的無知。有關各類文學評論資料的價值，學界已有認識[40]，但各類文獻在詩學體系中承擔的功能還很少為人注意[41]。不同文體的詩學著作，談論詩歌的方式和態度是不一樣的，在詩學體系中的建構功能也各有所長。選本使作品經典化，評點負責作品細讀，目錄提要完成詩學史的建構。而序言則多借題發揮，或闡發傳統詩學命題，或借古諷今，批評時尚和習氣。王士禎便每借作序發揮司空圖、嚴羽的學說。清初詩家對宋詩風的批評，乾嘉詩家對「窮而後工」的闡說，也是很常見的。書信通常是系統闡述自己的詩學觀念並用以往復辯難的體裁，沈德潛、袁枚往復論詩書簡針鋒相對地表明其理論立場，是個著名的例子，也是研究其詩學觀念的重要材料；李憲喬與袁枚、李秉禮往來論詩書簡[42]，則是尚未被人注意的珍貴史料。李重華《貞一齋詩說》首列「論詩答問三則」也像是論詩書簡的輯存，很詳細地論述了音象意三個要素，神運、氣運、巧運、詞運、事運五種能事以及學詩的步驟[43]。這種有針對性的

---

[40]　參看楊松年：《中國文學評論史編寫問題論析》第二章〈詩論作品範圍之檢討〉（臺北：文史哲出版社，1988 年）；張伯偉：《中國古代文學批評方法研究》下編（北京：中華書局，2002 年）。

[41]　我只見到（美）宇文所安《中國文論：英譯與評論》導言提到這一點（上海：上海社會科學出版社，2003 年），頁 6-10。

[42]　清・李憲喬與清・袁枚論詩劄，見《凝寒閣詩話》，《高密三李詩話》，山東博物館藏抄本。李憲喬《與李秉禮論詩劄》，浙江浙商拍賣有限公司 2011 年春季藝術品拍賣會 http://auction.artxun.com/paimai-571 09-285542246.shtml，2014 年 8 月 14 日訪問。

[43]　清・鄭方坤《本朝名家詩鈔小傳》卷四「貞一齋詩鈔小傳」記嘗從李重

答問，往往包含從定義到分析、論證的完整過程，當然是很嚴謹的理論表述，如同一篇專題論文。一些詩論家喜歡用設問的方式提出問題，然後有針對性地闡述自己的詩學見解，於是成為很有系統的理論著作。葉燮《原詩》是個典型的例子，《四庫提要》敏銳地指出它是「作論之體」[44]，可見前人對文學理論的不同表述方式是有清晰意識的。不瞭解或忽視古人對文學理論、批評文體的掌握，而僅向「集以資閒談」（歐陽修《六一詩話》序）的詩話體裁要求嚴密的邏輯體系或學術化的表達，無異於緣木求魚。相反，多加注意那些數量豐富的論詩書簡以及清詩話《載酒園詩話》、《甌北詩話》之類的作品，注意不同詩學文本在言說方式和批評功能上的差異，或許會改變我們有關中國古典詩學缺乏成系統著作的偏見。同時再考究一下，我們印象中的那些成系統的西方文論著作又是產生於什麼年代，在十七世紀之前，西方又有多少那樣的理論著作？或許我們對許多老生常談的判斷都要重新斟酌，是否還可以那麼言之鑿鑿？多年來中西文學、文論比較，其實很缺乏年代概念，當學者們提到中國時，往往是在說十一二世紀以前的中國，而說到西方時，卻又是在說文藝復興以後的西方。文藝復興以後的西方，年代只相當明代中葉，文藝復興的三傑是和前七子同時的人，伏爾泰、狄德羅是和袁枚同時代的

華問詩學，告之曰：「夫詩有三要，發竅於音，徵色於象，運神於意，三者缺一焉不可」，又謂「詩之在人也，其始油然而生，其終勃然有節，要惟六義為其指歸。故凡鹽冶流蕩與夫怪僻險仄之調，宜無復慕效焉」，知此言殆即答鄭方坤之問。

[44]　《四庫全書總目》卷一九七集部詩文評類存目（臺北：臺灣中華書局，1965 年影印本），頁 1806。

人，柯爾律治發表那本結構散漫的《文學傳記》時，張維屏已在兩年前完成了《國朝詩人徵略》初編十卷。沈德潛去世的次年，美學老人黑格爾剛出生。康得發表《判斷力批判》時，翁方綱正在將他最崇敬的前輩詩人王漁洋的詩學著作編刻為《小石帆亭著錄》，後者在一百年前已闡發了那種後來被命名為印象主義的藝術理論……或許我們可以說，中國人不是不會那樣思維，或那樣言說，那樣寫作，只有那些希望成為或正在擔任教授的人才會去那樣寫書，而中國最傑出的文人恰恰都不在學校裡，而在擔任各種行政職務。所以，關於文學理論的著述形式差異問題，與其求之思維方式，而不如求之教育制度、文人生存方式。

最後我想說，認為中國文論缺少科學和嚴格意義上的理論範疇和理論命題，也是一個經不起質疑和檢驗的偏見。多年來一直致力於古代文論體系建構的學者吳建民在〈古代文論「命題」之理論建構功能〉一文中已指出，命題是古代文論家表述思想觀點的重要方式，是古代文論體系建構的基本因素[45]。我不僅贊同他的觀點，更想強調一下，豐富的概念和命題乃是中國古代文學理論和批評最顯著的特點之一。讀者只要檢核一下《文心雕龍辭典》或拙纂《原詩箋注》後附索引，相信就會同意上述判斷。

古典詩學概念的系統化，至遲到元代楊載《詩法家數》「作詩準繩」──立意、煉句、琢對、寫意、寫景、書事用事、下字、押韻及佚名《詩家一指》「詩家十科」──意、趣、神、情、氣、理、力、境、物、事已奠其基，只不過不太引人注目，

---

[45] 黃霖、周興陸主編：《視角與方法：復旦大學第三屆中國文論國際學術研討會論文集》（南京：鳳凰出版社，2013年），頁135-139。

直到清初游藝《詩法入門》輯錄其說，才成為普及性知識。在明代詩學論著中，詩論家開始對前人提出的詩學概念加以美學的反思，並嘗試聯繫特定的創作實踐來詮釋其審美內涵。通過神韻、清、老等詩美概念的研究，我發現它們的美學意涵都是到明代胡直、楊慎、胡應麟手中才得到反思和闡發的。所以，要說詩文評概念的模糊性，在元代以前的文獻中或許較為常見，明代以來這種情形大為改觀，清詩話中對概念的玩味和闡釋已變得很經常化和普遍化了。在撰寫《清代詩學史》第一卷時，我曾注意到，陳祚明《采菽堂古詩選》使用的基本審美概念約有 135 個，組成雙音節複合概念近 600 個。如此繁富的批評術語固然能顯示陳祚明過人的審美感受力，但這還只是表面現象。更能說明問題實質的是，他用這些術語來評詩時，常伴有對術語本身的精當品鑒和辨析。比如評謝朓《治宅》詩「結頗雅逸」，順便提到：「雅與逸頗難兼，雅在用詞，逸在命旨。」[46]評王僧孺《為人述夢》詩含有對「尖」的品玩：「寫虛幻能盡情若此，中間如以字、方字、極字、忩字，俱是夢境，故有趣。然太尖太近，直接晚唐。詩誠尖，能尖至極處，中無勉強處，無平率處，便自成一種，亦可玩，郊、島不能也。古人用意，何嘗不尖，但不近耳。」[47]還有論陳後主詩時涉及的「清麗」：「人才思各有所寄，就其一時之體，充極分量，亦擅一長，況清麗如六朝者乎？六朝體以清麗兼擅，故佳。麗而不清，則板；清而不麗，則俚。人以六朝為麗，

---

[46] 清‧陳祚明：《采菽堂古詩選》（上）（上海：上海古籍出版社，2008年），卷二十一，頁 657。

[47] 清‧陳祚明：《采菽堂古詩選》卷二十五，頁 796。

吾尤賞其清也。」[48]如此細緻的辨析不能不說是長年讀詩、評詩
的經驗所凝聚的帶有規律性的認識，具體的審美感悟已得到理論
提升，形成概念群的意識，並對概念的內涵外延有清晰的把握。

　　在這樣的理論語境中，甚至以定義的方式來詮釋詩文評概
念，在清詩話中也不乏其例。汪師韓《詩學纂聞》論述「綺
麗」、「詩集」、「雜擬雜詩之別」、「通韻」等問題，繁徵博
引，細緻辨析，一如今日的專題論文。王壽昌《小清華園詩談》
卷上「條辨」則闡釋了有關詩格和詩美的基本概念、命題 44
個，一一舉詩例印證，使讀者易於體會。如釋志向曰：

> 在心為志，發言為詩。志淫好辟，古有明徵矣。且如魏武
> 志在簒漢，故多雄傑之辭。陳思志在功名，故多激烈之
> 作。步兵志在慮患，每有憂生之歎。伯倫志在沉飲，特著
> 〈酒德〉之篇。劉太尉（琨）志在勤王，常吐喪亂之言。
> 陶彭澤志在歸來，實多田園之興。謝康樂志在山水，率多
> 遊覽之吟。他如顏延年志在忿激，則詠〈五君〉。張子同
> （志和）志在煙波，則歌〈漁父〉。宋延清志在邪媚，因
> 賦〈明河〉之篇。劉夢得志在尤人，乃作看花之句。凡此
> 之倫，不一而足。惟杜工部志在君親，故集中多忠孝之
> 語。《曲禮》曰「志之所至，詩亦至焉」，不信然乎？故
> 學者欲詩體之正，必自正其志向始。[49]

48　清・陳祚明：《采菽堂古詩選》卷二十九，頁 904。

49　清・王壽昌：《小清華園詩談》（四）（上海：上海古籍出版社，2016
　　年），卷上，頁 1762。

如此行文雖不同於嚴格的定義樣式，但通過引證、舉例，大體也闡明了概念和命題的內涵。遇到性情、真、自然、含蓄、逸這些內涵豐富的概念，還會從多個角度舉例說明，使其內涵得到全面的展示。這方面的個別例子更多，足以讓人驚異老生常談中竟留有偌大的闡釋空間，同時為清人的理論開拓能力所折服。在明清兩代的序跋中，刻意闡發舊有命題的文字最多，凡詩以道性情、興觀群怨、溫柔敦厚、窮而後工、真詩、詩有別才乃至詠物的不粘不脫、不即不離等等，無不被反復詮釋和借題發揮過。即以「詩史」為例，錢謙益〈胡致果詩序〉從國變史亡，詩可徵史的角度對「以詩存史」提出一種極至的理解[50]；黃宗羲〈萬履安先生詩序〉又從詩乃精神史所寄託的角度，指出藉詩可以考見史籍不載的「天地之所以不毀，名教之所以僅存」的精神變遷[51]；方中履〈譽子讀史詩序〉則從正史作為權力話語的角度，揭示「君臣務為諱忌，予奪出於愛憎」的傾向性[52]，說明以詩論史得以存公論在民間的意義。如此深刻而多向度的闡發，豈能說沒有嚴格意義上的理論命題？許多理論命題甚至顯示出超前的歷史眼光和理論深度。

總之，當今學界流行的三個偏見，都是在說明唐宋以前古代文論部分事實的同時置元明清三代更為豐富、深刻的文學理論和批評成果於不顧的片面結論，對於古代文學理論、批評傳統的認識很不完全，未能注意到明清以來文學理論、批評的長足發展所

---

[50] 清‧錢謙益：《牧齋有學集》（中）（上海：上海古籍出版社，1996年），卷十八，頁 800-801。

[51] 清‧黃宗羲：《南雷集‧撰杖集》，四部叢刊初編本。

[52] 清‧方中履：《汗青閣文集》卷上，康熙刊本。

帶來的言說方式、著述形態和話語特徵的變化，以及由此形成的
強有力的學術潮流與發展趨勢。這一缺陷在妨礙正確認識傳統的
同時，也影響到當代中國文學理論和批評的自我認同乃至自身建
構的信心。當我們對傳統抱有上述成見，就會切斷現代中國文學
理論和批評與傳統的血緣關係，將所有具備現代性的特徵都視為
西學的翻版，視為無根的學問而喪失理論自信。明白了這一點，
我們的思考又不可避免地涉及無處不在的現代性問題，跌入中國
內部有無自發的現代性的理論窠臼中。這正是理論的宿命，而問
題的答案只能在對晚近文學理論、批評史的深入研究中找尋。

四、在中國發現批評史

　　相信上面對清代詩學的有限回顧已足以讓我們對中國文學理
論、批評的傳統產生新的認識，甚至於改變上述偏見。美國歷史
學家保羅‧柯文（Paul A. Cohen）曾提出「在中國發現歷史」，
中國文學理論、批評史也同樣存在一個重新發現的問題。所謂發
現不是為了獲取一個中國中心論的立場，而是要建立起中外文論
對話的平臺。清代文獻的長久被忽視，已使中國文學理論、批評
的傳統變得模糊不清，現有的認識含有很多片面的判斷。我近年
致力於清代詩學史研究，很大程度上正是針對這一學術現狀，希
望通過清代詩學史的全面挖掘和建構初步勾勒出中國文學理論、
批評走向現代的歷程。作為研究古代文論和批評史的學者，雖未
必像許多文學理論家那樣為創新的焦慮所壓迫，但對古代文論和
批評史研究是否能為當今的理論創新提供有益的資源還是反復思
考的。經過多年的考察，我相信中國古代文論有其獨到的特點，

足以和當代西方文學理論構成印證、互補的關係，因此有必要確立自己的理論根基和言說立場，同時樹立起必要的理論自信。

這說起來容易，做起來卻相當困難。先師晚年日記中談到「古典文學批評的特徵」，認為「體系自有，而不用體系的架構來體現，系統性的意見潛在於個別論述之中，有待讀者之發現與理解」[53]。相信這也是許多前輩學者的共識，它與上述三個偏見的立論角度和立場都是完全不同的。不是說沒有什麼什麼，而是說有什麼什麼，但需要去發現和理解，發現和理解正是建構的過程。當今流行的三個偏見和上文的辯駁都是很表面的判斷，發現和理解是更為深入的認識，更為深刻的判斷。而就目前海內外學界而言，對古代文學理論、批評的研究是整個古代文學領域最為薄弱的。早在上世紀 30 年代，李嘉言就在羅根澤《中國文學批評史》書評中表示：「作文學史難，作文學批評史尤難，原因是這種學問大概乃新起，無可師承；方法須要自己創造，材料須要自己搜集。文學史材料倒不成問題，難關只在方法與見解。文學批評史則在材料上亦成問題。所以文學史雖無多佳制，而量上已足可觀，文學批評史則至今算來也不過四部，由此看來，文學批評史確較文學史難為了。」[54]後來，著有《中國文學批評》的美國芝加哥大學費維廉教授（Craig Fisk）曾指出：「在所有中國文學的主要文類中，文學批評顯然是最不為世人所知的。」[55]羅格斯大學塗經詒教授也說，研究中國文學批評與詩歌、小說和戲

---

[53] 徐有富：《程千帆沈祖棻年譜長編》，頁 637。

[54] 李嘉言：〈中國文學批評史〉，《文哲月刊》1936 年第 1 卷第 7 期。

[55] 王曉路主編：《北美漢學界的中國文學思想研究》（成都：巴蜀書社，2008 年），頁 64。

劇相比有著明顯的劣勢，那就是文獻分散的困難。「除了一些系統的文學批評著作，像《文心雕龍》、《詩品》和《原詩》之外，大多數中國批評思想都散落在不同作家的被稱作詩話、詞話、書話和個人書信及偶然的評論中」[56]我本人也覺得古代文學理論和批評對研究者來說是難度最大的領域，不僅要掌握文史哲甚至醫學等各種學問，還需要對外國文學理論和批評有所知解，這才能在較廣闊的視野中確立詮釋和評價的參照系——「在中國發現批評史」很大程度就立足於這一基礎之上。

　　對於西方文論是否適用於中國文學研究，在大陸和港、臺學界都有不同的意見。我的看法是肯定性的，瞭解西方文論首先可以認識到中西文學觀念有許多共通之處。比如布羅姆提出的「影響的焦慮」，就啟發我由此理解中唐作家的創新意識及後人對此的評價。迄止於明代，論者對中唐詩的評價都著眼於格調取捨，清代批評家開始體度作家的寫作意識。如吳喬《圍爐詩話》指出：

> 初盛大雅之音，固為可貴，如康莊大道，無奈被沈、宋、李、杜諸公塞滿，無下足處，大曆人不得不鑿山開道，開成人抑又甚焉。若抄舊而可為盛唐，韋、柳、溫、李之倫，其才識豈無及弘、嘉者？而絕無一人，識法者懼也。[57]

毛奇齡《西河詩話》論元稹、白居易詩也指出：

---

[56]　王曉路主編：《北美漢學界的中國文學思想研究》，頁 32-33。

[57]　吳喬：《圍爐詩話》卷三，收入郭紹虞輯：《清詩話續編》（二）（上海：上海古籍出版社，2016 年），頁 533。

> 蓋其時於開、寶全盛之後，貞元諸君皆怯於舊法，思降為
> 通俏之習，而樂天創之，微之、夢得並起而效之，（中
> 略）不過舍謐就疏，舍方就圓，舍官樣而就家常。[58]

所謂「識法者懼也」、「皆怯於舊法」，不就是影響的焦慮嗎？
吳喬（1611-1695）、毛奇齡（1623-1716）這裡揭示的中唐大
曆、元白一輩作者懾於前輩的成就而另闢蹊徑的心態，比英國詩
人愛德華·揚格（1683-1765）1759 年發表的致撒母耳·理查森
書還要早幾十年。揚格信中談到，為什麼獨創性作品那麼少，
「是因為顯赫的範例使人意迷、心偏、膽怯。他們迷住了我們的
心神，因而不讓我們好好觀察自己；它們使我們的判斷偏頗，只
崇拜他們的才能，因而看不起自己的；他們用赫赫的大名嚇唬我
們，因而覷覷腆腆中我們就埋沒了自己的力量」[59]。唐代詩人的
意識明顯與此不同，趙翼《甌北詩話》卷三也曾揭示韓愈有意求
奇的動機及其結果：

> 韓昌黎生平所心摹力追者，惟李、杜二公。顧李、杜之
> 前，未有李、杜，故二公才氣橫恣，各開生面，遂獨有千
> 古。至昌黎時，李、杜已在前，縱極力變化，終不能再闢
> 一徑。惟少陵奇險處，尚有可推擴，故一眼覷定，欲從此

58　清·毛奇齡：《西河詩話》卷七，收入張寅彭選輯：《清詩話三編》
　　（二）（上海：上海古籍出版社，2013 年），頁 842。
59　（英）愛德華·揚格，袁可嘉譯：《試論獨創性作品——致〈查理士·
　　格蘭狄遜爵士〉作者書》（北京：人民文學出版社，1998 年），頁
　　85。

關山開道，自成一家。此昌黎注意所在也。然奇險處亦自
有得失。蓋少陵才思所到，偶然得之，而昌黎則專以此求
勝，故時見斧鑿痕跡，有心與無心異也。其實昌黎自有本
色，仍在文從字順中，自然雄厚博大，不可捉摸，不專以
奇險見長。恐昌黎亦不自知，後人平心讀之自見。若徒以
奇險求昌黎，轉失之矣。[60]

趙翼不僅揭示了韓愈詩歌藝術的出發點、藝術特徵及與杜甫的區
別，最後還點明韓愈的本色所在、評價韓愈應有的著眼點。以
「影響的焦慮」為參照，更見出趙翼批評眼光之透徹。歸根到
底，一種新的理論學說，不管它是東方的還是西方的，都能提供
一個新的觀察文學的角度、說明文學的方式。克利斯蒂娃發明的
互文性理論，用一個意味著文本關聯的概念，將用典、用語、因
襲、模仿、擬代等眾多文學現象統攝起來，可以方便地說明其共
同特徵。熱奈特發明的「副文本」理論也一樣，用這個概念可以
方便地將作品的標題、小序、自注等作為同類問題打包處理。同
理，劉勰《文心雕龍‧論說》提出的「參體」概念，與書論的
「破體」概念聯繫起來，也可包攬所有指涉文體互參的現象[61]。
在這個意義上，無論哪國哪種文學理論都可以為人類既有的文學
經驗提供一種詮釋角度和評價方式。我們進行中西比較也好，闡
明古代文論的特有價值也好，不是像一些學者成天掛在嘴上的要
爭奪什麼文藝理論的話語權，而是要實現人類文學經驗的溝通、

---

[60]　清‧趙翼：《甌北詩話》卷三，《趙翼全集》（五），頁22。

[61]　蔣寅：〈中國古代文體互參中「以高行卑」的體位定勢〉，《中國社會
科學》2008年第5期，頁149-208。

理解和交流。這種交流只能以發現和理解為前提，更需要以發掘和詮釋為首要工作，類似於將考古發現的金幣兌換成當今硬通貨價格的估量和兌換。

　　這種理論的對話和交流所產生的影響並不是單方向的，中國文論在接受外來知識、觀念啟發的同時，也會啟動自己固有的理論蘊藏，觸發其思想潛能的生長，反哺施與影響者。我在借鑒互文性理論考量中國古代詩論中的模仿和其他文本相關性問題時，發現古人基於獨創性觀念的規避意識同樣也造成一種互文形態，或許可稱為「隱性互文」，對古典詩學的這部分現象和理論加以總結，就可以對現有的互文性理論做一個重要的補充[62]。由此可見，在中外文學理論的對話和交流中，彼此共通的部分固然有著印證人類共同美學價值的功能，而彼此差異的部分更能激起互補的需求而使知識增值。因此我們對古代文學理論的研究，就有必要更多地留意其理論思維和批評實踐異於西方之處。據我的粗淺觀察，中國古代文學理論和批評的獨異之處主要有三點：一是象喻性的言說方式，二是豐富的審美味覺概念，三是多樣化的批評文體。

　　中國文學批評的象喻式表達，自上世紀 30 年代就被錢鍾書〈中國固有的文學批評的一個特點〉一文觸及。後來學者們稱之為印象批評、形象批評或意象批評[63]，若參照古人的說法則可名

---

[62] 蔣寅：〈擬與避：古典詩歌文本的互文性問題〉，《文史哲》2012 年第 1 期，頁 22-32。

[63] 黃維樑：〈詩話詞話的印象式批評〉，《中國詩學縱橫論》（臺北：洪範書店，1982 年），頁 1-26；廖棟樑：〈六朝詩評中的形象批評〉，《文學評論》第八集（臺北：黎明文化事業公司，1984 年），頁 21；

為「立象以盡意」，是古代文學批評中常見的批評方法。同樣是
論品第，英國詩人奧登《19 世紀英國次要詩人選集》序言說
「一位詩人要成為大詩人，則下列五個條件之中，必須具備三個
半左右才行」：一、他必須多產；二、他的詩在題材和處理手法
上，必須範圍廣闊；三、他在洞察人生和提煉風格上，必須顯示
獨一無二的創造性；四、在詩體的技巧上，他必須是一個行家；
五、就一切詩人而言，我們分得出他們的早期作品和成熟之作，
可是就大詩人而言，成熟的過程一直持續到老死。余光中〈大詩
人的條件〉一文曾引述其說，將它們概括為多產、廣度、深度、
技巧、蛻變[64]。清末詩論家朱庭珍《筱園詩話》也曾區分詩人的
品級，但是用意象化的語言來形容其藝術境界。偉大詩人和二、
三流詩人的差別，分別用五嶽五湖、長江大河匡廬雁宕、一丘一
壑之勝地來譬說。比如：

　　大家如海，波浪接天，汪洋萬狀，魚龍百變，風雨分飛；
　　又如昆侖之山，黃金布地，玉樓插空，洞天仙都，彈指即
　　現。其中無美不備，無妙不臻，任拈一花一草，都非下界
　　所有。蓋才學識俱造至極，故能變化莫測，無所不有。孟
　　子所謂「大而化，聖而神」之境詣也。[65]

　　張伯偉：《中國古代文學批評方法研究》，頁 198。

[64] 余光中：〈大詩人的條件〉，《余光中談詩歌》（南昌：江西高校出版
　　社，2003 年），頁 44。

[65] 朱庭珍：《筱園詩話》卷二，收入郭紹虞輯：《清詩話續編》（四），
　　頁 2241。

概括起來說，相比大家的「變化莫測，無所不有」，大名家「已造大家之界，特稍遜其神化」，名家「自擅一家之美，特不能包羅萬長」，小家則「亦能自立，成就家數」，但氣象規模終不大。彼此之間的差別和區分不同品第的尺度都很清楚，其中同樣也包含了廣度、深度、技巧、蛻變四個要素（沒有提到多產，這是不言而喻的），但屬於畫龍點睛，論說的主體還是譬喻的部分，以意象化的語言展現了不同品第所企及的境界，一目了然且給人深刻印象。在中國古代文論和批評中，象喻式表達遍及文學的所有層面，直觀地把握作家、作品的整體風貌是其所長，可以彌補細讀法的條分縷析所導致的只見樹木不見森林的偏頗。

關於中國古代詩文評豐富的審美味覺概念，正像中國飲食異常豐富的口味，幾乎不需要論證。中華大地廣袤的疆域和眾多的民族所培養的多樣文化，造就了中國古代文學無比豐富、細膩的審美味覺，經過有效的分析和理論總結，足以充實人類審美經驗的資料庫。負載這些經驗的表達方式，同樣豐富多彩，且與儒家「游於藝」的精神相通，給文藝批評增添了若干娛樂功能。最早對詩文評的源流加以宏觀描述的《四庫全書總目・詩文評》小序寫道：

> 文章莫盛於兩漢，渾渾灝灝，文成法立，無格律之可拘。建安、黃初，體裁漸備，故論文之說出焉，《典論》其首也。其勒為一書傳於今者，則斷自劉勰、鍾嶸。勰究文體之源流，而評其工拙；嶸第作者之甲乙，而溯厥師承，為例各殊。至皎然《詩式》，備陳法律；孟棨《本事詩》，旁采故實；劉攽《中山詩話》、歐陽修《六一詩話》，又

　　體兼說部。後所論著，不出此五例中矣。[66]

這裡雖然辨析了古代詩文評的類型和歷史，但遠未觸及它豐富的
理論、批評形式，直到張伯偉《中國古代文學批評方法研究》一
書才就選本、摘句、詩格、論詩詩、詩話和評點六種基本形式做
了透徹的梳理[67]。具體到批評文體，還可以舉出若干更有特色的
類型。龔鵬程曾舉出南朝鍾嶸所創《詩品》、唐張為所創《詩人
主客圖》、宋呂本中所創《江西詩社宗派圖》、清舒位所創《乾
嘉詩壇點將錄》四種[68]，起碼還可以補充：(1)紀事，古來傳有自
宋計有功《唐詩紀事》到近人鄧之誠《清詩紀事初編》的歷代詩
歌紀事之作。(2)句圖，也是一種摘句，但又不同於摘句批評。
鄭樵《通志‧藝文略》著錄《九僧選句圖》一卷，係輯宋初九僧
名句而成，後有高似孫《文選句圖》、王漁洋摘施閏章句圖等戲
仿之作。(3)位業圖，清代劉寶書撰有《詩家位業圖》，也是非
常獨特的一種批評體裁，係仿陶宏景《真靈位業圖》而編成的歷
代詩家品第圖。雖名為仿陶弘景，實則取法於張為《主客圖》，
又易以佛家位業，列「佛地位」至「魔道」共九等，「以見古今
詩家境地之高下，軌途之邪正」[69]。作者於各家所列等第時有理
由說明，但啟人疑竇處殊多。要之，這類圖錄正像《點將錄》一

66　《四庫全書總目》卷一九五，頁 1779。
67　張伯偉：《中國古代文學批評方法研究》。
68　龔鵬程：《中國文學批評史論》第二卷第五章〈詩歌人物志──詩品、
　　主客圖、宗派圖與點將錄〉（北京：北京大學出版社，2008 年），頁
　　134-154。
69　清‧劉寶書：《詩家位業圖》例言，光緒十八年張善育刊本。

樣，無非都是遊戲之作，對於詩學研究的價值恐怕還不及《詩品》和《主客圖》。衡以當今接受美學的觀點，也不妨視為一個時代人們心目中古今詩人的排行榜。近代以來范煙橋、江辟疆、錢仲聯、劉夢芙等運用《點將錄》的形式批評晚清直到現代的詩詞創作，仍舊不乏批評的效力和趣味，且追仿者不絕，足見詩文評文體自身就具有特定的藝術性，詩文批評本身也具有創作的性質。誰能說《文心雕龍》式的駢文和「體兼說部」的詩話，不是一種駢文、隨筆寫作呢？

　　當今中國大陸的文學理論界，無不對話語權的缺乏耿耿於懷，同時急切地尋求理論創新之路。「古代文論的現代轉換」是許多學者的希望所寄，將古代文論與當代西方文論相融合，由此孕育出新的理論學說，也是一部分學者執著的信念。但我很懷疑，理論創新是否能從既有理論的組合或融合中實現。舊知識的融合仍然是舊知識，大概難以像化學反應那樣形成新的知識。文學理論的創新只能萌生在文學經驗的土壤中，只有創作經驗的總結和抽象才可能形成理論的結晶。因此，我不認為古代文學理論和批評史研究能直接推動今天的理論創新，但相信完整地認識古代文學理論和批評的傳統，可以為古代文學研究提供一個本土視角及相應的詮釋方式。柯文《在中國發現歷史》一書開篇就提到：「中國史家，不論是馬克思主義者或非馬克思主義者，在重建他們自己過去的歷史時，在很大程度上一直依靠從西方借用來的詞彙、概念和分析框架，從而使西方史學家無法在採用我們這些局外人的觀點之外，另有可能採用局中人創造的有力觀

點。」[70]這種遺憾也是中國文學史研究應該避免的。同時，全面認識古代文學理論和批評的傳統，理解古代文學理論與創作、批評實踐的互動關係，可以促使我們正視近代以來的文學經驗，在古今、中外視閾的融合中發抉具有獨特意義和規律性的問題，從中提煉有概括力的理論命題。這樣，文學理論的創新是可以期待的。這就是我理解的文學理論創新之路，願提出來質正於同道。

本文已發表於《文藝研究》2017 年 10 期

---

[70]　（美）保羅‧柯文：《在中國發現歷史——中國中心觀在美國的興起》（臺北：臺灣中華書局，1989 年），頁 1。

參考書目

一、傳統文獻

清‧方中履：《汗青閣文集》，康熙刊本。

清‧毛奇齡：《西河詩話》，收入張寅彭選輯：《清詩話三編》，上海：上海古籍出版社，2013 年。

清‧王壽昌：《小清華園詩談》，上海：上海古籍出版社，2016 年。

清‧永瑢、紀昀等：《四庫全書總目》，臺北：臺灣中華書局，1965 年。

清‧朱琰輯：《詩觸》，嘉慶三年重刊本。

清‧朱庭珍：《筱園詩話》，收入郭紹虞輯：《清詩話續編》，上海：上海古籍出版社，2016 年。

清‧汪師韓：《詩學纂聞》，收入丁福保輯：《清詩話》，上海：上海古籍出版社，1978 年。

清‧李憲喬：《凝寒閣詩話》，山東博物館藏抄本。

清‧李憲喬：《高密三李詩話》，山東博物館藏抄本。

清‧李憲喬：〈與李秉禮論詩劄〉冊頁，浙江浙商拍賣有限公司 2011 年春季藝術品拍賣會 http://auction.artxun.com/paimai-57109-285542246.shtml，2014 年 8 月 14 日訪問。

清‧周亮工輯：《賴古堂名賢尺牘新鈔》，宣統三年國學扶輪社石印本。

清‧吳喬：《圍爐詩話》，收入郭紹虞輯：《清詩話續編》，上海：上海古籍出版社，2016 年。

清‧陳祚明：《采菽堂古詩選》，上海：上海古籍出版社，2008 年。

清‧許印芳：《詩法萃編》，收入《叢書集成續編》，上海：上海書店出版社，1994 年。

清‧黃承吉：《夢陔堂詩集》，民國二十八年燕京大學圖書館排印本。

清‧焦袁熹：《此木軒文集》，中國社會科學院文學所藏稿本。

清‧黃宗羲：《南雷集》，四部叢刊初編本。

清‧程晉芳：《正學論》，《勉行堂詩文集》，安徽：黃山書社，2012 年。

清‧趙翼：《甌北詩話》，收入曹光甫校點：《趙翼全集》，南京：鳳凰
　　出版社，2009 年。

清‧鄭方坤：《本朝名家詩鈔小傳》。

清‧錢謙益：《牧齋有學集》，上海：上海古籍出版社，1996 年。

清‧麓峰居士輯評：《試帖仙樣集裁詩十法》，咸豐六年刊本。

二、近人論著

方漢文：〈當代詩學話語中的中國詩學理論體系——兼及中國詩學的印象
　　式批評之說〉，《蘭州大學學報》2010 年第 2 期，頁 1-8。

王曉路主編：《北美漢學界的中國文學思想研究》，四川：巴蜀書社，
　　2008 年。

江曦、李婧：〈清詩話拾遺〉，《中國詩學》第 19 輯，北京：人民文學出
　　版社，2015 年。

朱光潛：《詩論》，北京：北京出版社，2005 年。

沈謙：〈文學批評的層次——從夏志清顏元叔的論戰談起〉，《幼獅文
　　藝》45 卷 4 期，1977 年 4 月，頁 192-209；後收入氏著：《期待批
　　評時代的來臨》，臺北：時報文化出版企業股份有限公司，1979
　　年。

李旭：〈關於中國古代美學範疇和範疇體系建構問題〉，《江西社會科
　　學》第 5 期，2003 年，頁 71-75。

李嘉言：〈中國文學批評史〉，《文哲月刊》1936 年第 1 卷第 7 期。

余光中：〈大詩人的條件〉，《余光中談詩歌》，江西：江西高校出版
　　社，2003 年。

汪湧豪：《範疇論》，上海：復旦大學出版社，1999 年。

杜澤遜主編：《清人著述總目》，未刊稿。

季廣茂：〈比喻：理論語體的詩化傾向〉，收入錢中文主編：《文學理
　　論：面向新世紀》，濟南：山東人民出版社，1997 年。

周海波：《中國現代文學批評史論》，上海：上海人民出版社，2002 年。

吳予敏：〈論傳統文論的語義詮釋〉，《文學評論》1998 年第 3 期，
　　頁 56-68。

徐有富：《程千帆沈祖棻年譜長編》，南京：南京大學出版社，2013 年。

陳榮捷：〈中國文學批評〉，《南風》1 卷 3 期，1924 年 11 月，頁 33。

陳良運：〈論中國詩學發展規律、體系建構與當代效應〉，收入錢中文主
　　　　編：《文學理論：面向新世紀》，濟南：山東人民出版社，1997 年。

梁啟超：《清代學術概論》，臺北：東方出版社，1996 年。

章太炎：《檢論》，收入《章太炎全集》，上海：上海人民出版社，1984
　　　　年。

黃維梁：〈詩話詞話的印象式批評〉，《中國詩學縱橫論》，臺北：洪範
　　　　書店有限公司，1982 年。

黃維梁：〈《文心雕龍》「六觀」說和文學作品的評析——兼談龍學未來
　　　　的兩個方向〉，《北京大學學報》1996 年第三期，頁 70-75。

黃霖、周興陸主編：《視角與方法：復旦大學第三屆中國文論國際學術研
　　　　討會論文集》，南京：鳳凰出版社，2013 年。

黃藥眠、童慶炳主編：《中西比較詩學體系》，北京：人民文學出版社，
　　　　1991 年。

張伯偉：《中國古代文學批評方法研究》，北京：中華書局，2002 年。

張寅彭：〈略論明清鄉邦詩學中的「泛江西詩派」觀〉，《文學遺產》
　　　　1996 年第 4 期，頁 78-88。

張夢機：《鷗波詩話》，臺北：漢光文化事業股份有限公司，1984 年。

賈文昭主編：《皖人詩話八種》，安徽：黃山書社，1995 年。

葉朗：《中國美學史大綱》，上海：上海人民出版社，1985 年。

葉維廉：《從現象到表現》，臺北：東大圖書公司，1994 年。

楊松年：《中國文學評論史編寫問題論析》，臺北：文史哲出版社，1988
　　　　年。

楊鴻烈：《中國詩學大綱》，臺北：臺灣商務印書館，1976 年。

廖棟樑：〈六朝詩評中的形象批評〉，《文學評論》第八集，臺北：黎明
　　　　文化事業公司，1984 年。

劉若愚：〈清代詩說論要〉，《香港大學五十周年紀念論文集》第一輯，
　　　　香港：香港大學，1964 年。

蔣寅：〈古詩聲調論的歷史發展〉，《學人》第 11 輯，南京：江蘇文藝出

版社，1996 年，頁 11-25。

蔣寅：〈古典詩學中「清」的概念〉，《中國社會科學》2000 年第 1 期，
　　　頁 146-208。

蔣寅：〈清初李因篤詩學新論〉，《南京師範大學學報》2003 年第 1 期，
　　　頁 121-127。

蔣寅：〈中國古代文體互參中「以高行卑」的體位定勢〉，《中國社會科
　　　學》2008 年第 5 期，頁 149-208。

蔣寅：〈擬與避：古典詩歌文本的互文性問題〉，《文史哲》2012 年第 1
　　　期，頁 22-32。

蔣寅：《清代詩學史第一卷》，北京：中國社會科學出版社，2012 年。

簡明勇《杜甫七律研究與箋注》，臺北：五洲出版社，1973 年。

龔鵬程：〈細部批評導論〉，《文學批評的視野》，臺北：大安出版社，
　　　1990 年。

龔鵬程：〈詩歌人物志——詩品、主客圖、宗派圖與點將錄〉，《中國文
　　　學批評史論》，北京：北京大學出版社，2008 年。

（美）宇文所安：《中國文論：英譯與評論》，上海：上海社會科學出版
　　　社，2003 年。

（美）保羅・柯文：《在中國發現歷史——中國中心觀在美國的興起》，
　　　臺北：臺灣中華書局，1989 年。

（英）愛德華・楊格，袁可嘉譯：《試論獨創性作品——致〈查理士・格
　　　蘭狄遜爵士〉作者書》，北京：人民文學出版社，1998 年。

輯 一
物的回眸

張岱與石的物我關係再探

中央大學中文系講師
龍亞珍

摘　要

　　拙作：〈張岱與石的物我關係探索〉[1]，以為「石」對張岱而言，具有非比尋常的意義和象徵。本文為同此主題的再探索。整理、爬梳前文所論述的張岱石我關係以外，其他張岱詩文與石有關的面向。章節與內容略如下：「張岱藏石作銘中的物我關係」，主要討論張氏傳家之寶—木化石「木寓龍」、「木猶龍」，收藏與命名的曲折過程，和其與張岱在明清鼎革之際，隱微心路歷程的關係。其他張氏為收藏的奇石、硯石所撰製的詩、銘，則體現了張氏對硯石的寶愛，與一以貫之，渾樸天然，不失本真，崇尚真性情的價值觀。「張岱補天意志象徵的女媧石、唐琦石」，主要闡述張岱以女媧石、唐琦石等為喻、為象徵，所寄託的補天意志與愛國熱情。張岱以「石」代指臣吏平民。以敲石出火，喻忠臣義士瞬間迸發的愛國熱情。以「石」的樸實無華，滿地皆是，象徵捐軀不悔的無名忠貞愛國英雄。「張岱對石不遇的不平之鳴」，主要討論張岱對奇石、妙石被棄、遭戕的惋惜痛恨，奇石遭汙破壞而後復原的欣快，及其借石之不遇，以託寄磊砢不平之氣的情懷。以為《越山五佚記》實為張岱版的《永州八記》。「張岱《石匱書》之名與石的關係」，探究張岱明史著作：《石匱書》、《石匱書後集》，以「石匱」命名史書的原因和多重意義。上述「木猶龍」、硯石、女媧石、唐琦石、《石匱書》，石我一如，皆張岱懺悔國滅家亡，沉痛中的寄託與氣力，是以為結。

關鍵詞：張岱二夢　張岱詩文　石匱書　石文化　物我關係

---

[1]　龍亞珍：〈張岱與石的物我關係探索〉，收入李瑞騰、卓清芬主編：《物我交會：古典文學的物質性與文學性》（臺北：萬卷樓圖書股份有限公司，2017 年 12 月），頁 49-80。

一、前言

　　筆者前此作〈張岱與石的物我關係探索〉一文，係探索張岱癖於石，且對之一往情深下，其用石、藏石、寫石，以石興寄等多面又多重糾結的物我關係內涵。該文石我關係的觀察面向，以張岱的石公名號、張岱所記述的自家園林與石、友朋園林與石、以石為知音、張岱藏身之石等為主。以下略述其章節與內容：

　　一、前言：張岱石公之號與文人石癖的關係

　　張岱以石公為號，既受唐宋以下文人癖石風氣的陶染，也受明代同以石公為號的袁宏道等人影響。石公之稱也是他標幟品操而一往情深的品項之一。石之於張岱，具有多重含意。他以石為號，以石為友，所作詩文賦予石的比興、象徵意涵，及其與石的物我關係，較前賢更為多元、複雜、豐富。

　　二、張氏園林之石與其家風的關係

　　越中園林之造始於張氏，園林是張氏家族生活、讀書、藏書之所，也是園主的社會表徵。園林的建築、山水、植栽、佈置等皆園林講究的內容，但園石更是張岱寓目的焦點。本節論述張氏「筠芝亭」、「砎園」、「山艇子」、「表勝庵」、「懸杪亭」、「不二齋」、「梅花屋」、「爐花閣」、「瑞草谿亭」等園林與園石。以為園林與園名，常是主人品操格調的寄託或符號。張氏各代修治園林的氣度、方式，和佈置谿亭樹石的心態、思維，反映其家風由渾樸天然到奢糜隨心的轉變，也和明末滄桑忽變的巨大歷史變遷相呼應。

　　三、其他園林之石與園主人品的關係

　　一如記述自家園林，張岱記述友朋園林也多穿插園石的描

寫，且蘊含著以石喻人，以園觀人、以園喻人的比興之意；寫石
亦即寫人，石之風姿，猶如主人風格、風範，故園由人置，人以
園顯。本節討論的園林，有黃寓庸園林及奔雲石；奔雲石外觀風
情，與主人外貌丰采，互為表裏。「愚公谷」鄒迪光園林，鄒迪
光為用錢如水，工詩善畫，園林佈置有思緻文理，物象自然有
序。與主人人格風範，正相呼應。范長白園主人為范允臨，人極
醜，嗜掉書袋，其園林處處擬古，故做低小，刻意隱匿，園主矯
揉做作之態，不言自喻。包應登涵所的南北二園園林，精思巧
構、穠妝豔抹，金碧輝煌，一如主人「繁華到底」。富賈于五的
「于園」、儀真「汪園」皆以壘石為核心。「于園」園林奇在礓
石，工匠娠孕，主人「琢磨搜剔」，費盡心機，構形湊合，全失
天然。「汪園」用石同樣闊綽不惜，印證石如其人的物我互喻關
係。

　　四、張岱以石為知音的物我關係

　　癖於石固然被明人視為離俗近雅的良方，但癖石而進於道，
物我相契，且一往情深，生死以之，始堪稱知音。張岱對石處處
留心、嘆賞，癡情之深，堪稱石之知音。石於張岱則是可與交談
悟心的知己，心聲相通，得默契於天地之間，堪稱「心友」。張
岱作為石之知己，視石如人，寫石猶作傳，常冀諸石皆能得其所
哉，自由舒展自性。對於造型奇譎，龐然偉岸，剔透玲瓏，鬼斧
神功般不可思議、豈有此理的奇石，憐愛外，張岱更多敬重。而
山石與園林插石、奇石，相對於人世的滄桑，是永恆的象徵。尤
其在明清鼎革之際，輿圖易幟，繁華倏去，親朋物故，興亡一
瞬，所感尤深。老松林石的默然兀存，與人世園林易主，庭院荒
蕪的變色、變調相較，猶如白頭宮女閒坐說玄宗，為知己的觀者

默述往事，北宋徽宗時的花石綱遺石，正為此間見證。故賞玩美
景時，石便常成為張岱「癡對」佳境的無言之侶。

五、張岱〈瑯嬛福地〉藏身之石的物我關係

《陶庵夢憶》最後一篇〈瑯嬛福地〉，載其因夢而碟石以為
生壙的經過。瑯嬛福地之名與內容，仿擬於原題元‧伊士珍的
《瑯嬛記》，但特別凸出了「瑯嬛福地」與「石」的關係、藏書
數量、貯書精舍。如此改寫，是以張氏三代藏書三萬卷為背景的
心理投射。而瑯嬛福地的佈置中，石骨、筠篁、黃山松、奇石
等，則為張岱物我互喻的具象修辭，是其文士品操象徵符號與形
象語碼。以山巖碟石為百年藏身之所，對於石，張岱至此可謂生
死以之，終生未改。

結語：龍性難馴：石我相契關係下的共性

張岱認同於石，真情如癡的緣由，除前輩文人的影響與歷代
石文化的型塑外，另一潛藏張岱認知與內心深處的原因，是他與
石皆具有龍性難馴的特性。張岱習用語彙中，「龍」有兩種含
義。一為皇明王朝、王室的象徵，是歷代帝王相沿的慣用符碼。
一為萬物受之於天地，渾藏於形跡下，凜然不可侵犯，內隱的超
自然氣質或靈氣；故有山川之「龍」、木石之「龍」、劍
「龍」、石「龍」。石「龍」之氣性，尤為張岱所強調。石既有
「龍」，石遭摧殘，卻依然難改的天然質性，張岱便稱之為「龍
性難馴」。故龍與石，都是張岱修辭中具有象徵意涵的辭彙。
「龍性難馴」是張岱以石為知音，賞石、讀石，從感悟中融物入
己，物我相契的共性。

本文為前文的續作。整理、爬梳前文所論述的張岱石我關係
以外，其他張岱詩文與石有關的面向。並依所論石之類別、性

質、作用、象徵等,區分為下列章節:張岱藏石作銘中的物我關係、張岱補天意志象徵的女媧石、唐琦石、張岱對石不遇的不平之鳴、張岱《石匱書》之名與石的關係、結語:石我一如:沉痛中的寄託與氣力。以探索愛石成痴的張岱,著作中另類的石我關係豐富內涵與義蘊。

二、張岱藏石作銘中的物我關係

(一)松花石與木猶龍

歷來石癖者除了對賞石「一往情深」外,亦皆喜愛收藏可在室內供賞、把玩的奇石、硯石。文人雅士則除了收藏把玩,更喜為之題記、作文、作銘、作詩,形成文人雅士特有的另類物我關係。張岱為藏石作文之癖,蓋因緣於從小耳濡目染的家族雅好,《陶庵夢憶》即有張岱祖父張汝霖收藏松花石,張汝霖並為文記之的經過。

松花石為松木的化石,原被置放於湖南瀟江江口的神祠中,當地土著取來做為祭祀時割牲饗神之用,故松花石渾身皆被毛血漬髡。汝霖惜之,不僅將其舁回官署,並親自祓濯,以「石丈」呼之,為此化石作〈松花石紀〉一文,還在石上磨崖作銘:「爾昔蠢而鼓兮,松也。爾今脫而骨兮,石也。爾形可使代兮,貞勿易也。爾視余笑兮,莫余逆也。」[2](《陶庵夢憶·松花石》卷

---

[2] 明·張岱著,馬興榮點校:〈松花石〉,《陶庵夢憶／西湖夢尋》(臺北:漢京文化有限公司,1984 年,四部刊要本)卷 7,頁 67。本文參考之《陶庵夢憶》、《西湖夢尋》原典,除文字與篇目參校其他版本有

7，頁 67）之後，汝霖又將其舁回浙江張宅。汝霖不僅收藏松花石，重新賦予其尊嚴，呼為「石丈」，視人格化的松花石為會笑的長者，望其笑而莫逆，還為其作紀、勒銘。在此物我關係中，於松花石，汝霖猶如再造之知音；於汝霖，松花石之則如令人憐惜尊敬之長者，同時也是感物興發的對象。而人石之相契，全繫乎於有感之靈心。

汝霖之後，為收藏的品物作文、賦詩、銘贊，似乎便成為張氏家族與藏物關係的模式。擔任過魯王府長史司佑右長史的張岱父燿芳，曾不惜以犀觥十七隻為代價，購得的也是化石的「木猶龍」。此石本是明朝開國功臣開平王常遇春得之於遼東的松木化石。開平府第焚燬，此木竟埋入地下數尺未受波及，人因此驚呼為龍。燿芳本欲將此化石進獻於魯憲王[3]，但因誤書了「木龍」之名，犯諱而未成。燿芳辭世後，歷經曲折的水陸運送過程，張岱不惜花費百金，才將重達千餘斤的「木猶龍」運回，作為傳家寶。如此大非周章安置後，張岱又懇請詩社的名公，周墨農（祚新）倪鴻寶（元璐，1593-1644）、祁世培（彪佳，1602-1645）等人為之賜名命字，賦言歌詠。張岱因此為之讚嘆：「嗚呼，木龍可謂有遇矣！」（《陶庵夢憶‧木猶龍》，卷 1，頁 7-8）張

所更正外，皆以此版本為主。為省篇幅，本文凡再次引用原典時，除特須註釋外，卷、頁皆直接附於正文引文之後，不再加註。

[3]　張燿芳獻木龍於魯王一事，魯王，《陶庵夢憶‧木猶龍》與張岱著，夏咸淳輯校：《張岱文集‧家傳》，《張岱詩文集》增訂本，（上海：上海古籍出版社，2014 年），頁 338，皆做「魯獻王」，然明代魯之藩王並無獻王，故當為「魯憲王」，學者已考證其誤，見婁如松：《陶庵夢憶注箋校》（北京：群言出版社，2017 年），頁 34-35。

岱還奉父命作了〈木寓龍〉詩並序。其後，也效祖父汝霖，在龍
腦尺木上鏤勒二銘，一曰：「夜壑風雷，騫槎化石；海立山崩，
烟雲滅沒；謂有龍焉，呼之或出。」一曰：「擾龍張子，尺木書
銘。何以似之？秋濤夏雲。」且另有〈木猶龍〉二詩歌詠之。[4]
松花石、木猶龍皆為松木所化之石，張岱對此松化石的認知，見
於〈木寓龍〉詩：「曾聞萬年樹化牛，祖龍驅之赴滄洲。……質
成金石堪雕（王臾），毒龍蟠據稱大囚。」也見於其所輯纂的類
書《夜航船》。該書〈松化石〉條云：「松樹至五百年，一夜風
雷化為石質，其樹皮松節，毫忽不爽。唐道士馬自然指延真觀松
當化為石，一夕果化。」[5]或許基於萬年百年木化為石的神話性
質認知，脫胎換骨後的松化石，張氏家人將其視為家庭傳承的寄
寓和象徵，「傳為世寶」。或為之興寄吟詠，或以之為以文會友
時，與詩友展現才學，品評交流的主角。其對石的尊重雅好，石
我關係約略如此。

　　而「木龍」之名，《張岱詩文集》所錄詠，或做「木寓

----

[4]　二銘見《陶庵夢憶・木猶龍》，卷 1，頁 7-8。亦收錄於《張岱詩文
　　集》增訂本，頁 389-390。〈木寓龍〉為七言古詩，見《張岱詩文集》
　　增訂本，頁 57。〈木猶龍〉詩二首，為五言律詩，見《張岱詩文集》
　　增訂本，頁 117。「木寓龍」與「木猶龍」為同一物。〈木寓龍〉詩序
　　云：「先君子有木寓龍，……命岱賦之，用東坡〈木假山〉詩韻」。此
　　詩據張岱好友祁彪佳《祁忠敏公日記・山居拙錄》所載，見張岱此詩時
　　間為崇禎 10 年（1637 年），詩題為〈木猶龍〉。祁氏資料考證參閱：
　　婁如松：《陶庵夢憶注箋校》，頁 35。而據《張岱文集・家傳》所
　　記，張燿芳卒於壬申年（《張岱詩文集》，頁 339），即 1632 年，則
　　張岱此詩蓋作於 1632 年以前。

[5]　明・張岱著，李小龍整理：《夜航船》（北京：中華書局，2012
　　年），地理部，泉石，卷 2，頁 50。

龍」，或做「木猶龍」，《陶庵夢憶》篇名則做〈木猶龍〉。雖
然「木寓龍」之名乃倪鴻寶所命，「木猶龍」為周墨農所命；但
《陶庵夢憶》成書於明亡之後，出版於清代，《陶庵夢憶》所以
擇「木猶龍」為名，恐另有所寄。蓋「木寓龍」《史記‧封禪
書》作「木禺龍」，原是秦統一六國後，祭祀雍四畤上帝的木製
品，其文云：「畤駒四匹，木禺龍欒車一駟，木禺車馬一駟，各
如其帝色。」裴駰《史記集解》引《漢書音義》云：「禺，寄
也。寄生龍形於木也。」司馬貞《史記索隱》云：「禺，一音
寓，寄也。寄龍形於木，寓馬亦然。一音偶，亦謂偶其形於木
也。」此「木禺龍」《漢書‧郊祀志上》作「木寓龍」。[6]據張
岱所云，木寓龍本欲進獻魯憲王，卻因誤書「木龍」犯諱，遭到
峻拒，所犯何諱？張岱未明說，但「木龍」乃皇帝祭祀上帝所用
之物，所謂「犯諱」，大概指此。筆者以為《陶庵夢憶‧木猶
龍》，與〈木猶龍〉二詩，殆皆作於明亡之後。[7]不名「寓龍」而
名「猶龍」者，因「寓龍」之名乃如祭祀之犧牲，「猶龍」則猶如
四靈之龍，意謂木雖化龍，尚有生氣。〈木猶龍〉其二云：「峨
嵋隱斗室，秦鐸不能移。夢入檀蘿怪，幻成海市奇。……。」
「夢入檀蘿怪」典出〔唐〕李公佐〈南柯太守傳〉，淳于棼夢入

6　漢‧司馬遷著，劉宋‧裴駰《集解》、唐‧司馬貞《索隱》、唐‧張守
　　節《正義》：〈封禪書〉，《史記》（新校本廿五史，臺北縣永和鎮：
　　史學出版社，1974 年），卷 28，頁 1376-1377。漢‧班固撰，唐‧顏
　　師古注：〈郊祀志上〉，《漢書》（臺北：洪氏出版社，1975 年），
　　卷25上，頁1209。
7　本文 4 註謂祁彪佳《祁忠敏公日記‧山居拙錄》載，崇禎 10 年
　　（1637 年）見張岱〈木寓龍〉詩，而題為〈木猶龍〉，祁彪佳大概是
　　根據詩友周墨農所命之名為題。

槐安國，為南柯太守，遭檀蘿國所伐而兵敗的故事，詩中用之以喻明為清所滅之史實。〈木猶龍〉詩其一云：「烟雲常滅沒，深鎖木猶龍。……。」蓋亦謂此。「峨嵋隱斗室，秦鐸不能移。」張岱祖籍為四川，故以四川之「峨嵋」喻己，以「秦攻趙，鼓鐸之音聞於北堂」[8]之「秦鐸」，明己不為強秦所移奪之志。此不可奪之志，正是前篇拙著〈張岱與石的物我關係探索〉中所論述的「龍性」。〈木猶龍〉尺木之銘則曰：「擾龍張子，尺木書銘。何以似之？秋濤夏雲。」尺木為龍頭上如博山形之物，相傳為龍登天所憑，[9]張岱書銘於龍之尺木上，且自稱「擾龍張子」[10]，則〈木猶龍〉銘之意，蓋寄託了張岱於明亡後，仍圖馴龍登天，欲效其力以復明的抱負。若然，則從「木寓龍」到「木猶龍」的篇名抉擇，不僅是木龍化石義涵的轉變，也含有張岱於明清鼎革之際，隱微透露的心路歷程。

（二）其他藏石與硯石

張氏家族的石癖自父祖輩開啟之後，至後代已積習成風。張

8　漢・劉向輯錄：《戰國策》（下）（臺北：九思出版有限公司，1978年），頁 723。

9　唐・段程式：《酉陽雜俎・前集・鱗介篇》（臺北縣樹林鎮：漢京文化事業有限公司，1983 年）：「龍，頭上有一物如博山形，名尺木。龍無尺木，不能昇天。」卷 17，頁 163。亦見《夜航船》四靈部・鱗介，卷 17，頁 316。

10　擾龍即馴服龍之意。相傳唐、虞、夏諸代君王蓄龍，故有豢龍氏、御龍氏，「有陶唐氏既衰，其後有劉累學擾龍于豢龍氏。」見楊伯峻編著：《春秋左傳會注》（高雄：復文圖書出版社，1986 年），魯昭公二十九年，頁 1500-1501。

岱二叔葆生（張聯芳，字爾葆），是與沈周、文徵明等書畫名家相伯仲的畫家。精鑑賞，收藏書畫鼎彝甚富，為大江以南五大收藏家之一。[11]《陶庵夢憶・仲叔古董》特別回憶他好收藏，尤其是因精於鑑賞，所收「石璞」竟製成奇器玉寶的往事：

> 庚戌，得石璞三十斤，取日下水滌之，石罅中光射如鸚哥祖母，知是水碧，仲叔大喜。募玉工仿朱氏龍尾觥一，合卺杯一，享價三千，其餘片屑寸皮，皆成異寶。（卷6，頁57）

其他張氏所藏名石尚有「雨花石」。《張岱文集》卷五即載張氏三代收藏雨花石的情形：「雨花石，自余祖余叔及余，積三世而得十三枚，奇形怪狀，不可思議。」（《張岱詩文集》，頁403）同卷也記載其同胞母弟山民所收藏的「白瑛石」與其形貌：「石稜如刀環相比，遍體雪痴，不靈不動。」（《張岱詩文集》，頁409）二石皆列於張岱〈二十八友銘〉中。可知張岱對家族收藏的每一奇石，幾乎都視之如人如友，為其留下身家記錄。

另為張氏收藏大宗的是硯石。歐陽脩謂：「硯可以了一世，墨可以了一歲」。硯石是文士一生的伏案文侶，素為前賢珍惜。尤其宋代愛石成痴的米芾，所藏研山硯最知名，是歷代藏石家費

---

11 張爾葆生平參閱《張岱文集・家傳・附傳》，卷4，《張岱詩文集》，頁260-261。張岱亦有〈題葆生叔畫〉一文，謂其畫傳世六十四年，猶「墨氣淋漓」，相當讚賞。見《張岱文集》，卷5，《張岱詩文集》，頁381。

盡心機的珍搜之物。張氏世代書香，家族也都喜藏硯石。《陶庵夢憶》便載有張岱托友人秦一生代覓佳石為硯的趣事。秦一生遍尋城中未見佳石，後來得知山陰獄中大盜拋出一塊石璞，索銀二斤。張岱因正好前往武林，秦一生又不能辨識真假，結果被張岱二叔獨子堂弟張萼（字燕客）得知使詐，連夜以巨資三十金買去，命製硯名家汪硯伯製成石硯。此硯也就是《陶庵夢憶》所載的「天硯」。張岱詳細記載其外觀、色澤、質地、紋彩，並受張萼所囑，為它作銘。張岱將其比擬為女媧鍊石補天之石，寶愛甚深：

> 命硯伯製一天硯，上五小星一大星，譜曰：「五星拱月。」燕客恐一生見，劇去大小三星，止留三小星。一生知之，大懊恨，向余言。余笑曰：「猶子比兒。」亟往索看。燕客捧出，赤比馬肝，酥潤如玉，背隱白絲類瑪瑙，指螺細篆，面三星墳起如弩眼，著墨無聲而墨瀋烟起。……銘曰：「女媧鍊天，不分玉石；鼇血蘆灰，烹霞鑄日；星河混擾，參橫箕翁。」（卷1，頁8）

同樣費三十金，張萼也曾在昭慶寺購買一具靈璧硯山，是數百年古物，「石黝潤如著油」，峰巒奇峭，名為「青山白雲」。雖然其後張萼嫌硯山山腳尚欠透瘦，以大釘搜剔而令其砉然兩解，[12]但為購佳硯，不惜矯詐、不惜巨資的硯石之癖，張氏家族之石癖亦可窺豹一斑了。

12　《張岱文集‧五異人傳》，卷4，《張岱詩文集》，頁358。

　　張氏家族收藏硯石甚多，而且有賦石以銘的文人之雅。收入
《張岱文集‧銘》中的硯銘即有：〈小硯銘〉、〈修改宋研
銘〉、〈紫袍玉帶銘〉、〈小硯銘〉、〈松節研銘〉二首、〈石
皮研銘〉二首、〈小硯銘〉、〈謝緯止研山銘〉、〈松橛研
銘〉、〈劉雲研銘〉二首、〈端研銘〉、〈鸞研銘〉二首、〈隻
履研銘〉二首、〈宋研銘〉、〈寶瓶硯銘〉、〈天石硯銘〉、
〈夔龍研銘〉（《張岱詩文集》，頁 389-402）。見於《張岱文
集‧二十八友銘并序》的硯石則有：〈研山銘〉、〈呂文安糕拙
研銘〉、〈石皮研銘〉（《張岱詩文集》，頁 403、407、
410）。若將〈天硯銘〉計入，則張岱所作硯銘不下二十五首。
而所謂「二十八友」，本皆張氏舊藏，後來大半失去，張岱因猶
記其姓氏，如得故友，故以「友」稱之，〈二十八友銘〉序曰：

　　　盧陵嗜奇，六一為號。老鐵好古，七客著名。余家舊物，
　　　失去強半。而余尚識其姓氏，如得故友，故曰友也。

所藏諸物，即使是小硯，小石，張岱都視如故友，有其姓氏，對
諸物用情之深，不可不謂痴矣。硯既有姓氏，張岱銘硯亦如作
傳，於硯銘之前，常以小序記下此硯的收藏者，和硯的外觀、特
徵。如〈研山銘〉序：「二酉叔（張聯方）收藏。層巒疊嶂，方
壇髻螺，罔不畢具，而靈璧之產，尤難於皺瘦。」（頁 403）
〈呂文安糕拙研銘〉：「燕客（張萼）收藏。糕拙硯，甚渾樸，
石開一碇墨，著墨處稍湧起一痕。」（頁 409）〈石皮研銘〉：
「山民（張岱之弟張岷）收藏。天然糕拙硯，旁帶松皮，肉地細
潤，而發墨如砥。」（頁 410）對硯石的描述，如細數家珍，寶

愛可知。硯為文人書侶，睹硯如見主人，張岱摩娑愛硯，纂輯硯銘、硯作的同時，大概也寄託著對親友的追念。

張岱作硯銘常取法米芾著名的〈研山銘〉：

> 五色水，浮崑崙。潭在頂，出黑雲。挂龍怪，爍電痕。下雲霆，澤厚坤。極變化，闔道門。[13]

以三字句為主。如〈小研銘〉：「入蹊山，坐清樾。攜爾來，誌日月。」（頁 390）語氣親切，如待家人晚輩。張岱也時常以米芾為硯銘的典故。如與米氏同為研山型質的〈研山銘〉：「來米嶽，無斧鑿，余見則攫。」（頁 403）「余見則攫」借用米芾嗜石，不惜性命相脅以攫奪之的趣聞，同樣毫不掩飾的帶著諧趣口吻，表達對奇硯的酷愛，和對米芾真情流露，不惜攫石的同情共感。〈謝緯止研山銘〉亦云：「米顛石，具丘壑。有雲煙，無斧鑿。袍笏拜之，公曰諾。」（頁 395）〈鸞硯銘〉則云：「鸞石硯，以米名。畫米竹，寫黃庭。配松雪，管夫人。」（頁 397）這些銘文表達出他對拜石人米芾，及其書畫藝術成就的崇仰之情。同時見出，發墨功能性之外，張岱對硯石的審美觀，與其崇尚真性情的主張一致，重視硯石的渾樸天然，不失本真。

13　見易蘇昊主編：《米芾《研山銘》研究》（北京：長城出版社，2002年），頁 10-14 所附《研山銘》墨跡原帖。《研山銘》是中國第一篇硯石銘文。

三、張岱補天意志象徵的女媧石、唐琦石

　　石對張岱而言，絕不僅是賞玩收藏的審美對象與知己，在其忠心報國意識中，石更具有重要的多重象徵意義。他為張萼所作的〈天硯銘〉有：「女媧鍊天，不分玉石」之句，女媧因「四極廢，九州裂，天不兼覆，地不周載。」故「煉五色石以補蒼天」，終使「蒼天補，四極正，淫水涸，冀州平，狡蟲死，顓民生。」[14]的事蹟，是張岱經常使用的神話故事。而志欲效女媧鍊石補天，則是張岱念茲在茲的一生抱負。因此「鍊石補天」是張岱作為明代子民，欲經世濟民以匡社稷的意象和象徵，而「石」是張岱志欲補天的堅決具體形象符號。張岱著作中屢屢出現「女媧鍊石」之語。《夜航船》天文部也收有「補天」和「補天浴日之功」兩條。（卷 1，頁 3）而他所以對「女媧鍊石」故事有如此深刻的感受，或與其先人張浚一心為國的忠節事跡有關。《夜航船》「補天浴日之功」一條所記，便是張浚的事蹟：

> 宋趙鼎疏曰：「頃者陛下遣張浚出使川陜，國勢百倍於今，浚有補天浴日之功，陛下有礪河之誓，終致物議以被竄逐。臣無浚之功，而當此重任，去朝廷遠，恐好惡是非，行復紛紛於聰明之下矣。」（卷1，頁3）

趙鼎乃南宋高宗朝的名相，張浚則為力諫抗金的名將。少有大

---

[14]　女媧神話引文見《淮南子‧覽冥》，見劉文典著：《淮南鴻烈集解》（臺北：粹文堂書局印行，出版年未載），卷6，頁 51-52。

志，宋高宗時與趙鼎共同輔政，宋孝宗時官至尚書右僕射、同中書門下平章事兼樞密史，《宋史》本傳謂其「親見二帝北行，皇族系虜，生民塗炭，誓不與敵俱存，故終身不主和議。」並以不能恢復中原，雪祖宗之恥為憾。[15]張浚是四川綿竹人，為張岱遠祖，唐代在四川設置劍南道，故張岱常以「劍南」、「古劍老人」自署，示不忘本外，蓋有追蹤踵武先祖之意。根據《錢塘縣志》，張浚及長子栻的墓塚皆在浙江錢塘縣太平山。[16]張岱先世自張遠猷以來，即世居浙江名士之鄉山陰（今紹興），錢塘與山陰相近，張浚事蹟與其「補天浴日之功」，對一生欽仰氣節之士的張岱而言，自必因血緣關係的親切而深植心中。故「補天」一詞，常成為張岱抒發不平與匡扶社稷的用語。《張岱文集‧越山五佚記》便直言其為五座遭棄、遭廢的越中山水作記，動機即是「張子志在補天，為作越山五佚」。（頁256）

　　若從張岱詩文言及女媧鍊石補天，及以石象徵死義之士的詩文加以觀察，具此象徵意義的「石」，尚內含幾層意思。

　　一是以玉石為貴賤之別，「玉」用以象徵明王室，「石」則代指臣吏平民。

　　《陶庵夢憶》首篇〈鍾山〉，內容關乎明王室政權的宗廟禮制，主要有：一、明太祖朱元璋與劉基、徐達、湯和等開國功臣，選定以鍾山為皇室陵寢的經過。二、張岱親眼觀察的明孝陵

15　參元‧脫脫等著：〈趙鼎傳〉，《宋史》（14）（臺北：鼎文書局印行），卷360，頁11285-11295。同書第14冊〈張浚傳〉，卷360，頁11297-11311。

16　參蔣金德：〈張岱的祖籍及其字號考略〉，《文獻》第4期（1998年6月），頁212-216。

饗殿座席，成祖生母碩妃座席，在暖閣二座下稍前，其他東西座席之上。三、孝陵祭祀祭品簡陋。四、朱成國、王應華奉敕修陵泄王氣。文末張岱曰：「孝陵玉石二百八十二年，今歲清明，乃遂不得一盂麥飯，思之猿咽。」所謂「孝陵玉石」，根據張岱慣用的玉石象徵推測，筆者以為此處之「玉石」，即以「玉」代指明王室，「石」代指臣吏平民，「玉石」象徵整個明代王朝貴賤上下。[17]

類此「玉石」的寓意，尚見張岱《石匱書後集·瞿式耜列傳》。該傳記述瞿式耜擁立南明永曆帝朱由榔後，卻因永曆的年少輕狂，功敗垂成，傳末張岱極痛切的慷慨評論說：

> 瞿式耜世紆金紫，其平時立朝，卿貳材耳。及入粵之後，輔佐永曆，拯溺救焚，大見材略。事雖無成，鞠躬盡瘁，死而後已；古之諸葛，又何加焉！獨恨少主輕狂，聞警即走；出師之表方上，靈武之駕已馳！志欲補天，而天如璣璿；練石在手，則亦奚益哉！[18]

文中便以「天如璣璿」之「璣璿」以喻明王朝，謂人君治理天下

---

17 〈鍾山〉一文見《陶庵夢憶》，卷 1，頁 1-2。四部刊要本無朱成國、王應華奉敕修陵泄王氣一段，此據《硯雲甲編》本《陶庵夢憶》補入。「孝陵玉石」，林邦鈞：《陶庵夢憶注評》（上海市：上海世紀出版股份有限公司、上海古籍出版社，2014 年）以為「玉石」謂：「玉石俱焚，此指毀滅」，頁 35，注㉘。

18 明·張岱著：《石匱書後集》（臺北：大通書局，1987 年，《臺灣史料文獻叢刊》第五輯），頁 431。

當如北斗七星璿璣之運轉，垂拱而天下治，[19]暗諷永曆帝不能垂拱，竟而聞警遁逃。「練石在手」則借喻瞿式耜等有志之士，有女媧鍊天補天，匡復國家的氣節與才幹。張岱以為「女媧鍊天，不分玉石」，欲補蒼天之裂，須君臣一心，如乃祖張浚上奏宋孝宗之言：「自古有為之君，腹心之臣相與協謀同志，以成治功。」但南明諸王皆非明主，[20]因此有「練石在手，則亦奚益哉」的惋歎。張岱好友祁彪佳（1602-1645）明亡絕食投水殉國後，張岱作〈和祁世培絕命詞〉，更以補天石自碎，痛陳他對祁彪佳等晚明死節之士以身殉國的心痛：

> 臣志欲補天，到手石自碎。參秀在故宮，見之裂五內。豈無松柏心，歲寒奄忽至。烈女與忠臣，事一不事二。掩襲知不久，而有破竹勢。……。（《張岱詩文集》，頁 51）

張岱其他提及女媧鍊石之作，尚有〈瑪瑙寺長鳴鐘〉詩，詩中有「女媧煉石如煉銅，鑄出梵王千斛鐘。僕夫泉清洗刷早，半是頑銅半瑪瑙」之句。[21]瑪瑙寺位於西湖北路的瑪瑙坡上，瑪瑙

19　璿璣典出《尚書·堯典》：「舜讓于德，弗嗣。正月上日，受于文祖。在璿璣玉衡，以齊七政。」見屈萬里：《尚書集釋》（臺北：聯經出版事業公司，1983 年，頁 17-18）乃以北斗七星之運步于象徵人君治理天下。

20　張岱對晚明諸王的批判具見於其《石匱書後集》，參〈張岱的水滸觀──兼議明末清初部分封建士子的文化心態思想〉，《紹興師專學報》第 4 期（1991 年），頁 32。及氏著：〈張岱興師專學報（社會科學版）》第 15 期（1995 卷一，頁 11。該

21　〈瑪瑙寺長鳴鐘〉詩見《西湖夢尋·瑪瑙

坡有碎石，質若瑪瑙。寺中長鳴大鐘，上鑄佛經，《西湖夢尋・瑪瑙寺》載其事云：

> 寺中有大鐘，佟弇齊適，舒而遠聞。上鑄《蓮經》七卷，
> 《金剛經》三十二分。晝夜十二時，保六僧撞之。每撞一
> 聲，則《法華》七卷、《金剛》三十二分，字字皆
> 聲。……內典云：「人間鐘鳴未歇際，地獄眾生，刑具暫
> 脫此間也。」（卷1，頁11）

瑪瑙寺長鳴鐘原為弘揚佛法而鑄，無關「女媧煉石」，但張岱〈瑪瑙寺長鳴鐘〉一詩則將此鳴鐘誦經功德，與「女媧煉石」相比擬，開篇即云：「女媧煉石如煉銅，鑄出梵王千斛鐘。」令全篇詩旨皆從女媧鍊石補天著眼，詠誦為天下蒼生救苦救難的嚮往和期待：「貝葉靈文滿背腹，一聲撞破蓮花獄。萬鬼桁楊暫脫離，不愁漏盡啼荒雞。……一擊淵淵大地驚，青蓮字字有潮音。特為眾生解冤結，共聽毗廬廣長舌。」

二是以敲石出火，比喻忠臣義士瞬間迸發的愛國熱情。

其〈越絕詩小序〉云：

> 忠臣義士多見於國破家亡之際，如敲石出火，一閃即滅，
> ～不急起收之，則火種絕矣。……而吾烈皇帝身殉社
> ～光燄燭天。天下忠臣烈士聞風起義者，踵頂相籍，譬

──────────

詩又見於～～》，頁　詩集補遺・西湖詩・瑪瑙寺長鳴鐘》，《張岱詩文集～～

> 猶陽燧，對日取火，火自日出，不薪不燈，不木不石，蓋
> 其所取種者大也。（《張岱詩文集》，頁204。）

認為國破家亡之際，忠臣義士愛國熱血迸發，如敲石出火，一閃
即滅。人主不能急起凝聚之，則火種瞬間便滅絕矣。祁彪佳弟祁
熊佳（字文載，?-1673），張岱稱其三十年紗帽，而無紗帽氣；
明亡後削髮為僧，闡揚佛法，能使頑石點頭。張岱悲痛他過世的
突然，〈祭祁文載文〉也說：「而今乃電光石火，一現即滅，何
其閃火之奇，棄我之速也。」（《張岱詩文集》，頁 440-442）
張岱認為君主如日，是天下最大的火種來源。因此，君王若能寶
恤忠義之士，便能「積薪厝火，其燄立見。」故崇禎皇帝以身殉
國，「光燄燭天」，忠臣義士聞風起義，如陽燧引火於日，其燄
必大。然明清鼎革危急時，王室卻未能以自身如日之火種，引燃
全天下義士的石火熱血以抗清，以至滅亡。反之，竈滅灰揚之
際，忠臣義士瞬間迸發的愛國熱情，如敲石而出的星星之火，尤
為閃亮。

　　三是以「石」之樸實無華，滿地皆是，象徵捐軀不悔的無名
忠貞愛國英雄。

　　張岱好友，大畫家陳洪綬（1599-1652）畫水滸人物，岱
因此而作〈水滸牌四十八人贊〉，他一一列舉《水滸傳》的英雄
四十八人，分別為之作贊語。「沒羽箭張清」之贊便：「唐琦
石，忠於宋。滿地皆是，人不能用。」（《張岱詩文集》，頁
四次。[22]張岱
425）張岱詩文作品中提及《水滸傳》者，

夢憶‧及時雨》、《陶

[22] 張岱文集中提及《水滸傳》的另三次是

以「唐琦石」讚美張清，是因張清善用飛石為武器，與唐琦用石相似。唐琦為宋人，張岱也有樂府詩〈唐琦石〉一首」頌揚唐琦的愛國情操，詩末並以「天折誰能補不周？唐琦手是女媧石。」（《張岱詩文集》，頁 307）二句為結。南宋高宗時，唐琦僅為一無名衛士，但為助高宗南渡，以袖石突擊金將琶八，事敗後自甘被焚，使高宗終得兔脫。〈唐琦石〉詩序便詳載其忠烈事跡：

> 唐琦，紹興衛士，高宗南渡，事急，欲航海。金將琶八，追至紹興。李鄴為守，以城降，方與琶八並馬行。琦從後執一大石，祝曰：「願天一擊殺兩賊。」伏道旁，俟其騎過，擊之不中，被執。琶八詰之，……琦曰：「……我願以布裹灌油，焚燒竟日，示愧降賊之臣。」依其言，自頂燒至踵，為時已久，高宗遂得脫去。（《張岱詩文集》，頁 307）

張岱借唐琦之石，感慨明王室的不能用人，並盛讚唐琦以一小卒而捨身成仁的英勇，足令天下稱侯者羞愧：「袖石何人？衛小卒。……被生擒，取膋脟，照天空，萇弘碧，骨肉燒殘飛作灰，清醑散入五侯宅。」（《張岱詩文集》，頁 307）

明也同樣有一位以硯石擊殺清軍的英雄，他是江天一。明

庵夢憶‧[...]亦可如崇牌》、《張岱文集‧水滸牌序》。但後二文內容相因，故初部分封質稱共三次。參余德余：〈張岱的水滸觀──兼議明末清年），頁 30的文化心態〉，《紹興師專學報》第 4 期（1991野之士效法宋以為張岱獨獨鍾情於《水滸傳》的原因是為激發在英雄，忠義為國，反清復明，頁 35。

末清軍攻陷南京，天一隨老師金聲起兵抗清，任贊畫，聲敗被擒，與金聲同被押往南京就義。張岱樂府詩〈天一研〉即詠其事，有「爾無姜維膽，我有常山舌。爾無朱亥椎，我有唐琦石。」之句。並作序備述其擊殺清督師的經過：「近督師座，天一出袖中石研擲之，中案前吏。督師大怒，左右刀交下，天一立死。」（《張岱詩文集》，頁30）

　　明亡後，張岱殆無日不思如何抗清雪恥，因其氣性與詩人性格，對古代刺客、小民以椎、石、劍等庶民武器，[23]奮力擊殺暴君的事跡，就特別留意。如秦末，張良因五世相韓，故弟死不葬，悉以家財求客刺秦，後於博浪沙錐擊秦始皇的故事，便為張岱津津樂道。其樂府詩〈博浪椎〉云：「博浪只一椎，大索出秦市。……賴汝一擊功，明年祖龍死。」（《張岱詩文集》，頁303）《述史十四章・留侯》詩也有「博浪一椎，祖龍魄死。五世相韓，報之以此。」（《張岱詩文集》，頁 6）的句子。他上疏魯王時也自謂：「手握虎臣之椎」。雖然他深知此舉的莽撞與意氣用事，故族兄張公琬作《博浪椎傳奇》，張岱為其作序即云：

　　　　余宗兄公琬深得此意，故以博浪椎譜為傳奇，總以見子房用氣而卒能不為氣用，取其深情遠識，以提醒英雄豪傑，

[23]　鮑恆論張岱之詩，以為張岱詩中，「劍」與劍類似的武器：刀、椎、匕首等的物象，被賦予豐富的內涵，常常作為正義的化身，既是張岱家仇國恨的集中反映，張岱也借此消解心中塊磊。參鮑恆：〈一片冰雪鑄詩魂──試論章代詩歌的總體特徵〉，《文藝理論與批評》卷 2（1997 年），頁 118-120。

為功大矣。余向作怒蛙，純以氣性用事，……余故留此一
卷床頭，以當黃石素書。（《張岱詩文集》，頁 222-
223）

雖然提醒自己切忌意氣用事，但他對一錐而取仇敵首腦，欲效精
衛銜西山之木以堙東海的宏願，始終未能遺忘。晚年賃居快園，
所作〈快園十章〉其九仍有：「空山無人，讀書深柳。……博浪
一椎，取以下酒。」之句（《張岱詩文集》，頁 4）。而《西湖
夢尋・岳王墳》一文，敘述跪在岳飛墓前的秦檜、王氏、万俟
卨、張俊的人像，不論銅鑄、鐵鑄，皆遭遊人撻碎，張岱云：
「遊人椎擊益狠，四首齊落，而下體為亂石所擲，止露肩背。」
（卷 1，頁 15）亂石在本文中，也代表民間無名卻最普及、最原
始的樸素力量。

四、張岱對石不遇的不平之鳴

對愛石成癖的張岱而言，人石相契，石之境遇讓他感同身
受。若石遭棄、遭殘，他憤恨心痛，然石也成為他藉以宣洩磈硧
不平之氣的代言人。借山石遭遇，以寄寓才智之士對被貶逐的憂
懼、不滿、抗議，與孤寂情懷者，柳宗元永州、柳州諸記已啟先
聲。[24]而世間萬物正如子厚所言：「夫美不自美，因人而彰。蘭

24　柳宗元在永州所作諸記：《永州八記》、〈邕州柳中丞作馬退山茅亭
　　記〉、〈永州韋使君新堂記〉、〈永州崔中丞萬石亭記〉、〈零陵三亭
　　記〉等篇，與在柳州所作諸記：〈桂州裴中丞作訾家洲亭記〉、〈柳州
　　東亭記〉、〈柳州山水近治可遊者記〉等篇，多借當地山石麗景，寄託

亭也，不遭右軍，則清湍修竹，蕪沒於空山矣。」[25]張岱步武其
後，對人石間的關係，也常以得遇與否的視角，論贊諸石的遭
遇。如前文已論及的《陶庵夢憶》之「木猶龍」化石，本是有明
開國功臣常遇春府邸之物，經張岱父燿芳以重寶購之，張岱費百
金水陸兼程載歸之，再懇請詩社名公賜名命字、賦文以詠，張岱
方言：「嗚呼，木龍可謂遇矣！」全文所舖述的各個段落，乍讀
之，似細數傳家寶來歷，欣喜木猶龍之得遇。但細繹之，張岱實
亦借木龍遇災猶存，以喻功臣如常遇春者忠義之志猶未毀。魯王
峻辭木龍之獻，也隱喻晚明諸王畏蒽自保，用人失格，終不能成
事。而木龍體格龐偉，重逾千斤，當為廟堂棟樑，卻淪為藏品展
供；擁有升天尺木，卻由北而南千里遠徙，宅燬化石，僅供詩人
題篆吟哦，詩騷比興之意的黍離之悲，忠而見棄之嘆，便隱隱滲
出，揮之不去。

　　而綜觀張岱筆下對石之不遇的描寫，略可分為幾個方面：

　　一是對奇石、妙石被棄，由衷而生的惋惜。

　　石之美，因人而彰，若不得其人，終不免於被棄的命運。有
此遭遇的奇石，張岱總為其叫屈，萬分惋惜。拙著〈張岱與石的
物我關係探索〉論《陶庵夢憶》園石，[26]已舉出〈于園〉的黑白

奇美竟遭棄荒淹的不平之慨。參唐・柳宗元著：《柳河東集》（臺北：
河洛圖書出版社印行，1974 年），卷 27-29，頁 451-479。拙著：〈苦
悶的象徵：永州八記〉（《中華學苑》第 35 期（1987 年 6 月），對此
議題已有初步研討，頁 171-192。

[25] 唐・柳宗元著：〈邕州柳中丞作馬退山茅亭記〉，《柳河東集》，卷
27，頁 454。

[26] 龍亞珍著：〈張岱與石的物我關係探索〉，頁 66。

兩巨石，「白石，高一丈、闊二丈而癡妙」，「黑石，闊八尺、高丈五而瘦妙」，昂藏二石，竟不得售其靈妙，而遭主人見棄於地，張岱對主人即令由衷嘆息，亦無可奈何，只能反詰礧石巨萬的主人：「得此二石足矣，省下二三萬收其子母，以世守此二石何如？」

二是對奇石、美石遭戮的痛恨。

對天然奇石所遭到的不當雕鑿，張岱從來都以聲嘶力竭的筆力，為其大聲喊痛，極為痛恨。著明的飛來峰，石壁上被元代見寵於忽必烈的偽僧楊髡（楊璉真珈），遍鑿為佛像、羅漢，張岱便以如人受戮辱，如在西子雪膚體上刺墨塗鑿相比，痛入骨髓：

> 飛來峰，稜層剔透，嵌空玲瓏，是米顛袖中一塊奇石。使有石癖者見之，必具袍笏下拜，不敢以稱謂簡褻，只以石丈呼之也。深恨楊髡，遍體俱鑿佛像，羅漢世尊，櫛比皆是，如西子以花艷之膚，瑩白之體，刺作臺池鳥獸，乃以黔墨塗之也。奇格天成，妄遭錐鑿，思之骨痛。翻恨其不匿影西方，輕出靈鷲，受人戮辱。（《西湖夢尋‧飛來峰》，卷2，頁21）

對棲霞嶺上櫛比鱗次的巖石被刻為佛像，他也視之為人受黥劓之刑，大大可恨：

> 山上下左右、鱗次而櫛比之巖石頗佳，盡刻佛像，與杭州飛來峯同受黥劓，是大可恨事。（《陶庵夢憶‧棲霞》，卷3，頁28）

同時也將山石此種遭遇比擬為士君子的生不逢時，才華傑出，反遭摧殘的慘境，表達其痛惜之情：

> 亦猶士君子生不逢時，不束身隱遁，以才華傑出，反受摧殘，郭璞、禰衡並受此慘矣。慧理一嘆，謂其何事飛來，蓋痛之也，亦惜之也。（《西湖夢尋・飛來峰》，卷 2，頁 21）

若從張岱喜談《水滸傳》，及宋、明二朝同遭外族躪滅的相似歷史情境推論，張岱對楊髠深切之痛罵，也當不無隔代為喻之意。故對楊髠所刻的佛像，也必錐碎之而後快了：

> 且楊髠沿溪所刻羅漢，皆貌己像，騎獅騎象，侍女皆裸體獻花，不一而足。田公汝成錐碎其一；余少年讀書岣嶁，亦碎其一。（《西湖夢尋・飛來峰》，卷2，頁21）

更甚者，是錐落楊髠石像之首，並置之於溺溲之處：

> 日晡，必步冷泉亭、包園、飛來峯。一日，緣溪走看佛像，口口罵楊髠。見一波斯坐龍象，蠻女四五獻花果，皆裸形，勒石誌之，乃真伽像也。余椎落其首，並碎諸蠻女，置溺溲處以報之。（《陶庵夢憶・岣嶁山房》，卷2，頁18）

由是可知，張岱對石之遭遇的抗議、反撲行動中，還寄寓著終始

不泯的民族氣節；其抗議的舉動，也與其盛讚樂道的「唐琦
石」、「博浪椎」，有異曲同工之意。可嘆的是，錐石像以傾洩
忠義之氣外，他也無法有其他作為。

　　三是對奇石遭汙破壞而後復原的欣快。

　　相對於飛來峰的慘遭刑戮黥劓，曾遭破壞的石洞、石室、石
峰，若能回復原貌，張岱輒喜形於色。例石屋嶺大仁禪寺左側的
「煙霞石屋」，張岱和陳洪綬（1599-1652）曾在附近的新庵讀
書。烟霞石屋洞上鐫滿羅漢像五百十六身，因其側有蝙蝠洞，
「蝙蝠大者如鴉，掛搭連牽，互銜其尾，糞作奇臭。」但後來經
過清洗後，峭壁奇峰露出，張岱便為之大快：

> 余往訪之，見石如飛來峰，初經洗出，潔不去膚，雋不傷
> 骨，一洗楊髡鑿佛之慘。峭壁奇峰，忽露生面，為之大
> 快。（《西湖夢尋・烟霞石屋》，卷4，頁68）

　　四是以石之不遇，寄託磈砢不平之氣。

　　張岱早年也曾用心時藝，欲進千秋之業，卻因科舉失利，一
生未仕。[27]因此對不入世眼、不受青睞，迥異於俗的的奇山怪石
之遭棄，與柳宗元一樣，也要為之、也借之一抒不平之鳴。最具

---

[27] 張岱崇禎八年（1635）歲考失利後，好友兼姻親的祁彪佳《都門入里尺
牘》收有三篇致李清書信，為張岱科考說項，惜未成功，張岱也從此絕
意仕進。其歲考失利之因，張則桐以為乃張岱知識結構與文化視野，超
越官方規範，加上晚明不同地域、學術背景的士人間，矛盾衝突所導致
的結果。參張則桐：〈祁彪佳致李清尺牘與張岱崇禎八年歲考失利考
索〉，《文獻》卷4（2012年，10月），頁76-81。

體的篇章就是《越山五佚記》。篇裡的主角是越中五座遭棄、遭
汙的城中山石——曹山、吼山、怪山、黃琢山、峨眉山。雖然五
山貌質地有異，但不得知音，或被埋沒、或遭棄穢的際遇是一樣
的。（《張岱詩文集》，頁 256-263）張岱借五山充分的抒發他
「我生不辰」的礌砢不平之氣，正如《陶庵夢憶・彭天錫串戲》
中所言：

> 蓋天錫一肚皮書史，一肚皮山川，一肚皮機械，一肚皮礌
> 砢不平之氣，無地發洩，特於是發洩之耳。（卷 6，
> 頁 52）

但比之彭天錫，張岱家族世代簪纓，三世藏書三萬卷，更符合
「一肚皮書史，一肚皮山川」的形容。他八十一歲所作的〈蝶庵
題像〉，自謂：「氣備四時，胸藏五嶽。……八十一年，窮愁卓
犖。」（《張岱詩文集》，頁 419）作為生壙的〈瑯嬛福地〉也
特別規劃「一邱」、「一壑」，明示所居如主人自有胸中丘壑。
而其本名之「岱」，乃五嶽之首，張岱也著有〈岱志〉（《張岱
詩文集》，頁 236-245）、〈海志〉（《張岱詩文集》，頁 245-
255）兩篇長文。追跡以上諸文思維與內容，可知《越山五佚
記》絕非涉筆成趣的遊戲筆墨，而是張岱版的《永州八記》，是
張岱為山石遭汙被棄發聲的集成之作。該文序中，張岱也明言寫
作此文的動機乃「志在補天」，使五山山川得因此記而復其天然
真貌，所以功勞不在女媧之下：

> 越中山水，曹山、吼山為人所造，天不得而主也；怪山為

地所徙，天不得而圍也；黃琢、峨眉為人所匿，天不得而
發也。張子志在補天，為作〈越山五佚〉，則造仍天造，
徙仍天徙，匿仍天匿也。故張子之功，不在女媧氏下。
（《張岱詩文集》，頁256）

　　在張岱眼中、筆下，五山或人造，或地徙，或人匿，因此未
能一睹其本來面目。但推究其因，不論人造、地徙、人匿，其實
都來自於人為的摧殘與廢棄。下文就其原文內容略為分說。

　　曹山為石宕，但經人為數十百指任意的鑿石、摧殘、廢置，
日積月累後，竟反生出峭壁、峰巒、廣廈、石苔、樓臺、亭榭，
被張岱祖父汝霖以「殘山剩水」形容之。但可悲的是曹山之所以
成為曹山，固因其倔強，不失故我，但也得力於人為的摧殘之
功，摧殘者從此角度而言，竟是曹山的知音！以人石之命運合觀
對照，張岱對此天人之際的感思是很深沉的：

先之曹山，為人所廢，而人不能終廢之。後之曹山，為人
所造，而人不能終造之。此其間有天焉，人所不能主，而
天所不及料也。昔余大父遊曹山……曰：誰云鬼刻神鏤，
竟是殘山剩水。……我想山為人所殘，殘其所不得不殘，
而殘復為山；水為人所剩，剩其所不得不剩，而剩還為
水。山水倔強，仍不失其故我。……棄之道旁，人誰顧
之？則世有受摧殘之答，而反得摧殘之力者，曹山是也。
何也？世不知我，不如殺之，則世之摧殘我者，猶知我者
也。」（《張岱詩文集》，頁257-258）

　　吼山有張岱外叔祖陶蘭亭的舊居。其山雲石意甚膚淺，但經人為改造加護，竟別具幽深意趣：

> 吼山雲石，大者如芝，小者如菌，孤露孑立，意甚膚淺。陶氏書屋，則護以松竹，藏以曲徑，則山淺而人為之幽深也。……有長林可風，有空庭可月，夜鏖孤燈，高巖拂水，自是仙界，決非人間。（《張岱詩文集》，頁258）

但三十年後，原來富甲越中的陶氏，萬畝之產，不存尺土，反以雞皮鶴髮的季媳留守寂寞山齋。張岱文末以李德裕之孫，因爭「醒酒石」遭來殺身之禍的故事為結，謂：「故古人住宅多舍為佛剎，如許玄度之能仁，王右軍之戒珠，至今猶在。」取與捨、得與失、棄與守之間，天人之際的辯證關係，留下奈人尋思的遺韻。

　　怪山所以有「怪」之名，起因於傳聞該山是瑯琊東武海中山「一夕飛至」，「居民怪之，因曰怪山。」命名既怪，飛來事怪，又有有靈鰻井，禱之能興雲致雨之怪，有怪遊臺灼龜以觀天氣之怪，總之，因名為怪，故無所不怪。對於此山因怪而有的諸多怪像，張岱言：

> 余又見古逸書，干寶所著「山亡」，謂夏桀無道，武山一夕亡去，墮於會稽山陰之西門外。此語似非無據。……總以其山怪，故無所不怪也。虎林靈鷲峰，以其飛來，恐復飛去，故緣巖都勒佛像以鎮壓之。今怪山上盡構佛廬，又造浮圖七級，想昔人亦是此意。（《張岱詩文集》，頁260）

　　怪山之怪，本來自於「一夕飛至」的傳言，張岱則舉古逸書夏桀無道，故干寶所著山亡的記載，證明山之飛逃並非無據。若然，則山之飛來與飛去，乃天下有道、無道的指標與象徵。類此以物為世道指標的，尚有孔廟中，孔子所植之檜。此檜數度榮枯而復生，雖曾罹兵火之難，但至明洪武二十二年仍「發數枝蓊鬱，後十年又落。……孔氏子孫恒視其榮枯以占世運焉。」（《陶庵夢憶》，卷1，頁10）在古代天人感應、災異之說深入民心的時代，物象的異常，常成為朝代興衰的指標與象徵，也是輿論具象化的出口，故可借以觀民心之向背。因此，怪山飛來之怪，怪遊臺灼龜以觀天氣之怪，都和孔廟檜的榮枯一般，豈僅是無稽傳聞而已。由此可知，張岱謂怪山居民盡構佛廬，又造浮圖七級，唯恐怪山飛去的揣測，實也隱含其對當道者的譎諫之意。

　　黃琢山論其素質乃石山，較越中第十、十一的土山更不可增減、漸滅；論其大小，則較「越中八山」之一的峨眉山更大；且其名甚古；但黃琢山就是未被列入志書國典之中。對質地、大小、山名等都超越誌書諸山的黃琢山，張岱由是代抒同樣被埋沒者的不平感慨：

> 若余所嘆息者，以紹興府治大如鷺筐，其中所有之山，磊磊落落，粲若列眉，尚於八山之外，猶遺黃琢，則郡城之外，萬壑千巖，人跡不到之處，名山勝景棄置道傍，為村人俗子所埋沒者，不知凡幾矣。（《張岱詩文集》，頁261-262）

　　峨眉山雖名列「越中八山」，但其實看不見山，故「越人取

峨眉土穀祠几下一塊頑石，以足八山之數」。後經張岱尋訪稽勘，方知此山山址皆被當地人的牆垣、廬舍、竈突、溷廁、雞棲等人造穢物盤據幽囚，故不見其山，不識其面目。張岱感慨此山之不幸，他為此山石之遭穢與囚禁，提出的對策是，脫離藩籬飛去：

> 天意欲終祕此山，勿使人見。奇巒怪石，翠蘚蒼苔，徒與馬浡牛溲兩相汙穢，惜哉已矣。此柳河東之所以賦囚山也。余因想世間珍異之物，為庸人所埋沒者，不可勝記，而尤恨此山，生在城市，坐落人烟湊集之中，僅隔一垣，使世人不得一識其面目，反舉几下頑石以相詭溷，何山之不幸，一至此哉？雖然，干寶記山亡，桑欽志石走，山果有靈，焉能久困？東武怪山，有例可援。余為山計，欲脫藩籬，斷欲飛去。（《張岱詩文集》，頁 179）

對照張岱生世，他不蹈父親與其他讀書人沉埋帖括、老於場屋，[28]為功名耗盡一生精神意氣的老路，而勇於跳出科場、八股文的束縛，與他為山石脫困所獻計策，有異曲同工之妙。

五、張岱《石匱書》之名與石的關係

被張岱視為一生最重要的兩本著作，是以《石匱書》和《石

---

[28] 張岱言其父燿芳沉埋括帖四十餘年，屢困場屋，年五十三才以副榜貢謁選，授魯藩長史司右長史。參張岱《張岱文集・傳・家傳》，卷 4，《張岱詩文集》，頁 337-338。

匵書後集》為名的兩本明史著作。修明史是張岱畢生的志業與使命，而此使命源自於深厚的家學淵源。其〈徵修明史檄〉即言：「自幸吾先太史有志，思附談、遷；遂使余小子何知，欲追彪、固。」（《張岱詩文集》，頁 280）張岱的「自幸」，是有紮實家世背景為根據的。因在史志的纂修上，高祖張天復修有《湖廣通志》、《廣輿圖考》、《山陰縣志》，曾祖張天忭（1538-1588），修有《皇明大政紀》、《天門志略》，並與父同修《紹興府志》、《會稽縣志》，故時人稱之為談、遷父子。祖父張汝霖也曾與黃寓庸等同志十餘人組「讀史社」，著有《饕史》。張岱本人則有史學知己：黃道周（1585-1646）、李長祥。黃道周曾編《國史實錄》、《神宗實錄》。其他友朋也多有史學著作，如浙東史學四大家之一的查繼佐（1601-1676），撰有《罪惟錄》。[29]修《石匵書》前，張岱也已著有《古今義烈傳》，記述

29　關於張岱與家族的史學著作與修史活動，參張岱《張岱文集‧家傳》，卷 4，《張岱詩文集》，頁 333。李新達：〈張岱與《石匵書》〉，《河北大學學報（哲學社會科學版）》第 2 期（1982 年），頁 117-122。夏咸淳：〈張岱生平考述〉，《紹興師專學報（社會科學版）》第 3 期（1989 年），頁 21-28。王慧穎：〈張岱傳記文學創作初探〉，《浙江師大學報（社會科學版）》卷 25，第 6 期（2000 年），頁 83-85。楊澤君：〈明遺民心態：張岱個案分析〉，《史學月刊》第 4 期（2002 年），頁 122-125。李燦朝：〈明清之際私家撰史的歷史意義──以張岱及其史著為中心〉，《西南交通大學學報（社會科學版）》卷 6，第 2 期（2005 年，3 月），頁 123-126。張則桐：〈張岱《家傳‧張汝霖傳》箋證──張汝霖事跡輯考〉，《中國典籍與文化》，第 1 期（2005 年），頁 74-80。潘承玉：〈遺民張岱歷史散文書寫中的對象考察〉，《上海大學學報（社會科學版）》卷 14，第 5 期（2007 年，9 月），頁 70-74。張則桐：〈良史精神的傳承──略論黃

周朝至明朝天啟年間，四百多名義烈者的事跡。故《石匱書》是張岱畢生心血之作，起草於崇禎元年（1628），歷經近 30 年的纂述、修改，「事必求真，語必務確，五易其稿，九正其譌，稍有未核，寧闕勿書。」[30]才完成。但他在和陶淵明的〈和輓歌辭三首〉中，仍有「千秋萬歲後，豈遂無榮辱？但愧石匱書，此生修不足」的感喟。（《張岱詩文集》，頁 31）黃道周、倪元璐為之作序，謂可與《史記》媲美。他的史學知己李長祥（硯齋），也給予「當今史學，無踰陶庵」[31]的評價。《石匱書》完成後，順治十三年（1656），谷應泰（1620-1690），提督浙江學政僉事，在西湖邊設「谷霖倉著書處」，力邀張岱同修《明史紀事本末》；康熙十八年（1679）毛奇齡（1623-1716），舉博學鴻詞，以翰林充史館纂修，也致書張岱，請他將《石匱書》發付史館，提供纂修《明史》參考。[32]《石匱書》的價值，與所受朝野的推重，由此可知矣。

　　如此重要的一部史書，卻以「石匱」為名，足見「石」之於張岱，如其生壙「瑯嬛福地」為一石厂一樣，意義深長。但張岱並未於〈《石匱書》〉自序，或〈徵修明史檄〉中，說明名篇之

道周對張岱的影響〉，《漳州師範學院學報（哲學社會科學版）》第 2 期（2009 年），頁 61-64。楊緒敏：〈張岱《石匱書》的史學價值及其缺失〉，《徐州工程學院學報（社會科學版）》卷 27，第 4 期（2012 年，7 月），頁 80-84。

30　《張岱文集・《石匱書》自序》，卷 1，《張岱詩文集》，頁 184。

31　張岱〈與李硯翁〉：「蒙兄臺過譽，謂當今史學，無踰陶庵。」《張岱文集》，卷 3，《張岱詩文集》，頁 318。

32　清・毛奇齡：〈寄張岱乞藏史書〉，《張岱文集》附錄，書札，頁 530-531。

由。也未在談及《石匱書》的詩文中，明確表達以「石匱」為名
的原因。例與張岱筆硯相親六十餘年的周懋谷（字伯戩），是
《石匱書》的校讎者，張岱在〈與周戩伯〉信中，或在其〈謝周
戩伯校讎石匱書二首〉的詩中，都曾談論《石匱書》的編寫；或
寫給史學知己李長祥（號硯齊）的〈與李硯翁〉書信，也談到
《石匱書》，但同樣沒有說明《石匱書》作為史書之名的意義。

　　對於張岱與其周遭親友而言，這似乎是不言自明的事。

　　這問題，邵延采《司復堂文集》認為是：「沉淫於有明一代
紀傳，名曰《石匱書》，以擬鄭思肖之鐵函心史也。」也有學者
以為書名《石匱藏書》，恰與宋末鄭所南《鐵函心史》相對，含
有忠於前朝，昭示來者的心意。[33]但考察張岱詩文，皆稱其書為
《石匱書》，並未有《石匱藏書》之名。不過張岱的確將《石匱
書》與《鐵函心史》相比擬，《張岱詩文集》中也多次談到鄭所
南的《心史》。例〈毅儒弟作《石匱書》歌答之〉詩：「曾見心
史意周密，藏之眢井錮以錫。」（頁 62）

　　《快園十章》其八：「何以燕之？雪芽瀹水。何以娛之？佛
書心史。」（頁 4）更作有〈讀鄭所南心史〉詩：「此書無他
奇，只是罵獫猲。……余與三外老（珍案：所南號三外野老），
抱痛同在腹。余今著明書，手到不為縮。書法凜冰霜，皦皦如初
旭。論余及所南，疏密真不遰。……。」（頁 51）〈謝周戩伯
校讎石匱書二首〉詩其一則有：「九九藏心史，三三秘禹疇。馬
班同異辨，秦漢短長流。」（頁 91）這些詩中提到崇禎十一年

33　參楊澤君：〈明遺民心態：張岱個案分析〉，頁 123。夏咸淳：〈張岱
　　生平考述〉，頁23。

（1638 年），蘇州承天寺挖出，宋亡後，愛國畫家鄭思肖以臘密封在錫匣鐵函中的著作——《心史》一事。此事對正在編寫明史，且對史乘忠義事跡一往情深的張岱而言，必然帶來很大的刺激。《心史》是思肖所作詩文的總題，因其外書有「大宋鐵函經」五字，故稱《鐵函心史》。但從張岱上述詩中可以看出來，他將《石匱書》比擬《心史》，是因兩人歷史處境雷同，國破家亡的悲痛心境相通，即詩中所言「余與三外老，抱痛同在腹。」但兩人著史書法實則差異甚大。故詩中有「馬班同異辨，秦漢短長流。」與「論余及所南，疏密真不邀。」之句，強調兩書在史筆疏密上有很大的差別，也給予「此書無他奇，只是罵獫鬻」的評價。故《石匱書》篇名，也許有來自《心史》以鐵函藏之的啟發，但仍未能說明「石匱」的由來。

也有學認為「石匱」是司馬遷保存史料之處，「張岱以『石匱』為所撰明史之書名，是表答對司馬遷的推崇」[34]案彼所云司馬遷藏史料的「石匱」，當指《史記・太史公自序》所云：「（談）卒三歲而遷為太史令，紬史記石室金匱之書。」司馬貞《索隱》釋云：「石室、金匱皆國家藏書之處。」（卷 130，頁 3296）而考之載籍，晉以前藏書之所皆稱為「石室」、「金匱」，未有稱為「石匱」者。如《史記・太史公自序》另言：

---

[34]　史景遷（Jonathan D. Spence）謂：「張岱以『石匱』為所撰明史之書名，意在表答對司馬遷的推崇，張岱常稱司馬遷為歷代史家的偉大先驅。石匱是司馬保存史料之處，在一千七百年前，借此成就其曠世巨構。」見史景遷著，溫洽溢譯：《前朝夢憶：張岱的浮華與蒼涼》（臺北：時報文化出版企業有限公司，2009），頁 207。案：「一千七百年前」一語，恐作者一時失察，不待辯可知。

「周道廢，秦撥去古文，焚滅《詩》《書》，故明堂石室，金匱
玉版，圖籍散亂。」（卷 130，頁 3319）《大戴禮‧保傅》：
「胎教之道，書之玉板，藏之金匱，置之宗廟，以為後世戒。」
（頁 59）《漢書‧高帝紀下》：「與功臣剖符作誓，丹書鐵
契，金匱石室，藏之宗廟。」（卷 1，頁 81）晉以後也多言「石
室」、「金匱」，例葛洪《抱樸子‧內篇自序》：「雖不足以藏
名山石室，且欲緘之金匱，以示識者。」（頁 5-6）劉勰《文心
雕龍‧史傳》：「必閱石室，啟金匱，紬裂帛，檢殘竹，欲其博
練於稽古也。」（頁 295）[35]因此，《史記》「石室金匱」，是
否可省稱為「石匱」是有疑問的。而張岱《石匱書》命名，實另
有根據，而此根據已見於上文所引的張岱詩中。

〈謝周戩伯校讎石匱書二首〉詩云：「九九藏心史，三三秘
禹疇。」「九九」指鄭思肖《心史》中的著作《九九書》，「三
三秘禹疇」則謂張岱所作的《石匱書》。蓋「三三」為「九」，
「三三秘禹疇」典出《尚書‧洪範》：「（鯀）不畀洪範九疇，
彝倫攸斁。……天乃錫禹洪範九疇，彝倫攸敘。」（《尚書通
釋》，頁 117）之言。張岱所以借禹得「洪範九疇」代指《石匱
書》的原因，其〈徵修明史檄〉文中已透露端倪：

> 自幸吾先太史有志，思附談、遷；遂使余小子何知，欲追
> 彪、固。浮湘溯沅，無暇三過其門；探穴搜奇，不覺五易
> 其稿。梅花書屋積如山，宛委峰筆退成冢。（《張岱文
> 集》，頁 280-281）

35　以上載籍資料為省篇幅，版本資料見本文徵引書目，此處不一一分註。

文中「浮湘溯沅」、「探穴搜奇」，用司馬遷〈太史公自序〉：
「二十而南游江、淮，上會稽，探禹穴，闚九疑，浮於沅、湘」
的典故，借以說明自己如司馬遷，欲克紹箕裘，繼承先人修史之
志。也如太史公探禹穴，浮沅、湘，勤於搜求。「無暇三過其
門」、「宛委峰」，則皆用大禹治水傳說。以示於梅花書屋著
史，筆耕勤奮如禹之無暇，三過其門而不入。宛委峰屬會稽山，
會稽山位於山陰縣之南，山陰為張岱家居之地，故謂「宛委峰退
筆成塚」。但「宛委峰」句也暗指其所著的《石匱書》。張岱
《夜航船》「宛委山」條云：

> 在會稽禹穴之前。上有石匱，大禹發之，得赤珪如日，得
> 碧珪如月，長一尺二寸。又傳禹治水畢，藏金簡玉字之書
> 於此。（山川部，卷 2，頁 45）

此即《石匱書》「石匱」一名的來歷。會稽山禹穴有大禹石匱的
傳說由來已久。司馬遷所以「探禹穴」的原因，可能和此傳說有
關。《吳越春秋·越王無余外傳》有較詳細的記載：

> 禹……乃案黃帝中經曆，蓋聖人所記，曰：「在于九山，
> 東南天柱，號曰宛委，赤帝在闕。其巖之巔，承以文玉，
> 覆以磐石，其書金簡，青玉為字，編以白銀，皆瑑其
> 文。」禹乃東巡，……因夢見赤繡衣男子，自稱玄夷蒼水
> 使者……謂禹曰：「欲得我山神書者，齋於黃帝巖嶽之
> 下，三月庚子，登山發石，金簡之書存矣。」禹退又齋。
> 三月庚子，登宛委山，發金簡之書。案金簡玉字，得通水

之理。[36]

《水經注・漸江水》記載類似，並言「山上有禹冢，昔大禹即位
十年，東巡狩，崩於會稽，因而葬之。……有石匱山，石形似
匱，上有金簡玉字之書，言夏禹發之，得百川之理也。」[37]《藝
文類聚》也收錄孔靈符《會稽山記》的記載：

> 曰：會稽山南，有宛委山，其上有石，俗呼石匱，壁立干
> 雲，有懸度之險，升者累梯，然後至焉。昔禹治洪水，厥
> 功未就，乃躋於此山，發石匱，得金簡玉字，以知山河體
> 勢，於是疏導百川，各盡其宜。（卷 8・山部下・會稽諸
> 山）

由以上考證可知，張岱以「石匱」為明史之稱，是有多重意
義的。一則張岱世居此禹穴石匱之鄉，以石匱為書名，誰曰不
宜。一則史遷親探禹穴以著《史記》，張岱跡踵史遷行蹤、職
志，而撰明史，以《石匱書》為名，正有心脈相承的歷史意涵。
也含書如石匱久藏，冀待後來者覓取之意。一則禹發石匱，得金
簡玉字，因知山河體勢，得通水之理，方獲疏導百川之功。張岱
以「石匱」為史書之名，蓋也暗寓其著史動機，冀後人讀其書，
如禹得金簡玉字，得曉山河體勢，觀盛衰之跡，如鏡在目。而史

36　東漢・趙曄著，黃仁生注譯：《新譯吳越春秋》（臺北：三民書局股份
　　有限公司，1996 年），頁 191-192。
37　北魏・酈道元著，清・戴震校：《水經注》（臺北：世界書局，1980
　　年），卷 40，頁 499。

者人群之龜鑑也，張岱「三三秘禹疇」之句，殆期人主得《石匱
書》，猶禹得洪範九疇，彝倫庶幾攸敘。再則「石匱」源自禹
穴，以《石匱書》為史書之名，符合其巖穴之士的處士身分。而
綜觀張岱一生，嗜石成癖，以石為知己，生居泉石之鄉，死埋瑯
嬛石穴，以其對終始不變氣節之重視，一往情深，龍性不改，龍
性難馴，耗盡心血完程的有明一代之史，豈可無「石」呢？

結語：石我一如：沉痛中的寄託與氣力

本文從張岱家中所藏石、硯，與為之而作的詩、銘、文中，
探索其間的物我關係內涵。討論了張氏傳家之寶—木化石「木寓
龍」、「木猶龍」的收藏與命名的曲折過程，發現此命名與張岱
在明清鼎革之際，隱微的心路歷程有關。其他張氏為收藏的奇
石、硯石所撰製的詩、銘，則體現了張氏對硯石的寶愛，與一以
貫之，渾樸天然，不失本真，崇尚真性情的價值觀。此等石我關
係與價值觀，於國破山河在的處境下，便化身為象徵張岱補天意
志的女媧石、唐琦石，以寄託其出自天然，冀如女媧之神蹟與大
功的補天意志與愛國情操，以解天下倒懸。故張岱以「石」代指
有明之臣吏與廣大平民。以敲石出火，譬喻忠臣義士瞬間迸發的
愛國熱情。以「石」的樸實無華，滿地皆是，象徵捐軀不悔的無
名忠貞愛國英雄。然此真摯、天然渾樸的石與人，常為俗世所
棄，對石不遇的不平之鳴一節，探討了張岱對奇石、妙石被棄、
遭戮的的惋惜痛恨，奇石遭汙破壞而後復原的欣快，及其借石之
不遇，以託寄磊砢不平之氣的情懷。被棄廢的《越山五佚記》實
為張岱版的《永州八記》。而張岱「此身修不足」，最重要的兩

本明史著作：《石匱書》、《石匱書後集》，皆以「石匱」命名，命名之因，可上溯於中國第一個王朝的開創者——夏禹。禹於會稽山得石匱金簡之書，逢山刊木，劃分九州，彞倫攸緒，重建世界秩序的歷史傳說，志欲補天的會稽人張岱當念茲在茲，故「石匱書」即是張岱的「心史」。「木猶龍」、硯石、女媧石、唐琦石、《石匱書》，石我一如，皆張岱懺悔國滅家亡，沉痛中的寄託與氣力。

參考書目

一、傳統文獻

漢・司馬遷，劉宋・裴駰《集解》，唐・司馬貞《索隱》、張守節《正義》：《史記》，臺北縣永和鎮：史學出版社，1974 年。

漢・劉向：《戰國策》下冊，臺北市：九思出版有限公司，1978 年。

漢・班固，唐・顏師古注：《漢書》，臺北：洪氏出版社，1975 年。

晉・葛洪，李中華注譯：《抱朴子》，臺北：三民書局股份有限公司，1996 年。

梁・劉勰，周振甫注：《文心雕龍注釋》，臺北：里仁書局，1984 年。

北魏・酈道元：戴震校，《水經注》，臺北：世界書局，1980 年。

唐・柳宗元：《柳河東集》，臺北：河洛圖書出版社，1974

唐・段程式：《酉陽雜俎》，臺北縣樹林鎮：漢京文化事業有限公司，1983 年。

元・脫脫：《宋史》，臺北：鼎文書局。

明・張岱，馬興榮點校：《陶庵夢憶／西湖夢尋》，臺北：漢京文化有限公司，1984 年。

明・張岱：《石匱書後集》，臺北：大通書局，1987 年。

明・張岱，李小龍整理：《夜航船》，北京：中華書局，2012 年。

明・張岱，夏咸淳輯校：《張岱文集・家傳》，《張岱詩文集》增訂本，上海：上海古籍出版社，2014 年。

二、近人論著

王聘珍、王文錦點校：《大戴禮記解詁》，臺北：漢京文化事業有限公司，1987 年。

王慧穎：〈張岱傳記文學創作初探〉，《浙江師大學報（社會科學版）》，卷 25，第 6 期，2000 年，頁 83-85。

佘德余：〈張岱的水滸觀——兼議明末清初部分封建士子的文化心態〉，《紹興師專學報》1991 年第 4 期，頁 30-35。

佘德余：〈張岱的實學思想〉，《紹興師專學報（社會科學版）》1995 年

第 15 期，頁 35-40。

李新達：〈張岱與《石匱書》〉，《河北大學學報（哲學社會科學版）》
　　1982 年第 2 期，頁 117-122。

李燦朝：〈明清之際私家撰史的歷史意義——以張岱及其史著為中心〉，
　　《西南交通大學學報（社會科學版）》，卷 6，第 2 期，2005 年，3
　　月，頁 123-126。

林邦鈞：《陶庵夢憶注評》，上海：上海世紀出版股份有限公司、上海古
　　籍出版社，2014 年。

屈萬里：《尚書集釋》，臺北：聯經出版事業公司，1983 年，頁 17-18。

易蘇昊：《米芾《研山銘》研究》，北京：長城出版社，2002 年。

夏咸淳：〈張岱生平考述〉，《紹興師專學報（社會科學版）》1989 年第
　　3 期，頁 21-28。

張則桐：〈張岱《家傳‧張汝霖傳》箋證——張汝霖事跡輯考〉，《中國
　　典籍與文化》2005 年第 1 期，頁 74-80。

張則桐：〈良史精神的傳承——略論黃道周對張岱的影響〉，《漳州師範
　　學院學報（哲學社會科學版）》2009 年第 2 期，頁 61-64。

張則桐：〈祁彪佳致李清尺牘與張岱崇禎八年歲考失利考索〉，《文
　　獻》，卷 4，2012 年，10 月，頁 76-81。

楊伯峻：《春秋左傳會注》，高雄：復文圖書出版社，1986 年。

楊澤君：〈明遺民心態：張岱個案分析〉，《史學月刊》2002 年第 4 期，
　　頁 122-125。

楊緒敏：〈張岱《石匱書》的史學價值及其缺失〉，《徐州工程學院學報
　　（社會科學版）》，卷 27，第 4 期，2012 年，7 月，頁 80-84。

趙曄、黃仁生注譯：《新譯吳越春秋》，臺北：三民書局股份有限公司，
　　1996 年。

蔣金德：〈張岱的祖籍及其字號考略〉，《文獻》第 4 期，1998 年 6 月，
　　頁 212-216。

潘承玉：〈遺民張岱歷史散文書寫中的對象考察〉，《上海大學學報（社
　　會科學版）》，卷 14，第 5 期，2007 年，9 月，頁 70-74。

鮑恆：〈一片冰雪鑄詩魂——試論章代詩歌的總體特徵〉，《文藝理論與

批評》卷 2，1997，頁 118-120。

龍亞珍：〈苦悶的象徵：永州八記〉，《中華學苑》第 35 期，1987 年 6
　　月。

龍亞珍：〈張岱與石的物我關係探索〉，收入李瑞騰、卓清芬主編：《物
　　我交會：古典文學的物質性與文學性》，臺北：萬卷樓圖書股份有
　　限公司，2017 年 12 月。

（美）史景遷，溫洽溢譯：《前朝夢憶：張岱的浮華與蒼涼》，臺北：時
　　報文化出版企業有限公司，2009。

域外之眼的跨文化觀照：
《大英圖書館特藏中國清代外銷畫精華》
中「戲劇組畫」的討論[*]

中央大學中文系副教授
李元皓

摘　要

　　本文所研究的清代戲曲外銷畫，集中於《大英圖書館特藏中國清代外銷畫精華》的戲劇組畫。全書收入 748 幅外銷畫，一百萬餘字。每幅畫都注明館藏編號、畫作時間、畫作種類、原畫尺寸。其中第陸卷所收藏的三十六幅戲劇組畫，是 1806 年英國東印度公司入藏印度事務部圖書館的，創作於 1801-1805 年的廣州，反映 18 世紀廣州外江班的舞台，被視為清代中後期社會生活圖像的寶庫，是研究清代社會圖像的重要素材。但是戲曲外銷畫有著自己獨特的規律，不能等同於「實景實物的真實寫照」的一般外銷畫，必須要加以研究，庶幾能還原 18 世紀的舞台風貌。還原的意義在於，今日對戲曲舞台風貌演變的理解，又能多回溯一個世紀，讓今人對戲曲發展變化之過程，能有更精確深刻的理解。以《華容釋曹》、《李白和番》、《康熙盤殿》的劇目劇本、場上人物、扮相行頭、演員身段的分析，說明外銷畫可能存在的問題，需要逐一進行研究。如能解讀其與現代相關劇目的異同，即能對十八世紀戲曲表演，表演實務與圖像創作的關係，擁有更深入的認識。藉此走出京劇崑劇研究的固有範疇，尋求向京劇崑劇之外戲曲劇種對話的新可能。

關鍵詞：《大英圖書館特藏中國清代外銷畫精華》　外銷畫　清代戲曲

---

[*]　本文為科技部一般型研究計畫「清代戲曲外銷畫研究：以《大英圖書館特藏中國清代外銷畫精華》為例」的成果，計畫編號 MOST 106-2410-H-008-066-。

一、前言

　　18 世紀至 20 世紀初，廣州等地製作一種兼具濃厚文化輸出及商業性質的繪畫，20 世紀西方藝術史研究學者稱之為 Chinese export paintings（中國外銷畫）或 Chinese trade paintings（中國貿易畫），約略有 4 項特點：

　　1. 外銷畫是專門為西方客戶繪製的產物，主要現藏歐美，少量藏於港澳，既有中國繪畫史少見記述。

　　2. 外銷畫的題材廣泛，涵蓋中華帝國的社會生活、民俗、自然生物等各方面，大部分是實景實物的真實寫照。

　　3. 外銷畫的繪製方法，基本是中國傳統繪畫技法，與西方透視畫技的結合。

　　4. 絕大多數外銷畫是中國畫師的創作，部分是根據同一底稿的複製品，遺神取形，不無匠氣。在外銷畫熱銷之際，畫師採用流水線作業，產生不少相同的作品，逐漸離開了對於「實景實物的真實寫照」的原始需求，若是使用「對待相片的態度」研究外銷畫，可能會被誤導而不自知。如 19 世紀末出品的畫作，使用的可能是 18 世紀末的畫稿，若將畫中事物，認為是 19 世紀末的現況，就會出現意想不到的偏差。[1]戲劇組畫又有自己獨特的規律，詳見下文。

　　外銷畫一度熱銷，到了 19 世紀中葉之後，攝影技術逐漸風行，加之以印刷術與期刊發行產業不斷發展的配合，為中國風情

---

[1]　王次澄、吳芳思、宋家鈺、盧慶濱：〈導論〉，《大英圖書館特藏中國清代外銷畫精華》（1）（廣州：廣東省出版集團、廣東人民出版社，2011 年），頁 5-17。

照片、明信片、刊物等新媒介所逐步取代，外銷畫變成了「遺失
在西方的中國史」，藏身於博物館。又因其一度量產的特色，不
被視為值得賞鑒的藝術品，而被視為過時的工藝品，未受到重
視。2011 年出版的《大英圖書館特藏中國清代外銷畫精華》的
重要性與其厚厚精裝 8 卷的份量相捋，此一「域外之眼」的觀
照，被視為清代中後期社會生活圖像的寶庫，是研究清代社會圖
像的重要素材。全書收入 748 幅外銷畫，一百萬餘字。這 748 幅
畫是首次公諸於世，每幅畫都注明館藏編號、畫作時間、畫作種
類、原畫尺寸。其中第 6 卷所收藏的 36 幅戲劇組畫，是 1806 年
英國東印度公司入藏印度事務部圖書館的，專家認為是 1801-
1805 年（嘉慶五年至十年）的作品。畫中呈現的劇種和演出戲
碼，大部分為盛清時期（1800 年以前）廣東地區的外江班演出
者。盧慶濱教授在〈演作傳奇隨意唱，流管清絲韻最長──戲劇
組畫概述〉中首發其端。[2]盧教授對每一幅畫作的〈考釋〉，針
對戲劇組畫下方原有的端楷中文劇目，逐條徵引京崑粵劇相關文
獻，說明劇目內容，為本文做了許多基礎工作。

　　到 1800 年為止，戲曲劇目經歷元、明、清三代四五百年的
發展，環繞著說唱、小戲與大戲，曲牌體與板腔體，以及各地聲
腔劇種的創造與再創造，已經發展成為極其龐雜的故事系統。今
天對於傳統戲曲表演劇場演出圖像的認知，多止於 19 世紀，崑
劇如《天長宣氏三十六聲粉鐸圖詠》、《思梧書屋崑劇戲畫》；
京劇如《清升平署戲裝扮相譜》、沈蓉圃戲畫，以及橫跨各類戲

---

[2]　盧慶濱：〈演作傳奇隨意唱，流管清絲韻最長──戲劇組畫概述〉，
　　《大英圖書館特藏中國清代外銷畫精華》（6），頁 2、3。

曲劇種的戲曲年畫等等。《大英圖書館特藏中國清代外銷畫精華》這36張描述18世紀的戲曲舞台的外銷畫，時間既早於上述圖像，尤其是劇目不限定於崑劇，大幅收錄花部表演，更加值得投入關注。本文企圖在盧文提撕之下，就劇目劇本、場上人物、扮相行頭、演員身段，對此一「戲劇組畫」（以下簡稱「組畫」）進行深入討論，並以此為基礎，對於清代戲劇風貌，尤其戲曲圖像與傳播加以分析。王樹村《戲齣年畫》將戲曲年畫的出現，界定為不會晚於乾隆年間，[3]年畫對於戲曲劇目的紀錄，對表演的描繪，有忠實之處，也有誇張或減省之處，各種年畫相關研究著作對畫中內容的解說、分析與結論，與「組畫」正好可以相互參照。

　　本文所涉及的劇目劇本、場上人物、扮相行頭、演員身段，是指「組畫」所呈現的畫面，雖然難以斷定為崑劇、京劇或粵劇，但是某些演出的亮相、場景、畫面卻能從 1801 年保留到 2011 年，一望可知，例如下文所要分析劇目《灞橋挑袍》涉及的場上人物、演員扮相、挑袍身段，即是絕佳例證。

　　接著討論「戲曲圖像」，戲曲圖像不等同於戲曲實況照片，而是有著自己的規律，例如年畫當中也會出現人物有時長鬚，有時掛鬚；人物有時騎真馬，有時執馬鞭；有時搭乘真車真船，有時使用車旗船槳；背景有時出現房間擺設、亭臺樓閣、山水遠景，有時只是一桌二椅。

　　不知由於某種原因，戲曲外銷畫不同於一般的外銷畫，「實

---

[3]　王樹村：《戲齣年畫》（上）（臺北：英文漢聲出版公司，1990年），頁20。

景實物的真實寫照」的原則在此並未被完全襲用，而是有著自己
獨特的規律，大致有以下幾點：

1. 劇中人物概走寫實風格，一律不塗面掛鬚，可以看出某
些人物行當為生、淨、丑，如關羽、趙匡胤的紅臉都很清楚，但
是淨角曹操的白臉就看不出來，丑角如《山門》的賣酒人，《掃
秦》的瘋僧也很清楚，此外人物的角色行當就不易判斷。寫實風
格也會帶來意外的結果，《康胤盤殿》的龍形，應該是帶著龍形
頭套的人，略有拙趣。結果畫中呈現的居然是龍頭人身，只能在
《山海經圖》看到的怪物，反而帶來意想不到的效果。

2. 人物的鬍鬚是寫實風格，「根根見肉」的中國傳統技
法。但是可以看得出來髯口的分類，這和描繪南京崑劇演出的
《思梧書屋崑劇戲畫》（1850 年以前）差不多，[4]曹操的滿髯，
關羽的三絡都很清楚，連《打車》的建文戴白一字，就是兩腮嘴
邊成片的鬍子，形容建文剃去鬚髮，出家為僧逃亡；《王朝結
拜》裡的武丑戴二挑都畫出來了，但是架子專用的扎髯沒有分
別，跟滿髯一樣。[5]

3. 有些服裝跟今天的舞台服裝不同，如「衣甲」式樣，不
是戲曲衣箱行頭的「靠」，而是小說版畫、廟宇壁畫式樣的衣
甲，背後加上小靠旗。戲曲的靠下擺是前後兩片，腰間是「靠肚

---

[4] 丁修詢：〈清代《思梧書屋崑劇戲畫》〉，《大雅》第 9 期（臺北：雅
韻藝術傳播公司，2000 年），頁 15-20。

[5] 白一字就是兩腮嘴邊成片的鬍子，用以形容建文剃去鬚髮，出家為僧逃
亡；二挑是向上翹的八字鬍，武丑專用；扎髯是滿髯在嘴部露一小口。
見吳同賓：《京劇知識手冊》（天津：天津教育出版社，2001 年），
頁 273、274。

子」。畫中的衣甲下擺是左右兩片，腰間是戰袍、抱肚、鸞帶，
戲班衣箱看到這些衣甲也不知如何該穿戴，跟版畫壁畫的關係遠
大於戲班行頭。相形之下，靠旗稍顯小而簡陋，與甲冑風格不協
調，（臺灣廟宇門神彩繪的靠旗龐大華麗多了）尺寸比較像是二
十世紀初戲曲照片的靠旗，例如譚鑫培《定軍山》電影劇照，可
能是現有靠旗更原始的形製。大部分的服裝沒有什麼差別，如蟒
袍、官衣等。

　　4. 跟今天的衣箱行頭相比，「組畫」的盔頭很素淨，沒有
很多絨球；人物的水袖都不長，靴底不甚厚，也和《思梧書屋崑
劇戲畫》差不多，可能就是當時的舞台風貌。

　　5. 戲畫畫面的構圖可以大致分為兩種：一種是意圖忠實捕
捉舞台上最具戲劇性的剎那，對內行戲迷極具意義。另一種則是
意圖把劇中重要人物包舉於一圖，更能吸引看熱鬧的外行買家，
或是透過小說評書知道故事情節，渴望看到主要人物形象的書
迷。就年畫而言，畫家會希望畫面更熱鬧，有時不該同場出現的
人，也會出現在同一個畫面裡，像是臨泉年畫《十字坡》為求畫
面熱鬧，讓孫二娘、蔣門神同時出現，與小說、戲曲的情節內容
大相徑庭。[6]「組畫」也是如此，如《擒一丈青》的王英、李
逵，《漁女刺冀》的二鬼。有時則是省減筆墨，跳過龍套不畫，
如《灞橋挑袍》的文官武將與龍套、《太白和番》的其他配角。

6　王樹村：《戲齣年畫》（上），頁 104。在小說中，孫二娘出現在第二
　　十六回「母藥叉孟州道賣人肉，武都頭十字坡遇張青」，蔣門神出現在
　　第二十七回「武松威震安平寨，施恩義奪快活林」，二人在書中從未同
　　場出現過。在戲曲中，孫二娘出現在《十字坡》，蔣門神出現在《快活
　　林》，二人在舞台上也未同場出現過。

但是以今日京崑知識判斷「組畫」所呈現的 18 世紀舞台風貌也
有危險,如盧文對《琵琶詞》圖像的分析,該劇近日最流行的版
本是《秦香蓮》,有京劇、秦腔、評劇等版本。「琵琶詞」一
場,聽唱琵琶的都是宰相王延齡、駙馬陳世美兩個官員。「組
畫」卻出現了三個官員,盧慶濱檢視《中國戲曲志・廣東卷》,
說明粵劇傳統「江湖十八本」的《秦香蓮》,這一場戲多了一個
司馬趙炳,跟宰相王延齡一搭一唱,[7]增加對駙馬陳世美冷嘲熱
諷的力度,很有力的說明了這張圖呈現的是京崑外的廣東傳統。
又如下文對於《華容釋曹》的分析,引用到 19 世紀初廣州成德
堂新刻梆子腔《關羽挑袍》唱本,認為極可能是梆子。所以具備
京崑知識仍有不足之嫌,還要對梆子跟傳統粵劇有更多的涉獵,
才能避免上述危險。

　　最後討論畫面題字,題字有時會出錯,嚴重誤導盧文的方
向,例如《華容釋曹》的場面比較可能是梆子《灞橋挑袍》,
《李白和番》的場面比較可能是崑劇《醉寫》。這個看法無法簡
單說明,後文將逐段個別討論。

二、《華容釋曹》（附圖 1）

　　《華容釋曹》又稱《華容擋曹》、《華容道》,劇情如下:

　　曹操敗走華容道,之後復大笑,謂孔明、周瑜畢竟無才。

7　盧慶濱:〈演作傳奇隨意唱,流管清絲韻最長——戲劇組畫概述〉,卷
　　6,頁 17。

一言未畢，忽聞人馬嘶喊，急問眾將為何人旗號。眾將答
稱乃關羽。曹操拜謝天地，眾將怪問其故，曹操告以羽在
許昌時曾許以三不死，諒可活命。當即上前與關羽以禮相
見，苦苦哀告，請念舊情相釋。關羽心軟，放走曹操，回
營請罪。孔明因劉備、張飛再三求情，方許關羽立功贖
罪，派其暗襲襄陽。[8]

本劇情節源於明代南戲《草廬記》，對後世戲曲影響很大，如楚
曲五種之一的《祭風臺》第四卷，排場唱詞內容已與今日京劇
《華容道》差不多了，粵劇亦名《華容擋曹》。

《灞橋挑袍》又名《灞陵橋》，劇情如下：

關羽知道劉備去向，封金辭曹。曹操知已不可挽留，即命
張遼追趕關羽，並前往餞行。郭嘉、程昱於酒中暗下毒
藥，欲害關羽。關羽見身後煙塵四起，疑有追兵，即命車
輛先行，自在灞橋守候。張遼、曹操相繼趕到，贈送黃金
一盤，關羽不受。又取美酒餞別，關羽疑其有詐，潑酒祭
刀，但見火光沖起，心中大怒。曹操見狀，羞愧非常，大
罵眾將，又取紅袍相贈。關羽以情不可卻，取刀挑袍，告
辭而去。[9]

---

[8]　《華容釋曹》，《大英圖書館特藏中國清代外銷畫精華》（6），頁
　　18。
[9]　曾白融：《京劇劇目辭典》（北京：中國戲劇出版社，1989 年），頁
　　222。

　　元雜劇《關雲長千里獨行》第三折在灞橋餞別，有曹操在餞
行酒中置毒，與用錦袍引誘關羽下馬擒之的策略。關羽識破用
心，挑袍而去，破了曹營的計謀。[10]明代南戲《古城記》沿用上
述情節，對於後世戲曲影響很大。粵劇有《關羽送嫂》的劇目，
[11]演出狀況尚待理解。

　　先談本圖的場上人員，以京劇為例，《灞橋挑袍》的曹操方
面有曹操、郭嘉、程昱、張遼、許褚、于禁、曹仁、四軍士；關
羽方面只有關羽、馬童，曹操聲勢浩大，關羽人單勢孤；《華容
道》的曹操方面有曹操、曹六將、四龍套；關羽方面有關羽、關
平、周倉、四月華旗。[12]後三傑的汪桂芬在上海天福茶園演出
《華容道》時，後台無戲的演員，不論生旦淨末丑，一律上台幫
關公跑龍套，關公麾下竟有二三十名龍套，謂之「倒堂龍套」。
在當時視為場面盛大，竟亦成為吸引觀眾的噱頭，上海俗語從此
留有「擺華容道」一詞。[13]曹操是殘兵敗將，關羽人馬的聲勢越
大越好。畢竟按照劇中唱詞，曹操只剩下十八騎殘兵敗將，關羽
有五百名校刀手，強弱異勢，如山東平度年畫《華容道》，（附
圖 2）[14]關羽坐而曹操跪，關平、周倉抬手作勢，雖人數相持而

10　隋樹森：《元曲選外編》（北京：中華書局，1959 年），頁 761-763。
11　中國戲劇家協會廣東分會：《粵劇劇目綱要》（上）（廣州：羊城晚報
　　出版社，2007 年），頁 112。
12　李洪春、董維賢、長白雁《關羽戲集》（上海：上海文藝出版社，1962
　　年），頁 147、281。
13　汪仲賢：《上海俗語圖說》（上海：上海書店，2001 年），頁 113。
　　「擺華容道」即指：「召集了一大群人去威嚇對方」。
14　王樹村：《華容道》，《戲齣年畫》（下）（臺北：英文漢聲出版公
　　司，1990 年），頁 150。

強弱之形懸殊。所以本圖若是《華容釋曹》，關羽身邊起碼應該有關平、周倉與幾個龍套。

再談曹操的扮像，京劇《灞橋挑袍》時的曹操是在自己的地盤上，扮相尊貴，戴相貂、穿紅蟒；《華容道》的曹操扮相很狼狽，歪戴相貂，穿紫蟒，臉上略略揉黑，表示從赤壁大火中逃生。他還在找路回到自己的地盤，壓根不想讓周郎、孔明猜到自己會走哪一條道路。本圖若是《華容釋曹》，曹操的紅羅傘蓋未免太顯擺。

本圖曹操在紅羅傘蓋下，氣度安閒，頭戴文陽。身旁的文官可能是定計下藥的郭嘉。武將應該是關羽信任的張遼，他手上的托盤裡放著紅袍，其餘文武從員被畫師概行省去。關羽站在椅子上，此處的椅子就是代表橋。關羽讓二嫂車輛先行，自己斷後，獨站在灞陵橋上，成為全場的焦點。劇情已經發展到曹操餞行，關羽祭刀，發現酒中有毒，在椅上擰眉長腰，充分顯示怒意。曹操不知酒中有毒，用贈袍找下台階遮蓋過去。關羽從馬童手裡接過刀來挑袍，「三笑」之後，下橋而去。[15] 本圖應該就是挑袍前的剎那，曹操禮數作足，按照揚州平話的形容「蟒袍大袖打得滾圓」。關羽提刀在手，主意未定，餘怒未熄，雙方的身段抓得很準確。若是《華容釋曹》的話，兩人的身段說不通。

「挑袍」是全劇的高潮，《京劇長談》記錄了河南大梆子王海宴的演法，梆子版本的灞橋是桌子加椅子，王海宴飾演的關羽一腳踏桌，一腳踏椅，表示立於橋頭。挑袍之後，紅袍自然從青

15　李洪春：《京劇長談》（北京：中國戲劇出版社，1982 年），頁 292、293。

龍刀背滑落，披落肩頭，同時在桌上扛刀推髯亮相，效果極好。
這條記錄也說明了京劇、梆子的《灞橋挑袍》舞台是不一樣的，
京劇一把椅子，梆子一桌二椅。王海宴的扮相穿靠，加上靠旗，
掛五絡髯；京劇的扮相則是穿靠，不加靠旗，掛黑三髯。[16]從紮
靠旗的扮相分析，本圖比較像是梆子；從一把椅子的舞台來分
析，本圖所呈現的不是 20 世紀初梆子版本的《挑袍》。倫敦大
學亞非學院圖書館藏有廣州成德堂新刻梆子腔《關羽挑袍》，
〈梆子戲稀見版本書錄〉認為可能是 1824 年馬禮遜牧師從廣州
帶回的唱本，是 19 世紀初的孤本，也是本劇最早的刻本。[17]說
明 19 世紀初的廣州的梆子版《關羽挑袍》頗為常見，本圖呈現
的極可能就是當時的梆子版本。

三、《李白和番》（附圖 3）

在《辭海》、《辭源》、《教育部重編國語辭典修訂版》等
辭典當中，找不到「和番」的解釋。在戲曲當中，「和番」等於
「和親」，也就是皇室以婚姻關係籠絡外國貴族，比較著名的是
「昭君和番」、「杏元和番」等。「李白和番」在文字上說得
通，但是擱在戲曲文化裡，好像暗示把李白送給番邦狼主當太
太，不無可笑之處。《大英圖書館特藏中國清代外銷畫精華》介
紹的劇情是《太白醉寫》，又名《進蠻詩》、《嚇蠻書》、《太
白醉酒》、《太白回表》、《醉寫番表》、《李白解表》，都是

16　李洪春：《京劇長談》，頁 287、293。

17　李福清、王長友：〈梆子戲稀見版本書錄（上）〉，《九州學林》創刊
　　號（香港：城市大學中國文化中心，2003 年），頁 258、281。

同一齣戲，情節如下：

> 唐玄宗時，渤海國進來蠻表，朝臣均瞠目不識。賀知章荐
> 李白。李奉召上殿，果識蠻文。玄宗因授李為翰林院學
> 士。玄宗於金殿賜宴，命李白覆表。先是，李趕考時，因
> 傲慢得罪主考楊國忠與內監高力士，被楊國忠等趕出貢
> 院。李乘醉請使楊國忠溶墨，高力士脫靴。玄宗准奏，李
> 悶氣已洩，揮筆成表，渤海國因之懾服。[18]

京劇演出的細節是，渤海國進來黑蠻詩，如無人識得，「即時犯
上起狼煙」。李白不但認得，還能寫「飛龍草詔」作答。[19]上述
故事源於《警世通言》卷九《李謫仙醉草嚇蠻書》，在戲曲韻白
當中「嚇、黑、和」的語音相同。筆者懷疑，從口傳心授轉換到
文字的過程當中出現了歧異，「嚇蠻」到了京劇，變成「黑
蠻」；到了廣東，變成「和蠻、和番」。「和番」固然詼諧，
「黑蠻詩」也不高明。這個劇目在廣東流傳很廣，分別被稱為
《太白和番》、《醉倒騎驢》。《粵劇大辭典》記載《太白和
番》為新華編劇，於 1889 年由瓊華玉班首演，時間上不可能是
圖中所繪故事，此一劇名顯然 18 世紀就很流傳了。[20]至於「醉
倒騎驢」的情節，也出自小說《李謫仙醉草嚇蠻書》的後半。

18　曾白融：《京劇劇目辭典》，頁 436、437。
19　中華圖書館編輯部：《戲考》（9）（上海：中華圖書館，1920 年），
　　頁 5。
20　《粵劇大辭典》編纂委員會：《粵劇大辭典》（廣州：廣州出版社，
　　2008 年），頁 79、150。

　　在高潮的「醉寫嚇蠻書」一場當中，場上除了唐玄宗、李
白、渤海國使臣、四太監外，還有楊國忠、高力士。（推薦李白
的賀知章、孟浩然在宣李白上殿之後便下場）[21]年畫很喜歡這一
題材，太監奉上御酒三杯的同時，楊國忠磨墨、高力士脫靴，[22]
安徽臨泉年畫《醉寫番表》（附圖 4）、河北武強楊柳青年畫
《李白解表》（附圖 5）為例，這兩位的形象越狼狽，表情越窩
囊，畫面越是生動多趣。

　　小說《李謫仙醉草嚇蠻書》故事的前半是「醉草嚇蠻書」情
節，後半是「醉寫清平調」情節，也就是崑劇折子戲的《醉
寫》，故事情節如下：

> 唐玄宗李隆基與貴妃楊玉環在沈香亭賞花，召翰林李白吟
> 詩助興。李白酒醉，命高力士磨墨拂紙，寫成清平調三
> 首。李隆基大悅，連賜巨觥，並派高力士等送歸翰林院。
> 李白借酒，屢屢奚落高力士。[23]

　　醉寫時的場上有貴妃、念奴、宮女、太監，李白寫完〈清平
調〉之後，唐玄宗命高力士先後以琉璃盞、金斗賜李白酒，[24]本
圖若說是京劇《嚇蠻書》，沒有渤海使臣、楊國忠等人，沒有磨

---

[21]　中華圖書館編輯部：《戲考》（9），頁 5、6。

[22]　《醉寫番表》，《戲齣年畫》（上）（臺北：英文漢聲出版公司，1990
年），頁 102。《李白解表》見同書冊下，頁 122。

[23]　上海崑劇團：《振飛曲譜》（上海：上海音樂出版社，2002 年），頁
261。

[24]　上海崑劇團：《振飛曲譜》，頁 271、272。

墨、脫靴等行為；若說是崑劇《醉寫》，又沒有楊貴妃等人。只有唐玄宗、李白跟兩個太監，太監手捧酒器，有點像琉璃盞。就角色來觀察，《嚇蠻書》、《醉寫》的高力士都是丑角，本圖的兩個太監都不像丑角。本圖既未想要忠實捕捉舞台上最具戲劇性的剎那，人物均無亮相；也未想要把劇中重要人物包舉於一圖，似乎想畫一個貴妃、楊國忠、高力士都不在場上，最沒有戲劇性的剎那，畫師的意圖令人費解，以致本圖不如《挑袍》容易判斷。筆者認為畫面氣氛平和，比較接近崑劇折子戲《醉寫》。十八世紀廣東外江班有一批崑劇相關劇目，「組畫」所收錄的相關劇目約佔三分之一，可能性很高。關於這批劇目，依照出現在「組畫」的順序如下表：

畫面題字	相應崑劇劇目	畫面題字	相應崑劇劇目
昭君出塞	出塞	三戰呂布	三戰
擒一丈青	扈家莊	回書見父	回獵
瘋僧罵相	掃秦	金蓮挑簾	挑簾
項王別姬	別姬	醉打山門	山門
遇吉罵闖	拜懇	漁女刺冀	刺梁
李白和番	醉寫	建文打車	打車
單刀赴會	刀會	貞娥刺虎	刺虎

共計 14 個劇目，筆者將另文深入討論。

古典戲曲花雅兩部，經常存在「同名異劇」的現象。以經常見的京崑為例，崑劇《滿床笏》，源於傳奇《滿床笏》，內容是龔敬、郭子儀故事，止於郭子儀壽誕，七子八婿大拜壽。京劇《滿床笏》說得是拜壽之後，郭曖怒打昇平公主的「打金枝」故

事。又如崑劇《雙官誥》，源於傳奇《雙冠誥》，敍述何碧蓮夜
課教子故事。京劇《雙官誥》，敍述三娘王春娥斷機教子故事。

《醉寫》也有兩種，崑劇《醉寫》，源於傳奇《驚鴻記》，
敍述李白寫清平調故事。京劇《醉寫》，則是謫仙醉寫嚇蠻書故
事。初步觀察是，崑劇劇目風雅可掬，「七子八婿大拜壽」、
「乘醉創作清平調」等場面就算是全劇高潮。同名的京劇劇目則
喜愛更具戲劇性的發展，如「駙馬怒打金枝、唐王要斬駙馬、郭
子儀綁子上殿」、「蠻夷打來嚇蠻書、楊國忠磨墨、高力士脫
靴」等一連串熱鬧關目。家庭劇如《雙官誥》也是，崑劇的何碧
蓮燒書卷、毀筐床、拋燈幌，兒子馬上求饒。京劇的王春娥持刀
斷機，兒子置若罔聞。筆者以為兩者的分別首先在於編劇技法與
抒情本質的變化，[25]唯劇情的比較，並非本文的問題所在，容別
為文詳論。

四、《康胤盤殿》 (附圖6)

盧文指出「康胤」為「匡胤」之誤，根據題字，推測出自
《四紅圖》，並說「這只是一個猜測，詳細的劇情待考」。[26]看
完《華容釋曹》之後，筆者以為應該要根據畫面細節，對題字採
取更批判的態度，可以做出進一步的推測。《四紅圖》是趙匡胤

25　參考王安祈：〈關於京劇劇本來源的幾點考察——以車王府曲本為實
　　證〉，《民俗曲藝》131 期（臺北：施合鄭民俗基金會，2001 年），頁
　　113。
26　盧慶濱：《匡胤盤殿》，《大英圖書館特藏中國清代外銷畫精華》，卷
　　6，頁89。

故事系列之一，京劇、漢劇、晉劇均有此劇目，也就是皮黃、梆
子都有可能。劇情如下：

> 趙匡胤去燕京謀刺劉化王，化王聞訊，遂命楊滾與崔龍畫
> 影圖形於四門緝拿。趙匡胤終被崔龍拿獲。商人曹仁由三
> 江貿易歸來，因貌似趙匡胤，亦被楊滾捉拿。崔、楊同至
> 金殿交差。劉化王因不辨真假，乃招曹仁弟曹義辨認。曹
> 義辨認不出，乃討旨領兩人歸家，全家一一認過，均不辨
> 真假。曹義問二人身世，對答亦相同。曹仁大怒，罵趙匡
> 胤貪生怕死，假冒他人姓名。趙匡胤被激，甘願出首。曹
> 氏兄弟細察趙匡胤已交天運，乃復同上金殿，借比武為名
> 殺劉化王。[27]

《盤殿》的情節出自《四紅圖》結尾，劉化王抓到趙匡胤、曹
仁，二人面貌相似，難以分辨。部下說趙匡胤武藝高，劉化王命
二人當殿比試刀法。二人要求脫去刑具，侍衛退下，以防失手甩
刀傷及無辜。二人趁機殺了劉化王。[28]準此，畫面上不應該只有
一個趙匡胤，應該有兩個一模一樣的人，劉化王正在看演刀，不
應該捧頭待斃。在相關劇本的研讀中，筆者認為更像是《四紅
圖》中並未在舞台上演出的情節。劉化王首次上場的獨白：「近
臣奏道，仰觀天像，說赤鬚火龍壓住孤的星相，纔算出是刺客趙
匡印，要私下燕京，要摘孤的龍頭，不知老天蹶我不蹶。」末場

27　曾白融：《京劇劇目辭典》，頁 495。
28　首都圖書館：《清車王府藏曲本》（5）（北京：學苑出版社，2001
　　年），頁 266、267。

劉化王出場的唱詞：「夜至三更睡渾沈，一片紅光招孤身，心中
懷記趙匡印，殺卻此人除禍根。」[29]根據獨白，劉化王知道刺客
趙匡胤，是因為近臣夜觀天象。根據唱詞，則是暗示夜得一夢，
夢見趙匡胤要來殺他。筆者懷疑《四紅圖》為一個以上的來源所
拼湊起來的劇本，所以前言後語的脈絡不大貫串。

　　上述關目無論是仰觀天象，或是夜得一夢，都沒有在舞台上
演出，只是通過唱念交代。難以說明畫面。筆者要引用另外兩個
趙匡胤相關劇目，《觀星》、《高平關》來輔助說明，《觀星》
情節如下：

> 高行周綽號「高鷂子」，奉漢王命鎮守高平關。因夜得一
> 夢，見紅臉大漢手執大刀，前來行刺。次晚到觀星台觀看
> 本命星辰吉凶。知趙匡胤為真命之主，欲來借頭，高知為
> 天意，不勝感嘆。[30]

　　《京劇劇目辭典》以為《二童觀星》是同名劇目，此處有
誤。《俗文學叢刊》收錄有《雙觀星》與《觀星》，《雙觀星》
就是《二童觀星》，內容是少年高行周跟史建唐，在大戰之前觀
星，見西北將星墜地，知道敵營主將王彥章亡在旦夕。《觀星》

29　首都圖書館：《清車王府藏曲本》（5），頁 263、266。這兩段台詞白
　　字很多，獨白當作「近臣奏道，仰觀天象，說赤鬚火龍壓住孤的星象，
　　纔算出是刺客趙匡胤，要私下燕京，要摘孤的龍頭，不知老天蹺我不
　　蹺。」唱詞當作：「夜至三更睡昏沈，一片紅光照孤身，心中懷記趙匡
　　胤，殺卻此人除禍根。」
30　曾白融：《京劇劇目辭典》，頁 497。

的內容是老年高行周，預見自己命在旦夕，[31]主角同為高行周，一個少年，一個老年，明顯不是同一個故事。（皓按：《二童觀星》時的少年高行周當時叫高保童，史建唐在某些版本中做石敬塘。但劇中唱詞自述，他的父親是在《太平橋》中戰死的史敬思，石敬塘顯然是音近的訛誤。）高行周夜得一夢，夢見紅臉大漢手執大刀，與本圖若合符節。次晚仰觀天象，知道赤鬚火龍趙匡胤要來殺他，與劉化王「仰觀天象」、「夜得一夢」的關目相同。

《高平關》又名《借人頭》，情節如下：

> 劉華王部將高行周，奉命鎮守高平關。夜觀天象，見赤鬚龍壓蓋白虎堂，卜知河東趙匡胤將來行刺，遂藉口年邁，匆忙將帥印讓其子高懷德、高懷亮執掌，並囑二子：如有紅臉大漢進關，不必阻攔。趙匡胤在燕京謀刺劉華王之後，復往高平刺殺高行周以邀功，行前以父母為人質，如事不成，將斬二老。趙匡胤闖進白虎堂，為高行周察覺，高與趙父曾結金蘭，趙佯稱特來探望。高行周見趙有帝王之相，且知大數已盡，願將人頭獻出，且以二子相託。趙匡胤為使高安心，將胞妹美容許配其子高懷德。高行周自刎，立屍不倒。趙匡胤乃封高為白馬大英豪。[32]

---

31 中央研究院歷史語言研究所俗文學叢刊編輯小組：《俗文學叢刊》第四輯（309）（臺北：新文豐出版有限公司，2004 年），頁 1-14、297-304。

32 曾白融：《京劇劇目辭典》，頁 496、497。「見赤鬚龍壓蓋白虎堂」

　　《高平關》在清末廣東地區流傳很廣，成為「大排場十八本」的《高平取級》，情節全同。[33]「級」就是首級，取名兼有《高平關》、《借人頭》兩個劇名的內容，頗具廣告手腕。故事的主軸是星宿歸天的決定論，五代時期，鎮守高平關的東魯王高行周是白虎星下凡，碰到赤鬚龍下凡的真命天子趙匡胤，知道自己歸天的時刻已到。劇中兩次趙匡胤提到：「請伯父離位！」也就是請他歸天，高行周回答：「還早。」第一次請離位時，趙拿著斬將刀，高拿祖先銅錘，高行周向趙匡胤用銅錘調換斬將刀，以便自刎。所以第二次請離位時，趙拿著銅錘，高拿著斬將刀。[34]唱到：「耳邊廂聽得東方天鼓響」的時候，上龍形搖動黑旗，[35]告訴高行周時辰已到，最後高行周自刎。本圖有個執黑旗的龍形，不過高行周沒有銅錘，趙匡胤手執斬將刀，這三者對應不上。但是外銷畫《李白和番》已是如此，不很令人驚訝。由於對應不上，因此再次研讀相關劇本，覺得更可能是《四紅圖》。

　　筆者認為，本畫更像是《四紅圖》當中，劉化王自述「夜至三更睡渾沈，一片紅光招孤身」的場景，如此，趙匡胤的手中刀

疑當作白虎星。文末的「白馬大英豪」，《清車王府藏曲本》、《俗文學叢刊》概作「白馬大將軍」。按照民俗信仰，封贈死者為「大將軍」比較合理。晚出的《戲考》、《京劇傳統劇本匯編》以降，之所以改為「大英豪」，則是因為意識到趙匡胤下場唱的六句遙迢轍押韻的需求。

[33] 《粵劇大辭典》編纂委員會：《粵劇大辭典》（廣州：廣州出版社，2008年），頁61。

[34] 首都圖書館：《清車王府藏曲本》（北京：學苑出版社，2001年），冊5，頁288、289。

[35] 首都圖書館：《清車王府藏曲本》，冊5，頁289。此處感謝中國戲曲學院教師何毅先生所賜教的演法。

跟龍形都說得通。劉化王是一朝人王帝主，在通俗演義小說裡就是上應天象的真龍天子，歸天之前有龍形搖動黑旗很合理，在劉化王跟東魯王高行周的故事重要關目邏輯完全可以理解。唯一令人困惑的地方在於，這個情節並未在舞台上具體演出來，（如《渭水河》，周文王夜夢飛熊，真的上來一位穿著「飛熊形」的演員作身段）而只出現在《四紅圖》的唱詞裡。或許在 18 世紀的舞台上，這個情節是具體表演出來的。檢視「戲劇組畫」當中無從考索的《周清招親》、《王朝結拜》戲畫，[36]不得不承認，現在對十八世紀戲曲的知識還有若干不足之處。

五、初步的結論

從圖像觀察，在照片出現之前的年代，戲曲圖像跟雕塑的存在極為可貴，這是戲曲界的常識，不勞在此發揮。但是在使用上，圖像不等於照片。照片出現的事物都是現實存在，任由研究者舉證。若將戲曲圖像所出現的事物，視為真實的紀錄，則是很危險的。以「組畫」為例，《華容釋曹》張冠李戴，明顯是誤導讀者，將之視為 18 世紀《華容道》的演法加以研究，豈不是一誤再誤。《李白和番》妾身不明，崑劇《醉寫》，先有唐玄宗、楊貴妃遊春，這才開啟了李白寫清平調的雅事，楊貴妃雖然戲份少，卻是少不得。京劇《醉寫》的楊國忠、高力士更是少不得，圖中概付闕如，作畫者考量為何，令人好奇。《康胤盤殿》也是

---

36 《周清招親》、《王朝結拜》，《大英圖書館特藏中國清代外銷畫精華》，卷 6，頁 36、74。

一個令人好奇的謎團，圖中所繪，是不是一個「由全本戲到折子戲」的過程當中，被剔除的環節。

　　從圖像的製作觀察，製作「組畫」的某一個環節不很當行，《華容釋曹》的場景抓得很好，可是標題寫錯。《李白和番》則是連場景也有問題，如說是為了突出戲劇性，增刪場上人物，畫面又看不出什麼戲劇性來。《匡胤盤殿》的場景抓得也好，不過標題同樣有問題。總的看來，接受委託的外銷畫製作工坊，對於戲曲的認識有限，雖然選材上崑劇、京劇、廣東特色的劇目都有顧及，但是彼此配合有些問題，造成圖文不符、圖像缺乏戲劇性等問題。

　　話說回來，到 1800 年為止，戲曲劇目經歷元、明、清三代四五百年的發展，環繞著說唱、小戲與大戲，曲牌體與板腔體，以及各地聲腔劇種的創造與再創造，已經發展成為極其龐雜的故事系統。如文中所述，以關羽、趙匡胤為主角，就有著前後相關又彼此不無矛盾的豐富情節。李白相關的故事，算是比較不複雜了，可也存在著同名異劇的現象。

　　回到「域外之眼」，「戲劇組畫」的製作目的，應該是希望一窺中華帝國的戲劇舞台，這個「一窺」是照相機式的一窺，還是獵奇式的看見自己所喜愛的異國風情，這對 19 世紀初的英國委託者而言，意義有限。在照相機出現之前，他所能看到的也只有各式各樣的圖，無從判斷。就渴望照相機效果的現代人而言，就不一樣了。結合表演、圖像、文本對「戲劇組畫」加以分析，界定「域外之眼」的可貴與侷限。眼中的戲劇舞台，有助於戲曲學者找到提問的新方向，從而在戲曲研究的既有地圖之外，鑿空蹴虛，找到另一個廣闊的未知空間，一個新的「域外」。

參考書目

一、傳統文獻

首都圖書館：《清車王府藏曲本》，北京：學苑出版社，2001 年。

二、近人論著

丁修詢：〈清代《思梧書屋崑劇戲畫》〉，《大雅》第 9 期，臺北：雅韻
　　藝術傳播公司，2000 年。

上海崑劇團：《振飛曲譜》，上海：上海音樂出版社，2002 年。

王安祈：〈關於京劇劇本來源的幾點考察——以車王府曲本為實證〉，收
　　於王秋桂總編輯《民俗曲藝》131 期，臺北：施合鄭民俗基金會，
　　2001 年。

王次澄、吳芳思、宋家鈺、盧慶濱：《大英圖書館特藏中國清代外銷畫精
　　華》，廣州：廣東省出版集團、廣東人民出版社，2011 年。

王樹村：《戲齣年畫》，臺北：英文漢聲出版公司，1990 年。

中央研究院歷史語言研究所俗文學叢刊編輯小組：《俗文學叢刊》第四
　　輯，臺北：新文豐出版有限公司，2004 年。

中國戲劇家協會廣東分會：《粵劇劇目綱要》，廣州：羊城晚報出版社，
　　2007 年。

中華圖書館編輯部：《戲考》，上海：中華圖書館，1920 年。

汪仲賢：《上海俗語圖說》，上海：上海書店，2001 年。

李洪春、董維賢、長白雁：《關羽戲集》，上海：上海文藝出版社，1962 年。

李洪春：《京劇長談》，北京：中國戲劇出版社，1982 年。

李福清、王長友：〈梆子戲稀見版本書錄（上）〉，收於鄭培凱主編《九
　　州學林》創刊號，香港：城市大學中國文化中心，2003 年。

吳同賓：《京劇知識手冊》，天津：天津教育出版社，2001 年。

曾白融：《京劇劇目辭典》，北京：中國戲劇出版社，1989 年。

隋樹森：《元曲選外編》，北京：中華書局，1959 年。

《粵劇大辭典》編纂委員會：《粵劇大辭典》，廣州：廣州出版社，2008 年。

附圖 1

附圖 2

附圖 3

附圖 4

附圖 5

附圖 6

老唱片研究的「照著講」與「接著講」
——吳小如先生的老唱片研究與戲曲唱片文獻學的構建

中國人民大學國學院教授
谷曙光

摘　要

　　老唱片是近代以來科學技術發展餽贈給人類的珍貴禮物，也對近現代人的文化生活產生了重要影響。先師吳小如先生是海內外庋藏老唱片的大家。他在老唱片方面的研究，是他全部戲曲研究中的一個創新，亦是特別具有開拓性、奠基性的領域，起到了篳路藍縷、以啓山林的特殊作用。其最重要的發明，是提出並闡述了老唱片的版本學、校勘學。筆者在此基礎上，進一步細繹之、生發之，並補充提出了唱片的目錄學、考據學和辨偽學。綜合上述五個方面，就是戲曲唱片文獻學的系統立體呈現。論文借鑒古典文獻學，對唱片文獻學，首次進行了理論思考和系統闡發。

關鍵詞： 吳小如　戲曲　老唱片　文獻學

　　中國戲曲向被稱為綜合藝術，優伶唱念做打，相輔相成，形成「有聲皆歌、無動不舞」的藝術特徵，帶來鮮活立體的視聽享受。這其中，歌唱始終被認為是核心。然而，由於技術的原因，元代以迄清末，戲曲優伶的歌唱，永遠無法複製、再現。任憑多精彩、多美妙的歌聲，都瞬間流逝，逝者如斯。這或許是古典戲曲藝術的最大遺憾。但是，十九世紀末發明的唱片，足以令人類欣喜若狂，因為它首度實現了記錄、保存人的聲音並反復播放。正如陳彥衡所言：「伊古以來，善歌者夥矣。然而雍門遺韻，難覓傳人。天寶新聲，徒存夢想。人事變遷，鳳徽衰歇，良可悲夫。自有留聲機，而音域歌曲之流傳，賴以保存於久遠，為古今一大快事。蓋一經灌輸，不爽毫黍。雖時過境遷，其人已遠，而聲欬常親，不啻對相一堂，極人事之巧思，奪造化之秘密，其功豈淺鮮哉！」[1]闡發唱片發明之價值與意義，頗為允當。將唱片應用於中國戲曲，複製優伶的歌唱，就解決了數百年來無法實現的藝術複製與再現。這堪稱藝術史上一個劃時代的重大變革。

一、發凡起例、精義紛披的開創性研究

　　在中國戲曲老唱片中，京劇老唱片是數量最多的一宗，也是欣賞和研究價值最大的門類之一，但收藏老唱片和研究老唱片完全是兩碼事。先師吳小如先生指出：「有人雖搜羅收藏唱片，但目的不外兩種：上乘者近於玩古董，一般人則無非圖消遣。至於

---

[1]　陳彥衡：〈唱片劇詞彙編序言〉，載蘇少卿編：《唱片劇詞彙編》（上海：先聲出版社，1929 年），頁 3。

通過這些音響資料來欣賞戲曲唱腔,已屬難能可貴;而以研究唱
片為目的,通過這些音響資料來論證戲曲發展的今昔沿革,並用
來做為考訂戲曲演出史的旁證,進而分析某一演員的歌唱藝術
(包括唱和念及音樂伴奏),在目前,有的不過剛剛開始,有的
則還未來得及提到議事日程上來。」[2]由此言之,吳先生在老唱
片方面的研究,是他全部戲曲研究中的一個創新,亦是特別具有
開拓性、奠基性的領域。吳先生的老唱片素養極高,他反復聆聽
了晚清民國時期的絕大部分京劇老唱片,可以說對京劇的唱片文
獻,諳熟在胸,信手拈來。他的老唱片收藏,並不是看到就買、
見到即收,而是在有了一定的積累和思考之後,反復斟酌、精挑
細選。他知道,哪些是大路貨,哪些是精品、珍品;哪些常見,
哪些量少、稀見。他自謙精博不及華粹深、吳恩裕二位,實則他
的購藏老唱片,以慎擇精取為理念原則。概言之,源於興趣,精
於鑒別,而又富於眼力。其實,在他生活的時代,老唱片存世量
大得驚人,想要多買,並非難事,但他本著慎擇精取的態度,始
終把名家、特色、標本、珍稀等理念貫穿在購藏之中,假以時
日,積少成多,集腋成裘,最終形成有特色、有價值的豐富收
藏。

　京劇老唱片,絕大部分是名家名段,其核心價值在聲腔歌
唱。老唱片本身僅是技術載體,而優伶的演唱才是精華核心。在
晚清民國較長的一段歷史時期,老唱片是欣賞、研究京劇唱腔的
第一手文獻。甚至可以說,熟悉老唱片,是研究早期京劇藝人聲

---

[2]　吳小如:〈羅亮生先生遺作《戲曲唱片史話》訂補〉,載氏著:《吳小
　　　如戲曲文錄》(北京:北京大學出版社,1995 年),頁 800。

腔藝術的前提和基礎。因此，吳先生深厚的老唱片素養，在其研究中就顯得特別重要和關鍵了，大有用武之地，或者說老唱片研究貫穿在他的整個戲曲研究之中，時常發揮作用。他在諸多文章中，對老唱片信手拈來，或為文章佐證，或據以訂訛傳信，或作比較鑒別，或品鑒分析唱腔，總之，這方面的深厚素養，在他的研究中，時時起到輔助參贊的作用，令他的研究左右逢源，觸處生春，豐富鮮活。他的名作《京劇老生流派綜說》，相當大的篇幅，是在研究老生行諸多流派創始人和傳人的唱腔藝術，分析其歌唱特色，闡發其聲腔技巧，而探討的基礎就是老唱片。如果不是系統聆聽並細緻研究了前輩老生名家的唱片，這本書的書寫是無法想像也無法實現的。因此，就研究早期京劇而言，老唱片屬於必須利用的「基本文獻」。由於年代久遠，京劇「前三鼎甲」的程長庚、余三勝、張二奎無唱片傳世；「後三鼎甲」中的譚鑫培有唱片七張半，汪桂芬無唱片[3]，孫菊仙是否灌過唱片尚存疑[4]。此後之著名優伶，如非特殊原因，一般都有唱片傳世。對於那些有唱片行世的優伶，自可據唱片直接研究其唱腔；沒有唱片的，則可通過其弟子傳人甚至再傳弟子的唱片，迂回地上溯探源，加以研究。由此可知，遍聆早期唱片，實是研究優伶歌唱藝術的基礎。而老唱片在吳先生的戲曲研究中，確實起到舉足輕重的作用。

---

[3]　羅亮生〈戲曲唱片史話〉言，汪雖無唱片傳世，但灌過蠟筒。見北京市政協文史資料委員會編：《京劇談往錄三編》（北京：北京出版社，1990 年）。

[4]　關於孫菊仙是否灌過唱片，真偽莫辨，已有多人考辨。筆者傾向於認為孫氏有唱片傳世。

　　對於吳先生的老唱片研究，更值得關注的，是他所撰寫的系列研討專文。據筆者統計，吳先生關於老唱片的文章有：收錄在《吳小如戲曲文錄》和《吳小如戲曲隨筆續集》中的「唱片瑣談」文章一束，包括〈關於京劇老唱片〉、〈譚鑫培佚文及其他〉、〈未公開出版的戲曲唱片〉、〈舊唱片報節目及報節目人〉、〈唱片中的無名配演者〉、〈「小小余三勝」的唱片〉、〈「孫菊仙」唱片及其他〉、〈物克多唱片多冒牌貨〉、〈唱片的版本學〉、〈唱片的校勘學〉、〈羅亮生先生遺作《戲曲唱片史話》訂補〉等一組，這是吳先生老唱片研究的系列文章，也是主體，其中〈羅文訂補〉一篇最為重要。另在《戲迷閒話》系列文章中，有〈搜求唱片〉一文，談購求搜尋之樂，極富趣味；在〈津門亂彈錄〉中，有〈聽唱片、看戲和學戲〉，說明聽唱片對培養戲曲興趣的重要。此外，在上世紀八十年代的《中華戲曲》上，吳先生發表有〈何桂山百代鑽針唱片簡介〉、〈姜妙香青衣唱片簡介〉；在武漢藝術研究所編印的內部期刊《藝壇》（1994年第 1 期）上，還有〈京劇唱片知見錄〉一文，包括「前言」、「物克多公司譚鑫培唱片辨偽」、「謝寶雲百代老生唱片簡述」三部分。上述文章以「京劇唱片知見錄」為總題，實則都可單獨成篇。吳先生有關京劇老唱片的文章，大約止於此。值得注意的是，〈何桂山百代鑽針唱片簡介〉、〈姜妙香青衣唱片簡介〉和《藝壇》刊文，未收錄到《吳小如戲曲文錄》和《吳小如戲曲隨筆》等書中。我曾面詢先生，他告知，「京劇唱片知見錄」是塊「心病」，早就擬寫，但僅僅開了個頭，因為多種緣故，未能持續下去。後來年老多病，家事蝟集，就只好放棄了。單獨看〈何桂山百代鑽針唱片簡介〉、〈姜妙香青衣唱片簡介〉等文，確較

細碎，可讀性似乎也不強，於是未收到後來的戲曲文錄之中。但其實，此數文雖專業性強，但研討亦深入細膩。筆者的朋友，曾專門表示過讚賞，可見還是有人「識貨」的。

　　或許，當某一類物品成為收藏品，甚至文物，普通人不易見到時，也就意味著它將進入研究者的視野了。峆雲山人說：「陳跡委於黃土，聲音逝若白雲。電光石火本不可留，今有戲片能留之，若自其口出，豈非一奇？書法之變，見於碑帖；唱法之變，見於戲片。故戲片之可寶，若碑帖然，千古不朽矣。」⁵從藝術價值的角度言之，老唱片確實是可寶之物。目前，老唱片已成為專門的學問，新世紀之後日益受到關注，研究者和研究文章層出不窮，還召開了不止一次的專題研討會，甚至有學者以此為博士論文選題、申請國家課題、出版研究專著。我們說，一門學問的興起，要有文獻基礎、研究隊伍、學術成果，等等，在這其中，研究者自然是核心，特別是某些導夫先路、成就卓著的研究者，會起到開創研究局面、規範研究路徑的重要作用。筆者認為，吳先生在老唱片研究方面，起到的就是篳路藍縷、以啟山林的開創性作用。

　　拙文〈京劇唱片學的珍稀史料——《北京唱盤》研究〉指出，近代之中國，面臨「三千年未有之變局」，各方面都在發生五光十色的急遽變化。自清末，利用唱片、照相、電影等新技術複製並傳播藝術，成為中國戲曲史上的一大變遷，不啻開了中國戲曲的新紀元。關於京劇唱片學的基礎性文獻，首推羅亮生的

5　峆云山人：〈唱片劇詞彙編序言〉，載蘇少卿編：《唱片劇詞彙編》，頁1。

《戲曲唱片史話》，「其性質與作用殆與王國維當年撰寫《宋元
戲曲史》十分近似」[6]，羅本人當年曾受聘唱片公司，乃親歷者
與見證人；而接續羅亮生的，就是吳先生了，他撰寫了十餘篇京
劇老唱片的長短文，並首度提出唱片的版本學、校勘學，進一步
將不登大雅之堂的「末微小道」導引入學術研究之通衢正軌。因
此，可下斷語：羅亮生是京劇唱片學的歷史見證人和文獻奠基
人；而吳小如則是京劇唱片學術研究的發明者和宣導者，其研究
具有發凡起例的典範意義。

　　吳先生的老唱片研究，全面而系統，諸如晚清民國的老唱片
發展的各個時期，各家唱片公司及其分類，各種唱片的形制、特
徵、版本等，都有詳細的描述，如數家珍。吳先生把老唱片的發
展分成三個階段：蠟筒、鋼針、鑽針，可謂持簡馭繁。正因為手
頭有大量實物，故而所述詳實可靠，所持觀點、所下結論皆言之
有據、持之有故。

　　吳先生的老唱片研究，火候老到，精義紛披，試舉數例。程
長庚被稱為京劇的奠基人，但程去世較早，尚無唱片。如何分析
程長庚的唱腔唱法？通過晚一輩的譚鑫培、汪桂芬、孫菊仙？其
實，譚、汪、孫，雖學程，但都有變化，且最接近程的汪氏卻無
唱片。吳先生別具慧眼地提出：「在目前所存的清末音響資料
中，學程者當以謝寶雲的老生唱段比較最接近程的本來面
目。……竊以為可做為程長庚唱法之直接參考材料。」[7]按，謝
最早學旦，旋改老生，再改老旦，後遂以老旦知名。但其老生戲

6　吳小如：〈羅亮生先生遺作《戲曲唱片史話》訂補〉，頁800。

7　吳小如：〈羅亮生先生遺作《戲曲唱片史話》訂補〉，頁807-808。

如《文昭關》、《二進宮》等，頗具程派典型。今聆其唱片，確乎平正通達，老練穩當。吳先生之論，可謂是獨得之秘，今已被廣泛認可。謝寶雲的唱片，由此得到特別關注。京劇淨行的裘盛戎，影響極大，號稱「十淨九裘」，但對其聲腔藝術的淵源，則缺乏研究。吳先生極其推崇清末花臉票友訥紹先在百代的四張鑽針片，認為「開後世銅錘花臉使花腔之先河。……裘盛戎成名後所行之腔與所用之勁頭，實與訥氏為近。今之淨行十有九人學裘，倘上溯訥與裘桂仙而後再尋盛戎軌跡，或不致數典忘祖，且可望破抉盛戎之樊籬也」[8]。按，訥紹先乃清末票友，一般人或不重視其人，而更忽略其唱片。吳先生則極具眼力，抉出其藝術價值，並與裘盛戎掛鉤，實發人所未發。吳先生雖提出這一課題，但迄今仍無人研究，實屬遺憾。筆者曾聆訥氏唱片，其聲渾圓，其韻恬然，雖與舊唱法異趣，確有足多者。今裘派傳人如此之多，祖師爺的唱法如何形成，似乎應該細細推究。又如在海派名伶呂月樵民初的鑽針片裡，有一張別開生面的《十八扯》，「第一面是此戲本詞，導板轉三眼，呂用大嗓唱娃娃調；第二面則專學孫菊仙《洪羊洞》，唱腔和勁頭皆畢肖，直可亂真」[9]。在孫菊仙唱片真偽莫定之局面下，精準指出此片特殊的藝術價與文獻價值，可謂吉光片羽。

　　梅蘭芳、程硯秋在民國家喻戶曉，名播海外，故二人唱片也流傳極廣。但若細究，梅、程的眾多唱片，文獻與藝術價值各有不同。換句話說，在研究上，梅、程唱片的價值，並不是每一張

---

[8]　吳小如：〈羅亮生先生遺作《戲曲唱片史話》訂補〉，頁 806-807。

[9]　吳小如：〈羅亮生先生遺作《戲曲唱片史話》訂補〉，頁 814。

都一樣的。能否發現與發掘其中的特殊和卓異，就很考驗研究者
的眼力。如梅蘭芳在蓓開公司的唱片中，最值得注意的是《霸王
別姬》。一般人可能認為，此劇有長城公司梅與楊小樓的六張成
套唱片，基本是全劇精華。殊不知，蓓開此片的可貴在於「不但
嗓音清醇瀏亮，而且唱的是西皮慢板（後來梅在台上改唱搖板，
省力多了），藝術價值與文獻價值兼而有之」。[10]此片首先具有
文獻價值，等於保存了一種早年的演法、唱法。1961 年梅蘭芳
逝世後，中國唱片社編輯了一套梅氏唱片選，遺憾的是，「獨遺
此片」。吳先生頗為感慨地表示：「我曾再三強調應選此片，終
未被採納。真是滄海遺珠，只可為知者道，難與眾議爭也。」[11]
筆者曾專門找來此片聆聽，果如吳先生所言，聲情並茂，在梅氏
西皮慢板唱片中，幾為壓卷之作。竊以為，此片對今之梅派傳
人，意義尤大，不妨學而時習之，作為梅派慢板的一個典範。

二、老唱片文獻學的「照著講」與「接著講」

　　吳先生的老唱片研究，最重要的發明，是提出並闡述了老唱
片的版本學、校勘學，並將之運用到具體研究中。這其實是借鑒
了古典文獻學的概念和研究方法。把傳統、成熟、經典的研究路
徑，運用到新的研究領域，自然有望開闢新的研究路徑，對於後
來者的啟發意義也頗重大。

　　文獻學，從內容言之，有普通文獻學，也有專業文獻學，唱

10　吳小如：〈羅亮生先生遺作《戲曲唱片史話》訂補〉，頁 835。
11　吳小如：〈羅亮生先生遺作《戲曲唱片史話》訂補〉，頁 835。

片自然屬於專業的藝術文獻；從載體言之，甲骨、簡帛、紙張等都是傳統文獻的載體，而唱片不同，屬於現代技術之文獻載體。故唱片亦是近代以來記錄文獻載體發生革命性變化的顯著例證。

　　馮友蘭有一個著名提法，即「照著講」與「接著講」，哲學史家是「照著講」，而哲學家是「接著講」。對於人文學科和傳承文化而言，可以「照著講」，但更佳途徑顯然是「接著講」。學術創新就意味著在前輩學者底子上「接著講」。

　　下面，筆者首先對吳先生的唱片版本學、校勘學「照著講」，之後，再嘗試「接著講」。特別是筆者新提出的唱片目錄學、考據學、辨偽學，庶幾可算作在吳先生研究基礎上的「接著講」乎？

　　唱片的版本學，來自文獻學中的版本學。程千帆等《校讎廣義・版本編》解釋何謂版本：「同一部書在編輯、傳抄、刻板、排板、裝訂乃至流通過程中產生的各種形態的本子。」[12]由此生發，吳先生解釋唱片版本云：「指同一張唱片經多次複印，從而產生各種版本。」[13]解說是簡要的，但具體到研究，卻又繁複細碎，需要探源流、鑒優劣。對於老唱片，版本鑒定是一項重要工作。確定時代和精粗真偽，是唱片版本學的題中應有之義。從外表言，唱片的裝訂、裝幀，就成為主要的鑒定手段。聽唱片要取法乎上，從某種意義上說，其實就是講版本。廣集珍本，選擇比較，才有鑒別力。吳先生在文章中，時有對版本研究的具體運用

---

[12]　程千帆等：《校讎廣義・版本編》（濟南：齊魯書社，1998 年），頁7。

[13]　載《吳小如戲曲文錄》，頁 797。

和靈活發揮。他曾以余叔岩唱片為例，說明唱片的版本學。[14]唱片一般不標生產年代，於是，只有靠細緻分辨唱片的尺寸，片心的顏色、商標、文字等，才能梳理清楚，不至產生錯訛。吳先生等老一輩學者，經眼、經手的唱片太多，練就了火眼金睛，因此，老唱片版本，在他們手上，似乎不是難事。但隨著老成凋謝，接觸並目驗老唱片越來越難，當代學者很難再培養出那麼精通唱片版本的了。或許，其難度不低於培養古籍善本的專家。

　　同理，唱片的校勘學，來自文獻學中的校勘。程千帆等《校讎廣義·校勘編》釋云：「所謂校勘就是改正書面材料上由於種種原因而形成的字句篇章上的錯誤，使之恢復或接近本來面目。」[15]至於唱片的校勘學，則更複雜，吳先生分為兩類：「一類是同一唱段由不同流派的演員來唱，無論唱詞唱腔，都各有不同，這就存在著一個對比校勘問題。再有，某些演員雖同屬一個流派，但在唱這同一唱段時，其唱詞唱腔亦每有出入，這同樣也需要加以比勘。」[16]還有的藝人一生中把同一劇碼或同一唱段，灌制了多次，如王又宸的名作《連營寨》，跌宕婉折，譚味十足，廣受好評，於是他在百代、物克多、高亭先後灌錄了三次，頗可資比較。唱片校勘的研究價值和意義甚大。比如老生行的《捉放曹》，是譚派代表作，眾多優伶都演出並留有唱片，其中「聽他言」一段西皮三眼，譚鑫培雖無唱片，但譚派傳人余叔岩、言菊朋、韓慎先（夏山樓主）、羅小寶等，余派傳人王少樓、孟小冬，以及譚富英、楊寶森等都留有唱片或錄音。汪桂芬

14　參看《吳小如戲曲文錄》，頁797。

15　程千帆等：《校讎廣義·校勘編》，頁3。

16　載《吳小如戲曲文錄》，頁798。

派的王鳳卿和孫菊仙派的雙處，也有唱片。面對如此豐富的同一劇碼、同一唱段的唱片文獻，校勘就派上了大用場。吳先生進一步分析：「如果我們把這些唱段搜集到一處，逐一進行比勘，便可推定何者為較原始的唱法，何者較為新穎，譚派前、後期的唱法有何不同，余派與譚派的唱法差異又在何處，以及余派傳人對余腔又有何種變化發展，來龍去脈，細辨自明。」[17]這對京劇流派聲腔藝術研究的啟發實在太大了，考鏡源流，細緻探察，有望探驪得珠。如能挑選若干具有代表性的類似例證，深入進去，上掛下聯，真可謂是研究流派唱腔的通衢大道，舍此沒由。

　　從文獻的角度梳理、研究，是任何學問的基礎，具有「樹從根掘起，水自源處流」的正本清源意味，老唱片研究自不能例外。因此，唱片文獻學，應是唱片研究的先導，而吳先生宣導的唱片版本學、校勘學，是整個唱片文獻學的有機組成部分。提倡唱片文獻學，應勘劃大致的範疇和內容。筆者不揣譾陋，在吳先生老唱片版本學、校勘學的基礎之上，再細繹之、生發之，補充提出唱片的目錄學、考據學和辨偽學。不妨說，綜合這五個方面，就是唱片文獻學的系統立體呈現。

　　下面先在吳先生闡述的版本學、校勘學的基礎上，提出一些新的想法，下一節再論筆者新提出的唱片的目錄學、考據學和辨偽學。

　　唱片的版本學，似可充分借鑒古籍善本的分類。譬如，唱片按其價值，亦可分為通行本、善本、珍本、古本、偽本、劣本等；按內容，唱片則又有足本、殘本、節本、選本等。古籍有善

---

[17]　載《吳小如戲曲文錄》，頁 799。

本，而老唱片似乎也能定出一些「善片」。筆者認為，學術價值、藝術價值、存世數量，是判斷老唱片善本與否的重要標準。概而言之，譚鑫培百代公司的七張半唱片，陳德霖高亭公司的六張唱片，余叔岩灌制的十八張半唱片，皆為「善片」。當然，又以初次生產的版本最為珍貴。又如珍品，名伶姜妙香初習青衣，後改小生，並以小生馳名數十年。而其清末在百代公司的青衣唱片，就頗難得，可屬「珍本」。清末民初名淨劉永春的唱片《白良關》並不精彩，屬「劣本」，但後來中國唱片社翻制資料片，恰恰選了這半張，可謂疏於鑒別，不識優劣。再如學余的孟小冬，今之地位極高，對其唱推崇者大有人在。其實，她的早期戲路駁雜，其最早的一批唱片在百代灌制，比起 1931 年之後的唱片，功力相距甚遠，雖不好說是劣本，但藝術價值確實不高。故對孟氏早期之唱，不宜神化。老唱片囿於時間限制，很多是唱段節選，甚或掐頭去尾，故又不乏「節本」、「選本」，與實際舞臺演出頗有差異。因此，亦不能把老唱片等同於舞臺實況，在研究中需特別注意其中許多「權宜之計」的處理。

至於唱片校勘學，筆者亦有新的想法。《辭源》釋校勘云：「比較審定。特指將書籍的不同版本和有關資料加以對比，審定原文的正誤真偽。」[18]我們今天完全可以把古典文獻學上的校勘方法運用到唱片校勘之中。葉德輝曾提出「死校」、「活校」的說法[19]，陳垣則精密化，宣導了校法四例，即對校法、本校法、

---

[18]　《辭源》（修訂本）（北京：商務印書館，1981 年），頁 1558。

[19]　參看清・葉德輝：《藏書十約》，收入清・葉德輝著，李慶西標校：
　　　《書林清話》（上海：復旦大學出版社，2008 年），頁 309。

他校法、理校法。[20]如果把陳垣的四種校對方法運用到唱片校勘之中，可能會產生意想不到的效用。靈活套用之，唱片的對校法，既可指同一流派的祖本與傳人後起本的互相比對，也可指同一劇碼唱段不同優伶的演繹；本校法指同一人前後期唱片的互比互證；他校法可指某人本無唱片，但可以他人之近似唱片類比之，得其仿佛；理校法最難，有種邏輯推理、判斷是非的意味，譬如老生大家孫菊仙究竟有無唱片，成為一大公案，很大程度上需要運用理校法，抽絲剝繭，細細推究。陳垣《校勘學釋例》特別談到理校法：「遇無古本可據，或數本互異，而無所適從之時，則須用此法。此法須通識為之，否則鹵莽滅裂，以不誤為誤，而糾紛愈甚矣。故最高最妙者此法，最危險者亦此法。」[21]可謂識甘苦之言。將理校法運用於老唱片研究，更須謹慎，非斫輪老手不辦。上述四法，在唱片校勘研究中，並不是孤立的，可視情況參互為用，綜合判斷。

三、新的開拓：
老唱片的目錄學、考據學和辨偽學

下面就請略述筆者新提出的老唱片目錄學、辨偽學和考據學。

關於唱片目錄學。任何文獻，目錄都是前提，都面臨著分類、整理、編目的工作。清代目錄學家王鳴盛云：「目錄之學，

20　參看陳垣：《校勘學釋例》（北京：中華書局，1959 年）。

21　陳垣：《校勘學釋例》，頁 148。

學中第一緊要事，必從此問途，方能得其門而入。」[22]又云：
「凡讀書最切要者，目錄之學。目錄明，方可讀書。不明，終是
亂讀。」[23]對於戲曲老唱片的目錄而論，有彙編的大戲考，也有
單一某唱片公司的戲考、唱詞；有單位收藏的唱片編目，也有私
家所藏唱片目錄，還有人整理出某個劇種的存世老唱片、某位藝
術家一生灌制的老唱片等等，類型各異。有的目錄，載有出品的
唱片公司及其編號、歌唱者、唱詞等資訊，有的目錄，只有其中
的一部分資訊。唱片戲考一類的戲詞選，過去多忽視之，實則自
有價值，未可輕視。如蘇少卿編輯的《唱片劇詞彙編》（先聲出
版社 1929 年版）就頗值得注意。其書考訂唱詞精審，書前有林
屋山人、周瘦鵑、嚴獨鶴、陳彥衡、鄭過宜、徐慕雲、梅花館主
等十五篇序，初版後反復修訂再版，可謂老唱片之重要文獻。京
劇老唱片的存世眾多，如分類，可以行當分，也可以流派分，可
按唱片公司分，也可按蠟筒、鑽針、鋼針等技術分。當時的唱片
公司林立，各有特色，徐筱汀分析說：「唱片公司乃接踵興起，
各抒機謀，以出奇制勝。有以發音清亮獲盛譽者，高亭是也；有
以時間放長博美評者，蓓開是也；有以製造精良著今名者，勝利
是也；有以歷史悠久樹遠聲者，百代是也；有以片質耐用收佳果
者，開明是也；有以價廉音響投時好者，大中華是也。各有所
長，營業稱鼎盛焉」。[24]這是 1930 年前後，中國主要唱片公司
的唱片特點分析，可謂要言不煩。羅亮生曾談到，何桂山清末百

---

[22] 清・王鳴盛：《十七史商榷》（北京：商務印書館，1937 年），頁 1。

[23] 清・王鳴盛：《十七史商榷》，頁 53。

[24] 徐筱汀：〈唱片劇詞彙編序言〉，載蘇少卿編：《唱片劇詞彙編》，頁
10。

代唱片中，《太師回朝》裡有「五馬江兒水」的曲牌，「熱鬧提神，聽之令人叫絕」[25]。吳先生則指出，「其實並沒有，想係誤記」[26]。然則究竟怎麼回事？如果熟悉清末的唱片目錄文獻《北京唱盤》，即知當時另錄了一張單獨的曲牌，由吉祥班的七名場面吹打，係「一貫干排子」和「五馬江水排子」。故確有此片，但又與何桂山無涉。羅係誤記，而吳先生似乎也未知另有單獨的一片。唱片目錄學的用處就在這裡顯現出來了。今天欲全面摸清老唱片的家底，最佳辦法，就是收集諸家唱片公司的戲考、唱詞，按圖索驥，整理匯總。再進一步把所存實物與紙上目錄對勘，哪些存世，哪些稀有，哪些或已亡佚，哪些需要查找，一目了然。唱片目錄學雖較為細碎，但作用很大，今天科技昌明，建立老唱片資料庫的時機已經成熟，可做全面清理工作，將存世老唱片電子資料化，並永久保存，以俾利用。聞聽已有唱片公司在做這項工作，惟進展緩慢，且資金不足。這其實類似一個國家某一時期整體的「聲音記憶」，意義頗為重大。故最好能由國家投入，立重大專案為之。

關於唱片辨偽學，也頗有可談者。梁啟超認為：「無論做哪門學問，總須以別偽求真為基本工作。因為所憑藉的資料若屬虛偽，則研究出來的結果當然也隨而虛偽。」[27]又說：「求真為學者的責任。把古書真偽及年代辨析清楚，尤為歷史學之第一級根

25　羅亮生：〈戲曲唱片史話〉，頁 416。

26　載《吳小如戲曲文錄》，頁 806。

27　梁啟超著，朱維錚校注：《梁啟超論清學史二種》（上海：復旦大學出版社，1985 年），頁 382。

據。」[28]對老唱片而言，辨偽亦第一要緊事。當真品、贋品混雜時，辨別真偽乃首先要處理之事，否則研究無從談起。唱片作偽，主要在牟利。舊時名伶身價高、脾氣大，有的迷信，有的株守自秘，唱片公司往往為邀請名伶灌片而費盡周折。早期唱片市場不規範時，唱片公司利字當頭，找一些不出名的學唱者冒名頂替，欲以極低之代價，而獲得極豐厚之利潤。魚龍混雜實際是早期老唱片發展的必經階段。既產生了偽片，就需要辨偽。但需要注意的是，辨偽本身非目的，唱片中的偽本亦有研究價值。偽本與劣本不同。偽本往往偽中存真，仍有意想不到的價值。對於唱片的辨偽，一方面需要還原歷史真相，揭發乃至考證出作偽者；另一方面，還要發掘偽本的特殊價值。一般而言，偽本的學唱者，費心費力地模仿原唱，惟恐學的不像。因此，對於那些無唱片傳世的優伶而言，假託其名的偽片，倒是研究其唱腔的特殊文獻，只是利用起來需要格外慎重而已。至於辨偽的技巧，則是多方面的。歌唱者的聲音、藝術技巧、風格，伴奏情況，甚至唱片技術性因素等等，都有關係。辨偽需要長期的積累，吳先生曾指出，早期的勝利公司，出品的偽本甚多，但高亭公司的前身利嘁，卻一張贋品也沒有，這是很值得注意的資訊。查閱目錄文獻也很重要，有時可把文獻與唱片相印證。王國維提倡「二重證據法」，老唱片研究亦可行之，把「紙上文獻」與「聲音文獻」結合起來考訂，不失為老唱片研究的新穎路徑。臺灣大學王安祈教授的《錄影留聲　名伶爭鋒》就是這方面的開創之作。[29]

---

[28]　梁啟超著，朱維錚校注：《梁啟超論清學史二種》，頁 394。

[29]　王安祈：《錄影留聲　名伶爭鋒》（臺北：國家出版社，2016 年）。

再談唱片考據學。簡言之，考據就是考察並證明，考據借用邏輯推理的地方很多。郭沫若在《讀隨園詩話札記》中說：「欲尚論古人或研討古史，而不從事考據……是舍路而不由。就稽古而言，為考據；就一般而言，為調查研究。未有不調查研究而能言之有物者。」[30]對於唱片而言，何時需要考據？或許就是：不明則考，有疑則考，矛盾則考。老唱片考據的一大問題是斷代，這是最難也最複雜的。吳先生提出：「根據片上標記和演員各個時期的不同唱法（包括伴奏樂器音響上的差異）來識別其錄製時間的先後。這是一件很細緻的考證工作。不把這方面的問題弄清楚，對演員錄音的階段性和各個時期的演唱特點的研究就很容易出差錯。」[31]像吳先生這樣的學者，對唱片具有豐富的感性知識，考據運用起來，無心插柳，皆有心得。譬如，老唱片在片頭往往有報節目的安排，這在一般人看來，不過是例行公事，無關緊要，而吳先生連這個不經意的細節，也關注到了。他說：「片頭報節目雖似小事，後來且以為多餘而取消，其實可以供考訂唱片錄製的時間之用。如劉鴻聲的百代唱片即從報節目人的聲音不同而推為前後兩期。」[32]據片頭報節目來考訂名伶劉鴻聲唱片的不同灌制年代，令人佩服其研究的細密入微。唱片的考據，與唱片公司亦大有關係。譬如當年高亭公司之廣告云：「同一名伶的唱片，發音有良有惡，因收音之研究深與未深。諸君選購唱片，

---

[30] 郭沫若：《讀隨園詩話札記》（北京：作家出版社，1962 年），頁 87-88。

[31] 載《吳小如戲曲文錄》，頁 825。

[32] 吳小如：〈舊唱片報節目及報節目人〉，載《吳小如戲曲文錄》，頁 791。

請先張張比較而後購買，才知高亭之發音，與眾不同。」[33]可知即便同一名伶，在不同公司之唱片，亦有差別，需細細分析。

　　不必諱言，今之老唱片研究中，有些老唱片的收藏者，熱情很高，他們主要是在古董的層面「玩」老唱片，有的還樂於著述，但部分人未受過系統的學術訓練，只憑興趣愛好，就貿然撰寫關於老唱片的考訂文章，其中不乏利益的考量，這頗令人擔憂。老唱片考訂，還需嚴謹慎重，最好有一定的學術背景，不宜輕率為之。

　　上述版本、目錄、校勘、辨偽、考據五者，不是涇渭分明、孑然孤立的，它們在唱片研究中存在交相融會、互為表裡的複雜聯繫。綜合五個方面，戲曲唱片文獻學得以系統化、立體化、理論化。張古愚之短文〈閒話唱片〉云：

> 金少山的唱片中以與林樹森合唱之《華容道》最不值一
> 聽。老譚唱片有其子小培冒充的。孫菊仙唱片皆是馮子和
> 的哥哥馮二狗所灌。老譚有二張《打漁殺家》片子，一場
> 是唱「架上雞」，一張是唱「傢場雞」。王長林片子以與
> 金秀山在百代合灌的《五人義》最好。號稱宗譚的恩曉
> 峰，他有一張《坐宮》的片子，唱腔與今日譚派老生所
> 唱，完全不同。花面片子裘桂仙值得一聽。[34]

這其中有版本，有校勘，有考據，亦有辨偽。有時是需要多方考

33　載蘇少卿編：《唱片劇詞彙編》，無頁碼。

34　張古愚：〈閒話唱片〉，《十日戲劇》，1939 年第二卷第四期，頁 4。

訂，詳參博綜，才能下斷語的，老唱片研究並不容易。程千帆云：「閑覽古今著述，其治斯學也，或頗具深思，而零亂都無條理；或專精一事，而四者鮮有貫綜。其極至主版本者，或忘其校勘之大用，而陷於橫通；主校勘者，或詳其底本之異同，而遺其義理；主目錄者，或侈談其辨章考鏡，而言多膚廓……」[35]由此可知，古典文獻學的「貫綜」既重要，又不易。話雖如此，今人之唱片研究，仍應視情況把版本、目錄、校勘、辨偽、考據等努力綜合起來，參伍錯綜，多方考察，以證明一事，或闡發一義。綜合運用，才最有效果，也最為穩妥。

結　語

劉勰《文心雕龍》有名句云：「操千曲而後曉聲，觀千劍而後識器。」吳先生的收藏老唱片，出於興趣愛好，耗費時間既多，花費錢財亦夥，他也曾自謙「玩物喪志」；然而，他之玩物，玩出了水準，玩出了成就，甚至引導和規範了戲曲老唱片的研究路徑。吳先生是「把戲曲唱片當作『唱片學』來考索，並從版本、目錄、校勘、藝術對比和歷史發展諸方面進行分析探討」[36]的。在他之前，老唱片研究談不上什麼「學術性」；在他之後，欲研討老唱片，則必以其文章為示範和圭臬。這足以說明，吳先生在老唱片研究上，確實起到了篳路藍縷、以啟山林的奠基性作用。筆者在吳先生既有研究之上，借鑒古典文獻學，對

35　程千帆等：《校讎廣義‧敘錄》，頁 6-7。
36　載《吳小如戲曲文錄》，頁 801。

唱片文獻學，首次進行了理論思考和系統闡發。蘇少卿說：「邇來留聲機盛行海內，聲音逼真如見其人。梨園自譚、陳以下之名角，搜羅無疑，當年戲劇之真面目，賴存一線於無窮，此亦可謂瑰寶矣。」[37]當時已稱瑰寶，今又過百年，其珍貴更不待言，其研究則望開新局面。希望今之研究者，進一步發掘新史料、開拓新格局，把戲曲唱片研究做深做細、做實做精，以不負科學技術賜予人類的這批寶貴遺產。

---

[37]　蘇少卿編：《唱片劇詞彙編》，頁12。

參考書目

一、傳統文獻

清‧王鳴盛：《十七史商榷》，北京：商務印書館，1937 年。

清‧葉德輝：《藏書十約》，收入清‧葉德輝著，李慶西標校：《書林清話》，上海：復旦大學出版社，2008 年。

二、近人論著

王安祈：《錄影留聲　名伶爭鋒》，臺北：國家出版社，2016 年。

吳小如：〈羅亮生先生遺作《戲曲唱片史話》訂補〉，載氏著：《吳小如戲曲文錄》，北京：北京大學出版社，1995 年，頁 800。

徐筱汀：〈唱片劇詞彙編序言〉，載蘇少卿編：《唱片劇詞彙編》，上海：先聲出版社，1929 年。

峪云山人：〈唱片劇詞彙編序言〉，載蘇少卿編：《唱片劇詞彙編》，上海：先聲出版社，1929 年，頁 1。

陳彥衡：〈唱片劇詞彙編序言〉，載蘇少卿編：《唱片劇詞彙編》，上海：先聲出版社，1929 年，頁 3。

陳垣：《校勘學釋例》，北京：中華書局，1959 年。

梁啟超著，朱維錚校注：《梁啟超論清學史二種》，上海：復旦大學出版社，1985 年。

郭沫若：《讀隨園詩話札記》，北京：作家出版社，1962 年。

張古愚：〈閒話唱片〉，《十日戲劇》1939 年第二卷第四期，頁 4。

程千帆等：《校讎廣義‧版本編》，濟南：齊魯書社，1998 年。

羅亮生：〈戲曲唱片史話〉，載北京市政協文史資料委員會編：《京劇談往錄三編》，北京：北京出版社，1990 年。

《辭源》（修訂本），北京：商務印書館，1981 年。

輯 二
物的流播

玄天上帝籤詩演變管窺

香港中文大學中國語言及文學系副教授
陳煒舜

國立臺灣大學臺灣文學研究所博士生
金玉琦

摘　要

　　玄天上帝靈籤可追溯至宋代，是當今僅存數種古籤詩中仍在廣泛使用者，無論在宗教或文學研究方面都具有一定價值。朱越利、蕭登福咸以為收入《萬曆續道藏》中的《玄天上帝感應靈籤》，可追溯至宋代的《四聖真君靈籤》。而陳進國、林國平皆指出，玄天上帝靈籤的演變，反映了靈籤產生後逐漸通俗化和簡易化的歷史進程，很有代表性。本文在時賢的研究基礎上，提出《玄天上帝感應靈籤》的弘揚，主要有賴於汕尾元山寺，而當今閩粵民間流傳的幾種本子，保留了《元山寺靈籤》不同演變階段的面貌。本文從籤譜架構和籤詩文本的變化方面，進一步考察了玄天上帝籤詩的演變過程，認為在玄天上帝籤詩在流傳過程中固然適應百姓需求、不斷沿著通俗明瞭的方向發展，也存在著地方化的趨勢。至於在格律、文辭上對較早的版本加以修訂，也是值得注意的。

關鍵詞：籤詩　玄天上帝　四聖真君靈籤　玄天上帝感應靈籤　元山寺
　　　　　靈籤

一、引言

　　玄天上帝一神可追溯至上古顓頊之佐玄武（玄冥），又稱佑聖真君、真武、北帝，宋代道教與天蓬、天猷、黑殺合稱北極四聖，為北極紫微大帝座下四將。宋元明三代皇室尊崇玄天上帝，信仰遍及全國，香火極盛。入清以後，雖然在官方祀典的地位逐漸衰減，但在民間仍有著極大影響力。湖北武當山是最大的玄天上帝道場，粵港閩臺及南洋一帶，至今玄天上帝的信眾依然為數甚多。與觀音、關帝等神祇一樣，玄天上帝也有為信眾指點迷津的籤詩。然與其他籤詩相比，玄天上帝籤詩可追溯至宋代，不僅歷史悠久，也是非常罕有的至今依然使用的古籤詩。

　　作為一種占卜行為，求籤的歷史可追溯至先秦時代的易占。《周易》六十四卦，每卦有卦辭一、爻辭六，可謂籤文的雛型。晚明廖用賢《尚友錄》云：「閉珊居集，唐益州烏蠻也。精卜筮之學，其法用細竹四十九枝，或以雞骨代之，占算輒應，國中稱為筮師。」[1]可見唐代抽籤活動於一斑。而細竹四十九枝，似乎仍沿襲著《易‧繫辭》「大衍之數五十，其用四十有九」的說法。[2]而北宋文瑩《玉壺清話》記載：「盧多遜相生曹南，方幼，其父攜就雲陽道觀小學。時與群兒誦書，廢壇上有古籤一筒，競往抽取為戲。時多遜尚未識字，得一籤，歸示其父，詞

---

[1]　清‧聖祖皇帝敕修：《古今圖書集成》（清刊本）冊 383，頁 28a 引用。

[2]　唐‧孔穎達疏：《周易正義》（臺北：藝文印書館據阮元嘉慶二十年（1815）江西南昌學堂《十三經註疏》重刊本影印，1989 年），頁152。

曰：『身出中書堂，須因天水白。登仙五十二，終為蓬海客。』
父見頗喜，以為吉讖，留籤於家。迨後作相。」[3]盧多遜生於後
唐，可見五代時求籤已配有籤文。籤文被視為神明對信眾的啟
示，源於漢代讖緯，唐末五代時刻於籤條，信眾抽取後自行抄寫
回家。而《玉壺清話》記載可見，當時籤文已是五言絕句形式。
這固然與讖緯謠諺的傳統一脈相承，殆亦受到唐代詩歌風尚的影
響。

　　然而，古代籤詩流傳至今者為數有限，年代較早的當為收錄
於明代《正統道藏》正一部的《扶天廣聖如意靈籤》120 首、
《四聖真君靈籤》49 首、《玄真靈應寶籤》365 首、《大慈好生
九天衛房聖母元君靈應寶籤》99 首、《護國嘉濟江東王靈籤》
100 首、《洪恩靈濟宮真君靈籤》53 首、《洪恩靈濟真君靈籤》
64 首、《靈濟真君注生堂靈籤》64 首、《注生堂感應靈籤》64
首等，這些籤詩今日已極少為寺觀所採用。[4]其中比較特殊的是
《四聖真君靈籤》（下稱《四聖籤》），可說是今日玄天上帝籤
譜的直系祖先。胡孚琛主編《中華道教大辭典》介紹這套籤譜
云：

---

[3]　宋・文瑩：《玉壺清話》（北京：中華書局，1984 年），頁 23。

[4]　按：林國平指出，《靈濟真君注生堂靈籤》64 首和《注生堂感應靈
　　　籤》64 首完全相同；《洪恩靈濟宮真君靈籤》53 首和《洪恩靈濟真君
　　　靈籤》64 首也基本相同，不過後者多了 53-64 首靈籤。見氏著〈靈籤
　　　與玄天上帝靈籤：從《四聖真君靈籤》到《北方真武大帝靈籤》〉，
　　　《道韻》（臺北：中華道統出版社，1998 年）第三輯「玄武精蘊」，
　　　頁 251。

四聖真君靈籤，撰人不詳。約成書於北宋之後。原本一卷，收入《正統道藏》正一部。此為求籤占卜之書。求籤者先啟告四聖真君（即天蓬大元帥真君、天猷副元帥真君、翊聖保德真君、真武靈應真君），然後據籤語占問吉凶禍福。內載籤語四十九條。每條籤語有七言籤詩一首、「聖意」一則、釋文一則、五言詩一首。各條分別說明籤意之吉凶禍福，並指示求籤者趨福避禍之法。[5]

所言有一錯誤：每條籤語的七言籤詩並非一首，而是三首七言絕句，蓋因舊刊本於三詩之間並無隔行，以致提要撰寫者誤以為一首。蕭登福《道藏總目提要》紀錄得更為細緻：每首靈籤分為五部分，首為序號條目，上有北斗星名、序號、吉凶及籤題。第二部分為七言十二句用韻籤詩。第三部分為「聖意」，為四言十二句韻詩，示以吉凶行藏。第四部分為「占」語，詳細解說所求各類吉凶行止之意如求才、婚姻、占病、買賣、遷移等事。第五部分為五言絕句詩一首。[6]《四聖籤》與後文所論的《玄天上帝感應靈籤》（下稱《玄帝籤》）關係甚大。朱越利認為，《玄帝籤》乃是繼承《四聖籤》而成。兩經之「祈籤祝文」都向北極四聖祈禱。《四聖籤》稱四聖為「天蓬大元帥真君、天猷副元帥真君、翊聖保德真君、真武靈應真君」，但《玄帝籤》不僅在靈籤名稱中把四聖改成玄天上帝，而且稱四聖為「天蓬大元帥、天猷

5　胡孚琛主編：《中華道教大辭典》（北京：中國社會科學出版社，1995年），頁397。

6　蕭登福：《正統道藏總目提要》（下）（臺北：文津出版社，2011年），頁1260。

副元帥、翊聖保德真君、真武靈應大帝」，即取消了四聖的真君
稱號，卻只尊真武為大帝。而《玄帝籤》諸籤中的「聖意」詩，
與《四聖籤》諸籤中的第二首詩相同。可知《玄帝籤》乃繼承
《四聖籤》而成，並對後者進行了改造，而改造時間蓋不早於北
宋末年。[7]改造的原因，乃是真武神的日益顯赫。蕭登福指出，
真武信仰始於宋初，但當時地位並不突顯。四聖之中，宋前道經
常見者為天蓬、天猷，而翊聖和真武疑皆是唐末或宋初所形成
者。翊聖又稱黑殺，被為宋太宗利用來謀國，故太宗、真宗朝地
位最顯。而真武崇拜至仁宗朝而大盛，遠超其餘三聖，成為一聖
獨大。[8]且認為《四聖籤》一書當作於真宗朝。[9]至於《玄帝籤》
對《四聖籤》的繼承與改造，正好印證了真武神「一聖獨大」的
狀況。《玄帝籤》收入《萬曆續道藏》，《中華道教大辭典》介
紹云：

> 《玄天上帝百字聖號》，又名《玄帝感應靈籤》。撰人不
> 詳，似出於宋代。一卷，收入《萬曆續道藏》。本篇為求
> 籤占卜之書，內載「玄天上帝感應靈籤」四十九條。每條
> 分聖意、謀望、家宅、婚姻、失物、官事、行人、占病八

7　朱越利：〈玄天上帝神格論〉，武當山道教協會、湖北省武當文化研究
　　會主辦「海峽兩岸玄天上帝信仰與和諧社會建設學術研討會」（湖北武
　　當山，2007.8.21-23）會議論文。又林國平所舉證大致相同。見氏著
　　〈靈籤與玄天上帝靈籤：從《四聖真君靈籤》到《北方真武大帝靈
　　籤》〉，《道韻》第三輯「玄武精蘊」，頁 254。

8　蕭登福：〈玄天上帝神格及信仰探源〉，《宗教哲學》第六卷第四期，
　　頁 112-113。

9　蕭登福：《正統道藏總目提要》（下），頁 1261。

項，各有七言絕句一首，並附「解曰」。占驗者據此解釋
籤義，預言凶吉。全篇之前有宋仁宗御讚及求籤儀式。[10]

持原書內容相勘，所言大抵不虛。每籤八詩，除聖意詩來自《四
聖籤》外，其餘七首當皆是後來補撰。此外如朱越利所論：該經
由「玄天上帝百字聖號」、「仁宗皇帝御讚」、「祈籤祝文」、
「玄天上帝聖降日」和「玄天上帝感應靈籤」五部分組成。其
中，「祈籤祝文」和「玄天上帝感應靈籤」是正文，是這部經的
主體。因此，此經的經名應當是《玄天上帝感應靈籤》，收錄者
將經名弄丟了，誤以附文「玄天上帝百字聖號」為書名。[11]朱越
利又指出，經中百字聖號，組合了宋仁宗、孝宗、理宗所加封號
而成，當加於寶祐五年（1257）之後。而把五部分合成一書，不
早於宋元之際。[12]蕭登福則認為，書中玄天上帝的百字聖號，有
「蕩魔天尊」一名，而「天尊」在道教的位階類似於佛教的
「佛」。真武由大將而元帥、真君，而稱帝、稱天尊，達到道教
最高階的尊位。而書末又有「萬曆三十五年歲次丁未上元吉旦，
正一嗣教、凝誠志道、闡玄弘教、大真人、掌天下道教事、張國
祥奉旨校梓」之語，則《玄帝籤》撰成當在此前，或應在元世、

<hr />

10　胡孚琛主編：《中華道教大辭典》，頁 397-398。

11　朱越利：〈玄天上帝神格論〉，武當山道教協會、湖北省武當文化研究
　　會主辦「海峽兩岸玄天上帝信仰與和諧社會建設學術研討會」（湖北武
　　當山，2007.8.21-23）會議論文。

12　朱越利：〈玄天上帝神格論〉，武當山道教協會、湖北省武當文化研究
　　會主辦「海峽兩岸玄天上帝信仰與和諧社會建設學術研討會」（湖北武
　　當山，2007.8.21-23）會議論文。

甚或宋世。[13]考據皆甚為仔細，言之成理。而陳進國指出，明代永樂之後，《玄帝籤》已逐漸取代了《四聖籤》。[14]《玄帝籤》各籤之「聖意」詩雖皆來自《四聖籤》，然文字尚有出入。再者，《玄帝籤》流行甚廣，尤其是汕尾玄武山元山寺五十一籤版本之《元山寺靈籤》（下稱《元山籤》），在潮汕閩臺地區影響甚大。

進而言之，蕭登福指出《玄天上帝啟聖錄》所見玄帝觀廟的靈籤往往為《西山十二真君靈籤》，共一百二十道籤辭。該籤譜不見於《正統道藏》，疑是亡佚。[15]觀蕭氏所列涉及《西山十二真君靈籤》的感應故事，可考者多在北宋之世，足見當時的真武（玄天上帝）籤譜並非以《玄帝籤》為主流。所謂西山十二真君，乃是三國時期東吳淨明道許遜祖師的十二大弟子，亦即吳猛、時荷、郭璞、甘戰、周廣、陳勳、曾亨、盱烈、施岑、彭抗、黃仁覽、鍾離嘉。由於西山十二真君的道法長期以來僅在民間秘密傳授，[16]與玄天上帝信仰有何關係，尚待考證。筆者以為，北宋流行的《西山十二真君靈籤》與真武神關係較為疏遠，不便採用，於是出現了《四聖籤》。宋仁宗朝以降，真武香火之盛漸超其他三聖；至宋孝宗將潛邸改為佑聖觀，一聖獨大，專為

13　蕭登福：《正統道藏總目提要》（下），頁 1440-1441。

14　陳進國：〈寺廟靈籤的流傳與風水信仰的擴散——以閩台為中心的探討〉，http://www.chinesefolklore.org.cn/forum/redirect.php?tid=465&goto=lastpost（2018 年 5 月 18 日瀏覽）。

15　蕭登福：《玄天上帝信仰研究》（臺北：新文豐出版公司，2013年），頁 596-597。

16　可參郭武：〈關於淨明道研究的回顧及展望〉，http://ccs.ncl.edu.tw/Newsletter_75/75_03.htm（2018 年 5 月 18 日瀏覽）。

真武編製一套籤譜勢在必行。因此，《玄帝籤》之成書，當不早於南宋。

　　歸結前文所論，可知與觀音、關帝等籤譜相比，玄天上帝籤譜由於歷史悠久，情況較為複雜。既有《四聖籤》、《玄帝籤》系統，又有《西山十二真君靈籤》。若觀當今情況，香港所流傳者即有兩種：其一為長洲玉虛宮（北帝廟）的籤詩百首，[17]其二為今人羅量所撰《北帝靈籤卦解》六十四籤，[18]與香港上環濟公廟所用籤譜相同。二者當皆為清末民初所撰，並非《玄帝籤》系統。而臺灣地區玄天上帝廟為數不少，也未必採用《玄帝籤》系統的籤譜。如松柏嶺受天宮，所用乃《六十甲子籤》。黃海德指出《六十甲子籤》本為觀音用籤：「這種靈籤以中國古代十天干與十二地支相組合而成的『六十甲子』排序，從『甲子』排到第癸亥，『六十甲子』即為六十首『籤詩』。六十甲子的『觀音靈籤』產生於何時，根據籤詩典故中沒有清代人物並將明武宗朱厚照稱為『正德君』的情形來看，大概產生形成於明代中後期。」[19]然觀這套籤詩多不合格律，時代可能更為晚近。又《玄帝籤》系統籤譜也有為其他廟宇取用者。如臺南歸仁媽祖廳的《天后聖母靈籤》，內容與《元山籤》大致相同。

　　此外，臺灣中華道教玄天上帝弘道協會從 2004 年起依據《道藏》，推行使用「玄天上帝四十九首感應靈籤」，目前計有

---

[17]　按：再如印尼民丹島的丹絨檳榔市，玄天上帝廟甚多，但可求籤者卻極少。

[18]　羅量：《北帝靈籤卦解》（香港：聚賢館出版社，2001 年）。

[19]　黃海德：〈青雲亭《六十甲子靈籤》的宗教內涵及其社會意義〉，《世界宗教文化》2013 年第 1 期，頁 42。

二十七所宮廟印製籤詩使用。[20]如南投縣中寮鄉玄義宮，直接採用了道藏本《玄帝籤》籤譜，稱為《北極真武玄天上帝四十九首籤》，然除保留籤詩標題及正文外，其餘部分皆為後人增益及改寫。如在題下增添六爻卦象，每句詩下皆有白話語譯及闡釋，此皆增益者。其後有分為「家宅」、「歲運」、「升官」、「考試」、「謀事」、「財運」、「未婚」、「已婚」、「占病」、「生育」、「旅遊」、「尋人」、「行人」、「失物」、「公訟」、「風水」、「遷移」、「交易」、「禽畜」、「田園」，共二十項，每項之下皆有淺白簡短的解釋。[21]整體而言，玄義宮籤譜內文與《玄帝籤》無甚差異，當是直接採用或嚴謹校勘後的結果。由此可知，將《四聖》、《玄帝》、《元山》諸籤的文本作細緻的比勘，無疑可將玄天上帝信仰的一條脈絡爬梳清楚。本文擬在蕭登福、朱越利、林國平、陳進國諸位學者的基礎上，從宏觀的角度進一步討論三種籤譜之間的傳承關係，並略舉數籤印證，以為拋磚引玉之資。

二、略論《玄帝籤》對《四聖籤》的改造

《四聖籤》共四十九枝，在數目上仍繼承了大衍筮數及唐代閻珊居集枚卜之數。而林國平則指出：每一首籤詩的序號之前有兩個從鬼部的符號，像是天上的星座名稱，又像是符籙，目前尚不知道其含義。共有七個符號，分別為鬼部配上「斗」、

---

[20]　〈玄天上帝四十九首感應靈籤〉，http://blog.xuite.net/kang2927/twblog/1
　　48421281-玄天上帝感應籤組（2018 年 5 月 18 日瀏覽）。

[21]　參〈台灣道教總廟國運籤：有舟無楫〉，《自由時報》2016.02.10。

「勺」、「行」、「蓳」、「益」、「甫」、「票」，每二個符號進行組合，形成四十九個符號，排列的規律是以七為週期，共七個週期。[22]實際上，此即蕭登福所言北斗星名，亦見於《太上玄靈北斗解厄本命延生真經》，唯作「魁、魓、魒、魁、魓、魓、魓」，[23]除次序略有不同外，第五位之名亦有不同。七名兩兩相配成為七個週期，此亦《四聖籤》籤數定為四十九的另一原因。而《玄帝籤》之〈祈籤祝文〉提了「北天大道四十九位靈應天尊」，朱越利云：「一位天尊一籤，共四十九籤。四十九位靈應天尊沒有被說明是化身，不知與《真武靈應護世消災滅罪寶懺》崇奉的真武將軍四十九位化身天尊有無關係。」[24]這四十九位天尊，當即北斗七星兩兩相配而生。又查《真武靈應護世消災滅罪寶懺》云：「某切慮一生之內，三世以來，不孝不忠，行淫行盜，貪瞋業重，殺戮罪多，言語失真，癡頑染性，五逆在已，兩舌謗人，恐地獄之相仍，慮天曹之具錄。生死受拷，陰籍難除。仰憑上聖之恩庥，盡赦多生之罪障。次冀冤魂解散，人鬼分離，過去超生，見存獲慶。九幽息對，天下和平。一切含靈，悉蒙救度，俱登道岸，證入無為。」[25]可見玄天上帝所垂示消災免

---

22 林國平：〈靈籤與玄天上帝靈籤：從《四聖真君靈籤》到《北方真武大帝靈籤》〉，《道韻》第三輯「玄武精蘊」，頁253。

23 元・徐道齡集註：《太上玄靈北斗解厄本命延生真經註》，載《正統道藏》（28）（臺北：新文豐出版有限公司，1988年），頁578。

24 朱越利：〈玄天上帝神格論〉，武當山道教協會、湖北省武當文化研究會主辦「海峽兩岸玄天上帝信仰與和諧社會建設學術研討會」（湖北武當山，2007.8.21-23）會議論文。

25 佚名：《真武靈應護世消災滅罪寶懺》，《正統道藏》（30）（臺北：新文豐出版有限公司，1988年）。

厄之法，不僅可用於生人，也可施於死者。

　　《四聖籤》每枝皆有番號，且分為「上上」、「大吉」、「中平」、「下下」等四品，並配有「守舊」、「動用取進」、「否極泰來」、「謹守」等斷語為籤題。每籤有七言絕句詩三首，無標題。詩後有「聖意」一則，以四言韻語為起，釋文一則，係散句，詳細分析錢財、婚姻、家宅、求官等具體問題，最後以一五言絕句收結。茲選取第一籤為例：

第一籤　下下　守舊
曉來昏去苦營營，只見金資不見人。
縱使畜藏為朽腐，直須將久花為塵。

飛龍變化喜逢時，此日昇騰果遂期。
謀望求財多吉慶，求官進位更無疑。

猛烈將軍朝上闕，豈容小意動干戈。
直須拜謁金門下，上下王侯氣色和。

聖意云：逐利哀哀，棄真就妄。積不能散，反報其謗。且守其常，不宜謀望。公訟莫興，婚姻必旺。病者遲瘥，出行阻障。動作不及，無門可向。

占秋吉，春冬不吉。脫貨吉。公訟無事，買賣出入無利，縱有輕微，見人費力。病五十以下，難久淹。年少宜早得，在床遲無妨。犯土，瘟瘡不妨。暴病，少者七日得汗，大命吉。婚相剋，夫入舍凶。占頭足人口凶。求醫學藝業不吉，走失。早晚見遲難。尋借物多無少。有遷移

凶，只宜守舊家宅。人口有土，并禁忌不寧。修福保之，生產宜快，遲難求官陞職，大吉。脫貨便脫，文書未定，遲不成。托人虛誑。買貨便買，謀事成事。有阻，種田無收。見貴人便見，遲不濟。針灸選好日吉。

惜花還值雨，愛月黑雲生。筵前無一事，猶若是非爭。[26]

正如朱越利所言，《玄帝籤》將《四聖籤》中的第二詩改稱「聖意」。此詩的地位不僅大大拔高，其內容更直接影響到該籤品次的更易。茲以《玄帝籤》第一籤為例：

第一籤　大吉　飛龍變化
聖意：飛龍變化喜逢時，此日昇騰果遂期。謀望求財多吉慶，求官進位更無疑。
謀望：沖霄志氣滿心胸，君子應非久困窮。此行當際風雲會，萬人頭上逞英雄。
家宅：三陽交泰轉鴻鈞，瑞氣迎門萬事新。歲稔時登財祿旺，又添人口喜相親。
婚姻：世間大禮是婚姻，天配如何悟世人。人若自知天理合，何須著意問天神。
失物：偶失資財莫怨天，要知踪跡在南邊。過時終有傳音信，莫把平人作盜冤。
官事：未發文書不用瞋，公廳雖直事難伸。不如散卻心頭火，免得將錢送別人。

---

[26]　佚名：《四聖真君靈籤》，載《正統道藏》（54），頁323-324。

行人：卦直飛龍莫問親，千山萬水幾艱辛。直交明月團圓處，西出陽關見故人。

占病：焚香禱告意精專，惟在君心作福田。壽算天曹曾注定，何勞私下保安痊。

解曰：占家宅平安，病者立痊，六甲生男，行人立至，官有理，失物可尋，婚姻可成，出行吉利，求官必達，求財大遂，田蠶大熟，六畜興旺，百事大吉。[27]

由於「聖意」詩有「飛龍變化」之語，不僅該四字取代原來《四聖籤》「守舊」的籤題，此籤品次也由「下下」變成了「大吉」。再觀《四聖籤》第一詩云「曉來昏去苦營營，只見金資不見人」等語衰颯失意，第三詩「猛烈將軍斬上關，豈容小意動干戈」殺伐之音甚重，此蓋為《玄帝籤》不取之原因。且《四聖籤》第二詩既云「飛龍變化」，斷語卻謂「且守其常，不宜謀望」，前後文意似乎自相矛盾。此亦《玄帝籤》作者要重新調整《四聖籤》內容的主因之一。《玄帝籤》將「飛龍變化」一詩提昇為「聖意」，其後「謀望」、「家宅」、「婚姻」、「失物」、「官事」、「行人」、「占病」七詩皆為正面內容，此當為受「飛龍變化」語境之影響補充創作、以求一貫。至於「解曰」所云「百事大吉」，更與《四聖籤》吉凶參半的斷語不可同日而語。若合四十九籤而觀之，《玄帝籤》又在四品之外添入了中下、中上、下中等品，令變化更為豐富。

27　佚名：《玄天上帝感應靈籤》，載《萬曆續道藏》（55）（臺北：新文豐出版有限公司，1988），頁 347-348。

　　茲將《四聖籤》與《玄帝籤》之品次列為「附表一」，由此表可見四十九籤中保留原來品次者僅十籤而已，其中七籤皆為下下籤。至於更改者或上上變為下下，下下變為大吉、中平變為上上等，不一而足。其更改的原因，大率皆因各籤鎖定原《四聖籤》第二詩之詩意，以此為基礎而加以調整之故。陳進國指出，《四聖籤》籤首常題有諸如「應天」、「動用取進」等二、四言字來直接表示「籤旨」，而《玄帝籤》則常取「聖意」詩的前四字作為「主題兆象」。由於《玄帝籤》給各占卜事項增添了若干組詩歌來作為「擴展兆象」，顯然有助於人們更清楚瞭解所占卜事項的吉凶。可以說，發展到明代，靈籤文本已越來越「俗化」，更適應了民間社會的實際需求。[28]

　　進而言之，仔細比勘《四聖籤》與《玄帝籤》之籤詩，文字尚頗有出入。茲於「附表二」出之。文本在流傳過程中，難免會產生訛誤。尤其籤譜用於寺廟之中，廣為流佈，若非細緻校勘，異文的情況就更加顯著。《道藏》所收《四聖籤》及《玄帝籤》，在版本上未必有直接傳承關係，但持以比較，不僅能收校勘之效，更能進一步了解《玄帝籤》的編撰者如何理解並改造《四聖籤》諸詩。首先就校勘而言，由此表可見，文字略異而並不影響原詩之義者，為數甚多，茲不一一。然如《四聖籤》第四籤云「偶見故人同暢飲」，至《玄帝籤》則成了「遇見故人同暢飲」，「偶」、「遇」當為傳鈔過程之形訛。第三十七籤，《四聖籤》作「波濤凶浪」、「出入不依」，《玄帝籤》則為「波濤

28　陳進國：〈寺廟靈籤的流傳與風水信仰的擴散——以閩台為中心的探討〉，http://www.chinesefolklore.org.cn/forum/redirect.php?tid=465&goto =lastpost（2018 年 5 月 18 日瀏覽）。

洶浪」、「出入不宜」，此為流傳時之音訛。不過，《四聖籤》亦有可參《玄帝籤》而校正者。如第三十籤，《四聖籤》作「記言桃李休相笑」，而《玄帝籤》「記」作「寄」，於義為長。此處異文，若非《四聖籤》手民之誤，當即《玄帝籤》編撰者有意修訂爾。

其次，有《四聖籤》詩不合格律處，而《玄帝籤》加以修改調整者。如第十七籤：

> 當初得意翻成失，今日憂危事不危。若遇貴人相舉援，千年枯木再生枝。[29]

此詩尾聯出句應為「仄仄平平平仄仄」，然「援」字平聲出律。而《玄帝籤》詩則為「若遇貴人相引接」，[30]「接」入聲合律。當然，也有可能「援」「接」形近，《四聖籤》刊印時致訛而已。然再觀第二十八籤，《四聖籤》詩云：

> 貴人接引喜逢新，官災口舌離門庭。病人此去身安健，謀望求財盡變更。[31]

此詩首聯兩句皆為「平平仄仄仄平平」句式，尾聯出句亦為「平平仄仄」開頭。雖然首句用韻，仍未免失黏之譏。而觀《玄帝籤》此詩：

---

[29]　佚名：《四聖真君靈籤》，頁332。

[30]　佚名：《玄天上帝感應靈籤》，頁357。

[31]　佚名：《四聖真君靈籤》，頁332。

貴人接引喜更新，口舌官災遠戶庭。病者從今身體健，求
財謀望總亨通。[32]

將末三句之句式改為「仄仄平平仄仄平、仄仄平平平仄仄、平平
仄仄仄平平」，如此一來，則完全合律矣。唯「亨通」不押韻，
當為「通亨」顛倒致訛。由此可見，《玄帝籤》編撰者乃有意磨
治《四聖籤》詩之格律瑕疵。再者，真文、庚青蒸韻通押，宋人
詩作已有跡可循，而這兩部籤譜更為普遍，《玄帝籤》此籤詩之
韻腳，「新」為真韻，「庭」為青韻，「亨」為庚韻，即是一
例。不過，《玄帝籤》編撰者似乎也嘗試避免借韻過度。如《四
聖籤》第三十八籤之詩：

紅日當天照破雲，無幽不燭眾人傾。君子進身須顯達，榮
華家宅又安寧。[33]

「雲」為文韻，「傾」為庚韻，「寧」為青韻，皆不同部。而
《玄帝籤》此籤則為：

紅日當天照萬方，無幽不燭遍餘光。君子進身須顯達，榮
華富貴又安康。[34]

將「照破雲」改為「照萬方」，「眾人傾」改為「遍餘光」，

---

32 佚名：《玄天上帝感應靈籤》，頁 362。

33 佚名：《四聖真君靈籤》，頁 335。

34 佚名：《玄天上帝感應靈籤》，頁 368。

「安寧」改為「安康」，如此一來，整首詩改押陽韻，未有扭曲原詩之意，且不復有借韻之問題矣。

　　再者，又有《四聖籤》文義不周，而《玄帝籤》就字詞加以更改者。如第五籤之詩，《四聖籤》云：

　　行船風順去無疑，利涉江津正遇時。萬里長城知可到，所謀遂意事如期。[35]

「萬里長城」雖可比喻遠方，然絕大部分皆在北方內陸，與前文「行船風順」、「利涉江津」之水路呼應不足。故《玄帝籤》改為「萬里長程」，[36]如是僅言旅途之漫長，而不存在陸路水路不呼應之問題了。又如第十八籤之詩，《四聖籤》云：「開籠不見意沉沉。」[37]「沉沉」一詞，固可表示心情之凝重，如唐代王建詩：「沉沉百憂中。」但更多情況下，此詞多用來修飾自然景觀或聲音，對於普通讀者而言，「沉沉」或稍費解。故《玄帝籤》改為「沉吟」，[38]意義更為明朗了。又如第四十四籤，《四聖籤》首聯云：「烏雲遮月暗朦朧，暗昧門庭事未中。」[39]而《玄帝籤》改出句為「烏雲遮月恰朦朧」，[40]蓋後文又有「暗昧」字樣，改為「恰」可避免文字重複。

35　佚名：《四聖真君靈籤》，頁 326。

36　佚名：《玄天上帝感應靈籤》，頁 350。

37　佚名：《四聖真君靈籤》，頁 332。

38　佚名：《玄天上帝感應靈籤》，頁 350。

39　佚名：《四聖真君靈籤》，頁 332。

40　佚名：《玄天上帝感應靈籤》，頁 371。

　　不過，《玄帝籤》編撰者亦有弄巧反拙者。如第十六籤之詩，《四聖籤》云：「油燭點燈燈易滅」，[41]《玄帝籤》改為「濁油點燈燈易滅」，甚至該籤也以「濁油點燈」為題。[42]所謂「油燭」即蠟燭，燃燒時滴蠟如油，故有此稱。《四聖籤》詩意為蠟燭點燃後容易被風吹熄，以此比喻人生之脆弱。而《玄帝籤》編撰者訛「油燭」為「濁油」，蠟燭之意遂爾不存，而平仄也不合律矣。又如第三十四籤之詩，《四聖籤》云「庶人人口進家門」，[43]而《玄帝籤》則改為「庶人迪吉進家門」。[44]「迪吉」一詞出自《尚書‧大禹謨》：「惠迪吉，從逆凶。」遠視《四聖籤》「人口」二字為古雅。然《四聖籤》詩本言添口添丁，一旦改為「迪吉」，反倒迷失本義，顧此失彼了。復如第三十四籤之詩，《四聖籤》云「病龍行雨值虹霓」，[45]而《玄帝籤》則云「病龍行雨怕虹霓」，[46]「值」、「怕」形近而訛，但文義卻截然不同了。

三、《元山籤》對《玄帝籤》改造論略

　　《玄帝籤》在明代流傳的過程中，文字已頗有變化。如晚明顧起元《客座贅語》卷七〈玄武靈籤〉云：

[41] 佚名：《四聖真君靈籤》，頁331。

[42] 佚名：《玄天上帝感應靈籤》，頁356。

[43] 佚名：《四聖真君靈籤》，頁345。

[44] 佚名：《玄天上帝感應靈籤》，頁371。

[45] 佚名：《四聖真君靈籤》，頁340。

[46] 佚名：《玄天上帝感應靈籤》，頁365。

（南京）北門橋有玄帝廟，相傳聖像乃南唐北城門樓上所供者，後移像於今廟。廟有簽，靈驗不可勝紀。人竭誠祈之，往往洞人心腹之隱與禍福之應，如面語者。余生平凡有祈，靡不奇中。乙酉，余一四歲女偶病，祈之，報云：「小口陰人多病厄，定歸骸骨到荒丘。」已而果坳。庚子余病，三月祈之，報以「宜勿藥候時」。四月祈之，報云「病宜增，骨瘦且如柴」，已而果然。五月祈之，報云「而今漸有佳消息」，是月病果小減。六月祈之，報云「枯木重榮」，此月肌肉果腹生，駸駸向平善矣。余嘗謂帝之報我，其應如響，迄今不敢忘冥祐也。它友人祈者，尤多奇應。[47]

　　參《玄帝籤》第七籤題為〈枯木逢春〉，大約即顧氏所記「枯木重榮」。第四十一籤〈落花流水〉「聖意」詩尾聯云：「小口陰人招疾厄，切須急禱告神明。」出句與顧氏所記大抵相似，對句文意卻大為不同。第四十七籤〈密雲不雨〉有「如今若問真消息」之語，與「而今漸有佳消息」文字略似，然係「行人」而非「占病」之詩。然如「宜勿藥候時」、「病宜增，骨瘦且如柴」等語則全然不見於《玄帝籤》。北門橋之玄帝廟早已不存，其籤譜之全貌亦不得而知。相形之下，汕尾玄武山元山寺之《元山寺靈籤》，文本雖視《玄帝籤》也有不同，然五百年間之變化尚算不大，且有跡可循。

　　元山寺本名玄武山寺，位於廣東汕尾市陸豐市碣石鎮玄武

---

[47]　明‧顧起元：《客座贅語》（北京：中華書局，1987 年），頁 232。

山。該寺原為玄武廟，始建於南宋建炎元年（1127），供奉玄天上帝，湖北武當山祖庭、佛山祖廟一脈相承。明成祖崇祀玄天上帝，此廟香火更為旺盛。萬曆年間，碣石總兵侯繼高擴建玄武廟。由於侯母篤信佛教，於是擴建後增奉釋迦牟尼、觀音、彌勒、達摩等佛教人物，同時改名玄山寺。清朝入關，全國各處玄帝廟因帶有明代烙印而多被清除。碣石鎮偏遠，而玄山寺已有佛教性質，故除避清諱改稱元山寺外，玄天上帝得以繼續崇祀。元山寺主殿同時供奉玄天上帝和釋迦佛祖，且玄帝居上而佛祖像居下，全國罕有。[48]筆者所見《元山籤》俗稱「北帝靈籤」或「佛祖靈籤」，正式書名為《元山寺靈籤詳解》，並不標明是北帝或佛祖籤，正因兩位神明共享一套籤譜之故。全書共五十一籤，除末籤外皆有「出實」（即歷史或小說掌故）。前四十九籤每籤十一詩，計五絕一首、七絕十首。頭八首七絕之內文皆與《玄帝籤》大同小異；此外尚有「生意」、「六畜」兩首七絕，平仄格律皆不協，蓋為近人所增益。第五十籤「唐僧取經」之十首七絕，出律之處甚多，如「家宅」：

> 人口平安賴佛恩，四處生涯任意勤。年來春夏經營好，勿貪歧路起猜心。[49]

首聯二句皆為「仄仄平平仄仄平」句式，尾聯二句皆為平起，可謂失黏又失對。而「恩」為元韻、「勤」為文韻、「心」在侵

---

[48]　https://kknews.cc/zh-hk/other/ezpbny.html（2018 年 5 月 18 日瀏覽）。

[49]　佚名：《元山寺靈籤詳解》（出版資料不詳），頁 50a。

韻，固不論矣。第五十一籤「全福籤」僅七絕一首曰：

> 君汝求籤未誠心，罰你香油二三斤。送經奉油敬佛祖，消
> 災改厄福來臨。[50]

兩籤之籤詩不見於《玄帝籤》，當為後人所增。且「人口平安賴
佛恩」、「送經奉油敬佛祖」之句，佛教色彩濃厚，應非為純道
教系統所增益。唯元山寺兼祀玄帝與佛祖，兩者共享一籤，可見
當為元山寺所編纂。

　　此外，還有兩種五十籤的版本，筆者以為當皆是元山寺較早
編纂者。第一種稱《玄天上帝感應靈籤》（下稱《感應籤》）。
諸籤的籤題大抵與道藏本《玄帝籤》相同，如「飛龍變化」、
「虎出大林」等，並無「出實」，而多出之第五十枝稱為「罰
籤」，籤詩文字與《元山籤》之「全福籤」相同。所謂「罰籤」
之設，當因求籤者未存誠心，故罰香油錢而不予解答疑問。如此
一來，也增添了求籤的趣味和神秘性。第二種為《北方真武大帝
靈籤》（下稱《北帝籤》）。五十籤中，三十八籤皆有「出實」
（掌故），不少「出實」的序號或標題與《元山籤》相同或相
近。而第五十籤題為「蘇代歸田」，沒有罰籤或「全福籤」。[51]
林國平比較《北帝籤》與《玄帝籤》的不同，歸納為三點：一、
《北帝籤》在每首籤詩之前用簡潔的文字點明主兆象。二、每首
籤詩附有一則典故作為擴展兆象。三、類別分得更細，更加通俗

50　同前註，頁51a。
51　按：筆者目前未見此書，僅以林國平〈靈籤與玄天上帝靈籤：從《四聖
　　真君靈籤》到《北方真武大帝靈籤》〉一文之附表為準。

化。[52]所言甚是，持以論《元山籤》、《感應籤》亦然。筆者以為，《元山籤》當為《感應籤》與《北帝籤》整合而成，保留了《感應籤》的罰籤，又在《北帝籤》五十籤與五十「出實」相配的理念基礎上，調整掌故次序，發展至五十一籤版本。殆因「罰籤」之名不佳，故《元山籤》將之改稱為「全福籤」。而「全福」二字，當出自《觀音靈籤》第一籤：

> 寶馬盈門吉慶多，官司有理勸調和。萬般得利稱全福，一箭紅心定中科。

《元山籤》末籤為新增，將之以《觀音靈籤》第一籤籤詩之內容命名，有意使兩套籤詩互文呼應，且有週而復始之義。此外如前所言，《四聖籤》每籤除三首七絕外，籤末還有一首五絕。這首五絕亦不見取於《玄帝籤》。至《元山籤》於各籤除保留《玄帝籤》八首籤詩外，還加上一首五絕。如第一首云：

> 一箭射紅心，人人說好音。日長雞唱午，真火煉真金。[53]

這首五絕置於全籤最前，頗有提綱挈領之意，而《玄帝籤》之「聖意」則改題「歲君」而置後。觀此五絕「一箭射紅心」之句，與前引觀音籤詩末句「一箭紅心定中科」語意相近，當係參考《觀音靈籤》所為。再如第三籤云：「時凶遇太平，門中井水

清。昌榮如日月，夜郎遇文星。」[54]雖然押韻，然前二句皆為
「平平仄仄平」，平仄失對；而末句「仄平仄平平」已非律句。
復如第七籤云：「風起見雲生，時亨運也通。八龍交會日，方遇
寶花緣。」[55]四句雖皆為律句，然「生」為庚韻、「通」為東
韻、「緣」為元韻，三字皆非鄰韻，不可借韻。此外，不合律、
不押韻之例所在多有，可見撰寫者年代較晚，於近體格律不能諳
熟。且《觀音靈籤》本為近代籤譜，而《元山籤》首籤之五絕及
末籤之標題持以參考，其寫成時代蓋可知矣。

　　《元山籤》編成後，對閩粵地區頗有影響。如福建民間流行
一種《北帝靈籤精解》（下稱《精解》），題為浩渺山人編，中
國華僑出版社 1994 年版，同樣為五十一籤版本。陳進國就而論
曰：「筆者所見的民間盜版本紙張粗劣，錯別字連篇、有脫頁。
從該書所列事項及言辭判斷，應是清代民間粗通文墨的解籤人所
著，今人又加以損益。如第 41『中平籤』典故竟稱漢朝朱買臣
『發奮讀書，高中狀元，官到會稽太守』，解籤者顯然不懂科舉
制度。筆者所見版本則稱：『本籤簿經我聚寶堂審定更正後，文
名通順，意義明確，比其他任何籤本通俗易讀，每首籤配合古人
一則故事鮮明生動，更加強對籤語本身的認識。』」又云：
「《北帝靈籤精解》以《玄天上帝感應靈籤》為範本，除在各籤
頭標明『上上』、『大吉』、『中平』、『下下』等定性兆象及
相應的主題兆象外，所列項目還包括『總曰』、『詩曰』、『家
宅』、『歲君』、『失物』、『生意』、『行人』、『謀望』、

54　同前註，頁 3a。

55　同前註，頁 7a。

『婚姻』、『官訟』、『六畜』、『占病』、『六甲』、『求財』、『功名』、『移徙』、『自身』、『祖山』、『菁草』、『子息』『命理』、『陽基』、『置貨』、『行舟』、『外出』、『雨水』、『田蠶』、『合夥』、『作福』等。」[56]陳進國謂《精解》各籤所列諸項與《元山籤》大抵相同，唯次序及文字內容略有差異。再如「出實」部分，如第一籤，《北帝籤》作「楊公煉金」，《元山籤》作「宋太祖登基」，而《精解》仍從《北帝籤》作「楊公煉金」。第廿一籤，《元山籤》作「上帝收龜精」，《北帝靈籤精解》作「上帝收龜蛇二將」；第四十一籤，《北帝籤》作「朱買臣分妻馬前曲水後富貴」，《元山籤》作「姜承祖遇害」，《精解》仍從《北帝籤》作「朱買臣分妻」。然觀《元山籤》第五十一籤「全福籤」，本為《北帝籤》所無，而《精解》承之。故筆者懷疑，《精解》乃是參《北帝籤》與《元山籤》，斟酌損益而成，且可能有迎合福建文化之意。

再者，香港陳湘記書局出版一種《北帝靈籤》（簡稱港本），為目下廣東省一些玄帝廟宇所採用，然未見於香港諸北帝廟。港本亦為五十一籤本，當源自元山寺諸本。如第一籤「歲君」詩解，兩度提到「拜佛祖」，[57]若非來自元山寺合祀佛祖、玄天上帝的傳統，應不至如此。進一步比較，港本還有幾處顯著異同，茲逐一陳述之。其一，除第二籤《元山籤》為「平安」、

56　陳進國：〈寺廟靈籤的流傳與風水信仰的擴散——以閩台為中心的探討〉，http://www.chinesefolklore.org.cn/forum/redirect.php?tid=465&goto =lastpost（2018 年 5 月 18 日瀏覽）。

57　佚名：《北帝靈籤》（香港：陳湘記書局，1988 年），頁 1。

港本為「中平」外，兩者的品次幾乎完全相同。其二，與《元山籤》相比，港本不錄源自古代的「內兆」，僅錄較為後起的「外兆」。唯第三十三籤，《元山籤》「內兆」為「寶劍出匣」，「外兆」為「蛟龍得雨」，然港本作「寶劍出匣」，不同於其餘諸籤之取「外兆」，或為一時傳鈔之誤。其三，港本五十一籤之出實，有二十籤與《元山籤》一致，其中大部分文字亦相同。此外又有十九籤與《北帝籤》大抵一致，唯文字不盡相同。如第廿二籤，《北帝籤》作「劉志[知]遠成親鸞鳳和鳴」，港本作「劉智[知]遠修征」，而《元山籤》作「岳飛槍挑小梁王」，如此不一舉例。此外又有九籤，港本出實與《北帝籤》、《元山籤》皆不相同者。如第一籤，《北帝籤》作「楊公煉金」，《元山籤》作「宋太祖登基」，而港本作「梁石公造器械」。又如第十七籤，《北帝籤》無出實，《元山籤》作「武吉賣柴」，而港本作「乾隆君上樓」。蓋港本在出實方面，可能兼採《北帝籤》和《元山籤》之內容，又作了一些調整。再觀《元山籤》第十二籤「襄王幢子」，文義不通，「幢子」疑為「夢中」之訛。而港本採用之，可知兩種版本間的關係。第四，籤詩內容方面，《元山籤》與《玄帝籤》相比，既有訛誤，也有修訂（詳第四節）。而港本中這些籤詩的文字與《元山籤》大致相同。如《玄帝籤》第廿九籤「家宅」：「敬神自是合天心，神喜人歡禍不侵。歲小淹留無堅礙，田疇十倍在秋深。」[58]《元山籤》「秋深」訛為「深秋」，[59]而港本與《元山籤》相同。[60]又如第卅六籤「占病」：

58　佚名：《玄天上帝感應靈籤》，頁363。

59　佚名：《元山寺靈籤詳解》，頁29a。

60　佚名：《北帝靈籤》，頁58。

「且夕災危吉[古]有之，莫憂久病費支持。」[61]《元山籤》
「持」訛為「枯」，[62]而港本亦同於《元山籤》。[63]如是皆可見
港本與《元山籤》乃至《北帝籤》之關係密切。唯各籤新增之詩
如「生意」、「六畜」二首，雖亦可尋繹其傳承關係，但文字出
入頗大。至於各詩之解，文字詳略互見。綜合以上所言，茲將筆
者推斷之諸籤流傳譜系表列如下：

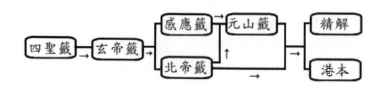

　　《元山籤》為潮汕閩臺玄天上帝籤譜之重要版本，故其與
《玄帝籤》籤詩文本之異同，最值得探討。茲再舉第一籤為例：

第一籤
出實：宋太祖登基
上上之卦吉勝無疑之兆
詩曰：一箭射紅心，人人說好音。日長雞唱午，真火煉真
金。
內兆：飛龍變化生像：申猴
家宅：三陽交泰轉洪鈞，瑞氣盈門百事新。歲歲時豐財祿

61　佚名：《玄天上帝感應靈籤》，頁367。
62　佚名：《元山寺靈籤詳解》，頁36b。
63　佚名：《北帝靈籤》，頁73。

旺，又添人口許相親。（解略）

歲君：飛龍變化喜逢時，此日升騰果遂期。謀望求財皆得利，求官進職更無疑。（依年齡男女分為 1 至 3、4 至 7、8 至 12、13 至 15、16 至 17、18 至 29、30 至 55、56 至 69、70 以上分而解之，略）

生意：春月生意欲失財，夏月財利絲絲來。待到秋冬兩季節，壯膽經營利路開。（分為開舖、合夥、置貨、出外四目）

謀望：沖霄志氣上心頭，君子安寧久困窮。歲稔時豐財祿旺，萬人頭上逞英雄。（分為謀事、求財、學藝、功名、行舟五目）

六畜：飼養六畜能平安，只怕母牛產有難。求吓神明力保佑，交秋冬月有吉昌。（分為豬羊、草龍、三鳥、田蠶、移徙五目）

行人：卦得飛龍莫問親，千山萬水受艱辛。直教明月團圓處，西出秦關有故人。（解略）

婚姻：世間天理定婚姻，天配如何誤世人。人若自知天理合，何須著意問天神。（解略）

官訟：未發文書不要陳，公庭理直自亡神。不如散卻心頭火，免得將錢去別人。（解略）

失物：偶失貨物莫怨天，要知蹤跡上南邊。遇時自傳有音訊，定教強人吃老拳。（解略）

占病：焚香禱告意情長，君子須修作福人。壽算天曹曾定注，何勞私下保平安。（解略）

灶君（略）

陽基（略）

六甲（略）

子息（略）

祖山（略）

青草（略）[64]

　　持之與《玄帝籤》相較，頗有沿革，茲逐一論述之。標題方面，
保留了「飛龍變化」之名，且稱之為「內兆」。品次則由大吉改
為「上上之卦」，又稱為「吉勝無疑之兆」。復補入「宋太祖登
基」的掌故（「出實」）及生肖屬相「猴」，使內容更為豐富。
「吉勝無疑之兆」與「飛龍變化」互為本卦與之卦，因籤而異。
參第十四籤，「內兆」曰「龍蛇混雜」，「外兆」為「謀望時代
之兆」，而「生意‧合夥」云：「卜合夥之卦，似龍蛇混雜之
兆。」[65]可見「內兆」為之卦。又如第二十七籤，「內兆」曰
「龍入蛇穴」，「外兆」為「泥中取禽之兆」，而「生意‧合
夥」云：「之卦不吉，如泥中取禽之兆。」[66]可見「外兆」為之
卦。如是不一。

　　籤詩方面，總論之五言絕句為近代添加，前文已論。《玄帝
籤》之「聖意」改題「歲君」，置為第二首，次於「家宅」之
後；地位看似有下降，實則依不同年齡、性別逐一解釋，篇幅最
巨。「謀望」、「婚姻」、「失物」、「官事」（改題官訟）、
「行人」、「占病」六首亦錄入，各有細解，《玄帝籤》之「解

64　佚名：《元山寺靈籤詳解》，頁 1a-1b。

65　同前註，頁 14a。

66　同前註，頁 27a。

曰」則不錄。另補入「生意」、「六畜」兩首,而灶君、陽基、六甲、子息、祖山、青草六條無詩。總觀籤首之五絕,或合律或否;「生意」、「六畜」二詩為七言四句,雖押韻而格律往往不合,文字也較為俗白。「生意」介於「歲君」與「謀望」之間,地位頗為重要。筆者猜測,新添諸則當撰於民國建立以後,商業活動日益興盛,而撰者於舊體詩技巧掌握有限也。茲將《玄帝籤》、《北帝籤》、《元山籤》三套籤詩的資料製作成「附表三」。參此表,可知《玄帝籤》中,每一籤之標題皆取自「聖意」詩之內容。舉例而言,第二籤標題「虎出大林」,即來自該籤「聖意」詩首句「虎出大林須動眾」,[67]第十八籤標題「籠開鶴去」,即來自該籤「聖意」詩首聯「養汝原來歲月深,籠開不見意沉吟」,[68]第三十籤標題「月被雲遮」,即來自該籤「聖意」詩次句「月當明處被雲遮」,[69]不一而足。發展演變至《元山籤》,則出現幾種變化。《元山籤》每籤各有四言之內兆及之卦卦兆,這些卦兆用字與《玄帝籤》相比,異同不一。茲據附表四所見,條列情況如下:

- 情況一,如《玄帝籤》第一籤「飛龍變化」、第七籤「枯木逢春」、第十四籤「龍蛇混雜」、第十六籤「濁油點燈」、第三十二籤「眾星侵月」、第四十七籤「密雲不雨」等,皆見於《元山籤》之內兆,文字完全一樣。
- 情況二,《元山籤》卦兆相對《玄帝籤》文字略有更改者,如《玄帝籤》第八籤「漁舟上灘」,《元山籤》內

---

67 佚名:《玄天上帝感應靈籤》,頁348。
68 同前註,頁357。
69 同前註,頁363。

兆、「外兆」皆為「破船上灘」；《玄帝籤》第二十三籤「花開遭雨」，《元山籤》內兆為「花開遭風」；《玄帝籤》第三十四籤「病龍行雨」，《元山籤》內兆為「病龍得雨」；《玄帝籤》第四十二籤「游魚戲水」，《元山籤》內兆為「如魚得水」等。雖然文字略有差異，語意卻無甚變更。

- 情況三，《元山籤》卦兆相對《玄帝籤》文字更改頗大，而語意仍同者。如《玄帝籤》第三籤「否極泰來」，《元山籤》之卦卦兆為「災去終吉」；《玄帝籤》第五籤「行船風順」，《元山籤》內兆為「順水行舟」；《玄帝籤》第九籤「春蘭秋菊」，《元山籤》內兆為「蘭菊芬菲」；《玄帝籤》第十五籤「一輪明月」，《元山籤》內兆為「旭日東昇」等。

- 情況四，《元山籤》卦兆相對《玄帝籤》文字完全不同，而品次依然相同者。如《玄帝籤》第十一籤「囚人出獄」，《元山籤》內兆為「如日之昇」、「外兆」為「久病逢醫」，但品次仍為大吉；又如《玄帝籤》第十七籤「當憂不憂」，《元山籤》內兆為「枯樹生枝」、「外兆」為「一牛二尾」，但品次仍為中平；再如《玄帝籤》第四十六籤「騰蛇入夢」，《元山籤》內兆為「新月朦朧」、「外兆」為「惡星占身」，但品次仍為下下。

由此可見，儘管《元山籤》卦兆用字相對《玄帝籤》異同不一，但整體方向並無太大改變。復如附表一所見，《玄帝籤》之品次，相對於《四聖籤》頗有不同。相較之下，《元山籤》品次變化較大者僅有第二籤（中下變平安）、第三十、三十四、四十一

籤（下下變中平）、第三十一籤（中平變下）、第四十五籤（中平變上上），比例甚少，其餘變化多為中下、下中、中上、上中變中平者，而兩套籤譜品次完全相同者近四十籤。

《元山籤》之「出實」，全然不見於《玄帝籤》，實為增補，以添加籤文的趣味，且便於求籤者理解神意。因此五十一個掌故，多自民間熟知的小說戲曲內容。《元山籤》將這些掌故稱為「戲文」或「出實」，每籤眉間皆有「戲文簡介」。而第五十一籤眉間云：

> 玄武山寺明朝古戲臺，舊時自農曆三月十二日起即開棚演戲，碣石衛中，士農工商爭捐戲金，故日夜連演，數月不輟。所演多《三國演義》故事，為連續提綱戲，間或串演正雜劇。而各地禮佛求籤者也多為戲迷，故詳籤者投其所好，詳籤時興之所至，每就其含義相通者將之互為串講入解，如此反覆再三，竟至約定俗成，此即籤中戲文之來歷是也。[70]

由是而觀之，《元山籤》之「出實」確為元山寺所補入無疑。且觀諸籤「出實」，「董卓收呂布」、「袁術稱帝」、「關公帶嫂秉燭待旦」、「趙子龍救阿斗」、「孫策怒斬于吉」、「諸葛亮出身」、「劉皇叔過江招親」、「曹操下江南」、「司馬懿入葫蘆谷」、「姜承祖遇害」皆出於《三國演義》，數量居冠，故籤譜謂「所演多《三國演義》故事」，誠非虛言。此外又如「哪吒

70　佚名：《元山寺靈籤詳解》，頁51a。

出身後為神」、「姜太公遇文王」、「文王遇鳳鳴」出自《封神榜》，「甘羅十二為丞相」、「襄王幢子」、「蘇秦六國封相」、「孫臏刖足被害」出自《東周列國志》，「薛仁貴困白虎關」、「唐天子得國公」、「羅成娶妻」出自《說唐》，「宋太祖登基」出自《飛龍傳》，「四太子伐中原」、「岳飛槍挑小梁王」、「岳飛風波亭受害」出自《說岳》，不一而足。尤其值得注意者，如「王可居休妻」、「韓文公凍雪」皆為潮劇劇名。而「孟日紅尋夫」、「黃野仁遇仙」的故事，也具有潮汕或廣東地方色彩。學者楊寶蓮指出：「《孟日紅》原為二十四孝故事之一，是一潮汕方言俗曲唱本，曾改編為儋州山歌劇，湖南花鼓戲、黃梅戲。孟日紅配夫高顏真，家境清苦。顏真終日埋頭攻讀，日紅擔起一切家計，並當掉所有嫁妝，助夫上京趕考。顏真離家數載，音信全無，高母積勞成疾，因家貧如洗，日紅只好割股餵母。」[71]孟日紅故事流傳民間，始於潮汕方言俗曲唱本，與汕尾地望恰好相合。黃野仁即黃野人，明代末年活躍於廣東東莞一帶行醫。《羅浮山志》：「葛洪仙去，留丹於柱石之間，野人自外至，得一粒服之，為地行仙。《廣東新語》、《粵中見聞》同。」[72]後來黃野仁與黃初平（黃大仙）逐漸混同，在嶺南普遍受到崇拜。汕尾地處粵省，當亦受到影響。復次，諸籤「出實」的編選往往與「歲君」詩內容有關。如第一籤「宋太祖登基」故事出自《飛龍傳》，而「歲君」詩云「飛龍變化喜逢時」。第十

---

71 楊寶蓮編著：《大家來唱勸世文（客家研究）》（臺北：萬卷樓圖書公司，2011 年），頁 8。

72 清・宋廣業：《羅浮山志會編》（香港：中國圖書出版社，2015年）。

二籤「襄王幢子[夢中]」與「歲君」詩「恰似襄王憶夢來」相應。第十六籤「關公帶嫂秉燭待旦」與「歲君」詩「濁油點燈」也相契合。第二十籤「曹操下江南」正好成為「歲君」詩「有船無楫難撐駕」的註腳。第二十四籤「唐明皇遊月宮」可與「歲君」詩「明月當空處處輝」兩相參照。故「詳籤時興之所至,每就其含義相通者將之互為串講入解」之語,並非虛發。

再者,如前所言,持「出實」相較,益可知《北帝籤》為《元山籤》的一種前身。其一,《北帝籤》五十籤中,尚有十二籤(八至十五、卅二至卅五)並無「出實」,可見猶未發展完整。其二,《北帝籤》「出實」之標題往往失之冗長,如第六籤,《北帝籤》作「王昭君出塞被毛延壽所害投江」,而《元山籤》僅作「王昭君和番」。第三十籤,《北帝籤》作「王可居夫妻分別十八年後中探花」,《元山籤》僅作「王可居休妻」,足見後者行文之精簡。此外,如《北帝籤》第五籤甚至有「真武化身大顯神通」和「石崇富貴登天下」兩個「出實」,而《元山籤》則作「蘇東坡遊江」。再次可證《北帝籤》之文字尚待整飭。兩套籤譜中,「出實」標題完全相同者僅有兩條,即第十六籤「關公帶嫂秉燭待旦」、第卅六籤「哪吒出身後為神」。然文字有差異,所指卻為一事者,則所在多有,如第六、七、廿一、廿三、廿八、三十、卅七、四十三、四十八、四十九等籤,共得十籤。此外,又有同一「出實」而籤號不同者,如「韓文公遇雪」,《北帝籤》為第二籤,《元山籤》卻為第八籤。「唐僧取經」,《北帝籤》為第十九籤,《元山籤》卻為第五十籤。「夏國美進場」,《北帝籤》為第卅九籤,《元山籤》卻為第四十籤。細參附表四,這幾籤的吉凶兩兩各有不同。最有趣者,第四

十四籤於《北帝籤》為「孫榮住破窯」，《元山籤》為「孫策怒斬于吉」，「榮」、「策」二字當為形近而訛，然孫榮為北宋人物，孫策為三國名將，「出實」絲毫無關，卻都用來解釋此籤。可見「出實」之編派、解籤者之詮釋，殆頗具隨意性。至於港本之出實，乃兼採《北帝籤》、《元山籤》而略加調整而成，前文已論，茲不贅。

　　此外，《北帝籤》在形式上與《元山籤》還有一處顯著不同。參林國平所引第四十三籤之內文，在籤文開端之五言絕句前，尚有「總曰」詩一首，文字與後文的「歲君」（亦即《玄帝籤》之「聖意」）一樣。[73]由此可見，在元山寺較早期的籤譜版本中，對於此詩更為看重。然到重編《元山籤》時，為免文字重複，遂將「總曰」詩悉數刪去了。再觀《北帝籤》此籤之「生意」詩：「初時勞心要吃苦，夏季也得小財利。有膽貪物暫留下，交冬出售也得利。」[74]文義淺近，格律完全不合，文字與《元山籤》的版本大同小異。可知《北帝籤》雖為《元山籤》之前身，然時代亦屬晚近爾。而港本諸籤也保留五絕，由此可窺見其傳承。

四、略論《元山籤》詩對《玄帝籤》詩之改造

　　《元山籤》之「家宅」、「歲君」、「謀望」、「行人」、「婚姻」、「官訟」、「失物」、「占病」八首，文字視《玄帝

73　林國平：〈靈籤與玄天上帝靈籤：從《四聖真君靈籤》到《北方真武大帝靈籤》〉，《道韻》第三輯「玄武精蘊」，頁258。

74　同前註，頁258-259。

籤》亦有細部之不同。這一來由於流傳之訛誤，二來也因為流播
者對文字有所調整。如前引第一籤，《元山籤》「家宅」、「謀
望」二首之尾聯出句皆為「歲稔時豐財祿旺」。參以《玄帝
籤》，「謀望」此句當為「此行當際風雲會」，當是傳鈔者竄入
而導致舛誤。而《玄帝籤》「家宅」此句為「歲稔時登」。[75]查
《東觀漢記·明帝紀》：「是時天下安平，人無徭役，歲比登
稔，百姓殷富。」[76]「登」為穀物成熟之意。而「登」、「豐」
二字形、義皆近，故《元山籤》遂改為「豐」字，以利普羅大眾
閱讀誦記。而此詩尾聯對句「許相親」，《玄帝籤》作「喜相
親」，[77]「許」、「喜」音近而訛。再如《元山籤》「歲君」尾
聯：「謀望求財皆得利，求官進職更無疑。」[78]《玄帝籤》「皆
得利」本作「多吉慶」，「進職」本作「進位」，[79]然基本上於
文義並無影響。比較有趣的是「婚姻」首聯，《玄帝籤》詩為：

　　世間大禮是婚姻，天配如何悞世人。[80]

而《元山籤》詩為：

　　世間天理定婚姻，天配如何誤世人。[81]

---

[75]　佚名：《玄天上帝感應靈籤》，頁348。

[76]　漢·班固等撰：《東觀漢記》（北京：中華書局，1985年），頁17。

[77]　佚名：《玄天上帝感應靈籤》，頁348。

[78]　佚名：《元山寺靈籤詳解》，頁1a。

[79]　佚名：《玄天上帝感應靈籤》，頁348。

[80]　同前註。

比對之下，除「悞」、「誤」為異體字外，可知「大」、
「天」、「是」、「定」形近而訛，「禮」、「理」則音近而
訛。《玄帝籤》詩意謂婚姻是人世間的大禮，冥冥中自有定數
（天配）。而更改文字後的《元山籤》，詩意則略有不同，謂婚
姻乃由人世間的天理人倫所定，既是天作之合，怎可能貽誤世
人？其意也未嘗不通。再如「謀望」詩，《元山籤》云：

> 沖霄志氣上心頭，君子安寧久困窮。歲稔時豐財祿旺，萬
> 人頭上逞英雄。[82]

而《玄帝籤》則云：

> 沖霄志氣滿心胸，君子應非久困窮。此行當際風雲會，萬
> 人頭上逞英雄。[83]

《元山籤》首聯出句不用韻，卻以平聲「頭」字收結，不合律。
參《玄帝籤》此處作「胸」，方為正。此亦流傳訛誤而不自知
也。而首聯對句，《元山籤》作「君子安寧久困窮」，似乎有固
窮之意，然與前文沖霄志氣、後文逞英雄之語不侔。比對《玄帝
籤》此處作「君子應非久困窮」，前後文義更為連貫。由此推
測，「應非」二字為否定語，流傳過程中殆變作反問語「安
能」，最後訛為《元山籤》之「安寧」。「安」、「寧」二字雖

81　佚名：《元山寺靈籤詳解》，頁 1b。

82　同前註，頁 1a。

83　佚名：《玄天上帝感應靈籤》，頁 347-348。

皆為反問虛詞，但極少連用，一旦連用則僅為平安寧靜之意爾。可見文字上毫釐之差，導致語氣、文義頗為不同矣。再如「失物」曰：

> 偶失貨物莫怨天，要知蹤跡上南邊。遇時自傳有音訊，定教強人吃老拳。[84]

末句頗有殺伐之音。其解曰：「貨物已失落，不可怨天怨地。向南方尋找，定有音訊。若有強人，自有強中手。」而詩意更為直露：若遇上盜賊，一定好好教訓他一頓。然參《玄帝籤》尾聯：

> 過時終有傳音信，莫把平人作盜冤。[85]

僅勸求籤者不要疑神疑鬼，錯怪好人，語氣平和多矣。《元山籤》如此修改，不無迎合市井細民卞急心態之意。再觀同詩首句，除韻腳外，前六字全為仄聲。而參《玄帝籤》首句：

> 偶失資財莫怨天。[86]

「資財」二字平聲，則格律協矣。然而此語偏於文雅，普羅大眾未必懂得，故不得不替以「貨物」二字。再觀《元山籤》之〈占病〉一首：

84　佚名：《元山寺靈籤詳解》，頁 1b。
85　佚名：《玄天上帝感應靈籤》，頁 348。
86　同前註。

> 焚香禱告意情長，君子須修作福人。壽算天曹曾定注，何
> 勞私下保平安。[87]

格律雖然無舛，但就用韻而言，「長」為陽韻、「人」為真韻、
「安」為寒韻，三者皆非鄰韻，不可借用，完全不押。參《玄帝
籤》此詩：

> 焚香禱告意精專，惟在君心作福田。壽算天曹曾注定，何
> 勞私下保安痊。[88]

「精專」接近書面語、「安痊」近於早期白話，殆不為潮汕居民
所熟悉，故《元山籤》全然改去。

僅就第一籤而觀之，已發現《元山籤》諸詩文字之變異，或
純因流傳過程中音形之訛，或係考慮受眾水平而刻意調整，卻每
每導致格律不協。見微知著，其餘諸籤的情況，亦可想見。不
過，《元山籤》亦有對《玄帝籤》作進一步潤飾者。如第二十二
籤「婚姻」，《玄帝籤》曰：

> 百年夫婦似鳴琴，靜中好聽鳳鸞鳴。休教良姻佳期路，等
> 到天寒失鴈群。[89]

如前文所云，《玄帝籤》編撰者有意磨治《四聖籤》詩之格律瑕

87　佚名：《元山寺靈籤詳解》，頁 1b。

88　佚名：《玄天上帝感應靈籤》，頁 348。

89　同前註，頁 359。

疵，然《玄帝籤》自身之用韻亦瑕瑜互見，尤其真文、庚青蒸韻通押的情況頗為普遍。此詩「琴」為侵韻、「鳴」為庚韻、「群」為文韻，吳語最為諧和，官話次之，至潮汕語及粵語則未必有押韻之感。故《元山籤》改為：

> 舊年夫婦去鳴琴，靜裡聽來鸞鳳音。休要蹉跎延歲月，天寒失鴈杳難尋。[90]

「琴」、「音」、「尋」皆為侵韻，調整後韻腳更為一致，而於原意未有太大改變，可謂妙手。再如第三十一籤「婚姻」，《玄帝籤》曰：

> 花言巧語豈真情，浪蝶狂風未可親。不信但看園裡物，一番風雨便生心。[91]

尾聯一語雙關，以園中植物在春天風雨後長出花心、含苞待放，比喻情竇初開的年輕人因花言巧語而心寄非人，頗得修辭之妙。然而「情」為庚韻、「親」為真韻、「心」為侵韻，同樣有瑕疵。而《元山籤》改為：

> 花言巧語豈為真，浪蝶遊蜂不可親。不信但看園內物，一

90　佚名：《元山寺靈籤詳解》，頁22b。

91　佚名：《玄天上帝感應靈籤》，頁364。

　　番風雨便傷神。[92]

「真」、「親」、「神」皆為真韻，調整後韻腳也歸於一致。只是換用「傷神」一語，原來的雙關便顯得隱晦，乃至不復存在了。此外值得一提的是，《玄帝籤》二句曰「狂風」，末句曰「風雨」，語意失之重複。而《元山籤》改「狂風」為「遊蜂」，不僅避免了如此問題，也使內容更為生色。復如第二十九籤，《玄帝籤》「聖意」云：

　　陰陽道合事亨通，還如人在月中行。琴瑟調和門戶吉，富貴榮華百事亨。[93]

如附表二所示，此詩早在《四聖籤》中即有：

　　陰陽道合事通亨，還如人在月中行。琴瑟調和門戶吉，榮華富貴日自生。[94]

《四聖籤》詩本用庚韻，而《玄帝籤》已有兩處舛繆：其一，首句「通亨」固然未必順口，但訛為「亨通」則不押韻矣。其二，末句「日自生」訛為「百事亨」，「亨」字前後出現兩次，導致用字冗沓。《元山籤》編者應當未曾參考《四聖籤》，但已發現詩韻不押，而將之統一為東韻：

陰陽道合事亨通，如今行在明月中。琴瑟調和門戶吉，富
貴榮華喜重重。[95]

次句不僅調整韻腳，且改明喻為隱喻，更富於瀟灑超脫之感。末
句「喜重重」雖未必特別高明，但「重重」與「百事」、「日
生」之意自可互證，於原意無多偏離。

五、結語

　　蕭登福指出，宋代不僅真武廟中，連家中真武堂也有置靈籤
筒者。[96]可見玄天上帝信仰在初興之時，求籤已是其重要內容之
一。而陳進國、林國平皆謂從《四聖籤》演變為《玄帝籤》，進
而發展為《北帝籤》，反映了靈籤產生後逐漸通俗化和簡易化的
歷史進程，很有代表性。玄天上帝籤譜在民間流傳很廣，具有較
強的生命力，根本原因是能適應百姓的需求，不斷沿著通俗明瞭
的方向發展。[97]其所云通俗化，主要指添加兆象標題、補入「出
實」、作為擴展兆象。擴充類別等。這些通俗化的舉措，相對於
《四聖籤》實乃踵飾增華，然使解籤者與求籤者皆能儘快了解神
意，因此可視為簡易化。《四聖籤》每籤三首七絕、一首五絕，
不加任何標題。而「聖意」也是四言韻文。筆者以為，全用韻文
是為了方便術士、解籤者記誦，而不加標題則可增添詩作的多義

95　佚名：《元山寺靈籤詳解》，頁29a。

96　蕭登福：《玄天上帝信仰研究》，頁598。

97　林國平：〈靈籤與玄天上帝靈籤：從《四聖真君靈籤》到《北方真武大
　　帝靈籤》〉，《道韻》第三輯「玄武精蘊」，頁262。

性與神秘性，以及解籤者的彈性。《玄帝籤》取《四聖籤》各籤第二首七絕為「聖意」，其改造者當亦了解《四聖籤》的內涵與運作模式。此外每籤增入七首七絕，覆蓋不同範圍，可謂用心良苦。隨著玄天上帝在元明以來一直受到崇祀，《玄帝籤》亦流傳廣遠。而今日所見之《感應籤》、《北帝籤》、《元山籤》、《精解》、港本等，筆者以為皆是同一系統，出自汕尾元山寺。幾套籤譜的內容皆烙上了潮汕福建的地方色彩。從這四套籤譜的內容，可以窺見一個不斷完善的過程：《感應籤》全承《玄帝籤》而增加罰籤，《北帝籤》為三十八籤補入「出實」而無罰籤，兩者統合為五十一籤版本的《元山籤》，其後又有人斟酌《北帝籤》和《元山籤》為編成《精解》。至於《元山籤》籤詩之內容，諸位時賢尚少注意。筆者比對《玄帝籤》與《元山籤》諸詩的文本，以為雖然大同小異，卻也出現幾種變化。僅就第一籤而觀之，便知文字變異，或純因流傳過程中音形之訛，或係考慮受眾水平而刻意調整，卻每每導致格律不協。這些固然呼應了林國平所言之通俗化與簡易化現象。不過，筆者也發現《元山籤》對《玄帝籤》籤詩文字亦有在格律、押韻乃至意境方面作進一步潤飾者，可見這個發展演變的過程，仔細看來還有其他的面貌。當然，《元山籤》全譜有四百多首籤詩，拙文限於篇幅，不可能一一考察。而林國平所論《北帝籤》、陳進國所論《精解》，筆者眼下也無緣寓目，這些缺憾都可能導致拙文論述的不足。但祈學界先進以拙文為質，進一步對玄天上帝諸籤譜加以探究，是所至願。

附錄

附表一　《四聖籤》與《玄帝籤》之吉凶品次

	《四》	《玄》		《四》	《玄》		《四》	《玄》
	下下	大吉		中平	下下		中平	大吉
	大吉	中下		上上	大吉		下下	上上
	中平	大吉		下下	下下		下下	下下
	中平	中下		下下	大吉		中平	大吉
	中平	大吉		大吉	上上		中平	下下
	大吉	下下		中平	下下		中平	大吉
	上上	中上		上上	大吉		中平	下下
	下下	下下		下下	下中		大吉	大吉
	上上	中平		中平	大吉		中平	上吉
	上上	下下		下下	下下		上上	中下
	上上	大吉		中平	上上		大吉	中平
	下下	下下		上上	大吉		中平	下下
	中平	大吉		下下	下下		大吉	中平
	下下	中平		大吉	中平		中平	大吉
	上上	上上		上上	下下		上上	下下
	下下	下下		大吉	大吉			
	下下	中平		上上	下下			

附表二　《四聖籤》與《玄帝籤》籤詩異文

番號	《四聖籤》	《玄帝籤》
2	雖然未解傷人意	雖然未必傷人命
5	萬里長城知可到	萬里長程知可到
7	時人莫作為柴斫	時人莫作為柴砍
8	前灘過了由閒事	前灘過了渾無事
9	菊吐秋香又更佳	菊吐青香色又佳
10	為誰辛苦為誰甜	與誰辛苦與誰甜
11	偶見故人同暢飲	遇見故人同暢飲
12	恰似襄王一夢中	卻似襄王一夢中
13	花開結子喜逢時 求望所謀皆遂意	開花結子喜逢時 所望求謀皆遂意
14	龍蛇混雜卒難禁 未得風雲變化鱗 一日昇雲歸北海 那時方得現龍身	龍蛇混雜最難分 未得風雷變化鱗 一日昇騰歸北海 那時方得現龍神
16	油燭點燈燈易滅	濁油點燈燈易滅
17	若遇貴人相引援	若遇貴人相引接
18	開籠不見意沉沉 想應只在秋江上	籠開不見意沉吟 相應只在秋江上
19	雲行雨施正春深 爭訟見官多得理	雲行雨施春正深 爭訟見官多有理
20	嗟嘆世人應不得	嗟嘆世人應不足
21	平地雷聲振蟄還	平地雷聲啟蟄還
23	等到如今只是空	到了如今只是空
24	此去榮華正及時	此日榮華正及時
25	求成未遂如君意 守寧心舊方為吉	求謀未遂如君意 且宜守舊方為吉

26	安居旺相進錢財 祿位遷高光顯達	安居興旺進錢財 祿位遷高先顯達
27	更謝家門伏侍神	更謝家門奉祀神
28	貴人接引喜逢新 官災口舌離門庭 病人此去身安健 謀望求財盡變更	貴人接引喜更新 口舌官災遠戶庭 病者從今身體健 求財謀望總亨通
29	陰陽道合事通亨 榮華富貴日自生	陰陽道合事亨通 榮華富貴百事亨
30	記言桃李休相笑	寄言桃李休相笑
31	心事沖沖常不樂 待得方安又不安 所作施為全未遂 恰如明月在雲間	心事沖沖常不一 坐得身安又不安 所作所為全未遂 欲如明月被雲攔
32	若也知之能喊半 預先作福謝穹蒼	病者修禳能減半 志心祈福謝穹蒼
33	勁氣衝牛孰敢當 況又提持今在手	動起衝牛孰敢當 又向攜持今在手
34	病龍行雨值虹霓 有疾占身事不宜 且宜守舊待明時	病龍行雨怕虹霓 有病占身事不宜 但宜守舊待明時
35	安居吉慶度時年	安居吉慶度時光
36	求官得祿須為定 百事無憂吉慶新	求官得位須前定 百事無憂喜慶新
37	波濤凶浪勢嵬峨 出入不依如此句	波濤洶浪勢嵯峨 出入不宜須守舊
38	紅日當天照破雲 無幽不燭眾人傾 君子進身須顯達	紅日當天照萬方 無幽不燭遍餘光 君子進身須顯達

	榮華家宅又安寧	榮華富貴又安康
39	不如歸去致狐疑 切須防損暗中欺	不如歸去失狐疑 切須防慎暗中欺
40	鴻鵠摩天只自然 翱翔直上九霄雲	鴻鵠摩天勢自然 翱翔直上九重天
41	切須急禱旺中神	切須急禱告神明
42	跳躍優游莫等閑 更於險難勝於前	跳躍優游豈等閑 更無險難勝於前
43	貴人喜慶自通亨 求財謀望從心意 若問求官定得名	貴人喜慶自亨通 求財謀望稱心意 若問求官定有名
44	烏雲遮月暗朦朧 暗昧門庭事未中	烏雲遮月恰朦朧 暗裡門庭事未中
45	萬物萌芽自此伸 庶人人口進家門	萬物萌芽此日新 庶人迪吉進家門
46	將來革故方為吉	將來革過方為吉
47	密雲無雨天邊暗 卻主憂疑亦不坊 更慎小人來害己	密雲無雨尚濛蒼 卻主憂疑亦不妨 更有小人來害己
49	群鴉集噪可為奇 防慎陰人口舌危 退步之時方可得	群鴉集噪方為奇 防慎陰人口舌欺 退後之時方可免

附表三　《玄帝籤》《北帝籤》《元山籤》諸籤標題列表

番號		出實	內兆	外兆	卦	生像
1.	《玄》	---	飛龍變化	---	大吉	---
	《北》	楊公煉金				
	《元》	宋太祖登基	飛龍變化	吉勝無疑	上上	猴
	港	梁石公造器械	---	吉勝無疑	上上	---
2.	《玄》	---	虎出大林	---	中下	---
	《北》	韓文公被貶潮陽關遇雪				
	《元》	薛仁貴困白虎關	白虎占度	遁而復吉	平安	羊
	港	薛仁貴困白虎關		通而復吉	中平	---
3.	《玄》	---	否極泰來	---	大吉	---
	《北》	孟姜女尋夫婆媳相會				
	《元》	孟日紅尋夫	如魚化龍	災去終吉	大吉	馬
	港	孟日紅尋夫		災去終吉	大吉	---
4.	《玄》	---	勞心費力	---	中下	---
	《北》	黃巢作亂		---		
	《元》	黃巢出寨	花木遭風	借風得舟	中平	蛇
	港	黃巢出寨		借風得舟	中平	---
5.	《玄》	---	行船風順	---	大吉	---
	《北》	真武化身大顯神通 石崇富貴登天下				
	《元》	蘇東坡遊江	順水行船	心動意和	大吉	龍
	港	石崇公遇討[財]	---	心動意和	大吉	---
6.	《玄》	---	鴛鴦分飛	---	下下	---
	《北》	王昭君出塞被 毛延壽所害投江				
	《元》	王昭君和番	如鳥失群	稱心不遂	下	兔
	港	王昭君出塞		稱意不遂	下	---
7.	《玄》	---	枯木逢春	---	中上	---
	《北》	韓信受辱先貧後富				
	《元》	韓信得志	枯木逢春	暗中有喜	中平	虎

	港	韓信得志	---	暗中有喜	中平	---
8.	《玄》	---	漁舟上灘	---	下下	---
	《北》	缺				
	《元》	韓文公凍雪	破船上灘	破船上灘	下下	牛
	港	朱買臣未得志	---	破舟上灘		---
9.	《玄》	---	春蘭秋菊	---	中平	---
	《北》	缺				
	《元》	四太子初伐中原	蘭菊芬菲	時秋晚節	中平	鼠
	港	劉秀才度九難		時秋晚節	中平	
10.	《玄》	---	遊蜂作蜜	---	下下	---
	《北》	缺				
	《元》	甘羅十二為丞相	黃蜂采花	慮而即行	下	豬
	港	甘羅十二為丞相	---	慮而即行	下	---
11.	《玄》	---	囚人出獄	---	大吉	---
	《北》	缺				
	《元》	武吉賣柴	如日之昇	久病逢醫	大吉	狗
	港	乾隆君上樓	---	久病逢醫	大吉	---
12.	《玄》	---	風捲楊花	---	下下	---
	《北》	缺				
	《元》	襄王幢子	楊花遭風	小船出海	下	雞
	港	襄王幢子		小船出海	下	---
13.	《玄》	---	開花結子	---	大吉	---
	《北》	缺				
	《元》	呂蒙正兩世姻緣	脫衣換錦	萬物逢春	大吉	猴
	港	張公義九世同居	---	萬物逢春	大吉	---
14.	《玄》	---	龍蛇混雜	---	中平	---
	《北》	缺				
	《元》	夏得海投文	龍蛇混雜	謀望時代	中平	羊
	港	夏得海投文	---	謀望時代	中平	---
15.	《玄》	---	一輪明月	---	上上	---
	《北》	缺				

	《元》	諸葛亮出身	旭日東昇	謀為果決	大吉	馬
	港	諸葛亮出身	---	謀為果決	大吉	---
16.	《玄》	---	濁油點燈	---	下下	---
	《北》	關公帶嫂秉燭待旦				
	《元》	關公帶嫂秉燭待旦	濁油點燈	重囚望赦	下下	蛇
	港	關公帶嫂秉燭待旦	---	重囚望赦	下下	---
17.	《玄》	---	當憂不憂	---	中平	---
	《北》	康公子一生好人 卻被梁二哥所害				
	《元》	王省就親	枯樹生枝	一牛二尾	中平	龍
	港	廉[康]公子遇奸梁巧計	---	一牛兩尾	中平	---
18.	《玄》	---	籠開鶴去	---	下下	---
	《北》	蒙正趕齋				
	《元》	董卓收呂布	烏雲蓋月	蟾宮捉兔	下	兔
	港	呂蒙正邅[趕]齋	---	蟾宮捉兔	下	---
19.	《玄》	---	雲行雨施	---	大吉	---
	《北》	唐僧取經				
	《元》	蘇秦六國封相	萬物逢春	萬物逢春	上上	虎
	港	唐僧取經	---	萬物逢春	上上	---
20.	《玄》	---	有舟無楫	---	下下	---
	《北》	蕭良公子被害				
	《元》	曹操下江南	破船下灘	破船下灘	下下	牛
	港	蕭良被盜供害遇救	---	破舟下灘	下下	---
21.	《玄》	---	鯤化為鵬	---	大吉	---
	《北》	上帝收龜蛇二將				
	《元》	上帝收龜精	如鯤化鵬	鸞鳳沖霄	大吉	鼠
	港	上帝收龜精	---	鸞鳳沖霄	大吉	---
22.	《玄》	---	鳳凰出林	---	上上	---
	《北》	劉志[知]遠成親鸞鳳和鳴				
	《元》	岳飛槍挑小梁王	鳳鳴岐山	將軍得勝	大吉	豬
	港	劉智[知]遠修征	---	將軍得勝	大吉	---

23.	《玄》	---	花開遭雨	---	下下	---
	《北》	顏回登聖				
	《元》	顏回短壽為聖	花開遭風	啖河止渴	下下	狗
	港	顏回短壽為聖	---	啖河止渴	下下	---
24.	《玄》	---	明月當空	---	大吉	---
	《北》	麥熙秀才後中狀元				
	《元》	唐明皇遊月宮	吉慶分明	風雲際會	上上	雞
	港	麥器龍三子	---	風雲際會	上上	---
25.	《玄》	---	求謀未遂	---	下中	---
	《北》	太上老君出身				
	《元》	郭巨埋兒賜黃金	鐵鏡重磨	鐵鏡重磨	中平	猴
	港	季[李]老道君出身	---	鐵鏡重磨	中平	---
26.	《玄》	---	安居興旺	---	大吉	---
	《北》	董永遇仙姬槐陰相會				
	《元》	姜太公遇文王	新月如弓	新月如弓	大吉	羊
	港	崔文瑞槐蔭相會	---	新月如弓	大吉	---
27.	《玄》	---	家舍惶惶	---	下下	---
	《北》	劉珍被奸臣所害				
	《元》	岳飛風波亭受害	龍入蛇穴	泥中取禽	下	馬
	港	劉珍練呂后[被奸臣]所害	---	泥中取禽	下	---
28.	《玄》	---	貴人接引	---	上上	---
	《北》	吳春小姐掌兵 出戰得勝回朝				
	《元》	吳春女為王后	萬物逢春	謀望遂心	大吉	蛇
	港	吳春女學兵書為皇(不昌)[后]	---	謀望遂心	大吉	---
29.	《玄》	---	陰陽道合	---	大吉	---
	《北》	張良一妻三十妾 百子千孫				
	《元》	郭子儀拜壽	花木逢春	春來花發	上上	龍
	港	張公良前妻後妾 三十年後百子千孫	---	春來花發	上上	---

30.	《玄》	---	月被雲遮	---	下下	---
	《北》	王可居夫妻分別 十八年後中探花				
	《元》	王可居休妻	夜雨欺花	玉鏡塵埃	中平	兔
	港	黃可駒別妻後登第團圓	---	玉鏡塵埃	中平	---
31.	《玄》	---	心事忡忡	---	中平	---
	《北》	薛仁貴初年不利				
	《元》	打北齊秦家比械	烏雲遮月	四路虛險	下	虎
	港	薛容初年難災後亦平平	---	四路虛險	下	---
32.	《玄》	---	眾星侵月	---	下下	---
	《北》	缺				
	《元》	袁術稱帝	眾星侵月	日落斜西	下	牛
	港	蘇英娘娘走路先凶後吉	---	日落斜西	下	---
33.	《玄》	---	龍劍出匣	---	大吉	---
	《北》	缺				
	《元》	趙子龍救阿斗	蛟龍得雨	寶劍出匣	上上	鼠
	港	關帝君夜看春秋	---	寶劍出匣	上上	---
34.	《玄》	---	病龍行雨	---	下下	---
	《北》	缺				
	《元》	孫臏刖足被害	病龍得雨	空魚折足	中平	豬
	港	孫臏刺足後為仙	---	空魚折足	中平	---
35.	《玄》	---	鶴鳴九霄	---	大吉	---
	《北》	缺				
	《元》	劉皇叔過江招親	金雞報喜	金雉銜赦	上上	狗
	港	馬騰被害馬岱為將	---	金雉卿赦	上上	---
36.	《玄》	---	魚翻桃浪	---	上上	---
	《北》	龐涓拾金				
	《元》	文王遇鳳鳴	如魚化龍	鑿石見金	上上	雞
	港	龐居吉舍千金賣罩籬後為 仙	---	鑿石見金	上上	---
37.	《玄》	---	渡水無船	---	下下	---
	《北》	項羽烏江自吻[刎]				

	《元》	楚項羽困烏江自刎	楚漢爭雄	行船失楫	下下	猴
	港	楚項羽困烏江自刎	---	行舟失楫	下下	---
38.	《玄》	---	紅日當天	---	大吉	---
	《北》	哪吒出身後為神				
	《元》	哪吒出身後為神	進身顯達	大器晚成	上上	羊
	港	哪吒出身後為神	---	大器晚成	上上	---
39.	《玄》	---	入山迷路	---	下下	---
	《北》	夏國美九人進場 八人被虎傷				
	《元》	司馬懿入葫蘆谷	白虎占度	久客他鄉	下下	馬
	港	夏國美等九人進場 八人被虎咬傷一人為貴	---	久客他鄉	下下	---
40.	《玄》	---	鴻鵠摩天	---	大吉	---
	《北》	韓湘子登仙				
	《元》	夏國美進場	桃李芳菲	劍射斗牛	上上	蛇
	港	韓湘子登仙	---	劍射斗牛	上上	---
41.	《玄》	---	落花流水	---	下下	---
	《北》	朱買臣分妻馬前 曲水後富貴				
	《元》	姜承祖遇害	落花流水	螳螂捕蟬	中平	龍
	港	朱馬牙系女人喪門吊孝	---	螳螂捕蟬	中平	---
42.	《玄》	---	游魚戲水	---	大吉	---
	《北》	張德貴買物放生				
	《元》	唐天子得國公	如魚得水	囚人遇赦	上上	兔
	港	張能德買物放生後為駙馬	---	囚人遇赦	上上	---
43.	《玄》	---	日出扶桑	---	上吉	---
	《北》	仙姬送子				
	《元》	仙姬送子有日出吉	謀望遂心	蛟龍得雨	上上	虎
	港	仙姬送子有日出吉	---	蛟龍得雨	上上	---
44.	《玄》	---	烏雲遮月	---	中下	---
	《北》	孫榮住破窰				
	《元》	孫策怒斬子[于]吉	烏雲遮月	沙裡淘金	中平	牛

	港	孫瑩前居破窯後為狀元	---	沙裡淘金	中平	---
45.	《玄》	---	風雷鼓舞	---	中平	---
	《北》	姜太公八十遇文王				
	《元》	羅成娶妻	萬物萌芽	蟾宮折桂	上上	鼠
	港	姜子牙輔國	---	蟾宮折桂	上上	---
46.	《玄》	---	螣蛇入夢	---	下下	---
	《北》	陳琳救主				
	《元》	劉邦斬白蛇	惡星占身	新月朦朧	下下	豬
	港	毛天毯黃珍女結兩世姻緣	---	新月朦朧	下下	---
47.	《玄》	---	密雲不雨	---	中平	---
	《北》	柳孝文被後主母毒害吞針				
	《元》	許寧祖平番	密雲不雨	雨濕桃腮	中平	狗
	港	柳孝文後妻毒前妻	---	雨濕桃腮	中平	---
48.	《玄》	---	寶劍新磨	---	大吉	---
	《北》	黃野人得道長生不老				
	《元》	黃野仁遇仙	金蟬脫殼	九轉丹成	大吉	雞
	港	黃野仁遇仙	---	九轉丹成	大吉	---
49.	《玄》	---	群鴉集噪	---	下下	---
	《北》	孟姜女哭長城				
	《元》	孟姜女哭倒長城	風掃落葉	柳絮遭風	下下	猴
	港	孟姜女哭倒長城	---	柳絮遭風	下下	---
50.	《玄》	---	---	---	---	---
	《北》	蘇代歸田				
	《元》	唐僧取經	烏雲蓋月	禪門出法	中平	羊
	港	蘇道仁來藥救民	---	蟬門出法	中平	---
51.	《玄》	---	---	---	---	---
	《北》	---				
	《元》	全福籤	不成轉喜	逢凶化吉	---	馬
	港		---	逢凶化吉	---	---

參考書目

一、傳統文獻

漢‧班固等撰：《東觀漢記》，北京：中華書局，1985 年。

唐‧孔穎達疏：《周易正義》，臺北：藝文印書館據阮元嘉慶二十年
　　　（1815）江西南昌學堂《十三經註疏》重刊本影印，1989 年。

宋‧文瑩：《玉壺清話》，北京：中華書局，1984 年。

元‧徐道齡集註：《太上玄靈北斗解厄本命延生真經註》，載《正統道
　　　藏》冊 28，臺北：新文豐出版有限公司，1988 年。

佚名：《真武靈應護世消災滅罪寶懺》，《正統道藏》冊 30，載《正統道
　　　藏》冊 28，臺北：新文豐出版有限公司，1988 年。

佚名：《四聖真君靈籤》，載《正統道藏》冊 54，臺北：新文豐出版有限
　　　公司，1988 年。

佚名：《玄天上帝感應靈籤》，載《萬曆續道藏》冊 55，臺北：新文豐出
　　　版有限公司，1988 年。

明‧顧起元：《客座贅語》，北京：中華書局，1987 年。

清‧聖祖皇帝敕修：《古今圖書集成》，清刊本。

清‧宋廣業：《羅浮山志會編》，香港：中國圖書出版社，2015 年。

佚名：《元山寺靈籤詳解》，出版資料不詳。

佚名：《北帝靈籤》，香港：陳湘記書局，1988 年。

二、近人論著

胡孚琛主編：《中華道教大辭典》，北京：中國社會科學出版社，1995
　　　年。

陳器文：《玄武神話、傳說與信仰》，西安：陝西師範大學出版社，
　　　2013。

楊寶蓮編著：《大家來唱勸世文（客家研究）》，臺北：萬卷樓圖書公
　　　司，2011 年。

蕭登福：《正統道藏總目提要》，臺北：文津出版社，2011 年。

蕭登福：《玄天上帝信仰研究》，臺北：新文豐出版有限公司，2013 年。

羅量：《北帝靈籤卦解》，香港：聚賢館出版社，2001 年。

三、期刊、論文集及研討會論文

黃海德：〈青雲亭《六十甲子靈籤》的宗教內涵及其社會意義〉，《世界宗教文化》2013 年第 1 期，頁 40-44。

蕭登福：〈玄天上帝神格及信仰探源〉，《宗教哲學》第六卷第四期，頁109-133。

林國平：〈靈籤與玄天上帝靈籤：從《四聖真君靈籤》到《北方真武大帝靈籤》〉，《道韻》第三輯「玄武精蘊」，臺北：中華道統出版社，1998 年，頁 249-264。

朱越利：〈玄天上帝神格論〉，武當山道教協會、湖北省武當文化研究會主辦「海峽兩岸玄天上帝信仰與和諧社會建設學術研討會」（湖北武當山，2007.8.21-23）會議論文。

四、報紙及網路資料

〈台灣道教總廟國運籤：有舟無楫〉，《自由時報》2016.02.10.

〈玄天上帝四十九首感應靈籤〉，http://blog.xuite.net/kang2927/twblog/148421281-玄天上帝感應籤組

陳進國：〈寺廟靈籤的流傳與風水信仰的擴散——以閩台為中心的探討〉，http://www.chinesefolklore.org.cn/forum/redirect.php?tid=465&goto=lastpost

郭武：〈關於淨明道研究的回顧及展望〉，http://ccs.ncl.edu.tw/Newsletter_75/75_03.htm

白居易詩歌的圖像化傳播——以明清時期〈琵琶行〉書跡著録與流傳爲中心

中國社會科學院文學研究所研究員
陳才智

摘　要

　　〈琵琶行〉詞情兼美，聲情並茂，不僅當時風靡宮廷里巷，千百年來亦傳頌不衰，顯示出強大的藝術生命力。作爲與音樂密切相關的敘事詩，〈琵琶行〉還具有多層次的藝術魅力，不僅限於音樂和文學領域，更延伸至書法、繪畫等圖像化媒介領域。本文以明清時期〈琵琶行〉書跡著録與流傳爲中心，探討白居易詩歌傳播的圖像化途徑。圖像化的傳播途徑，是歷史和社會發展的必然趨勢。觀看與閱讀，對文學傳播有著同等重要的地位。其中書法這一圖像化媒介將二者融合爲一，是〈琵琶行〉傳播與接受的重要一翼。一方面推動〈琵琶行〉的經典化地位，另一方面也促進其由經典文學走向更爲大眾所接受的通俗文藝領域。

關鍵詞：白居易　琵琶行　明清書跡

　　「唐詩人生素享名之盛，無如白香山」[1]——在文學史上，白居易不僅在當時文壇的地位就很高，對後代影響也很大。張為《詩人主客圖》稱白居易為「廣大教化主」，可謂恰如其分。其〈琵琶行〉遣詞秀麗，聲畫並美，真摯悱惻，情韻雙絕，字字從心胸流出，誠為絕唱，不僅當時即已風靡宮廷里巷，千百年來仍傳頌未衰，後世之唱和仿擬衍續者甚多，顯示出強大的藝術生命力，許其為古今長歌第一，亦不為過。[2] 1931 年戴仁文在《澄衷半年刊》發表〈讀白居易琵琶行〉[3]，這是近代〈琵琶行〉研究的第一篇專文。此後截至 2015 年，海內外（含中、日、韓、英、美等）有 10 篇學位論文、12 部相關書籍、631 篇文章評論和研究〈琵琶行〉，可謂唐詩熱點。[4]但〈琵琶行〉書跡研究尚是盲點。作為與音樂密切相關的敘事詩，〈琵琶行〉具有多層次的藝術魅力，而不僅限於音樂和文學領域，更延伸至書法與繪畫

---

[1]　明・胡震亨：《唐音癸籤》卷二十五「談叢」一，周本淳校點本（上海：上海古籍出版社，1981 年 5 月版），頁 270。

[2]　見明・何良俊：《四友齋叢說》卷二五（北京：中華書局，1983 年版），頁 226。清・趙翼《甌北詩話》卷四亦云：「〈琵琶行〉亦是絕作。」（北京：人民文學出版社，1981 年版），頁 43。約翰・弗萊徹（John Gould Fletcher）曾這樣評價〈長恨歌〉和〈琵琶行〉：「這兩首詩是中文或其他任何語言所寫的最好的詩歌。」（"Perfume of Cathay: Chinese Poems by Arthur Waley," *Poetry*, Vol. 13, No. 5, Feb., 1919, pp. 273-281.）

[3]　戴仁文：〈讀白居易琵琶行〉，《澄衷半年刊》1931 年春，頁 86-91。

[4]　參見陳才智：〈琵琶行研究縱覽（日文）〉，《白居易研究年報》第 13 輯（東京：勉誠社，2012 年 12 月版）；〈琵琶行研究縱覽（中文）〉，《中國文學：經典傳承與多元選擇》（北京：社會科學文獻出版社，2016 年 1 月版）。

等多種圖像化媒介領域。本文以〈琵琶行〉書跡著錄與流傳為中心，探討白居易詩歌傳播的圖像化途徑。圖像化的傳播途徑，是歷史和社會發展的必然趨勢。觀看與閱讀，對文學傳播有著同等重要的地位。其中書法這一圖像化媒介將觀看與閱讀融二為一，是〈琵琶行〉傳播與接受的重要一翼。一方面推動〈琵琶行〉的經典化地位，另一方面也促進其由經典文學走向大眾化。作為書法作品的習見題材，〈琵琶行〉為眾多書家所青睞和演繹，或僅書法，或將書畫結合。這些書法家，同時也是詩文作家，因此多能感知〈琵琶行〉所蘊含的意境與情思，形諸筆端，乃各呈其宛轉多姿之趣。

一、宋代〈琵琶行〉之書跡

今存〈琵琶行〉書跡的載錄，最早出自李清照（1084-1155?），書與畫結合在一處。遺憾的是，清照原跡久已失傳。明人宋濂（1310-1381）曾有幸見到這幅作品，其〈題李易安所書琵琶行後〉詩序云：「樂天謫居江州，聞商婦琵琶，抆淚悲歡，可謂不善處患難矣。然其辭之傳，讀者猶愴然，況聞其事者乎？李易安圖而書之，其意蓋有所寓，而永嘉陳傅良題識，其言則有可異者。余戲作一詩，正之於禮義，亦古詩人之遺意歟。」詩曰：

> 佳人薄命紛無數，豈獨潯陽老商婦。青衫司馬太多情，一曲琵琶淚如雨。此身已失將怨誰？世間哀樂長相隨。易安寫此別有意，字字欲訴中心悲。永嘉陳侯好奇士，夢裡謬

為兒女語。花顏國色草上塵，朽骨何堪汙唇齒。生男當如
魯男子，生女當如夏侯女。千年穢跡吾欲洗，安得潯陽半
江水。[5]

　　清康熙間褚人獲認為：此詩為「有關世教之作」[6]，可謂正
中要害。序中所云陳傅良，即南宋永嘉學派代表陳傅良（1137-
1203），字君舉，里安（今屬浙江溫州）人。其《止齋集》
（《文淵閣四庫全書》本）未見有關李易安所書〈琵琶行〉這則
言有可異的題識。此後亦未見李易安這幅書作的流傳或著錄。惟
清湯漱玉輯《玉台畫史》卷二引作：「《宋學士集》：樂天〈琵
琶行〉，李易安嘗圖而書之。」[7]俞正燮（1775-1840）《易安居
士事輯》則云：「易安能詩、詞、文、四六，又能畫。明（元）
人陳傅良藏有易安畫〈琵琶行〉圖（宋濂《學士集》）。（明）

5　《四部叢刊》影印明正德刊本《宋學士集・芝園續集》卷十；《文淵閣
　　四庫全書》本《文憲集》卷三十二。「正之於禮義，亦古詩人之遺
　　意」，正德刊本作「止之於禮義，亦古詩人之遺音」。夏侯女，指曹爽
　　從弟曹文叔妻。文叔早死，她年輕無子，其父勸其改嫁，她未從。魏正
　　始十年(249)，曹爽全家被殺，其父又欲其改嫁，她仍不從，割鼻自
　　誓。司馬懿贊其「貞節」。

6　清・褚人獲：《堅瓠集》補集卷四，《續修四庫全書》影印清康熙刻
　　本。

7　清・湯漱玉輯：《玉台畫史》卷二，《續修四庫全書》影印復旦圖書館
　　藏清道光十七年汪氏振綺堂刻本，第 1084 冊，頁 347。湯漱玉，字德
　　媛，汪遠孫（1789-1836）妻，錢塘（今浙江杭州）人。

莫廷韓買得易安畫墨竹一幅（《太平清話》）。……」[8]

　　李清照將〈琵琶行〉「圖而書之」，宋濂認為「其意蓋有所
寓」，很有道理。〈琵琶行〉的主題即「本是天涯淪落人，相逢
何必曾相識」，天涯商女悲泣，江州青衫拭淚，易安注目〈琵琶
行〉並繪畫書寫，蓋由其後期流落江湖的身世之痛、家國之恨，
與樂天當年謫貶江州遭遇頗有同感。而宋濂卻認為，樂天乃不善
處患難者，此身已失太多情，無權責怨訴他人，易安書寫〈琵琶
行〉乃欲訴己悲，陳傅良謬為兒女之語，實在有失禮義。作為明
初的朝廷重臣、浙東文派的代表，重視宗經原道與政治教化，是
宋濂的一貫主張，其詩學觀念亦向持發乎情止乎禮義，作此詩之
目的亦在「正之於禮義」。一首同傷天涯淪落的感人之作，撞上
一位宗尚雅正平和、不怨不怒的正人君子，於是同情之感、千古
長歎，乃被視為「穢跡」，其偏頗之論可謂「言有可異者」。但
追溯起來，他對江州司馬淚濕青衫的偏頗態度亦淵源有自。

　　拙作〈白樂天流寓江州的流響──以琵琶亭詩為中心〉[9]曾

8　《癸巳類稿》卷十五，《續修四庫全書》影印北圖藏清道光十三年求日
　　益齋刻本，第 1159 冊，頁 604；上海：商務印書館排印本，頁 608。智
　　按：陳傅良應為宋人。又，莫是龍，字雲卿，以字行，更字廷韓。松江
　　華亭人。有《莫廷韓遺稿》。另，寶顏堂秘笈本《太平清話》卷一云：
　　「李易安，趙清獻之子婦。趙挺之亦謚清獻。莫廷韓云：『曾買易安墨
　　竹一幅。』余惜未見。」（又見陳繼儒《妮古錄》卷三，寶顏堂秘笈
　　本）清湯漱玉輯《玉台畫史》卷二引云：「陳繼儒《太平清話》：莫廷
　　韓云：『向曾置李易安墨竹一幅。』」（《續修四庫全書》影印復旦圖
　　書館藏清道光十七年汪氏振綺堂刻本，第 1084 冊），頁 347。
9　收入張學松主編：《流寓文化與雷州半島文人研究》（北京：中國社會
　　科學出版社，2013 年 5 月版）。

論及歷代琵琶亭詩的三類取向，第二類即為此種譏諷之態度。此態度肇始於北宋仁宗朝宰相、江西人夏竦（985-1051）的〈江州琵琶亭〉，詩云：「年光過眼如車轂，職事羈人似馬銜。若遇琵琶應大笑，何須涕泣滿青衫！」[10] 李日華（1565-1635）認為夏竦躁進，此詩「特以宦途羈束而欲藉聲色以自快耳。」[11]宦途羈束者，自是樂天也，但「藉聲色以自快」恐怕既非樂天本意，也不像是夏竦初衷，其意蓋略含譏諷耳。後來，南宋江湖詩人戴復古（1168-1250?）〈琵琶行〉[12]亦微諷樂天未能忘情仕宦，平生多為達者語，此際身為丈夫卻傷兒女之情。岳珂（1182-?）

10　夏竦：〈江州琵琶亭〉，《文淵閣四庫全書》本《文莊集》卷三十六。原編者注：「此詩原本缺，今從《中山詩話》采入。」《文淵閣四庫全書》本《兩宋名賢小集》卷二十二題為〈題江州琵琶亭〉，詩句略異：「流光過眼如車轂，薄宦拘人似馬銜。若遇琵琶應大笑，何須掩淚濕青衫！」錢鍾書《管錐編‧全上古三代秦漢三國六朝文》云：「人之運命，如人之品操然，可取象於車輪，均無常也。白居易〈放言〉之二：『禍福回還車轉轂，榮枯反覆手藏鉤』；劉商〈銅雀妓〉：『盛色如轉圓，夕陽落深谷』；劉駕〈上馬歎〉：『布衣豈常賤，世事車輪轉』；夏竦〈江州琵琶亭〉：『年光過眼如車轂，職事羈人似馬銜；若遇琵琶應大笑，何須涕淚滿青衫』（《文莊集》卷三六）；黃景仁〈春城〉：『更欲起相告，事運多相因，啼笑互乘伏，迎送如輪巡』（《兩當軒集》卷五）。劉駕語類東方朔〈與公孫弘借車書〉：『木槿夕死朝榮，士亦不長貧也』（《全漢文》卷二五）；知命運之無常而反以自壯者，惟其無常，則不至長貧終賤，而或有發跡變泰之一日也。運命輔輪，與時消息，是以《大智度論》引偈曰『時為因』、夏竦詩曰『年光車轂』。」（北京：三聯書店，2010 年版），頁 1476-1477。

11　明‧李日華：《紫桃軒又綴》卷一，上海書店《叢書集成續編》第 89 冊，頁 387。

12　《文淵閣四庫全書》本《石屏詩集》卷一。

〈將發琵琶亭〉則直刺樂天「不應奇謗後，無復思廉隅」，「長
吏濕青衫，禮法毋乃疏」。[13]蕭立之（1203-?）〈琵琶亭〉比較
深婉：「魯男子事無人記，此地琵琶更結亭。獨倚闌干成一笑，
晚風低雁著寒汀。」[14]所謂魯男子，指春秋時魯人顏叔子，據說
潔身自好，不貪戀女色，有坐懷不亂之譽。《詩・小雅・巷伯》
「哆兮侈兮，成是南箕」，毛傳：「魯人有男子獨處於室，鄰之
釐（嫠）婦又獨處於室。夜，暴風雨至而室壞，婦人趨而托之，
男子閉戶而不納。婦人自牖與之言曰：『子何為不納我乎？』男
子曰：『吾聞之也，男子不六十不閒居。今子幼，吾亦幼，不可
以納子！』婦人曰：『子何不若柳下惠然？嫗不逮門之女，國人
不稱其亂。』男子曰：『柳下惠固可，吾固不可。吾將以吾不
可，學柳下惠之可。』」又見《孔子家語》好生第十。在這一故
事提煉出「魯男子」一語，最早見於唐咸通間崔鵬〈吳縣鄧蔚山
光福講寺舍利塔記〉稱「大哉寂滅之理，豈一魯男子以探其好
焉」[15]。至宋代方逐漸定格在「能以禮自持、不好色男子」這一
義項，並被廣為使用，所謂「善學柳下惠，莫如魯男子」。[16]

　　當然，同樣涉及潯陽琵琶女這一題材者，自有異見，如明人
熊夢祥（1299-1390）〈題張叔厚描琵琶士女〉就有「莫將貶竄
立人倫，世上伊誰魯男子」[17]的詩句，或與題畫有關。宋濂詩中

13　《文淵閣四庫全書》本《玉楮集》卷七；《全宋詩》第 56 冊，頁
　　35383。
14　韋居安《梅磵詩話》，收入《歷代詩話續編》，頁 552。
15　《全唐文》卷八百四。
16　宋・岳珂《寶真齋法書贊》卷二十，《文淵閣四庫全書》本。
17　十八卷本《草堂雅集》卷八；《文淵閣四庫全書》本《草堂雅集》卷

的「魯男子」，取意正與此相反，同時與蕭立之「魯男子事無人記」的婉諷也有所不同，乃正面立論。宋濂、蕭立之這種推重「魯男子」以諷司馬多情的態度，以及岳珂於樂天「長吏濕青衫，禮法毋乃疏」的指斥，其更早的源頭還可追溯至洪邁（1123-1202）的質疑：「樂天移船，夜登其舟與飲，了無所忌，豈非以其長安故倡女，不以為嫌邪？」[18]他們均將山西人白居易視為魯男子的反面，可見宋明士人禮制觀念影響之一斑。將此事提到世教禮制的高度以後，後世更有甚者，謂白香山「謫居江州，禮宜避嫌勤職，以圖開復，乃敢黷夜送客，要茶商之妻彈琵琶，侑觴談情，相對流涕。庸人曰：挾妓飲酒，律有明條，知法玩法，白某之杖罪，的決不貸。乃香山悍然不顧，復敢作為〈琵琶辭〉，越禮驚眾，有玷官箴。今時士大夫絕不為也，即使偶一為之，亦必深諱，蓋曾未宣之於口，又何敢筆之於書。人之庸者，則且義形於色，詬詈香山犯教而敗俗。其琵琶之辭，必當毀板，琵琶之亭，及廬山草堂胥拆毀而滅其跡，庶幾乎風流種絕，比戶可庸矣。」[19]確實是庸人之見，一哂可也。

　　宋淳熙間，休寧（今屬安徽）人詹初有〈書白樂天〈琵琶行〉後〉詩：「潯陽夜泊送客船，船上誰人白樂天。坐聞一曲琵

　　六；《歷代題畫詩類》卷五十八。熊夢祥生卒年據林正秋主編：《中國地方誌名家傳》（合肥：黃山書社，1990 年 12 月版），頁 50。鄔友興撰「熊夢祥」。

18　《容齋隨筆‧三筆》卷六，上海：上海古籍出版社，1978 年 7 月，頁486。

19　舒夢蘭（1757-1835）：〈庸人頌〉，《論語半月刊》1933 年第 29期，頁 250，「幽默文選」；又收入其《天香隨筆》，見宇宙風社 1936年重印本《遊山日記》。

琶奏，青衫何用涕泗漣。豈知通窮良有命，君子當之無怨焉，虛
使歌行世上傳。」[20]宋末撫州（今屬江西）人艾性夫亦有〈書
〈琵琶行〉後〉詩：「兒女情懷易得憐，悲傷容或涕漣漣。獨疑
遷客方淪落，猶著朝衣夜入船。」[21]儘管也頗有微怨，但火藥味
兒比宋濂要淡很多。二人或亦有書跡，遺憾的是未見流傳。

　　淳熙間，江州通判呂勝己有隸書〈琵琶行〉石刻，立於九江
琵琶亭旁。淳熙四年（1177）八月二十六日，范成大（1126-
1193）途經琵琶亭曾駐足觀讀。其《吳船錄》載：「（淳熙四年
八月）癸巳。發馬頭。百二十五里，至江州。泊琵琶亭，前守曹
訓子序新作，通判呂勝己隸書〈琵琶行〉刻石左方。」[22]呂勝
己，字季克，自號渭川居士，其先建陽（今屬福建）人。父呂
祉，紹興七年（1147）於淮西兵變死後，敕葬於邵武，勝己因家
焉。從張栻、朱熹講學。以蔭為湖南幹官，歷江州通判，知杭
州。淳熙八年辛丑（1181）四月十八日，自沅州守任上降兩官放
罷。罷官後至長沙，有〈滿江紅·辛丑年假守沅州蒙恩貶罷歸次
長沙道中作〉詞。後歸隱邵武渭川。淳熙十年（1183）三月，朱
熹賦詩〈次呂季克東堂九詠〉，為勝己修茸新居成而作。淳熙十
二年（1185）乙巳，呂勝己有〈滿庭芳·乙巳八月十日登博見樓
作〉。官至朝請大夫。有《渭川居士詞》一卷，以抄本傳世，收
詞九十篇，見《全宋詞》第三冊。事蹟見《宋元學案》卷六九、

20　《文淵閣四庫全書》本《寒松閣集》卷三；《全宋詩》第 60 冊，頁
　　37844。

21　《文淵閣四庫全書》本《剩語》卷下。

22　《文淵閣四庫全書》本《吳船錄》卷下；《范成大筆記六種·吳船
　　錄》，孔凡禮點校本（北京：中華書局，2008 年 6 月），頁 216。

《宋會要輯稿‧蕃夷五之四一》、明楊應詔《閩南道學源流》卷
一五，清李清馥《閩中理學淵源考》卷二十。據其同代人陳樞
《負暄野錄》云，呂勝己善隸書，工古法。[23]歷經滄海桑田，其
隸書〈琵琶行〉石刻，惜亦煙消無絲痕，虛使空名世上傳。勝人
易，勝己難；勝己易，勝天難。

二、明代〈琵琶行〉之書跡

可喜的是，至明代，牢固為經典之作的〈琵琶行〉，業已成
為書法作品的習見題材，為眾多書家所演繹。書〈琵琶行〉者甚
夥。或僅有書法，或將書法與繪畫結合。著名書畫家如文徵明
（1470-1559）父子、王寵（1494-1533）、彭年（1505-1566）、
黃姬水（1509-1574）、董其昌（1555-1636）等皆有書寫。書家
感知〈琵琶行〉所蘊含的情思意趣，形諸筆端，各呈其趣。

（一）

文徵明（1470-1559）與唐寅（1470-1524）同年而生，同列
「吳中四才子」，並稱畫壇「明四家」，唐寅寫給文徵明的信裡
稱：「寅與文先生徵仲交三十年。」[24]儘管性格不太一樣，文屬
於保守型，文質彬彬，唐則比較隨意，人稱江南第一風流才子，
但畢竟在藝術上是同道中人。雖然有人曾質疑二人在世時，「彼

23　見瞿鏞：《鐵琴銅劍樓藏書目錄》卷二十四集部六，清光緒常熟瞿氏家
　　塾刻本。

24　明‧唐寅：〈又與文徵仲書〉，《唐伯虎先生集》外編續刻卷十，明萬
　　曆刻本。

此之間的酬應，為什麼會如此的寂寥？」[25]不過從曾兩次合作〈琵琶行〉書畫這件事看，堪稱佳話。

　　一次是在嘉靖元年壬午（1522）。清陶樑（1772-1857）《紅豆樹館書畫記》卷八載：「明唐子畏、文衡山〈琵琶行〉書畫合軸。絹本。高五尺二寸一分，寬一尺六寸四分，官舫中主客對飲，二女奴侍後。商婦抱琵琶，側身隅坐，意尚羞澀鵠首。旁泊小舟，僕從於岸上籠燭繫馬，夜色微茫，約略可辨。九派潯江與楓葉蘆花同此蕭瑟。畫法工整細潤，自是桃花庵本色。衡山書〈琵琶行〉共三十二行，結體瘦勁，與此圖允稱雙絕。『正德已卯春正。蘇台唐寅。』〈琵琶行〉詩不錄。『嘉靖壬午修禊日，書於停雲館之南榮。』」[26]可見唐寅〈琵琶行圖〉為正德十四年己卯（1519）正月所畫，三年後的嘉靖元年壬午（1522）修禊日，文徵明補書〈琵琶行〉詩。唐寅「詩似白太傅」[27]，文徵明曾稱許「白傅平生最有文」[28]，二人因白傅千古名篇〈琵琶行〉共鳴而連袂，誠為藝壇佳話。第二年，唐寅即駕鶴而去，但吳門畫派眾多〈琵琶行〉詩意畫，卻由此而發軔。

25　江兆申：〈關於唐寅的研究〉，國立故宮博物院《故宮叢刊》1987 年 5 月，頁 26。

26　陶樑：《紅豆樹館書畫記》卷八，《續修四庫全書》影印清光緒刻本，第 1082 冊，頁 400-401。參見裴景福（1854-1926）：《壯陶閣書畫錄》卷八「唐子畏、文衡山〈琵琶行〉書畫合軸」（北京：中華書局，1937 年版），頁 20；江兆申：《文徵明與蘇州畫壇》，臺北故宮博物院，1977 年版，頁 122。

27　明・朱謀垔：《續書史會要》，《文淵閣四庫全書》本。

28　《書畫題跋記》卷十二〈文衡山主文恪公燕集圖著色人物山水〉，《文淵閣四庫全書》本。

　　另一次在嘉靖二十一年壬寅（1542），此時與文衡山相交三十載的唐寅早已過世。《石渠寶笈初編》卷四十載：「明唐寅〈琵琶行圖〉一軸。上等天一。宣德箋本，淡著色，畫款署『吳趨唐寅』，下有唐伯虎一印，右方下有吳趨一印，左方下有謝湖一印。上幅素箋烏絲闌本。文徵明小楷書〈琵琶行〉。款識云：『嘉靖二十一年壬寅秋八月五日書於玉蘭堂。徵明，時年七十三。』下有徵明連印，前有『晤言室』（智按：應為悟言室）一印，畫幅高二尺三分，廣一尺二寸六分，書幅高九寸三分，廣同。」[29]尺寸、題款時間與〈紅豆樹館書畫記〉所載不同，當為別本。康熙十六年（1677）成書之吳其貞（1609-1678）《書畫記》卷五謂：「明畫中有唐六如〈琵琶行圖〉小紙畫一幅，上有文衡山小楷〈琵琶行圖〉，畫法文秀，氣韻過人，為六如少有。」[30]今藏臺北故宮博物院，題為唐寅〈琵琶行圖〉軸，本幅65.2×40.6cm，詩塘 29.8×40.6cm，全幅 59.5cm。[31]

　　嘉靖十一年壬辰（1532），文徵明另有〈琵琶行詩意〉手卷紙本，設色，為中國嘉德國際拍賣有限公司 2007 年嘉德四季第十期拍賣會拍品，25×211cm。題識：壬辰十月，徵明畫後並題。鈐印：徵明。鑒藏印：吳氏讓之、退庵審定、海昌錢鏡塘藏、煙波畫橋詞客、墨林秘玩、謝稚柳、巨鹿園、梅景書屋、張問陶印、蕉雨松風梧月、長年、吳湖帆印、壯暮翁、稚柳。卷首

29　《文淵閣四庫全書》本《石渠寶笈初編》卷四十，頁 50。

30　明・吳其貞：《書畫記》卷五，清乾隆寫四庫全書本（北京：人民美術出版社，2006 年 9 月），頁 450。

31　參見《故宮書畫錄》卷八，第四冊，頁 79；《故宮書畫圖錄》第七冊，1991 年 11 月，頁 29-30。

有吳熙載隸書大字題字「文待詔真跡」，卷末為王國炳行書題跋，附有入境單。

　　嘉靖十九年庚子（1540），文徵明行書〈琵琶行〉，為中國嘉德國際拍賣有限公司 2001 秋季拍賣會及北京翰海拍賣有限公司 2005 仲夏拍賣會拍品。七開，23.5×26.5cm，鈐印二：文徵明印、衡山。題識：「嘉靖庚子四月望日書於荊溪道中。徵明。」後紙跋云：「衡山先生書法有型範，人知之。至其整處仍暇，嚴處仍逸，筆鋒之出而能斂，書格之正而能圓，回翔自在，結構安閒，穩密中蕭散之致，周致中清潤之神，非於筆先墨外得先生之全者，未容擬議。今之效其形似者，謂是衡山體，何異於三村學究深衣高冠而自號尼山夫子乎？戊申八月望後四日腐鐵卓跋於洮西竹樓。」鑒藏印：子鈇珍藏之印、鐵嶺子鈇楊靈（首尾各一）、楊敬宸、心室珍藏之印、劍花樓、瀏陽李鴻球字韻清鑒藏（首尾各一）、如是、腐道人、馬鳴尾次、畹靈畫記。李鴻球（1899-1978 後），字韻清，湖南瀏陽人，世界書局總經理，又創建大中書局，任董事長。愛好美術，並喜收藏，居歐三年，曾辦《寰球畫報》，並推介國畫至國外展覽。有《海棠書屋力學雜錄》等。另，中貿聖佳國際拍賣有限公司 2004 秋季藝術品拍賣會拍品，有嘉靖三十一年壬子（1552）春二月望，文徵明行書〈琵琶行〉紙本手卷。此卷 27.5×224cm。款識：嘉靖壬子春二月望，徵明。印文：文徵明印（白文）、衡山（朱文）。未見著錄，不知真偽。但同年秋八月，曾題仇英〈潯陽琵琶圖〉：「『一幅面屏秋月圓，荻花楓樹滿江天。江州自是無司馬，多少琵琶上別船。』『潯陽城畔聽啼鳥，颯颯江風夜氣多。幽咽泉流弦冷澀，青衫濕處意如何。』嘉靖壬子秋八月，書於悟言室，徵

明。」[32]所題之詩前首實為張雨（1283-1350）〈題畫屏〉，見顧瑛《草堂雅集》卷五，「上別船」，原詩作「過別船」。《歷代題畫詩類》卷四十改題〈潯陽琵琶圖〉，「面屏」，改作「山屏」。

暮年文徵明至少五次專門書寫〈琵琶行〉。

(1)嘉靖三十三年甲寅（1554），作行書〈琵琶行〉卷，絹質，中國國家博物館藏，《中國古代書畫目錄》著錄編號：京2-119。啟功〈跋文徵明書琵琶行卷〉云：「右衡山先生草書〈琵琶行〉真跡，精熟流暢，一若無意於書而明珠走盤，白太傅似預贊先生書境者。自前歲扶觀，累縈夢寐，今幸再得寓目，益慰平生眼福。或以名號二印為疑，然沈、文諸老遣興之筆每不鈐印，而由後人補綴者往往而有，固無害於真跡也。後學啟功敬識。」[33]雖云草書，實即此卷。

(2)嘉靖三十四年乙卯（1555），復書〈琵琶行〉冊。[34]潘正煒（1821-1861）《聽颿樓書畫記》卷二著錄云：「文待詔書琵琶行冊。紙本十六頁，每頁四行，高七寸八分，活（闊）四寸四分。（智按：詩略）乙卯春二月望，夜燈下書，老眼眵昏，殊不能工。觀者毋哂。徵明。」[35]鈐印二「文徵明印」、「衡山」。

32　見大風堂門人編：《大風堂書畫錄》（杭州：浙江人民美術出版社，2014 年 7 月）。

33　《啟功叢稿‧藝論卷》（北京：中華書局，2004 年 7 月），頁 240-241。

34　參見周道振、張月尊纂：《文徵明年譜》（北京：百家出版社，1998 年 8 月），頁 654。

35　潘正煒：《聽颿樓書畫記》卷二，《美術叢書‧四集》第七輯（上海：神州國光社，1936 年排印本），頁 133。

後跋：「此衡山八十六歲書也。王弇州云：『待詔晚年書直是一
束楚耳。』然愚謂此中有精腴在焉，善鑒者自知之。嘉慶丁卯冬
十月望北平翁方綱。」鈐印一「覃溪鑒定」。[36]翁方綱所引王世
貞（1526-1590）語，見〈跋文待詔歐體千文〉：「文待詔不多
作率更體，所見唯〈張奉直墓表〉石刻及此〈千文〉手跡耳。石
刻小於〈皇甫碑〉，筆近肥；千文細於〈化度銘〉，筆稍縱，於
整栗遒勁中，不失虛和舒徐意致，佳本也。唯彭孔嘉中歲書有出
藍之美，晚節則一束楚耳。」[37]可見是指彭年（1505-1566，字
孔嘉）。

　　(3)嘉靖三十六年丁巳（1557）八月朔旦，作大字〈琵琶
行〉卷，藏存美國耶魯大學博物館。[38]

　　(4)嘉靖三十六年丁巳（1557）冬日，作大字行草〈琵琶
行〉冊，紙質，藏存湖南省博物館，32×280cm，《中國古代書
畫目錄》著錄編號：湘 1-006。全篇 75 行約 700 字。書後自跋
「右樂天作此詞，乃自寓其遷謫無聊之意，未必事實也。後人不
知，有嘲之曰：『若見琵琶成大歡，何須涕泣滿青衫。』蓋失其
旨矣。丁巳冬日偶書此，漫為識之，時年八十有八。」[39]鈐印三
「文徵明印」、「悟言室印」、「衡山」。吉林文史出版社編

36　徐邦達《改訂歷代流傳繪畫編年表》（北京：人民美術出版社，1996
　　年 10 月，頁 83）據《聽颿樓書畫記》著錄嘉靖三十四年乙卯（1555）
　　文徵明《書琵琶行冊》（頁 16，直）。

37　《弇州山人四部續稿》卷一百六十三文部，《文淵閣四庫全書》本。

38　據劉九庵編著、茅子良校訂：《宋元明清書畫家傳世作品年表》（上
　　海：上海書畫出版社，1997 年 1 月），頁 218。

39　書跡見陳建明主編：《湖南省博物館文物精粹》（上海：上海書店出版
　　社，2003 年 1 月），頁 145。

《文徵明書〈歸去來辭〉〈琵琶行〉》即據此影印。[40]此書體勢流利秀勁，神似黃山谷體，行距字距自然流動，筆遒墨酣，揮灑自如。[41]

(5)嘉靖三十七年戊午（1558）七月望日，89 歲時，再作行書〈琵琶行〉，以設色畫卷相配。畫中舟內主客對坐，其旁女子彈奏琵琶；四周山石相間，江岸蘆葦叢生，遠近林木蕭疏，葉色紅綠參差，頗感秋意漸濃，正中隔岸山峰之上，一輪明月高懸，一派澹然之態。末署「戊午秋日，徵明」。拖尾自書〈琵琶行〉，末署「嘉靖戊午秋七月望日，徵明」。鈐印二「文徵明印」、「衡山」。畫幅絹本著色，書幅紙本。畫幅 29.2×153.6cm、書幅 29.2×196.1cm、隔水一 12.4cm、隔水二 12cm，今藏臺北故宮博物院，題為《明文徵明真跡》。[42]

文徵明詩文書畫皆工，尤擅行書，以上〈琵琶行〉書跡，各擅勝境，代表著文氏晚年成熟階段的書風，風流灑脫，自然暢

---

[40] 〈文徵明書歸去來辭琵琶行〉（長春：吉林文史出版社，2009 年 9 月）。

[41] 湖南省地方誌編纂委員會編：《湖南省志》第二十八卷文物志（長沙：湖南出版社，1995 年 9 月），頁 587。

[42] 參見《故宮書畫錄》卷四，第四冊，頁 44；《故宮書畫圖錄》第 19 冊，頁 119-122。分析可參看江兆申：〈文待詔先生真跡卷〉，收入國立故宮博物院編：《吳派畫九十年展》（臺北：國立故宮博物院，1975 年初版，1976 年再版，1981 年三版），頁 318；林莉娜：〈明文徵明真跡〉，收入林莉娜編：《秋景山水畫特展圖錄》（臺北：國立故宮博物院，1989 年 10 月初版），頁 75；許郭璜：〈明文徵明真跡（畫白居易〈琵琶行〉詩意圖）〉，收入國立故宮博物院編輯委員會編：《文學名著與美術特展》（臺北：國立故宮博物院，2001 年初版），頁 127-128。

達，恰到好處地傳遞出白居易原詩婉轉流利的氣度，是價值不亞
於原詩的藝術珍品，顯示著詩宗香山的文徵明對〈琵琶行〉喜愛
之深。衡山詩淡雅秀麗，清新自然，風格亦與香山接近，王世貞
稱其「出入柳柳州、白香山、蘇端明諸公」，[43]可謂的評。同
時，白香山是歷史上成功而且著名的蘇州太守，在那裡留下眾多
遺跡，無疑也薰陶吳門畫派對他的鍾愛。而文徵明對〈琵琶行〉
的情有獨鍾，直接影響到吳門畫派筆下眾多〈琵琶行〉詩意畫和
書跡。韓泰華《玉雨堂書畫記》卷二所謂「彼時吳下名流，為文
酒之會之淵藪，一篇跳出，和者百家。書畫好尚，亦猶是也。」[44]

　　文徵明長子文彭（1498-1573），字壽承，號三橋，漁陽
子，官南京國子監博士，有《博士詩》二卷。其隸書〈琵琶
行〉，人稱有自在流行之趣。龐元濟（1864-1949）《虛齋名畫
錄》卷四載：「明陸包山〈潯陽秋色圖〉、文三橋隸書〈琵琶
行〉合璧卷。引首點金箋，高八寸八分，長二尺九寸八分。〈潯
陽秋色〉，舊吳彭年。圖，紙本設色，山水兼人物。高七寸，長
三尺一寸四分。嘉靖甲寅九月包山陸治作。書，紙本，界烏絲
格，高八寸八分，長四尺二寸七分。張錫庚題書於拖尾。」陸治
（1496-1576），字叔平，因居包山，因號包山。吳縣人。倜儻
嗜義，以孝友稱。好為詩及古文辭，善行、楷，尤通繪事。游祝
允明、文徵明門，其於丹青之學，務出其胸中奇，一時好稱，幾
與文埒。山水受吳門派影響，也吸取宋代院體和青綠山水之長，
用筆勁峭，景色奇險，意境清朗，自具風格。其〈潯陽秋色圖〉

[43]　王世貞：《文先生傳》，《弇州四部稿》卷八十三。

[44]　韓泰華：《玉雨堂書畫記》卷二，臺灣新文豐出版公司《叢書集成續
　　編》第 95 冊，頁 758。

卷，又名〈琵琶行圖〉或〈潯陽送客圖〉，正作於嘉靖三十三年甲寅（1554）秋天，紙本、水墨、淡設色，30.1×414.1cm，鈐「虛齋審定」等印，今藏美國華盛頓弗瑞爾美術館，題 *Autumn Colors at Xunyang*，編號 F1939.3。圖卷後載文彭題記云：「叔平丈作〈琵琶行圖〉，予為書〈歌〉於後，書雖拙，附叔平丹青以傳，則予有大幸矣。三橋文彭隸古。」咸豐七年丁巳（1857），張錫庚題跋：「叔平山水雖派出衡山，而秀逸清勁，愈簡愈遠，愈淡愈真，直可入悟言室中抗置一席。此圖江天浩森，秋色蕭疏，楓葉含愁，荻花帶怨，能使樂天抑鬱之氣畢現褚墨間。此傳神之筆，不當作繪事觀也。文三橋隸古，亦有自在流行之趣，與畫為雙璧雲。丁巳夏六月，張錫庚題。」[45]錫庚（1801-1861），字星白，丹徒（今江蘇鎮江）人，大學士張玉書（1642-1711）六世孫，時任都察院左副都御史。

文徵明仲子文嘉（1501-1583）字休承，官和州學正，有《和州詩》一卷，詩文精通，兼善書畫，受其父影響，亦深愛〈琵琶行〉，多次畫繪〈琵琶行〉詩意或書寫〈琵琶行〉。[46]嘉靖十九年庚子（1540），文嘉寫楷書〈琵琶行〉。順治七年庚寅（1650）九月初十，泰州宮偉鏐（字紫玄）請王建章為之補畫

---

[45] 《虛齋名畫錄》卷四，《續修四庫全書》影印清宣統元年及民國十三年烏程龐氏上海刻本，第 1090 冊，頁 384。

[46] 參見〔日〕人見少華：〈文嘉筆琵琶行図解〉，《國華》442，國華社，1927 年 9 月；佈施知足：〈図版解說文嘉筆琵琶行図〉，《美術研究》106，美術研究所，1940 年 10 月；小川裕充：〈文嘉‧琵琶行図〉，《中國山水畫百選》86，東方書店，1997 年 2 月，「東方」191；中川：〈文嘉筆琵琶行図〉，《美をつくし》149，大阪市立美術館，1997 年 9 月。

〈琵琶行詩意圖〉合璧。王建章,字仲初,號硯墨居士,福建泉
州人。與宮偉鏐(1611-1680)、惲向(1586-1655)等友善。善
畫佛像,自謂不在李公麟之下。山水宗法董源,筆力雄健,意境
深幽。摹古功力深厚,善於用墨,枯焦而能華滋,潤濕而不漫
漶。亦工寫生,花卉翎毛頗有生意,爲時所重。性耿介,不輕易
落筆。順治六年(1649)赴日本,七年作〈琵琶行圖〉。此圖
117.5×29cm,圖上款識有「嘉靖庚子,茂苑文嘉」及「文休承
印」、「三教弟子」兩方鈐印。畫上鑒藏印:宮本昂(1821-
1874):宮子行玉父共欣賞;廉泉(1868-1923)、吳芝瑛(廉
泉妻,1868-1933):廉吳審定、金匱廉泉桐城吳芝瑛夫婦共欣
賞之印;陳寶豐守昌父記。另有鑒藏印四方:「泰州宮氏珍
藏」、「玉父寶之」、「守昌鑒賞」、「頑公」。裱邊鑒藏印六
方:「研田莊」、「方柳夫人」、「家住蘇堤第一橋」、「桐城
吳芝瑛印」、「南湖居士」、「浮生半日閑」。題識云:「紫玄
社兄得文休承〈琵琶行〉字冊於吾村溪和,予懷渺渺,爲補斯
圖,時庚寅重陽後一日也,建章。」鈐印:王建章印。2005 年
香港佳士得春季藝術品拍賣會拍品。

　　嘉靖三十八年己未(1559),文嘉作〈琵琶行圖〉軸,王穀
祥書小楷於其上。[47]清陸時化(1724-1779)《吳越所見書畫
錄》卷三載:「文休承〈琵琶行〉圖立軸。紙高三尺九寸四分,
闊一尺一寸六分,即於本身畫烏絲格。王祿之書小楷。〈琵琶
行〉文不錄。嘉靖己未十月望,文嘉寫意。(休承)嘉靖己未冬

47　參見徐邦達:《改訂歷代流傳繪畫編年表》(北京:人民美術出版社,
　　1996 年 10 月),頁 92。

十月十又七日，酉室王穀祥書。」[48]王穀祥（1501-1568），字祿之，號酉室，長洲人。嘉靖八年（1529）進士，官吏部員外郎。師從文徵明學畫，書畫皆工。中年後絕少落筆，民間流傳多贋本。書法仿晉人，不墜羲之、獻之之風。文嘉、王穀祥二人之書畫合作，有珠聯璧合之妙。

　　嘉靖四十二年癸亥（1563）七月，文嘉復繪〈琵琶行圖軸〉，今藏北京故宮博物院，《中國古代書畫目錄》著錄編號：京 1-1685，紙質，設色，130.8×43.7cm。款署「癸亥七月晦，文嘉。」下鈐「文嘉印」、「文休承印」二方。構圖取「一水兩山」式，一河兩岸遙遙相對，疏簡虛靜的氣氛，引發悠悠的詩意。一婦人正在彈奏琵琶於舟中，二人著官服以靜聽。遠景筆墨疏簡清秀，近景勾描筆法縝密。[49]一泓江水，微波蕩漾；二舟靜泊，近處岸旁；楓樹挺立，枝繁葉長；樹下二童子持燈侍立，蘆荻隨著秋風在水中搖盪；遠山疏林，在水一方；隔江對岸，層層疊嶂；意境幽寂蕭疏，深遠空曠。抬眼而望，行書〈琵琶行〉全詩，躍然於畫作上方，由兄長文彭題寫，雅潔秀逸，意態彼此呼應，詩畫相得益彰。下署「嘉靖癸亥秋日三橋文彭書」款。[50]韓

48　《吳越所見書畫録》卷三，《續修四庫全書》第 1068 冊，頁 149；《中國書畫全書》第 8 冊（上海：上海書畫出版社，1992 年版），頁 1059。

49　參見高美慶：〈盛茂燁研究〉，收入故宮博物院編：《吳門畫派研究》（北京：紫禁城出版社，1993 年 3 月版），頁 209-210；江洛一、錢玉成：《蘇州文化叢書‧吳門畫派》（蘇州：蘇州大學出版社，2004 年版），頁 117。

50　周新月：〈文彭仕途事蹟考〉，收入《當代中國書法論文選‧印學卷》（北京：榮寶齋出版社，2010 年 6 月），頁 340。稱隆慶三年

泰華《玉雨堂書畫記》卷二著錄：「二文合作〈琵琶行〉立軸。
紙本。休承畫上截，烏絲闌。壽承小行書〈琵琶行〉。畫極簡
古，岸口泊舟，一主一客一妓。岸上略綴騎從，而夜月蘆花，丹
楓蕭瑟，江波浩渺。愁對遙山，無聲之詩，有聲之畫。惟其取境
清超，故耐人尋味也。是幀機雲合璧，甲乙難分，洵湛珍襲相
傳。復有休承畫、王酉室書。想彼時吳下名流，為文酒之會之淵
藪，一篇跳出，和者百家。書畫好尚，亦猶是也。」[51]有學者
云：「從文字校勘看，此本與董其昌行書底本頗相似，當與馬元
調《白氏長慶集》刊本同源。」[52]其實，董書、馬刊均在文彭書
之後。

　　隆慶三年（1569）己巳四月望日，文嘉再作〈琵琶行圖〉立
軸，紙質、淡設色水墨，149.8×29.8cm。款署：「隆慶三年歲
在己巳四月望日，文江草堂畫並書，茂苑文嘉識。」今藏日本大
阪市立美術館。[53] 2012 年 11 月 30 日至 2013 年 1 月 9 日，曾在
香港藝術館展出。[54]上半軸為〈琵琶行〉詩，下半部分景物分為

　　（1569），文彭有《與文嘉合作琵琶行圖》，殆誤，應作嘉靖四十二年
　　（1563）。

51　韓泰華：《玉雨堂書畫記》卷二，臺灣新文豐出版公司《叢書集成續
　　編》第 95 冊，第 758 頁。

52　文艷蓉：《白居易生平與創作實證研究》，上海：上海古籍出版社，
　　2016 年 11 月，頁 134。

53　見阿部房次郎（1868-1937）編：《爽籟館欣賞》，博文堂 1940 年版；
　　鄭振鐸編：《域外所藏中國古畫集》（六中），上海：上海出版公司
　　1947 年版。

54　見〈中國古畫「省親」香江——香港藝術館展出大阪市立美術館藏宋元
　　明中國書畫珍品〉，2012 年 12 月 20 日《香港文匯報》A48 版。

三段：遠山、江面、近岸。三層景物構成完整畫面。遠山呈三角
式，近岸在畫面中亦是三角式，二者之間的邊線構成斜形狀的平
行線，使浩瀚的江面綿延不絕，延伸至遠方，意境頓顯開闊清
遠，筆致簡疏秀潤。全幅書畫並勝，簡潔的用筆和純古的設色，
配合纖麗的題詩，盡顯吳派文人畫的優雅風姿。[55]日本流傳之文
嘉〈琵琶行圖〉，還有北野家藏〈琵琶行圖〉軸，130.6×
44.1cm，紙質、淡設色。隆慶六年壬申（1572），文嘉還有〈琵
琶行〉詩扇面，水墨金箋，17.8×53cm。題識：「壬申秋杪，書
似怡亭道丈正。茂苑文嘉。」鈐印「文嘉」，為中國嘉德國際拍
賣有限公司 2007 年春季拍賣會拍品。

　　文徵明之姪文伯仁（1502-1575），字德承，號五峰、五峰
山人、五峰樵客、葆生、攝山長、攝山老農，長洲（今江蘇蘇
州）人。文徵明的姪子。性情暴躁，好使氣罵座，人多不能與之
相處。年青時曾與叔徵明爭執，一度相訟，並因此入獄。在囹圄
中困痛交集，大病一場，忽夜夢金甲神呼其名云：汝前身乃蔣子
誠（金陵人，善畫神佛）門人，凡畫觀音大士像，非齋戒不敢落
筆，種此善因，今生當以畫名世，伯仁一時驚醒，病頓愈而事亦
解矣，從此專心向文徵明學畫。善畫山水，宗法王蒙，學「三
趙」（令穰、伯駒、孟俯），構圖多崇山峻嶺，林木鬱茂，佈景
奇兀，筆墨清勁嚴整。橫披大幅負出藍之譽，唯構圖時有塞實之
感，亦擅畫人物，兼善詩文，有《五峰山人集》。今存其〈潯陽
送客圖〉，紙本設色，畫幅 20.7×59.2cm，全卷 20.7×196cm，

55　參見森岡ゆかり：〈大阪市立美術館藏文嘉筆「琵琶行圖」の本文をめ
　　ぐって〉，《白居易研究年報》第 13 號，東京：勉誠社，2012 年 12
　　月。

橫軸長卷，題簽「文伯仁潯陽送客圖卷」，今藏美國克里夫蘭藝
術博物館，題為 *The Lute Song: Saying Farewell at Xunyang*（琵
琶行：潯陽送別），畫面水波漣漣，丘山漫漫，蘆葦隨風傾斜，
輕勾淡染，潯陽送別，有荒遠寂寥之感。畫幅左上端署「五峰文
伯仁寫於停雲館。」鈐「文伯仁」、「五峰」二朱文方印。畫幅
右下端鈐「竹垞審定」印。畫幅外左下角鈐「吳氏審定」、「豐
年玉」二朱文印，蓋吳榮光（1773-1843）之印。

　　次幅為朱彝尊（1629-1709）楷書〈琵琶行〉。左下角鈐
「竹」、「垞」二朱文小方印，及「茝林審定」印。茝林，梁章
鉅（1775-1849）字。末幅為道光六年（1826）丙戌，吳錫嘉
跋：「文五峰〈潯陽送客圖〉，為吳荷屋所贈，聞在商丘宋氏所
得，此卷後有竹垞手書白香山〈琵琶行〉一篇，本身有審定之
印，其為朱竹垞心賞之物無疑矣。五峰畫筆淡遠，不失古意，是
文氏千里駒也。當時已為世所重。閱今三百年觀之，秀勁發於筆
端，超逸出於天性。信可寶諸。丙戌夏六月廿四日，避暑廣陵之
夕陽紅半樓書。同觀者曲阜桂未谷馥、揚州羅兩峰聘、李耳山志
熊暨吾家山尊鼐。可舟吳錫嘉並記。」鈐「可舟」等三印。跋文
中所云吳荷屋，即吳榮光（1773-1843），字伯榮，號荷屋，南
海（今屬廣東）人。嘉慶四年（7199）己未進士，歷官湖南巡
撫。降福建布政使。有《石雲山人集》、《辛丑銷夏記》。據
載，隆慶四年（1570）秋，文伯仁又有仿趙孟頫筆作〈潯陽送客
圖卷〉，藏存美國納爾遜－艾金斯藝術博物館。[56]

---

[56] 劉九庵編著，茅子良校訂：《宋元明清書畫家傳世作品年表》（上海：
上海書畫出版社，1997年1月），頁231。

（二）

文氏家族並非明代最早書寫〈琵琶行〉者，之前，正德二年丁卯（1507），祝允明（1460-1526）有楷書〈琵琶行〉卷，紙質，天津藝術博物館藏，18.5×53.7cm，《中國古代書畫目錄》著錄編號：津 7-0086。[57]正德七年（1512）九月，唐寅有〈琵琶行〉書畫冊。據翁方綱（1733-1818）〈唐子畏琵琶行書畫冊限尖吟字二首（凡八幅自署正德七年九月）〉詩云：

> 居士香山夢又拈，沙洲如鏡月開奩。依然岸曲回鐙影，那記樽前露指尖。緣黛已非商婦怨，青衫別是客愁淹。江南暮雨瀟瀟意，重為濡毫絳蠟添。
> 阻風中酒事□□，淪落江湖緒不禁。楓渚幾番秋葉換，荻灣終古暮猿吟。十年破硯鉛華滌，一夕停舟悵望心。誰識玉琴桃塢裡，月明渾作四弦音。[58]

石韞玉（1756-1837）〈唐六如琵琶行畫冊跋〉：「吾鄉畫家莫不尊文、沈、唐、仇，石田蒼老，十洲精緻，子畏介乎二者之間，而兼有其妙。此冊李生覺夫所遺，摹寫白傅〈琵琶行〉詩意，分作八段，段繫以詩。樹石秀潤，人物都雅，非庸手所能髣

---

[57] 參見陳麥青：《祝允明年譜》（上海：復旦大學出版社，1996 年 3 月），頁 93；陳先行、陳麥青編著：《祝允明墨蹟大觀》（上海：上海人民美術出版社，1996 年 4 月），頁 290。

[58] 《復初齋集外詩》卷十九，《清代詩文集彙編》影印民國六年吳興劉氏嘉業堂刻本，第 382 冊，頁 558。

髯萬一，後有王雅宜、王敬美二跋，亦佳。唯末幅款印不甚可信，似原無題署，而後人附益之者。書畫名跡，往往為愚人簸弄如此，不必因此致疑也。」[59]

巧的是，美國大都會博物館 1980 年入藏有唐寅〈潯陽八景圖〉卷，亦為八幅，絹本設色，畫幅 32.4×413.7cm，編號1980.81，題為 *The Landscape*，鈐印有清同治光緒間狄學耕「溧陽狄學耕字曼農一字稼生」印，王季遷（C. C. Wang, 1907-2003）「寶武堂」、「震澤王氏季遷珍藏印」、「震澤王氏寶武堂圖書記」印，蓋王季遷 1980 年捐贈。卷首有徵明隸書題署「六如墨妙」。每幅均有唐寅題詩及署名，第一幅題詩云：「潯陽未必是天涯，兩岸風輕蘆荻花。誰是舟中白司馬？滿江明月聽琵琶。」八幅中第三、第六兩幅有文徵明和韻詩。卷末文徵明跋云：「右唐子畏筆。子畏意高筆奇，每有所作，自創一家；余曾未見其摹本。此冊獨不出己意，全師古人；而又非繩趨尺步，如彼效顰者摹古而不化者也。勝國諸君，信無能出其右矣。時嘉靖戊子四月。文徵明書於玉磬山房。」然檢清陳焯《湘管齋寓賞編》所載文徵明題唐子畏〈溪亭山色圖〉，[60]二則題跋基本相同，若非文徵明自我重複，則當為偽作耳。

59　《獨學廬稿》三稿卷四，《續修四庫全書》影印清寫刻獨學廬全稿本，第 1466 冊，頁 591。

60　陳焯《湘管齋寓賞編》卷六云：「右唐子畏溪亭山色二十景，蓋摹宋、元人筆。子畏意高筆奇，每有所作，自創一家；余曾未見其摹本。此冊獨不出己意，全法古人；而又非繩趨尺步，如彼效顰者摹古而不化也。勝國諸君，信無能出其右矣。徵明。」（黃賓虹、鄧實編《美術叢書》四集第 8 輯，上海：神州國光社，1947 年，頁 398）

　　美國大都會博物館還藏有明末畫家丁雲鵬（1547-1628）
〈潯陽送別圖〉卷，萬曆十三年（1585）乙酉冬日繪，畫幅
141.3×46cm，編號 13.100.22，題為 *The Lute-song: Farewell at
Xunyang*（琵琶行：潯陽送別），也有人稱為「明丁雲鵬山水圖
軸」或「潯陽餞別圖」。畫上端題：「乙酉冬日寫於揚子侯成趣
園。丁雲鵬。」鈐印二：丁雲鵬印、南羽。左下角鈐印一：逸趣
堂書畫記。畫幅之上為楷書〈琵琶行〉，末署：「萬曆丙戌花朝
書於十笏齋。劉然。」丙戌為萬曆十四年（1586）。丁雲鵬，字
南羽，別字文舉，號聖華居士、黃山老樵，休寧人。名醫瓚子，
宮廷畫家，長於白描人物、道釋佛像，宗吳道子、李公麟，「絲
髮之間，而眉睫意態畢具」。山水取法文徵明，花卉、雜畫皆
精；設色學錢選，時比之李龍眠、趙松雪。能詩，供奉內廷十餘
年。董其昌贈印章「毫生館」，嘗用於得意之作。曾為名墨工程
君房、方於魯畫墨模，《程氏墨苑》、《方氏墨譜》中之圖繪大
半出其手筆。劉然，字季然，歙縣人。善行楷書。[61]然今存書跡
僅見此一幅，彌足珍貴。

　　吉林省博物館藏有王寵（1494-1533）楷書〈琵琶行〉扇
頁，金箋，《中國古代書畫目錄》著錄編號：吉 1-046。不過有
人認為是偽作。[62]嘉靖四十三年甲子（1564），彭年（1505-
1566）楷書〈琵琶行〉扇面，為北京匡時國際拍賣有限公司

---

[61]　清‧何紹基：《（光緒）重修安徽通志》卷二百六十二，清光緒四年刻
　　　本；《（乾隆）江南通志》卷一百七十一人物志，《文淵閣四庫全書》
　　　本；戎毓明主編：《安徽人物大辭典》（北京：團結出版社，1992 年
　　　版），頁 22。

[62]　薛龍春：〈王寵的作偽與偽作〉，《中國書畫》2007 年第 10 期。

2009 春季藝術品拍賣會拍品。水墨金箋，16.5×51cm。款識：
「右白司馬〈琵琶行〉。甲子新秋，漫錄圖次，隆池山樵彭
年。」鈐印「彭年」。彭年（1505-1566），字孔嘉，號隆池山
樵，長洲人。少與文徵明遊，以詞翰名，時稱長者。有《隆池山
樵集》二卷。明人書扇〈琵琶行〉見於著錄者還有一幅。清陸紹
曾《古今名扇錄》載：「養心殿貯明人書扇一冊。次等寒一。凡
十五幅。第八幅素箋本，餘俱金箋本。第十幅小楷書〈琵琶
行〉，款署隱鷗汛三字。」[63]《石渠寶笈初編》卷十一亦載：
「明人扇頭書一冊（次等來一）。凡十幅。第四幅素箋本，餘俱
金箋本。第十幅小楷書〈琵琶行〉，款署隱鷗汛三字。」

　　嘉靖八年（1529），郭詡（1456-1532）所畫〈琵琶行圖〉
上方，有其自書之〈琵琶行〉。立軸、中長幅，紙本、墨筆，
154×46.6cm，款署：「清狂畫並書。」下鈐「仁弘」印，又一
印模糊不辨。今藏存於北京故宮博物院。《中國古代書畫目錄》
著錄編號：京 1-1162。[64]郭詡，字仁弘，號清狂、清狂道人、疏
狂散人，江西泰和人。少棄制科業，肆力於詩畫，擅長畫山水、
人物，風格豪放，筆法率略，清細柔和，墨氣瀺然，尤其是繪古
人清士，題署雋逸，縉紳無不重之。與吳偉齊名，為吳偉、沈
周、杜菫等所推重。其〈琵琶行圖〉軸，是今存最早的〈琵琶
行〉詩意畫。占畫幅三分之二篇幅的〈琵琶行〉詩為行草體書

63　清·陸紹曾：《古今名扇錄》，《續修四庫全書》影印清鈔本，第
　　1111 冊，頁 664。

64　畫跡見《故宮博物院藏歷代仕女畫選集》（天津：天津人民美術出版
　　社，1982 年 2 月），頁 17；段書安編：《中國古代書畫圖目》第 20 卷
　　（北京：文物出版社，2001 年 12 月），頁 135。

寫，縱向取勢，參差布白，極具寬窄長短之變化；結字筆劃縱橫
奔放，酣暢淋漓，似斷實連，一氣呵成，枯潤纖穠皆在章法之
中。筆法秀美，不作狂態，與其下畫面的挺秀簡約對比鮮明。[65]

　　畫面削盡繁冗，構圖一反故事型繪畫注重渲染烘托的傳統，
不設背景，毫無暈染，僅以簡約明瞭的圓熟線條，勾畫同是天涯
淪落人的詩人和歌女，可謂新穎奇特。有學者認為，畫面正是
「白居易和商婦剛剛相逢的一刻，因為商婦的琵琶還包裹在布
中，白居易的眼神也正落在琵琶上，似乎對於即將要聆賞的琵琶
樂音有著期待。」[66]另有分析云，畫面正是白居易「聚精會神地
傾聽著歌妓訴說身世。他雙目注視歌妓，神態隱隱流露出悽楚、
同情之意。歌妓頭梳髮髻，身著拖地長裙，懷抱琵琶半遮面，略
低著頭，神情淒切悲苦，緩緩地講述著自己的不幸身世，仿佛完
全沉浸在痛苦的回憶中。」[67]前者其實未必。一方面，畫面中商
婦並未「猶抱琵琶半遮面」，另一方面，詩人已然落坐於木椅之
上，應該已經互致寒暄，將要進入傾聽之態。後者實屬過度闡
釋。從畫面看，故事也尚未進展到「悽楚」、「痛苦」的境地；
「聽」與「說」還正在互動中，琵琶女神情拘謹多過悲苦，詩人
則好奇強於悽楚，畫家所取正是富有懸念的箭在弦上這一刻。神

65　參看楊臣彬：〈「此時無聲勝有聲」——欣賞郭詡的〈琵琶行圖〉〉，
　　收入劉北汜主編：《故宮博物院藏寶錄》（三聯書店香港分店，1985
　　年12月；上海文藝出版社，1986年10月），頁153。

66　見林麗江：《明代〈琵琶行〉敘事畫研究》，臺北國立臺灣大學藝術史
　　研究所碩士論文，1991年。

67　參見王頍、楊蕾：《名畫購藏與鑒賞》（北京：中國致公出版社，1994
　　年9月版），頁183。

態的凝定，形象的提煉，筆墨的精減，使得這一刻靜謐的畫面中
詩意勃發。在這種背景之下，大片的詩作之書跡便被凸顯了出
來，不僅在畫幅中起到令畫面充實、平衡、佈局更完美的作用
——猶如人物活動的襯景，填補了人物上方大片的空白，更重要
的是，通過字距、字體結構的諸多變化擴展了畫面的縱深空間，
奔流直下、一瀉千里的磅礡氣勢，令畫面清逸儒雅的意境增添了
氣魄與力度。

　　兼有「顏骨趙姿」之美的明代書畫大家董其昌（1555-
1636）曾多次書寫〈琵琶行〉。其《畫禪室隨筆》卷一「書〈琵
琶行〉題後」一則云：「白香山深於禪理，以無心道人作此有情
癡語，幾所謂木人見花鳥者耶？山谷為小詞，而秀鐵訶之，謂不
止落驢胎馬腹，則慧業綺語，猶當懺悔耳。余書此歌，用米襄陽
楷法，兼撥鐙意，欲與豔詞相稱，乃安得大珠小珠落研池也。」
[68]《容台集》別集卷二「題跋・書品」又進一步申說云：「白香
山〈琵琶行〉以自寫羈臣怨士之緒，以彼曠懷深悟禪悅，豈為淪
落摩登伽女濕青衫之淚也。山谷故是白太傅後身，所作豔詞，與
〈琵琶行〉同致，猶為禪德所訶，謂不止墮驢胎馬腹，此書殆是
未見秀鐵面時所作耶？原是吾鄉朱司成所藏，山谷他書學醉素，
獨此規摹章草，以行書意寫流豔語，正似香山以無情人落有情癡
也。」[69]兩段文字不僅論及無情與有情之辯，還點出山谷與香山
在這一點上的一脈相承，可相互參證。此外，還一段文字應參

---

[68]　明・董其昌：《畫禪室隨筆》卷一（北京：中國書店，1983 年版），
　　　頁 19。

[69]　《四庫全書存目叢書》影印明崇禎三年董庭刻本；鄭元勳《媚幽閣文娛
　　　二集》卷九，《四庫禁毀書叢刊》影印明崇禎刻本。

看，即《容台集》別集卷一「題跋・雜紀」所云：「白香山得法
於鳥窠，有〈六漸偈〉，深入禪悅，不知何以多為情語。『今年
歡笑復明年，秋月春風等閒度』，蓋千古壯夫惜時之感，魏武老
驥伏櫪之句，堪令人擊碎唾壺，豈關銅雀台伎者耶！知此，可與
讀〈琵琶行〉矣。又樂天有詩云：『病與樂天相伴住，春隨樊素
一時歸。』此亦所謂『春盡絮飛留不得，隨風好去落誰家』，刺
當時黨人行徑。所云『又抱琵琶過別船』，亦可為〈琵琶行〉解
也。」[70]首先分析「今年歡笑復明年，秋月春風等閒度」有「千
古壯夫惜時」之感，然後將〈琵琶行〉聯繫起後世黨人與時事政
治的說辭，這兩個見解皆堪稱獨到老辣。

　　天啟元年（1621）辛酉八月，董其昌有行書〈琵琶行〉，與
文嘉嘉靖三十七年戊午（1558）〈琵琶行〉詩意畫合璧。《石渠
寶笈三編》「乾清宮藏十三」著錄：「文嘉畫白居易〈琵琶行〉
董其昌書合璧一卷。紙本。縱六寸三分，橫三尺八寸。設色畫。
白居易〈琵琶行〉詩意。款：『嘉靖戊午八月廿又二日，吳郡文
嘉寫。』鈐印一『休承』。後幅縱同前，橫四尺八寸五分。行書
〈琵琶行〉（詩不錄）。款：『辛酉八月，董其昌書吳門舟
次。』鈐印一『董其昌印』。卷內分鈐『高宗純皇帝寶璽』『乾
隆御覽之寶』『乾隆鑑賞』。」[71]文嘉畫 21×126.54cm，董其昌
書 21×159.84cm。《校理中秘書畫錄》和《清宮舊藏歷代法書
名畫總目》亦有著錄，[72]但未見流傳。天啟二年（1622）《世春

---

[70]　《容台集》別集，《四庫全書存目叢書》影印明崇禎三年董庭刻本。

[71]　《石渠寶笈三編》，《續修四庫全書》影印清嘉慶內府抄本，第 1076
　　冊，頁 104。

[72]　見《校理中秘書畫錄》（清內府寫本）第二冊，頁 9；《清宮舊藏歷代

堂帖》行世，[73]其中收錄有「天啟春正月」、「董其昌書」，共
六卷，第五卷為〈琵琶行〉、〈女史箴〉、〈虎丘山詩〉。[74]

　　天啟七年丁卯（1627）仲夏，董其昌 73 歲作楷書〈琵琶
行〉。《石渠寶笈初編》卷三著錄：「明董其昌書〈琵琶行〉一
冊（次等洪八）。素箋烏絲闌本。楷書。款識云：『丁卯仲夏，
婁江道中書。其昌。』後有陳繼儒跋。一冊。計十五幅。」[75]胡
敬（1769-1845）《西清劄記》卷一著錄：「董其昌書〈琵琶
行〉（冊），繭紙本，界朱絲欄，行書。○後幅自題：『白香山
深於禪理，以無心道人作此有情癡語，幾所謂木人見花鳥者耶？
山谷為小詞而禪德訶之，謂不止落驢胎馬腹，則慧業綺語，猶當
懺悔。在余書此歌，用米襄陽楷法，兼撥鐙意，欲與豔詞相稱，
乃安得大珠小珠落研池也。』謹案，此冊今刻小玉煙堂帖中，墨
蹟蒼勁，刊本但饒姿媚，蒼勁處全失之，是知書以墨蹟為貴

　　法書名畫總目》（鈔本）第二冊，頁 53。參見朱家溍主編：《歷代著
　　錄法書目》（北京：紫禁城出版社，1997 年 10 月版），頁 497、頁
　　499。

[73]　黃惇主編：《中國書法全集》第 54 卷（北京：榮寶齋出版社，1992 年
　　2 月版），頁 296。

[74]　張彥生（1901-1982）：《善本碑帖錄》卷四〈宋元明刻叢帖·明世春
　　堂帖〉（北京：中華書局，1984 年 2 月版，考古學刊乙種第十九
　　號）。參見任道斌：《董其昌繫年》（北京：文物出版社，1988 年 3
　　月版），頁 192；鄭威：《董其昌年譜》（上海：上海書畫出版社，
　　1989 年 6 月版），頁 141。

[75]　《文淵閣四庫全書》本《石渠寶笈初編》卷三，頁 95。參見徐邦達：
　　《改訂歷代流傳繪畫編年表》（北京：人民美術出版社，1996 年 10 月
　　版），頁 120。

也。」[76]雖一楷一行，但行書亦「用米襄陽楷法」，又皆為絲闌本冊頁，不知是否即同一版本。

《石渠寶笈三編》「延春閣藏二十六」著錄：「明董其昌書白居易〈琵琶行〉一冊。紙本六對幅，皆縱八寸四分，橫三寸八分。行書〈琵琶行〉（詩不錄）。自識：『白香山深於禪理，以無心道人作此有情癡語，幾火中蓮花染而不染者耶？黃山谷為小詞，秀鐵訶之，謂不止墮驢胎馬腹。香山此歌，定是未見鳥窠和尚時遊戲筆墨，文人習氣耳。它日著六觀，便足當懺悔。余書此一過，亦寫《心經》一卷。董其昌。』鈐印二『玄宰』『董其昌印』。幅末題：『休為琵琶淚濕衣。橫江秋月，白夜何其。一生難得是閒時。楓林外，應遣醉如泥。　人誤是，蛾眉回燈頻細語，各依依。我如相遇在天涯，當狂笑，重與譜新詞。』宋夏英公〈琵琶亭〉詩云：『流光過眼同車轂，薄宦羈人似馬銜。若遇琵琶應大笑，何須收淚濕青衫。』『康熙辛未夏五月，題〈小重山令〉於後。高士奇。』鈐印二『高士奇』『澹人』。〔後副葉〕題跋：余辛未暮春臥疾，五月初愈。足尚不能履地，日坐樓頭，拈弄筆研，山荊往往勸余收攝精神，然展軸拂紙，伴余岑寂，恭謹無倦。壬申夏五，山荊謝世。忽又兩年，今日雨窗閱此，興懷疇昔，因賦小詩：『鶯語間關綠樹枝，閒居無侶晝長時。紅薔花嫋蒙松雨，不聽琵琶也合悲。』甲戌四月十八日，跋於柘西簡靜齋。江村高士奇。鈐印一『竹窗』。『慢撚輕攏總不須，開函流淚眼模糊。蠻箋難寫江（江字改蕭）郎恨，添酒回燈

76　《胡氏書畫考三種‧西清劄記》卷一，《續修四庫全書》影印清嘉慶刻本，第 1082 冊，頁 71-72。

歎影孤。』是日再題。此冊雖攜入都，絕塞遄行，徒在篋笥。去
秋養南還，謝客杜門。今日微雨初歇，暑退涼生，再閱一過，如
澄江秋月，照人襟袖也。戊寅六月廿五日。鈐印二『士奇』『高
澹人』。近又得文敏大字〈琵琶行〉一卷，在絹素上，與此各有
佳處。是歲九月廿日對菊曉晴，霜降節尚無霜。江村。乾隆四十
年春二月旬又九日，丹徒王文治觀。鈐印一『夢樓』。〔前副
葉〕董文敏行書〈琵琶行〉，五十六行。文敏自跋一。高文恪跋
五。無款印。」[77]

　　高士奇（1645-1703）《江村書畫目》曾著錄：「明董文敏
真跡。文恪公跋。康熙四十四年六月揀定。……書白太傅〈琵琶
行〉一冊自跋。真跡。永藏。」[78]《清宮舊藏歷代法書名畫總
目》、《清宮搜藏法書題名》、《故宮書畫錄》均著錄有「明董
其昌書白居易〈琵琶行〉」，不知是否即此本。[79]此本 30×
12.65cm，所載董其昌書〈琵琶行〉後跋與上引均有不同，足堪
參證。《石渠寶笈三編》所錄高士奇跋亦與其詩詞別集不同，應
為底稿或初稿，價值自不待言。這一〈琵琶行〉書冊竟然寄託著
高士奇與髮妻的疇昔興懷與悲歡離合，堪與千載之前的潯陽舊事

---

[77]　《石渠寶笈三編》，《續修四庫全書》影印清嘉慶內府抄本，第 1078
　　冊，頁 8。

[78]　《江村銷夏錄·江村書畫目附》（瀋陽：遼寧教育出版社，2000 年 1
　　月版），頁 202。

[79]　鈔本《清宮舊藏歷代法書名畫總目》第六冊，頁 46；鄭鶴聲：〈清宮
　　搜藏法書題名〉，《書學》1944 年第 3 期，頁 99；臺北故宮博物院：
　　《故宮書畫錄》（古物南遷到臺灣書畫）卷三（臺北：中華叢書委員
　　會，1956 年 4 月），上冊，頁 93。書跡見臺北故宮博物院《故宮歷代
　　法書全集》第二十五卷（明 3），株式會社東京堂，1979 年版。

同濕衣衫。

　　邵松年（1849-1924）《澄蘭室古緣萃録》卷五著録：「董香光書〈桃花源〉、〈琵琶行〉詩冊。紙本十二開。廿四頁。高六寸，闊三寸四分。四行。字數不等。〈琵琶行〉八開。末款『董其昌』，『董玄宰』『太史氏』二印。〈桃花源〉四開，末款『思翁』，有『董玄宰』一印，餘紙書〈池上篇〉一首，小行書，八行，末款『董其昌』聯珠小印。首頁印首『戲鴻堂』，中有『怡府世寶』印，下角有『韻華主人珍賞』印，末有『韻華齋印』、『韻華主人珍玩』、『永玉主人珍玩』、『琳圃珍賞』四印。」[80]高六寸，闊三寸四分，折合 20×11.32cm。

　　北平故宮博物院舊藏「董其昌書〈琵琶行〉真跡一卷」。[81]金梁（1878-?）《盛京故宮書畫録》亦著録有八開之董書〈琵琶行〉，中云：「明董其昌書白居易〈琵琶行〉冊。素箋本。行書。八頁。第七、八頁自識云：『白香山深於禪理，以無心道人作此有情癡語，幾所謂木人見花鳥者耶？山谷為小詞而秀鐵訶之，不止落驢胎馬腹。慧業綺語，猶當懺悔。在余書此歌，用米襄陽楷法，兼撥鐙意，欲與豔詞相稱，乃安得大珠小珠落研池也。董其昌。』首末頁均有『乾隆御覽之寶』一璽。高八寸一分，廣八寸。」[82]民國古物陳列所《內務部古物陳列所書畫目

---

[80]　《澄蘭室古緣萃録》卷五，頁 32；《續修四庫全書》影印清光緒三十年上海鴻文書局石印本，第 1088 冊，頁 96。

[81]　《北平故宮博物院古物館南遷物品清冊》律 166 第 105 號，北平故宮博物院，1933 年版，第 1 冊，頁 201。

[82]　《盛京故宮書畫録》，長白金氏 1913 年刊本，第六冊，頁 16-17；收入《中國歷代書畫藝術論著叢編》第 12 冊（北京：中國大百科全書出

録》著錄：「明董其昌書〈琵琶行〉冊。紙本。縱八寸，橫七寸
九分。行書。計八頁。款『董其昌』。無印。首末頁裱綾。上
方。鈐縫『乾隆御覽之寶』。」[83]「縱八寸，橫七寸九分」折合
26.64×26.33cm。與《盛京故宮書畫錄》著錄資訊基本相同，尺
寸接近，二者應為同一本。

　　董其昌所書行楷〈琵琶行〉今存數種：

　　(1)臺北故宮博物院藏董其昌行書〈琵琶行〉冊，七開，紙
質金箋，26.7×12cm，《中國古代書畫目錄》著錄編號：京 1-
2207。[84]實即臺灣「中央」研究院數位文化中心數位典藏與學習
聯合目錄（1885093）所載之「明董其昌書白居易〈琵琶行〉
冊」，本幅 26.7×12cm、後副葉 32.6×33cm、全幅 32.7×
33.1cm。[85]

　　(2)天津市歷史博物館藏董其昌行書〈琵琶行〉冊，共 64
行，五開，金箋墨筆，《中國古代書畫目錄》著錄編號：津 2-
036。

　　(3)首都博物館藏董其昌〈琵琶行圖並書〉一卷，紙質墨
筆，30×144.2cm，《中國古代書畫目錄》著錄編號：京 5-
014。董其昌自識：「琵琶行圖，董玄宰畫。」自題：「因畫琵

版社，1997 年版），頁 506-507。

[83]　《內務部古物陳列所書畫目錄》卷一，頁 15，收入《中國歷代書畫藝
　　　術論著叢編》第 13 冊（北京：中國大百科全書出版社，1997 年版），
　　　頁 152。

[84]　《中國古代書畫目錄》第二冊（北京：文物出版社，1999 年版），
　　　頁 52；圖見《中國古代書畫圖目》第 21 冊。

[85]　參見《故宮書畫錄》卷三，第一冊，頁 104。

琶行圖……」鈐白文「董其昌印」，卷末有壬申（康熙三十一年，1692）查升（1650-1707）跋。「舉酒欲飲」作「舉酒不飲」，與集本不同。徐邦達認為：「樹榦用筆扁而妄生圭角，其畫法略似釋常瑩。接紙行書〈琵琶行〉全篇，筆法肥拙，但少生秀之致，仍非真跡。」[86]潘深亮也認為：「此圖用筆肥拙，做作，水準低下，無生秀之致可言。更有甚者卷中繪有遊船舟子，這是董氏不畫之物，實為硬傷。故此畫必偽無疑。」[87]而謝稚柳、楊仁愷、劉九庵、勞繼雄均不同意。謝稚柳：「款真的，船也畫得不錯。」楊仁愷、劉九庵：「也好。」徐邦達：「此件我當它代筆，作為反面教材。後面長跋〈琵琶行〉記全文真，越寫越好。」勞繼雄按云：「然董其昌最後就題及『因畫此圖』之句，如若是代筆是不合如此寫的，可見代筆之說是絕對不存在的。」[88]

吳永觀復齋藏本董其昌行楷書〈琵琶行〉手卷，被認為是其晚年所作。本幅 22×195.5cm，題跋 22×20cm。款識：「董其昌」。鈐印：「宗伯學士」、「董氏玄宰」。鑒藏印：「吳永」、「觀復齋」、「吳氏盤庵所藏」。題簽「董思翁書〈琵琶行〉行楷卷。紙本精品，甲子二月老漁題。」甲子為 1924 年，

---

[86] 徐邦達：《古書畫偽訛考辨》（南京：江蘇古籍出版社，1984 年 11月），下冊文字版，頁 151，下冊圖版，頁 311。

[87] 潘深亮：〈董其昌書畫及其辨偽〉，《收藏》2001 年第 1 期。收入其《潘深亮談書畫》（濟南：山東美術出版社，2006 年 7 月版），頁 67頁，「實為硬傷」改為「是贗品最直接的證據」。

[88] 勞繼雄：《中國古代書畫鑒定實錄》第 1 冊（上海：東方出版中心，2011 年 1 月版），頁 126。

老漁指樊增祥（1846-1931）。題跋：「此高麗箋書，香光晚年
筆也。姿態秀逸中極沉鬱頓挫之致。所謂百歲老梅，嫣然一笑，
視漫山桃李不足多矣。丙寅嘉平十一日大雪中，窗明几淨，展卷
書此。苕溪吳永題於宣南觀復齋。」鈐印：「吳永之印」、「盤
公」、「江湖滿地一漁翁」。丙寅為 1926 年。吳永（1865-
1936），字漁川，一字盤公，盤庵，室名觀復齋，吳興（今浙江
湖州）人，曾國藩孫婿。早年從師郭紹先、郭嵩燾，曾官直隸懷
來知縣，辛亥革命後任山東提法使，1927 年任國務院秘書。有
口述《庚子西狩叢談》。吳永學董書三十年，對董書體會頗深。
吳永觀復齋藏本董其昌行楷書〈琵琶行〉有獨立成冊本，32×
17cm，民國間上海藝苑真賞社珂羅版刊印，題為《明董文敏行
楷琵琶行真跡》。[89]

　　董其昌另有大字草書〈琵琶行〉，尾跋云：「恨不逢張伯高
書之，余以醉素筆意，仿佛當時清狂之狀，得相似否？昆山道中
舟次，同觀者陳徵君仲醇及夏文學、莊山人、孫太學也。」[90]民
國間神州國光社曾影印出版。此卷文字與行書本略同，但與白居
易集諸本多有不同。歷來書家所書詩詞文賦，往往與原作不盡相
同，或出自版本之異，或由於書家憑藉記憶，有時記憶短路，乃
以自己的理解即興發揮。而書寫草書，最重氣勢連貫，名家亦難
免筆誤。以此本為例，「春江花朝秋月夜，往往取酒還獨傾」，

89　參見《墨蹟大成》（天津：天津人民美術出版社，2004 年影印版），
　　下冊，頁 170-171。

90　《董其昌草書》（北京：中國書店，1989 年 8 月），頁 106。參見沈鵬
　　主編：《中國草書名帖精華》（北京：北京出版社，1997 年 9 月），
　　第 3 冊，頁 568。

即屬漏書；「間關鶯語花底滑」，「關」後誤衍一「欲」字。不計衍漏，將其與萬曆三十四年（1606）松江馬元調（1576-1645）魚樂軒刻本《白氏長慶集》（簡稱馬本）比勘，可見董其昌書在字句上與同鄉馬元調刻本頗同，側面說明其時馬元調本之流行度。

（三）

今存明人〈琵琶行〉書跡還有三種。

(1)萬曆十五年丁亥（1587）秋，邢侗有行草書《琵琶行卷》（殘），為中國嘉德 2003 春季拍賣會拍品，水墨紙本，35×473.5cm。鈐印：邢侗之印、邢氏子願、邢侗之印、子願父。題識云：「元羽先生殊嗜拙書，猶嗜痂然。秋日枉慰莊居，遂為書八紙，平生膽肝，庶幾傾寫什九矣。七夕再夕，濟南邢侗漫書。」萬曆十九年辛卯（1591），邢侗復觀此卷，又題識曰：「此丁亥秋在五里莊為元羽兄作，更五年而輾轉觀之，殊自愧悚。隨然放去，都無複繩墨結構。人不可以無年，事不可以自量。信矣。辛卯嘉平重題。」本幅有萬曆二十七年己亥（1599）王濤題跋：「此與韓景圭家藏臨仿〈種果帖〉同一筆意，而勁拔夭矯，彼或遜之，當是子願生平得意書也。己亥仲夏望日王濤題。」鈐印：「王山民氏。」韓景圭，生平不詳，僅知永嘉劉康祉有〈為同舍韓景圭賦〉。[91]〈種果帖〉為王羲之《十七帖》之

91　見《識匡齋全集》卷二。劉康祉（1583-1628），字玄受，又字以吉，永嘉（今浙江溫州）人。萬曆三十八年（1610）進士，歷官南京兵部主事、儀制司員外、山西副使、廣東參政、廣西按察使、廣西右布政使。有《識匡齋全集》十六卷，清順治刻本。

一。[92]邢侗（1551-1612），字子願，濟南臨邑（今山東德州）
人。萬曆二年（1574）進士，除南宮知縣，徵授御史，出為湖廣
參議，遷陝西行太僕少卿。晚明著名書法家，與董其昌、米萬
鍾、張瑞圖合稱「明末四家」，又有「北邢南董」之稱。《明
史・文苑傳》附載〈董其昌傳〉中。傾慕王羲之，畢生學之不
倦。因羲之《十七帖・囊盛帖》有「來禽」二字，乃築來禽館於
古犁丘，讀書其中，有《來禽館集》。此〈琵琶行卷〉題識未見
於《來禽館集》。王南屏（1924-1985）收藏有邢侗萬曆十五年
丁亥秋為元羽行草詩卷，[93]應即此卷。題識所云「元羽先生」為
張元羽。[94]此幅草法嫻熟，滿紙煙雲飛走，率真隨意，確屬漫
書。故用筆使轉過於浮滑，往往一轉而過，缺少必要提頓。很多
線條貌似勁拔夭矯，實則殊乏精嚴。[95]邢侗「殊自愧悚」的感
受，當非自作謙虛。但兩番題識，亦可見其自珍。

　　(2)首都博物館藏楊嘉祚草書〈琵琶行〉，《中國古代書畫

92　邢侗有《十七帖跋》，《四庫全書存目叢書》影印明萬曆四十六年刻清
　　康熙十九年鄭雍重修本，集部第 161 冊，頁 664。

93　據劉九庵編著、茅子良校訂：《宋元明清書畫家傳世作品年表》（上
　　海：上海書畫出版社，1997 年 1 月），頁 251。

94　邢侗〈與萬伯修〉：「敝友張君元羽，廣川人，英英公子，少與大宗伯
　　蜀李棠軒同業，同蚩聲麟經世匠，幾魁其房，而以運數偃蹇，卒不見
　　收。其所為古文辭，左氏而外，非其匹儔矣。弟兄事之三十年，臭味如
　　椒蘭，又婚姻相結，兩姓兒至無常父，此其誼如何也？……弇州先生晚
　　歲得齊兩生，不肖之亞是為張君。……」（《來禽館集》卷二十五，
　　《四庫全書存目叢書》影印明萬曆四十六年刻清康熙十九年鄭雍重修
　　本，第 161 冊，頁 698）

95　參見楚默：〈來禽翰墨通右軍——邢侗書法評傳〉，收入《楚默文集》
　　（七）元明書法史論（上海：三聯書店，2008 年 5 月版），頁 244。

目録》著録編號京 5-300。楊嘉祚，字邦隆，號寨雲，江西泰和
人。萬曆四十四年丙辰（1616）進士，官至廣西左江道副使。其
先任維揚，正值遼左之變，徵兵措餉，頗有棱聲。書法清古，與
王寵筆法相類。墨竹尤工。《續書史會要》評為「有風寒暑雨之
致」。有《廣陵濤》、《諸經論解》、《人物志》。

　　(3)上海博物館藏馮玄鑒行書〈琵琶行〉冊，十四開，金
箋，絹，設色，萬曆四十四年丙辰（1616）作，《中國古代書畫
目録》著録編號滬 1-1755。馮玄鑒，字三峨，一字鑒之，浙江
平湖人。萬曆二十八年（1600）舉人，授合肥教諭，升涪州知
州。乞歸結廬雙溪之濱。閉戶讀書，人罕其面。高雅善文，尤工
書法。行草及署匾擅絶一時。[96]

　　明人所書〈琵琶行〉還有雖見著録但未見流傳者，如黃姬水
（1509-1574）有草書〈琵琶行〉。明‧李日華（1565-1635）
《味水軒日記》卷五載：「（萬曆四十一年癸丑八月）七日，歙
人胡長卿來……長卿出前在武林所示鮮於伯機書〈歸去來辭〉、
袁清容詩稿、趙子昂手劄、余忠宣致危太樸書，共裝一卷，再一
展閱。又唐子畏〈潯陽江商女琵琶〉一圖後，黃姬水草書樂天
〈琵琶行〉，頗豪壯淋漓。」[97]黃姬水，初名道中，字致甫，又
字淳父。長洲人。五嶽山人黃省曾之子。生而幼敏，山人出入，
攜之俱，有所占屬，每令同賦。曾學書於祝允明。嘉靖三十四年
（1555），避倭寇，徙家南京。嘉靖三十九年返里。有《白下

---

[96] 許習文主編：《憨齋珍藏書法集》（廣州：嶺南美術出版社，2006 年 6
月版），頁 21。録存其行書七絶詩軸。

[97] 明‧李日華：《味水軒日記》卷五，《續修四庫全書》影印民國嘉業堂
叢書本（上海：上海遠東出版社，1996 年版），頁 332。

集》等。嘉靖四十一年壬戌（1562），黃姬水有書跋云：

　　白江州與元微之論文書曰：「僕之詩，人所愛者，悉不過
雜律詩與〈長恨歌〉已下耳。時之所重，僕之所輕。至於
諷諭、閒適，辭質而迂。宜人之不愛也。然百千年後，安
知復無如足下者出，而知愛我詩哉？」〈琵琶行〉即〈長
恨歌〉之流也。其在人口，豈獨江州時哉？至今江州詩具
在，殆不若此篇之傳誦也。何歟？觀微之序江州詩曰：
「諷詠之詩長於激，閒適之詩長於遣。五字七字百言而下
長於情。」豈詩本人情而發乎情者易感人哉？此卷圖其翰
墨之妙，殆臻三昧地，而長公轉語，又足破江州千古之夢
也。壬戌上元日獲觀，因題其後歸之。天室外史黃姬水。[98]

可見其對〈琵琶行〉獨到之見。

　　明人華之方曾書寫〈琵琶行〉。之方，字幼圖，號玄守，壽
安堂，無錫人。[99]王世貞《古隸風雅》曾稱許其古隸，中云：
「華茂才之方、周茂才之冕過余九友齋，偶與談古隸自文待詔父
子歿，幾遂絕弦，而二君子頗抉許昌、孔廟之秘。」[100]王世貞

---

[98] 廣州華藝國際拍賣有限公司 2007 年秋季拍賣會拍品；安徽藝海拍賣有
限責任公司 2008 年春季拍賣會拍品；北京傳是國際拍賣有限責任公司
2010 年秋季拍賣會。鈐印：方外士（方形白文）、黃志淳父（方形朱
文）。立軸紙本 27×44cm。參見許習文主編《憨齋珍藏書法集》，廣
州：嶺南美術出版社，2006 年 6 月版，第 19 頁，201×30cm。

[99] 無錫市圖書館編印《無錫名人室名別號索引》，2004 年 9 月版，頁
14。

[100]《文淵閣四庫全書》本《弇州四部稿》續稿卷一六五文部。

《墨蹟跋‧有明三吳楷法二十四冊》載：「第二十三冊莊子《逍
遙游》，王履吉之從孫慎修書也。《逍遙遊》橫肆奇詭，超軼象
外，而以圉圉未舒之筆紀之，殊不相當也。華茂才之方書〈連昌
宮辭〉、〈琵琶行〉，精密可愛。吾從子士駓甫脫塗鴉，而亦寫
駱賓王歌行，頗有致，將來不妨箕裘。」[101]可惜華之方書〈琵
琶行〉未見流傳。

　　明張鳳翼（1527-1613）亦曾書寫〈琵琶行〉。其〈跋書琵
琶行後〉云：

> 予讀〈琵琶行〉，而重有感焉。夫在遷謫中送饌，正毀譽
> 易生之日，乃因聞琵琶聲，召商人婦彈之座上，且為作
> 〈琵琶行〉傳播之。見者不以為駭聞者，不以為非，樂而
> 不淫，有若國人不稱其亂者，其風流率真可想也。自宋季
> 講學以來，動欲繩趨尺步，此事遂罕聞見。即有之，則謗
> 議滋起矣。古今懸絕如是哉？叔寶寫得是圖，自謂逼古，
> 屬予為書此行。予時適有計偕之役，未遑及也。迄今廿
> 年，畫再易主，偶得重閱，忽憶宿諾，漫為書一過，並志
> 所感云。[102]

　　叔寶即錢穀，錢穀（1508-1578?），字叔寶，長洲人。《明
史‧文苑傳》附見〈文徵明傳〉中，但稱其能畫。朱彝尊《靜志
居詩話》卷十四則稱：「叔寶貧無典籍，游文徵仲之門，日取插

---

[101]　《文淵閣四庫全書》本《弇州四部稿》續稿卷一六四文部。

[102]　《處實堂集》續集卷四，《續修四庫全書》影印明萬曆刻本，第 1353
冊，頁 444。

架書讀之。以其餘力，點染水墨，超入逸品……手鈔異書最多，
至老不倦。仿鄭虎臣《吳都文粹》，緝成續編，聞有三百卷。其
子功甫繼之，吳中文獻，藉以不墜。」可惜這幅錢穀畫、張鳳翼
書〈琵琶行圖〉亦未見流傳，好在其恰切中肯的評論流傳至今，
可以振醒曾經彌漫在潯陽江畔的迂腐之氣。

三、清代〈琵琶行〉之書跡

在眾多古典詩歌中，清代不少書法家對〈琵琶行〉情有獨
鍾。嚴繩孫（1623-1702）有〈行書琵琶行扇面〉，金箋，藏存
於中國文物商店總店，《中國古代書畫目錄》著錄編號為京 9-
090。又有〈小楷書琵琶行〉，扇頁，藏存於北京故宮博物院，
《中國古代書畫目錄》著錄編號為京 1-4220。嚴繩孫，字蓀
友，一字冬蓀，號秋水，自稱勾吳嚴四，又號藕蕩漁人，無錫
（今屬江蘇）人，一作崑山（今屬江蘇）人。康熙十八年
（1679）以布衣舉鴻博授檢討，為四布衣之一。參與修《明
史》，分撰〈隱逸傳〉。康熙二十二年擢拔為右中允，不久即辭
官歸。康熙二十三年（1684），納蘭性德（1655-1685）至無
錫，嚴繩孫、顧貞觀（1637-1714）在位於惠山第一峰東南章家
塢的忍草庵舉行詩會。精書法，工分隸、楷書，六歲即能作徑尺
大字，「曝書亭」匾為其所書。尤工繪事，山水仿董源，以筆墨
雄健取勝，深得董其昌恬靜閒逸之趣。兼善界畫樓閣、人物、花
鳥，尤精畫鳳，翔舞竦峙，五色射目，膾炙人口。嘗為西樵先生
王士祿（1626-1673）寫真，其弟王士禛（1634-1711）極稱之。
亦工詩詞，婉約深秀。有《秋水集》八卷。《清史稿》卷四八

四、《清史列傳》卷七十並有傳。朱彝尊為撰墓誌銘，陸楣為之作傳。

乾隆間，廷懷亦有〈小楷琵琶行扇頁〉，紙本，藏存於南京博物院。《中國古代書畫目錄》著錄編號為蘇 24-1428。勞繼雄《中國古代書畫鑒定實錄》斷為真跡。[103]惜未寓目，未詳其情。廷懷不詳何人。乾隆有〈題廷標〈琵琶行〉圖〉，稱：「唐寅舊圖，有琵琶伎在別船，廷標只繪白居易一人側耳而聽，別有會心。古人畫意為先，非畫院中人所及。」[104]標、懷字形接近，未知廷懷、廷標是否一人。廷標即金廷標（?-1767），字士揆，浙江桐鄉人。《清史稿》有傳，其畫不尚工致，以機趣傳神。乾隆於其圖題詩頗多。

如前所述，朱彝尊（1629-1709）有楷書〈琵琶行〉，書寫在明代文伯仁（1502-1575）所繪〈潯陽送客圖〉之後。康熙二十年辛酉（1681），吳歷（1632-1718）有〈白傳湓江圖〉卷，卷上題詩云：

　　逐臣送客本多傷，不待琵琶已斷腸。堪歎青衫幾許淚，令

---

[103] 勞繼雄《中國古代書畫鑒定實錄》斷為真跡（上海：東方出版中心，2011 年 1 月），頁 2138。參見徐耀新主編：《南京文化志》上冊（北京：中國書籍出版社，2003 年 8 月），頁 169。

[104] 《清史稿》列傳二百九十一藝術三。胡敬（1769-1845）《胡氏書畫考三種・國朝院畫錄》卷下載乾隆「詩後識語：內府弆唐寅畫〈琵琶行〉，於江邊扁舟，直寫一女抱琵琶。廷標此圖不畫琵琶女，而畫居易等屬耳之情，便覺高出其上。此與宋人畫『踏花歸去馬蹄香』，以數蝶隨騎意同，向未題句，茲偶見之，因拈其妙。然畫院中能作如此解者實少也。」（《續修四庫全書》影印清嘉慶刻本，第 1082 冊，頁 45）

人寫得筆淒涼。

跋云：「予在墺中第二層樓上，師古得此。墨井道人並題。辛酉年冬十月廿八日曉窗。」第二層樓指三巴寺第二層樓，爲吳歷在澳門學道時眠食之所。又跋云：「梅雨初晴寫此並題。吳歷。」「偶檢□（行）笥得此圖，以寄青嶼老先生，稍慰雲樹之思。辛酉七月。吳歷。」[105]吳歷，本名啟歷，又名子歷，字漁山，號桃溪居士。因所居有言子墨井，又號墨井道人。常熟（今屬江蘇）人。學畫於王時敏，心思獨運，氣韻厚重沈鬱，迥不猶人。以山水畫聞名，爲「清初六家」之一。幼學畫，稍長學琴。早年多與西人牧師、神父往來。康熙二十年（1681），決意隨柏應理神父赴羅馬觀見教皇，原欲經澳門乘荷蘭船赴歐洲，已至澳門，卻未能成行，遂留居澳門五個多月。次年在澳門加入耶穌會，受洗名爲西滿・沙勿略，並遵習俗取葡式名雅古納。常居聖保祿教堂，吟詩作畫，有〈漁山袖珍冊〉、〈秋山紅葉圖〉等。著有《三巴集》。《清史稿》有傳。其〈白傅溢江圖〉，今藏存於上海博物館。紙本，墨色，30×207.3cm，《中國古代書畫目錄》著錄並有圖版，編號滬 1-2983。[106]吳歷 41 歲時曾作〈琵琶

---

[105] 吳大澂：《澄蘭室古緣萃錄》卷八，《續修四庫全書》影印光緒三十年上海鴻文書局石印本，第 1088 冊，頁 153；龐元濟：《虛齋名畫錄》卷五，《續修四庫全書》影印宣統元年及民國十三年烏程龐氏上海刻本，第 1090 冊，頁 440-441。「青嶼老先生」，指許之漸（1613-1701），字青嶼，武進（今江蘇常州）人，與吳歷爲文酒相娛之至交。

[106] 《中國古代書畫目錄》第四冊（北京：文物出版社，1999 年版），頁 423；《中國繪畫全集》第 24 冊・清 6（文物出版社 2000 年 8 月版），頁 206-207。

行圖〉，尚未脫王鑒筆墨，50 歲之〈白傳潯江圖〉已是自家面目。全圖煙水蒼茫，楓葉蕭瑟，一片悲涼空曠的離別景象。用筆秀逸挺拔，手卷中段隆起的二塊土石，及山澗中的幾塊碎石，墨色濃黑蒼潤，作為近景的重點，使畫卷兩旁的水涯，顯得疏淡悠遠。[107]

70 年後，乾隆十六年辛未（1751），張迪書〈琵琶行〉於吳歷〈白傳潯江圖〉之上並作跋。跋云：

> 容齋洪氏謂，白傳〈琵琶行〉一篇，直欲攄寫天涯淪落之恨爾，非真為長安故倡所作也。東坡謫黃州，賦《定惠海棠》，亦同此意。余觀昔人於歌詞書畫，類非無故而作，無故而作者，必不工，不工則不能傳遠而感動人，以是知洪氏之言不誣也。吳子漁山與青嶼許先生游最久。康熙辛酉秋七月還常熟後，畫〈白傳潯江圖〉一幅，寄贈先生。先生以名進士官御史，未竟其用，罷歸。夙性恬靜，放浪詩酒丘壑，無纖毫遷謫意。漁山去時，絕不作離別可憐之色，而漁山於先生，獨有耿耿不能自已於中者，寫此以宣其鬱結。今七十餘年矣，視其圖之煙水蒼茫，楓荻蕭瑟，悲涼氣象，正不必聽琵琶聲，而青衫淚濕也。先生曾孫方亨出素紙命錄白傳詩附其後。爰識數語左方。乾隆歲次辛未夏六月，京口張迪拜題。[108]

---

107 參見王石城等：《中國歷代畫家大觀：清》（上海：上海人民美術出版社，1998 年 8 月版），上冊頁 389。

108 龐元濟：《虛齋名畫錄》卷五，《續修四庫全書》影印清宣統元年及民國十三年烏程龐氏上海刻本，第 1090 冊，頁 440-441。

　　張迪（1688-?），字恂叔。丹徒（今江蘇鎮江）人。大學士
張玉書（1642-1711）之孫，逸少子，適兄。寓居常州。康熙五
十二年（1713）恩科舉人，授山東武定府同知，又遷河東鹽運同
知。生性豪爽，好飲酒賦詩，亦精於書法。書格蒼秀，為時所
重，諸生求其墨蹟及詩文者門庭若市。亦善寫生作畫，設色尤
佳。有《與閑齋詩集》，已佚。事蹟見民國《續丹徒縣誌》卷十
八。[109]張迪書〈琵琶行〉前有序，其中「聞舟中」，與《文苑
英華》、金澤本、馬本、汪本等同，紹興本作「聞舟船中」。
「六百一十二言」與各本同，《文苑英華》作「六百一十六
言」。「命曰琵琶行」，金澤本，管見抄本、《文苑英華》本作
「命曰琵琶引」。正文中多與汪本同，如「疑絕」，與紹興本、
汪本同，他本作「凝絕」。「幽情」，與《文苑英華》、汪本
同，他本作「幽愁」。但也有與馬本、汪本相異處，如「曾
教」，與紹興本同，馬本、《唐音統籤》、汪本作「長教」。汪
本與馬本相異處，多與汪本相同，可見此本當與汪本關係密切，
或源於同本。

　　清齊學裘（1803-?）《見聞隨筆》續筆卷十七記載：「吳漁
山〈白傅滋江圖〉。紙本，陳迪書〈琵琶行〉並跋。」續筆卷十
九又載：「吳漁山〈白傅滋江圖〉。紙本，高八寸五分，長五尺
九寸四分。自題絕句一首，張迪書〈琵琶行〉並跋，是卷得於吳
門。」[110]據前引《虛齋名畫錄》卷五，陳迪應作張迪。邵松年

109 南京師範大學古文獻整理研究所：《江蘇藝文志·鎮江卷》（南京：江
　　蘇人民出版社，1994 年 10 月版），頁 159。

110 《見聞隨筆》續筆卷十七，續筆卷十九，分別見《續修四庫全書》影印
　　清同治十年天空海闊之居刻本，第 1181 冊，第 530 頁，頁 559。

（1849-1924）《澄蘭室古緣萃錄》卷八載：「吳墨井〈白傅溢江圖〉卷。紙本設色，高七寸三分，長二尺八寸五分。楓樹盈坡，蘆花映水，一舟斜泊，小舫傍之。艙中三客，一婦抱琵琶，更有書童、舟子，點綴逼真，岸上匹馬，四人逡巡，其際江天秋冷，波月只圓，數點歸鴉，群飛繚亂。墨井畫中逸而神者也。卷首題五字，卷尾題詩，小字四行。」震鈞（1857-1920）《天咫偶聞》：「吳漁山〈潯陽琵琶圖卷〉紙本著色，後有行書〈琵琶行〉，忘為何人筆矣。」[111]龐元濟（1864-1949）《虛齋名畫錄》卷五載：「吳漁山〈白傅溢江圖〉卷。圖紙本，水墨山水兼人物。高九寸四分，長六尺四寸八分。……跋紙對接，高同上，長六尺六寸五分。顧艮庵題，界烏絲蘭。元和十年（起至）江州司馬青衫濕（止，文不錄）。」顧艮庵指過雲樓主顧文彬（1811-1889）。

同治元年（1862）壬戌，顧文彬題識云：

> 玉尊良夜，算惱人偏是，風前孤驛。欲挽湘裙無覓處，渺渺魚波望極。翠渚飄鴻，么弦彈鳳，漠漠香塵隔。紅衣羞避，與誰同醉瑤席。畫舸水北雲西，持杯顧曲，鬢影霜爭白。搖落江蘺多少恨，輕把杏鈿狼藉。團扇悲秋，明璫照影，月底人非昔。輕沾吟袖，淚痕空沁愁碧。（集周草窗句）郵亭維纜，笑匆匆呼酒，又歌南浦。誰理商聲簾外悄，試把醉鄉分付。同此江湖，依然鶯燕，留得當時譜。十年舊夢，此時心事良苦。不恨老卻流光，相逢何晚，空

---

[111]《天咫偶聞》卷六，《續修四庫全書》影印清光緒甘棠精舍刻本。

惧周郎顧。煙水茫茫無處說，回首曲終人去。銀燭遲銷，
青衫易濕，淚落燈前雨。幾番彈徹，月明搖碎江樹。（集
張玉田句）煙江一舸，冷霜波成纈，送將人遠。一曲秦娥
春態少，強作酒朋花伴。纖手香凝，新腔按徹，愁褪紅絲
腕。暗追前事，暮檐留話江燕。腸斷去水流萍，飄零誰
計，都為多情散。猶夢婆娑斜趁拍，春夢人間須斷。彩箋
翻歌，征袍染醉，空帶啼痕看。冰弦三疊，故人為寫清
怨。（集吳夢窗句）危弦弄響，似牽衣待話，滿懷離苦。
坐上有人能顧曲，未肯等閒分付。千種相量，數聲終拍，
細作更闌語。塵埃憔悴，如今誰念悽楚。還是獨擁秋衾，
黃蘆苦竹，地僻無鐘鼓。賴有蛾眉能暖客，其剪西窗密
炬。羞見郎招，為伊淚落，往事如花雨。無情畫舸，載將
離恨歸去。（集周美成句）右調〈壺中天·吳漁山〈白傳
潯江圖〉〉。漁山晚遊海外，畫境益奇，間用洋法，以青
綠擅長。此卷是其五十歲所作，用筆如印泥畫沙，瀟灑出
塵，純乎士夫氣，非當時畫史所能夢見，宜麓台司農推為
獨步一時也。壬戌十月之望，文彬識於過雲樓。[112]

　　麓台司農，指王原祁（1642-1715）。光緒二十一年乙未
（1895），吳大澂（1835-1902）題詩於〈白傳潯江圖〉之上，
詩云：「人聲不聞月在水，萬頃秋歸一幅紙。漁山用筆本稠迭，
不謂空靈有如此。其間繪水尤極工，真能繪聲有如風。荻花楓葉

[112] 龐元濟（1864-1949）：《虛齋名畫錄》卷五，《續修四庫全書》影印
　　清宣統元年及民國十三年烏程龐氏上海刻本，第 1090 冊，頁 440-
　　441。

尚瑟瑟，恍作白傅船窗中。吳門孝廉擅真賞，示我晴軒詡無兩。潯陽風景別三年，勞我今朝猶夢想。」末署「光緒乙未冬十二月白雲山樵吳大澂」。[113]吳大澂，字止敬，號清卿、白雲山樵，吳縣（今江蘇蘇州）人。著有《澄蘭室古緣萃錄》。《清史稿》有傳。

　　清代著名書畫家八大山人，即朱耷（1626-1705）有〈行書白居易琵琶行〉紙本一卷，彌可珍也，今藏於北京故宮博物院。康熙三十八年己卯（1699）作，25.4×203.5cm。《中國古代書畫目錄》著錄，編號為京 1-4244。卷後跋云：「唐至元白體，流風一變，以其濫觴也。濫觴而作四弦聲，可歌處正在委宛。而其不可及處，步驟至於體貼，不必言也。己卯十二月二日，呵凍漫書一過，八大山人記。」[114]此本所錄〈琵琶行〉文字內容，與董其昌行書頗為近似。

　　乾隆七年壬戌（1742），清唐寅保（1723-?）有〈楷書琵琶行〉冊，紙本，藏存於遼寧省博物館，《中國古代書畫目錄》著錄編號為遼 1-563。唐寅保，字東賓，一字芝圃，關東瀋陽（今屬遼寧）人。蝸寄老人唐英次子。漢軍人。乾隆十三年（1748）戊辰進士。改庶起士，散館授編修改。內務府郎中。官杭州織造。有《秀鐘堂詩鈔》一卷拾遺一卷（清嘉慶五年寧遠堂寫刻本）。據唐英〈自題漁濱課子圖小照〉：「乾隆丙辰（1736），為今上龍飛之元年，特奉諭旨量移淮安司榷，時余年五十又五

---

[113] 清・吳大澂：《澄蘭室古緣萃錄》卷八，《續修四庫全書》影印光緒三十年上海鴻文書局石印本，第 1088 冊，頁 153。

[114] 王朝聞主編：《八大山人全集》第三卷（南昌：江西美術出版社，2000年 12 月版），頁 522；《八大山人書法全集》（北京：人民美術出版社，2005 年 1 月版），下冊，頁 10。

矣。長子文保年二十二，次子寅保年十四。」[115]可知生於雍正
元年（1723）。唐寅保之父唐英（1682-1756），乾隆四年
（1739）為九江關監督兼理窯務，捐俸重葺琵琶亭（明萬曆間葛
寅亮、清雍正七年副使劉均所建均已廢毀），更創小樓三楹，以
供登眺，「留先賢之遺韻，供後賢之遊觀」。乾隆十一年
（1746）完成，構以樓檻廊廡，亭臺樓閣，一應俱全。撰〈重建
琵琶亭自記〉，手書白香山〈琵琶行〉，勒諸石，左建樓，手書
「到此忘機」、「江天遺韻」，「忘機閣」及「殘月曉風大江東
去」，榜於亭。並撰有一百多首琵琶亭詩。唐英非常敬仰白居
易，其〈琵琶亭樂天祠小跋〉一詩中，稱白居易「文章風雅即吾
師」，並於此詩序中說「余茲建此祠，而範此道貌者，實由仰其
才德，寓私淑於瓣香，為天下後世之才德似先生者，留一風雅楷
模。」[116]唐英在琵琶亭壁間左右皆懸詩板，上格橫書「風雅長
留」四字，下畫朱絲作格，置筆硯，以徵遊人過客題詠。他又親
自將所徵集之詩編輯為《輯刻琵琶亭詩》一卷四冊，始自乾隆八
年（1743）二月，訖於乾隆十六年。全書共 125 頁，中含其自繪
〈琵琶亭圖〉及〈重建琵琶亭自記〉。寅保承其父庭訓，詩禮彬
彬，少年粹然有儒者風，後出理榷使閩務，風雅主持，不隳先
業。其詩清婉流利，淺瀨低巒，泉幽石潔。[117]袁枚《隨園詩

---

[115] 清・唐英：《陶人心語》卷六，清乾隆唐寅保刻本。

[116] 《陶人心語續》卷九，《唐英集》（瀋陽：遼瀋書社，1991 年 10 月
版），頁 268。《輯刻琵琶亭詩》題為〈琵琶亭樂天先生祠像告竣小詩
志事（有序）〉。

[117] 清・法式善：《八旗詩話》，《續修四庫全書》影印北圖藏稿本，第
1705 冊。

話‧補遺》稱：「寅保貌如冠玉，早入翰林，出錫山嵇公之門。人以為先生禮士尊賢之報也。」[118]

乾隆五十年乙巳（1785），沈宗騫有〈琵琶行圖軸〉，上書〈琵琶行〉，墨筆紙軸，93.5×36.3cm，藏存於天津歷史博物館，《中國古代書畫目錄》著錄編號為津 2-160。描繪〈琵琶行〉詩句「低眉信手續續彈」、「別有憂愁暗恨生」之詩意。沈宗騫，字熙遠，號芥舟，亦號研溪老圃、研灣老圃、釣灘逸人。烏程（今浙江湖州）人，乾隆（1736-1820）時人，生卒年不詳。早歲能書畫，補弟子員後益肆力焉。以詩、書、畫度生涯，老屋數椽，嘯歌自得。嘗見賞於曹秀先（1708-1784）、錢大昕（1728-1804）。[119]遍歷吳、越間，寓平望、震澤，頗享盛名，從遊甚眾，年八十三卒。[120]書論亦卓出，畫山水、人物俱傳神，無不精妙。小楷章草及盈丈大字，皆具古人神致魄力。《淳化閣石刻》、《芥舟學畫編》為其佳著。

清人所書〈琵琶行〉亦有雖見記述、但未見流傳者，除前云唐英外，王鴻緒（1645-1723）曾書〈琵琶行〉。王鴻緒，初名度心，字季友，號儼齋，又號橫雲山人，婁縣籍，華亭（今上海松江）人。康熙十二年（1673）癸丑一甲二名進士，授編修，官

---

[118] 清‧袁枚：《隨園詩話‧補遺》卷一，顧學頡校點本（北京：人民文學出版社，1998 年版），頁 578。

[119] 見蔣寶齡（1781-1840）：《墨林今話》卷三，同治十一年（1872）刊本，收入席威輯《掃印山房叢鈔》，清光緒九年（1883）刊本；盧輔聖主編：《中國書畫全書》第十二冊（上海：上海書畫出版社，2000 年12 月）。震鈞（1857-1920）：《國朝書人輯略》卷六引《墨林今話》，清光緒三十四年刻本。

[120] 見阮元：《兩浙輶軒錄補遺》卷七，清嘉慶刻本。

至戶部尚書。精鑒賞、富收藏，書法米芾、董其昌。康熙帝賜齋號敬慎堂。有《賜金園文集》、《橫雲山人詩稿》等。又通醫術，著有《王鴻緒外科》。其外孫張照〈跋自臨趙文敏書唐律〉回憶說：

> 余年十一二（1701-1702），大人以敬慎老人書〈琵琶行〉及《溪上》等律七首同冊付學。此余生平學字之始也。年十六（1706）至京師，從友人幾研間見思翁臨《溪上》七首墨刻。年二十六（1716），見陳學士世南所藏思翁〈琵琶行〉，乃知敬慎粉本於此。然但知《溪上》七首為思翁臨松雪書，未見松雪帖也。歲癸卯（1723）雍正改元，狀元王君世琛貨其家名跡，為密戚醵使宋君償帑出此帖，索值百金，余捆擔不可得，以明機易之，不許。議未定，會使闈典試而解，臨得數本，流落人間。歲丙午（1726），乃知此帖歸海寧陳相公，復得借臨。其年四月，為內子臨一本。未竟，又使滇典試，遂還真跡於陳。行至武陵溪上，以他日所摹本仿佛，竟其卷以歸內子。後知真跡歸南沙蔣相公，復歸怡邸，不可復見矣。雍正乙卯（1735）春，復從武陵本臨得此。明年正月，內子歸松，以卷中未著款識，送獄補之。嗚呼！空花幻影本如是，展卷無需更惘然也。[121]

---

[121] 張照撰、張興載補輯：《天瓶齋書畫題跋補輯・跋自臨趙文敏書唐律》，上海書店《叢書集成續編》第 85 冊，頁 762。又見清・李佐賢（1807-1876）：《書畫鑑影》卷九卷類《張文敏仿趙文敏書唐律

　　陳學士世南、海寧陳相公，指陳邦彥（1678-1752）。思
翁，指董其昌（香光）。南沙蔣相公，指蔣廷錫（1669-
1732）。張照《跋自臨董仿褚河南書〈枯樹賦〉》又回憶康熙五
十五年丙申（1716）二十六歲時得見同鄉前輩董其昌書〈琵琶
行〉的激動心情，說：「丙申冬，從陳世南處得見香光絹本，頗
覺神山在夢中。」[122]

　　乾隆四年己未（1739），張照亦曾書〈琵琶行〉。《石渠寶
笈續編》「御書房藏七」著錄：「張照書白居易琵琶行卷。〔本
幅〕蠟箋本。縱八寸三分，橫五尺二寸六分。行草書。（智按：
詩略）白太傅〈琵琶行〉在今日正是特參無行府佐貳一段好朝
報，不待秀鐵面始訶也。己未重陽，曉雨霢霂，遣悶書此。
照。」鈐印二「張照」、「得天」。[123]乾隆四十九年甲辰
（1784），弘曆（1711-1799）〈題張照書白居易琵琶行卷〉
云：「張照此書，出入乎董、米而有過乎董、米。所謂寓端莊於
流麗者矣，至其識語，則向於上書房，已聞蔣廷錫、蔡珽輩論
之，是早有此言，非出於照也。然府倅入民船飲酒，誠有玷官
方，登之白簡，固宜有以見唐政之弛，而我國朝之政肅，此不可
謂煞風景也。豈照之流，猶以居易之事為是，而今之法網過密

　　卷》，《續修四庫全書》影印清同治十年利津李氏刻本，第 1085 冊，
　　頁 742，〈琵琶行〉誤作〈枇杷行〉。參見謝權熠：〈清張照書法年表
　　簡編〉（初稿），《書法研究》總第 130 期（上海：上海書畫出版社，
　　2006 年 4 月版），頁 85、90。

[122] 張照撰、張興載補輯：《天瓶齋書畫題跋補輯‧跋自臨董仿褚河南書
〈枯樹賦〉》，上海書店《叢書集成續編》第 85 冊，頁 761。

[123] 《石渠寶笈續編》，《續修四庫全書》影印清內府抄本，第 1072 冊，
頁 260-261。又見鈔本《清宮舊藏歷代法書名畫總目》第一冊，頁 17。

乎？即證以《周官》六計弊史，亦未嘗以此為應為也。題之卷
首，用敕官箋。」[124]張照（1691-1745），字得天，號涇南，華
亭（今上海松江）人，康熙四十八年（1709）進士，雍正十一年
（1733）官刑部尚書，因撫定苗疆無功，被革職拿問。乾隆七
年，復任刑部尚書。乾隆十年卒，諡文敏。張照書法初從董其昌
入手，繼乃出入顏、米，天骨開張，氣魄渾厚。又擅寫蘭梅。著
有《天瓶齋書畫題跋》、《得天居士集》等，刻有《天瓶齋法
帖》。遺憾的是，王鴻緒、張照祖孫二人所書〈琵琶行〉未見流
傳。

餘　論

　　潯陽夜泊送客船，琵琶歌行白樂天。詞情兼美稱絕唱，聲情
並茂千載傳。以上所述歷代書家〈琵琶行〉書跡著錄與流傳，尚
非全貌。市面所見還有宋米友仁（1074-1153）行草〈琵琶行〉
手卷（51×25cm），明萬曆間許光祚楷書〈琵琶行〉立軸淩本
（135.5×25.5cm）及行草〈琵琶行〉手卷水墨紙本（27×
269cm），明陶成楷書〈琵琶行〉紙本冊頁十開（19×21cm×
10），清汪士鋐（1658-1723）癸巳（1713）行書〈琵琶行〉立
軸水墨紙本六屏（145×37.5cm×6），袁枚（1716-1758）小楷
〈琵琶行〉扇面紙本（17×50cm），劉墉（1720-1805）行書
〈琵琶行〉橫幅紙本（19×38cm），阮元（1764-1849）道光十

---

[124] 《文淵閣四庫全書》本《御制文集》二集卷十八；《石渠寶笈續編》，
　　《續修四庫全書》影印清內府抄本，第 1072 冊，頁 261-262。

一年（1831）楷書〈琵琶行〉節錄立軸絹本（133×56cm），清王梅楷書〈琵琶行〉扇面金箋（17×53.5cm），但這些書跡多未見之於著錄，真偽難以詳考。

此外，本文所論限於域內。域外之日本江戶時代慶安五年（1652）刊行的木戶常陽所編法帖《三國筆海全書》收有平安時代書法家小野道風（894-966）的〈琵琶引〉書跡，但未見於文獻著錄，真偽尚有爭議。[125]尊圓親王（1298-1356）亦有〈琵琶引〉書跡。[126]室町時代末期清原宣賢（1475-1550）有〈長恨歌琵琶行〉親筆抄卷，收入川瀨一馬編《阪本龍門文庫覆制叢刊之四‧附冊》（阪本龍門文庫，1962 年）。[127]三重大學學藝部藏

---

[125] 詳見小松茂美：《平安朝傳來的白氏文集和三跡的研究》（平安朝傳來の白氏文集と三蹟の研究）（東京：墨水社，1965 年 10 月版）；神鷹德治：〈關於小野道風法帖「琵琶引」本文的系統〉（小野道風法帖「琵琶引」本文の系統について），《帝塚山學院大學創立兩周年紀念論集》，1992 年 3 月版；《白居易研究講座》第六卷「白氏文集的本文‧書跡資料」（東京：勉誠社，1995 年版）。

[126] 詳見神鷹德治：〈尊圓親王法帖所載「琵琶引」的本文系統〉，《高校通信東書國語》第 300 號，1990 年 2 月；神鷹德治、山口謠司：〈法帖：尊圓親王「琵琶引」（舊鈔本係本文）影印‧翻字‧解題》〉，《白居易研究年報》第 4 號（東京：勉誠社，2003 年 9 月），頁 239-264；金木利憲：〈日本大學文理學部藏傳尊圓親王筆双鈎填墨本「琵琶行」〉（日本大學文理學部藏 伝尊円親王筆「琵琶行」双鈎填墨本について），《中國學研究論集》22，2009 年 4 月，頁 1-5。

[127] 詳見安野博之：〈室町期「長恨歌、琵琶行」享受〉（室町期における「長恨歌、琵琶行」享受——2 つの宣賢自筆本をめぐって），《國語國文》68：9，1999 年 9 月，頁 37-51；〈清原宣賢自筆『長恨歌 琵琶行抄』的成立〉（清原宣賢自筆『長恨歌 琵琶行抄』の成立），《國語と國文學》（東京大學國語國文學會）80：12，2003 年 12 月，

〈長恨歌琵琶行注〉，為 1531 年以前寫本，以上均留待另論。

　　作為〈琵琶行〉接受史研究之重要一途，形態與風格各異的〈琵琶行〉書跡，包括題跋等，是〈琵琶行〉接受史研究的重要領域。這些書跡和題跋等豐富了原作的內涵，擴大了其藝術表現，跨越時空，在各自不同的文化環境裡，不斷生發出新的魅力。仕路坎坷的感觸，天涯淪落的愁緒，使得那顆「同是天涯淪落人，相逢何必曾相識」的藝術種子，自彼時開始發酵，一千多年來，從未停止生長。在中國的文學版圖上，有兩處勝跡受到文人鍾愛，一處赤壁，一處琵琶亭，留下大量詩詞文賦流播文壇，洞簫赤壁漫嗚咽，琵琶潯水空啾嘈。即使別處風光，他地分別，亦宛如後遊赤壁，潯陽送客。影響之下，〈赤壁賦〉、〈琵琶行〉乃成為書畫題寫的熱門主題。正如前引《玉雨堂書畫記》所云：「一篇跳出，和者百家。書畫好尚，亦猶是也。」

　　書畫同源，親如姊妹。〈琵琶行〉走入繪畫，最遲是在元代，元人張雨（1283-1350）有〈潯陽琵琶圖〉詩，張渥（?-約1356 前）繪有〈琵琶仕女〉圖，熊夢祥（1299-1390）、鄭東、宗本先（1308-1381）均有題詩，元末明初人平顯、洪武間錢遜及祝允明（1460-1526）亦有〈琵琶士女〉詩。劉因（1249-1293）有〈白樂天琵琶行圖〉詩，釋善住（1278-1330?）有〈琵琶行圖〉詩，葉顒（1300-1374 後）有〈題潯陽商婦琵琶圖〉詩，高啟（1336-1374）則有〈白傅溢浦圖〉、〈溢浦琵琶圖〉詩，高得暘（1352-1420）有〈題潯陽琵琶圖〉詩，可知，〈琵

　　頁 10-20：瀧澤安隆〈清原宣賢筆『長恨歌並琵琶引秘』〉（清原宣賢筆『長恨歌並琵琶引秘』について），《東洋大學大學院紀要》39，2002 年，頁 155-166。

琶行〉詩意畫創作自元代初見端倪。至明清更蔚為大觀，或以書配畫，或以畫補書，詩書畫相得並彰。

　　在歷代書法家筆下，〈琵琶行〉轉化為與詩畫並勝的藝術形式，呈現出與詩歌意境相互補充的美感，展現出別樣的魅力。通過歷代〈琵琶行〉書跡的探研，不僅可以比勘不同時代不同地域不同書家不同版本文字流傳之異同，還可窺見不同地域的不同書家，如何處理相同的書寫內容，這無疑可以加深我們對〈琵琶行〉經典化這一問題的認知。各色書跡，或隸或楷或行或草，或灑脫或凝重或飄逸或樸拙，各擅勝場，但均圍繞〈琵琶行〉這一不朽之作，以己之心感受，入筆之意闡釋，與不幸貶謫的詩人相共鳴，予飄泊潯陽的歌女以同情，別中含同，異中有通。正是這一過程，從不同的側面，推動〈琵琶行〉這部作品逐漸確立其經典地位，同時也促進其由經典走向大眾。而更為大眾所接受的形式，是書法與繪畫合為一體，但限於篇幅，有關〈琵琶行〉的繪畫這一圖像化媒介，筆者將另文〈白居易詩歌的圖像化傳播──以〈琵琶行〉題材畫跡著錄與流傳為中心〉給與評述。

參考書目

一、傳統文獻

宋・詹初：《寒松閣集》，收入《文淵閣四庫全書》，上海：上海古籍出版社，1987 年。

宋・艾性夫：《剩語》，收入《文淵閣四庫全書》，上海：上海古籍出版社，1987 年。

宋・范成大：《吳船錄》，收入孔凡禮點校：《范成大筆記六種・吳船錄》，北京：中華書局，2008 年。

宋・洪邁：《容齋隨筆》，上海：上海古籍出版社，1978 年。

宋・陳傅良：《癸巳類稿》，收入《續修四庫全書》，上海：商務印書館，2002 年。

宋・夏竦：《文莊集》，收入《文淵閣四庫全書》，上海：上海古籍出版社，1987 年。

宋・戴復古：《石屏詩集》，收入《文淵閣四庫全書》，上海：上海古籍出版社，1987 年。

宋・岳珂：《玉楮集》，收入《文淵閣四庫全書》，上海：上海古籍出版社，1987 年。

宋・岳珂：《寶真齋法書贊》，收入《文淵閣四庫全書》，上海：上海古籍出版社，1987 年。

宋・韋居安《梅磵詩話》，收入丁福保：《歷代詩話續編》，北京：中華書局，年 2015。

明・胡震亨，周本淳校點：《唐音癸簽》，上海：上海古籍出版社，1981 年。

明・何良俊：《四友齋叢說》，北京：中華書局，1983 年。

明・宋濂：《宋學士集》，收入《文淵閣四庫全書》，上海：上海古籍出版社，1987 年。

明・李日華：《紫桃軒又綴》，收入《叢書集成續編》，上海：上海書店出版社，2014 年。

明‧熊夢祥《草堂雅集》，收入《文淵閣四庫全書》，上海：上海古籍出
　　版社，1987 年。

明‧唐寅：《唐伯虎先生集》，明萬曆刻本。

清‧瞿鏞：《鐵琴銅劍樓藏書目錄》，清光緒常熟瞿氏家塾刻本。

清‧陶梁：《紅豆樹館書畫記》，收入《續修四庫全書》，上海：商務印
　　書館，2002 年。

清‧裴景福：《壯陶閣書畫錄》，北京：中華書局，1937 年。

清‧趙翼：《甌北詩話》，北京：人民文學出版社，1981 年。

清‧褚人獲：《堅瓠集》補集卷四，收入《續修四庫全書》，上海：商務
　　印書館，2002 年。

清‧湯漱玉輯：《玉台畫史》卷二，收入《續修四庫全書》，上海：商務
　　印書館，2002 年。

清‧陳邦彥：《御定歷代題畫詩類》，收入《文淵閣四庫全書》，上海：
　　上海古籍出版社，1987 年。

清‧舒夢蘭：《天香隨筆》，宇宙風社，1936 年。

二、近人論著

戴仁文：〈讀白居易琵琶行〉，《澄衷半年刊》1931 年春，頁 86-91。

陳才智：〈琵琶行研究縱覽（日文）〉，《白居易研究年報》第 13 輯，東
　　京：勉誠社，2012 年 12 月。

陳才智：〈琵琶行研究縱覽（中文）〉，《中國文學：經典傳承與多元選
　　擇》，北京：社會科學文獻出版社，2016 年 1 月。

陳才智：〈白樂天流寓江州的流響──以琵琶亭詩為中心〉，收入張學松
　　主編：《流寓文化與雷州半島文人研究》，北京：中國社會科學出
　　版社，2013 年 5 月。

錢鍾書《管錐編》，北京：三聯書店。

林正秋主編：《中國地方誌名家傳》，合肥：黃山書社，1990 年 12 月。

江兆申：〈關於唐寅的研究〉，國立故宮博物院《故宮叢刊》，1987 年 5
　　月，頁 26。

江兆申：《文徵明與蘇州畫壇》，臺北故宮博物院，1977 年版，頁 122。

歸返風土與正名行樂——「雕橋莊」的建構、題詠與真定梁氏在明清易代的身心療護[*]

暨南國際大學中文系教授
王學玲

摘　要

　　梁氏原居於山西蔚州，明洪武初為避戰亂徙至真定（今河北正定）。第七世梁夢龍（1527-1602），官至兵部尚書，萬曆十年（1582）遭劾去官，回到家鄉搆建雕橋莊別業，過著進退皆樂而福慧具足的閒居生活。本文首先闡述梁夢龍的仕途經歷與雕橋莊的空間營造、分佈，探究梁夢龍如何為氏族打造兼具提供生計與撫慰心靈的精神場所。接著析論雕橋莊對真定梁氏所具有的身心療護意義，包括人倫至樂、閒居雅韻、課農無憂與習道求仙等行樂的生活內涵與人生價值，以及藉由為莊園正名，確立主人身分的正當性。最後，作為世變後獨全之名山別墅，雕橋莊以其所擁有的前朝舊物，莊主個人企求太平美好的多重象徵，再次安頓梁氏族人的身心，並且陪伴他們走入另一個時代。

關鍵詞：真定梁氏　雕橋莊　明清易代　行樂　梁夢龍　梁維樞

[*]　本文為 102 學年度科技部補助專題計畫之部分研究成果，計畫編號：102-2410-H260-065-MY2。

一、前言：從「錢謙益丁亥年案」說起

清順治四年（1647）三月，乞假南歸的錢謙益（1582-1664），在晨興禮佛的時候忽然被捕。柳如是於是「匍匐從行」，「寄孥於梁氏。太夫人命慎可卜雕陵莊以居」。[1]陳寅恪（1890-1969）據錢謙益諸詩，判斷其遭逮後，「被急徵至南京下獄，歷四十日始出獄」。而柳如是所借居的雕陵莊，為梁維樞（1587-1662，字慎可）寄寓金陵，「由梁氏真定先業之雕橋莊」，「取莊子〈山水篇〉『雕陵』之語，合用古典今典，以名其南京之寓廬也。」[2]

關於錢謙益此次被捕的關押地點，經後來學者考辨，已確認在北京，而非金陵。[3]事實上，《梁氏族譜》明載此事：「錢牧齋公為人誣奏，逮入北都，盡室赴難，行至真定，無所倚依，公損舘以為棲止之所。」[4]顯見，丁亥案發時，柳如是借居的棲所

---

[1] 清・錢謙益：〈和東坡西臺詩韻六首〉、〈梁母吳太夫人壽序〉。氏著、錢曾箋注、錢仲聯標校：《錢牧齋全集》（上海：上海古籍出版社，2003 年），4 冊、5 冊，《有學集》，卷 1，頁 9、卷 25，頁 975-976。

[2] 陳寅恪：《柳如是別傳》（北京：生活・讀書・新知・三聯書局，2001年），頁 913、914-915。

[3] 方良：〈錢謙益丁亥年被捕事叢考〉，《常熟理工學院學報（哲學社會科學）》5 期（2010 年），頁 97-100。何齡修：〈柳如是別傳讀後〉，氏著：《五庫齋清史叢稿》（北京：學苑出版社，2004 年）。

[4] 梁允植等纂修、國家圖書館分館編：《梁氏族譜》（北京：線裝書局，2002 年，影印清康熙 19 年刻本），第三冊《梁氏續族譜・大傳》，〈梁維樞傳〉頁 34b。又陳寅恪推斷，錢謙益得以脫案，「疑與梁維樞有關」。《柳如是別傳》，頁 916。

乃在真定。[5]其時，維樞遭父喪，孝養母親吳夫人（1568-1665）
於雕橋莊。[6]

　　陳寅恪將維樞於真定的別業誤為在南京，說明真定梁氏世居
雕橋莊之舊事，至晚清已鮮少人知其究竟。比陳氏稍早的葉昌熾
（1849-1917）嘗在光緒十九年（1893）三月疑似見到真定雕橋
之荒址。[7]再之前，道光十五年（1844），何紹基（1799-1873）
過真定訪梁氏後人梁鈸（1776-?，號石川），「問知雕橋遺址，
早屬他人」[8]：

5　《明史・志十六・地理一・真定府》：「元真定路，直隸中書省。洪武
　　元年十月為府，屬河南分省。」清雍正元年，避世宗胤禛諱，改為正定
　　府，今屬河北正定。本文為突顯晚明清初真定府的行政區域位置，故循
　　舊稱「真定」。清・張廷玉：《明史》（北京：中華書局，1974
　　年），卷40，頁893。又清・趙爾巽等著：《清史稿》（北京：中華書
　　局，1998年），卷54，頁1893。

6　〈僉憲梁公西韓先生墓誌銘〉：「按狀，公諱維樞，字慎可，別號西韓
　　生，真定人……皇清定鼎，即舊官錄用。奔澹明公（按維樞父，梁志，
　　號澹明）喪，歸而孝養吳夫人者八年。」〈梁志傳〉：「國遭禍亂，家
　　變隨之，遂以甲申三月二十四日卒，壽七十七。」吳偉業著、李學穎集
　　評標校：《吳偉業全集》（上海：上海古籍出版社，1999年），卷
　　42，頁890、893、《梁氏續族譜・大傳》，頁19a。

7　《緣督廬日記抄》：「十二日，黎明力疾登程四里，出南門見前明尚書
　　梁夢龍綽楔尚兀立道旁，恐雕橋遺址，荒矣。」葉昌熾：《緣督廬日記
　　抄》，北京愛如生數字化技術研究中心：「中國基本古籍庫」（合肥：
　　黃山書社，2008年，民國上海蟫隱廬石印本），史地庫・歷史類・傳
　　記譜系目，卷6。

8　〈跋梁敬叔藏吳梅村雕橋莊卷〉，龍震球、何書置點校，何紹基著：
　　《何紹基詩文集》（長沙：岳麓書社，1992年），頁933。

真定梁家經世變，名山別墅仍幽蒨。貞敏而還文定前，四
世簪纓萃華選。儒雅群推勝國賢，回翔更數熙朝彥。千章
喬木上干雲，萬卷賜書長守硯。梅村昔賦雕橋莊，君恩世
澤紛鋪張……圖書聚散知非偶，老屋橫斜無十畝。（〈真
定訪梁氏蕉林書屋，晤石川司馬。老屋僅存，收藏久匱，
尚餘《蕉林書屋圖冊》廿四幅耳，慨而有作〉）[9]

貞敏為梁夢龍的諡號，雕橋莊是他於萬曆十年致仕後，在真定城
西所構之別業。[10]明清易鼎，夢龍孫梁維樞、曾孫梁清遠
（1606-1683）、梁清標（1620-1691）與梁清寬（生卒年不詳，
順治三年進士，康熙二十三年尚在世）等人同仕新朝，真定梁氏
顯赫一時，雕橋莊亦為時人熟知的北方名園，吳偉業因此寫下
〈雕橋莊歌並序〉。[11]特別是清標「讀書作詩外無他，好法書、
名畫，鼎彝諸物，架上恆滿」，[12]其在真定「蕉林書屋」所藏之
古玩、書畫，於清初首屈一指。然而，二百年聚散，梁氏宅園已
蕪，名物盡散，僅存何紹基訪得的「老屋橫斜無十畝」與《蕉林
書屋圖冊》廿四幅。

從葉、何等人的尋訪迄今，對於真定梁氏的察考，約可分為

---

[9] 《何紹基詩文集》，頁 238-239。

[10] 〈梁夢龍傳〉，《明史》，卷 225，頁 5914-5916。

[11] 《吳偉業全集》，卷 11，頁 295-296。

[12] 清・李澄中：〈保和殿大學士梁公墓誌銘〉，氏著：《白雲村文集》，
卷 3，頁 5，《四庫全書存目叢書》（臺南：莊嚴出版社，1997 年，影
印南京圖書館藏清康熙刻本），集部，別集，250 冊，頁 737。

文物建築、文史論著與文藝活動等三方面，[13]整體而言，仍有進
一步析究的空間。特別是雕橋莊作為梁氏興盛之地，又曾提供柳
如是北上落腳，其空間構置、景觀特色、與如何成為梁氏家族在
易代之際的身心療護場域。基於此，本文首先說明梁夢龍的官宦
經歷與雕橋莊的空間建構、分佈，詮述梁夢龍如何為氏族打造兼
具提供生計與撫慰心靈的精神場所，同時自己也被塑造成進退皆
樂，福慧具足的典範。接著析論雕橋莊對真定梁氏所具有的多種
身心療護意義。當梁氏族人主動退出紛亂的時局，棲隱於鄉里，
他們一方面營造雕橋莊內閒雅行樂的生活模式，以文字、圖繪顯
現夫妻情深、閒居雅韻、課農無憂與習道求仙的內涵。另方面從
物質與精神層面重現祖輩榮光，再藉由為莊園正名，確立自我身
分的正當性。最後，作為世變後獨全的名山別墅，莊園裡長存的
前朝古槐／喬木、莊主對美好的太平心境的企求，分別成為個人
表述易代情志的象徵。這代表雕橋莊再次安頓梁氏族人的身心，
持續陪伴他們走入另一個時代。

---

[13] 相關研究，如劉友恒：〈正定縣梁氏家族墓地出土文物〉，《文物春
秋》1 期（1996 年），頁 31-45。劉金庫：《「南畫北渡」：梁清標的
書畫鑒藏綜合研究》（北京：中央美術學院博士論文，2005 年）。張
毅：〈略論梁夢龍的歷史貢獻〉，《社會科學論壇》第 9 期（2008
年），頁 120-124。張濤：《梁清標及其《蕉林詩集》研究》（瀋陽：
遼寧大學中國古代文學研究所碩士論文，2013 年）。

二、建構氏族之空間、典範：
重農觀稼與福慧具足

　　真定梁氏原為山西蔚州望族，「元末天下亂，蔚州又邊地。梁氏族人多散去，占籍他方。」洪武初，梁聚（生卒年不詳）始徙真定，奉例開墾荒田數十頃。[14]第六世梁橋（1502-?），字公濟，號冰川，以貢選入太學，授四川布政司經歷，撰《皇明政事策要》、《冰川詩式》，[15]子夢齡（生卒年不詳）無嗣。梁橋弟相（1504-1586），字怡庵，號我津，有夢龍、夢熊、夢弼與夢陽四子。其中夢龍身歷世宗、穆宗、神宗三朝，官至兵部尚書、吏部尚書，不僅使得梁氏聲名大噪，退仕鄉居所構築之雕橋莊，更成為梁氏家族療護身心的重要場域。以下先敘述梁夢龍的官宦經歷、致仕生活與雕橋莊的空間分佈及其精神、物質兼具的雙重性。接著析論梁夢龍形象，經過友人賦詩撰文，去蕪存菁，一方面是歷經三朝的經世良臣，另方面是位悠游林下、重農觀稼的山翁達人，從而為氏族奠下進退皆樂且福慧具足的典範特質。

（一）梁夢龍與雕橋莊奇景

1.作為三朝元老

　　世宗嘉靖十九年（1540），大學士高拱（1513-1578）路過

14　〈大傳‧梁聚傳〉，《梁氏族譜》，頁 14a-14b。

15　〈梁橋傳〉，清‧鄭大進：《（乾隆）正定府志》，卷 34，頁 19，《地方志人物傳記資料叢刊》（北京：北京圖書館出版社，2002 年，影印清乾隆 27 年刻本），華北卷，卷 11，頁 256。

真定，讚揚十四歲的梁夢龍為「家之麟子，國之寶臣」。[16]可惜他參加鄉式，名落孫山，蟄伏多年後，方試中舉，於三十二年（1553）進士，改庶吉士。

之後，夢龍授兵科給事中，歷河南右布政使、右副都御史、太子太保、兵部尚書。萬曆十年，御史江東之（?-1599）彈劾夢龍請託徐爵賄賂太監馮保（1543-1583），謀得吏部官職，又將孫女嫁給馮保之弟，御史鄧練、趙楷（萬曆五年進士）復劾之，神宗遂令夢龍致仕，此時的他年五十五。[17]夢龍身歷三朝的仕途際遇，楊巍（1514-1605）〈題梁中丞卷四首〉做了重點式的詮說：

> 宣獻平時書已校，不須中秘更燃藜。都門處處春偏好，攜酒看花費馬蹄。（吉士）
> 漏轉銅龍夜未殘，即時白簡立朝端。宰臣不喜忠良士，始信言官自古難。（給事）
> 榆關西去接輪臺，萬里烟塵晝不開。無限邊情空浪說，惟君親到玉門來。（閱邊）
> 三輔賢聲未有涯，春風曾及萬人家。至今父老思恩澤，猶護甘棠一樹花。（參政）[18]

第一首述說夢龍入選翰林院庶吉士的三年美好時光，除了展

16　〈梁夢龍傳〉，《梁氏續族譜‧大傳》，頁4a。

17　〈梁夢龍傳〉，《明史》，卷225，頁5916。

18　明‧楊巍：《存家詩稿》，卷7，頁11，《景印文淵閣四庫全書》（上海：上海古籍出版社，1987年），1285冊，頁534。

現初登宦途，勤奮志得的美好姿態，同時透露其日後雜采諸史之文，編纂《史要編》，[19]與此段博覽罕見藏書的經歷脫不了干係。

　　第二首總敘從嘉靖三十四（1555）到四十一年（1562），夢龍歷任兵部給事中、戶科右給事中、吏科都給事中的言官生涯。七年間，梁氏先後彈劾吏部尚書李默、原任延綏巡撫王輪、督糧郎中陳燦與禮部尚書吳山。[20]然而，「既入諫坦則慷慨言事，無避忌」[21]的作為，並沒有贏得讚賞、信任，世宗反而懷疑「諸臣私有所推引，責令陳狀。夢龍惶恐謝罪，乃奪俸。」[22]所謂「不喜忠良士」、「言官自古難」，詩人為好友不平之情，寄寓其中。

　　第三首評述夢龍的遼東功績。萬曆五年（1578）至十年間，梁氏以兵部右侍郎進右都御史，總督薊、遼，保定軍務——「簡軍實，修馬政，築城壘，謹斥堠。慎擇將領，以忠、勇、勤為上」。[23]於是，軍勢大振，明軍抵御土蠻，前後奏捷。此外，他

19　〈刻《史要編》敘〉：「常恐手錄諸史表、序、記、考，久而散逸，俾二十年涉獵，茫無形影，可惜也。」明・梁夢龍：《史要編》，《四庫全書存目叢書》（臺南：莊嚴出版社，1997 年，影印北京大學圖書館藏明隆慶 6 年刻本），史部，史鈔類，138 冊，頁 452-453。

20　〈梁夢龍傳〉，《明史》，卷 225，頁 5915-5916。

21　明・倪元璐：〈大宰梁鳴泉公傳〉，氏著：《倪文貞集》，卷 14，頁6，《景印文淵閣四庫全書》（上海：上海古籍出版社，1987 年），1297 冊，頁 178。

22　〈梁夢龍傳〉，《明史》，卷 225，頁 5915。

23　清・孫承澤：〈梁太宰夢龍〉，氏著：《畿輔人物志》，卷 9，頁 5，《四庫全書存目叢書》（臺南：莊嚴出版社，1997 年，影印山東省圖書館藏清初刻本），史部，傳記類，119 冊，頁 281。

還主導修築黃花鎮到古北口的薊地邊牆，加強化邊疆之穩定。[24]
故楊巍先提及夢龍不為人知的鎮邊艱苦，再以「惟君」二字突顯
其築邊抗敵的獨特經歷和貢獻。

最後一首，楊巍總結梁氏之三朝事功，給出「春風曾及萬人
家」、「至今父老思恩澤」的極高評價。不過，楊氏所勾勒的夢
龍經歷，尚缺少他在穆宗朝勘試海運的事蹟。隆慶四年（1570）
秋天，黃河在宿遷（今江蘇宿遷）決堤，八百艘漕運糧船翻覆，
朝議開通海運。夢龍以右僉都御史負責此事，提出「以河為正
道，海為備運」、「行海運兼治河防」等主張，得到朝廷支持，
令漕司撥糧，六年（1572）三月「遂運米十二萬石，自淮入海以
達天津」。可惜在萬曆元年（1573），海運船隊抵達即墨（今山
東即畦），刮起颶風，七艘船翻沈，海運試行因此廢止。[25]不
過，梁夢龍撰之《海運新考》，[26]卻為明代海運留下珍貴的第一
手資料。

2.打造「雕橋第一奇」：千畝綠如畫，愛蓮說可玩[27]

正定舊稱真定，位於今河北西南，「北枕三關，南臨大陸，

---

[24] 〈梁夢龍傳〉，《明史》，卷 225，頁 5915。

[25] 〈王宗沐傳〉、〈梁夢龍傳〉，《明史》，卷 223、225，
頁 5877、5915。

[26] 《海運新考》分上、中、下三卷，分述咨訪海道、試行海運、申嚴海
防、海防覆議等，並附及海道總圖、海道新圖。梁夢龍：《海運新
考》，《四庫全書存目叢書》（臺南：莊嚴出版社，1997 年，影印遼
寧省圖書館藏明萬曆刻本），史部，政書類，274 冊，頁 335-412。

[27] 〈和汪山人二首〉之二：「誰志恒陽景，雕橋第一奇。大鳴泉繞處，晚
照日斜時。千畝綠如畫，群峰青欲移。愛蓮說可玩，因辟種蓮池。」梁
夢龍：《賜麟堂集》，北京國家圖書館藏，明末抄本，頁 36b。

滹沱東注，太行右腋……其間大茂一峰，更巀然軼出雲霄之外。」[28]，夢龍致仕後所搆建的雕橋莊，在真定城西十五里，大茂諸山之東，前臨滹沱河與周河：

> 吾郡梁大宰有雕橋莊……東為大門，開府李公盛春表曰：「尚書里」。入門則佃戶列居，其西為場。其西為別墅之大門，上有樓，登而南望，有蓮渚焉。當盛開時，丹華照水，芳氣與薰風俱來。太宰楊公巍題曰：「蓮渚仙居」。入其中，有堂曰「壽槐」。以堂前古槐可四十圍，相傳數百年物。其後為長廊，西有諼院，為藏書之室，顏曰「讀書處」。東有「挹蘭齋」，懸榻以待賓客者也。其後地甚幽曠，蒔植花木，有臺臨軒。出大門逾官道，搖木千章，池水經其中，過一堤為西韓之水，望之皆水也，皆竹也，于是有高林館，有韓河館，有淨深亭。此雕橋莊之梗概也。梁太宰之別業僅如此，游之須臾而盡，無可以駭睹聞，侈談說者。（〈雕橋莊記〉）[29]

從趙南星（1550-1627）的介紹看來，雕橋莊約包括三個空間區域。其一，佃戶的住所及其耕種地，這表示莊園具有經濟實用功

28　清‧鄭大進纂修：《正定府志》，《新修方志叢刊》，143 冊，《河北方志之三》（臺北：臺灣學生書局，影印清乾隆 27 年刊本，1968 年），卷 2〈形勝〉，頁 22a。

29　明‧趙南星：《趙忠毅公文集》，卷 12，頁 51，《四庫禁燬書叢刊》（北京：北京出版社，2010 年，影印北京大學圖書館藏明崇禎 11 年范景文等刻本），集部，68 冊，頁 339。

能，其中「千畝綠如畫，群峰青欲移」，實為主人引以為傲的雕橋奇景之一。其二，「蓮渚仙居」。蓮渚，[30]一方面點出莊園遠眺的景觀，囊括視覺悅目與嗅覺馨香之雙重獨特性。另方面也以物比人，暗喻主人潔身自愛，不隨世俗的節操。「仙」字則強化別墅內的空間氛圍，與日常農耕實景形成強烈對比。於是，堂、院、齋、軒等建築都浸潤在「丹華照水，芳氣與薰風俱來」的迷濛中，彷彿別居天地之間，不染塵囂。

其三，出大門逾官道至西韓河（周河）之間。相異於「蓮渚仙居」的建築命名，多與園主之起居息息相關。高林館、韓河館、淨深亭之名，呼應周遭的自然景緻，顯示主人有意區隔的構築用心。最為特別的是，農稼耕作、人文居所與山川意趣，三大區域各有訴求，但又透過水渠縱橫將之牽連一體，形成既獨立又緊密的「雕橋莊」奇景。

據悉，夢龍「自筮仕以至歸田，未嘗一治第舍」，所居皆父親梁相所遺。致仕後，始搆一小圍，中堂三楹，日夕游息其中。[31]曾孫梁清遠（1606-1683）憶曰：「先太宰創為別墅，老屋數椽，僅蔽風雨，薄田數頃，足供伏臘。」[32]或許，雕橋莊如趙南星所言，「游之須臾而盡，無可以駭睹聞」，但其規模應該不只是小圍、老屋、薄田而已。尤其兼具經濟價值、人文雅韻、自然

---

30 明·梁夢龍：〈楊夢山太宰桃園嶺篇〉：「有客海山來，自矜還自娛。謁余蓮渚村，示余桃嶺圖。」《賜麟堂集》，卷1，頁10b。

31 〈梁夢龍傳〉，《梁氏續族譜·大傳》，頁13a。

32 〈雕丘督稼圖記〉，梁清遠：《祓園集》，卷2，頁9，《清代詩文集彙編》（上海：上海古籍出版社，2010年，影印清康熙27年梁允桓刻本），22冊，頁802。

情緻的多種特色，足以提供夢龍過著「日植松楸，不問門外事」[33]的生活：

> 七十之年古所希，知非已矣又知非。觀書猶記親加點，對客恭張主賜衣。世上功名掣電過，庭前蘭桂映春輝。加餐但願身康健，百歲熙熙樂不違。（〈七十自壽〉）
>
> 七十山翁揚壽眉，無憂似勝做官時。兒孫振振能斑舞，親友翩翩薦錦辭。晚景雲山明主賜，治生田產老親貽。頻登上坐微醺後，非醉非醒漫自疑。（〈諸親友弟侄子孫為予暖七十壽感謝有賦，效康節體二首〉之二）[34]

平心而論，梁夢龍並不是主動退出官場。他之所以被彈劾，族譜說是張四維（1526-1585）挾怨報復。御史江東之上疏論徐爵，「持疏往質於張公，張公遂曰：『聞此君揚言於外，梁太宰之轉部皆其力也。太宰謝恩之日，曾往拜之。』江遂搋入疏內，以為錦衣縱肆之證。」[35]另有可能是夢龍捲入張居正死後的朝堂變局。作為張氏的門下士，又是其臨終前舉薦的「可大用」之人，梁氏很難自外於朝野傾力斥削「張黨」的政局風暴。[36]

---

[33] 〈梁夢龍傳〉，《梁氏續族譜‧大傳》，頁 10a。

[34] 《賜麟堂集》，卷 2，頁 24b-25a、28a。

[35] 〈梁夢龍傳〉，《梁氏續族譜‧大傳》，頁 9b。

[36] 〈張居正傳〉：「居正度不起，薦前禮部尚書潘晟及尚書梁夢龍……言官劾篆、省吾并劾居正，篆、省吾俱得罪。新進者益務攻居正。詔奪上柱國、太師，再奪諡。居正諸所引用者，斥削殆盡。」《明史》，卷213，頁 5650。

　　被迫致仕的心情應該不太平和，以致經過十五載，主人到了
從心所欲的古稀之年，仍舊掛念昔日恩寵，猶須以「世上功名掣
電過」、「無憂似勝做官時」等語來自我寬慰。由此亦見，夢龍
親手構築雕橋莊，與兒孫、親友歡聚其間，人倫至情療慰了官場
上的悵然，可能連他都始料未及，自己能擁有「熙熙樂不違」的
生活與心境，所以產生「非醉非醒漫自疑」的惚恍之感。

3.甘霖與瑞雪：「重農觀稼」視域下的鄉居景觀

　　享受天倫之樂外，夢龍時而在園中詠花自愉，[37]「時而乘屐
獨往，遇樵童野叟，欵語問勞」。[38]從詩文中看來，他經常外出
探看莊稼農事：

> 連冬無雪春不雨，黃霾四塞三伏裏。炎熱令人不可當，草
> 樹禿然鮮生理。麥禾俱死場圃荒，牛馬飢疲扶不起。
> （〈田家行〉）

> 綠墅乍成歸未晚，白雲為伴興堪承。却愁吳楚頻荒盜，多
> 少蒼生事可矜。（〈觀稼〉）[39]

作為三朝元老，幾近三十年的為官經歷，梁公以百姓為念的習性
不足為奇，《賜麟堂集》特別選錄御選詩——〈憫農詩〉來彰顯

---

[37]　如〈雨後園中觀修菊〉、〈詠庭前水紅花〉，《賜麟堂集》，卷 1，頁
　　　33b、卷 2，頁 41a-41b。

[38]　〈雕橋莊記〉，《趙忠毅公文集》，卷 12，頁 51，《四庫禁燬書叢
　　　刊》，集部，68 冊，頁 339。

[39]　《賜麟堂集》，卷 1，20b、卷 2，頁 26b。

其看重農家、農事。再則，此與個人性情也有關，夢龍自云，「性僻耽農事，時雨喜沾足」。[40]但最重要的，就像趙南星所云，「生計惟須百畝田，世情盡付一杯酒。」[41]雕橋莊田產奠定梁氏之經濟基礎，佃戶收成則關乎全族的日用生計，前引之壽辰感懷，梁夢龍便自稱「治生田產老親貽」。可見他確實苦心經營、管理，經常為了稼穡豐熟、田畝荒禿而傷神。其中關鍵在於是否天降甘霖、冬見瑞雪：

> 久旱入秋深，遠近灑甘霖。驅車出東郭，雲沈四野陰。壟麥青青出，續播紛相尋。哇蔬翠浥露，煙潤滿前林。農人喜相告，遍地是黃金。暮景有如此，何苦不開襟。（〈喜雨〉）

> 華髮不勝簪，猶煩獻畝心。三春愁底事，竟日喜甘霖。塵淨桃園麗，雲苗麥壠陰。輕颸吹野服，獨眺一高吟。（〈喜雨〉）

> 幾年不見雪，群生心惄惄。今茲雪滿尺，更喜應其節……出門望河山，一色光澄澈。巍城瓊作樓，四野鋪玉屑。蝗蟲入深淵，蟊下摧百舌。麥禾定豐熟，亦知縣瓜瓞。（〈瑞雪吟〉）

40　〈寄訊莊浪兵憲王思山親家〉，《賜麟堂集》，卷1，頁10a。

41　〈梁公行〉，《趙忠毅公詩集》，卷3，頁12，《四庫禁燬書叢刊》，集部，68冊，頁79。

十五年來林下人，少見冬雪但見塵。今歲初冬雪滿尺，光
搖銀海照無垠。更喜無風雪自如，俄傾功成若有神。綠野
津津大地泰，麥本滋深梅芷新。（〈立冬三日大雪喜而有
賦〉）[42]

詩中所描繪畦蔬翠湆、風清塵淨、天色澄光、綠野津津等美好景
象，與其說是甘霖、瑞雪所帶來壅麥青出、麥禾金熟所致，不如
說是「林下人」如釋重負，從長久以來之煩惱苦愁轉為開懷有神
的心境投射。可以說，雕橋莊對於梁氏（含梁夢龍），不僅為身
心安居的庇護所，也是獲取利益，提供生活無虞的重要場域。正
是這種精神與物質的雙重護持，協助梁氏家族渡過晚明清初之時
代亂離。[43]

（二）製作「進退皆樂、福慧具足」的梁氏典範

　　梁夢龍的閒居生活，與二三知己「訂期結雅社，談詩奕棋」
亦為日常重心。[44]這些友人包括楊巍、吳國倫（1524-1593），
前者與梁夢龍同是三朝元老，也具有守邊御敵，修築邊城的貢
獻，[45]雕橋莊中之「蓮渚仙居」即為其所題，故可精準敘述於莊

---

[42]　上述引分別見《賜麟堂集》，卷 1，頁 9b、12a-12b、23b-24a、36a。另
　　　有〈瑞雪〉、〈喜雨〉，卷 1，頁 24a-24b、35a。

[43]　雕橋莊除了禾麥、花草，應該還栽種其他實用植物，如果樹、藥草。楊
　　　巍〈楊彬菴憲副因梁鳴泉憲長卜居真定作此贈之〉：「藏書山鑿幾千
　　　窟，種藥園開二百弓。」《存家詩稿》，卷 5，頁 1-2，《景印文淵閣
　　　四庫全書》，1285 冊，頁 514-515。

[44]　〈梁夢龍傳〉，《梁氏續族譜‧大傳》，頁 10a。

[45]　〈楊巍傳〉，《明史》，卷 225，頁 5917。

內「談奕坐清茵」的樂事。吳國倫是明後七子之一，「才氣橫放，好客輕財」。[46]他曾在三月花未開的時節來到雕橋莊，與主人銜杯共飲，重提夢龍當年的諫獵事功，並極力肯定之。[47]

不只是同期友人，比梁氏稍後的何出光（萬曆十一年進士，1583）、劉榮嗣（1570-1638），或是親自造訪雕橋莊，或者賦詩題詠。在他們筆下，梁夢龍既是心繫蒼生的老元臣，又為隱於竹邊水間的遺士：

> 背郭堂開水竹居，東山僕射舊吾廬。高門故傍陶潛柳，小艇能供張翰魚。檻外灢沱光拖玉，林邊恒嶽對懸車。春效使節尋遺老，江漢無令歲月虛。（〈春日過宮保梁公別墅〉）[48]

> 爽氣朝來映水濱，天開勝地老元臣。敢忘丹陛非常眷，彌繫蒼生隱後身。古道猶存花竹靜，時賢共拜斗山新。不因有事如今日，始憶當年綠野人。（〈寄題故太宰梁公雕橋

---

[46] 〈文苑三‧吳國倫傳〉，《明史》，卷 287，頁 7379。

[47] 〈過恒山梁乾吉招飲〉：「三月燕南花未開，恒陽立馬正徘徊……止應左掖雙梧樹，當識當年諫獵才。」慶之金、賈孝彰修，趙文濂等纂：《（光緒）正定縣志）》，卷 36，頁 20，《地方志人物傳記資料叢刊》（北京：北京圖書館，2002 年，影印清光緒元年刻本），華北卷，卷 11，頁 458。

[48] 明‧何出光：《中寰集》，卷 2，頁 17，《域外漢籍珍本文庫》（重慶：西南師範大學出版社，北京：人民出版社 2015 年，影印日本國會圖書館藏明萬曆 34 年序刊本），5 輯，集部，26 冊，頁 382。

莊〉）⁴⁹

經過梁夢龍的用心經營，造訪者對於雕橋莊美景多印象深刻，即
便在他方，也產生「爽氣朝來映水濱」、「古道猶存花竹靜」的
高雅想像。很自然地，悠遊林間的主人與陶潛、張翰一類的隱士
相提並論，而梁夢龍曾經功勛彪炳，心繫蒼生的元老事績，仍未
被人遺忘。不過劉榮嗣「不因有事如今日」一語，似乎又透露出
不盡如此的言外之意。

　　原來神宗朝與張居正相關之重臣多遭非議，梁夢龍被視為張
黨，連帶也影響其聲名。最具代表的說法，莫如王世貞（1526-
1590）《嘉靖以來首輔傳》所云：「居正之門人梁夢龍，自薊遼
總督入為兵部尚書，其品在下中，尤善媚」。⁵⁰鄉居二十年的山
翁於萬曆三十年（1602）辭世，趙南星則於天啟年間上疏曰：

> 夢龍當舊相柄政時，實未嘗附會行一敝法，未嘗詭隨傷一
> 善類，今在朝諸臣多有知者……夢龍系一品大臣，軍功懋
> 著，准致仕，馳驛回籍，有功無罪，身後應得恤典。
> （〈趙南星奏疏〉）⁵¹

49　明・劉榮嗣：《簡齋先生集詩選》，卷 4，頁 9，《四庫禁燬書叢刊》
　　（北京：北京出版社，2000 年，影印清華大學圖書館藏清康熙元年劉
　　佑刻本），集部，46 冊，頁 566。

50　明・王世貞：〈張居正傳〉，氏著：《嘉靖以來首輔傳》，卷 8，《景
　　印文淵閣四庫全書》（上海：上海古籍出版社，1987 年），452 冊，
　　頁 532。

51　梁維樞輯：《真定梁氏直譽集》卷 3，頁 1 下，北京國家圖書館藏，明
　　末抄本。

趙南星，字夢白，直隸高邑（今河北石家莊高邑）人，晚生夢龍二十餘年，但「晚年同在里中，相與最久，情好彌篤」。夢龍子梁慈、梁志、孫維樞均受業于趙氏。[52]基此三世情誼，[53]趙南星極力為友爭辯，舉出在朝諸臣多知夢龍未嘗「附會」、「詭隨」為證，具體駁斥王世貞的「善媚」之說。倪元璐（1594-1644）又進一步申述梁夢龍非但沒有諂媚張居正，抑且多次救助同僚的事實。[54]其時，夢龍三子梁慈襲父廕錦衣世千戶，與姪維樞均上書重提梁氏生前宦跡，終於在天啟中，朝廷補給恤典，贈封梁夢龍少保，崇禎末，追諡貞敏。[55]

　　趙南星一方面著力刮除夢龍「善媚」之污名，另方面則致力塑造其嶄新形象：

　　　　公在槐鼎，海內席帖，自公歸止，民騷境杌，公實仁人，
　　　　性惟濟物，愛士下賢，春肜磬折，孰懷此心，而典九德，

52　〈梁慈傳〉：「公為博士時，受業于高邑趙忠毅公，趙奇之。」〈梁志傳〉：「公與大金吾公（按梁慈）受業趙忠毅公之門。」《梁氏續族譜・大傳》，頁 16a、19b。吳偉業〈僉憲梁公西韜先生墓誌銘〉：「高邑趙忠毅公，隆、萬中所推真定兩太宰也……公執經往侍，遂為入室弟子。每著書，必命校讐，丹黃接席。」《吳偉業全集》，卷 42，頁 890。

53　〈雕橋莊記〉：「命眾甫（按梁慈）兄弟從余游，暨慎可兄弟而三世矣。」《趙忠毅公文集》，卷 12，頁 53，《四庫禁燬書叢刊》，集部，68 冊，頁 340。

54　〈太宰梁鳴泉公傳〉：「然聞之故老公佐樞時，江陵握屬鍼，公進平飲，多所救。」倪元璐：《倪文貞集》，卷 14，頁 6，《景印文淵閣四庫全書》，1297 冊，頁 178。

55　〈梁夢龍傳〉，《明史》，卷 225，頁 5916。

我瞻遺像，願諗朝列。（〈太宰梁公小像贊〉）

花花相映香相亂，掀髯大笑傾杯深。幅巾芰制太宰也，水
邊步屟神瀟灑。（〈飲郭山人，觀梁太宰園圖歌〉）

莊子曰：「山林皋壤使我欣欣然而樂」，故君子進退無不
樂也。人之能知此樂者，必其福慧具足者也……慎可囑余
為記，太宰功在國家，未老而抽身，夷猶徜徉於雕橋莊者
二十年。進則若忘其家，退則若忘天下，非古之所稱達人
者。（〈雕橋莊記〉）[56]

第一，夢龍在朝諸多事功，趙南星刻意標舉築邊抗敵的經歷，由
此推顯其「性惟濟物，愛士下賢」之胸襟。這或與天啟、崇禎年
間，後金勢熾，遼東戰況激烈膠著有關，重提邊功，不僅強化梁
氏貢獻，甚而成為鼓舞士氣民心之典範。第二，趙南星引用莊子
〈知北游〉語，[57]擇取夢龍在雕橋莊掀髯大笑、步履瀟灑的神
采，突出他徜徉於山林皋壤，真正達到「進則若忘其家，退則若
忘天下」的通達境界。第三，將進退皆樂的精神修養與人之福
報、德行相結合，趙氏由此論說，就因為夢龍通曉進退智慧，故

56　上述引文見《趙忠毅公詩集》，卷 3，頁 18-19。《趙忠毅公文集》，
　　卷 12，頁 50-53、卷 17，頁 58-59。《四庫禁燬書叢刊》，集部，68
　　冊，頁 77-78、338、533-534。

57　〈知北游〉：「聖人處物不傷物。不傷物者，物亦不能傷也。唯無所傷
　　者，為能與人相將迎。山林與！皋壤與！使我欣欣然而樂與！」郭慶藩
　　輯：《莊子集釋》（臺北：華正書局，1994 年），頁 765。

能「福慧具足」，頤養天年。

趙南星受維樞（字慎可）請託而撰寫〈雕橋莊記〉，[58]文中所描寫的夢龍形象，自然得到梁氏家族肯定，且為他們希冀建構與奉行的典範。進退之所以皆可樂，端賴雕橋莊這片風土及其所儲備的物質內容，梁氏子孫遂於晚明清初的亂世中得以歸返故里，福慧具足。

三、雕橋莊的身心療護意義

加斯東‧巴舍拉（Gaston Bachelard）說，家屋（la maison）是我們落腳於「人世一隅」（coin du monde）的第一個棲居之所，在其中可以感受到身心庇護的私密性與安全感。[59]對梁忠、梁思、梁慈與梁志而言，父親所建構的雕橋莊就具備這種特質，從而幫助自己從紛亂的朝政中脫身，「安居」（abide）於故里。[60]

---

[58]　〈雕橋莊記〉，《趙忠毅公文集》，卷 12，頁 53，《四庫禁燬書叢刊》，集部，68 冊，頁 340。

[59]　加斯東‧巴舍拉（Gaston Bachelard）著、龔卓軍、王靜慧譯：《空間詩學》（臺北：張老師文化事業股份有限公司，2005 年），頁 23-38。

[60]　梁夢龍長子梁忠，受父廕，襲錦衣世千戶，不願與內官共事，乃請急歸。二子梁思，「廕入太學……及隨少保公（按，梁夢龍）歸里。」三子梁慈，早年與楊漣、高攀龍、左光斗等人友善。「熹宗即位，權漸中落，璫焰將熾」，梁慈以為「小人進君子退，此其時也」，辭歸後，足不履城市，茸郊外「不蕪園」以居，自署「樹隱」，「後黨錮禍起，得免難，卒年七十八。」四子梁志，「以增廣生升太學，自是斥去舉子業」，宅後搆小園，歌詠自娛，或邀賓友，杯酒話舊，甲申三月二十四月卒，壽七十七。〈梁忠傳〉、〈梁思傳〉、〈梁慈傳〉，《梁氏續族譜‧大傳》，頁 14a-20a。梁清遠：〈泠然堂事略〉、〈衛尉函三公

　　維樞為梁志長子，自幼深得祖父母喜愛。夢龍致仕家居，「凡飲食出入，必攜以從」，親授孝弟禮義及古今聖賢事。[61]應是祖母馬夫人（1532-1617）臨終前，將雕橋莊一區授予維樞，[62]而為後來柳如是北上救夫的落腳處。甲申鼎革後，維樞與清標、清遠等人一方面習溫且擴展了雕橋莊內的行樂生活內涵，以圖繪顯現夫妻偕隱、閒居雅韻與課農無憂。另方面分從物質與精神層面召喚氏族精神，再藉由為家屋正名，確立自我身分的正當性。凡此，在在突顯雕橋莊伴隨梁氏家族經歷易代亂離的身心療護意義。

（一）雙鴛行樂與鑑藏雅趣

1.夫妻患難情：合歡樹底宿雙鴛

　　「行樂圖」是明代新興畫像種類之一，冠上「行樂」，畫面中的像主（無論貴冑或文士）多呈現愉悅情境下的幽閑神貌。[63]倘若畫作的活動背景是園林，並以園主肖像為主，則「行樂圖」又可視為肖像畫與園林畫的結合，在明清同樣盛行。[64]

　　傳〉，《祗園集》，卷 3，頁 1、6-7，《清代詩文集彙編》，22 冊，頁 807、810。

[61]　〈梁維樞傳〉，《梁氏續族譜・大傳》，頁 26b。

[62]　〈梁維志傳〉：「當馬夫人疾革，召兵憲公（按梁維樞）語曰：『汝祖素愛汝，且汝先諸兄弟成名，授汝莊一區，為汝異日養廉資。』」按此時，梁夢龍已辭世。《梁氏續族譜・大傳》，頁 19a。

[63]　毛文芳：〈盛世畫廊：由《李煦行樂圖》到《讀畫齋偶輯》的畫像文本〉，《曹雪芹研究》6 期（2015 年 2 月），6 期，頁 5-6。

[64]　黃曉、劉珊珊：〈園林畫：從行樂園到實景圖〉，《中國書畫》9 期（2015 年），頁 20。

雕橋莊很早便繪製成圖，畫手之一極可能是郭實。圖中不只強調「十里清溪拖素練」、「爛熳荷花照眼開」之莊園風光，更加特寫儒雅隱者梁夢龍的瀟灑神態。[65]到了「雕橋行樂圖」，像主換成維樞，此圖已佚失，今見梁清標以詩詠之：

> 海內大雅久不作，古道沈淪氣誼薄。惟余叔父寔挽之，有
> 骨崚嶒胸寥廓……合歡樹底宿雙鴛，山花艷冶烟光碧。叔
> 父徜徉步其下，衣冠嫻淡神瀟灑。玉樹臨風未足擬，縑素
> 煌煌如欲瀉。傍有叔母過少君，早歲恩承紫誥芬。臨難牽
> 裳甘斧鑕，鬚眉從此愧釵裙。畫橋垂柳同盤桓，儼然德耀
> 偕伯鸞。（〈雕橋行樂圖歌〉）[66]

據說，趙南星相當看重維樞，嘗閱其作，撫卷歎曰：「風雅不墜，復見之梁生矣。」[67]清標一落筆就聚焦叔父這種力挽古道，剛正開闊的不凡氣度，接著述其「忠鯁多逢當路嫉」、「文采風流映千古」等事蹟，最後點出畫作中叔父與叔母的雙鴛形象。

縱觀維樞一生，至少有三次鄉居，一於崇禎十四年（1641），得罪中官，議褫公職而歸田，隔年再入朝。二在清世

---

[65]　明‧趙南星〈飲郭山人，觀梁太宰園圖歌〉：「太宰園亭未得見，今日移來滿束絹。吾園對酒兼梁園，郭君畫手真堪美。」《趙忠毅公詩集》，卷3，頁8，《四庫禁燬書叢刊》，集部，第68冊，頁77。

[66]　梁清標：《蕉林詩集》，「七言古一」，頁2，《四庫全書存目叢書》（臺北：莊嚴出版社，1997年，影印南開大學圖書館清康熙17年梁允植刻本），集部，列集，204冊，頁21。

[67]　〈僉憲梁公西翰先生墓志銘〉，《吳偉業全集》，卷42，頁890。

祖初年，奔父喪，返鄉奉侍母親八年，順治十年（1653）復以為
營繕郎中。一年後，再因母吳夫人年近百歲，乞歸養，康熙元年
（1662）以疾終，此為第三次。維樞生於萬曆十五年（1583），
從「此時白首堂上祝」推斷，畫中像主應該年歲已高，較可能是
繪其入清後的樣貌。

　　維樞元配王淑人，生於萬曆二十四年（1596），崇禎四年
（1631）卒，享年 46。[68]繼室王氏，再繼杜氏，[69]二人生卒年未
詳，故畫中清標所稱之叔母，或為此二人之一。事實上，梁門多
有賢婦。夢龍既貴苦節，繼室馬氏隨之攻苦食淡，「所得命服，
每櫝而藏之。」梁志性慕高逸，不仕，家計一切皆倚元配吳氏。
吳氏「每日未出即起視事，至夜不少休。雖鹽雞豚諸瑣屑，一目
不忘。」維樞長年離家，元配王氏，「盡出囊篋以供不足，又質
簪珥佐之」，凡米鹽耕織等瑣事，俱自理之。[70]

　　比對題詠圖畫的詩歌，像主從「水邊步履神瀟灑」的夢龍，
變成「合歡樹底宿雙鴛」之維樞夫婦，形成同中有異的主題。清
標刻意以「山花艷冶烟光碧」的亮麗色彩吸引讀者目光，而後點
出叔父如今步履安閒，臨風瀟灑的淡定，實建立在叔母患難與
共，死生不棄的過往歲月。於此彰明夫妻間的情義深重，執手隱
逸「行樂」之琴瑟和鳴。

　　從幽閑愉悅，到夫妻合歡，圖繪展示雕橋行樂的多元內涵，

68　《梁氏續族譜・外傳》，頁 8a。

69　〈僉憲梁公西韓先生墓志銘〉，《吳偉業全集》，卷 42，頁 890。

70　上述見《梁氏續族譜・外傳》，頁 1a-1b、2b、7a。梁清遠〈先淑人行
　　述〉，《袚園集》，卷 4，頁 18，《清代詩文集彙編》，22 冊，頁
　　826。

反映何以梁氏遊子總對家屋戀戀難念。維樞長子清遠，順治三年
授刑部主事。他在任上，嘗命人繪製「雕丘督稼圖」：

> 督稼圖者，蓋辛巳之歲，家君命余督稼於雕丘，後十六
> 年，余追憶其事，而為之圖也。（〈雕丘督稼圖記〉）[71]

這是一段夾雜著多重時間的追述，第一在崇禎十四年（1641，辛
巳），清遠奉父命監管鄉里農事，當時維樞也在雕橋。第二是十
六年後，也就是順治十四年，清遠命人繪製「雕丘督稼圖」，第
三乃撰記當下，覺昨是而今非矣。

　　第一個時間點——明末，梁清遠已有棲隱之念。元配王氏
（1608-1651）性靜澹，不好紛華，與夫居田間則樂，處城市常
鬱鬱不自得。[72]二人情性相契，琴瑟和鳴，當清遠「慕霸陵鹿門
之業」，攜妻兒移居雕橋莊：

> 朝而起，見白雲英英然，慕而息，聞水聲湯湯然，山鳥弄
> 音，野花獻色，巡行阡陌。餘暇與吾妻坐古槐下，取所攜
> 書籠分而閱之。閱倦則自取梧枏，燃不灰木，爐煮苦茗共
> 啜，二子嬉戲其旁，撫摩為樂。如此者，歷夏而秋。
> （〈雕丘督稼圖記〉）[73]

---

[71]　《袪園集》（文），卷2，頁9，《清代詩文集彙編》，22冊，頁802。

[72]　〈熙真子傳〉，《袪園集》（文），卷3，頁17，《清代詩文集彙編》，22冊，頁815。

[73]　《袪園集》（文），卷2，頁9，《清代詩文集彙編》，22冊，頁802-803。

如此之閒適生活，一來如同曾祖朝起即進入大自然中，在山光、
水聲、鳥音、花色的環繞下巡行農稼，顯現尋常作息中的脫俗意
趣。二則宛若「雕橋行樂圖」的情景，再現父親維樞與母親樹下
讀書、燃薪品茗的日常雅趣，欣喜亦能自己享受天倫團聚之樂。

　　第二個時間點——順治十四年，清遠「追憶其事，而為之
圖」。以圖名來看，清遠追憶內容，首先是崇禎十四年監管農
事。其次，他懷念與王氏棲隱雕橋莊的閒適時光。再次，自己復
入郡城，曾與王氏相約隱居退處，以全身遠害，豈知「吾妻從予
竟殞于都下，乃負前盟」，此時是順治八年（1651）。[74]最後，
來到繪圖的順治十四年，清遠歷經了世變，死生等重大變故。

　　第三個時間是撰寫〈雕丘督稼圖記〉。下筆時刻，前述時間
點所堆疊，交織的往事逐一湧現，清遠一方面傷歎舊事如夢，死
不復生。另方面懊悔「使余能堅其隱操，十數年來備山居之樂
事，讀家藏之故書，則亦今之伯鸞德公矣。」應是這既傷懷，又
懊悔的心情，讓清遠驚覺昨是而今非，「遂命工繪為一圖，時觸
目以自警」，更埋下日後辭歸，屏居鄉里的決心。

　　王氏辭世後，清遠陸續寫下〈清故誥封恭人亡妻王氏墓誌
銘〉、〈熙真子傳〉、〈祭妻文〉、〈悼亡〉等詩文，[75]屢次提
及自己多無暇理家事，歷經世變，入朝為官，「仰事頫育不至困

74　〈清故誥封恭人亡妻王氏墓誌銘〉：「吾妻……順治辛卯九月十日歿于
　　京邸，距生萬曆戊申（按，三十六年，1608）五月，得年四十有四。」
75　梁清遠：《祓園集》（文），卷 3、頁 17-18、卷 4，頁 17-19、19-20。
　　《祓園集》（詩），卷 1，頁 10-11，《清代詩文集彙編》，22 冊，頁
　　815-816、826-827、827、847-848。

頓於田野，索米於長安者，則以余妻王恭人為之內也。」[76]亂世夫妻真情，溢於言表。尤其王氏嘗語清遠：「雕丘水木清華，建華閣，謝賓客，趺坐蒲團，未為不善。」二人雖無法遂願，依舊簡緣省事，一起究論仙道。[77]可見梁清遠與王氏不只是患難夫妻，亦為相契伴侶，雕橋莊是他們最希冀療護身心的偕歸行樂居所。

2.閒雅鑑藏樂：坐擁萬卷心悠然

入清後，梁氏出現三代同朝為官的盛況。[78]第一代除了維樞，尚有梁忠二子維本。第二代是清遠、清標、清寬，從兄弟三人同列九卿，梁允植為第三代。其中清標累遷侍講學士，兵、禮、刑、戶部尚書、保和殿大學士，最為權高勢重，但他也是唯一入南明弘光朝「從賊」案，後來還被寫進〈貳臣傳〉。[79]

不過，清標在清初的聲名與影響，另得自豐富之書畫鑑藏。自從樓遁雕橋莊，夢龍即開始經營可供閒賞遊樂的空間，形塑一種文雅的生活形態，比方列書千餘卷、栽植花竹。而梁氏一族多擅於書藝，梁忠，「習書法，以行草擅長」、梁思，「學顏、柳，筆筆蒼老」。梁慈「書法宗顏、柳」，好書壁，燕趙間名剎道院，無不有其書。又若梁維麗，「寄情文酒，力工書法」。維

---

76 〈清故誥封恭人亡妻王氏墓誌銘〉，《被園集》（文），卷4，頁16，《清代詩文集彙編》，22冊，頁825。

77 〈熙真子傳〉，《被園集》（文），卷3、17，《清代詩文集彙編》，22冊，頁815。

78 梁氏中也有為明殉節者，如梁維本二子清宏被闖賊執之，受酷刑三日不死，知崇禎帝自縊煤山，勺水不入口者五日，卒年三十一。〈梁清宏傳〉，《梁氏續族譜‧大傳》，頁52b-53a。

79 〈貳臣傳乙〉，《清史列傳》，卷79，頁6584-6586。

樞「酷嗜歐陽率更，得其楷法」，順治帝常命書數紙，特予褒
嘉。清宏「通書史」、清遠「能文章，書法慕顏真卿，一時爭貴
之」。[80]

　　梁氏家族不但精通書體，擁有珍貴法帖，又旁涉名畫、奇玩
等藝文鑑藏，尤其梁志好刻圖書，深明古篆法，賞鑑鼎彝書畫、
一一能辨其真偽，另常搜剔奇石，森列園中。[81]清標部分藏品即
來自梁志和祖上其他珍貴物，[82]而位於真定城內的「蕉林書屋」
為其重要藏書處。主人嘗請陸薪徵為書屋繪圖，[83]又藏有喬萊
（1642-1694）「蕉林書屋圖」扇、蕭晨（1658-?）「蕉林書屋
圖」軸與李寅（生卒年不詳）「蕉林修幅圖」，[84]足見書屋圖不

80　上述詳見〈梁忠傳〉、〈梁思傳〉、〈梁維麗傳〉、〈梁清宏傳〉，
　　《梁氏續族譜・大傳》，頁 14b、15b、24a、50a。〈衛尉函三公
　　傳〉，《袚園集》（文），卷 3，頁 7，《清代詩文集彙編》，22 冊，
　　頁 810。吳偉業：〈僉憲梁公西韓先生墓誌銘〉，《吳梅村全集》，卷
　　12，頁 892。〈梁侍郎傳〉，錢仲聯主編：《廣清碑傳集》（蘇州：蘇
　　州大學出版社，1999 年），卷 2，頁 85。

81　梁清遠：〈泠然堂事略〉，《袚園集》（文），卷 3，頁 1-2，《清代
　　詩文集彙編》，22 冊，頁 807-808。〈梁志傳〉，《梁氏續族譜・大
　　傳》，頁 20a。

82　劉金庫：《南畫北渡——清代書畫鑑藏中心研究》（石家莊：河北教育
　　出版社，2008 年），頁 186、221。

83　梁清標：〈蕉林書屋圖小序〉：「因屬山陰陸薪徵為圖而復漫為長歌以
　　紀之云。」氏著：《蕉林文稿》，北京國家圖書館藏，清抄本，頁
　　7b。

84　劉金庫：《南畫北渡：清代書畫鑑藏中心研究》，「附錄二・棠村藏品
　　輯佚目錄」，頁 421。蕭晨〈蕉林書屋圖〉軸現藏於北京故宮博物院，
　　錄入徐邦達：《中國繪畫史圖錄》（上海：上海人民美術社，1984
　　年），下冊。

只繪製一幅，且有相關之題詠詩文：

> 海戍息烽烟，樓船解甲眠。藤蘿三徑月，衣馬五陵天。偃
> 坐青林下，長吟秋水篇，囊琴堪拂拭，古調耿朱絃。
> （〈題梁玉立司馬蕉林書屋圖〉四首之四）[85]

龔詩從烽烟息的太平時代落筆，或許未必切合順治、康熙年間，
抗清戰事仍然持續的政局實況，卻是委婉傳達清標閒居山林，無
繫乎盛衰，應與個人性情有關。頷聯具體點出主人歸隱行徑及其
顯貴身分，頸聯之「長吟秋水篇」附和趙南星〈雕橋莊記〉引莊
子〈知北游〉說明梁夢龍進退無不樂之處世智慧與生命境界。因
此，末聯用以收結全詩──偃坐青林下，拂琴彈曲之安適身影，
與其說是疊合了像主與曾祖，不如說是自夢龍以降，梁門逐漸成
形的「閒雅」氏族風韻。

　　主人將書屋命名「蕉林」，一為「特愛芭蕉青翠舒卷自如，
有林下風味」。二則仰慕懷素嗜書，「種蕉數萬本取葉供書」，
寄寓「綠天庵」的高致雅韻。[86]由是：

> 主人樂此長閉關，簷花如綺圖書閒。當門不種鉤衣草，入
> 室頻移幽谷蘭。車馬九衢任雜遝，坐擁萬卷心悠然。焚香
> 偃仰復何事，蕭颯志在滄洲間。塵壒紛紛安所極，獨上元
> 龍樓百尺。自笑平生與世違，且對蕉林共晨夕。出門波濤

---

[85]　清‧龔鼎孳：《定山堂詩集》，卷 13，孫克強、裴喆編輯校點，氏
　　　著：《龔鼎孳全集》（北京：人民出版社，2014 年），1 冊，頁 459。

[86]　梁清標：〈蕉林書屋圖小序〉，《蕉林文稿》，頁 7a-7b。

滾滾來，仰視浮雲與太息。（〈蕉林書屋歌〉）[87]

身仕順治、康熙二朝，清標權傾一時，為何仍感到處境凶險，無
所措捉，且須以幽蘭為喻，召示自我不隨波逐流之堅貞形象。原
來他的宦途也顛躓起伏，先在順治十六年（1659），被奏征討鄭
成功（1624-1662）沒有盡心籌畫，且巧言飾辯，於是自引歸
咎，降三級。[88]其次，康熙六年（1667），以禮部尚書充會試正
考官，「旋遇京察，革職」，十年，方補刑部尚書。最後是二十
七年，湖北巡撫張汧被劾貪污，清標因保舉受牽連，部議革職，
「降三級留任」，三十年，死。[89]

　　縱然詩人自剖，性疏放、愛幽靚，寧願朝夕面對蕉林，坐擁
圖書，焚香偃仰。但從上述經歷看來，清標幾乎一直在朝為官，
閒居書屋只是暫還，[90]這和祖輩大多辭官歸隱，安居雕橋莊之出
處抉擇已然有別。此外，在真定城外，主人尚有栢棠別墅：[91]

---

[87]　《蕉林詩集》，「七言古一」，頁 20-21，《四庫全書存目叢書》，集
部，別集，204 冊，頁 30-31。

[88]　按，陳寅恪推測，梁清標降職或與其迴護錢謙益，免因參與鄭成功攻取
金陵計劃而遭到清廷之殺害有關。「且清標身任兵部尚書，其對己亥戰
役之態度如此冷淡……其不為清廷盡心經畫，以防禦鄭氏，與二十餘年
後之反對進攻臺灣。疑是同一心理。」所謂同一心理，意指清標似暗助
鄭軍。《柳如是傳別》，第五章〈復明運動〉，頁 1217-1222。

[89]　上述詳見〈貳臣傳乙〉，《清史列傳》，卷 79，頁 6585-6586。

[90]　〈初過家〉：「數載留京國，蕉林此暫還」，《蕉林詩集》，「五言律
三」，頁 2，《四庫全書存目叢書》，集部，別集，204 冊，頁 96。

[91]　《詞苑萃編》：「梁清標望江南」：「滹沱河之南，栢棠村在焉。中有
司徒梁蒼巖公別墅。」馮金伯輯：《詞苑萃編》，卷 17，頁 3，《續修
四庫全書》（上海：上海古籍出版社，1995 年，影印清嘉慶刻本），

> 偶過西郊日，海棠爭欲妍。里門仍故榜，茅屋枕寒泉。小
> 飲花堪醉，慵遊草借眠。山中饒樂事，歸路眺晴煙。
> （〈春日過栢堂別墅〉）

> 聯騎西郊踏翠茵，竹松三徑舊為隣。跰躚花舞渾成幕，睍
> 睆鶯啼欲傍人。酒洽堪酬芳草約，時閒較勝去年春。偕行
> 漫話桑麻事，薄暮優遊幸此身。（〈春日遊栢棠庄即席
> 賦〉）[92]

栢棠別墅佔地遼闊，與雕橋莊相距不遠，[93]高雅景觀連為一氣。
曾祖莊園以蓮渚芳馨取勝，清標的別業改以海棠爭妍，形成同中
有異的山中美景。春天正是海棠盛開期，花團錦簇搖曳，加上悅
耳鶯啼聲，難怪清寬年年來訪。清寬為梁維本長子，清標是五
子，但過繼叔父維基為子，[94]親手足偕行踏青，閒話家常，自是
人生樂事。可以想見，栢棠別墅應該收藏不少書畫奇珍，兄弟尚
可酌酒賞玩，共享日常雅趣。也是這份「優遊幸此身」的山中長
樂，讓清標難以忘懷，「四月蕉林好，青山有夢知」、[95]「花落

集部，詞類，1733 冊，頁 581。

[92] 上述引文分別見於梁清寬：《嘯雲樓詩集》，《清代稿本百種彙刊》
　　（臺北：文海出版社，1974 年，影印國立中央圖書館藏清初著者手稿
　　本），集部，65 冊，頁 42、88。

[93] 魏裔介：〈與大司馬寇梁玉立〉：「雕橋及貴莊白棠，遂至曲陽橋禪
　　院。」氏著：《兼濟堂文集》（北京：中華書局，2007 年），卷 10，
　　頁 268。

[94] 《梁氏續族譜‧家傳》，頁 16b。

[95] 〈初夏憶蕉林〉，《蕉林詩集》，「五言律三」，頁 20，《四庫全書

空階雨乍收，圖書坐擁草堂幽」、[96]「十里溪流遠市居，綠波的
的照紅渠」，[97]書屋與鄉里風土總是出現其記憶中。

（二）雕橋莊與雕丘槐：再現祖輩精神，為家屋正名／命名

在「清」字輩兄弟中，清遠與祖父母情感最深厚。這不只因
為他是長孫，自幼日侍梁志膝下。崇禎十七年（1644）甲申二
月，真定知府丘茂華殺總督侍郎徐標，降李自成，[98]很快地，北
京陷落，崇禎帝自縊。避難於鄉里的梁志驚憂致疾，三月二十四
日辭世。其時，維樞在都城任工部主事，清遠一邊安慰祖母，忍
悲棺歛，一邊遣僕入京傳訊，祖孫共歷兵燹喪亂，故而親暱異乎
旁人。因此，當康熙元年維樞病逝，清遠守喪期滿，遂乞終養祖
母，歸返雕橋莊。

由前文可知，清遠一直企盼辭官棲遯，已預計在韓河北岸，
築室為隱居之所，此乃「臥雲草堂」。[99]然而，當他如願歸隱，
隨即又修葺梁夢龍所築「壽槐堂」以居，課農習道，並將「雕
橋」正名為「雕丘」，陸續完成《雕丘雜錄》、《鷇史》、《證

存目叢書》，集部，別集，204 冊，頁 105。

[96] 〈憶蕉林十首〉之六，「七言絕一」，頁 13、《四庫全書存目叢
書》，集部，別集，204 冊，頁 219。

[97] 〈秋憶趙郡風物成雜詠三十首〉之六，《蕉林詩集》，「七言絕三」，
頁 5，《四庫全書存目叢書》，集部，別集，204 冊，頁 238。

[98] 〈莊烈帝本紀二〉，《明史》，卷 24，頁 334。

[99] 梁清遠〈臥雲草堂圖記〉，《祓園集》（文），卷 2、頁 8-9，《清代
詩文集彙編》，22 冊，頁 802。梁清標〈臥雲草堂歌〉，《蕉林詩
集》，「七言古一」，頁 16-17，《四庫全書存目叢書》，集部，別
集，204 冊，頁 28-29。

道閑鈔》等著作。這些行為其實體現了詩人的閒居心境、生活形態、與自我價值，可從數方面觀察之。

第一，在雕橋莊的建築群中，「壽槐堂」具有重要的象徵意義，主要是立於堂前的古槐：

> 吾郡有古槐二焉，其一在南宮有大槐館，其一則梁公得之，而雕橋之槐伯乎南宮。南宮者枝葉扶疏，而雕橋者亭亭直上，有正人之度。夫槐非散木也，古者外朝之位三公面三槐。槐者，懷也，能懷來人也。恒山自古多兵燹，此木歷百年巋然長存，非獨其情質之堅貞，亦其所得于二儀七曜之精華多矣。其神明足以自衛也。（〈雕橋莊記〉）[100]

趙南星上述文字透露幾點訊息，首先，雕橋之槐得之不易，又優於其他古槐，特別聳立挺拔。這說明其所在之「壽槐堂」充滿梗直氣象，主人擁有堅貞正氣。其次，古槐珍奇，作用不凡，甚能喻指夢龍的輔宰身分與顯赫事功。最後，雕橋之槐屢遭戰亂而挺立獨存，不僅因為質地堅實，且得天地日月精華。言下之意，梁氏家族得此神物護持，自可免於兵燹而安適於雕橋莊。

古槐突顯莊主身分，反映其人格性情，同時具備撫慰氏族的精神作用，極易成為雕橋莊之重要象徵。是以許多題詠從此角度發言，如傅振商（1573-1640）〈題梁太宰雕橋莊〉：「槐庭瑞繞音聲樹，蓮沼花藏太乙舟。」梅之煥（1575-1641）〈題梁太

---

[100] 《趙忠毅公文集》，卷 12，頁 52-53，《四庫禁燬書叢刊》，集部，68 冊，頁 339-340。

宰雕橋莊〉：「即看喬木槐陰舊，又見孫枝奕葉新」、馮銓
（1595-1672）〈雕橋莊〉：「何處名園好，雕橋景物多……槐
老尚書里，蓮芳令君河」、吳偉業〈雕橋莊歌並序〉：「常山古
槐千尺起，雕橋西畔尚書里」。[101]

　　既然古槐足以代表雕橋莊，清遠修葺「壽槐堂」，必然重現
古槐神采。前述「雕丘督稼圖」所繪，清遠與妻子便是「坐古槐
下，取所攜書簏分而閱之」。身處相同空間，透過今昔對照，清
遠向祖輩致敬，紹承氏族精神的意圖十分明顯。故〈壽槐堂憶
昔〉刻意以古槐作為時間串連，先是追述古槐從樹大十圍，枝葉
扶疏到春光拂照下益發繁茂，襯托曾祖由「作室臨寶樹」的棲逸
之初，到「奕世讀書好曠達，閒來吟眺玩芳菲」的至樂歲月。緊
接著訴說自己之現今：

> 近來少保老孫子，棄官學道甘息機。人言淨退高天下，自
> 笑平生畏是非。樓居終日不履地，坐挹空翠香霏霏。莓苔
> 留雨屋欹傾，扶筇慨歎人歔欷。但令樹存良亦足，寧論千
> 季願無違。（〈壽槐堂憶昔〉）[102]

一句「少保老孫子」的身分表白，將清遠和曾祖之間明確勾連起
來，其資藉，一是有形祖產——雕橋槐的維護與保存。這也間接

---

[101] 上述引文，見陳夢雷編纂、蔣廷錫校訂：《古今圖書集成》，3 冊《方
　　輿匯編・職方典》，106 卷〈真定府部〉，頁 8728。《吳偉業全集》，
　　卷 11，頁 296。

[102] 《袚園集》（詩），卷 4、頁 5，《清代詩文集彙編》，22 冊，頁
　　874。

承諾，自己將與古槐，共同持續守護莊園。二為無形之精神風範，為了不受世俗是非侵擾，寧願選擇棄官隱閉，或享受妻兒在側的天倫歡愉，或趁著「古槐日有雲霞氣」，挂笏獨吟。[103]與曾祖如此形似的身影，清遠自然而然在友人筆下成為別業主人，比方龔鼎孳：「雕丘正鬱風雲氣，山公漫稱松菊主」[104]、魏象樞（1617-1687）：「青山碧水古雕丘，督稼圖中足臥游。歲月喜從戎馬得，烟雲況是祖宗留」。[105]

第二、有別於族弟清標愛好閒賞的生活形態，清遠把較多精力花在課農與學道。前者顯然又和曾祖的性情、關懷面向相吻合，後者可視為個人所追求的生命志向。清初魏裔介、李方巖、張元裕曾在雨後同往雕橋一帶的千頃稻田，[106]所以清遠必須督責的農務，應該不少，但從詩文自述看來，他多是優游從容，不以為苦：

> 自今以往，蔬食布袍，優游田里，務農課子，養性著書。（〈閒居詩序〉）

---

103 〈雕丘槐〉，《袚園集》（詩），卷 2、頁 19，《清代詩文集彙編》，22 冊，頁 861。

104 〈題梁葵石少宰先世少保雕丘別業圖〉，《定山堂詩集》，卷 1，《龔鼎孳全集》，1 冊，頁 136。

105 〈題雕邱督稼圖贈同年梁葵石光祿〉，魏象樞撰、陳金陵點校：《寒松堂全集》（北京：中華書局，1996 年），卷 5，頁 205。

106 〈與大司馬寇梁玉立〉：「前在郡城，雨後同友人至雕橋及貴莊白棠，遂至曲陽橋禪寺，稻田千頃……」又見〈夏日同李方巖、張元裕過雕橋尚書里，遂至石屏禪院〉。魏裔介：《兼濟堂文集》，卷 10、19，頁 268、529。

宦途多險阻，人情易翻覆。遯世莫愁貧，西郊麥已熟。
（〈歸山園中作用太白感秋韻〉）

曲沼波光漖，踈林鳥語真。東皋聊秉耒，最喜黍苗新。
（〈雕丘三首〉之三）

潛居自得山中樂，西屏深處富丘壑。妻孥嬉戲安耕鑿，不
向帝里謀名爵……歲登黍稷多收獲，甿有餘粟弗蕭索。
（〈舊隱〉）

秋獲農人告歲成，石田晚穀數十斛。鶴糧已足百無憂，曳
杖溪南看修竹。（〈田家作〉）[107]

相較之下，時常引起曾祖愁煩，不雨無雪的荒旱現象，鮮少困擾
清遠，可能是莊園渡過草創時期的墾植，農作物進入歲收穩定的
狀態。其實住在其中，不僅糧食無虞，另如「蔬筍果實，魚蝦菱
芡，不煩他求，採之園池而已足。」[108]這些物質基礎使得主人
得以「不向帝里謀名爵」，而如果無須歲歲朝謁，就能免於「宦
途多險阻，人情易翻覆」之擔憂，獲得真正的快樂與自由。顯然
地，清遠不但慶幸有此護持身心的空間場域，特別以圖繪展現自

---

[107] 上述引文依序見《祓園集》（文），卷 1、頁 17、24，《祓園集》
（詩）卷 2，頁 3、卷 3、頁 8-9、16，《清代詩文集彙編》，22 冊，
頁 797、851、854、865、869。

[108] 〈雕丘督稼圖記〉，《祓園集》（文），卷 2，頁 9，《清代詩文集彙
編》，22 冊，頁 802。

己「督稼」的身影，抑且自信地宣示：「人生至樂，莫如隱居。人可以自主張者，莫如閒退。」[109]、「行樂閒園步屢遲」、「終歲閒居真復樂」、「莞爾老人何必愁，有子有孫足貽謀。花發千年終暢茂，雕丘古槐誠良儔」。[110]

仍未歸隱的時候，清遠已經傾心仙道，除了和王氏夫唱婦隨，「時與究論玄理」、[111]「趺坐蒲團談白業」。[112]又「清署多暇，日臨《麻姑壇》法書一過，間哦《小詩繙道笈》以自娛，焚香鍵戶若世外人。」[113]棲遲閒居後，他如願履行誓言，恢復「本是學道人」的身分：[114]

> 長門閉關謝客，庭陰藻荇交流。耳目自然清曠，正宜禪室焚修。（〈閒居四首〉之一）[115]

---

[109] 〈臥雲草堂圖記〉，《袚園集》（文），卷 2、頁 9，《清代詩文集彙編》，22 冊，頁 802。

[110] 以上三首詩依序為〈村居記事十首〉之一、〈村居閒詠四首〉之四、〈清和堂前海棠花歌〉，《袚園集》（詩），卷 3，頁 4、10、19，《清代詩文集彙編》，22 冊，頁 863、866、871。

[111] 〈熙真子傳〉，《袚園集》（文），卷 3，頁 17，《清代詩文集彙編》，22 冊，頁 815。

[112] 〈清心菴同熙真子習靜〉，《袚園集》（詩），卷 2，頁 11，《清代詩文集彙編》，22 冊，頁 858。

[113] 〈梁清遠傳〉，《梁氏續族譜・大傳》，頁 47a。

[114] 〈憶昔〉：「夙昔本是學道人，況在炎蒸飲沉瀣……設誓他年奉道戒，亦如羽客出塵埃。」《袚園集》（詩），卷 1，頁 7，《清代詩文集彙編》，22 冊，頁 846。

[115] 〈閒居四首〉之一，《袚園集》（詩），卷 2，頁 4，《清代詩文集彙編》，22 冊，頁 854。

飽後閒看童煉藥，博山爐內生香蒸。煉已待時登草閣，蒲
團趺坐心無著。溫養子珠蟾光爍，飄飄遙望緱嶺鶴。
（〈舊隱〉）[116]

• 雖然沒有妻子相伴，清遠的道心堅定，自稱「道翁」、「道
人」，[117]持續煉藥求仙、勤讀道書，同時撰述《證道閒鈔》，
結交不少志同意合之友。[118]他甚至夢見自己入神宮，被仙吏稱
之仙官。[119]值得留意的是，所謂「手製碧雲香、青蓮茗，作
〈十二樂齋小引〉」[120]，顯示主人的閒居生活仍舊有文藝活動，
但在實踐自我之生命價值，梁清標謝客長閉，「坐擁萬卷心悠
然」以自樂，而清遠則是選擇禪室焚修，臥看秋山擁白雲。[121]

　　第三，自構築以來，莊園一直冠以「雕橋」之名，清遠以為
此乃傳訛稱呼：

---

[116] 《袚園集》（詩），卷3，頁9，《清代詩文集彙編》，22 冊，頁
866。

[117] 〈冬日村居二首〉之二：「八載巖栖客，廿年學道翁。」〈村居紀事十
首〉之十）：「道人睡足心如水，臥看秋山擁白雲。」《袚園集》
（詩），卷3，頁4、5，《清代詩文集彙編》，22 冊，頁863、864。

[118] 如〈城居憶雕丘道侶〉、〈郊行望西山憶諸道友〉、〈贈西山道友〉。
《袚園集》（詩），卷3，頁14、卷4，頁3、5、15，《清代詩文集彙
編》，22 冊，頁868、873、879。

[119] 〈梁侍郎傳〉，《廣清碑傳集》，卷2，頁85。〈梁清遠傳〉，《梁氏
續族譜·大傳》，頁48b-49a。

[120] 〈梁清遠傳〉，《梁氏續族譜·大傳》，頁48b。

[121] 〈村居紀事十首〉之十，《袚園集》（詩），卷3，頁5，《清代詩文
集彙編》，22 冊，頁864。

> 歐陽公〈鎮陽殘杏〉詩：「雕丘新晴暖已動，砌下流水來
> 潺潺。」下自注云：「雕丘水在州西十五里，以長渠引走
> 城中。」以今計之，即吾雕橋也。「橋」是「丘」之誤，
> 長渠固在然，亦不能貫城中，惟老槐參天，似猶文忠公時
> 物。（《雕丘雜錄》）[122]

宋仁宗慶曆四年（1044），歐陽修（1007-1072）任河北都轉運
按察使。隔年春天，真定帥田況（1005-1063）因為平定保州雲
翼軍之變有功，升遷為起居舍人，移防秦州，歐陽修權知真定府
事三個月，[123]〈鎮陽殘杏〉詩作於此年：[124]

> 鎮陽二月春苦寒，東風力弱冰雪頑。北潭跬步病不到，即
> 常山宮後池也，州之勝遊惟此，何暇騎馬尋郊原。雕丘新
> 晴暖已動，砌下流水來潺潺。雕丘水在州西十五里，以長
> 渠引走城中。但聞簷間鳥語變，不覺桃杏開已闌。人生一
> 世浪自苦，盛衰桃杏開落間。[125]

詩從具體的時空寫起，直接引用真定的別稱鎮陽，以回應詩題，

---

[122] 梁清遠：《雕丘雜錄》，卷二，《藤亭漫抄》，頁 12-13，《續修四庫
全書》，子部，雜家類，1135 冊，299-300。

[123] 〈田況傳〉，脫脫：《宋史》（北京：中華書局，1977 年），卷 292，
頁 9782。歐陽修撰、李逸安點校：《歐陽修全集》（北京：中華書
局，2001 年），第 6 冊，附錄卷一，《歐陽修年譜》，頁 2062、
2063。

[124] 嚴杰：《歐陽修年譜》（南京：南京出版社，1993 年），頁 140。

[125] 《歐陽修全集》，第 1 冊，卷 2，頁 31。

同時交待所處之地域空間。[126]接著用春二月天氣依舊寒冷，冰
雪極其強勁作為對照、突顯後文因病體弱而無法訪勝踏青的實
況。「北潭」，依詩下自注，為常山宮後池。《大清一統志》云
北潭位於後梁李存進（856-922）擴建鎮州城時所修築之牙城
（潭城）內，乃真定重要的歷史古蹟。[127]歐陽公將北潭與雕丘
對舉，形成人文名勝與自然景觀之相互呼應，進一步發出人生猶
如桃杏開落，變幻無常的感慨。

　　歐陽修是位極具影響力的典範人物，又曾經治理真定，清遠
援引其親見聞之詩作來為自己的說法作證，甚而懷疑古槐為「文
忠公時物」。但為何發生這種錯誤，他並沒有詳加論析，僅說是
「土人相傳訛丘為橋」。[128]不過，經此糾誤，冠以「雕丘」之

---

[126] 真定，漢高祖置恒山郡，後避文帝劉恒諱，改曰常山郡。北周武帝宣政
　　元年於郡置恒州。唐元和十五年又避穆宗李恒諱，改曰鎮州。五代後唐
　　初建北都，改州為真定府，晉復曰恒州，後周又改為鎮州，宋復曰真定
　　府常山郡。穆彰阿、潘錫恩等纂修：《大清一統志》，卷 18，《真定
　　府志一》，頁 1-2，《續修四庫全書》（上海：上海古籍出版社，
　　1997 年，影印部部叢刊續編本），史部，地理類，613 冊，頁 391。

[127] 《大清一統志》：「鎮州牙城曰潭城，歐陽修曰：『常山宮後有池，亦
　　曰北潭，州之勝遊惟此』，故名。」《大清一統志》，卷 18，《真定
　　府志二》，頁 1，《續修四庫全書》，史部地理類，613 冊，頁 401。
　　但梁清遠於《雕丘雜抄》：「真定潭園之勝，自唐已著……獨至明則湮
　　沒無聞，迄今父老亦無能知其地者……是其故址俱未可知，書此以告來
　　者。」《雕丘雜錄》，卷 5，〈臥疴隨筆〉，頁 4，《續修四庫全
　　書》，子部，雜家類，1135 冊，頁 311。

[128] 〈與孫枚先閣學〉：「雕丘在真定城西十五里……土人相傳訛丘為橋
　　耳。」《袚園集》（文），卷 4，頁 3，《清代詩文集彙編》，22 冊，
　　頁 819。

名的書寫相繼出現，除了清遠本身作品，如〈雕丘三首〉、〈雕丘四景四首〉、〈雕丘雜賦十首〉諸詩[129]與《雕丘雜錄》。清標追憶鄉里之風物，詠曰：「雕丘澹結草堂陰，烟水孤亭對碧岑。」[130]清寬贊歎「雕丘槐」，云其「霜幹虬枝一院陰，溪光遠接碧雲岑。槐亭不入紅塵思，聽取長林快活吟。」[131]魏象樞則為清遠題詠「雕丘督稼圖」。[132]

　　還須追問的是，清遠為什麼要為這座「先太宰歸田隱居於此，家君幼年讀書於此」的莊園正名？[133]嚴格說來，夢龍長子為梁忠，梁忠長子維大無嗣，二子維本有六子，清寬是長子。梁志是夢龍四子，清遠或是為了孝養祖母而居住在祖園，但一來同輩族兄弟眾多，他並不是長房長孫，二則吳氏於康熙四年辭世，清遠雖另有臥雲草堂、太平園，又扛起守護祖宅、重現雕丘槐的責任。其實，這種稍顯尷尬的處境，梁志似乎已預見，當馬夫人將莊園一區授予維樞，梁志曰：「孫子蒙祖父母撫摩之愛足矣，豈敢獨受中人之產，顧均而予同讀書」。[134]

---

[129]　《袚園集》（詩），卷2，頁2-3、卷3，頁7、卷4，頁8-9，《清代詩文集彙編》，第22冊，頁853-854、865、875-876。

[130]　〈秋憶趙郡風物成雜詠三十首〉之二十七，《蕉林詩集》，「七言絕一」，頁16，《四庫全書存目叢書》，集部，別集，第204冊，頁221。

[131]　《嘯雲樓詩集》，《清代稿本百種彙刊》，集部，65冊，頁30-31。

[132]　〈題雕丘督稼圖贈同年梁葵石光祿〉，《寒松堂全集》，卷5，頁205。

[133]　〈與孫枚先閣學〉，《袚園集》（文），卷4，頁3，《清代詩文集彙編》，22冊，頁819。

[134]　〈梁志傳〉，《梁氏續祖譜‧大傳》，頁19a。

基於此，清遠應須強化自己居住的正當性。首先，一幅園林
繪圖可以拿來向人展示擁有者的地位、品味與財富。[135]當「雕
丘督稼圖」、「雕丘別業圖」均以清遠為像主，主人的身分不言
而喻。再則，命名本身就是一種權利的象徵，清遠將「雕橋」更
正為「雕丘」，與其說是澄清長久以來的訛稱，不如說是藉此落
實自己的主人地位。就現存的文人書寫看來，「雕丘」之名雖沒
有取代「雕橋」，但至少二者均被視作真定梁氏別業的名稱。

四、結語：喬木獨存與太平歲月

明清築園文化鼎盛，私家園林蓬勃興起，許多著名的江南園
林，如蘇州拙政園、滄浪亭、無錫寄暢園、揚州个園、影園均廣
為人知。而北方私家園林或在暢春園、頤和圓等皇家園林的光芒
遮蓋下，受矚目的比較少。本文所論述之梁氏雕橋莊，位於今河
北西南的正定（古稱真定），是一座北方私家園林。

這座興於明代中後期的北方私家莊園，自搆建之始，梁夢龍
便充分運用華北平原遼闊與緊臨滹沱河、周河的地理優勢，規劃
為佃戶住處及其耕作田畝、主人日常起居建築群、保存自然景緻
而僅間以館、亭等三大區域。然後透過水渠將三個區域連為一
體，形成既獨立又緊密，「大鳴泉繞處，晚照日斜時。千畝綠如
畫，群峰青欲移」[136]的雕橋奇景。

雕橋莊內，不但包括佃農耕作的田地，另栽植蔬笋、果實，

---

[135] 高居翰、黃曉、劉珊珊著：《不朽的林泉——中國古代園林繪畫》（北
京：生活·讀書·新知三聯書店，2014 年），頁 61-62。

[136] 〈和汪山人二首〉之二，梁夢龍：《賜麟堂集》，頁 36b。

生產魚蝦、菱芡，且有藥園，足以保障衣食無虞的生活。因此，自從梁夢龍致仕歸隱，奠定重農觀稼與福慧具足的典範形象，其子梁忠、梁思、梁慈與梁志、其孫維樞、曾孫清遠等都從晚明清初紛擾的朝政中主動求去，選擇閒適的棲居歲月。不必為了經營生計而誤觸宦途險阻，人情翻覆，從而獲得心靈的自由自在，此乃雕橋莊從現實面到精神上，對梁氏家族所形成身心雙重庇護的主要作用。

神宗萬曆末年起，陝西飢民四處劫掠，天啟年間更爆發農民軍民變。自後，隨著張獻忠（1606-1647）、李自成（1606-1645）分別率眾起事，建立政權，山西、陝西，河南、河北、湖廣等地，幾乎都變成農民軍流竄、對抗朝廷的戰地。入清後，北方既有大順軍餘部持續抵抗，又屢屢發生反清活動，社會依然動盪不安。梁維樞與姪兒清遠、清標、清寬等人同仕新朝，面對的是政局波詭雲譎，個人處境充滿危殆，能夠與家人團聚，過著身心安穩的生活，何其不易，又何其幸運。是以無論透過文字描寫，或者圖繪，梁氏族人經常流露數代同堂，夫妻偕隱的人倫歡洽景象。

當今學者認為明清士人在充滿挫折的科舉仕途過程，嘗試離異於世俗世界，另外衍生出「閒隱」的生活理念。由是，他們在退隱的空間場所，極力塑造一種優雅的生活情境，從而開展出有別於世俗世界的「閒雅」生活形態，並且重新開展自我，另創人生價值與生命意義。[137]梁氏家族在雕橋莊內的空間營造、生活

---

[137] 王鴻泰：〈明清士人的閒隱理念與生活情境的經營〉，《故宮學術季刊》24 卷 3 期（2007 年），頁 1-44。

模式，可說是符合明清士人之「閒雅」文化。不過，梁夢龍等人
離開朝堂的原因不一，不全是因為科舉過程受挫，此為其一。其
二，他們各自行樂，追求的人生價值也不盡相同，有些是追隨祖
輩風範，繼續督責農務，並把主要精力放在習道求仙，例如梁清
遠。有些則是接收祖輩的珍藏，樂於書畫鑑藏等藝文活動，比方
梁清標。其三，梁氏家族面對世變，於明清易代選擇退居，二代
人的心境、態度著實不同：

> 歸田太宰昔同游，廿載林泉共來去。此是君恩優老臣，後
> 來吾輩應難遇。每思此語輒泫然，知己投荒絕塞天。同是
> 家臣恩數異，傷心非復定陵年。黃巾從此成貽禍，青史誰
> 來問斷編……我有山莊幸如故，老樹吟風自朝暮。磐石寧
> 容蟲蟻穿，斧斤不受樵蘇誤。（〈雕橋莊歌並序〉）[138]

吳偉業於順治十年九月，應召入京，而維樞亦復任以營繕郎中。
二人定交於前朝，再見時已是物換星移，滄海桑田。於此，偉業
對於老友與自己的心境，作出十分痛切的陳述。首先，他重提夢
龍得以退居雕橋莊的盛事，一來展現前明君王尊重朝臣意願的寬
明，暗寓緬懷故國之意。二則反襯維樞、自己，連出處都由不得
己，委婉表達不願入仕新朝的無奈心志。其次，偉業深知此舉，
定會為二人留下歷史污名，遂而更加傷心泫然。最後，偉業以亂
後獨全，依然如故的雕橋莊為喻，召示維樞與他的堅貞志節，絕
不會為了生計而曲意逢迎。

---

[138] 《吳偉業全集》，卷11，頁296。

　　透過偉業的代言，我們看到的是不忘舊主，掛憂聲名與持節自重的易代文士情志。於是，雕橋莊內，「鈴索高齋擁賜書，名花異果雕欄護」的隱逸作為，守護雕橋古槐，「四海烽煙喬木在，一窗燈火故人無」的悲概、是維樞作為「高門遺老，晚節最勝」，不言而喻的象徵。[139]至於梁清標，出仕新朝，卒於任上，閒居是其仕途不遂時，退而求其次的選擇。蕉林書屋僅為鑑藏書畫，暫居自樂的藝文空間。而清寬「拙宦餘三徑，浮名悔一官。早知農圃好，長嘯白烟巒」、「看破世情堪笑傲，任矜名利總微茫」、「人情漫說春水薄，世態常牽蜀道愁」等自剖，[140]比較像是備嘗官場起伏、人情冷暖的感歎語。

　　尤其是清遠決意棲遁求道，明末已經動念，入清後終於得償。他所追求「箕踞科頭心太平」、「太平園裏秋光好」的超然心境，[141]其實是個人性情所致，並非藉此澄清己志，暗寓追思前朝，或者自我認同。甚至，當清遠援引歐陽修詩句，為祖宅正名／更名為「雕丘」，藉以落實居住於內的正當性與自己的主人身分，似乎也間接以個人的太平心境遮蓋了「雕橋槐」的喬木滄桑，標示著亂後獨全的名山別墅與梁氏家族進入了另一個時代。

---

[139] 〈雕橋莊歌并序〉，《吳偉業全集》，卷 11，頁 296。

[140] 上述引文見〈睡起〉、〈聞砧〉、〈閒居感懷〉，《嘯雲樓詩集》，《清代稿本百種彙刊》，集部，65 冊，頁 60-61、63、106。

[141] 〈太平園詩序〉：「戊午（按康熙 17 年，1678）初秋，退居後園，長日靜坐，景物妍美……名吾園曰太平，賦詩四章以識其事。」《祓園集》（詩），卷 4，頁 13-14，《清代詩文集彙編》，22 冊，頁 878。

引用書目

一、真定梁氏家族著作

梁夢龍：《賜麟堂集》，北京國家圖書館藏，明末抄本。

────：《史要編》，《四庫全書存目叢書》，臺南：莊嚴出版社，
　　1997 年，影印北京大學圖書館藏明隆慶六年刻本，史部，史鈔類，
　　138 冊。

────：《海運新考》，《四庫全書存目叢書》，臺南：莊嚴出版社，
　　1997 年，影印遼寧省圖書館藏明萬曆刻本，史部，政書類，274
　　冊。

梁維樞輯：《真定梁氏直覺集》，北京國家圖書館藏，明末抄本。

梁清遠：《袂園集》，《清代詩文集彙編》，上海：上海古籍出版社，
　　2010 年，影印清康熙二十七年梁允桓刻本，22 冊。

────：《雕丘雜錄》，《續修四庫全書》（上海：上海圖書館，1997 年
　　影印中國科學院圖書館藏清康熙二十一年梁允桓刻本），子部，雜
　　家類，1135 冊。

梁清標：《蕉林文稿》，北京國家圖書館藏，清抄本。

────：《蕉林詩集》，《四庫全書存目叢書》，臺北：莊嚴出版社，影
　　印南開大學圖書館清康熙十七年梁元植刻本，1997 年，集部，別
　　集，204 冊。

梁清寬：《嘯雲樓詩集》，《清代稿本百種彙刊》，臺北：文海出版社，
　　1974 年，影印國立中央圖書館藏清初著者手稿本。

梁允植等纂修、國家圖書館分館編：《梁氏族譜》，北京：線裝書局，
　　2002 年，影印清康熙十九年刻本）。

二、傳統文獻

先秦・莊子著、郭慶藩輯：《莊子集釋》，臺北：華正書局，1994 年。

宋・歐陽修著、李逸安點校：《歐陽修全集》，北京：中華書局，2001
　　年。

元・脫脫：《宋史》（北京：中華書局，1977 年）

明‧楊巍：《存家詩稿》，《景印文淵閣四庫全書》，上海：上海古籍出版社，1987 年，1285 冊。

明‧何出光：《中寰集》，《域外漢籍珍本文庫》，重慶：西南師範大學出版社，北京：人民出版社，2015 年，影印日本國會圖書館藏明萬曆三十四年序刊本，5 輯，集部，26 冊。

明‧王世貞：《嘉靖以來首輔傳》，《景印文淵閣四庫全書》，上海：上海古籍出版社，1987 年，452 冊。

明‧趙南星：《趙忠毅公文集》，《四庫禁燬書叢刊》，北京：北京出版社，2010 年，影印北京大學圖書館藏明崇禎十一年范景文等刻本，集部，68 冊。

明‧劉榮嗣：《簡齋先生集詩選》，《四庫禁燬書叢刊》，北京：北京出版社影印清華大學圖書館藏清康熙元年劉佑刻本，集部，46 冊。

明‧倪元璐：《倪文貞集》，《景印文淵閣四庫全書》，上海：上海古籍出版社，1987 年，1297 冊。

清‧錢謙益著、錢曾箋注、錢仲聯標校：《錢牧齋全集》，上海：上海古籍出版社，2003 年。

清‧孫承澤：《畿輔人物志》，《四庫全書存目叢書》，臺南：莊嚴出版社，1997 年，影印山東省圖書館藏清初刻本，史部，傳記類，119 冊。

清‧龔鼎孳著、孫克強、裴喆編輯校點：《龔鼎孳全集》，北京：人民出版社，2014 年。

清‧吳偉業著、李學穎集評標校：《吳偉業全集》，上海：上海古籍出版社，1999 年。

清‧魏裔介：《兼濟堂文集》，北京：中華書局，2007 年。

清‧魏象樞著、陳金陵點校：《寒松堂全集》，北京：中華書局，1996 年。

清‧李澄中：《白雲村文集》，《四庫全書存目叢書》，臺南：莊嚴出版社，1997 年，影印南京圖書館藏清康熙刻本，集部，別集，250 冊。

清‧陳夢雷編纂、蔣廷錫校訂：《古今圖書集成》，成都：巴蜀書社，

1987 年。

清・張廷玉：《明史》，北京：中華書局，1974 年。

清・鄭大進纂修：《（乾隆）正定府志》，《新修方志叢刊》，143 冊，
　　《河北方志之三》，臺北：臺灣學生書局影印清乾隆 27 年刊本，
　　1968 年。

清・馮金伯輯：《詞苑萃編》，《續修四庫全書》，上海：上海古籍出版
　　社，1995 年，影印清嘉慶刻本，集部，詞類，1733 冊。

清・穆彰阿、潘錫恩等纂修：《大清一統志》，《續修四庫全書》，上
　　海：上海古籍出版社，1997 年，影印四部叢刊續編本，史部，地理
　　類，613 冊。

清・何紹基著，龍震球、何書置點校：《何紹基詩文集》（長沙：岳麓書
　　社，1992 年）

清・趙爾巽等著：《清史稿》，北京：中華書局，1998 年。

清・葉昌熾：《緣督廬日記抄》，北京愛如生數字化技術研究中心：「中
　　國基本古籍庫」，合肥：黃山書社，2008 年，民國上海蟬隱廬石印
　　本，史地庫・歷史類・傳記譜系目。

清・慶之金、賈孝彰修，趙文濂等編纂：《（光緒）正定縣志）》，《地
　　方志人物傳記資料叢刊》，北京：北京圖書館，2002 年，影印清光
　　緒元年刻本。

三、近人論著

加斯東・巴舍拉（Gaston Bachelard）著、龔卓軍、王靜慧譯：《空間詩
　　學》，臺北：張老師文化事業股份有限公司，2005 年。

何齡修：《五庫齋清史叢稿》，北京：學苑出版社，2004 年。

高居翰、黃曉、劉珊珊著：《不朽的林泉——中國古代園林繪畫》北京：
　　生活・讀書・新知三聯書店，2014 年。

徐邦達：《中國繪畫史圖錄》，上海：上海人民美術社，1984 年。

陳寅恪：《柳如是別傳》，北京：生活・讀書・新知・三聯書局，2001
　　年。

劉金庫：《南畫北渡——清代書畫鑒藏中心研究》，石家莊：河北教育出

版社，2008 年。

錢仲聯主編：《廣清碑傳集》，蘇州：蘇州大學出版社，1999 年。

嚴杰：《歐陽修年譜》，南京：南京出版社，1993 年。

四、學位、期刊論文

王鴻泰：〈明清士人的閒隱理念與生活情境的經營〉，《故宮學術季刊》
　　　24 卷 3 期（2007 年）。

毛文芳：〈盛世畫廊：由《李煦行樂圖》到《讀畫齋偶輯》的畫像文
　　　本〉，《曹雪芹研究》6 期（2015 年 2 月）。

方良：〈錢謙益丁亥年被捕事叢考〉，《常熟理工學院學報（哲學社會科
　　　學）》5 期（2010 年）。

黃曉、劉珊珊：〈園林畫：從行樂園到實景圖〉，《中國書畫》9 期
　　　（2015 年）。

張毅：〈略論梁夢龍的歷史貢獻〉，《社會科學論壇》第 9 期（2008
　　　年）。

張濤：《梁清標及其《蕉林詩集》研究》，瀋陽：遼寧大學中國古代文學
　　　研究所碩士論文，2013 年。

劉友恒：〈正定縣梁氏家族墓地出土文物〉，《文物春秋》第 1 期（1996
　　　年）。

劉金庫：《「南畫北渡」：梁清標的書畫鑒藏綜合研究》，北京：中央美
　　　術學院博士論文，2005 年。

輯 三
詩的凝視

論韋縠《才調集》及其於
明清時期的版本流傳[*]

中央大學中文系助理教授
李宜學

摘　要

　　五代・韋縠《才調集》是見存「唐人選唐詩」中，規模最龐大的一部，也可能是遺留問題最夥、評價最為兩極的一種。歷來學者討論編者韋縠、所編《才調集》，見解相當分歧，連帶也影響了對《才調集》的評價，褒貶不一。此外，該書自編定以降，宋代公、私目錄多有著錄，並且，遲至南宋已有刻本，但「傳本甚稀」，影響力不大。逮至明清之際，卻欻然廣受重視，學者密集為之整理、校刊、出版，甚至箋注、補注、刪正，掀起一波閱讀、詮釋、再詮釋《才調集》的熱潮，直至清末，其勢仍未或已。前枯後榮、由衰轉盛的際遇，於詩歌史、文學史、書籍傳播史上，毋寧都是一道特殊的景觀，就中涉及的文學接受（reception）課題，亦饒富意趣。基於上述兩點，本文吸收學界最新研究成果，擬探賾兩個問題：一、韋縠《才調集》，二、《才調集》於明清時期的版本流傳。冀能藉此清楚勾勒問題脈絡，凸顯爭議關鍵，進而描述「海虞二馮」、紀昀評點《才調集》所顯示的詩學意義。

關鍵詞：韋縠　才調集　版本流傳　李商隱　詩學意義

*　本文為作者參加科技部人文社會科學研究中心「唐人選唐詩研讀班」（MOST104-2420-H-002-016-MY3-SB10402）之部分研究成果。初稿承研讀班討論人並諸先生提供寶貴意見，投稿本專書，又承兩位匿名審查委員惠賜卓見，謹此一併致謝。

一、前言

　　五代・韋縠（約生於 880-884 之間，約卒於 954 以前[1]）《才調集》，是見存「唐人選唐詩」中，卷帙最龐大（十卷）、收錄詩作數量最多（一千首）的一部，也可能是遺留問題最夥、評價最為兩極的一種。歷來學者討論編者韋縠、所編《才調集》，見解相當分歧；循此，對於該書的價值、意義，也就有了南轅北轍的論斷：譽之者，贊其「選擇精當，大具手眼」，[2]直視為「唐人選唐詩之冠」；[3]駁之者，讓其「隨手成編，無倫次」，[4]「甚為粗疏」。[5]就中曲折，頗待釐清。

　　此外，《才調集》自編定以降，宋代公、私目錄多有著錄，[6]並且，遲至南宋已有刻本。但由於編選標準、內容、體例存有諸多問題，輒引發不少訾議（俱詳後文），因此，「傳本甚

---

[1]　五代・韋縠生卒年，世多無考，此據陳尚君：〈《才調集》編選者韋縠家世考〉，《唐詩求是》（下）（上海：上海古籍出版社，2018年），頁 723-724。

[2]　清・宋邦綏：《才調集補注・序》，收入《續修四庫全書》編輯委員會編：《續修四庫全書》（一一六一）（上海：上海古籍出版社，1995年），頁 2a，總頁 253。

[3]　傅璇琮：〈《才調集》考〉，《唐詩論學叢稿》（臺北：文史哲出版社，1995 年），頁 171。須說明的是，傅氏此語，乃持批判立場，對這種稱譽頗不以為然。

[4]　明・胡震亨：《唐音癸籤》，收入氏編：《唐音統籤》（九）（上海：上海古籍出版社，2003 年），卷三十一，頁 2b，總頁 682。

[5]　陳尚君：〈唐人編選詩歌總集敘錄〉，《唐詩求是》（下），頁 663。

[6]　宋・王堯臣《崇文總目》、宋・鄭樵《通志・藝文略》、宋・尤袤《遂初堂書目》、宋・陳振孫《直齋書錄解題》等，均載此書。

稀」，[7]影響力不大。[8]逮至明清之際，卻欻然廣受重視，學者密集為之整理、校刊、出版，甚至箋注、補注、刪正，掀起一波閱讀、詮釋、再詮釋《才調集》的熱潮，直至清末，其勢仍未或已。前枯後榮、由衰轉盛的際遇，於詩歌史、文學史、書籍傳播史上，毋寧都是一道特殊的景觀，就中涉及的文學接受（reception）課題，亦饒富意趣。

基於上述兩點，本文吸收學界最新研究成果，擬探賾兩個問題：一、韋縠《才調集》，二、《才調集》於明清時期的版本流傳。冀能藉此清楚勾勒問題脈絡，凸顯爭議關鍵，進而描述「海虞二馮」、紀昀評點《才調集》所顯示的詩學意義。

二、韋縠述論

韋縠，兩《唐書》無傳，元・辛文房（良史，生卒年不詳）《唐才子傳》亦闕如，至其遺聞逸事，也不見諸稗官野史，檢索周勛初《唐人軼事彙編》，欲尋韋氏蛛絲馬跡，居然不可得！[9]至其著作，《全唐詩》中未見其詩，亦未見他人與其交往詩作；[10]

7　清・傅增湘：〈校唐人選唐詩八種跋〉，《藏園群書題記》（上海：上海古籍出版社，2008 年），卷第十九，頁 945-946。

8　蔣寅：〈撥亂反正的努力——江南詩學〉，《清代詩學史（第一卷）》（北京：中國社會科學出版社，2012 年），第二章，頁 194-195。氏云：「五代時後蜀韋縠編的《才調集》十卷，向來不為人所重，直到明末江陰詩論家許學夷還覺得一無可取。」

9　周勛初主編：《唐人軼事彙編》（上海：上海古籍出版社，2006 年）。

10　吳汝煜、胡可先編：《全唐詩交往詩索引》（上海：上海古籍出版社，1993 年）。

《全唐文》收錄其文一篇，即〈《才調集》序〉，[11]而這短短一百七十字的序文，便是天壤間所能得見韋氏親撰的所有文字。綜言之，韋縠其人其作，於漫長的千年歷史中，近乎銷聲匿跡，知者甚眇。清四庫館臣已云：「其里貫事蹟皆未詳」，[12]近人傅璇琮、張忱石、許逸民合編之《唐五代人物傳記資料綜合索引》，竭澤而漁廣搜正史、傳記資料八十三種，於韋氏資料來源亦僅得《全唐文》、《直齋書錄解題》、《十國春秋》三種，[13]故知這兩百年間，學界對於韋縠的了解，進展無多，無怪乎傅璇琮於〈《才調集》考〉文中慨嘆道：

> 關於韋縠的生平事跡，可資考證的材料太少。[14]

也因為「資料太少」，論者對於韋縠身處的年代、家世、生平等基本問題，往往模糊其詞，莫衷一是。今述論如下。

（一）所屬年代

韋縠所撰〈才調集敘〉，自署：「蜀監察御史韋縠集」，[15]

---

[11]　清‧董誥等編：《全唐文》（北京：中華書局，1983 年），卷八百九十一，頁 6a-b，總頁 9305。

[12]　清‧紀昀等編：〈《才調集》提要〉，《欽定四庫全書總目》（六）（臺北：藝文印書館，1970 年），卷一百八十六，頁 26b-27a，總頁 3877-3878。

[13]　傅璇琮、張忱石、許逸民編撰：《唐五代人物傳記資料綜合索引》（臺北：文史哲出版社，1993 年），頁 463。

[14]　傅璇琮：〈《才調集》考〉，頁 169。

而《才調集》收詩下限，約在五代中後期，[16]故知其自認為五代
十國的蜀國人。其後，南宋・計有功（敏夫，生卒年不詳）《唐
詩紀事》卷六十一〈宋邕―作雍〉載：

〈春日〉云：「……」偽蜀韋縠取此詩為《才調集》。[17]

「偽蜀」，自是宋人以正統自居，貶抑前朝的一種稱法，所指與
韋縠所自署，並無二致。明・胡震亨（孝轅，1569-1645）《唐
音癸籤》亦載錄此書，曰《名賢才調集》，置於「五代人選唐
詩」之列，署名「蜀監察御史韋縠編」，[18]其文字，似直承
〈《才調集》序〉而來。

　　以上三說，均視韋縠為五代十國蜀國人；然而，十國中的
「蜀」，有前蜀、後蜀，韋氏究屬何朝？最早出現、也最居主流
的說法，多稱「後蜀」。如宋・陳振孫（伯玉，1179-1262）
《直齋書錄解題》卷十五，云：

15　唐・韋縠：〈《才調集》敘〉，收入傅璇琮、陳尚君、徐俊編：《唐人
　　選唐詩新編》，增訂本（北京：中華書局，2014 年），頁 919。《才調
　　集》由傅璇琮點校。

16　劉瀏：〈《才調集》編選者韋縠考〉，《中國古典詩論探源》（北京：
　　知識產權出版社，2015 年），頁 141。劉氏此文，原題〈《才調集》編
　　選者韋縠生平考略〉，發表於《安慶師範學院學報（社會科學版）》第
　　33 卷第 1 期（2014 年 2 月），頁 116-119。

17　王仲鏞：《唐詩紀事校箋》（上）（成都：巴蜀書社，1989 年），卷
　　六十一，頁 1663-1664。

18　明・胡震亨：《唐音癸籤》，收入氏編：《唐音統籤》（九），卷三十
　　一，頁 2b，總頁 682。

《才調集》十卷，後蜀韋縠集唐人詩。[19]

元‧馬端臨（貴與，1254-1323）《文獻通考》卷二百四十八，著錄「《才調集》十卷」，引陳振孫之言曰：

> 後蜀韋縠集唐人詩。[20]

明‧曹學佺（能始，1574-1646）《蜀中廣記》卷一百，云：

> 後蜀韋縠選唐人詩，以李青蓮、白樂天居首，……。[21]

清‧吳任臣（志伊，1628-1689）《十國春秋》卷五六〈後蜀九‧韋縠〉，云：

> 韋縠少有文藻，夢中得軟羅纘巾，由是才思益進。仕高祖父子，累遷監察御史，已又陞□部尚書。縠嘗輯唐人詩千首，為《才調集》十卷，其書盛行當世。[22]

---

[19] 宋‧陳振孫：《直齋書錄解題》（上海：上海古籍出版社，2006年），卷十五，頁 443。

[20] 元‧馬端臨：《文獻通考》，收入《景印摛藻堂四庫全書薈要》（二三三）（臺北：世界書局，1988 年），卷二百四十八，頁 17a，總頁272。

[21] 明‧曹學佺：《蜀中廣記》，收入中華書編輯部編：《宋元明清書目題跋叢刊》（北京：中華書局，2006 年），卷一〇〇，頁 7a，總頁131。

[22] 清‧吳任臣：《十國春秋》，收入清‧紀昀等編纂：《景印文淵閣四庫

清‧王士禎（子真，1634-1711）〈才調集選序〉云：

> 孟蜀監察御史韋縠撰。[23]

自宋、元、明、清以降，論者幾乎異口同聲認定韋縠是後蜀人。

然而，下逮清‧乾隆、嘉慶年間，忽然出現「前蜀」新說。首由《四庫全書總目‧《才調集》提要》發端，云：

> 縠仕王建為監察御史。[24]

其後，《嘉慶重修一統志》，將韋縠列於五代前蜀「韋莊」之後，云：

> 韋縠，杜陵人，少有文藻，夢中得軟羅纈巾，才情益進。仕蜀為尚書，嘗選唐人詩為《才調集》。[25]

兩條資料，均一改「後蜀」舊說，但所據為何？未曾說明。[26]

對此二說，今人多以「後蜀」為是。傅璇琮據前引《十國春

全書》（四六五）（臺北：臺灣商務印書館，1983 年），卷五十六，頁 1b，總頁 498。

[23]　清‧王士禎：〈才調集選序〉，《才調集選》，收入王德毅主編：《叢書集成三編》（三四）（臺北：新文豐出版公司，1996 年），頁 461。

[24]　清‧紀昀等編：〈《才調集》提要〉，頁 26b-27a，總頁 3877-3878。

[25]　清‧仁宗撰：《嘉慶重修一統志》（上海：商務印書館，1919 年），頁 29b。

[26]　以上所述，參劉瀏：〈《才調集》編選者韋縠考〉，頁 141-142。

秋》、《唐詩紀事》，於〈《才調集》考〉文中云：

> 根據《十國春秋》所述韋縠仕宦的概略，……看來韋縠不
> 大可能會由五代入宋。……計有功稱韋縠為「偽蜀」，說
> 明在計有功眼中，韋縠確為前代的人。

並批評《四庫提要》「前蜀」之說「未知所據，不可信從。」[27]
又，《才調集·前記》亦明言：

> 《才調集》十卷，後蜀韋縠編。[28]

堅信韋縠為後蜀人。

這樣的論述立場，或受《十國春秋》影響所致。傅璇琮對於
《十國春秋》所載韋縠文字，非常推崇，讚為「迄今所見關於韋
縠生平事跡最詳的文獻記載」，並言：

> 吳氏的《十國春秋》徵引了唐宋人的筆記雜著數百種，有
> 相當高的史料價值，他的記述顯然應予以重視。[29]

所據當為《十國春秋·凡例十》「是編所采古今書籍，無慮數百

27　傅璇琮：〈《才調集》考〉，頁 169。
28　傅璇琮：《才調集·前記》，收入傅璇琮、陳尚君、徐俊編：《唐人選
　　唐詩新編》，增訂本，頁 915。
29　傅璇琮：〈《才調集》考〉，頁 169。

餘種」、「臆說杜撰，牽耳無徵，實所未敢」之說，[30]而視該書為信史。傅氏此論，為多數人所從，如呂玉華《唐人選唐詩述論》、[31]劉瀏〈《才調集》編選者韋縠考〉[32]等，均言《十國春秋》所述詳盡可信，因此，也都認定韋縠為「後蜀」人。

　　對「後蜀」說提出商榷的，是陳尚君；而其觀點，亦經前、後兩期的轉變。陳氏早年撰〈唐人編選詩歌總集敘錄〉，稱《才調集》為「後蜀韋縠編選」，[33]但晚近所撰〈《才調集》編選者韋縠家世考〉，則先承認「後蜀說」「大致可信」，繼而檢討、質疑《十國春秋》所載內容，其言曰：

　　　　清初吳任臣《十國春秋》卷五六有其傳云：「……。」似
　　　　乎頭頭是道。但其實仔細分析，「少有文藻」和輯《才調
　　　　集》當然是依據其自敘，「夢中」和「已又升□部尚書」
　　　　二事，均據明徐應秋《玉芝堂談薈》卷二六〈奇寶雷公
　　　　璥〉云：「李浚《松窗雜錄》記物之異聞，有雷公璥、辟
　　　　塵犀……韋縠尚書夢中所得軟羅纈巾、西蜀織成〈蘭
　　　　亭〉、屬賓國黃金衣、筆管上鏤盧思道〈燕行
　　　　歌〉……」。……至於「仕高祖父子」一句，不知是有所
　　　　本，還是出於猜度。後蜀只有高祖父子兩代，此句沒有太

30　清・吳任臣：《十國春秋・凡例》，收入《景印文淵閣四庫全書》（四
　　六五），頁 1b，總頁 498。

31　呂玉華：《唐人選唐詩述論》（臺北：文津出版社，2004 年），頁
　　220。

32　劉瀏：〈《才調集》編選者韋縠考〉，頁 142。

33　陳尚君：〈唐人編選詩歌總集敘錄〉，《唐詩求是》（下），頁 663。

多實際意義，也無法證明韋縠廣政間的出處情況。[34]

仔細拆解了《十國春秋》此段文字的來源，意在指出其所述不足信。就中尤其值得注意的是，最具細節描寫的「得軟羅繢巾」與「累遷監察御史，已又升□部尚書」二事，實抄自《松窗雜錄》，且係誤抄。蓋《松窗雜錄》原文為：

> 物之異聞
>
> 雷公鑠　辟塵犀簪　煖金魚袋　……韋縠尚書夢中所得軟羅繢巾　西蜀織成蘭亭　罽賓國黃金衣　筆管上鏤盧思道〈燕行歌〉　拂林國雕紫文馬腦如小合底寫國王□□上又小貌亦類之　白玉劍長二尺餘
>
> 已上二十一物皆得其所自，或經目識，客有疑問，悉用條謹。[35]

據此可知，明‧徐應秋《玉芝堂談薈》卷二六〈奇寶雷公瑣〉先訛抄了《松窗雜錄》，將「韋縠」錯為「韋縠」，因而也稱韋縠為「尚書」；清‧吳任臣又「誤采傳訛的文本，據以拼湊韋縠事迹」，[36]一錯再錯。事實上，「無論韋縠還是李浚（筆者按：

《松窗雜錄》作者），其生活年代都遠早於前後蜀時期」，[37]根本無法預知後人韋縠種種後事。

　　此外，本文還以為，吳任臣當係有見於韋縠〈才調集敘〉自署「監察御史」，又見徐應秋《玉芝堂談薈》有「韋縠尚書」之說，因此，想當然爾地將兩官銜前後串連起來。又，《十國春秋》於關鍵的「已又升□部尚書」句，正好奪一字，此事不免過於躁躒！若換個角度思考，或許該文原貌即是如此，吳任臣從《玉芝堂談薈》把捉住「尚書」一事，為顯鄭重，擬添作「某部尚書」以取信於讀者，但又不知所任究係何部，故只能闕一字？苟如此，則其撰述，勉強稱得上疑者闕焉。其後，晚出的《全唐文》於〈《才調集》序〉所附韋縠小傳則云：

　　縠仕後蜀，累遷監察御史，戶部尚書。[38]

當又抄自《十國春秋》，更將原本存疑的「□部」，逕填上「戶部」。此舉，恐怕就難免向壁虛構、憑空捏造之嫌了。

　　總之，經由陳尚君的辨析可知，韋縠曾「得軟羅繢巾」、曾任「□部尚書」二事，純為子虛烏有；《十國春秋》所載，不足採信；而韋縠為「後蜀」人，便也值得重新考慮了。陳氏此文，有破有立，既已破惑，文後便提出新詮，所據即為成都東郊新出土的兩方碑志。下文續論之。

---

[37]　陳尚君：〈《才調集》編選者韋縠家世考〉，《唐詩求是》（下），頁720。

[38]　清・董誥等編：《全唐文》，頁 6a-b，總頁 9305。

（二）家世、生平事跡

　　韋縠家世，原本無考。二〇〇五年，四川省文物管理局出版了三冊的《四川文物志》，中有〈□□故蜀州新津縣令韋府君墓誌銘〉、〈清河郡夫人張氏墓志〉兩碑，墓主為韋縠的二弟：韋毅，以及韋縠之妻，撰碑者，則為墓主「侄婿彭州九隴縣令羅濟」，[39] 故其所述，應當可信。陳尚君即就此二碑詳細勾勒出韋縠的家世背景，並推測其生平仕履。

　　〈□□故蜀州新津縣令韋府君墓誌銘〉曰：

> 韋之氏……至玄孫賢為漢丞相，始居京兆之杜陵。……府
> 君諱毅，字致文。……父諱貽範，皇任尚書戶部侍郎、同
> 中書門下平章士、諸道鹽鐵轉運等使，判度支。……相國
> 有子六人、女二人，遭家不造，執親之喪，四海未寧，中
> 原多事，遂扶持先國太夫人孔氏入蜀。……王先主早托洪
> 鈞，曲回青眼，優容厚禮，改館加籩。……長兄樂，皇任
> 東川節度副使。仲兄縠，皇任侍御史。次兄蝦，起家授簡
> 州金水縣、……今朝先皇帝鎮臨之初，首蒙拔擢，雲霄
> 路穩，羽翮風高，踐履清華，便蕃貴盛。今上彌隆倚注，
> 迴降絲綸，乃自大儀兼領彭郡，久懸眾望，即副具瞻。次
> 弟宏，皇任源州觀鳳判官。季弟縠，前守陵州祿事參
> 軍。……府君即相國第四子也。……廣政十九年丙辰八月
> 二十四日寢疾，終于綿州履善里私第，春秋七十

39　陳尚君：〈《才調集》編選者韋縠家世考〉，《唐詩求是》（下），頁
　　720。

　　二。……。

全文正面提及韋縠處，僅「仲兄縠，皇任侍御史」兩句，但陳尚
君認為「可資考證的線索」，「極其豐富」。[40]

　　首先，確定了韋縠出自京兆杜陵韋氏。這一點，前引《嘉慶
重修一統志》已曾言「韋縠，杜陵人」，但未明所出，也未曾引
起研究者重視。陳氏根據此碑，清楚揭開其身世，並點出：「這
是唐代最有影響的家族」。[41]確然，清·仇兆鰲（滄柱，1638-
1717）注唐·杜甫（子美，712-770）〈贈韋七贊善〉「爾家最
近魁三象，時論同歸尺五天」句，云：

　　　俚語云：「城南韋杜，去天尺五。」[42]

明白指出京兆韋氏乃政治世家。此外，京兆韋氏更是文學世家，
據王偉《唐代京兆韋氏家族與文學研究》統計，終唐之世，此一
家族共出文學家 119 位，[43]最著者，前有韋應物（737-792），
後有韋莊（端己，836-910）；後者尤具意義。蓋論者咸謂，

---

[40]　陳尚君：〈《才調集》編選者韋縠家世考〉，《唐詩求是》（下），頁
　　　722。

[41]　陳尚君：〈《才調集》編選者韋縠家世考〉，《唐詩求是》（下），頁
　　　722。

[42]　清·仇兆鰲：《杜詩詳註》（臺北：里仁書局，1980 年），卷二十
　　　三，頁 2065。劉瀏：〈《才調集》編選者韋縠考〉，頁 145，亦引述此
　　　條材料。

[43]　王偉：〈韋氏家族文學概況〉，《唐代京兆韋氏家族與文學研究》（北
　　　京：北京大學出版社，2015 年），頁 144。

《才調集》選詩多自《又玄集》出（詳後文），其所以故，在此可以找到合理的解釋。

　　劉瀏〈《才調集》編選者韋縠考〉較陳尚君前揭文晚出，也推斷出韋縠係京兆韋氏人，並就此背景試圖解決其生卒年、編纂《才調集》的時間等關鍵問題。但似乎未見〈□□故蜀州新津縣令韋府君墓誌銘〉，出發點為記載有誤的《新唐書‧宰相世系表》，因此，所論不免基礎不穩，推論過程因而失之迂迴，所得結論亦似是而非，未盡翔實。[44]此外，王偉《唐代京兆韋氏家族與文學研究》，將韋縠列為京兆韋氏其中一員，多處言及其所編《才調集》，但未說明所據為何。[45]

　　其次，確定韋縠即「昭宗時宰相韋貽範」之子，排行第二。韋貽範其人，《新唐書‧宰相世系表》有載，〈盧光啟列傳〉亦有附傳，但均未記其子之名；且對其家世，「錯以父祖備錯置，又誤以縠為昌范孫」。[46]蓋據《新唐書‧宰相世系表》，韋貽範之父，名「韋式」；韋貽範三哥，名「韋昌范」；其孫，名「韋縠」。但據墓志所示，「韋式」係韋貽範之祖父，「韋縠」則是韋貽範之六子、韋縠之四弟。由於此碑出自韋縠親侄之手，所述固較《新唐書》可信。

　　最後，更重要的是，推測出韋縠可能的生卒年。陳尚君據韋縠卒於後蜀‧後主廣政十九年（956）、年七十二，逆推其生於唐‧僖宗光啟元年（885），進而論道：

---

[44] 劉瀏：〈《才調集》編選者韋縠考〉，頁141-148。

[45] 王偉：《唐代京兆韋氏家族與文學研究》，頁149、頁153、頁157。

[46] 陳尚君：〈《才調集》編選者韋縠家世考〉，《唐詩求是》（下），頁722。

　　韋縠的生年最遲也應在廣明、中和間（880-884），到韋
貽範去世、全家奔蜀時，大約已經二十歲。其後三十來
年，他應該在前蜀的治下生活或為官。《才調集》署「監
察御史」，應該是編集時的實際官守。墓誌稱「皇任侍御
史」，可能是最後的官職。[47]

　　按：韋氏舉家入蜀，時維 904 年。之所以特別標舉「三十」之
數，是因為三十年後，正後蜀開國（934 年），這年韋縠約五十
歲。換言之，韋縠的人生精華階段，都在前蜀度過，逮至後蜀，
已邁入人生晚年，而其編輯《才調集》時所任監察御史，尚非最
後官職，則此書的編定時間，便也不可能太晚。

　　至於韋縠卒年，陳尚君根據碑文所載韋毅喪事，僅提三哥韋
嘏，而無一語及於二哥韋縠，因此推測，「很可能他已經不在人
世」。[48]據此，則韋縠約卒於 954 以前，享年約七十至七十四
歲。

　　釐清上述諸問題之後，陳尚君再尋繹碑文的行文脈絡，似以
「今朝先皇帝鎮臨之初」一語為前、後蜀的分界線，而韋縠及其
最後一任官職出現的位置，皆在此語之前，此後便再無述及，因
此，下了一個全新的判斷，曰：

　　不能排除韋縠編選《才調集》和官至侍御史都在前蜀的可

---

[47]　陳尚君：〈《才調集》編選者韋縠家世考〉，《唐詩求是》（下），頁
　　　723。

[48]　陳尚君：〈《才調集》編選者韋縠家世考〉，《唐詩求是》（下），頁
　　　724。

能性。[49]

此論一改「後蜀」舊說，而討論有據，推論有序，故結論頗為堅實可信。本文以為：不能排除陳尚君此說的可能性。

　　總結以上所述，韋縠的家室、生平可大致勾勒如下：

　　其先為京兆韋氏。約生於唐末僖宗廣明（880）、中和（始於 881）年間，其父韋貽範，昭宗天復元年（901）入相，三年（903）卒。隔年，昭宣帝天祐元年（904），韋縠二十歲，與母親並長兄韋巘、大弟韋蝦、次弟韋毅、三弟韋宏、季弟韋縠，以及兩位妹妹，一同入蜀，依附當時的蜀王王建（光圖，847-918）；三年後（907），唐朝滅亡，王建自立為皇帝，國號「大蜀」。韋縠與大哥、大弟，均先後入朝為官。自二十三歲以後，至五十歲，均生活於前蜀，在此期間，可能擔任過監察御史，並編成《才調集》以「自樂」，後又升任侍御史。五十歲後，改朝換代，進入後蜀（934），韋縠是否仍服務於新朝？史料有缺，未可知，但二弟、三弟、四弟則依序步上仕途。後蜀‧後主廣政十九年（956），二弟韋毅過世前，韋縠可能已先謝世，得壽約七十至七十四歲。

三、《才調集》述論

　　《才調集‧敘》云：

---

[49]　陳尚君：〈《才調集》編選者韋縠家世考〉，《唐詩求是》（下），頁724。

余少博群言，常所得志，雖秋螢之照不遠，而雕蟲之見自佳。古人云，自聽之謂聰，內視之謂明也。又安可受誚於愚鹵，取譏於書廚者哉。暇日因閱李、杜集，元、白詩，其間天海混茫，風流挺特，遂採摭奧妙，並諸賢達章句。不可備錄，各有編次。或閑窗展卷，或月榭行吟，韻高而桂魄爭光，詞麗而春色鬭美。但貴自樂所好，豈敢垂諸後昆。今纂諸家歌詩，總一千首，每一百首成卷，分之為十目，曰《才調集》。庶幾來者，不誚多言，他代有人，無嗤薄鑑云爾。[50]

文中涉及該書之編選動機、標準、內容、體例等問題，皆引發諸多不同意見。下文即依次述論之。

（一）編選動機

傅璇琮〈《才調集》考〉云：

《才調集》編者的意圖主要不在於選詩，更談不上選擇精審，或者編者的主要意圖就是彙總、集結詩篇，那個署名「蜀監察御史韋縠集」下的「集」字可能正是編者的主要

50　清・吳任臣編著《十國春秋》卷五六〈後蜀九・韋縠〉。其下「縠《才調集》序曰」，引述序言。有三處不同：1、今「常所得志」，作「常取得志」；2、今「總一千首」，作「共一千首」；3、今「不誚多言」，作「不謂多言」。《全唐文》同。陳尚君〈《才調集》編選者韋縠家世考〉文中所錄，或近此本，第一處作「常取得志」，第二、三處，均同《十國春秋》。

意圖。既然是彙集，而且彙集又較倉促，那就難免東抄西
湊，難免出錯。後人不明其主要特點，而妄加一些「考核
精審」、「大具手眼」、「無美不選」的評語，進而大談
其選詩標準，冠以種種美詞，都只是空中樓閣。[51]

認為韋縠編《才調集》，並無任何文學主張、審美趣味，只是順
手選錄，態度頗為輕率、隨意。其實，前人對於《才調集》早有
選詩不當之責，如明・許學夷（伯清，1563-1633）《詩源辯
體》即云：

韋縠《才調集》唐末人。所選唐人古、律歌詩凡一千首。
中如元稹、李商隱、溫庭筠、韋莊，各五六十篇，而佳者
多遺；高、岑、王、孟諸公，僅見一二，而又非所長；至
不知名者，十居二三；晚唐怪惡，亦每每而見。[52]

不以為然之意，溢於言表。傅氏此文，更仔細敘述了《才調集》
「輕重失調，分布不均」的情形，[53]可補許氏之論，證明其說。
成文具在，茲不贅述。

　　又，或以為《才調集》選詩，意在崇尚溫李詩風、推宗晚
唐。[54]對此，傅璇琮亦不敢苟同。蓋宋・西崑體詩人如錢、劉、

51　傅璇琮：〈《才調集》考〉，頁 181-182。

52　明・許學夷：《詩源辯體》（北京：人民文學出版社，1998 年），卷
　　三十六，頁 358。

53　傅璇琮：〈《才調集》考〉，頁 182。

54　清・馮武：《二馮先生評閱才調集・凡例》，收入蜀・韋縠編，清・馮
　　舒、馮班評點：《才調集》（臺南：莊嚴文化事業有限公司，1997 年

楊諸公，已視唐・溫庭筠（飛卿，801-866）、[55]李商隱、段成式（803?-863）三人為詩派之宗，但《才調集》卻未收段詩；擴而觀之，眾多晚唐詩人中，往往「不當選的選了，當選的又沒有選」，如：

> 選李頻而不選方干，選羅隱、羅鄴而不選羅虬；選陸龜蒙而不選皮日休。[56]

換言之，《才調集》並未能有效體現晚唐詩風，故此亦不能成為該書所追求的藝術目標。

　　循此，韋縠編選《才調集》的動機，似乎無解？陳尚君前揭文提供了一個可以重新思考的切入點。

　　陳氏〈《才調集》編選者韋縠家世考〉一文，考察「韋縠家族在前後蜀的發展情況」後發現，韋貽範除了「六子都先後任官」，長女所嫁，為正三品的某劉姓御史大夫；次女所嫁，則為某張姓丞相。遂進而言之：

> 韋縠一族雖避難入蜀，但很快與前後蜀的軍人政權建立密切的政治和婚姻關係，取得較穩定的社會地位。韋縠在〈才調集敘〉中所表達的「或閒窗展卷，或月榭行吟，韻

《四庫全書存目叢書》影印私藏清康熙四十三年垂雲堂刻本），頁1a，總頁633。

[55] 唐・溫庭筠生卒年，據劉學鍇：《溫庭筠傳論》（合肥：安徽大學出版社，2008年），頁16-23、頁163-168。

[56] 傅璇琮：〈《才調集》考〉，頁183。

高而桂魄爭光，詞麗而春色鬥美」優游生活情景，並有從
容的心境來遴選詩作，也是與其家族的生存狀態分不開
的。[57]

從文學社會學的角度，擬測了《才調集》出現的背景，觀點新
穎，值得重視。

　　按：傅、陳二氏之論，似可用《才調集‧敘》的「自樂」說
統合起來。「自樂」，自得其樂也，本是「為己」，卻非「為
人」。韋縠當時的外在環境、內在心境，優遊從容，有利於他開
展一種非功利性、無目的性的審美判斷，以獲得愉快為第一要
務，故其無意標榜嚴肅的文學主張，亦無意說服他人，但覺詩句
的聲色之美有會於心，便隨手謄鈔，以備當下自娛、暇日溫故，
一切足矣！至於「垂諸後昆」、成一家之言等現實利害考量，則
初未縈心也。此或即韋縠編《才調集》真正的初衷。

（二）編選標準

　　「自樂」是韋縠編《才調集》的動機，那麼，所「樂」者
何？「樂」的標準何在？歷來學者多指向《才調集‧敘》中的
「韻高而桂魄爭光，詞麗而春色鬥美」二句。

　　所謂「韻高」，王運熙解釋道：

　　　「韻」與「詞」對舉，應屬語言範圍而非指風韻，韻高當

57　陳尚君：〈《才調集》編選者韋縠家世考〉，《唐詩求是》（下），頁
　　724。

指音韻和諧流美。……愛好近體，重視長律，是韋縠注意詩歌音韻和諧流美的一個明證。

元、白喜愛寫五言長律，篇章頗多，最長者達百韻。元積稱讚這類長律「驅駕文字，窮極聲韻」（〈上令狐相公詩啟〉）、「鋪陳終始，排比聲律」（〈杜工部墓係銘序〉），具有辭藻，聲韻富贍之美。[58]

認為其內涵乃是詩的音韻效果，並舉唐・元積（微之，779-831）對五言長律聲調的看法以為佐證。按：元積〈上令狐相公詩啟〉云：

積與同門生白居易友善，居易雅能為詩，就中愛驅駕文字，窮極聲律，或為千言，或為五百言律詩，以相投寄。小生自審不能以過之，往往戲排舊韻，別創新詞，名為次韻相酬，蓋欲以難相挑耳。江湖間為詩者，復相倣傚，力或不足，則至於顛倒語言，重複首尾，韻同意等，不異前篇，亦自謂為元和詩體。[59]

又〈唐故工部員外郎杜君墓係銘并序〉云：

至若鋪陳終始，排比聲韻，大或千言，次猶數百，詞氣豪

---

[58] 王運熙、楊明：〈晚唐五代的文學批評〉，《中國文學批評通史——隋唐五代卷》（上海：上海古籍出版社，2007 年），第三編，頁 709。

[59] 唐・元積：〈上令狐相公詩啟〉，《元積集》（下）（北京：中華書局，2000 年），卷第六十，集外文章，頁 633。

> 邁而風調清深，屬對律切而脫棄凡近，則李尚不能歷其藩
> 翰，況堂奧乎。[60]

而韋縠的「韻高」說之所以與元稹的「窮極聲韻」、「排比聲
韻」有關，原因在於《才調集》選了不少五言長律，且都置於入
選詩人詩作之首，說明「韻高」的語音效果，有賴「千言」、百
言的詩歌篇幅，始能發揮得淋漓盡致。集中不但所選唐‧白居易
（樂天，772-846）、元稹詩符合此一原則，甚至，李商隱詩也
可能在此一原則下，入選了一首五言長律〈錦檻〉。

　　至於「詞麗」，表面上看，似與前此一本「唐人選唐詩」韋
莊《又玄集》主張的「清詞麗句」一致，羅根澤〈韋莊韋縠的清
麗說〉即云：

> 韋縠的《才調集》，與韋莊的編《又元集》相類。《又元
> 集》的去取標準以是否「清詞麗句」為斷；……韋縠《才
> 調集》自序云：「……」也是以「韻高」「詞麗」為去取
> 標準，……。[61]

實則同中有異。「清詞麗句」，即清麗詞句，強調其「清」，但
韋縠的「麗」並無限定詞，只要合乎「麗」即可，故既可以是
「清麗」，也可以是「非清麗」，若用晉‧陸機（士衡，261-

60　唐‧元稹：〈唐故工部員外郎杜君墓係銘并序〉，《元稹集》（下），
　　卷第五十六，碑銘，頁 601。

61　羅根澤：〈韋莊韋縠的清麗說〉，《中國文學批評史》（臺北：明倫出
　　版社，無出版年），頁 534。

303）〈文賦〉的話來說，便是既可以有「藻思綺合」之美，也可以有「清麗千眠」之美。[62]循此，《才調集》的審美視野較《又玄集》為寬，回到比陸機〈文賦〉更早，魏・曹丕（子桓，187-226）〈典論論文〉所說「詩賦欲麗」的基本立場，容許「麗」的多種內涵、多種面貌。準此，《四庫全書提要》稱《才調集》「以穠麗宏敞為宗」，[63]誠有未妥，蓋限縮了全書「麗」的範圍。

　　要言之，只要詩作具備「韻高」、「詞麗」的特質，足以滿足韋縠「自樂」的審美判斷，便可入選《才調集》，此即其編選的標準。

　　最後，還可附論《才調集》書名意涵。《隋書・許善心傳》云：

　　（按：許善心）十五解屬文，箋上父友徐陵，陵大奇之，謂人曰：「才調極高，此神童也。」[64]

《文鏡祕府・東卷・論對》云：

　　元氏云：「《易》曰：『水流溼，火就燥。雲從龍，風從虎。』《書》曰：『滿招損，謙受益。』此皆聖作切對之

---

[62] 晉・陸士衡：〈文賦〉，收入梁・蕭統編，唐・李善注：《文選》（臺北：藝文印書館，1991 年），卷十七，頁 5b-6a，總頁 247。

[63] 清・紀昀等編：〈《才調集》提要〉，頁 27b，總頁 3878。

[64] 唐・魏徵：〈許善心傳〉，《隋書》（北京：中華書局，1973 年），卷五十八，頁 1424。

例。況乎庸才凡調，而對而不求切哉。」[65]

「批評對仗都做不好的人是『庸才凡調』，反之，那些能作出好詩的人就應該是高才調了。」[66]由上述兩條資料可知，隋、唐所稱「才調」，係指人有才情，有才氣，且能宣之乎文。這種以才性論文的角度，「至唐而鼎盛」，[67]唐人詩中即頻見「才調」一詞，如：

> 吏部應相待，如君才調稀。（岑參〈陪使君早春西亭送王贊府赴選（得歸字）〉）

> 青春動才調，白首缺輝光。（杜甫〈送大理封主簿五郎親事不合，卻赴通州。主簿前閬州賢子，余與主簿平章鄭氏女子，垂欲納采，鄭氏伯父京書至，女子已許他族，親事遂停〉）

> 風流才調愛君偏，此別相逢定幾年。（韓翃〈贈別上元主簿張著〉）

> 宣室求賢訪逐臣，賈生才調更無倫。（李商隱〈賈生〉）

---

65 （日）遍照金剛撰，盧盛江校考：《文鏡祕府論彙校彙考》（二）（北京：中華書局，2006 年），頁 666。

66 龔鵬程：〈釋「才子」：才性論與文人階層〉，《才》（臺北：臺灣學生書局，2006 年），第一篇，頁 38。

67 龔鵬程：〈釋「才子」：才性論與文人階層〉，頁 39。

蘇小風姿迷下蔡，馬卿才調似臨邛。（溫庭筠〈春暮宴罷寄宋壽先輩〉）

巢父精靈歸大夜，客兒才調振遺風。（方干〈哭江西處士陳陶〉）

紫薇才調復知兵，長覺風雷筆下生。（崔道融〈讀杜紫薇集〉）

狼藉杯盤重會面，風流才調一如初。（徐鉉〈贈浙西顧推官〉）

掩映鶯花媚有餘，風流才調比應無。（成彥雄〈柳枝辭九首〉其七）

所引詩例，分布於盛唐到唐末五代，《才調集》之得名，正從此一語意脈絡來。由是可知，韋縠顯然認為自己所選，皆才子之詩，而《才調集》，便是一部才子之詩的總集！

　　循此，還可進一步追問：韋縠為何獨鍾情於「才調」？唐・黃滔（文江，?-911）〈答陳磻隱論詩書〉云：

咸通、乾符之際，斯道隙明，鄭衛之聲鼎沸，號之曰：「今體才調歌詩」。援雅音而聽者懵；語正道而對者睡。[68]

---

[68] 唐・黃滔：〈答陳磻隱論詩書〉，收入清・董誥等奉編：《全唐文》

「咸通、乾符之際」，落實而言，為西元八六三年，下距韋縠之
生，約二十年。而「鄭衛之聲」，通指豔情詩，本古今皆有，卻於
「咸通、乾符之際」特別名之為「今體才調歌詩」，說明唐末文
士認為：歌詠男女豔情，乃表現「才調」的最佳方式；[69]而「能
否」歌詠男女豔情，則為詩人是否擁有「才調」的最佳證明。
《才調集》之所以多選豔情詩，正與彼時的文學風尚息息相關。

（三）編選內容

前引《才調集‧敘》，明言該集纂詩一千首。清‧《四庫全
書總目》云：

> 是集每卷錄詩一百首，共一千首。[70]

當代學者傅璇琮〈《才調集》考〉亦云：

> 《才調集》載詩一千首，是現存唐人選唐詩中分量最大的
> 一部。[71]

又，《才調集‧前記》云：

> 《才調集》是現存唐人選唐詩中選詩最多的一書，每卷一

（九），卷八二三，頁 5b，總頁 8672。

69　王運熙、楊明：〈晚唐五代的文學批評〉，頁 708；呂玉華：《唐人選唐詩述論》，頁 222。

70　清‧紀昀等編：〈《才調集》提要〉，頁 27a，總頁 3878。

71　傅璇琮：〈《才調集》考〉，頁 169。

百首，全書十卷共一千首。[72]

據此，《才調集》所收詩歌總數當無疑義。但若依《唐人選唐詩新編》（增訂本）傳氏點校本《才調集》目錄統計，卻可得詩一千〇二首，[73]關鍵在於卷二。該書每卷收詩一百首，但此卷卻有一百〇二首，其詳如下：

> 溫飛卿六十一首
> 太子西池二首
> 顧況十一首
> 吳融二首
> 崔塗六首
> 盧綸七首
> 無名氏一十三首

明顯可知，〈太子西池〉乃是詩題。該詩作者實即溫庭筠，二首之數，已包括在溫氏「六十一首」內，重複計算，便多出了兩首。此誤未見於歷代《才調集》，亦未見於一九九六年陝西人民教育出版社的《唐人選唐詩新編》，純係《唐人選唐詩新編》（增訂本）新添之誤。又，張一南〈從《才調集》復古詩體的功能結構看晚唐五代詩學思潮〉一文，屢言「《才調集》所選的

---

[72]　傅璇琮：《才調集·前記》，頁917。
[73]　傅璇琮、陳尚君、徐俊編：《唐人選唐詩新編》，增訂本，頁919。

886 首作品」、「《才調集》選詩共 886」，[74]較通行的一千之
數少了一百一十四首，此則未詳其故。

至於這一千首詩的題材分布，鄧煜〈《才調集》選詩是「各
有編次」還是「隨手排成」〉，依《瀛奎律髓》「按事分類」之
例，將《才調集》一千首詩分類、統計如下表：

類　　別	詩歌數量
朝宦	11
感懷	286
宴集	13
送別	58
旅況	72
閨怨	127
寄贈	108
詠物	181
游仙	14

進而分析道：

> 《才調集》中感懷詩佔的比重最大，為 286 首，佔 28.6%，
> 其次為詠物詩，佔 18.1%，合佔 46.7%，接近全集數量的
> 一半。此外閨怨詩佔 12.7%，寄贈佔 10.8%。

認為這與《才調集・敘》所說「或閒窗展卷，或月榭行吟」相呼

---

[74] 張一南：〈從《才調集》復古詩體的功能結構看晚唐五代詩學思潮〉，
《文藝理論研究》2015 年第 1 期，頁 139、140。

應，因為：

> 閑窗展卷多感懷之聲，月榭行吟多詠物之情。[75]

按：此說不免過於牽強。感懷、詠物，本人之常情，未必「閑窗展卷」、「月榭行吟」時始能優為之，兩者並無必然因果關係。倒是由此表可以看出，「閨怨」數量位居前三，且比例頗高，《才調集》之所以予人強烈、鮮明的豔逸印象，除了語言表現，恐亦與此題材有關。

（四）編選體例

　　《才調集》的編選體例，韋縠未曾明言。具體分析，卻有兩大疑問：其一，體例莫名混亂。傅璇琮〈《才調集》考〉、《才調集・前記》曾予詳論，要言之，其實如下：

1、同一詩人，詩作分見不同卷

　　如白居易詩，見於卷一（19 首），又見於卷五（8 首）；薛能詩，見於卷一（7 首），又見於卷七（3 首）；項斯詩，見於卷四（1 首），又見於卷七（1 首）……等。其所以故，似無理由，如分見白居易詩的這兩卷，都收七言絕句，並非因體裁而分；又如卷一收「賈島七首」，卷九又收「僧無本二首」，兩卷所收體裁，亦無區別，考前詩作內容，也無還俗前後之別。

2、作者張冠李戴

75　鄧煜：〈《才調集》選詩是「各有編次」還是「隨手排成」〉，《現代語文（學術綜合版）》2014 年 6 月，頁 22。

此點，《四庫全書總目》業已指出，但仍有不少失誤，傅氏為之全面清理，使得廓清，如卷一，劉長卿〈別宕子怨〉，實為薛道衡之〈昔昔鹽〉；卷七，賈曾〈有所思〉，實為劉希夷〈代悲白頭翁〉之前半首；卷八，李嘉祐〈贈別嚴士元〉，實為劉長卿之作……等，案例不勝枚舉。

綜合以上兩點，傅璇琮因此以為：「可見此書編者粗疏之一斑」。[76]

其二，序文明言：「因閱李、杜集，元、白詩，其間天海混茫，風流挺特，遂採摭奧妙，並諸賢達章句。」但覈其所選，並無杜甫詩。清‧馮班曾為之解釋道：

> 序言李、杜、元、白，今選太白，不選子美，杜不可選也。[77]

意指未取老杜，正因特別重視之故。此說不免有詭辯之嫌。《四庫全書總目》已駁之，曰：

> 實以杜詩高古，與其書體例不同，故不採錄，（按：馮）舒所說非也。[78]

四庫館臣認為，《才調集》專收晚唐「穠麗」之作，而杜甫缺乏

76　傅璇琮：〈《才調集》考〉，頁 176。

77　蜀‧韋縠編，清‧馮舒、馮班評點：《才調集》，卷六，頁 1a，總頁 716。

78　清‧紀昀等編：〈《才調集》提要〉，頁 27a，總頁 3878。

此類詩作,故不見收。陳尚君亦贊成其說,所著〈杜詩早期流傳考〉云:

> 韋縠《才調集》編選時曾閱李杜集,而杜詩竟不入選。馮舒《才調集評注》以為係「崇重老杜」,《四庫提要》駁其說,認為「實以杜詩高古,與其書體例不同」,持論近是。[79]

持此觀點的學者,佔了絕大多數。

然而,正如前文所辨析,《才調集》標舉的審美理想,相當寬泛,但凡字面漂亮、聲調瀏亮的詩句、詩作,便予收錄,並不侷限於穠麗。因此,以杜詩風格「高古」與《才調集》標準相扞隔為由,試圖予以說解,實仍有一間未達。王運熙便云:

> 《才調集》所選詩,除豔情外,還有許多其他題材的篇章。如杜牧、韋莊,都有不少抒寫日常情景或感傷身世之作,杜甫詩有許多屬於這類題材。杜甫長於律詩,格律精嚴,且不乏語言穠麗之作,符合於韋縠韻高詞麗的標準。《四庫提要》籠統說「杜詩高古」,和《才調集》「體例不同」,也不免失之片面。

最後,王氏所得結論是:

---

[79]　陳尚君:〈杜詩早期流傳考〉,《唐詩求是》(上),頁451。

> 這個問題，韋縠自己沒有說明，在缺乏確證的情況下，還
> 是存疑為妥。[80]

識見圓融通達，本文從之。

　　緣於上述不可解的現象，以及對此現象所引發的種種爭辯，
歷來對於《才調集》的體例，也就有了兩種截然不同的評價。贊
成者認為：

> 唐御史韋公縠所選《才調集》十卷，選擇精當，大具手
> 眼，當時稱善，後代服膺。（清‧宋邦綏）

> 韋御史此集取詩千首，無體不備，無美不臻，……所授尤
> 為精審。（清‧鄧華熙）

反對者認為：

> 隨手成編，無倫次。（明‧胡震亨）

> 余謂此書只是一時隨手排成。（清‧紀昀）

對此二說，傅璇琮贊成後者，其言曰：

> 《才調集》編者對入選的詩篇基本上並未認真的考核，而

80　王運熙、楊明：〈晚唐五代的文學批評〉，頁 710。

是為千、百、十之數而收詩，是先劃定一個框框，確定一個總數、分卷數而收詩，有時甚至是勉強湊合的。而且，很可能是在較短的時間內完成此書的編撰工作，最突出的表現是其中的拼湊、抄襲的而痕跡。[81]

所謂「抄襲」，是指抄自《又玄集》，情況又分以下幾種類型：

1、三分之一數量詩作與《才調集》重疊

《又玄集》三百首詩中，有一百首見於《才調集》；其中，詩僧、婦女詩重疊甚多，更重要的是，「許多地方詩的排列次序兩書也完全相同」，如：

《又玄集》卷下劉方平詩，見於《才調集》卷七，次序、詩題完全相同。

《又玄集》卷下于濆詩，見於《才調集》卷九，次序、首數完全相同。

《又玄集》卷下高蟾詩，見於《才調集》卷八，次序、首數完全相同《又玄集》卷下高蟾詩，見於《才調集》卷八，次序、首數完全相同。

2、抄自《又玄集》且又抄錯

這主要是因為抄者粗心所致。如：

《又玄集》卷中李德裕詩，最末首為〈故人寄茶〉，下接曹鄴詩；《才調集》卷三，誤將〈故人寄茶〉編入曹鄴詩。

《又玄集》卷中武瓘詩，最末首為〈勸酒〉，下接于武陵詩；《才調集》卷八，誤將〈勸酒〉編入于武陵詩。

---

[81]　傅璇琮：〈《才調集》考〉，頁176。

　　《又玄集》卷上章八元詩，第一首為〈新安江村〉，上接陶翰詩；《才調集》卷七，誤將〈新安江村〉編入陶翰詩，且又誤抄為〈新安江林〉。

3、沿襲《又玄集》之誤而照抄

　　《又玄集》卷下，僧太易收〈宿天柱觀〉詩，而此詩實為僧靈一之作，韋莊「過錄成集時漏掉了『僧靈一』三字而竄到了僧太易之下」。《才調集》照抄其誤。

　　《又玄集》卷中，劉禹錫詩最後一首為〈鸚鵡〉，下接白居易詩，而此詩實為白居易之作，韋莊不知何故，誤收劉禹錫底下。《才調集》照抄其誤。

　　綜合傅璇琮以上諸論，《才調集》係「隨手成編」之說，可以定讞。

四、《才調集》於明清時期的版本流傳

　　《才調集》的版本，傅璇琮、劉瀏、周小豔[82]等學者已有豐碩的研究成果，但由於問題複雜，就中仍有不少分歧意見，猶待梳理。今重考如下：

　　論者言見知《才調集》最早的版本，多推至南宋臨安陳氏「書棚本」，即陳起（宗之，生卒年未詳）、陳續芸（生卒年未

82　傅璇琮：〈《才調集》考〉，頁 169-189。又氏著：《才調集‧前
　　記》，頁 915-918。劉瀏：〈《才調集》版本源流考〉，《中國古典詩
　　論探源》，頁 158-166。周小豔：〈二馮校本《才調集》考略〉，《中
　　國典籍與文化》，2013 年第 2 期，頁 101-104。

詳）父子於棚北大街「睦親坊」書舖所刻，[83]這或是因為清人述及《才調集》，屢言宋版、「臨安陳氏」之故（詳下文）。惟清・吳五綸（乾隆年間人）受宋思仁之托，為其父宋邦綏《才調集補注》撰序，言：

> 韋縠《才調集》十卷，……相傳始刻於宋時沈氏，前明則有臨安陳氏刻本、華亭徐氏鈔本。馮定遠復得錢、葉、趙、宋諸家鈔本，印證校勘，加以評點，蔚為完書。[84]

獨稱《才調集》「始刻於宋時沈氏」。按：吳說恐非。從《才調集》的刊刻史來看，文中所謂「沈氏」，當指沈春澤（雨若），而此人確屬明朝人，曾為鍾惺（伯敬，1574-1624）《隱秀軒集》、文震亨（啟美，1585-1645）《長物志》等撰序，故知吳氏敘述當係前後文倒乙，「臨安陳氏」，應仍是指宋・陳起、陳續芸父子為是。

　　總之，「書棚本」是後代所有刻本、鈔本、影鈔本《才調集》的祖本，今上海圖書館藏有一部，著錄為「宋臨安府陳宅經籍鋪刻本」（卷一、卷六至十配清抄本）。[85]

83　清・葉德輝：《書林清話：附書林餘話》（揚州：廣陵書社，2007 年），卷二，頁 35-43。

84　清・吳五綸：〈才調集序〉，收入蜀・韋縠輯，清・殷元勳注，清・宋邦綏補注：《才調集補注》（上海：上海古籍出版社，1995 年《續修四庫全書》影印清乾隆五十八年宋思仁刻本），頁 254。

85　陳伯海、朱易安：《唐詩書錄》（上）（濟南：齊魯書社，1988 年），頁 16。

　　臨安陳氏「書棚本」傳至明中葉嘉靖年間，出現後五卷散佚的情形，成了殘本。明‧徐玄佐云：

> 蜀韋縠《才調集》十卷，本朝所未刊，諸名公所未觀也，先君文敏公素有此書，蓋宋刻佳本。惜分授之時，匆忙失簡，逸去其半；後逾三十年，辛交符君望雲，獲聞其親錢復正氏有鈔本家藏，因而假歸，特囑知舊馬公佐照其款制，摹以配之，⋯⋯。裝池甫畢，展卷煥然，頓還舊觀矣。後之人勿視為尋常物也。萬曆甲申臘月十日華亭徐玄佐記。[86]

按：「文敏公」，即明‧徐縉（子容，1482-1548），原藏有海內孤本宋刻《才調集》，傳至其子徐玄佐手中，去其半，歷三十餘年，始復得其半，恢復舊觀。從文末所署「萬曆甲申」（1584）逆推三十年，為明‧嘉靖三十三年（1554）。後徐玄佐透過友人符望雲，借得其親錢復正（一作伏正、復真）之家藏鈔本《才調集》（鈔自「書棚本」，後文稱「錢鈔本」），影鈔了一份，「共計一百十有六幅，凡二千七百七十三行」，於明‧萬曆十二年（1584）事畢（後文稱「徐本」）。因係影鈔，筆跡、行款悉依原式，故與「書棚本」幾乎無異，觀其「裝池甫畢⋯⋯」數語，失而復得的歡喜之情、珍視之態，溢於言表。

　　明‧萬曆三十五年（1607），馮舒「借得研北翁孫氏本」[87]

86　見蜀‧韋縠編，清‧馮舒、馮班評點：《才調集》（臺南：莊嚴文化事業有限公司，1997 年《四庫全書存目叢書》影印私藏清康熙四十三年垂雲堂刻本），總頁 786。

87　見蜀‧韋縠編，清‧馮舒、馮班評點：《才調集》，總頁 786。

《才調集》，是其接觸該書之始，但似乎尚未董理。這年，馮氏十五歲。所借得的孫研北本，據清‧陸貽典（敕先，1617-1686）云：

> 沈刻原本係邑人研北孫翁家藏，沈與善，因假此并《弘秀集》合梓之。按二書俱本臨安刻版，乃孫先世西川公得之楊君謙者也。余善翁之孫江，因得其始末，記之如左。陸貽典。[88]

可知鈔自「書棚本」（後文稱「孫抄本」），其版本源流可簡化如下：

```
          ↗ 馮　舒（借閱）
書棚本 → 楊　謙 → 孫西川 → ……孫研北 → 沈春澤（購買）
          ↘ 孫　江 → 陸貽典（耳聞）
```

明‧萬曆四十六年（1618），沈春澤（雨若）亦從孫研北處得「書棚本」《才調集》鈔本，並予重新刊刻（後文稱「沈本」）。事情始末，除前引陸貽典所云，另詳明‧毛晉（子晉，1599-1659）汲古閣《唐人選唐詩八種》，其言曰：

> 憶戊午，偕雨若於十五松下，日焚香讀異書，每思倡調，因而覓句相賞也。時雨若纏購是集，不亞鴻寶。第惡煤墨瀋，無可著筆槧處，稍稍點次，遂投諸梓，意殊未愜。十

88　見蜀‧韋縠編，清‧馮舒、馮班評點：《才調集》，總頁 786。

年來，偶于故楮中覓得舊本，不覺爽然。……戊辰端陽前
一日湖南毛晉記。[89]

「戊辰」（明‧崇禎元年，1628）上推十年，正「戊午」（明‧
萬曆四十六年，1618），時間點完全符合。由於底本不佳，沈氏
對此版《才調集》不甚滿意，但「這是《才調集》在南宋書棚本
散佚之後于明代重刻的第一家」，[90]別具歷史意義。今上海圖書
館、[91]上海辭書出版社圖書館、南京圖書館、濟南圖書館均藏此
書，[92]臺灣國家圖書館亦庋之，且據其「古籍影像檢索系統」顯
示，版本為：「明萬曆戊午（46 年，1618）吳興沈春澤刊
本」，序跋為：

> 刻序　明萬曆戊午夏五望日吳興沈春澤譔【撰】於虞山秋
> 雪堂

版式則如下：[93]

89　明‧毛晉：《唐人選唐詩八種》，收入姜亞沙、經莉、陳湛綺主編：
　　《汲古閣唐詩集》（北京：全國圖書館文獻縮微複製中心，2008
　　年），卷之十，頁 27a-b，總頁 408-409。

90　劉瀏：〈《才調集》版本源流考〉，頁 161。

91　陳伯海、朱易安：《唐詩書錄》（上），頁 16。按：書中將明萬曆四
　　十六年，誤標為 1688 年。

92　傅璇琮：〈《才調集》考〉，頁 184。

93　國家圖書館「古籍影像檢索系統」：
　　http://rarebook.ncl.edu.tw/rbook/hypage.cgi?HYPAGE=search/search_res.hp
　　g&dtd_id=1&sysid=14034&v=#。

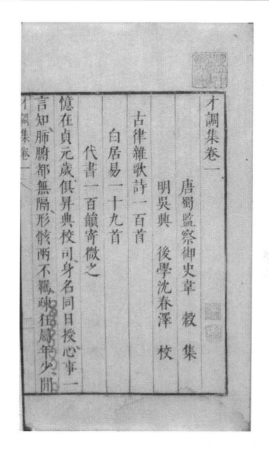

依上所述，「沈本」的刊成年代確然無疑，但學界卻有爭議，另持明‧「隆慶」（1567-1572）一說，將出版時間提早了至少四十六年。據劉瀏〈《才調集》版本源流考〉一文，此蓋清‧莫友芝（子偲，1811-1871）誤讀了清‧錢龍惕（夕公，1610-約1671）的一篇跋文：

　　右沈氏所刻《才調集》，原本不甚譌，為不知書人鑱改，

殆不可讀，今為改定千餘字，重梓者廿餘葉，皆以臨安陳
氏本為正。凡得別本六：……凡此數家，大略相類，始知
此書更無異本，而沈刻為信而有徵云。沈名春澤，字雨
若，祖應科，隆慶辛未張元忭榜進士。沈平生好事，喜為
詩，此足概見。是書成，為附著之。鱸鄉漁父夕公記。[94]

文中「應科」，係指沈春澤的祖父：沈應科。「莫友芝或看漏了
一『祖』字，又將『應科』理解為『應進士試』，遂誤讀為『應
科隆慶辛未，張元忭榜進士』」，[95]因此，其《邵亭知見傳本叢
目》乃云：「隆慶間沈若雨刊本」。不惟年代錯誤，人名亦倒
誤。其後，清‧傅增湘（叔和，1872-1949）《藏園群書題記》
遂曰：

此書宋以後傳本甚稀，隆慶時沈雨若始刻以行，……。[96]

傅璇琮〈《才調集》考〉、《才調集‧前記》，亦說「沈本」刻
於「隆慶」時。[97]是皆受莫友芝誤導所致。

「沈本」出版後，旋被覆刻，但誤謬甚多。（後文稱「覆刻
沈本」）明‧天啟四年（1624）錢府（允治，1541-1624）跋懷

---

[94] 見蜀‧韋縠編，清‧馮舒、馮班評點：《才調集》，總頁 787。

[95] 劉瀏：〈《才調集》版本源流考〉，頁 160。

[96] 清‧傅增湘：〈校唐人選詩八種跋〉，《藏園群書題記》（上海：上
海古籍出版社，2008 年），卷第十九，頁 945。

[97] 傅璇琮：〈《才調集》考〉，頁 184。又氏著：《才調集‧前記》，頁
918。

古堂刻《才調集正本》即云：

> 《才調集》向少刻本，萬曆間邑中沈氏始赴之梓，惜為俗
> 子所竄，偽謬實甚。[98]

明‧崇禎八年（1635），馮舒亦云：

> 萬曆三十五年借得研北翁孫氏本，即沈氏所刻之原本也。
> 沈本為俗子所竄譌處，不可勝乙。……乙亥夏屠守居士
> 記。[99]

總之，已不復「沈本」舊貌。傅璇琮因誤信「沈本」為隆慶年間
所刻，故論及馮氏上段跋文時，曰：

> 據萬曆三十五年（1607）馮舒看到的沈本已是「竄訛處不
> 可勝乙」，可能還是假的。[100]

事實上，萬曆三十五年時，尚無「沈本」，馮班無從目睹。馮氏
跋文文意，是從乙亥（明‧崇禎八年）回憶萬曆三十五年事，才
恍然大悟，發現當時所借得的孫氏本，即「『後來』沈氏所刻之
原本也。沈本『後來又』為俗子所竄」，其敘述方式乃是倒敘、

---

[98] 今藏北京圖書館，筆者未能得見。轉引自劉瀏〈《才調集》版本源流
考〉，頁159。

[99] 見蜀‧韋縠編，清‧馮舒、馮班評點：《才調集》，總頁786。

[100] 傅璇琮：〈《才調集》考〉，頁184。

追憶，非謂萬曆三十五年得見「沈本」。

有鑑於「沈本」遭竊，錢府乃力圖恢復原樣。前引錢氏跋懷古堂刻《才調集正本》，續云：

> 今取沈氏原刻，一仍宋本，并集狀元徐玄佐抄本校正，凡汰去訛字二千二百餘字，重經新刻者三十二板，此本庶為完書矣。識者拜上。[101]

持「沈本」與「徐本」對勘，多所釐正，並重出一新刻本，明・熹宗天啟四年（1624），大功告成。相較於前此諸多版本，此校刻本當後來居上，係一善本，書名中的「正本」、跋文中的「完書」，俱見沈氏自負。清・王文珍稱此為「錢校沈本」。[102]

越四年，明・崇禎元年（1628），毛晉欲彙刊《唐人選唐詩八種》，忽於篋中重新發現十年前的「沈本」，其言曰：

> 偶于故楮中覓得舊本，不覺爽然。隨刻燭研漏，互參唐名賢舊籍，標格無不印合，遂訂為完書以行。斯無憾于作者，益有給于選人。當世說詩者，見海虞刻有二種，以

---

[101] 今藏北京圖書館，筆者未能得見。轉引自劉瀏：〈《才調集》版本源流考〉，頁 159。

[102] 劉瀏云：「此本因以『沈氏原刻』為底本，我們不妨稱之為『錢校沈本』」。見氏著：〈《才調集》版本源流考〉，頁 159。實則清康熙四十三年垂雲堂刻本《才調集》中已如此稱呼，見蜀・韋縠編，清・馮舒、馮班評點：《才調集》，總頁 787。

此。戊辰端陽前一日湖南毛晉記。[103]

欣見老友十年前舊物之餘，毛氏也斠對了「沈本」，惟發現無可改易處，因視為「完書」，遂予出版。由於底本為「沈本」，而「沈本」刻自「孫鈔本」，「孫鈔本」又鈔自「書棚本」，故傅湘曾稱此為「汲古閣藏影寫宋刊本」。[104]至於文末所云「海虞刻有二種」，或即指此本與「錢校沈本」，海虞一地，真《才調集》之重鎮，於復原宋本《才調集》一事，誠居功厥偉，而這也為接下來二馮評點《才調集》，奠定了堅實的基礎。

明・崇禎五年（1632）起，二馮不約而同啟動了整理《才調集》的工程。請先看馮舒，其言曰：

> 萬曆三十五年借得研北翁孫氏本，即沈氏所刻之原本也。沈本為俗子所竄謬處，不可勝乙；崇禎壬申，嚴文靖曾孫嚴翼，館于余家，攜宋本至，前五卷為臨安陳解元宗之家刻，後五卷為徐玄佐錄本，始為是正。又從錢宗伯假得焦狀元本，亦從陳書撫寫，與孫本不殊；焦本盡改「嬌嬈」為「妖嬈」，可當一笑，今悉正之。乙亥夏屠守居士記。[105]

---

[103] 明・毛晉：《唐人選唐詩八種》，卷之十，頁 27a-b，總頁 408-409。

[104] 傅璇琮云：「說這個本子的底本是『宋刊本』也不正確。它的底本是徐本或徐本系統的本子，即前五卷為宋刻書棚本，後五卷為影寫抄本的本子。二者合為一書，就是汲古閣或他人影寫的底本。」見氏著：〈《才調集》考〉，頁 186。但從正文所引毛氏題記可知，其底本為沈氏「舊本」，亦即「沈本」，卻非「徐本」。

[105] 見蜀・韋縠編，清・馮舒、馮班評點：《才調集》，總頁 786。

為使其敘述脈絡清晰，故此處不憚重引前文。據此，馮氏《才調集》來源有三，除前述明‧萬曆三十五年所借「孫鈔本」之外，其二，嚴翼（晴川，生卒年不詳）「宋本」。從書籍狀況可知，乃僅存前五卷的「書棚本」，補上與徐玄佐從錢復正處補足的後五卷，實即「徐本」。於此，馮氏也首次揭露了「書棚本」主人的姓名：陳宗之，證實此書出自陳起，為《才調集》刊刻史提供了珍貴的文獻訊息。其三，錢謙益「焦狀元本」。按：焦狀元，焦竑（弱侯，1540-1620），明‧神宗萬曆十七年（1589）狀元，其《才調集》後歸錢氏所有，復為馮舒借出，而經馮氏比對，確認影寫自「書棚本」，與曾寓目之「孫鈔本」無異。

　　至此，馮舒手中共有三部宋版《才調集》。對此三部，馮氏考知「孫鈔本」即「沈本」所據；據嚴翼所持「徐本」，「是正」了「為俗子所竄謅」的「覆刻沈本」；將「焦狀元」本誤改的「妖嬈」，悉數更正為「嬌嬈」。凡此，花了三年時間，終於整理出一部馮舒版的《才調集》，於明‧崇禎八年（1635）完書。據馮武《二馮先生評閱才調集‧凡例》六[106]載，馮氏「日拈是編，閱凡五次」，並有「批評圈點」（詳後文），顯已開始研究《才調集》。這年，馮舒四十三歲。

　　同在明‧崇禎五年，馮班三十一歲，也從錢謙益處借得一本《才調集》，是為「徐本」。其言曰：

---

[106] 清‧馮武：《二馮先生評閱才調集‧凡例》，收入蜀‧韋縠編，清‧馮舒、馮班評點：《才調集》，頁 5b-6a，總頁 634-635。又，《四庫全書存目叢書》影印之私藏清康熙四十三年垂雲堂刻本《才調集》，奪馮武所撰〈凡例〉一則，比對清‧紀昀《刪正二馮評閱才調集》可知，故正文所錄這則凡例，於垂雲堂刻本中為第五則，而實為第六。

> 崇禎壬申，假別本於宗伯錢公，蓋華亭徐氏舊物也，卷末
> 有跋語云：「失後五卷，借鈔本于錢伏正氏寫補之。」[107]

六年後，明・崇禎十一年（1638），馮班驟然得見三個版本的
《才調集》，其言曰：

> 戊寅，洞庭葉君奕示余抄本，首尾缺損，聊為裝之，縑縫
> 中有題記云「萬曆丙戌錢伏正重裝」，始知即徐氏所借
> 也，中脫一葉，徐亦仍之；是歲十月，得趙清常錄本（僅
> 有後四卷），為補完。馮班記。
> 是歲冬，江右朱文進中尉寓吳，有宋本，介郡人邵生借之
> 不可得，攜本就勘，頗草草。朱本亦殘缺，卻有第九、第
> 十卷，唯第八卷全失，而葉本第六卷獨完好，惜第七卷
> 「薛逢」以下不復存。參以鈔本始具，命之重寫，因記。
> 馮班。[108]

版本一，葉氏「錢鈔本」殘卷，缺第一卷、第七卷「薛逢」以
下，並證實了「徐本」的確鈔自「錢鈔本」，因為兩本都少了同
一頁；此外，「徐本」出版後兩年，明・萬曆十四年（1586），
錢伏正還重新整理了家藏的宋鈔本《才調集》。版本二，「趙清
常錄本」殘卷，缺第一至第六卷，此本雖僅餘後四卷，但馮氏卻
可以據此「補完」「徐本」，則又可知「錢鈔本」、「徐本」所

---

[107] 見蜀・韋縠編，清・馮舒、馮班評點：《才調集》，總頁786。
[108] 見蜀・韋縠編，清・馮舒、馮班評點：《才調集》，總頁786。

同缺的那頁，必在第七至第十卷。版本三，「朱文進」「宋本」殘卷，缺第八卷。[109]「在得到徐本、孫抄、焦抄、錢抄殘本、趙抄、朱藏宋刻殘本（缺第八卷，有第九、第十卷）等六個版本之後，馮班以徐本底本進行通校，完成後又請人重新按照書棚本款製影寫一部，是為『馮班校補本』，當在 1638 年或稍後完書。」[110]

　　書成後，馮班又過錄其兄馮舒的「批評圈點」於上，成為其「手閱定本」。而此一凝聚著二馮心血結晶與真知灼見的《才調集》「定本」，後入汲古閣，為毛晉所藏。（詳後文）

　　其後，錢龍惕亦惋惜「覆刻沈本」「為不知書者鑱改，殆不可讀」，乃以「書棚本」為底本，並別本六種，為之改定。（詳前文）此六本為：

> 徐本得前五卷，葉本得第六卷，朱本得第九、第十卷，焦狀元、錢復正、孫研北三抄本皆完具無缺。第八卷未有宋板，取以補之抄本，行墨如一，皆出於臨安。又趙清常僅後四卷，不知所自，亦舊物。……是書成，為附著之。鱸鄉漁父夕公記。[111]

故知錢氏為了改定「覆刻沈本」、恢復「沈本」，亦曾煞費苦

109　傅璇琮〈《才調集》考〉，頁 185：「馮班又從錢謙益處借得徐本，中脫一面。幾年後收趙清常抄本（僅有後四卷）補完。崇禎十一年（1638）又出現了一個朱文進收藏的宋刻殘本，……。」敘述偶誤。

110　劉瀏：〈《才調集》版本源流考〉，頁 162。

111　見蜀‧韋縠編，清‧馮舒、馮班評點：《才調集》，總頁 787。

心。可惜其本似未流傳下來。

　　清‧順治元年（1644），錢曾（遵王，1629-1701）得毛晉「汲古閣藏影寫宋刊本」，據以影印，成「述古堂影宋本」。此本後為晚清李盛鐸（1859-1937）所藏，民國十一年（1922），收入《四部叢刊》；1958 年，《四部叢刊》本《才調集》又成為上海古籍出版社《唐人選唐詩（十種）》的底本。

　　清‧順治四年（1647），有一署名「鮮民赤復氏」者，也復原了一部《才調集》，其言曰：

> 余素不知詩，即有志而未逮，顧自幼頗好《才調集》。今年春，友人子重馮君，從他氏攜得萬曆間刻本歸余，毀敗既多，偽謬亦甚，輒命工人補其殘缺，兼以諸君子之力，得廣核諸家，翻改詳審，然後此書得以復完。昔人所謂因人成事者，庶幾近之矣以。刻成附記。鮮民赤復氏書。時歲在疆圉大淵獻朱明之皋月。[112]

劉瀏〈《才調集》版本源流考〉考證，此「鮮民赤復氏」，就是錢謙益。「這篇跋語是錢謙益在清順治四年（1647）五月所寫，其校勘完成當在此之前不久。」[113]而其所校「萬曆間刻本」，從其「毀敗」「偽謬」的書況觀之，當是「覆刻沈本」。

　　清‧康熙四十三年（1704）春，汪文珍出版了《二馮評點才調集》，版本來源，據其自述如下：

---

[112] 見蜀‧韋縠編，清‧馮舒、馮班評點：《才調集》，總頁 787。
[113] 劉瀏：〈《才調集》版本源流考〉，頁 163。

> 甲申春，余獲交頓吟次君服之馮丈，始知汲古閣所藏頓吟
> 手閱定本，默庵評閱附載其中。丹黃甲乙，各有原委，其
> 從子簡緣先生實能道其所以然。因托友人假汲古閣所藏，
> 并影寫宋刻，取沈刻本暨錢校本，重加校讎，而乞例言於
> 簡緣先生，遂謀登梓。庶同志者感佩兩先生嘉悉後學之
> 德，且不慮樆寫之難云。康熙甲申八月，新安後學汪文珍
> 書城氏謹識。[114]

按：簡緣先生，即指馮武。由上所述可知，「汲古閣所藏頓吟手
閱定本」，本已兼有二馮文字（馮班本為底，馮舒圈點為附），
汪文珍托友人借出，再用「影寫宋刻」、「沈刻本」、「錢校
本」對校，付梓前，商請馮武代撰例言，以其「能道其所以然」
也。而馮武所道之「所以然」，則曰：

> 默庵日拈是編，閱凡五次，皆自首訖尾，但書不盡存。鈍
> 吟所閱，多屬友人藏本，旁行側理，或丹或墨，行草不
> 類，而其定本，藏毛氏汲古閣；尤喜默庵批評圈點，一一
> 附載。今特薈萃，合成一集，俾詩家獲觀是書，而詩宗正
> 傳，昭然大白，可無素絲歧路之憂，有深幸焉。[115]

所述與前引汪文珍大抵相似，可互相補充。馮舒評點文字，實賴

---

[114] 清・汪文珍跋：〈《二馮評點才調集》〉，收入蜀・韋縠編，清・馮
　　舒、馮班評點：《才調集》，總頁 787。

[115] 清・馮武：《二馮先生評閱才調集・凡例》，收入蜀・韋縠編，清・馮
　　舒、馮班評點：《才調集》，頁 5b-6a，總頁 634-635。

馮班附載乃得留存；而二馮評點文字之有幸走出汲古閣，「會萃」合集，則有賴汪文珍之出版。是書八月付梓，為「垂雲堂刻本」，此本不但保存了二馮的評點，彌足珍貴，而且是「《才調集》歷代諸本中」「最接近宋槧原貌的版本」。[116]1997 年，《四庫全書存目叢書》集部二八八冊收入此書。

　　清‧康熙四十三年（1704）是出版《才調集》的高峰年，據陳伯海，朱易安《唐詩書錄》載，除「垂雲堂刻本」之外，另有三部：宛委堂刻本、金閶書葉堂據宋本校刊本、揚州述古齋活字本。[117]

　　清‧乾隆二十七年（1762），紀昀出版《刪正二馮評閱才調集》，意在檢討二馮（詳後文）。又，〈書八唐人集後〉云：

> 二馮《才調集》海內風行，雖自偏鋒，要亦精詣，其苦心不可沒也。第主張太過，欲舉一切而廢之，是其病耳。[118]

因而採取「酌出其中」的一貫學術主張，藉「刪正」之舉，力圖救其病症。臺灣中央研究院歷史語言研究所藏有此書，新文豐出版公司借出影印，民國八十六年（1997）收入《叢書集成三編》第三十四冊。

---

116 劉瀏：〈《才調集》版本源流考〉，頁 166。又，周小豔：〈二馮校本《才調集》考略〉，2013 年第 2 期，頁 101-104。

117 陳伯海、朱易安：《唐詩書錄》（上），頁 16。

118 清‧紀昀：〈書八唐人集後〉，收入孫致中、吳恩揚、王沛霖、韓嘉祥校點：《紀曉嵐文集》（一）（石家莊：河北教育出版社，1995年），卷一一，頁 251。

　　清・乾隆二十九年（1764），宋邦綏在二馮評點、殷元勳箋
注的基礎上，再行補注，完成了一部《才調集補注》（詳後
文）。但該書卻延至清・乾隆五十八年（1793）始出版，事情原
委，宋思仁〈序〉有詳盡說明，其言曰：

> 流光迅駛，不覺又歷二十餘年，猶未謀諸梓人者，緣遭
> 先司農公見背，後中間多故，嗣亦遠宦粵蜀，鹿鹿輪蹄，
> 有志未逮，每憶庭訓，不覺潸然泣下。去冬，量移山左，
> 糧道持節，督運鷁頭，鴻遵而進，無事催償，頗獲暇晷，
> 披篋陳簡，細為揣摩，逾月而竣，即付梨棗。非敢自負不
> 朽，聊以追終先志云爾。乾隆五十八年癸丑仲夏男宋思仁
> 謹識。[119]

此本稱「思補堂版宋邦綏補注本」。2002 年，上海古籍出版社
將此本收入《續修四庫全書》集部一六一一冊，但「原書多處漫
漶，無法配補」。

　　晚近《才調集》，則有傅璇琮點校本，以《四部叢刊》本為
底本，通校「垂雲堂本」、「汲古閣本」《唐人選唐詩八種》。
1966 年，收入氏編、陝西人民出版社出版之《唐人選唐詩新
編》；2014 年，改由中華書局出版增訂本。斯為目前最好的版
本。

---

[119] 清・宋思仁：《才調集補注・序》，收入蜀・韋縠輯，清・殷元勳注，
　　清・宋邦綏補注：《才調集補注》，頁 254。

五、餘論：「海虞二馮」、紀昀評點《才調集》所顯示的詩學意義

　　經上節討論，可知《才調集》於明清之際勃興的緣由，殆肇因於「海虞二馮」：馮舒、馮班的提倡。二馮師承清・錢謙益（受之，1582-1664），為「虞山詩派」健將，不但「表彰《才調集》，寢食以之」，[120]且「喜用此書」「教後學」，[121]一時八方聲馳，如應斯響，遂風行海內。清・康熙四十三年（1704）春，汪文珍跋《二馮評點才調集》，回顧這場文學風會，生動記錄下了實況與成效，其言曰：

> 近日詩家尚韋縠《才調集》，爭購海虞二馮先生閱本為學者指南，轉相橅寫，往往以不得致為憾。[122]

時距二馮標榜《才調集》，已近七十年，汪氏猶言若此，可見其披靡之久盛。蔣寅《清代詩學史（第一卷）》云：

> 至遲到康熙初，學《才調集》的風氣已在江南一帶蔓延開來。……就現有資料看，二馮的影響一直持續到康熙後

---

120 清・楊際昌：《國朝詩話》，收入郭紹虞編選，富壽蓀校點：《清詩話續編》（三）（上海：上海古籍出版社，1983年），卷二，頁1702。

121 清・馮武：《二馮先生評閱才調集・凡例》，收入蜀・韋縠編，清・馮舒、馮班評點：《才調集》，頁634。

122 清・汪文珍跋：〈《二馮評點才調集》〉，收入蜀・韋縠編，清・馮舒、馮班評點：《才調集》，總頁787。

期。[123]

所論固是。然究實而言，乾隆一朝，二馮與《才調集》，依然流衍不輟，先有殷元勳（號于上）為之注，後又有宋邦綏（逸才，?-1779）在此基礎上，為之補注，成《才調集補注》一書，時維清・乾隆二十九年（1764）。宋氏自序曰：

> 唐御史韋公縠所選《才調集》十卷，選擇精當，大具手眼，當時稱善，後人服膺。國朝馮默庵、鈍吟兩先生加以評點，遂為學詩者必讀之書，第引用廣博，初學讀之，尚昧津梁。偶檢敝麓，係我郡殷君于上賤注，為蠹魚所蝕者過半，余深惜焉，因廣搜博採，補其殘缺，正其舛譌，閱數年而告成。韋公暨二馮先生評點，俱仍原本，不敢妄自增益。[124]

亟稱《才調集》，許為盡善之作；尤推二馮評點，雖已自成一家之言，仍未敢對其稍有偏廢。二馮儼然成為《才調集》的權威代言人。《才調集補注》後又歷二十餘年，方由宋邦綏之子宋思仁（藹若，1730-1807）付梓，時已迄清・乾隆五十八年（1793）。這一方面固然是因為方氏克盡孝道，「追終先志」，[125]二方面

---

[123] 蔣寅：〈撥亂反正的努力——江南詩學〉，頁222。

[124] 清・宋邦綏：《才調集補注・序》，收入蜀・韋縠輯，清・殷元勳注，清・宋邦綏補注：《才調集補注》，頁253。

[125] 清・宋思仁：《才調集補注・序》，收入蜀・韋縠輯，清・殷元勳注，清・宋邦綏補注：《才調集補注》，頁254。

也表示《才調集》在當時的消費市場中，猶有銷路，影響力尚在。[126]

　　而早於《才調集補注》書成前兩年，亦即清・乾隆二十七年（1762），紀昀（曉嵐，1724-1805）已轉而檢討二馮評點的《才調集》，撰成《刪正二馮評閱才調集》。[127]據鄧煜〈論紀昀對《二馮先生評閱才調集》的「刪」與「正」〉一文統計：

> 二馮的評點共有 703 條，其中默庵馮舒 457 條，鈍吟馮班 244 條。……紀昀的「刪」並不針對他們的評語，而是面對選詩本身，把《才調集》中不符合他審美要求的詩歌刪除，他把 1000 首詩刪減為 194 首，刪掉了 806 首，刪詩數量巨大，僅保留 19.4%，不到原集的五分之一。而批點共有 345 條，其中多為對二馮評語的再評點，也有少部分為對選本詩歌的點評。[128]

大幅削減了《才調集》的篇幅，並對二馮提出商榷。看似不滿既有的成果，實則反向深化了《才調集》與二馮評點的意義與價值，顯示彼時的討論，已進入另一個反省、思辨的階段，而不僅止於一味盲從。此外，紀昀於《四庫全書總目》卷一百八十六

---

[126] 見存《才調集補注》，尚有清・光緒二十年（1894）江蘇書局刊本。是則此書出版後，還流傳了近一百年，乃一長銷型的書種。

[127] 《刪正二馮評閱才調集》為紀昀自編《敬烟堂十種》之一，而《敬烟堂十種》完成於清・乾隆二十九年（1764）。

[128] 鄧煜：〈論紀昀對《二馮先生評閱才調集》的「刪」與「正」〉，《瓊州學院學報》第 21 卷第 4 期（2014 年 8 月），頁 75。

〈《才調集》提要〉，稱韋氏書「未為無見」；[129]卷一百九十
一〈《二馮評點才調集》提要〉，則稱：

> 此書去取大旨，具見武所作〈凡例〉中。凡所持論，具有
> 淵源，非明代公安、竟陵諸家所可比擬，故趙執信祖述其
> 說。[130]

俱肯定韋氏、二馮所言，為有得之論，故知紀氏對於《才調
集》、《二馮評點才調集》，並不否定，其所「刪正」，意在商
量舊學，後出轉精，實為此波鼓吹《才調集》風潮中，繼二馮之
後，再一位有力的推動者。

　　基於上述理由，本文以為，值得特別拈出二馮、紀昀，考察
其如何透過各自不同的期待視野（expectation horizon），殊途同
歸共同建構了《才調集》階段性的文學史地位。又可再聚焦於
唐・李商隱（義山，812-858），蓋因其詩毋論在《才調集》的
版本系統內，或是二馮、紀昀的詩學主張中，均具有特殊性與重
要性。

　　首先，韋縠《才調集》所選詩人詩作數量，前五名分別是：

> 韋莊（63 首）、溫庭筠（61 首）、元稹（57 首）、李商
> 隱（40 首）、杜牧（33 首）

---

[129] 清・紀昀等編：〈《才調集》提要〉，頁 27a-b，總頁 3878。

[130] 清・紀昀等編：〈《二馮評點才調集》提要〉，《欽定四庫全書總目》
　　　（六），卷一百九十一，頁 9b-10a，總頁 3979。

李商隱居其四。紀昀《刪正二馮評閱才調集》刪減後，文學秩序
重新洗牌如下：

> 李白（19 首）、李商隱（10 首）、溫庭筠（9 首）、杜
> 牧（9 首）、劉禹錫（8 首）

李白（太白，701-762）空降為第一，劉禹錫（夢得，772-842）
擠進了第五，元稹（微之，779-831）則退出了前五名。始終站
穩榜單的，只有李商隱、溫庭筠、杜牧（牧之，803-852），可
見這三人的詩歌評價相對穩定，非為選詩者特定意圖下的產物；
三人之中，又以李商隱推進的幅度最大，由第四躍升為第二，取
代了原本的溫庭筠。循此，李商隱詩的獨一性，不言可喻矣。
　　其次，二馮、紀昀學詩，皆從李商隱入手，均重視李商隱
詩。清・錢謙益〈馮定遠詩序〉云：

> 其為詩，沉酣六代，出入于義山、牧之、庭筠之間。[131]

點明馮班的詩學淵源。而馮氏於〈同人擬西崑體詩序〉則自云：

> 於時好事多綺紈子弟，會集之間，必有絲竹管絃，紅粧夾
> 坐，刻燭擘牋，尚於綺麗，以溫、李為範式。[132]

---

[131] 清・錢謙益：〈馮定遠詩序〉，《牧齋初學集》（中）（上海：上海古
　　籍出版社，1985 年），卷三十二，頁 939。
[132] 清・馮班：〈同人擬西崑體詩序〉，《鈍吟老人文稿》，收入氏著：

此「好事」的「綺紈子弟」中，諒亦包括馮班在內。此外，其姪清·馮武（約 1626-?[133]）於《二馮先生評閱才調集·凡例》亦云：

> 鈍吟先生名班，字定遠，以溫、李為宗，而溯其源於〈騷〉、《選》、漢魏六朝。[134]

可見馮班寫詩、論詩，多宗溫、李。溫、李之中，又偏重於李，崇尚西崑體。馮班〈玉臺新詠跋〉即云：

> 小年，兄弟多學玉溪生作儷語，偶讀是集，因摘其豔語可用者，以虛點志之。[135]

清·王應奎（東漵，1684-1757）《海虞詩苑》云：

> 自唐李玉谿後，詩家多工賦體，而比興不存，先生含咀風騷，獨尋墜緒，直可上印玉谿，雖或才力小弱，醇而未

《鈍吟全集》（上海：上海古籍出版社，2010 年《清代詩文集彙編》影印清初毛晉汲古閣康熙陸貽典等遞刻本），頁 28a，總頁 68。

[133] 清·馮武之生卒年，世多無考。或說生於 1623 年，但據馮武為清·汪文珍於康熙四十三年（1704）春，垂雲堂刻本《二馮先生評閱才調集》撰寫凡例，自署「七十八老人」，則其生年當屬 1626 年較為接近。

[134] 清·馮武：《二馮先生評閱才調集·凡例》，收入蜀·韋縠編，清·馮舒、馮班評點：《才調集》，頁 1a，總頁 633。

[135] 清·馮班：〈玉臺新詠跋〉，引自陳·徐陵編，清·吳兆宜注、程琰刪補，穆克宏點校：《玉臺新詠箋注》（下）（北京：中華書局，1999年），頁 534

肆，而於溫柔敦厚之教，庶乎其不謬矣。[136]

清‧張鴻（隱南，1867-1941）《常熟二馮先生集‧跋》亦云：

> 啟、禎之間，虞山文學蔚然稱盛。蒙叟、稼軒赫奕眉目；
> 馮氏兄弟，奔走疏附，允稱健者。祖少陵，宗玉溪，張皇
> 西崑，隱然立虞山學派，二先生之力也。[137]

故知追慕李商隱，並不獨以馮班為然，二馮對於李商隱詩，均可
謂情有獨鍾，其所以能開宗立派，亦在於是。

　　至於紀昀之詩學李商隱，晚年為「鐵樓先生」撰〈二樟詩鈔
序〉，曾自供如下：

> 余初學詩從玉溪集入，後頗涉獵于蘇、黃，于江西派亦略
> 窺崖涘。[138]

核其實情，確然。蓋清‧乾隆十五年（1750），紀氏二十七歲，
已撰成《玉溪生詩說》，係其一生詩歌評點的起點。序曰：

---

[136] 清‧王應奎：《海虞詩苑》，收入清‧王應奎、瞿紹基編，羅時進、王
文榮點校：《海虞詩苑　海虞詩苑續編》（上海：上海古籍出版社，
2013 年），卷四，頁 67。

[137] 清‧張鴻：《常熟二馮先生集》，此書輯二馮著作，1925 年出版排印
本。又，張鴻其人，世罕言之，本文考察、排比相關資料，乃知其生卒
年。

[138] 清‧紀昀：〈二樟詩鈔序〉，收入孫致中、吳恩揚、王沛霖、韓嘉祥校
點：《紀曉嵐文集》（一），第九卷，頁 200。

> 余幼而學詩，即喜觀是集，每欲嚴為澄汰，鈔錄一編。牽
> 率人事，因循未果也。[139]

說明此年之前，紀氏已對李商隱詩極為精熟，但恨其菁蕪併存、
瑜瑕互見，亟欲為之刪汰，而《玉溪生詩說》便是他一償夙願的
具體成果。十二年後，清‧乾隆二十七年（1762），紀氏完成
《刪正二馮評閱才調集》，大大提升了李商隱在此部選集中的地
位（詳前），並對刪正後的李商隱詩，加以評點；同年，又點論
了一部《李義山詩集》，所陳與《玉溪生詩說》不完全相同，其
於李商隱詩，亦可謂無時或忘，寢饋其中矣。

---

[139] 清‧紀昀：〈玉溪生詩說序〉，《玉溪生詩說》（清‧光緒年間吳縣朱
氏槐廬家塾刊本），頁 1a。

參考書目

一、傳統文獻

晉・陸機：〈文賦〉，收入梁・蕭統編，唐・李善注：《文選》，臺北：藝文印書館，1991 年。

唐・元稹：《元稹集》，北京：中華書局，2000 年。

唐・李濬編：《松窗雜錄》，臺北：木鐸出版社，1982 年。

唐・魏徵：《隋書》，北京：中華書局，1973 年。

蜀・韋縠編，清・馮舒、馮班評點：《才調集》，臺南：莊嚴文化事業有限公司，1997 年《四庫全書存目叢書》影印私藏清康熙四十三年垂雲堂刻本。

宋・陳振孫：《直齋書錄解題》，上海：上海古籍出版社，2006 年。

元・馬端臨：《文獻通考》，收入《景印摛藻堂四庫全書薈要》，臺北：世界書局，1988 年。

明・毛晉：《唐人選唐詩八種》，收入姜亞沙、經莉、陳湛綺主編：《汲古閣唐詩集》，北京：全國圖書館文獻縮微複製中心，2008 年。

明・胡震亨：《唐音統籤》，上海：上海古籍出版社，2003 年。

明・許學夷：《詩源辯體》，北京：人民文學出版社，1998 年。

明・曹學佺：《蜀中廣記》，收入中華書編輯部編：《宋元明清書目題跋叢刊》，北京：中華書局，2006 年。

清・王士禛：《才調集選》，收入王德毅主編：《叢書集成三編》，臺北：新文豐出版公司，1996 年。

清・王應奎：《海虞詩苑》，收入清・王應奎、瞿紹基編，羅時進、王文榮點校：《海虞詩苑　海虞詩苑續編》，上海：上海古籍出版社，2013 年。

清・仁宗撰：《嘉慶重修一統志》，上海：商務印書館，1919 年。

清・仇兆鰲：《杜詩詳註》，臺北：里仁書局，1980 年。

清・宋邦綏：《才調集補注》，收入《續修四庫全書》編輯委員會編：《續修四庫全書》，上海：上海古籍出版社，1995 年。

清‧吳任臣：《十國春秋》，收入清‧紀昀等編纂：《景印文淵閣四庫全書》，臺北：臺灣商務印書館，1983 年。

清‧吳五綸：〈才調集序〉，收入蜀‧韋縠輯，清‧殷元勳注，清‧宋邦綏補注：《才調集補注》，上海：上海古籍出版社，1995 年《續修四庫全書》影印清乾隆五十八年宋思仁刻本。

清‧紀昀等編：《欽定四庫全書總目》，臺北：藝文印書館，1970 年。

清‧紀昀：《玉溪生詩說》，清光緒年間吳縣朱氏槐廬家塾刊本。

清‧紀昀：〈書八唐人集後〉，收入孫致中、吳恩揚、王沛霖、韓嘉祥校點：《紀曉嵐文集》，石家莊：河北教育出版社，1995 年。

清‧馮武：《二馮先生評閱才調集‧凡例》，收入蜀‧韋縠編，清‧馮舒、馮班評點：《才調集》，臺南：莊嚴文化事業有限公司，1997 年《四庫全書存目叢書》影印私藏清康熙四十三年垂雲堂刻本。

清‧馮班：《鈍吟全集》，收入《清代詩文集彙編》，上海：上海古籍出版社，2010 年影印清初毛晉汲古閣康熙陸貽典等遞刻本。

清‧馮班：〈玉臺新詠跋〉，引自陳‧徐陵編，清‧吳兆宜注、程琰刪補，穆克宏點校：《玉臺新詠箋注》，北京：中華書局，1999 年。

清‧傅增湘：《藏園群書題記》，上海：上海古籍出版社，2008 年。

清‧葉德輝：《書林清話：附書林餘話》，揚州：廣陵書社，2007 年。

清‧董誥等編：《全唐文》，北京：中華書局，1983 年。

清‧楊際昌：《國朝詩話》，收入郭紹虞編選，富壽蓀校點：《清詩話續編》，上海：上海古籍出版社，1983 年。

清‧錢謙益：《牧齋初學集》，上海：上海古籍出版社，1985 年。

（日）遍照金剛撰，盧盛江校考：《文鏡祕府論彙校彙考》，北京：中華書局，2006 年。

二、近人論著

王偉：《唐代京兆韋氏家族與文學研究》，北京：北京大學出版社，2015 年。

王仲鏞：《唐詩紀事校箋》，成都：巴蜀書社，1989 年。

王運熙、楊明：《中國文學批評通史——隋唐五代卷》，上海：上海古籍出版社，2007 年。

呂玉華：《唐人選唐詩述論》，臺北：文津出版社，2004 年。

周小豔：〈二馮校本《才調集》考略〉，《中國典籍與文化》2013 年第 2 期，頁 101-104。

周勛初主編：《唐人軼事彙編》，上海：上海古籍出版社，2006 年。

吳汝煜、胡可先編：《全唐詩交往詩索引》，上海：上海古籍出版社，1993 年。

陳尚君：《唐詩求是》，上海：上海古籍出版社，2018 年。

陳伯海、朱易安：《唐詩書錄》，濟南：齊魯書社，1988 年。

傅璇琮：《唐詩論學叢稿》，臺北：文史哲出版社，1995 年。

傅璇琮、張忱石、許逸民編撰：《唐五代人物傳記資料綜合索引》，臺北：文史哲出版社，1993 年。

傅璇琮、陳尚君、徐俊編：《唐人選唐詩新編》，增訂本，北京：中華書局，2014 年。

張一南：〈從《才調集》復古詩體的功能結構看晚唐五代詩學思潮〉，《文藝理論研究》2015 年第 1 期，頁 139-148。

蔣寅：《清代詩學史（第一卷）》，北京：中國社會科學出版社，2012 年。

劉瀏：《中國古典詩論探源》，北京：知識產權出版社，2015 年。

劉學鍇：《溫庭筠傳論》，合肥：安徽大學出版社，2008 年。

鄧煜：〈《才調集》選詩是「各有編次」還是「隨手排成」〉，《現代語文（學術綜合版）》2014 年 6 月，頁 22-24。

鄧煜：〈論紀昀對《二馮先生評閱才調集》的「刪」與「正」〉，《瓊州學院學報》第 21 卷第 4 期，2014 年 8 月，頁 74-79。

羅根澤：《中國文學批評史》，臺北：明倫出版社，無出版年。

龔鵬程：《才》，臺北：臺灣學生書局，2006 年。

國家圖書館「古籍影像檢索系統」：http://rarebook.ncl.edu.tw/rbook/hypage.cgi?HYPAGE=search/search_res.hpg&dtd_id=1&sysid=14034&v=#。

王漁洋宗宋論[*]

北京大學中文系副教授
白一瑾

摘　要

　　本文對王士禛宗宋的歷程和門徑進行分析。王士禛的宗宋傾向始於
司李揚州之時，回京任職後在京城大力宣導宋詩風。其後雖然復歸宗
唐，卻仍然並未棄宋。其宗宋門徑以廟堂正雅規範為前提，兼收並蓄。
推崇蘇軾，對南宋楊萬里、范成大乃至陸游評價不高，在創作實踐上則
主要師法黃庭堅。

關鍵詞：王士禛　宗宋　過程　門徑

[*]　本文承蒙徐國能先生提供的寶貴建議，特此致謝。

　　在清初詩壇的宗宋潮流之中，王士禎（1634-1711）無疑是
一重要人物，他作為康熙初期崛起的詩壇新秀，一度力倡宋詩，
時人多將其視為繼承錢謙益（1582-1664）衣缽的又一宗宋健
將。「今詩專尚宋派，自錢虞山倡之，王貽上和之。」[1]

　　提到王士禎的詩學取向及其發展過程，研究者多引用下面一
段文字：

> 中歲越三唐而事兩宋，良由物情厭故，筆意喜生，耳目為
> 之頓新，心思於焉避熟。明知長慶以後，已有濫觴，而淳
> 熙以前，俱奉為正的。當其燕市逢人，征途揖客，爭相提
> 倡，遠近翕然宗之。既而流利變為空疏，新靈寖以佶屈，
> 顧瞻世道，怒焉心憂。於是以太音希聲，藥淫哇錮習，
> 《唐賢三昧集》所謂「乃造平淡時」也。然而境亦從茲老
> 矣。[2]

　　歷來研究者多由這段文字，整理出王士禎宗宋傾向的發展軌
跡：中年時代的「越三唐而事兩宋」→晚年回歸唐音的「《唐賢
三昧集》所謂『乃造平淡時』」。這一說法雖並不是不合乎實
際，但過分簡略：王士禎的「中歲越三唐而事兩宋」到底是從何
時開始的？他所事之「兩宋」，又是宋詩中哪些支系流派？這些

---

[1]　清・鄧漢儀：《慎墨堂筆記》，收入《四庫禁毀書叢刊補編》第 57 冊
　　（北京：北京出版社，2005 年），頁 527-528。

[2]　清・俞兆晟：《漁洋詩話》序，收入清・王士禎：《王士禎全集》（濟
　　南：齊魯書社，2007 年），頁 4749。本文所引王士禎詩文原作俱依
　　此。下文僅標注篇名、卷數與頁碼，不再逐一標注著者與出處。

問題都需要詳細釐清。

一、漁洋宗宋歷程之回顧

王士禛到底何時開始學宋，是個非常重要的問題。雖然他早在順治十三年即有集黃庭堅句的〈謝送梅戲集涪翁句成一絕〉[3]，但這只是個案，極有可能僅僅是一時心血來潮的文字遊戲。他本人在順治十八年所作〈自題丙申詩序〉中，描述自己十年以來的詩學淵源：「十年以來，下及漢魏六朝，初盛中晚四唐之作者。」[4]卻並不提及自己接觸宋元詩。

（一）任職揚州，廣學宋詩

王士禛真正開始廣泛涉獵並學習宋元詩，是在他任職揚州以後開始的。論者多以為他開始宗宋是受到了錢謙益的影響，然早在他作書與錢謙益之前的順治十八年正月十五日，他即作有〈上方寺訪東坡先生石刻詩次韻附跋〉，盛讚蘇軾「緬思峨眉人，文采真神仙。贈詩日南使，賓佐皆豪賢。邈然竟終古，漱墨留春泉」[5]。如果再考慮到是年七月他在海陵取徐禎卿、高叔嗣二集評次之事[6]，就可知，拓展眼界、廣學前人，包括開始涉獵學習宋元詩，本就是王士禛詩學發展中的自然歷程。而這一過程中，

---

[3]　《漁洋詩集》，卷 2，頁 178。

[4]　《漁洋集外詩》，卷 1，頁 531。

[5]　《漁洋詩集》，卷 9，頁 278。

[6]　〈徐高二家詩選序〉：「順治辛丑閏七夕，泊舟海陵，嘗取二集評次。」《蠶尾續文》，卷 1，頁 1983。

他所結交的忘年神交、文壇老盟主錢謙益，起了相當大的作用。

順治十八年，王士禛在揚州遇到錢氏之甥，托其傳書與錢氏，以詩集為贄。此事之具體時間尚不可考，但考慮到順治十八年二三月間，王士禛曾有事於金陵，作〈題丁繼之秦淮水閣和牧翁先生韻〉，直到四月方返回揚州，則寄書錢氏必在此之後。錢謙益感於王士禛「快快大風，青丘、東海吞吐於尺幅之間，良非筆舌所能讚歎」的才華，復考慮到自己和新城王氏特別是王士禛叔祖王象春的通家年誼：「僕與君家文水為同年同志之友，而司馬、中丞暨令祖，皆以年家稚弟，愛我勖我。」[7]遂欣然期許王士禛「詞壇有人，餘子皆可以斂手矣。」其後，是年九月錢謙益八十壽辰時，丁繼之自金陵往賀，提及王士禛客金陵時和秦淮水亭詩一事：「道門下駐節水亭，燈炮酒闌，未常不顧念耄老，思以文事相商榷。」錢謙益異常感動，遂有〈漁洋詩集序〉之作，以「代興」許之，又贈王士禛五古長詩〈古詩贈新城王貽上〉一首。

需要注意的是，此時王士禛尚未表現出明顯的宗宋傾向。他托錢氏之甥轉呈的詩集，係「丙申年少作」[8]，是他「下及漢魏六朝，初盛中晚四唐之作者」的時期。而錢謙益在〈漁洋詩集序〉中所讚譽的漁洋詩之特點：「貽上之詩，文繁理富，衒華佩實，感時之作，惻愴於杜陵，緣情之什，纏綿於義山。其談藝四言，曰典，曰遠，曰諧，曰則。」[9]也並不及宋元。

7　清‧錢謙益：〈與王貽上〉，《錢牧齋先生尺牘》，卷 1，《牧齋雜著》（上海：上海古籍出版社，2007 年），頁 224-225。

8　《古夫于亭雜錄》，卷 3，頁 4880。

9　清‧錢謙益：〈漁洋詩集序〉，《有學集》（上海：上海古籍出版社，

　　因此，錢謙益對此時之王士禎許以「代興」，絕不是欣賞他的宗宋；而更可能是欣賞這位晚輩眼界寬廣、不存門戶之見：「別裁偽體，轉益多師，草堂之金丹大藥也。」〈古詩贈新城王貽上〉在惡罵七子竟陵「獻吉才雄驁，學杜哺醨糟。仲默俊逸人，放言訾謝陶。……么弦取偏長，苦調搜啁噍。鳥空而鼠即，厥咎為詩妖」之時，一針見血地指出，七子竟陵之弊，皆在於妄分門戶、自我設限：「彼哉譾譾者，寄穴分科條。初盛別中晚，畫地成狴牢」，卻不知優秀的文學成果並不為時代所限：「千燈成一光，異世咸同調」。而他對王士禎「瓦釜正雷鳴，君其信所操。勿以獨角麟，媲彼萬牛毛」[10]的高度期許，也並非直接引導他宗宋，而是鼓勵他放開眼界、最大限度地兼收並蓄。這也正是錢謙益這位文壇耆宿所給予王士禎的最寶貴建議，也成為他涉獵宋元詩的極大助力。

　　王士禎也並未辜負這位老前輩的期望。在揚州任職期間，他對宋詩的學習，是最大限度兼收並蓄的，而且有極為明顯的廣泛嘗試傾向。對各路較著名的宋代詩人乃至於金元詩人，他幾乎都開始接觸並進行學習。其中不僅包括宋詩中成就最高的蘇軾、黃庭堅、陸游諸家：「吳萊蘇軾登廊廡，緩步崆峒獨擅場。」「涪翁掉臂自清新，未許傳衣躡後塵。」[11]「渭南老子來堂堂，鬱律蛟龍蟠筆底。」[12]甚至是如秦觀這類宋代詩家中的二流人物，和元好問、楊維楨這些一向被文壇所忽視的金元詩人，他也表現了

　　1996 年），卷 17，頁 765-766。

10　〈古詩贈新城王貽上〉，《有學集》，卷 11，頁 543-544。

11　〈戲效元遺山論詩絕句三十六首〉，《漁洋詩集》，卷 14，頁 371。

12　〈鸞湖舟夜讀渭南詩集偶題長句〉，《漁洋詩集》，卷 15，頁 383。

高度的興趣：「國士無雙秦少遊，堂堂坡老醉黃州。高臺幾廢文章在，果是江湖萬古流。」[13]「故國風流在眼前，誰山寒食泰和年。」注云：「元遺山濟南詩句」[14]。「鐵崖樂府氣淋漓，淵穎歌行格盡奇。」[15]宋元詩人迥異於唐人的審美風格與詩學成就，令他殊為欣喜，這也正是他在康熙二年慨歎「耳食紛紛說開寶，幾人眼見宋元詩」[16]的真正原因。

錢謙益之外，另一位對王士禎之宗宋有極大影響的人物，是他的兄長王士祿（1626-1673）。王士祿早在王士禎幼年時，即曾教他學詩，是對漁洋詩風形成有極為重要作用的人物。康熙三年，王士祿遭逢冤獄，由此開始崇尚蘇軾，這一事件成為漁洋詩風大規模宗宋的重要契機之一。這是歷來研究者較少注意到的。

康熙二年，王士祿受命典河南鄉試，因中試者文辭疵漏，於康熙三年三月被逮下獄，直至是年冬方得出獄。這一段飛來橫禍，使王士祿聯想到蘇軾兄弟，「念予兄弟即才具名位，不逮兩蘇公；然其友愛同，其離索同，其不合時宜同，其轗軻困踣，為流俗所指棄，又無不同。而坡公俊快，復善自宣寫，乃稍取其集讀之，讀而且吟且歎，遂不自製，時復有作。」[17]因而，王士祿開始對蘇軾發生興趣，仿效蘇詩，並步蘇韻，與時在江南的王士

---

[13] 〈秦郵雜詩八首〉，《漁洋詩集》，卷15，頁384。

[14] 〈冶春絕句二十首〉，《漁洋詩集》，卷15，頁388。

[15] 〈戲效元遺山論詩絕句三十六首〉，《漁洋詩集》，卷14，頁371。

[16] 〈戲效元遺山論詩絕句三十六首〉，《漁洋詩集》，卷14，頁371。

[17] 清‧王士祿：〈拘幽集自序〉，《十笏草堂詩選》，收入《四庫存目叢書補編》第79冊（濟南：齊魯書社，2001年），頁68。本文所引王士祿詩文原作俱依此。下文僅標注篇名、卷數與頁碼，不再逐一標注著者與出處。

禛展開唱和。僅《拘幽集》中就包括〈寄季弟貽上用坡公曉至巴
河口迎子由韻〉[18]、〈次韻貽上用坡公東府雨中別子由韻見寄
詩〉[19]、〈用坡公獄中遺子由詩韻寄禮吉貽上兼示子側二首〉
[20]、〈讀坡集答滿思復詩偶感於自甘茅屋老三間之句思一和之就
枕畫被不即成寐遂得六首示子側同作〉[21]、〈又用坡公寄子由韻
寄貽上〉[22]、〈再用坡公遺子由韻二首〉[23]、〈讀坡詩天涯老兄
弟懷抱幾時攄之句為之慨然因以為韻作十絕句示子側並寄禮吉貽
上〉[24]、〈雨夜用子由韻作二絕句與季弟〉[25]等。雖然這段時間
內王士禛的和作並無一首留存，但王士祿〈次韻貽上用坡公東府
雨中別子由韻見寄詩〉自序明言：「今年春，貽上用坡公東府別
子由韻作詩見寄，讀之淒然，未及和答。比在幽系中，言念聚
散，感慨不能已已，遂次韻寄之。」足見王士禛曾主動作有步蘇
軾之韻的詩作寄贈王士祿，其時間正在王士祿繫獄的康熙三年
春。

　　由此看來，王士禛開始宗宋並提倡宋詩的時間，係於順治末
年至康熙初。因他當時在揚州為官，所以他的宗宋主張尚無法流
布到京城。而他的「宋風」真正在京城傳播開來，還要到他回京
以後。

18　《拘幽集》，卷1，頁73。
19　《拘幽集》，卷1，頁74-75。
20　《拘幽集》，卷5，頁103。
21　《拘幽集》，卷5，頁104。
22　《拘幽集》，卷5，頁105。
23　《拘幽集》，卷5，頁106。
24　《拘幽集》，卷5，頁113-114。
25　《拘幽集》，卷6，頁123。

（二）入京以後，大倡宋風

　　康熙四年九月，王士禛由揚州入京，赴禮部主客司主事任，但十月即以事一度罷官歸鄉，直至次年九月方復原官，重新北上入京。而他在京城廣泛流布宗宋詩風，也正是由康熙五年以後開始的。一方面，他在創作上體現出明顯的宗宋傾向：「康熙丁未戊申間，余與荏文、公戩、玉虯、周量輩在京師為詩倡和，余詩字句或偶涉新異，諸公亦效之。荏文規之曰：兄等勿效阮亭，渠別有西川織錦匠作局在。」[26]所謂「偶涉新異」極有可能是其宗宋傾向。另一方面，他也在理論上為宋詩公開張目。作於康熙八年冬的〈冬日讀唐宋金元諸家詩偶有所感各題一絕於卷後凡七首〉[27]，對蘇軾、黃庭堅、陸游乃至於金元詩人元好問、虞集等，皆有較高評價。

　　值得注意的是，由揚州回歸以後的王士禛，在京城詩壇已經有相當大的影響力，僅次於號稱京城詩壇「職志」的龔鼎孳（1616-1673）。《漁洋山人自撰年譜》康熙七年條目下惠注提到：「是時士人挾詩文游京師者，首謁龔端毅公，次即謁山人及汪劉二公。」[28]這樣一來，漁洋的破除成見，力倡宋詩的行為，一方面因其詩壇地位而影響力極為廣泛，陸嘉淑〈與王阮亭〉：「揚波挹其瀾，豈必卑宋元。……矯矯王儀部，沉博破其藩。網羅八代遺，英華列便蕃。朗然發光耀，如映朝日暾。」[29]另一方

26　《居易錄》，卷5，頁4939。

27　《漁洋詩集》，卷22，頁484。

28　《漁洋山人自撰年譜》惠注，頁5078。

29　清・陸嘉淑：《辛齋遺稿》（道光間蔣光煦刊本），卷3，康熙七年正

面，這也讓王士禛得以成為清初宗宋詩人的一面旗幟。時人將他視為錢謙益以下的宋詩派又一領袖，正是由於他作為詩壇後起之秀的地位聲望。

在王士禛宗宋的歷史上，有一個非常值得注意的事件，是康熙十年吳之振（1640-1717）攜《宋詩鈔》入京，在京城廣為贈送，大倡宋風；其後又薈萃宋琬、施閏章、曹爾堪、沈荃、王士祿、陳廷敬、程可則與王士禛八家詩，刻於嘉興。吳之振是宗宋派健將，他認為，「八家」中的大部分詩風，都傾向於宋詩。《八家詩選》自序云：「余辛亥至京師，初未敢對客言詩，間與宋荔裳諸公遊宴，酒闌拈韻，竊窺群制，非世所謂唐法也。故態復狂，諸公亦不以余為怪，還往唱酬，因盡得其平日之所作而論次之，皆脫棄凡近，澡雪氛翳，一集之中，自為變幻，莫可方物。」[30]雖然這一評價帶有吳氏自身作為宗宋詩人的感情偏向，但王士禛本人作為京城詩壇宗宋詩人之領袖，包括在吳之振所謂的「竊窺群制，非世所謂唐法」之中，則毫無疑問。

康熙十一年六月，王士禛受命為四川鄉試主考官，七月啟程出京。十一月於歸途中聞母喪之訊，遂歸里守制。入川典試，使得王士禛的宗宋傾向發展到了最高潮。一方面，四川的雄奇山水，更有助於激揚文字，形成迥異於圓熟「唐音」的創作風格；另一方面，四川與宋詩關係極為微妙而密切，早在杜甫時代即已經開始。杜甫入蜀諸詩波瀾老成，是被後世公認開啟「宋風」的代表。而宋代蘇黃陸諸大家，更是皆與四川有極深淵源：蘇軾係

月，王士禛遷禮部儀制司員外郎，此詩應作於是年。

[30]　清・吳之振：《八家詩選》自序，《八家詩選》，收入《四庫禁毀書叢刊補編》第 57 冊，頁 538。

川人，黃庭堅和陸游也有入川生活的經歷。王士禛承認，四川在
自然風景與人文底蘊方面，皆對他的創作產生極大影響：「余兩
使秦蜀，其間名山大川多矣。經其地，始知古人措語之妙。」[31]

　　王士禛典四川鄉試時所作之詩，編為《蜀道集》。此集堪稱
是王士禛學宋最突出的作品之一。其中僅是有意識學宋、和宋、
使用宋人成句的作品，即有相當數量。其〈和東坡開元寺憶子由
韻〉步韻蘇軾：「身經紫閣筇難到，囊比朱儒願已違。夢裡倚閭
雙白髮，不歸真被鶴猿譏。」[32]〈閬中懷沈繹堂〉「萬事輸他前
定在，今朝真看閬中花。」並注云「予近為繹堂書放翁詩『三疊
淒涼渭城曲，數枝閑澹閬中花』，不意遂成詩讖也。」[33]明言自
己使用陸游成句。〈曉渡平羌江上凌雲絕頂〉則使用蘇軾成句，
也體現出對蘇軾、黃庭堅等的崇仰：「山自涪翁亭畔好，泉從古
佛髻中流。東坡老去方思蜀，不願人間萬戶侯。」注云：「坡
詩：『生不願封萬戶侯，亦不願識韓荊州。』」[34]王士禛在蜀期
間，甚至還專門赴眉州拜謁三蘇祠，〈眉州謁三蘇公祠〉云：
「兩公神靈未磨滅，應翳白鳳遊清都。遊戲下界亦聊爾，鯤鵬豈
必搶枋榆。」[35]足見他對蘇軾的崇仰。

　　正是在王士禛的引領下，京城詩壇的「宋風」，在康熙十年
以後達到高潮。以康熙十五至十六年間，活躍於京城詩壇的「金
台十子」的情況來看，宗宋詩人已經超過半數。關於「金台十

---

[31] 《古夫于亭雜錄》，卷5，頁4921。

[32] 《漁洋續詩集》，卷3，頁743。

[33] 《漁洋續詩集》，卷4，頁770。

[34] 《漁洋續詩集》，卷5，頁781。

[35] 《漁洋續詩集》，卷5，頁776。

子」的成員，《居易錄》卷五載：「丙辰、丁巳間，商丘宋牧仲
（今巡撫江西右副都御史）、郃陽王幼華（後官戶科給事中）、
黃岡葉井叔（後官工部主事）、德州田子綸（巡撫貴州右僉都御
史）、謝千仞（刑部員外郎）、晉江丁雁水（官湖廣按察使）及
門人江陰曹頌嘉（後官國子祭酒）、江都汪季用（刑部主事）皆
來談藝，予為定《十子詩》刻之。」「金台十子」為王士禛一手
選定，其中明確宗宋的成員，至少包括如下諸位：

　　宋犖（1634-1714），他於康熙二十九年任江西巡撫時曾以
《江西詩派論》課士，為張泰來《江西詩社宗派圖錄》作序，訂
補《施注蘇詩》。沈德潛言其專學蘇軾，「所作詩古體主奔放，
近體立生新，意在規仿東坡。」[36]《四庫全書總目提要》亦云：
「犖詩大抵縱橫奔放，刻意生新，其淵源出於蘇軾。」[37]他自稱
自己早年「初接王、李之餘波，後守三唐之成法，於古人精意，
毫未窺見」，直到康熙十一年、十二年期間入京，受到京城宋詩
風的影響，因此轉而宗宋：「康熙壬子、癸丑間，屢入長安，與
海內名宿尊酒細論，又闖入宋人畛域。」[38]

　　田雯（1635-1704）。他對宋詩各大家的師法更為普遍，且
大力肯定他們在各種詩體發展歷史上的重要地位，如：「歐陽文
忠公崛起宋代，直接杜、韓之派而光大之，詩之幸也。」「眉山

36　清・沈德潛：《清詩別裁集》（上海：上海古籍出版社，2013），卷
　　13，頁529。

37　清・紀昀：《四庫全書總目提要》（石家莊：河北人民出版社，2000
　　年），卷173，頁1526。

38　清・宋犖：〈漫堂說詩〉，收入郭紹虞：《清詩話》（上海：上海人民
　　出版社，1978年），頁420。

大蘇出歐公門牆，自言為詩文如泉源萬斛，是其七言歌行實錄。
神明於子美，變化於退之，開拓萬古，推倒一世。」「山谷詩從
杜、韓脫化而出，創新辟奇，風標娟秀。」「陸務觀挺生其間，
祓濯振拔，自成一家，真未易才。」[39]

王又旦（1636-1686）。「其詩兼綜唐宋人之長，獨不取黃
庭堅。」[40]

汪懋麟（1640-1688）。「言欲盡祧開元大曆諸家，獨尊少
陵為鼻祖，而昌黎、眉山、劍南以下，以次昭穆。」[41]

謝重輝（1644-1711）。他是為王士禛評價為「何減東坡」
的人物。

曹貞吉（1634-1698）。他早年屬宗唐尊七子一路，但後期
漸染宋調，「始得法於三唐，後乃旁及兩宋，氾濫於金元諸
家」，「夫子詩氣清力厚，似根本於杜韓，更放而之香山劍南」
[42]。曹禾亦兼宗唐宋。十子中能不染宋調者，只有顏光敏、丁
煒、葉封三家而已。康熙十年以後，宋調在京城詩壇上如此盛
行，以至於康熙十八年毛奇齡入京時，要驚呼「一入長安，反驚
心於時之所為宋元詩者。……流俗蠱壞，反至於此」[43]，王士禛

39　清‧田雯：〈論七言古詩〉，《古歡堂雜著》，收入《清代詩文集彙
　　編》第 138 冊（上海：上海古籍出版社，2010 年），卷 2，頁 353。

40　清‧朱彝尊：〈儒林郎戶科給事中合陽王君墓誌銘〉，《曝書亭集》
　　（長春：吉林文史出版社，2009 年），卷 75，頁 712。

41　清‧鄭方坤：《國朝詩鈔小傳》（臺北：明文書局，1985 年），卷 2，
　　頁 216。

42　清‧盧見曾：《國朝山左詩鈔》（清乾隆二十三年雅雨堂刻本），卷
　　31。

43　清‧毛奇齡：〈何生洛仙北遊集序〉，《西河文集》，收入《文淵閣四

對此功不可沒。

（三）復歸於唐，仍不廢宋

　　王士禎的宗宋傾向，一直延續到他被簡拔入翰林院之後。康熙十七年閏三月，王士禎方入翰林院不久，同翰林院學士陳廷敬、張英、高士奇等，內直南書房，蒙賜各種貢物，此時漁洋不但明確宗宋，且在皇帝面前也並不隱藏這種傾向。〈蒙恩頒賜御書恭紀四首有序〉其四云：「寄語紫薇花下客，休誇三十四驪珠。」注云：「宋臣蘇軾邇英賜御書詩云：袖有驪珠三十四」[44]。在寫給皇帝的謝恩詩中也使用宋人故實，而且還直接注明，可見漁洋此時並不以宗宋為忌。其後，在康熙十八年博學鴻儒科期間，他在京城與宣城詩人梅庚訂交時，盛讚梅氏先祖，宋詩大家梅堯臣的詩學成就：「古澹歐梅體，崢嶸慶曆人。名家今復始，欣覯鳳毛新。」[45]而且其後不久就作有效法梅堯臣的詩作〈月夜冰修子湘耦長見過同效宛陵體三首〉[46]。〈和耦長十月十八日初雪見懷之作〉注云：「宋賢詩：『風雪空堂破帽溫』。」[47]按此詩實為元人虞集所作，也可見此時王士禎對宋元詩仍然保持著較高的興趣。

　　然而，康熙二十六年以後，漁洋的詩學理念和實踐卻出現了

　　庫全書》集部第 1320 冊（上海：上海人民出版社，2001 年），卷 45，頁 390-391。

[44]　《漁洋續詩集》，卷 11，頁 887。

[45]　〈左安門外讀宛陵先生詩卻寄耦長〉，《漁洋續詩集》卷 12，頁 917。

[46]　《漁洋續詩集》卷 12，頁 923。

[47]　《漁洋續詩集》卷 12，頁 935。

明顯的復歸於唐的傾向。在這一年夏，他取宋姚鉉《唐文粹》所收詩刪為六卷，名曰《唐文粹選詩》。翌年春，又輯錄盛唐詩中尤為雋永超詣者為《唐賢三昧集》三卷。《唐賢三昧集》的問世，時人及後世研究者多視為王士禛棄宋歸唐的象徵，即俞兆晟所謂「以太音希聲，藥淫哇錮習，《唐賢三昧集》所謂『乃造平淡時』也。」姜宸英序更是直接指出：「選唐詩三昧者，所以別唐詩於宋元以後之詩也，尤所以別盛唐於三唐之詩也。……今人之厭苦唐律者，必曰宋詩，正以新城先生嘗為之。此知其跡而不知其所以跡也。」[48]

不過，以王士禛的實際行為來看，他確實是復歸於唐，但並非從此棄絕宋詩。即使是在他推出《唐賢三昧集》，大倡唐風期間，他也仍然在研讀宋元詩不輟。〈跋癖齋小集〉：「康熙己巳庚午間在京師，每從朱錫鬯、黃俞邰借書，得宋元人詩集數十家。」[49]在康熙二十八、二十九年，王士禛仍然時常向朱彝尊等借閱宋元人詩集，足見他此時對宋元作品興趣仍然不減。由此可知，王士禛雖不喜時人宗宋詩風中「流利變為空疏，新靈寖以佶屈」的不良傾向，而重提唐人之含蓄妙悟加以糾偏，卻也並非由此棄宋厭宋。

二、正雅為先，兼收並蓄的方針

欲釐清漁洋對待宋詩本身和宋人諸家的態度，必須對他的詩

---

[48] 清·姜宸英：〈唐賢三昧集序〉，《湛園集》，收入《文淵閣四庫全書》集部第 1323 冊，卷 1，頁 601。

[49] 《蠶尾續文》，卷 19，頁 2303。

學取向之正變屬性進行定位。王士禎無疑屬於清初廟堂正雅詩風的組成部分，這也是他能夠得到清廷官方支援，以區區部曹小吏身份先後被簡拔入翰林院、擢升為國子監祭酒，樹立為當世文人楷模的真正原因：「王阮亭先生性情柔澹，被服典茂。其為詩歌也，溫而能麗，嫻雅而多則。覽其義者沖融懿美，如在成周極盛之時焉。……阮亭先生既振興詩教於上，而變風變雅之音漸以不作。讀是集也，為我告采風者曰：勞苦諸父老，天下且太平。詩其先告我矣。」[50]而這種「沖融懿美，如在成周極盛之時」的迥異於變風變雅的正大閎雅之音，也正是王士禎作為「欽定」之詩壇領袖、廟堂文人，試圖配合清廷「文治」，振興「詩教」，以匡正變風變雅色彩濃厚的清初詩風，開一代正雅新風的自覺追求：「竊惟國家值休明之運，必有偉人碩德，以雄詞巨筆，敷張神藻，聳功德於漢唐之上，使郡國聞之，知朝廷之大，四裔聞之，知中朝之尊，後世聞之，知昭代之盛。然後文章之用為經國之大業，而與治道相表裡。」[51]

　　不過，王士禎雖然謹守身為廟堂詩人典範的正雅規則，卻並非狹隘的道學家。他在正雅這一大前提下，對前代唐宋元明諸家詩風，以及各家所表現出的風格趨向，採取了最大限度的相容並蓄態度：「言惟公之於詩，既已寢息乎三唐兩宋之間，而陵轢六朝，追蹤漢魏矣。」[52]「後世之士，讀先生之詩者，由是以究極其作詩之旨，將必有以知其廣大變通，而非拘於一隅之見也；包

---

[50]　《漁洋詩集》陳維崧序，頁139-140。

[51]　〈佳山堂集序〉，《漁洋文集》，卷1，頁1537。

[52]　《漁洋續詩集》萬言序，頁694。

羅貫穿，而非主於一家之說也。」[53]

　　這一詩學取向，直接影響到王士禛對宋元詩的態度。他在〈黃湄詩選序〉中，提出自己對於唐宋詩之爭的看法：

> 予習見近人言詩，輒好立門戶，某者為唐，某者為宋，李杜蘇黃，強分畛域，如蠻觸氏之鬥於蝸角，而不自知其陋也。……歐梅蘇黃諸家，其才力學識皆足凌跨百代，使俛首而為撏撦吞剝，禿屑俗下之調，彼遽不能邪？其亦有所不為邪？河水發源昆侖，七萬里而入海；江水發源天彭闕，亦萬里而入海，至其生於天一，放乎歸墟，則一而已矣。世人顧欲以坳堂之見，測江河之大，其不長見笑於大方之家者幾希？[54]

　　王士禛對宋詩的接受，建立在堅持正雅詩風，排斥「撏撦吞剝，禿屑俗下之調」的基礎上。在他看來，宋代詩人中如歐梅蘇黃等大家，完全符合這一正雅標準，且成就絕不在唐人之下，所以時人強分唐宋門戶而尊唐抑宋，是毫無意義的。

　　也正是由於漁洋以正雅標準為先，他對宋詩雖能相容並蓄，卻並非一視同仁，而是有所軒輊，具體表現為：名義上極為推崇蘇軾，卻並不能學蘇；對南宋楊萬里、范成大一路輕淺流利的詩風極為排斥厭惡，對沾染南宋俗風的陸游也持保留態度；而他真正在創作實踐上大力效法並取得成功的，其實是以黃庭堅所代表

53　《漁洋續詩集》金居敬序，頁 694。
54　《漁洋文集》卷 2，頁 1545-1546。

的江西詩派一路嚴整瘦硬詩風。

（一）對蘇軾：心嚮往之而不能學

蘇軾是宋代最優秀的詩人，其成就不在唐人李杜之下，即使並不宗宋的詩人，也無法否定蘇軾的文學價值。因而，蘇軾也就成為清代宗宋派詩人與宗唐派抗衡的一面旗幟，凡是標榜宗宋者，便不能不提蘇軾。然而，作為清初宗宋派健將的王士禎，對蘇軾的態度卻相當微妙：

王士禎接觸蘇軾詩的時間很早，早在他少年時代在故鄉從諸兄學詩時已曾有所涉獵。〈癸卯詩卷自序〉：

> 嘗讀東坡先生集云：少與子由寓居懷遠驛，一日，秋風起，雨作，中夜翛然，始有感慨離合之意。嗣是宦游四方，不相見者十八九。每秋風起，木落草衰，輒淒然有所感，蓋三十年矣。……予每循覽愴然，不能終卷。然爾時方與諸兄讀書家園，肩隨跬步，未知此語之可悲也。弱冠以來，各以世網奔走四方，回憶曩時家園之樂不可得，然後知兩蘇公之詩之可悲，有什倍於疇昔者。蓋情隨事遷，而感慨係之矣。[55]

王士禎對蘇軾產生興趣的機緣很值得注意。「方與諸兄讀書家園」之時，他是一個多愁善感而富有詩意的年輕人，生活經歷較為平淡順遂，因而對蘇軾的曠達豪邁的性格和坎坷的人生經

---

[55] 《漁洋文集》，卷3，頁1566。

歷，俱沒有多少感同身受；卻唯獨對蘇軾詩中所表現出的宦游飄零和親人離合一類主題極感興趣，而這也正能契合他本人的當下生存狀態。

司李揚州時，王士禛對蘇軾的興趣大增，多有探訪蘇軾相關古跡之舉，並加以吟詠。早在他於順治十七年十一月赴揚州任，遊覽金山時，即曾特意登妙高臺拜謁蘇軾之像[56]。次年正月，又到上方寺去尋訪蘇軾石刻詩並次韻題詠[57]。康熙三年，他遊覽高郵文遊台，作有〈重修文遊台記〉，感慨蘇軾「昔蘇長公生宋盛時，以文章名動天下」[58]。康熙四年二月，王士禛再赴杭州禪智寺，詠蘇軾詩石刻，作〈坡公送李孝博詩石刻在禪智寺斷僕已久順治辛丑春禛曾步往訪之和詩一篇四年來欲收拾補綴忽忽未遑康熙甲辰冬量移主客行有日矣念往事耿耿於心乙巳二月屬宗定九往營度靈隱碩公適飛錫於此以一偈垂示輒與西樵定九各拈二絕為答並堅斯約清明前七日〉[59]。

王士禛在任職揚州期間，對蘇軾有較大興趣，一方面是他當下「以世網奔走四方，回憶曩時家園之樂不可得」的宦遊狀態，與蘇軾心境暗合；另一方面，其兄長王士祿於康熙三年入獄，在獄期間開始學蘇並創作大量和蘇韻之詩，與王士禛唱和，這也必然影響到王士禛的詩學好尚。〈重修文遊台記〉歎息蘇軾生平：「昔蘇長公生宋盛時，以文章名動天下，試館閣為侍從之臣，洊

56　〈佳山堂集序〉，《漁洋文集》，卷 4，頁 1585。

57　〈上方寺訪東坡先生石刻詩次韻附跋〉，《漁洋詩集》，卷 9，頁 278。

58　《漁洋集外文輯遺》，卷 1，頁 2349。

59　《漁洋詩集》，卷 17，頁 417。

歷大藩，天子至以宰相哭之，不可謂不遇矣。然終以直道見尤，謝景溫、李定、舒亶之屬縱肆其彈射，卒至流離惠州、儋耳窮海絕嶠之濱，不究其用，為天下惜，至並所為文章亦禁錮之，何其不幸也！」〈重修文遊台記〉作於康熙三年，這段議論，顯然是借他人酒杯澆自家塊壘，慨歎兄長的無辜蒙冤。

其後，王士禛對蘇軾一直保持著高度的興趣和崇敬。如前文所述，他在四川典試時，也多有拜謁蘇門古跡，吟詠蘇軾之舉，即使是被簡拔入翰林院以後，也不憚於使用蘇軾故實。

王士禛對蘇軾的評價，也一直相當高。他在〈冬日讀唐宋金元諸家詩偶有所感各題一絕於卷後凡七首〉中詠蘇軾云：「慶曆文章宰相才，晚為孟博亦堪哀。淋漓大筆千年在，字字華嚴法界來。」評價極高。他視蘇軾為唐人諸家之後的唯一一位七古大家：「文忠公七言長句之妙，自子美退之後，一人而已。」[60]「七言歌行至子美子瞻二公，無以加矣。」[61]〈吳徵君天章墓誌銘〉更以蘇軾與曹植、李白並稱為「仙才」：「漢魏已來，二千餘年間，以詩名其家者眾矣。顧所號為仙才者，惟曹子建、李太白、蘇子瞻三人而已。」[62]

然而，王士禛雖然崇蘇，卻並不能學蘇。他評析蘇軾擅長七古，然而他本人卻並不擅七古。沈德潛《清詩別裁集》，明言漁洋「爾雅有餘，而莽蒼之氣，遒折之力，往往不及古人。」[63]即使是王士禛公認的宗宋代表《蜀道集》，也並不以古體見長。

---

[60] 〈佳山堂集序〉，《漁洋文集》，卷14，頁1759-1762。

[61] 《漁洋詩話》，卷下，頁4811。

[62] 《蠶尾續文》，卷17，頁2250。

[63] 《清詩別裁集》，卷4，頁125。

《蜀道集》始自〈七月一日出都感寄西樵先生〉，終於〈新鄉望蘇門山懷孫鐘元先生〉，共 350 首。其中，近體詩仍占絕對優勢，五律多達 143 首，七律也有 49 首，絕句亦有五絕 26 首、七絕 100 首之多。而七古卻僅有寥寥 8 首而已，五古也只有 24 首。這足見王士禛實際「學蘇」的程度相當有限。至於他在康熙三年兄長繫獄之時所作的大量步蘇韻的唱和詩，索性一首都沒有保存下來。更可見王士禛本人對這些詩作並不滿意。

　　王士禛對待蘇軾的這種微妙態度，從根本上來看，是兩人性格特徵和生平經歷的區別。蘇軾天縱英才，性格高曠灑脫而又豪氣逼人，一生大起大落，備經苦難；王士禛卻是一位生性謹慎內斂的文人官吏，生平經歷又較為平順，這註定了他無論是從為人還是詩風各方面，都無法真正理解和效法蘇軾。而且，在詩文觀念上，王士禛與蘇軾亦有扞格之處。《居易錄》：「嘗戲論唐人詩，王維佛語，孟浩然菩薩語，……李白常建飛仙語，杜甫聖語，……蘇軾有菩薩語，有劍仙語，有英雄語，獨不能作佛語聖語耳。」[64]王士禛仍認為蘇軾之詩或較王維、杜甫略遜。其原因或如〈韓白蘇陸四家詩選序〉所言：「子瞻……如風雨雷霆之驟合，砰訇戛擊，角而成聲，融然有度，其用實處多而用虛處少，取其少者為佳。」[65]多半是由於蘇軾的「淋漓大筆」、「用實處多而用虛處少」的創作方式，和王氏凌空蹈虛的「神韻」理想，畢竟仍有不合。

64　《居易錄》，卷 5，頁 3763。

65　《蠶尾文集》，卷 1，頁 1796。

（二）對南宋陸楊范諸家：厭其俚俗，評價不高

　　如果說，在對待蘇軾的問題上，王士禛雖然能體會到自己與蘇軾詩風的扞格，卻仍出於對這位宋代第一詩人的敬仰而保持尊崇態度的話，那麼他對待宋代另一位有代表性的大家陸游，可就不那麼客氣了。他早年在揚州廣收博蓄各路宋詩風的時候，對陸游尚能保持相當的尊敬：「渭南老子來堂堂，鬱律蛟龍蟠筆底。半世功名梁益間，拓弦橫矟劍門關。白頭鏡水江湖夢，夜夜山南射虎還。」[66]「先生當年西入蜀，迎風十丈搴黃旗。下牢夔門波浪惡，白鹽赤甲天下奇。」[67]「射虎山頭雪打圍，狂來醉墨染弓衣。函關渭水何曾到，頭白東吳萬里歸。」[68]對陸游入蜀諸詩，評價頗高。然而後來他在〈佳山堂集序〉中，卻批評陸游雖可稱南宋大宗，然遠不如蘇黃：「南渡氣格，下東都遠甚，惟陸務觀為大宗。七言遜杜韓蘇黃諸大家，正坐沉鬱頓挫少耳。然竟非餘人所及。」[69]

　　王士禛對陸游的評價不如蘇黃，是因為他對南宋詩尤其是楊萬里、范成大一路新巧輕靈流利俚俗風格，極為不喜。〈跋攻媿集〉：「宣獻與楊誠齋、范石湖、陸放翁同時，詩亦石湖伯仲。歌行學蘇黃，氣或不遒，格詩苦鈍，然不為楊范佻巧取媚。」[70]誠齋體為宋詩一大宗，王士禛以兼收並蓄著稱，卻畢生不涉誠

---

[66]　〈覽湖舟夜讀渭南詩集偶題長句〉，《漁洋詩集》，卷15，頁383。

[67]　〈陸放翁心太平庵硯歌為畢刻史賦〉，《漁洋詩集》，卷15，頁388。

[68]　〈冬日讀唐宋金元諸家詩偶有所感各題一絕於卷後凡七首〉，《漁洋詩集》，卷22，頁484。

[69]　《漁洋文集》，卷14，頁1759-1762。

[70]　《蠶尾文集》，卷7，頁1929。

齋，這自然與他以雅正為宗，主張「典遠諧則」，排斥俚俗，有
直接關係。他一生偏好王孟清新澹遠詩風，卻始終認為孟不如
王，正是因為孟浩然「涉俗」之故：「汪鈍翁琬嘗問予：王孟齊
名，何以孟不及王？予曰：正以襄陽未能脫俗耳。」[71]而他對陸
游評價不如蘇黃，根本原因也正如他評價孟浩然不及王維一樣，
是認為陸詩沾染南宋淺俗風格。〈韓白蘇陸四家詩選序〉：「務
觀閒適，寫村林茅舍，農田耕漁，花石琴酒事，每逐月日，記寒
暑，讀其詩如讀其年譜也，然中間勃勃有生氣。中原未定，夢寐
思建功業，其真樸處多，雕鎪處少，取其多者為佳。」[72]雖然漁
洋也承認陸詩「真樸」、「勃勃有生氣」，但這種日常生活化的
樸素而近俗的風格，顯然還是與他的「典遠諧則」的神韻詩，並
不相符的。

（三）主要學習黃庭堅一路嚴整瘦硬的宋詩風

　　對於與蘇軾並稱的江西詩派創始人黃庭堅，王士禛一直寄予
了相當尊崇的態度。早在他作於康熙二年的〈戲效元遺山論詩絕
句三十六首〉中，即盛讚黃庭堅「涪翁掉臂自清新，未許傳衣躡
後塵。卻笑兒孫媚初祖，強將配饗杜陵人。」[73]這一評價，正奠
定了他對黃庭堅的認識：學杜而能有自家面目。《池北偶談》評
價歷代學杜詩者的高下：「宋明以來，詩人學杜子美者多矣。予
謂退之得杜神，子瞻得杜氣，魯直得杜意。」[74]而王士禛認為黃

---

[71] 《香祖筆記》，卷8，頁4628。

[72] 《蠶尾文集》，卷1，頁1796。

[73] 《漁洋詩集》，卷14，頁371。

[74] 《池北偶談》，卷16，頁3232-3233。

庭堅善學杜的根本原因，是他「語必己出」，能有自家面目：
「予謂從來學杜者無如山谷。山谷語必己出，不屑裨販杜語，後
山簡齋之屬，都未夢見。」[75]

　　在王士禎看來，黃庭堅不但具有自家面目，足以開宗立派，
而且詩學成就也可與蘇軾比肩，可以同樣作為宋詩的最高峰。他
在作於康熙八年的〈冬日讀唐宋金元諸家詩偶有所感各題一絕於
卷後凡七首〉中，即將黃庭堅與蘇軾相提並論：「一代高名孰主
賓，中天坡谷兩嶙峋。瓣香只下涪翁拜，宗派江西第幾人。」[76]
《漁洋詩話》論七言歌行：「七言歌行至子美子瞻二公，無以加
矣。……子瞻同時又有黃太史之奇特，正如太華之有少華，太室
之有少室。」[77]王士禎認為，在七言歌行領域，黃庭堅的成就足
以與蘇軾相頡頏。〈佳山堂集序〉更云：「蘇文忠公凌躒千古，
獨心折山谷之詩，數效其體，前輩之虛懷如是。後世腐儒乃謂山
谷與東坡爭名，何其陋邪？山谷雖脫胎於杜，顧其天姿之高，筆
力之雄，自辟門庭。宋人作江西宗派圖，極尊之，以配食子美，
要亦非山谷意也。」[78]

　　實際上，王士禎在創作實踐中真正效法的「宋詩」，大部分
正是黃庭堅江西詩派一路，這一點前人早已有人指出：「自宋黃
文節公興而天下有江西詩派，至於今不廢。近代最稱江西詩者，

[75]　〈跋衰海叟集〉，《蠶尾續文》，卷20，頁2310。
[76]　《漁洋詩集》，卷22，頁484。
[77]　《漁洋詩話》，卷下，頁4811。
[78]　《漁洋文集》，卷14，頁1759-1762。

莫過虞山錢受之，繼之者為今日汪鈍翁、王阮亭。」[79]

以公認的漁洋宗宋典範《蜀道集》來看，不僅近體詩佔據絕對優勢，而且其中較突出的宗宋佳作，幾乎都是學黃庭堅一路。如〈晚登夔府東城樓望八陣圖〉：「永安宮殿莽榛蕪，炎漢存亡六尺孤。城上風雲猶護蜀，江間波浪失吞吳。魚龍夜偃三巴路，蛇鳥秋懸八陣圖。搔首桓公憑弔處，猿聲落日滿夔巫。」[80]〈登白帝城〉：「赤甲白鹽相向生，丹青絕壁鬥崢嶸。千江一線虎須口，萬里孤帆魚復城。躍馬雄圖餘壘跡，臥龍遺廟枕潮聲。飛樓直上聞哀角，落日濤頭氣不平。」[81]此二詩是王士禛入蜀諸詩中，較能體現其宗宋特色的地方，特別是對杜甫入蜀諸詩的效法，頗見江西詩派「點鐵成金」、「奪胎換骨」之特色。

王士禛學宋而不能學蘇陸，卻傾向於黃庭堅，其原因很可能是黃庭堅更符合他的審美理想。黃庭堅具有較明顯的文人詩特徵，雖偶有晦澀之弊，卻並無俚俗缺點：「山谷云：士大夫唯俗不可醫。」[82]這種自覺拒「俗」的傾向，對於論詩主典雅，有「王愛好」之稱的王士禛來說是很合乎口味的。他讚賞宋人詩用功較深，無一字無來歷：「余觀宋景文詩，雖所傳篇什不多，殆無一字無來歷。明諸大家用功之深如此者絕少。宋人詩何可輕議邪？」[83]這也足見王士禛為何在宗宋時更偏好黃庭堅，而不喜楊

79　清‧計東：〈南昌喻氏詩序〉，《改亭集》，收入《四庫全書存目叢書》集部第 228 冊（濟南：齊魯書社，1995 年），卷 4，頁 587。

80　《漁洋續詩集》，卷 6，頁 794。

81　《漁洋續詩集》，卷 6，頁 795。

82　《分甘餘話》，卷 4，頁 5033。

83　《古夫于亭雜錄》，卷 1，頁 4841。

萬里乃至陸游一路「真樸」詩風了。

王士禛在宗尚黃庭堅之外,對梅堯臣亦有相當的好感。〈梅氏詩略序〉:「顧永叔之於聖俞,獨推尊之如古人。其評聖俞之詩,以為清麗閒肆,涵演深遠,使得見於朝廷,宜作為雅頌,以歌詠大宋之功德;薦之清廟,而追商周魯頌之作者。其推之可謂至矣。」[84]而漁洋對梅堯臣的推崇,也正在於梅詩「宜作為雅頌,薦之清廟」的廟堂正雅色彩。

(四)與清初其他宗宋詩人之區別

由王士禛宗宋之門徑,也就可以解釋,他作為清初著名的宗宋派詩人,為何與其他宗宋詩人如錢謙益、吳之振等人,在詩學理念上卻頗有扞格不合之處:其原因正在於,雖然同係宗宋,但王士禛與錢吳等人,師法門徑並不相合。這一差別,在張仲謀《清代文化與浙派詩》一書中闡述甚詳:「大致言之,清人學宋者分為二途:一種學梅堯臣、黃庭堅及江西詩派,此為典型的宋詩作風,然實由杜甫、韓愈一路下來,其風格特色為蒼老瘦硬。另一種學蘇軾、陸游,或參以白居易與楊萬里,風格為輕快活潑。」[85]

提到明清之際宗宋風氣的興起,錢謙益無疑是開山祖師式的人物。喬億在《劍谿說詩》中說:「自錢受之力詆弘正諸公,始續宋人餘緒,諸詩老繼之,皆名唐而實宋,此風氣一大變也。」

---

[84]　《蠶尾文集》,卷1,頁1786。

[85]　張仲謀:《清代文化與浙派詩》(上海:東方出版社,1997年),頁114。

[86]早在晚明啟禎時代，錢氏即開始提倡唐宋兼美、重新審視宋詩的價值。賀裳在《載酒園詩話》「陸游」條中說：「天啟、崇禎中，忽崇尚宋詩，迄今未已。究未知宋人三百年間本末也，僅見陸務觀一人耳。」[87]吳喬《圍爐詩話》亦記載：「天啟、崇禎中，忽尚宋詩，實未知宋人三百年本末，止見一陸放翁。」[88]而此種推崇陸游的風氣，實肇始於錢謙益。毛奇齡曾在《西河詩話》中說：「宗伯素稱宋人詩當學務觀。」於是，「海內宗虞山教言，於南渡推放翁。」[89]

　　由於錢謙益和王士禛同屬唐宋兼宗一路，且錢氏對王士禛頗為讚賞，並有「代興」之稱，因而許多批評者都將王士禛視為繼承錢氏衣鉢的宗宋派領袖，前引計東〈南昌喻氏詩序〉即云：「自宋黃文節公興而天下有江西詩派，至於今不廢。近代最稱江西詩者，莫過虞山錢受之，繼之者為今日汪鈍翁、王阮亭。」然而，王士禛雖然對錢謙益的提攜之恩一直念念不忘，卻始終沒有提到過他在宗宋門徑上，與錢謙益有任何師承關係。其原因正是：兩人宗宋門徑實有較大區別，並非同道。王士禛師法黃庭堅江西詩派一路，而錢謙益則主要師法蘇軾、陸游，對黃庭堅評價並不甚高。吳喬《圍爐詩話》載牧齋評黃庭堅云：「黃魯直學杜，不知杜之真脈絡，所謂前輩飛騰，餘波綺麗，而擬其橫空排

86　清‧喬億：《劍谿說詩》，卷下，收入郭紹虞：《清詩話續編》（上海：上海古籍出版社，2016 年），頁 1104。

87　清‧吳喬：《圍爐詩話》，卷 4，收入郭紹虞：《清詩話續編》，頁 453。

88　《圍爐詩話》，卷 5，頁 643。

89　清‧毛奇齡：〈盛元白詩序〉，《西河文集》，卷 28。

翼，奇句硬語。」[90]

王士禛與吳之振的詩學分歧，更能看出兩人在取法門徑上的區別，以及這種區別本質上源於何處。

康熙十年，吳之振攜帶多部《宋詩鈔》刻本進京，贈送京中的文人名士，並在京展開大規模交遊唱和活動，這是清初詩壇尤其是宋詩傳播史上具有歷史意義的重要事件。是時王士禛正在京城，且身為宗宋派健將，兩人也曾打過交道。吳之振有詩記載「大王蘊藉復靜好，小王秀色殊翩翩。詩筒往返煩急足，塗抹紕繆施丹鉛。」[91]可見吳與王氏兄弟應該有過極為頻繁的唱和。然而，王士禛在自己的詩集中卻根本沒有保存下當時與吳之振唱和的任何內容，直到數年後的康熙十五年，方有〈和吳孟舉種菜〉[92]一詩相寄。而吳之振也對王士禛的詩學主張頗有微詞，他在〈送林石來舍人敕封琉球二首〉一詩中，有「漁洋學士論詩格，籥括車箱未易通。」[93]指摘王氏神韻說自高身份，未免太過玄虛。以詩中「漁洋學士」的稱謂來看，是時王士禛已進入翰林院。

同係宗宋派重要人物，王士禛與吳之振何以關係如此微妙？其原因也在於兩人宗法門徑的差異。吳之振是一位取法門徑極為廣泛的宗宋者，於宋詩各家幾乎無所不包，其《宋詩鈔》正是基於這一原則編纂的。他在《宋詩鈔初集》自序中說：「黜宋詩者

---

[90] 《圍爐詩話》，卷4，頁582。

[91] 清·吳之振：〈送友人南歸〉，《黃葉村莊詩集》，收入《四庫全書存目叢書》第237冊，卷2，頁692。

[92] 《漁洋續詩集》，卷9，頁855。

[93] 《黃葉村莊詩集》，卷4，頁723-724。

曰腐，此未見宋詩也。……余與晚村、自牧所選蓋反是，盡宋人
之長，使各極其致，故門戶甚博，不以一說蔽古人。」〈凡例〉
更云：「是選於一代之中，各家俱收；一家之中，各法具在。不
著圈點，不下批評，使學者讀之而自得性之所近，則真詩出矣。
由是取其所近者之全書而厭飫展拓焉，始足以盡古人之妙。」[94]
可見吳之振纂《宋詩鈔》實際上是一普及性質的宋集，其目的在
於令當時「幾人眼見宋元詩」的詩壇，盡可能地拓展眼界，認識
到宋詩的價值。

而吳之振本人對待宋人諸家的態度，也是不分軒輊地全面宗
法。葉燮評其詩「五古似梅聖俞，出入於黃山谷，七律似蘇子
瞻，七絕似元遺山」[95]，或係溢美之辭，然而吳之振在廣收博覽
宋風的問題上，確實是頗有自覺性的。他自稱學蘇：「我是二蘇
門下客，秦黃以後可肩齊。」[96]對江西詩派也頗有好評：「玉堂
戲寫清癯句，便作江西社裏人。」[97]「招攜同入江西社，俗眼何
曾別愛憎。」[98]「奪胎換骨意難羈，詩到蘇黃語益奇。」[99]但對
南宋誠齋的流利淺俗一路，也保持著相當的尊重：「滄浪持律分
諸體，也及誠齋與簡齋。」[100]這顯然和極為憎厭誠齋石湖，斥
之為「佻巧取媚」的王士禛，存在極大的區別。

---

[94] 清・吳之振：〈宋詩鈔凡例〉，《宋詩鈔》，收入《文淵閣四庫全書》
集部第 1461 冊，頁 5-6。

[95] 《黃葉村莊詩集》葉燮序。

[96] 〈次韻答王西樵吏部〉，《黃葉村莊詩集》，卷 2，頁 696。

[97] 〈次韻答謝浮病中見簡二首〉，《黃葉村莊詩集》，卷 2，頁 694。

[98] 〈次韻酬嘉善魏禹平〉，《黃葉村莊詩集》，卷 2，第 739。

[99] 〈論詩偶成十二首〉，《黃葉村莊詩集》卷 4，頁 807。

[100] 〈次韻答昆山王甫瞻〉，《黃葉村莊詩集》，卷 7，頁 748。

　　王士禎與吳之振的最根本區別，也正在於此：和大聲疾呼著「爭詡三唐能濟裁，敢言兩宋得升堂」[101]，「兩宋詩篇古墨香，刪除幾滌俗人腸」[102]，一心要為宋詩張目的吳之振不同，王士禎對宋人的師法，始終以雅正為不可變易的大前提。這也就可以解釋，為何以「一代之中，各家俱收；一家之中，各法具在」為旨歸的吳之振，會被時人指摘為「今之號為宋詩者，皆村野學究膚淺鄙俚之辭。……此不過學宋人之糟粕，而非欲得宋人之精神也。」[103]而王士禎的由宋返唐，也正是有懲於宋詩流行後所出現的「流利變為空疏，新靈浸以佶屈」這類不合於正雅詩風的弊病。

　　而王士禎「越三唐而事兩宋」的微妙之處，也正在於此：因為他的宗宋傾向以廟堂正雅為前提，所以，「宜作為雅頌，薦之清廟」的梅堯臣可學；「生宋盛時，以文章名動天下」的「慶曆文章宰相才」蘇軾可學；津津樂道於「士大夫唯俗不可醫」的黃庭堅更可學。但「真樸」而近俗的陸游，恐怕就該打些折扣；而「佻巧取媚」的楊萬里范成大，則必須予以摒棄。這也就可以解釋，為何王士禎在已成為翰林學士，必須以雅正詩風為當世楷模的時候，還在應制詩中肆無忌憚地使用蘇軾故實；為何他有懲於清初宋詩風「流利變為空疏，新靈浸以佶屈」弊端，因而推出《唐賢三昧集》重倡唐風，自己卻還在津津有味地研讀宋元詩；為何施閏章、徐乾學輩試圖將他塑造為宗唐詩人典範，拼命強調他並不宗宋：「客或有謂其祧唐而祖宋者，予曰不然，阮亭蓋疾

---

[101] 〈次韻答梅里李武曾〉，《黃葉村莊詩集》，卷4，頁714。

[102] 〈次韻答毗陵楊古度〉，《黃葉村莊詩集》，卷4，頁804。

[103] 清·沈荃：〈過日集序〉，《過日集》（清康熙六松草堂刻本）。

夫膚附唐人者了無生氣，故間有取於子瞻，而其所謂蜀道諸詩，非宋調也。」[104]「或乃因先生持論，遂疑先生續集降心下師宋人，此猶未知先生之詩者也。記曰：治世之音安以樂。……讀先生之詩，有溫厚平易之樂，而無崎嶇艱難之苦，非治世之音能爾乎？」[105]而漁洋本人卻仍然不肯為自己的宗宋做出掩飾和辯解——他本來就不認為，宗宋和他的「典遠諧則」的正雅詩學觀念，有什麼不相容的地方。

---

[104]《漁洋續詩集》施閏章序，頁685。
[105]《漁洋續詩集》徐乾學序，頁687。

參考書目

一、傳統文獻

清・王士禛：《王士禛全集》，濟南：齊魯書社，2007 年。

清・錢謙益：《有學集》，上海：上海古籍出版社，1996 年。

清・錢謙益：《牧齋雜著》，上海：上海古籍出版社，2007 年。

清・王士祿：《十笏草堂詩選》，《四庫存目叢書補編》第 79 冊，濟南：齊魯書社，2001 年。

清・鄧漢儀：《慎墨堂筆記》，《四庫禁毀書叢刊補編》第 57 冊，北京：北京出版社，2005 年。

清・陸嘉淑：《辛齋遺稿》，道光間蔣光煦刊本。

清・田雯：《古歡堂集》，《清代詩文集彙編》第 138 冊，上海：上海古籍出版社，2010 年。

清・計東：《改亭集》，《四庫全書存目叢書》集部第 228 冊，濟南：齊魯書社，1995 年。

清・吳之振：《黃葉村莊詩集》，《四庫全書存目叢書》第 237 冊，濟南：齊魯書社，1995 年。

清・吳之振：《宋詩鈔》，《文淵閣四庫全書》集部第 1461 冊，上海：上海古籍出版社，2003 年。

清・吳之振：《八家詩選》，《四庫禁毀書叢刊補編》第 57 冊，北京：北京出版社，2005 年。

清・朱彝尊：《曝書亭集》，長春：吉林文史出版社，2009 年。

清・毛奇齡：《西河文集》，《文淵閣四庫全書》集部第 1320 冊，上海：上海古籍出版社，2001 年。

清・紀昀：《四庫全書總目提要》，石家莊：河北人民出版社，2000 年。

清・沈德潛：《清詩別裁集》，上海：上海古籍出版社，2013 年。

清・鄭方坤：《國朝詩鈔小傳》，臺北：明文書局，1985 年。

清・盧見曾：《國朝山左詩鈔》，清乾隆二十三年雅雨堂刻本。

郭紹虞編：《清詩話》，上海：上海人民出版社，1978 年。

郭紹虞編：《清詩話續編》，上海：上海人民出版社，1983 年。

二、近人論著

張仲謀：《清代文化與浙派詩》，上海：東方出版社，1997 年。

《清詩別裁集》之僧詩創作情況與美學特色

拉曼大學中華研究院助理教授
潘筱蒨

摘　要

　　沈德潛編的《清詩別裁集》於第三十二卷收錄了四十四位僧人所創作的詩歌。清代僧詩的發展以明末清初與晚清時期為高峰期。歷代僧詩的書寫傳統具有「禪思」與「詩情」兩者兼具的創作美學。僧人的人生領悟、佛學思想透過「詩情」來表達。其所抒的「詩情」乃「悟道」之情，因此「禪思」（或「禪意」）與「詩情」兩者統一。而《清詩別裁集》所收錄的四十四位僧人中，有一部分是明清易代之際才出家為僧。因此其創作內涵有著「故國之思」與「逃於禪」之說，其「詩情」多為人世間的執著之情。另一部分為入佛門多年精通佛典的高僧，其詩中有著傳統僧詩的「禪意」。兩者僧詩的創作構成了兩種創作風格與特色。僧詩在古代詩歌發展中是另類綻放的文學，其創作特色與傳統文人書寫的詩作不同。本文將從《清詩別裁集》所收錄的僧詩，探討清初之清中葉時期的僧詩創作特色，以此梳理出清代僧詩的創作情況與美學特色。

關鍵詞：清詩別裁集　僧詩　「禪意」　「詩情」　美學特色

　　李舜臣《20 世紀以來僧詩文獻研究綜述》提及，在大陸地區歷朝僧詩的收集、輯軼與整理的情況。文中闡述，1993 年艾若、林凡聯絡數十位學者，著手編纂《中國歷代僧詩全集》，擬分晉唐五代、宋代、元代、明代、清代五卷，系統整理東晉至清末釋氏之詩。至今（2013 年），惟「晉唐五代卷」出版行世，餘者皆付之闕如，因此這種狀況反映了二十世紀以來古代僧詩文獻研究的大勢，東晉至隋唐最為完備，兩宋次之，元、明、清三朝最弱。[1]李舜臣這篇文章給予僧詩文獻很好的梳理，也進一步透露了學界對明清僧詩文獻整理的空缺，是因為明清時期僧詩文獻繁多蕪雜，積累甚薄，整理難度很大。[2]這現象對於研究明清時期僧詩的創作面貌是有其難度與難以全面的。而中華古籍出版社編輯委員會編著的《歷代高僧詩文集》選粹一、二、三，也僅是收錄從唐代法師的詩文至明朝法師，即明初的釋妙聲法師《東皋錄》與釋宗泐法師的《全室外集》，[3]至於清代時期的法師詩

---

[1]　李舜臣：〈20 世紀以來僧詩文獻研究綜述〉，《文學遺產》2013 年第 5 期，頁 146。

[2]　同上注，頁 147。

[3]　《歷代高僧詩文集》選粹一，收錄了唐‧釋寒山法師《寒山子詩集》、唐‧釋齋己法師《白蓮集》、唐‧釋貫休法師《禪月集》，宋‧釋契嵩法師《鐔津集》、宋‧釋重顯法師《祖英集》與宋‧釋道潛法師《參寥子詩集》。《歷代高僧詩文集》選粹二，收錄了宋‧釋惠洪法師《石門文字禪》與宋‧釋居簡法師《北磵集》。《歷代高僧詩文集》選粹三，則收錄了宋‧釋文珦法師《潛山集》、宋‧釋道燦法師《柳塘外集》、元‧釋英法師《白雲集》、元‧釋善住法師《谷響集》、元‧釋圓智法師《牧潛集》、元‧釋大訢法師《蒲室集》、元‧釋大圭法師《夢觀集》、明‧妙聲法師《東皋錄》與釋宗泐法師《全室外集》。中華古籍出版社編輯委員會編著：《歷代高僧詩文集》（香港：中華古籍出版社，2009 年）。

文集則缺乏收錄。因此，本文在梳理清代僧詩的創作情況時，以
沈德潛編著的《清詩別裁集》為主。沈德潛《清詩別裁集》中於
第三十二卷收錄了四十四位僧人所創作的詩歌，而且僅是對這四
十四位元僧人作品的選本。《清詩別裁集‧凡例》中記載沈德潛
的一番話：

> 國初詩僧，有棄儒而逃入禪學者，詩自激昂頓挫，錚錚有
> 聲。其後多習口頭禪說，以偈為詩，即有稍知向學者，亦
> 只奉《弘秀集》一類為金針，於源流升降，茫然於中也。
> 廣為搜羅，共得四十四人。中有能讀儒書通禪理者，格外
> 賞之。[4]

　　從沈德潛這段話的記載，可知其選入的清初時期的詩僧有棄
儒入禪者，另亦有讀儒書而又通禪理者。這樣的選詩標準關乎到
沈德潛的審美觀，他在《清詩別裁集‧凡例》中說：

> 詩之為道，不外孔子教小子教伯魚數言，而其立言，一歸
> 於溫柔敦厚，無古今一也。……是選以詩存人，不以人存
> 詩。……詩必原本性情關乎人倫日用及古今成敗興壞之故
> 者，方為可存，所謂其言有物也。……詩不能離理，然貴
> 有理趣，不貴下理語。……唐詩蘊蓄，宋詩發露。蘊蓄則
> 韻流言外，發露則意盡言中。愚未嘗貶斥宋詩，而趣向舊

---

[4]　清‧沈德潛等編：《清詩別裁集》（上海：上海古籍出版社，1984
　　年），頁3-4。此版本乃採取教忠堂本出版。

在唐詩。故所選風調音節，具近唐賢，從所尚也。[5]

這記載說明，沈德潛是以儒家「詩教」為選詩的標準，另「溫柔敦厚」亦是選詩的審美標準。沈德潛在選僧詩中依照了這兩點標準，所以被選的僧人，不僅要通禪理，而且能讀儒書，作詩不能以禪門自縛。[6]從《清詩別裁集》中的僧詩選本，雖並不能全面評價清代僧詩的特色，但亦是沈德潛選本中的清代僧詩特色。這不外乎亦是窺見清代僧詩的一個小視角。而清代僧詩由於在文獻上整理的難度大，學界仍無完整的僧詩收錄集。而其僧詩美學特色乃與僧人的生平背景有關。

一、《清詩別裁集》所選錄的詩僧的背景

《清詩別裁集》所選錄詩僧，沈德潛都對之生平、詩作風格進行評點。從詩僧與其僧詩的選錄來看，可知沈德潛所重視詩作的美學是如何。從其所選的詩僧的生平背景，大致可以分為八類：

第一類，遺民而為僧者，如下：

1.戒顯法師，《清詩別裁集》曰：「字晦山，太倉人。⋯⋯應是遺民而為僧者。」

這類詩僧被選錄在《清詩別裁集》中詩作，內容懷有對浮世的失落感。在清代這類僧人亦形成特殊的文化群體。李瑄《清初

5　同上注，頁 1-2。

6　瞿惠：〈《清詩別裁集》僧詩佛學色彩淡薄原因初探〉，《欽州學院學報》第 25 卷第 4 期（2010 年 8 月），頁 29。

「僧而遺民」的基本類型》中提出，這類詩僧即擁有「遺民」與「僧人」的身份。「遺民」意味著不仕貳朝，堅守儒家倫理規範；「僧人」則必須有信佛出世的行為：是自相矛盾的。而明清易代之際，亦有很多知識份子選擇此矛盾的身份。[7]此身份導致其詩作中具有感時傷懷的特色。

　　第二類，國變後為僧者，如下：

1. 正岩，《清詩別裁集》曰：「字谿堂，浙江仁和人，……谿堂國變後為僧，嘗云：『人非金石，立見消亡，不若逃形全真，自游方外。』」[8]

此類詩僧之詩作風格與遺民而為僧者大略相通。

　　第三類，中途出家者，如下：

1. 南潛法師，《清詩別裁集》曰：「字月函，浙江烏程人。本貢生，中歲出家吳之靈巖寺。」[9]

2. 成鷲法師，《清詩別裁集》曰：「字跡刪，廣東番禺人。……本名諸生，九谷先生弟也。中年削髮，不解其故，然既為僧。」[10]

3. 函可法師，《清詩別裁集》曰：「字祖心，廣東南海人。」[11]函可出自名門之後，父親乃明朝禮部尚書韓日纘。在父親逝世後，頓感世事無常，決然走入空門。於崇

7　李瑄：〈清初「僧而遺民」的基本類型〉，《文史新義》2013 年 4 期，頁 154。

8　清‧沈德潛等編：《清詩別裁集》，頁 1349。

9　同上注，頁 1350。

10　同上注，頁 1358。

11　同上注，頁 1357。

禎十二年（1639），出家為僧，年二十九歲。《千山語錄》卷五記載：「見得人世間，半點也靠不住，遂決意向此門求個下落。」[12]

這類詩僧因世間無常，而中途選擇出家。而函可法師，亦有同時經歷了明朝亡國的詩僧，具有遺民而為僧者的背景。

第四類，滄桑後逃於禪者，如下：

1.同揆，《清詩別裁集》記載：「字輪庵，江南吳縣人。著有《寒溪詩》。輪庵，文中翰啟美之子，文蕭公猶子也。滄桑後逃於禪。所為詩皆人倫日用盛衰興廢之感，墨名儒行，斯人有焉。」[13]

在清代詩僧中「遺民而為僧者」、「國變後為僧者」與「滄桑後逃於禪者」，在明末清初之際屬於詩僧的大類。但在《清詩別裁集》中選錄的這類詩僧之僧詩卻不多。

第五類，早年出家者，如下：

1.元璟法師，根據《中國歷代人名大辭典》記載：「清僧。浙江平湖人，字借山，號晚香老人，初名通圓，字以中。早年出家。工詩，平生遊歷南北，詩體屢變，而以清雅為宗。居杭州時，曾結西溪吟社，與諸名流唱和。有《完玉堂詩集》。」[14]

由於早年出家，生活更為清淨。因此，這類的詩僧的詩作更

---

[12] 清‧函可《千山語錄》卷五，轉引自秦嘉：《函可《千山詩集》研究》，長春：東北師範大學碩士學位論文，2013 年，頁 5。

[13] 清‧沈德潛等編：《清詩別裁集》，頁 1354。

[14] 張撝之、沈起煒、劉德重主編：《中國歷代人名大辭典》（上海：上海古籍出版社，1999 年），頁 238。

富含禪意的美學特色。

　　第六類，喜讀儒書者、具儒者操守與風格空靈者，如下：

　　1.岑霽法師，《清詩別裁集》曰：「字樾亭，江南長洲
　　　人。……上人將母柏堂，盡子道，喜讀儒書，敦友生誼，
　　　蓋隱於禪者也。」[15]

　　2.德亮法師，《清詩別裁集》曰：「字雪床，江南長洲人。
　　　此吾友樹滋陳上舍弟也。出家後，豪氣未除，能面斥人
　　　過，人以正理責之，亦拜而受。」[16]

　　3.超源，《清詩別裁集》曰：「字蓮峰，浙江錢塘人。蓮峰
　　　見知於世宗皇上，召入內廷，敕主吳中怡賢禪寺，一時尊
　　　宿也。而其詩揣摩王、孟，舉釋典玄妙融化出之，殊有空
　　　山冰雪氣象。」[17]

　　4.律然法師，《清詩別裁集》曰：「字素風，江南常熟
　　　人。……素風於詩友三五人外，不慕貴游，不儲鉢資，坐
　　　石經室幾六十年，人品高，故詩亦不落禪門偈頌體也。柏
　　　太史蘊高許以『穆如清風，靜若止水』，人共信之。」[18]

　　5.睿法師，《清詩別裁集》曰：「字目存，江南吳縣人。目
　　　存工畫，山水花卉人物俱師法古人，南宗北宗兼善。當路
　　　薦入京師，旋以疾告歸，方外中淡於榮利者。」[19]

　　6.宗渭法師，《清詩別裁集》曰：「字紺池，江南華亭人。

紺池少學詩於宋荔裳觀察，中年後游西堂尤侍講之門，得所傳授。嘗謂門弟子曰：『詩貴有禪理，勿入禪語。《弘秀集》雖唐人詩，實詩中野狐禪也。』即其議論，可以覘其品格。」[20]

7.曉音法師，《清詩別裁集》記載：「字碻庵。碻庵主華山有方丈，聖祖禦制有《欲游華山未往》七絕，碻庵和至百首進呈，大約以多為貴者。茲只錄清真一章，重性情也。」[21]

這類的詩僧的詩作在沈德潛看來，是富含文學價值的。沈德潛特欣賞具有此背景的詩僧，即喜讀儒書、真性情與詩有禪理但無入禪語。

第七類，江南一帶詩僧者，如下：

1.實訪法師，《清詩別裁集》記載：「字可南，江南吳縣人。」

2.顯謨法師，《清詩別裁集》記載：「字言成，江南吳縣人。」

3.海遐法師，《清詩別裁集》記載：「字介旭，江南宜興人。」

4.大燈法師，《清詩別裁集》記載：「字同岑，浙江秀水人。」

5.大瓠法師，《清詩別裁集》記載：「字筇在，江南宣城人。」

20　同上注，頁 1366。
21　同上注，頁 1364。

6. 本源法師，《清詩別裁集》記載：「字兀庵，浙江湖州人。」

7. 大宇法師，《清詩別裁集》記載：「字石潮，浙江錢塘人。」

8. 海岳法師：《清詩別裁集》記載：「字中州，江南鎮江人。」

9. 大健法師，《清詩別裁集》記載：「字蒲闉，江南和州人。」

10. 德元法師，《清詩別裁集》記載：「字訥園，江南長洲人。」

11. 性休法師，《清詩別裁集》曰：「字尺木，前朝宗室後，未詳省縣。」《中國歷代名僧詩選》記載：「性休，清朝初年江南僧。俗姓朱，明宗室後裔」[22]

12. 智朴法師，《清詩別裁集》記載：「拙庵，江南徐州人。」

13. 元龍法師，《清詩別裁集》記載：「字牧堂，江南華亭人。」

14. 楚琛法師，《清詩別裁集》記載：「字青壁，江南松江人。」

15. 大寧法師，《清詩別裁集》記載：「字石湖，江南桐城人。」

16. 大汕法師，《清詩別裁集》記載：「字石濂，浙江嘉興

---

[22] 廖養正，釋一誠著：《中國歷代名僧詩選》（北京：中國書籍出版社，2004 年），頁 832。

人。」《歷代名人大辭典》云：「清僧。江南蘇州人。俗姓徐，有時托言姓金或龔，字石濂、石蓮。……喜與名士往來，與潘耒、屈大均都先有交往，續又交哄。……工詩善畫，制器亦精美。有《離雲堂集》……。」[23]

17.然修法師，《清詩別裁集》記載：「字桐泉，江南長洲人。」

18.德暉法師，《清詩別裁集》記載：「字潛谷，江南吳縣人。」

19.佛暘法師，《清詩別裁集》記載：「字旭疊，江南江都人。」

20.妙複法師，《清詩別裁集》記載：「字天鈞，江南無錫人。」

21.明印法師，《清詩別裁集》記載：「字九方，江南常熟人。吳中怡賢寺住持。」[24]

以上詩僧，從文獻記載大約僅可知其出生地。因此將之歸在此類。同時可見出自江南一帶的詩僧，乃是一大群體。從東吳開始，江南就是佛寺建立數量頗多的地域，這也證明佛教在江南受到積極的推廣與盛行。甚至有僧詩和詩僧本肇自江南的說法。東晉康僧淵、支遁、慧遠等人喜為詩，齊僧湯惠休、帛道猷、寶月

---

[23] 張撝之、沈起煒、劉德重主編：《中國歷代人名大辭典》，頁 30。

[24] 以上《清詩別裁集》引文，摘錄自清‧沈德潛等編：《清詩別裁集》，頁 1351、1353、1354、1356、1357、1358、1358、1362、1362、1364、1364、1365、1369、1370、1373、1374、1378、1378、1380、1383。

等詩亦被鐘嶸納入《詩品》。²⁵從這些記載推斷，江南一帶確實容易產生詩文創作傑出的詩僧。

第八類，南方一帶或其他地域的詩僧者，如下：

1.大成法師，《清詩別裁集》記載：「字竺庵，湖南醴陵人。」

2.天定法師，《清詩別裁集》記載：「字雙溪，湖北武昌人。」

3.僧殘法師，《清詩別裁集》記載：「字石溪，湖南湘潭人。」

4.超遠法師，《清詩別裁集》記載：「字心壁，雲南人。心壁出家西江之廬山，商丘宋公巡撫西江，與酬接唱和，後移節江蘇，心壁複來吳中，又有唱和詩，時人以東坡得佛印比之。」

5.通岸法師，《清詩別裁集》記載：「字智海，廣東人。」

6.古奘法師，《清詩別裁集》記載：「字願來，廣東人。」

7.願光法師，《清詩別裁集》記載：「字心月。」

8.溥畹法師，《清詩別裁集》記載：「字蘭穀，廣西人。」

9.元祚法師，《清詩別裁集》記載：「字木文，湖廣雲夢人。西洞庭山寺住持。」²⁶

與江南一帶詩作一樣，南方亦是產生詩僧良多的地域。在劉世南的《清詩流派史》中分出了幾個詩風的流派，當中有河朔詩派、嶺南詩派、虞山詩派、婁東詩派、浙派與常州詩派等，都是

25　查清華：〈江南僧詩的意趣情感及其文化因緣〉，《學術月刊》第 44 卷 4 月號（2012 年 4 期），頁 109。

26　以上《清詩別裁集》引文，摘錄自清・沈德潛等編：《清詩別裁集》，頁 1361、1362、1363、1363、1365、1365、1368、1368、1381。

以地域為詩風格流派。而出生於廣東南海的函可大師則自然被歸納在嶺南詩派中。在《清詩別裁集》中的詩僧，在劉世南《清詩流派史》中雖然沒被點名歸納，但可以此作為詩流派風格的借鑒。

二、世情為詩情的美學特色

詩僧的背景為遺民而為僧者、國變而為僧者、因世事無常而中途出家者與滄桑後逃於禪者，其詩作大多具有將世情化為詩情的美學特色。如戒顯法師〈登黃鶴樓〉詩云：

> 誰知地老天荒後，猶得重登黃鶴樓。浮世已隨塵劫換，空江仍入大荒流。
> 楚王宮殿銅駝臥，唐代仙真鐵笛秋。極目蒼茫渺何處，一瓢高掛亂雲頭。[27]

〈登黃鶴樓〉是唐代著名的詩題，此詩著名的作者有崔顥的〈登黃鶴樓〉，詩中主要表達心中的鄉愁，此鄉愁透過對美好的憧憬與期待，最後的落空。崔顥的〈登黃鶴樓〉詩云：

> 昔人已乘黃鶴去，此地空餘黃鶴樓。黃鶴一去不復返，白雲千載空悠悠。
> 晴川歷歷漢陽樹，芳草萋萋鸚鵡洲。日暮鄉關何處是？煙

27　同上注，頁1349。

波江上使人愁。

榮顯法師，字晦山，又稱為晦山和尚。根據《靈隱寺志》記載，戒顯法師有詩文集若干卷，盛行於世，今詩文俱不存。晦山和尚是明末遺民出家中知名的高僧。出生於信佛的家庭，其父親王夢虯是位秀才，對佛學素有研究。[28]這首〈登黃鶴樓〉因《清詩別裁集》的摘錄而得以流傳。

戒顯法師〈登黃鶴樓〉中也透露著本美好的事物，然後世間的無常而變化，心中亦有惆悵落空之感，詩中有「深懷異族統治，明社覆亡之悲。」[29]林元白《晦山和尚的生平及其禪門鍛鍊說》一文中指出，甲申之變，明社覆亡，晦山即卷詩書及平日所為制舉文，至文廟慟哭焚之，並賦詩見志，決心出家。[30]由此可見，此〈登黃鶴樓〉很大程度上表達的就是對明朝滅亡的失落與悲痛。「浮世已隨塵劫換，空江仍入大荒流」句中，經有將「明朝盛世的滅亡」看透為「浮世」，一切就如空江入荒流中。戒顯法師的〈登黃鶴樓〉與崔顥〈登黃鶴樓〉「鄉愁「對應的是其「國愁」。這樣的「國愁」就是一種「世情」，即人世間難以放下的執著之情。

戒顯法師也具有了明亡國後而出家的背景，具有儒者與僧者的雙重文化，在明末清初屬於儒佛會通的詩僧代表者之一。這樣

28　同上注，頁 68、頁 64。

29　林子青：《菩提明鏡本無物：佛門人物制度》（臺北：法鼓文化事業股份有限公司，2000 年），第 2 卷，頁 69。

30　林元白：〈晦山和尚的生平及其《禪門鍛鍊說》〉，收入張曼濤主編：《現代佛教學術叢刊》1960 年第 6 期，頁 17。

的儒僧合一的雙重文化，在其此詩中凝練出儒者的「經世」、
「入世」的情感融入在僧者的「出世」的心境中。因此其家國滅
亡的悲痛，嘗試著化為「極目蒼茫渺何處，一瓢高掛亂雲頭」，
虛空與亂雲中。家國滅亡的感傷情懷，在性休法師的〈漁夫圖〉
詩裡也有相同的體現，性休法師的〈漁夫圖〉詩云：

> 東西南北任遨遊，萬里長江一葉舟。夢裡不知身是客，醒
> 來大地忽新秋。[31]

〈漁夫圖〉是一首描繪漁民生活的詩，描寫一個長期在長江
捕魚為生的漁民生活。「漁夫」的意象，在古典文學中，向來具
有「隱居」、「不問世事」和「與世無爭」的內蘊。「東西南北
任遨遊，萬里長江一葉舟」就是表達漁夫自由自在的生活形態。
漁夫「遨遊」即有《莊子‧漁夫》中「虛己以遊世」的思想內
涵。而「夢裡不知身是客」，即源自南唐後主李煜《浪淘沙令‧
簾外雨潺潺》中的詞句「夢裡不知身是客，一晌貪歡。獨自莫憑
欄，無限江山，別時容易見時難。流水落花春去也，天上人
間」。李煜這首詞，訴說著對南唐故國故都的眷念與國亡後的悲
痛。性休法師〈漁夫圖〉顯然暗喻著對故國故都的眷念與悲傷。
性休法師，為前朝宗室後，難免有著「宗國」的懷念之情。然
而，詩中作為「漁夫」的主角，卻又有著「淡忘江湖」內蘊的角
色。因此當中對家國的滅亡的執著之情，嘗試將其化作雲淡風輕
的情感。這亦是將世情融入在其詩情中，產生儒佛文化與情感內

---

[31] 清‧沈德潛等編：《清詩別裁集》，頁 1364。

涵交匯的美感。

同揆法師，亦是經歷了國亡後，逃於禪的禪的詩僧。他本是繼承儒業，為諸生的身份，因而自然具有儒者執著愛國的情感。沈德潛《清詩別裁集》說他為「滄桑後逃於禪。所為詩皆人倫日用盛衰興廢之感」，《清詩別裁集》中選錄了其〈鼎湖篇贈尹紫芝內翰〉、〈過五經嶺〉、〈雪霽後曉行過龍舒〉與〈吳翼生歸自塞上話舊〉四首詩作。當中以〈鼎湖篇贈尹紫芝內翰〉詩最為典型，說出了亡國後，自己遁世逃名的悲傷。

詩題後有一段頗長的序文，序文云：

> 丁丑、戊寅間，先公受知於烈皇帝。遵旨改撰琴譜，宣定五音正聲，被諸郊祀。上自製五建、皇極、百僚、師師諸曲。命先公付尹紫芝內翰翻譜鉤剔，時司其事者內監琴張。張奉命出宮嬪褚貞娥等，禮內翰為師，指授琴學。頒賜紫花、禦書、酒果、縑葛之屬，極一時寵遇。迨闖賊肆逆，烈皇帝殉社稷，諸善琴者偕投內池。內翰恐禦制新譜失傳，忍死抱琴而逃。南歸謁先公於香草坨，言亡國時事甚悉。從此三十九年不復聞音耗矣。癸亥秋，餘在寒溪，內翰忽來，相見如夢寐。意欲箆染，事餘學佛。餘傷之，為賦鼎湖篇以贈。[32]

這段序文，表達了該詩的本事：

尹紫芝亦為明末內閣中書，與作者揆公之父文啟美同朝為

---

32 清·沈德潛等編：《清詩別裁集》，頁 1355。

官，且擔任同樣的文學侍從之職。文啟美與尹紫芝一同為明思宗制定祭祀樂譜，教內監琴張及宮女彈唱。明亡時，內監宮女皆投池自殉。尹紫芝為保存齎定樂譜，抱琴南逃，與致仕家居的文啟美相見。從此音訊斷絕。清聖祖康熙二十二年（西元 1683 年）時，撲公禪隱於肇慶鼎湖。尹紫芝忽然而來，相見話舊，並欲從撲公剃度出家。於是撲公寫此七言古風，詳細地記敘這位老內翰與其父共同制定樂譜以及明亡清立，老內翰流落江湖的全部往事經歷。[33]

同撲法師〈鼎湖篇贈尹紫芝內翰〉詩云：

> 鼎湖龍去秋溟溟，驚風吹雨秋山青。白頭中翰淚凝霰，叫霜斷雁棲寒汀。烈皇禦宇十七載，身在深宮心四海。一朝地老與天荒，城郭依稀人事改。當年刪定南薰曲，內殿填詞徵召促。琴張好學直幹清，先公屢賜金蓮燭。雅樂推君獨擅場，望春樓下拜君王。高山一奏天顏喜，奉敕新翻舊典章。……世間萬境須臾夢，老臣剩有西台慟。四十年來寄食艱，何人再聽高山弄。鑒湖南去雲門外，古寺松篁景暗露。維舟無意忽相逢，恍惚夢魂同晤對。夕陽影裡話前朝，天壽諸陵王氣消。留得閒身師白足，滿頭白髮影飄蕭。[34]

詩句「烈皇禦宇十七載」都是前朝故事的喻指，詩句中的

---

33 廖養正，釋一誠著：《中國歷代名僧詩選》，頁 788。
34 清‧沈德潛等編：《清詩別裁集》，頁 1355。

「烈皇」，即是已故皇帝明思宗朱由檢。朱由檢（1611-1644），於西元 1628 年登基，於崇禎十七年，李自成義軍攻入北京時自縊，在位共十七個年頭。「世間萬境須臾夢，老臣剩有西台慟」，這裡的老臣有同揆法師自我的喻指，然而世間萬境都是須臾的夢，美好卻短暫，終歸虛幻一場。詩以尹紫芝與老內翰的這段故事，來表達自己家國滅亡的悲痛。這就將世情化入詩情中，詩中處處流露著人間虛幻、無奈的感傷。

　　而同時具有儒士的背景，但中途出家者，有南潛法師、成鷲法師與函可法師。函可法師的〈丁亥春將歸羅浮留別黃仙裳〉詩云：

> 春盡雨聲裡，揚帆趁曉晴。路經三笑寺，歸向五羊城。
> 末世石交重，餘生瓦缽輕。悲涼無限意，江月為誰明。[35]

　　函可法師的〈丁亥春將歸羅浮留別黃仙裳〉詩，是其眾多詩中唯一一首被收錄在《清詩別裁集》中。函可也是具有遺民的身份背景，在明亡後，又經歷父親的逝世，頓感人生無常，堅決選擇出家。這首〈丁亥春將歸羅浮留別黃仙裳〉詩，「仙裳」是黃雲的字，函可與黃雲交友甚密。[36] 由於其生平經歷，流放邊地戴罪之身，孤寂旅人的生活體驗。因此其《千山詩集》中的內容風格，有思念故國故鄉、懷念親友、流放生活的苦樂等。這些內容題材造就了其詩自然有一股難以解脫的世情，風格悲涼。這首

35　同上注，頁 1357。
36　秦嘉：《函可《千山詩集》研究》，頁 17。

〈丁亥春將歸羅浮留別黃仙裳〉中的末兩句，「末世石交重，餘生瓦鉢輕。悲涼無限意，江月為誰明」最是其面對命運多舛的心境寫照。這與其〈殘菊〉詩「登高過後冷淒淒，獨向平原望眼迷。已是不禁愁又見，一枝殘菊夕陽西。[37]可相互對照。

　　成鷲法師，字光鷲，在嶺南禪宗中甚有名氣。早年為儒生，13 歲時曾應南明永曆朝童子科試，被錄為博士弟子員。清滅明後，以耕種為生。於 41 歲出家為僧。沈德潛在《清詩別裁集》中對成鷲法師的詩作評價極高，「所著述皆古歌詩雜文，無語錄偈頌等項本朝僧人鮮出其右者。」[38]成鷲法師詩作講究自然，重真性情。在其詩文中，如〈仙城寒食歌〉，多有反映清滅前朝時的等等罪行。沈德潛收錄其九首詩作，當中〈祝發呈本師〉詩寫其四十一歲落髮出家的心情，其詩云：

> 男兒愛身及膚髮，平生一毛不敢拔。蹉跎四十一回春，參差兩鬢同雞肋。
> 蒙師為我操慧刀，頭上不與留纖毫。一朝四大輕鴻毛，昔日縫掖今方袍。
> 縫掖翁，方袍子，本來面目應相似。鏡中見影不見形，莫道昨非今乃是。
> 請辭大眾入山去，山月松風供穩睡。但願慧刀時在側，不令鬚眉長埽地。[39]

---

[37]　清・釋函可著：《千山詩集》（北京：北京出版社，1998 年），卷十五，頁 396。

[38]　清・沈德潛等編：《清詩別裁集》，頁 1358。

[39]　同上注，頁 1358-1359。

　　沈德潛評論此詩：「『莫道昨非今乃是』，見為儒未必非，為僧未必是也。知其未必是而為之，此何故耶？」[40]當中「一朝四大輕鴻毛，昔日縫掖今方袍」一句，說明了昨日還是儒士（縫掖），今天就披上袈裟為僧（方袍）。「四大」即佛教所說的地、水、火、風，人身是由此四大組成，佛教認為四大皆空。詩中認為，不論是儒生還是僧者，本來面目應都是相似的。就算今日出家為僧，也不要也說昨日為儒之非。這裡有企圖將儒與佛合一的思想。因此在成鷲法師內在，即保存著儒士的入世與佛家出世之情懷。其〈登大科峰頂〉詩是最具有世情之內容，其詩云：

> 愛山登陟不辭勞，直上岑振敝袍。老去始知行腳穩，年來惟頹恐置身高。
> 青天有路隨孤鶴，滄海無根仗六鰲。閑倚西峰發清嘯，下方誰識是吾曹。[41]

　　詩題中的「大科」，在唐制而言，即取士之科，由皇帝自詔者曰制舉。而清代的制舉如博學鴻詞科亦稱「大科「。此詩表達的是當年年輕時愛山登陟也不怕勞苦，這裡意味年輕時對功名、仕途的追求。「老去始知行腳穩」如今年老了才知道「行腳」生活比較安穩，「行腳」即指僧者為尋師求法而游食四方，或步行雲遊四海參禪的雲遊僧。而現在選擇青天孤鶴的生活，即僧人隱居的生活。「閑倚西峰發清嘯」，表達孤鶴常在西風來臨時長

---

[40]　同上注，頁 1358。
[41]　清・沈德潛等編：《清詩別裁集》，頁 1361。

嘯，這即意味著過著空寂的隱居生活。「下方誰識是吾曹」，下
方即是下界、人間的意思。這人間還有誰認識隱居的高僧者。這
裡就有怕自己被世人淡忘的心情寫照。而沈德潛評曰：「出世人
何必作此語耶？」[42]

　　而僧殘法師的〈古意〉一詩，亦不見詩僧者的禪思之情，更
近世人執著之情。其〈古意〉詩云：

　　　瘞琴峨眉山，知音何寥寥！埋骨易水傍，俠士魂難招。
　　　物性不可違，豈必漆與膠。嘗恨士不遇，白首空蕭騷。[43]

　　僧殘為湖南湘潭人，是當時著名的畫僧、詩僧。其生平背景
少見於文獻記載，因此難以判斷其是否為遺民或經歷過亡國之
恨。其〈古意〉詩中的「埋骨易水傍，俠士魂難招」詩句，顯然
是說荊軻的故事，俠士即荊軻，荊軻的白骨埋在易水旁，但魂卻
難召回。有俠士、英雄不再的感慨。最後一句的「嘗恨士不遇，
白首空蕭騷」有懷才不遇之牢騷。這樣的情懷在僧詩中亦少見。
然而沈德潛《清詩別裁集》評曰：「齊己能作雄壯語，如『拔劍
繞殘尊，歌終便出門』是也。此更過之。」[44]沈德潛將僧殘此詩
比作唐末詩僧齊己的〈劍客〉詩：「拔劍繞殘尊，歌終便出門。
西風滿天雪，何處報人恩？勇死尋常事，輕仇不足論，翻嫌易水
上，細碎動離魂。」從齊己的〈劍客〉詩作內容來看，僧殘法師
的〈古意〉確實與之相似。齊己的〈劍客〉是寄託自己的人格理

---

[42]　同上注，頁 1361。
[43]　同上注，頁 1363。
[44]　同上注。

想，詩作慷慨激昂，並不完全超然世外。因此從歷代詩僧中的作品來看，並非所有的出家者，都能全然的寄託於禪寂。總有難以割捨的世間情懷。僧殘的〈古意〉詩與齊己的〈劍客〉詩足以證明這點。兩者都表達了詩人內心的落寞，壯志未酬的悲慨。廖養正，釋一誠著《中國歷代名僧詩選》，也說明此詩主旨，乃取意後者，即通過古人事蹟來寄寓自己的情懷，通過記敘上古俠士的不幸遭遇，而抒發懷才不遇、知音難求的感慨。[45]

三、傳統禪意的美學特色

在絕大僧詩的書寫傳統中，大多融入了禪理在詩作中，形成詩中具有禪意的美學特色。在《清詩別裁集》中亦有此類詩作的選錄。當中實訥法師的僧詩風格，就被沈德潛評曰：「氣清語削、滌盡塵俗，見我吳前此大有詩僧。」[46]實訥法師詩善寫自然物象與風景，如〈石公山〉、〈蝦蟆嶺〉、〈江樓望月〉、〈夜同凝父宿元朗齋頭有懷秋潭〉與〈月夜過元弘山房〉。詩中的內容與流露出的心境脫俗，不為世情所困。如其為後人所贊誦的〈石公山〉詩云：

> 湖上山忽起，突兀孤雲中。洪濤日相擊，飛雪灑晴空。
> 懸崖疑欲墮，怪異由天工。雨晴蒼翠濕，水落根玲瓏。
> 時有好事者，閒來窮鴻蒙。[47]

---

[45] 廖養正，釋一誠著：《中國歷代名僧詩選》，頁 823。

[46] 清・沈德潛等編：《清詩別裁集》，頁 1351。

[47] 同上注，頁 1350。

　　石公山位於江蘇省蘇州市吳中區太湖中，詩中描寫石公山有孤峰聳翠，飛雪晴空，懸崖怪異，自然天成，風景宜人。實訪法師曾到此一遊，因而寫下此詩作紀念。詩中純然描寫風景，同時將其自然寫意的心境融入詩歌中。而詩句末「時有好事者，閑來窮鴻蒙」，即有世間好玩者的與美景融洽合一的寫照。此即有閒暇無待的心境。另其〈月夜過元弘山房〉詩，亦有禪意的美學特色。詩云：

> 忽動幽人思，昏黃過草堂。江明初月上，地白已凝霜。
> 相見更何事，歲寒心不忘。石床終夕語，松隙又晨光。[48]

　　這是一首寫月夜中訪友的詩。詩中透露對友誼的珍重，同時亦有一種禪意的空靈。「相見更何事，歲寒心不忘」，這是縱使歲月過去仍然不忘友人。「石床終夕語，松隙又晨光」，然後一夜與友人暢談，不知不覺又到了清晨。這詩雖然是描寫人世間的情誼，但不見其執著的心境，顯然對之是隨緣的。因出家者，並非無情之人，而是不執著於情之人。由此的心境，造成實訪法師的詩中，自然流露著一股清氣脫塵之感。而宗渭法師的〈重過海印庵〉詩亦寫師友的之情，可惜未能如實訪法師的〈月夜過元弘山房〉寫得富含禪意。雖然宗渭法師謂門弟子曰：「詩貴有禪理，勿入禪語。」[49]但其詩仍缺乏禪意的美感。

---

[48] 同上注，頁 1353。

[49] 宗渭法師《重過海印庵》詩云：「三年重向虎溪游，石路依然碧水流。鳥背斜陽微帶雨，寺門衰柳漸迎秋。弟兄誼重難為別，師友情深竟莫酬。歎息此身閑未得，天涯明日又孤舟。」此詩更具有世情的執意，而

　　而另一超源法師則也是多有描寫友誼的詩作，如其〈夢故友程風衣〉詩云：

　　　春雨何淅淅，春雲更沉沉。程君已隔世，宵夢來相尋。
　　　自言身朽心不朽，象外風月皆吾友。從前膠擾海天空，只
　　　是泉台無美酒。
　　　斜陽煙柳門前溪，欲別不別重牽衣。寄語淮陰小兒女，我
　　　今野鶴同翻飛。[50]

　　這首詩亦是書寫對已故友人的思念。但其詩中雖有對友人的懷念之情，眷念昔日的美酒暢談歡聚。但詩末「我今野鶴同翻飛」，表達的是淡然的心境，這是有情但不執著於情的表現。其〈友人枉過開化寺〉詩也是透露著禪意，詩云：

　　　青睛多情客，攜朋問暮秋。人同山共瘦，時與水俱流。
　　　黃葉迷村路，清風滿寺樓。荒涼郊外景，肯向錦囊收。[51]

　　「青眼」指知己好友。這是一首接待友人時剛巧路過開化寺，但卻不入其寺。而描寫該寺的滄桑感與荒涼感，「清風滿寺樓」、「荒涼郊外景」。此詩有描寫時間的流失，人世的滄桑，但仍然透露著一股閑淡之情。超源法師兩首〈題畫〉皆有禪意的美學，其一的〈題畫〉詩云：

　　非禪意。清・沈德潛等編：《清詩別裁集》，頁 1366、1367-1368。
[50]　清・沈德潛等編：《清詩別裁集》，頁 1379。
[51]　同上注，頁 1379。

溪口有亭，岩邊有屋，不見人歸，空留雲宿。

其二《題畫》詩云：

春浦風生柳岸斜，好山何處著人家。白雲遮斷橋西路，不
許漁郎問落花。[52]

超源法師的這兩首詩題畫詩，都是為好友程風衣的溪亭圖
（其一）與柳橋圖（其二）所題的詩作。程風衣善畫山水，尤愛
畫郊外別墅的風景。這兩首詩作別有意趣與禪意。尤其其一的
〈題畫〉詩「不見人歸，空留雲宿」一句，給予空屋有股空寂的
美感。佛教宣導，在濁世中依舊能保持靜默、空寂的心。

另妙複法師也有描寫友誼的詩作，如與友人相處的愉快情
景，其〈訪山中禪友〉詩云：

曉愛山氣清，晚愛山煙蒼。日夕常在山，遂與山相忘。

相忘忽相憶，憶我山中客。松扉輕叩聲，或恐驚棲翼。[53]

在自然景物中，山是與僧人最親密的，山也是富含禪理的詩
歌意象。菩薩成道多在山中，如浙江普陀山是觀音菩薩的道場，
山西五臺山為文殊菩薩的道場，四川峨眉山是普賢菩薩的道場與
安徽九華山為地藏菩薩的道場。因此，山與菩薩成道修行有著密

52　同上注，頁 1379、1380。
53　同上注，頁 1380。

切關係。山空靈寂靜，與塵世隔絕。「松扉輕叩聲，或恐驚棲
翼」，句描寫山中的寂靜，一個叩聲就會驚到人。妙複法師的
〈訪山中禪友〉一開始寫山氣、山煙之清。「日夕常在山，遂與
山相忘」，描寫在山中遺忘人間，與山相忘，這有物我合一、物
我兩忘的禪意。雖然寫的是山中的禪友，但也同時流露自己對於
出家生活的體驗，入禪的意趣。描寫與山有關的詩作，有古奘法
師一首詩〈山行〉詩云：

> 出門無定所，一路喬松陰。流水道人意，青山太古心。
> 偶然乘興往，不覺入雲深。獨坐發長嘯，蕭蕭風滿林。[54]

　　此詩寫在山中行走，將其所見所感，化入禪中。佛教言，
「萬法皆因緣起，因緣滅，應無所住心。」古奘法師的〈山行〉
詩，表露的就是這樣的禪意。詩中的「無定所」、「偶然」、
「乘興」、「不覺」，都是表露一種隨心隨意的心態。《金剛
經》偈子云：「一切有為法。如夢幻泡影。如露亦如電。應作如
是觀。」即是說明人世間的事物，皆因緣所致，因而凡夫所見非
真實，如夢幻泡影，但也短暫，因此要平常心看待。古奘法師此
〈山行〉顯然具有如此的心境。
　　而另一法師，正岩法師，是國變後為僧者，可是其詩中自有
游於方外的特色，詩中內容具有禪思的內蘊。與戒顯法師的〈登
黃鶴樓〉、性休法師的〈漁父圖〉與同揆法師〈鼎湖篇贈尹紫芝
內翰〉詩作的內蘊有別。正岩法師的〈田家〉詩云：

54　同上注，頁 1365。

田家無他望，所望在平畦。但恐終歲力，不得遂其私。何
哉造物者，亦得厚我施。夜來微雨過，使我菜麥滋。登後
一以眺，秀色遠參差。此時桃與李，豈乏好容姿。顧予樸
野性，獨與此相宜。及時務耕作，那敢貪天時。[55]

　　沈德潛對此詩評曰：「近陶公性情，不在面貌。」[56]顯然其
詩的內容與風格與陶潛田園風相近。沈德潛選錄其三首詩，風格
亦有若遊戲於世外的意趣。如其〈戲酬友人惠日鑄茶〉詩云「幾
日春遊遍若耶，入城布衲滿煙霞。正愁仙福難消受，又吃人間禦
貢茶。」此描寫友人贈獻日鑄茶即當時名茶，因而寫下的品茶詩。
詩中有一股快活的樂趣。又其〈月下由禦教場下投淨慈宿朗公
房〉詩云：「禦教場中月直時，下山全不道歸遲。三松影落半湖
水，一路沿鐘到淨慈。」這首詩亦有空靈的色彩。

　　綜上所述，《清詩別裁集》中所選錄的僧詩，具有兩種美學
特色，一為將世情化入詩情，另為傳統的禪意美學特色。這兩者
僧詩的美學特點，在歷代僧詩中也具備。世情化入詩情的僧者，
大多因為自己的身世背景，對於世間之情仍然難以割捨放下。他
們大多數具有儒士與僧者的雙重身份。而詩作中有禪意美學特色
的詩僧則少有此雙重身份，而其禪意美學特色，非直接飲用佛典
中的詞語，而是在詩中將禪意深入其中，達到詩禪合一之美。然
後兩者的美學特色，說明了清代詩僧的創作情況，從內容題材、
意象的選擇，意境的營造都可看出其詩作的內涵。清代僧詩的研

55　同上注，頁 1349。

56　同上注，頁 1349。

究，一般關注點在於「明清易代」背景下的詩作風格。而此風格亦說明了清代的佛教與僧侶文化與朝廷政局，對於傳統士子所帶來的身心衝擊。而僧詩的美學應如何定位，如何評價一首僧詩為佳作。一般僧詩的美學評價，都認為詩中必具有禪意方為上等。但將世情化入詩情的僧詩，也具有可貴的文學價值，如從其中可窺探到當時的政局對儒士所帶來的精神衝擊。

參考書目

一、傳統文獻

清‧沈德潛等編：《清詩別裁集》，上海：上海古籍出版社，1984 年。

清‧釋函可著：《千山詩集》，北京：北京出版社，1998 年。

二、近人論著

中華古籍出版社編輯委員會編著：《歷代高僧詩文集》，香港：中華古籍出版社，2009 年。

李瑄：〈清初「僧而遺民」的基本類型〉，《文史新義》2013 年 4 期，頁 154-158。

李舜臣：〈20 世紀以來僧詩文獻研究綜述〉，《文學遺產》2013 年 5 期，頁 144-155。

林子青：《菩提明鏡本無物：佛門人物制度》，臺北：法鼓文化事業股份有限公司，2000 年。

林元白：〈晦山和尚的生平及其《禪門鍛鍊說》〉，收入張曼濤主編：《現代佛教學術叢刊》，1960 年。

秦嘉：《函可《千山詩集》研究》，長春：東北師範大學碩士學位論文，2013 年。

查清華：〈江南僧詩的意趣情感及其文化因緣〉，《學術月刊》第 44 卷 4 月號，2012 年 4 月，頁 108-114。

張撝之、沈起煒、劉德重主編：《中國歷代人名大辭典》，上海：上海古籍出版社，1999 年。

廖養正，釋一誠著：《中國歷代名僧詩選》，北京：中國書籍出版社，2004 年。

翟惠：〈《清詩別裁集》僧詩佛學色彩淡薄原因初探〉，《欽州學院學報》第 25 卷第 4 期，2010 年 8 月，頁 27-29。

論清代中期的集句詞

揚州大學文學院副教授
曹明升

摘　要

　　清代中期的集句詞數量眾多、取材宏富，詞人們不僅在創作上追求裁雲縫月、渾然一體的藝術效果，還開創性地借他人辭藻來自抒胸臆，使集句詞的抒情功能得到很大提升，這是此間集句詞超越清初與宋代的重要表現。集句詞之所以會在清代中期蓬勃發展，不僅與當時詞人想藉其創作難度來馳學騁才、炫技爭勝的心態有關，也與自清初以來詩詞文獻成果的不斷積累，以及當時詞壇盛行以摘句來寓褒貶、明句法的批評方式相關。而像《集牡丹亭詞》這樣以集曲為詞的方式來遊戲消閒，則說明集句詞還承擔著詞體的娛樂功能，同時也表明詞曲間的實際關係要比理論上的「詞曲之辨」來得複雜。這也正是當時詞壇生態多樣性的一種表現。集句詞的興盛有助於前人作品在清代中期的傳播與經典化的建構，同時也有助於詞人們吸收前人作品中的優秀藝術成分，從而豐富清詞藝術的表現形式。

關鍵詞：集句詞　清代中期　審美特性　發展原因　集曲為詞　詞史意義

一般認為，現存可知的集句詩始於西晉，而集句詞則始於北宋。王安石的《臨川集》中載有十多首集句詞，同時代的蘇軾、黃庭堅諸子都曾從事集句詞的創作；南宋辛棄疾、石孝友等人集中亦列是體。但宋人的集句詞規模並不大，造詣也不高，遊戲心態很明顯，所以不太為人看重。元、明兩代，集句詞較為少見，就筆者所閱文獻，未見有集句詞別集與總集；明人劉基《寫情集》中有近 30 首集句詞，數量上已列元、明之首。集句詞得以蓬勃發展是在清代，不管數量還是品質，都遠邁前人；清人認為在集句詞上「前賢定畏後生」，[1] 倒也不是自詡。從現存的清代集句詞文獻來看，集句詞的別集數量就有幾十種之多，加上有的詞集中有一卷或幾卷的集句詞，再加上散落在清人詞集裡的零光片羽，清代集句詞的總數約在萬首以上。清代集句詞的發展歷程整體上可以分為清初、清中期與晚清三個階段。清初集句詞方興未艾，抒情性與審美性得以增強，其中以朱彝尊的《蕃錦集》為翹楚。但清初的集句詞幾乎都是集唐詩為詞，集句的形式與取材的範圍並不豐富，相關的理論闡述也不多見。乾、嘉、道三朝的集句詞則進入到多元化發展的成熟期，唐詩、宋詞、元曲乃至六朝古詩、明人傳奇與本朝詩詞，無不被集入詞中；更重要的是，詞人們在集句詞的內容題材與藝術審美上作出了很大的開拓，並使集句詞從單純的遊戲性向遊戲性與抒情性兼重的方向發生轉變。晚清時期的集句詞雖在數量上還是比較龐大，但再無多少創新。以往學界多以集句詞為詞史中之非主流而鄙棄不談，其實這

1　清‧謝章鋌：《賭棋山莊詞話》，收入唐圭璋編：《詞話叢編》（北京：中華書局，1986 年），頁 3467。

種「文字遊戲」是集娛樂、抒情等功能於一身，所以才會吸引那麼多清人染指此道；而且集句這種有意味的藝術形式蘊含著獨特的詞史意義，可以啟發我們對前代詩詞作品在清代的生存以及詞曲之辨等問題作出新的思考。本文以數量豐贍、特點鮮明、成就最高的清代中期的集句詞來試作剖析。

一、文獻概況與藝術創新

乾、嘉、道三朝傳留下來的集句詞別集與成卷的集句詞，目前可見的大約有近三十種。按所集朝代來看，可分為專集一代者與雜集歷代者。前者如俞忠孫的《節霞詞存》三卷、[2]石贊清的《釘餖吟詞》一卷[3]等，全為集唐之作；後者如王沼的《分秀閣集句詩餘》一卷、[4]張鴻卓的《百和詞》一卷[5]等，均雜集唐、宋、金、元、明各朝詩詞，殷如梅《綠滿山房集》所附〈集詞〉一卷，[6]還將本朝詩詞與歷代詩詞混集。在專集一代者中，又可細分為專集一人者與彙集眾人者。彙集眾人者較為常見，而且以集唐者居多，所集唐人往往數以百計，只不過初、盛、中、晚各期唐詩的被集比重不盡相同而已。專集一人者相對要少見一些，

2　清・俞忠孫：《節霞詞存》三卷，乾隆鈔本。

3　清・石贊清：《釘餖吟》十二卷，卷九為「集唐詩餘」，清刻本。

4　清・王沼：《分秀閣集句詩餘》一卷，掃葉山房刻本。

5　清・張鴻卓：《百和詞》一卷，道光刻本。

6　清・殷如梅：《綠滿山房集》三十六卷，丁部卷八為「集唐詞」，卷九為「集詞」，清刻本。

如耿汸的《雪村集杜詞》一卷，[7]是專集杜詩為詞；江昉的《集山中白雲詞句》一卷，[8]則是專集張炎詞為詞；楊芳燦的《拗蓮詞》與《移箏詞》[9]分別專集溫庭筠與李商隱的詩句為詞。

從創作主題來看，清代中期的集句詞以感懷、紀遊、詠物、題贈四類為最多，其中又以感懷為最，既有傷春、悲秋、惜別、寄遠、懷人、憶舊，也有寫悶、書恨、哭亡友、憶亡妻，還有莫名的感懷與夢醒後的惆悵，真是無意不可以入集句詞中。再從作者所在地域來看，浙籍詞人占了半數以上；其他像江昉這樣的皖籍詞人寓居在揚州，王沼、殷如梅等人所在蘇州，又都是浙派詞風最熾之地。[10]所以清代中期的集句詞雖然數量眾多、取材宏富、情感多元，但在創作上卻有著大體一致的審美追求。明末清初時徐士俊在談到集句詞時曾指出：「集句有六難，屬對一也，協韻二也，不失粘三也，切題意四也，情思聯續五也，句句精美六也。」沈雄再加一條：「余更增其一難，曰打成一片。」[11]這「七難」，其實就是清代集句詞的七條藝術標準。清代中期的詞人們雖然進一步作出了「一家之詞不能與題相傳也，則貫穿之，使合於題；其調不能與此調同也，則斷續之，使合於調。一篇之

7　清‧耿汸：《雪村集杜詞》一卷，嘉慶刻本。

8　清‧江昉：《集山中白雲詞句》一卷，見清‧江春、江昉《新安二江先生集》卷八，嘉慶九年刻本。

9　清‧楊芳燦：《芙蓉山館移箏詞‧拗蓮詞》各一卷，光緒十三年聚珍板排印本。

10　參閱嚴迪昌：《清詞史》第三編第一章第二節（南京：江蘇古籍出版社，1999年），頁355-370。

11　清‧沈雄：《古今詞話》，《詞話叢編》本，頁843。

中，不得有復出之句；一句之中，不得有移易之字」[12]等細化規則，但總體上依然不出「七難」之藩籬。以「屬對」為例，這本是唐代律詩的基本規格，詞體在發展過程中也要求在特定的句位上做到語義相當、字調相對，以顯示聲韻之和諧與句式之凝練。但集句詞中的每一句原本都已存在，這就由不得詞人自由創作，而是要去茫茫的詩海詞國中尋找素不相識而又仿佛天設地造的一對佳偶。例如張鴻卓〈浣溪沙〉下闋屬對「一霎好風生翠幕，十年芳草掛愁腸」，[13]分別集自晏殊與葉夢得的詞句；殷如梅〈江南好〉中屬對「芳草有情皆礙馬，春城無處不飛花」，[14]原本是唐人羅隱與韓翃的詩句。無論是音韻還是句意，這些對偶都很工整；尤其是像「芳草有情皆礙馬」這樣原本並不十分出名的詩句，現與韓翃的名句「春城無處不飛花」相匹配，一方面大大提升了「芳草」句的接受效果，另一方面又使原本為人熟識的「春城」句產生一種「陌生化」的效果。這種句子間的重新組合所產生的新的意趣和美感，正是集句這種形式所具有的獨特的審美效果。此外，由於詞體格律的要求，詞中屬對還有用領格字來提挈，或在一聯之後束以單句等多種形式。例如沈傳桂〈憶舊游〉中有云「記翠幕張燈，瓊蓮倚蓋，立向臨分」，[15]用「記」字提挈，用史達祖〈三姝媚〉中「翠幕張燈」與錢抱素〈瑣窗寒〉中「瓊蓮倚蓋」相對，在聲律上形成拗怒，後面再束以蕭列〈八聲

---

[12] 清·張曜孫：〈百衲琴言序〉，清·顧文彬，《百衲琴言》，光緒十年刻本。

[13] 清·張鴻卓：《百和詞》，道光刻本。

[14] 清·殷如梅：《綠滿山房集》丁部卷九，清刻本。

[15] 清·沈傳桂：《霏玉集》，見《清夢庵二白詞》，道光二十五年刻本。

甘州〉中「立向臨分」這一單句，使人感覺奇偶相生、變化多端。類似的屬對在清中期的集句詞中俯拾即是，如「濃睡覺來鶯亂語（馮延巳），笙歌散後酒微醒（司馬光）」，[16]「三十六磯重到（吳文英），二十四橋仍在（姜夔），蘭芷滿汀洲（賀鑄）」[17]等等。細讀這些詞句可以發現，要做好「屬對」，一定會關聯到協韻、情思聯續等其他問題，所以徐士俊所謂的「六難」事實上是不可分割的。這「六難」在詞藝精湛的清中期詞人看來並不算難，倒是沈雄所加的第七難——打成一片——更為他們所看重。所謂「打成一片」，清初詞人沒有作出闡釋，而清中期的詞人則明確規定，就是要在「段落過接頓挫之處，妙於自然，如天衣無縫」，[18]最終讓集眾言而成的集句詞達到「語如己出」[19]的效果。顯然，這是在前「六難」基礎上的一種融合與升華。試看徐鳴珂的一首〈水龍吟〉：

> 春寒勒住花梢（周紫芝），小闌干外東風軟（秦觀）。層層離恨（蔣捷），懨懨睡起（賀鑄），朱簾不捲（李持正）。燕子來遲（吳元可），海棠零落（歐陽炯），紫簫吟斷（張輯）。記南城錦徑（蔡伸），芹泥雨潤（史達祖），停寶馬（無名氏）、嬉游慣（柳永）。　　還是鳳樓人遠（李甲）。可憐宵、畫堂春半（賀鑄）。豔妝初試

16　清・徐鳴珂：〈浣溪沙〉，《研北花南合璧詞》，道光刻本。

17　清・沈傳桂：〈水調歌頭・送孫子和之揚州〉，《霏玉集》，見《清夢庵二白詞》，道光二十五年刻本。

18　清・吳衡照：〈竺崦詩餘序〉，清・張賜采，《竺崦詩餘》，清鈔本。

19　清・程虎炳：〈詞鯖敘〉，清・余煌，《詞鯖》，道光刻本。

（晁沖之），銀屏夢覺（陳允平），翠羞紅倦（許棐）。
寶鴨煙消（張孝祥），玉徽塵積（張埜），這般庭院（辛
棄疾）。向尊前酒底（阮閎），傷心對景（翁孟寅），病
懷渾懶（張翥）。[20]

此詞描寫傳統的傷春懷人題材，從眼前景物寫起，追念往日嬉
游，下闋筆鋒一頓，「還是鳳樓人遠」暗示思念徒勞，於是又將
思緒拉回當下，情思往還間顯得哀感纏綿。雖然全詞在結構與意
象上遵循宋詞套路，但聯絡自然，轉換無痕，若將各句原來作者
隱去，看不出這是集晚唐、宋、元二十餘位詞人之句而成的集句
詞。當時人盛讚徐鳴珂「玲瓏心比金針孔，百斛珍珠一線收」，
[21]「別有針神穿彩線，五銖衣上繡春雲」，[22]其實就是在標榜這
種「打成一片」的集句能力和「語如己出」的藝術效果。

　　從上述七條藝術標準來看，在集句詞的創作過程中，藝術形
式被置於了突出地位；但若沒有內容與情感的支撐，這些集句詞
還是只會被人視為爭奇鬥巧的文字遊戲。而清代中期的集句詞之
所以能有新的進境，不僅因為藝術形式上的巧思綺合，還在於對
內容題材與內心情感的挖掘。先前朱彝尊曾對集句詞的內容題材
做過一次開拓，傷春、惜別、詠物、紀遊乃至於題畫，無不入
《蕃錦集》中，致使集句詞在遊戲功能以外又承擔起了抒情功能

20　清・徐鳴珂：〈研北花南合璧詞〉，道光刻本。

21　清・仲振猷：〈研北花南合璧詞題詞〉，清・徐鳴珂，《研北花南合璧
　　詞》，道光刻本。

22　清・繆承鈞：〈研北花南合璧詞題詞〉，清・徐鳴珂，《研北花南合璧
　　詞》，道光刻本。

與紀事功能。清代中期的集句詞在此基礎上又有增益。像江昉專集張炎詞句為一帙，其中有寄友懷人、遣興憶舊、寫景詠物、紀事代答，還有題人詞集、談詞論藝，甚至還用集句的方式來作賀詞與請柬。再如張賜采在集句詞中詠石刻、詠古磚、詠古墓、贈歌者、與友人論棋、請友人校正詞稿[23]等等，這些內容都是以前集句詞中所未見過的。所以金兆燕在給江昉作序時稱其「語惟仍舊」卻「意必標新」，[24]正是指出了以《集山中白雲詞句》為代表的這一時期的集句詞在內容題材上的標新與開拓。

再看江西婺源的余煌，屢屢借古人詩句來抒發自己淡泊世事的情懷，試讀其〈沁園春〉：

> 四海中間（姚勉），世路無窮（蘇軾），長亭短亭（戴復古）。笑書生骨相（高啟），塵埃潦倒（桑悅），天涯羈旅（盧祖皋），胸次崢嶸（黃庭堅）。富貴他年（辛棄疾），乾坤未老（文天祥），獨倚東風無限情（葛長庚）。休休也（劉克莊），問從前那個（劉鎮），老去功名（曾覿）。　　世家閉戶先生（陳繼儒）。渾不要、黃金遺滿籝（姚勉）。且追尋觴詠（趙師俠），茶香酒熟（王學文），縱橫遊戲（張埜），水秀山明（周邦彥）。權典青衫（黃庭堅），閑欹烏帽（陸游），更與殷勤唱渭城（劉禹錫）。人間世（劉過），算能爭幾許（辛棄

---

23 清‧張賜采：《竺嵒詩餘》，清鈔本。

24 清‧金兆燕：〈集山中白雲詞句序〉，嘉慶九年《練溪漁唱‧集山中白雲詞句》合刻本。

疾），風月逢迎（謝懋）。[25]

曹廷基在給《詞鯖》撰寫的題辭中有「功名念，多時息。身世事，憑誰述。借他人辭藻，自寫胸臆」[26]云云，正是指出了余氏集句詞在自抒胸臆上的特點。當集句詞不再僅僅用於調笑遊戲，而是可以「聚萬有不齊之口吻，抒百端交集之心胸」[27]時，說明它在抒情功能上已與「原創」詞沒有太大差別了。抒情功能的提升與內容題材的拓展，正是集句這種形式能在清代中期的詞壇上得以蓬勃發展、超越前人的重要原因。

　　總之，唐詩宋詞中的成句在清中期詞人們的手中就像魔方一樣，變化無窮而渾然一體，語雖惟舊卻意必標新。所以無論在語言藝術層面還是情感主題層面，清代中期的集句詞都較宋代與清初大為提升。當集句這種「有意味的形式」被清代中期的詞人們注入了情感內涵以後，這時的集句詞自然要在集句藝術史與清代詞史上佔據一席之地了。

二、集句詞在清代中期蓬勃發展之原因

　　值得追問的是，集句詞為何會在清代中期蓬勃發展，達到高峰，而不是在百家騰躍的清初詞壇？這就需要我們對個中原因作出剖析。

25　清·余煌：〈沁園春〉，《詞鯖》，道光刻本。

26　清·曹廷基：〈滿江紅·詞鯖題辭〉，清·余煌，《詞鯖》，道光刻本。

27　清·程虎炳：〈詞鯖敘〉，清·余煌，《詞鯖》，道光刻本。

　　首先，清代中期的詞人們在以集句詞來滿足展現才學、與人爭勝之心理的同時，大大提升了集句詞的創作數量和藝術層次。如果說，向來被視為「小道末技」而不為統治者所重視的詞體在清初被人們充分用作吟寫心聲的重要體裁，從而奠定了清初詞壇蓬勃發展之基礎，那麼在皇權穩固、經學昌盛、注重博學的清代中期，詞壇發展的重要動力卻是人們想藉詞體的重規疊矩來展現自己的才華與淹博。當時人們普遍認為：「詞調六百六十，體凡千一百八十有奇，一調有一調之章程，一體有一體之變化，作法既殊，音響亦異，殆難於詩遠矣。」[28]既然填詞難於作詩，便可借填詞來逞才氣、銳思力，這是許多人於詩歌之外染指填詞的重要原因；但當有太多人都想藉詞體來展現才華，這時就需要給詞體創作增加難度。而集句詞的創作不僅要符合詞體的種種格律要求，還必須借他人辭藻來自寫胸臆而又不露痕跡，這就要求作者在講求繁複的聲律之外還須具備廣博的腹笥以及裁雲縫月般的藝術能力。所以集句詞非常適合被用作衡量才情與學識之高下的標杆。張曜孫在給顧文彬的集句詞集《百衲琴言》作序時指出：「苟非沈思邃慮，熟復諸家，融於心而注於手，能若是之適然無間乎？以此歎文心之變不可勝窮，而作者工力之深純，於一端可見全體。後有作者，其能繼此而爭勝乎？吾恐並世才人，感謝未能矣。」[29]通過集句詞這一標杆不僅能衡量出詞人「工力之深純」，更能讓「並世才人」與後之作者都不敢與之爭勝，這正是

28　清‧吳允嘉：〈樊榭山房集‧集外詞題辭〉，清‧厲鶚，《樊榭山房集》，《四部叢刊》本。

29　清‧張曜孫：〈百衲琴言序〉，清‧顧文彬，《百衲琴言》，光緒十年刻本。

像顧文彬這樣的著名文人熱衷於集句詞創作的真實心聲。這種創作動機很大程度上也推動清代中期的詞壇上形成「以才學為詞」的風尚。另一方面，面對清初詞壇的繁榮鼎盛，詞人們難免有所焦慮；然而前代作家的影響和壓力往往會刺激當下作者的競爭與創新，所以清代中期集句詞的興盛也是當時人們要與清初詞人相競逐的結果。清初以集唐為主，清中期詞人則將唐、宋、金、元、明都集入詞中，至於集六朝古詩、明人傳奇以及〈蘭亭序〉[30]等為詞，更是為了一展腹笥與技藝。毛大瀛稱陳朗的《六銖詞》「集古詩為之，較竹垞集唐，尤為因難見巧」，[31]道出了當時詞人想在集句詞上「因難見巧」，從而超越前人的爭勝心態。而在清初諸老中，朱彝尊因其《蕃錦集》的巨大影響而成為想被超越的主要對象。「呼起金風亭長，也應俯首斯編」[32]云云，既可從一個側面看到朱彝尊在清代中期詞壇上的影響，也可從中窺見此間詞人想要超越前人的心態及其所作的努力。總之，在顯示才學、炫技爭勝的心態下，清代中期的眾多詞人都藉集句詞來一顯身手，一時間作者趨之若鶩，上至厲鶚這樣的詞壇翹楚，下至許多名不見經傳的詞人，多則數百首，少則一兩首，集句詞的創作至此蔚為大觀，其技術難度與藝術水準也達到了高峰。

其次，清初開始大規模編纂、刊刻前代的文學總集與別集，尤其是對宋元詞集的整理與刊刻，為清代中期集句詞的繁榮發展

---

[30]　清·于宗瑛有：〈沁園春·集蘭亭序，游馬氏園〉，見《來鶴堂詩餘鈔》，嘉慶刻本。

[31]　清·毛大瀛：《戲鷗居詞話》，《詞話叢編》本，頁 1589。

[32]　清·雲離：〈清平樂·蕃錦別譜題辭〉，清·夢雲、珊雲合撰，《夢珊吟館蕃錦別譜》，道光十二年刻本。

奠定了堅實的文獻基礎。從前文可知，集句詞的創作乃是集眾腋而成新裘、縫彩雲而成新衣，所以被集對象的數量與品質會直接影響到集句詞的創作情況。從理論上講，燦若星辰的唐宋詩詞為清代的集句詞創作提供了豐富的語料，而且清人也都認識到唐詩、宋詞各為「一代之興」[33]的藝術價值，但問題是，每個階段的清人所能見到的詩詞文獻數量是不一樣的。清初之所以較多集唐詩為詞而較少集宋詞為詞，很大程度上是由於清初文人所能看到的唐詩數量要遠多於宋詞。明人推崇唐詩，他們所編選的《唐詩品匯》、《唐詩歸》、《唐音統籤》等唐詩總集，於保存唐詩文獻厥有功焉；而像明末毛晉汲古閣所刊《唐人選唐詩》八種以及《唐詩類苑》、《唐詩紀事》等文獻，為唐詩在清初的傳播打下了良好的基礎。至清初詩壇，不管是來自錢謙益、王士禛等著名文士的鼓吹，還是來自以康熙帝為首的統治階層的重視，唐詩文獻的集結與刊刻進入了新的高潮，諸如《唐詩英華》、《唐詩鼓吹補注》、《二馮先生評閱才調集》等有關唐詩的選本、注本、評點本，都是風行當時；而御製《全唐詩》能在短短一年內便完成編纂，也從一個側面說明唐詩文獻在清初的保存狀況較為良好並且已經具備了相當深厚的整理基礎。這為清人集唐詩為詞提供了豐富的文獻資源。但宋詞文獻的傳播情況，清初與清中期就有很大差別了。由於明代詞學中衰，宋代匯本《典雅詞》、長沙坊刻本《百家詞》等宋詞文獻都未見明人翻刻，致使「南宋諸名家詞皆不顯於世，惟《花間》、《草堂》諸集盛行」。[34]雖然

33　清‧顧彩：〈清濤詞序〉，清‧孔傳鋕，《清濤詞》，康熙刻本。

34　清‧王昶：〈明詞綜序〉，清‧王昶編，《明詞綜》，嘉慶七年王氏三泖漁莊刻本。

毛晉翻印了《詞苑英華》和《宋六十名家詞》，但還有不少宋詞名家尤其是南宋詞人的詞集或是失收，或是殘缺，而且毛氏所收詞集往往隨得隨刻，其間疏漏舛駁，屢屢為人詬病。這就使得清初的普通詞人無法見到更多更好的宋元詞集。面對「世之論詞者，惟《草堂》是規，白石、梅溪諸家，或未窺其集，輒高自矜詡」[35]的狀況，朱彝尊、汪森等人對宋元詞集展開了大力搜討與精心校讎，先後推出《詞綜》三十卷初刻本與三十六卷補遺本，共輯宋元詞家四百多家，收詞兩千首以上，大大拓展了當時詞壇的閱讀範圍和審美視域。在此過程中，不少宋元詞集得以重新面世或不斷輯補，像張炎詞集於《玉田詞》外又得數量翻倍的《山中白雲詞》，並經朱彝尊等人的勘定而被附在《浙西六家詞》後整冊刻印，這才會有後來江昉專集《山中白雲詞》而成一峽。清初以《詞綜》為代表的一批詞集整理成果對清中期詞壇的發展產生了深遠的影響，像著名的乾嘉學者淩廷堪便是通過閱讀《詞綜》來學習填詞的。[36]當人們有豐富的詞集文獻可資閱讀時，集句詞的創作自然也會更上一個臺階。例如，清代中期的詞人為了與前人相競逐，必須將集句詞的體制由原先偏重小令來向中、長調作出拓展。原先清初詞人們所青睞的集句小令諸如《浣溪沙》、《菩薩蠻》等，多為五、七言句型，可以非常方便地從唐詩中集取詩句，而現在所用《念奴嬌》、《摸魚兒》等長調，其中有不少三言、四言和六言的句型，卻是唐詩中所不多見的。要

35　清・汪森：〈詞綜序〉，清・朱彝尊、汪森編，《詞綜》（上海：上海古籍出版社，1978 年），頁 1。

36　清・江藩：《國朝漢學師承記》，《漢學師承記》（外二種）（北京：三聯書店，1998 年），卷七「淩廷堪」條，頁 143。

在長調中集填三言、四言和六言的句子，最有效的方法莫過於直接從同調的宋元詞作中去集取相應的詞句，但這必須要有大量的詞集文獻作為支撐。所以集句詞在體制上取得突破乃至於整個集句詞創作的繁榮興盛，只能是在詞集文獻的整理與刊刻已經經過長期積累並已取得斐然成就的清代中期。

第三，清代中期的詞學評論中非常盛行以摘句的方式來寓褒貶、明句法，這也間接推動了集句詞創作的興盛。自魏晉開始，文學作品中經常會出現一些特別精彩的句子，這些佳句逐漸引起了人們的關注，也催生了文學批評意義上的「摘句褒貶」。從唐代開始，一些探討、總結詩歌句法的詩話、詩格著作，也多採用摘句的方式來歸納體式。[37]宋代詞話裡的摘句則往往兼具審美褒貶與指示門徑的雙重性質。例如《詞源》卷下在講到「句法」時，就是摘出蘇軾「似花還似非花，也無人惜從教墜」、史達祖「自憐詩酒瘦，難應接許多春色」等名句為典範，讓讀者在欣賞中自己領會什麼是「平易中有句法」。[38]元人陸輔之更是從當時名家詞中摘出對偶工煉、意遠辭雋之句，在《詞旨》中分列為「屬對」、「警句」、「詞眼」等門類，供人欣賞與學習。這種通過摘句來寓褒貶、明句法的評論方式依然為清代詞學所繼承。尤其是在學術昌盛的清代中期，詞話中充滿考異辨正的氣息，而摘句評論能在審美與句法之外再顯評論者記誦之博，故而較清初更為興盛。像梅溪詞之句法為歷代評論者所激賞，清初詞話往往摘其二三條以為例證，而李調元在《雨村詞話》中摘取梅溪詞句

多達五十餘條，匯為摘句圖，既可資學詞者煉句之借鑒，又可逞雨村先生之腹笥。再如王初桐在《小嫏嬛詞話》中摘列宋詞格高者十數例、吳衡照於《蓮子居詞話》中補《山中白雲詞》之警句十數例……大規模的摘句評論會帶動集句創作的興盛。[39] 除了摘句這種評論思維的引導以外，那些被篩選出來的宋詞佳句還為集句詞的創作貯備了大量可用的材料。像清代中後期的集句詞只要集到梅溪詞，基本不出李調元摘句圖之範圍。所以像雨村先生這樣的摘句行為，其實是給集句詞的創作開啟了方便之門。當填詞者對這些蘊含著漸引、頓入、屬對、層深等煉句之法的宋詞佳句反復吟詠、爛熟於胸時，集句為詞便會自然成為他們在「信手拈來」中實踐宋詞句法的一種創作行為。所以說，清代中期大規模的摘句評論也間接推動了集句詞創作的興盛。

　　由上可見，詞人們想要馳學騁才、與人爭勝的主觀心理，加上詞集文獻成果不斷積累的客觀優勢，再加上大規模摘句評論的間接推動，這些因素共同導致集句詞在清代中期蓬勃發展而凌邁前賢。

三、宋代詞人的被集情況

　　王兆鵬、劉尊明等學者曾經根據宋代詞人在詞話中被品評的

39　參閱張毅：《唐詩接受史》第一章〈唐詩範式的選擇〉中「集唐人句詩與句法之學」的有關論述（北京：人民文學出版社，2012 年）。凌郁之的〈句圖論考〉與宗廷虎的〈我國集句作品源遠流長、具有頑強生命力動因初探〉兩篇論文中也有相關論述，見《文學遺產》2000 年第 5 期與《揚州大學學報》2009 年第 3 期。

次數以及在詞選中被選入篇數等指標，統計出了宋代詞史上的十大詞人，[40]但並未考察宋人在清代集句詞中的生存狀況。然而正如前文所述，宋詞是清代中期的詞人們在集句領域開疆拓土、超越前賢的重要支點，所以我們可以對清代中期涉及宋詞的集句詞作出統計和考察。考慮到統計的典型性與可操作性，本文暫以單獨成卷帙的集句詞為考察對象，主要有王沼的《分秀閣集句詩餘》、徐鳴珂的《研北花南合璧詞》、余煌的《詞鯖》、沈傳桂的《霏玉集》、張鴻卓的《百和詞》、顧文彬的《百衲琴言》、張賜采的《竺峗詩餘》以及殷如梅《綠滿山房集》卷九的「集詞」。這八種集句詞基本上是唐、宋、金、遼、元、明混集，有的還集到了清詞，但都以集宋詞為主體，很好地反映出了各家宋人在清代中期集句詞中所占的比重。而像江昉的《集山中白雲詞句》這樣專集一家宋人的集句詞，由於在資料統計上不具備典型性，所以暫不納入統計範圍。

　　綜合這八種文獻來看，清代中期的詞人們對宋詞非常熟悉，所集宋人非常廣泛，像蘇軾、張炎、周邦彥這樣的名家之作屢屢被集入詞中，自不待言；而像俞克成、朱松這樣只有一兩首作品留存、不大為人所知的宋人，他們的片言隻句也都出現在此間的集句詞中。除去「無名氏」以外，八家集句詞中所集到的宋代詞人數量如下：

---

[40]　參閱王兆鵬、劉尊明：〈歷史的選擇──宋代詞人歷史地位的定量分析〉，《文學遺產》1995 年第 4 期，頁 47-54。

詞集名稱	所集宋人數量	詞集名稱	所集宋人數量
分秀閣集句詩餘	107	百和詞	167
研北花南合璧詞	124	百衲琴言	37
詞鯖	147	竺嵒詩餘	217
霏玉集	88	綠滿山房集	75

其中顧文彬的《百衲琴言》大部分是一首詞便專集一家宋人詞句，如〈南浦・春水，集張子野詞〉、〈綺羅香・春雨，集辛稼軒詞〉，此類集到 27 家宋人；其他還有雜集宋人詞句者，涉及10 家宋人左右，共計 37 家。這種一首詞專集一家宋人的方式導致顧氏集句詞所涉獵的宋人數量要低於其他七家，但從所集宋詞句數的總量來看，《百衲琴言》倒也不在少數。所集宋人數量最多的是張賜采的《竺嵒詩餘》，七十餘首作品集取了兩百餘家宋人的詞句，這已經超出清初朱彝尊等人所能見到的宋代詞人數量。這從一個側面說明了清代中期的宋詞整理、輯佚工作在清初基礎上又有進展，而對前人詞集的不斷整理正是清代詞學得以向縱深發展的重要基礎。同時，「朱竹垞《蕃錦》成編，止取唐而遺宋，蒐羅未廣」[41]云云，也流露出像張賜采這樣的詞人極力在宋詞上展現廣博之態的心理原因——通過廣泛地集取宋人詞句來展現學識，從而超越前賢。這也是從雍乾詞壇以來，詞人們在創作路徑上更偏向「以才學為詞」的重要原因。[42]

　　雖然宋人在清代中期的集句詞中被集面很廣，但被集次數並

---

[41]　清・曹維岳：〈竺嵒詩餘序〉，清・張賜采，《竺嵒詩餘》，清鈔本。

[42]　參閱曹明升：〈雍乾學人群體風貌與清代詞學復興的進境〉，《南京大學學報》2013 年第 5 期，頁 136-147。

不均衡，像俞克成、朱松這樣的宋人純屬被用來逞露腹笥，無法與那些屢屢被集的著名詞人相提並論。在張賜采、顧文彬等人所青睞的宋人之中（即被集次數位列前十），也有像曾覿、謝無逸這樣在今人看來並不算著名的詞人，但總體上還是以蘇軾、張炎、周邦彥這樣赫赫有名的宋代詞人為主。限於篇幅，八家集句詞各自集取率在前十名的宋人不逐一列出；綜合這八十餘位宋人，便可統計出八家集句詞中被集頻率最高的宋代詞人。其中，周邦彥位居榜首，辛棄疾、蘇軾、張炎並列第二，秦觀排在第五，周密、陳允平、史達祖、吳文英並列第六，姜夔、歐陽修、柳永並列第十。這一統計結果基本可以說明清代中期的集句詞對兩宋詞人的接受情況，其中蘊藏的詞史資訊也值得我們玩味。首先，這排在前十名的 12 位宋人，有 5 位是北宋詞人，7 位是南宋詞人，南、北宋詞人比率相差不大。自從清初陳維崧標舉南宋豪放詞與雲間派所標舉的晚唐北宋詞相頡頏開始，「南北宋之爭」便成為清代詞學論爭的一個重要命題。特別是朱彝尊等人為了轉變詞風而極力鼓吹「詞至南宋，始極其工」，[43]此後詞壇便開始以南宋「醇雅」之風為正宗，乃至於出現「家白石而戶梅溪」[44]的狀況。其間雖然不斷有像王時翔這樣的詞人出來反撥，但由於浙西詞派聲勢浩大，所以南宋雅詞一直佔據著康熙後期至乾隆前期的詞壇主導地位。取徑過窄一定會限制詞體藝術的生命力，所以從清代中期開始，後期浙派與其他有識之士都從理論上

---

43 清‧朱彝尊：《詞綜‧發凡》，《詞綜》，頁 10。
44 清‧謝章鋌：《賭棋山莊詞話》，《詞話叢編》本，頁 3458。

對專宗南宋的風尚作出了反思和突破。[45]理論上的突破是否帶動創作上的新變，還得看此間詞壇的具體表現，而雜集各家詞句的集句詞無疑是一個很好的考察視角。5 名北宋詞人、7 名南宋詞人，在被集比率位居前茅的兩宋詞人中，大體持平的分佈狀況可以從一個側面說明，此時的清人在理論與實踐上都已能夠用開放通達、相容並蓄的眼光來對待宋詞、取法宋詞了。這也正是清代中期的詞人們能在清初繁榮昌盛的詞壇盛況之後再獲進境的重要原因。

　　其次，周邦彥位居兩宋詞人被集比率之榜首，主要是因為清真詞「下字、用意，皆有法度」。[46]所謂法度，主要體現在詞人構思佈局時的縝密與鍛煉字句時的工整，以及在運用典故和像「鉤勒」等填詞技法時的有章可循。在崇經重學的清代中期，法度格外受到重視，不僅經史之學重法度，連原先不受重視的填詞小道也講求要「有法度可觀」。[47]詞人講究法度，就像工匠講究規矩。沒有規矩，不成方圓；沒有法度，難得填詞三昧。較之於有如白雲在空、隨風變滅的一類宋詞，講究法度的清真詞更容易被效法，也更容易被集取。這也是集句詩中同樣講究法度的杜詩，其被集比率要高於奔放飄逸的李白詩歌之原因所在。這種結果並不是出於哪家詞派對清真詞的偏嗜，雖然周濟在〈宋四家詞

45　參閱陳昌強：《南北宋之爭與清代詞學的建構》（南京：南京大學文學院博士論文，2011 年）。

46　清・陳廷焯：《白雨齋詞話》，收入孫克強主編：《白雨齋詞話全編》（下）（北京：中華書局，2013 年），頁 1180。

47　清・魏謙升：〈漚塵詩餘跋〉，清・戴敦元，《漚塵詩餘》，道光刻本。

選目錄序論〉中盛讚周邦彥為詞家之「集大成者也」，並將其尊奉在「問塗碧山，歷夢窗、稼軒，以還清真之渾化」[48]的終極高位，但這是在道光十二年年底時提出的，無法對之前的詞壇選擇產生影響。而在《宋四家詞選》之前或與之大約同時代的諸如《宋七家詞選》、《蓼園詞選》、《續詞選》以及《天籟軒詞譜》等詞選和詞律書中，清真詞的入選比率都很高，有的也是名列第一，這說明周邦彥位居兩宋詞人被集比率之榜首並非偶然現象，而是清代中期詞壇重視填詞法度之風尚的一種折射。周濟抬尊周邦彥也是順應了這股詞壇潮流，為常州詞派樹立起了詞法典範，指明了學詞門徑。當然，周濟的聰明之處還在於看到了清真詞在講求法度時所產生的那種精微拗澀、深幽要眇的特殊美感，從而將對「比興寄託」的闡釋從政治化、經學化的路徑改為與詞體自身的藝術特質相結合。此間集句詞以清真詞句被集最多，或可從一個側面說明，不管理論家如何闡釋宋人之詞，多數清人對宋詞的接受首先還是從字法、句法、格律等詞體的基本章法來入手；換言之，講求法度、以思力安排見勝的作品，由於後人在摹習與遊戲時具有可操作性，所以會在傳播上具有一種規則優勢。

　　第三，姜夔和張炎在清代中期集句詞中的被集比率很不一樣，張炎與蘇軾、辛棄疾同列第二，姜夔則與歐陽修、柳永並列第十；而在所謂的「十大詞人」排行榜中，姜夔位列第三，張炎排在第十一位，[49]與在集句詞中的排名幾乎完全顛倒。自從浙西詞派高揚南宋大旗，姜、張一直是被作為並列的典範加以膜拜

---

[48]　清‧周濟：〈宋四家詞選目錄序論〉，《詞話叢編》本，頁 1643。

[49]　王兆鵬、劉尊明：〈歷史的選擇：宋代詞人歷史地位的定量分析〉，《文學遺產》1995 年第 4 期，頁 50。

的，姜前張後的順序讓人感覺應該是以姜夔為主，張炎為輔，但
其實從朱彝尊開始就在創作中存在著近張遠姜的現象。「不師秦
七，不師黃九，倚新聲、玉田差近」[50]的夫子心聲代表了當時朱
彝尊、沈皞日、沈岸登等一批浙派詞人的取法傾向。[51]直至厲
鶚，才真正繼承了白石詞幽韻冷香的詞風與意境，雖然詞壇予以
了極高的評價，但在實際創作層面的回應卻並不明顯。[52]究其原
因，姜夔所代表的是一種「雅」的精神，其詞中的襟懷與意度，
沒有一定的生活經歷與學養積累是無法簡單模仿的。張炎雖然標
舉「清空」這一理論要旨，但《詞源》裡還有「句法」、「字
面」、「虛字」等填詞要領予以解說，玉田詞又現身說法，予人
階梯，所以周濟所云「（玉田）只在字句上著功夫，不肯換意。
若其用意佳者，即字字珠輝玉映，不可指摘。近人喜學玉田，亦
為修飾字句易，換意難」，[53]倒是從創作的角度指出了「玉田近
人所最尊奉」的原因。但清幽高雅的姜白石作為號召文人詞客的
精神領袖，其詞史地位是不可動搖的，所以在以宣揚理論為要旨
的詞選、詞話中，姜夔的出現幾率要高於張炎；而在以學習宋詞
句法與格律為要務的集句詞中，玉田詞的被集比率要高於白石
詞。

　　事實上，我們還可對清代中期的集句詞做進一步的統計與考

---

[50]　清・朱彝尊：〈解珮令・自題詞集〉，《曝書亭集》卷二十五，文淵閣
　　　《四庫全書》本。

[51]　參閱嚴迪昌：《清詞史》，頁 281-285。

[52]　參閱張宏生：〈浙西別調與白石新聲〉，《清詞探微》（上海：上海古
　　　籍出版社，2008 年），頁 279-300。

[53]　清・周濟：〈介存齋論詞雜著〉，《詞話叢編》本，頁 1635。

察，例如哪些宋詞篇目被集最多（甚至可以統計出哪些詞句被集最多），哪些詞調最為集句詞的創作所偏愛，這些結果背後的各種原因與詞史意義都值得玩味與剖析。限於篇幅，本文暫不展開。

四、集曲為詞與詞曲之辨

在清代中期的集句詞中，陳鍾祥的《集牡丹亭詞》一卷比較特別。陳鍾祥字息凡，自號亭山山人，浙江山陰（今紹興市）人，道光十一年（1831）舉人，其所撰《香草詞》在當時頗有影響，莫友芝、黃彭年等人皆為作序。《集牡丹亭詞》一卷，是陳鍾祥將《牡丹亭》戲文集為〈換巢鸞鳳〉、〈水調歌頭〉等八首長調，附於《香草詞》後。雖然清人集小說、戲文入詞，自清初就有，像朱襄在集句詞〈憶秦娥〉中所集「心邇身遐」一句以及〈魚游春水〉中所集「愁緒縈絲」一句，都注明是崔鶯鶯語，[54]其實是將元稹《鶯鶯傳》中語句集入詞中；但像陳鍾祥這樣以八首長調專集一部劇曲而成一卷者，在詞史上還是第一次出現。我們可以讀其第一首，調寄〈換巢鸞鳳〉：

> 偶爾來前。你如花美眷，似水流年。去小庭深院，在幽閨
> 自憐。春心無處不飛懸。小立在垂垂花樹邊。閒凝盼，人
> 心上、有啼紅怨。　　靦覥。遊賞倦。意軟鬟偏，紗窗睡

---

54 清‧朱襄：《織字軒詞》，收入《全清詞‧順康卷》（十六）（北京：中華書局，2002 年），頁 9234、頁 9235。

不便。雲霞翠軒，煙絲醉軟，和春光暗流轉。良辰美景奈
何天，賞心樂事誰家院。錦屏人，忒看的、這韶光賤。

此詞主要集自《牡丹亭》中「驚夢」與「尋夢」兩齣唱詞。「你
如花美眷，似水流年」、「良辰美景奈何天，賞心樂事誰家院」
等唱詞都是膾炙人口的名句，現被集入詞中，倒是有一種別致的
情韻；除了最後一句「錦屏人，忒看的、這韶光賤」曲味較重
外，其他還都算妥帖，沒有明顯的不協調。所以當時人對這一卷
《集牡丹亭詞》給予了「妙如天衣無縫而情韻俱絕，的是奇構」
[55]的高度評價。如果將這種集曲為詞的現象置於清代詞壇高呼
「詞曲之辨」的理論背景下來考察，則別有意味。

　　陳鍾祥集《牡丹亭》為詞，一方面可見《牡丹亭》在清代傳
播之廣、影響之大，另一方面可以看出清代中期的文人對待集句
詞的另一種態度。雖然前文指出，當時像余煌等人創作集句詞都
是借他人辭藻來自抒胸臆，集句詞的抒情功能得到了很大提升，
但是，集句詞與生俱來的遊戲功能並未完全消歇，陳鍾祥集曲為
詞便帶有明顯的遊戲心態，其自跋云：「玉茗堂四夢傳奇膾炙人
口，《牡丹亭》尤極幽豔。舟中無事，偶檢原曲句，依譜集成慢
詞八闋。雖遊戲之作，而一時興到，或亦偶得之耶。」[56]陳氏明
言，這八首集曲詞乃「舟中無事」用來消磨時間的「遊戲之
作」。雖然文學的遊戲功能可以讓人得到輕鬆、歡樂乃至於解
脫，但在尊體成風的清代詞壇，詞體的遊戲功能是諱言不談的，

---

[55]　清・王少鶴：〈集牡丹亭詞評〉，清・陳鍾祥，《香草詞》卷首，咸豐
　　刻本。

[56]　清・陳鍾祥：〈集牡丹亭詞跋〉，《香草詞》後附，咸豐刻本。

所以集句詞明明帶有鮮明的遊戲色彩——清人所謂的「因難見巧」，其實就是由集句詞的遊戲功能所生發出來的審美效應——但眾人只強調其行文之難而不談其遊戲之樂。理論上可以回避不談，但集句詞的遊戲性質卻是客觀存在，所以陳鍾祥才會不顧詞曲之防而大膽地將曲文集入詞中。考慮到前人向來強調「文章本天成，妙手偶得之」，[57]則陳氏所云「雖遊戲之作，而一時興到，或亦偶得之耶」，顯然還流露著對這種「遊戲之作」的珍愛與自得。由此可見，清代中期的集句詞是抒情功能與遊戲功能兼重並存。兩種功能間的張力，使得集句詞在當時詞壇的地位有些微妙。一方面，集句詞在抒情寫性方面的突破性表現確實提升了自身地位，嘉慶間王初桐在《小嫏嬛詞話》裡指出詞中「狡獪伎倆，大雅弗尚」[58]者乃獨木橋體、隱括體與回文體，並不包括集句詞，說明其地位要高於前三者；另一方面，像《集牡丹亭詞》這樣集曲為詞的遊戲化表現，使得集句詞總被詞壇視為「雕蟲小技」，至多稱為「神技」，卻始終無法由「技」入「道」。然而誠如古語所云「觀人於揖讓，不若觀人於遊戲」，詞人們介於抒情和遊戲之間的創作心態及評論態度，其實更能體現他們對於集句詞的真實態度。這種在兩種功能的張力間來回搖擺的矛盾心態又何嘗不是清人對待整個詞體的真實態度呢？

我們放寬眼界會發現，很多清人都將《牡丹亭》中的成句用入詞中，最典型的要屬蒲松齡在〈畫錦堂・秋興〉下闋中所云：「月白風清如此夜，良辰美景奈何天。無人處，只對蟾蜍清影，

---

57 宋・陸游：《劍南詩稿》卷八十三，文淵閣《四庫全書》本。

58 清・王初桐：《小嫏嬛詞話》，收入屈興國編：《詞話叢編二編》（杭州：浙江古籍出版社，2013 年），頁 1009。

盡意纏綿。」[59]這種「引曲入詞」的創作現象一直存在於清代詞壇，而陳鍾祥的《集牡丹亭詞》則是這種現象的一種極致表現──由「引曲入詞」擴展到了「集曲為詞」。這種現象令我們不得不對清代詞壇的「詞曲之辨」作出新的思考。所謂「詞曲之辨」，即要嚴辨詞、曲之界，各守本色，其提出的理論背景是清初詞壇普遍認為明詞之不振，很大程度上是因為詞曲相溷。這種理論的預設前提是認為詞體地位要高於曲體，而高體位的詞體可以向低體位的曲體滲透，反之則不行。[60]這種以文體品味觀為基礎的「詞曲之辨」在理論上完全行得通，也非常契合尊體運動的需要，所以有關「詞與詩、曲，界限甚分」、[61]「（詞）上不可似詩，下不可似曲」[62]的論調在清代詞壇不絕於耳。但問題是詞與詩的界限還好界定，而與曲的界限分割，在實際操作中缺乏明確的標準。像王士禛所謂「無可奈何花落去，似曾相識燕歸來，定非香奩詩；良辰美景奈何天，賞心樂事誰家院，定非《草堂》詞」，[63]那也只是從語體風格上來作詞曲之辨。但如何區分語體風格的雅俗，往往具有很大的主觀性，所以很難在實際創作中將詞與曲作絕緣化處理。而且詞曲與詩文相比，同處卑位，詩文中的語句可以很自然地流入曲中，像被王士禛立為曲體風格之代表的「良辰美景」、「賞心樂事」云云，其實是出自謝靈運的〈擬

59　《全清詞‧順康卷》（四），頁 7986。

60　參閱蔣寅：〈中國古代文體互參中「以高行卑」的體位定勢〉，《中國社會科學》2008 年第 5 期，頁 149-167。

61　清‧董文友：《蓉渡詞話》，《詞話叢編二編》本，頁 568。

62　清‧沈謙：《填詞雜說》，《詞話叢編》本，頁 629。

63　清‧王士禛：《花草蒙拾》，《詞話叢編》本，頁 686。

魏太子鄴中集詩序〉：「天下良辰、美景、賞心、樂事，四者難並。」[64]既然源於詩序，詞中當然也能用得，所以蒲松齡、陳鍾祥他們在用這些曲句入詞時，沒有任何心理障礙。另外，有些清人認為詞曲同源，在觀念上並不排斥詞曲間的互動。田同之嘗云：「詞與曲判然不同乎？非也。不同者，口吻；而無不同者，諧聲也。究之近日填詞者，固屬模糊。而傳奇之作家，亦豈盡免齟齬哉。」[65]田同之所謂的「固屬模糊」，其實是指出了當時填詞者與戲曲家在實際創作中處理詞曲關係的方式，這與理論上旗幟鮮明的「詞曲之辨」存在著一定的差別。這樣我們就可以理解，陳鍾祥集曲為詞的行為看似違背了詞曲間的尊卑之道，卻為何並未受到當時詞壇的詬病；而且《集牡丹亭詞》並非絕響，其後還出現了署名「悔叟蘭樵甫」的《西廂詞集》，[66]全是集《西廂記》中語句成詞，堪與《集牡丹亭詞》並稱集曲詞中之雙璧。從蒲松齡等人的「引曲入詞」到陳鍾祥等人的「集曲為詞」，清代詞壇上以曲入詞的現象屢見不鮮，說明詞曲間的實際關係遠要比理論上的「詞曲之辨」來得複雜，只不過後人在建構文學史時有意無意地淡化了詞曲間的互動現象。當然，「詞曲之辨」作為清代詞壇的重要理論命題自有其存在的合理性與迫切性，但操作

64　東晉—南朝宋‧謝靈運撰、黃節注：《謝康樂詩注》（北京：人民文學出版社，1958 年），卷四，頁 98。

65　清‧田同之：《西圃詞說》，《詞話叢編》本，頁 1472。

66　清‧悔叟蘭樵甫：《西廂詞集》二卷，有萬雨生、錢振、談理等十數人為之撰寫序跋與題詞，今存光緒刻本與溫州新甌印刷公司鉛印本。

標準的模糊性致使這一命題的周延性還有待深入討論。[67]《集牡丹亭詞》的一個重要意義就在於提示我們，理論與創作並不一定總是完全合拍，詞史現象的繁複多姿要遠遠超過理論上的任何預設。

五、詞史意義

　　清代中期的集句詞以自身特有的藝術形式與審美特質以及在情感、主題方面所作出的開拓，成為當時詞壇不容忽視的一種創作現象。若將其置於整個清詞史中來作考量，此間集句詞的意義值得我們深入總結。

　　首先，清代中期的詞人們在注重屬對、協韻、不失粘等基本手法的基礎上，進一步追求「語如己出」這樣渾然一體的集句效果，有助於豐富清詞的藝術表現形式。我們一般比較講求文學形式要與內容緊密相關，展現一種「合目的」的形式美；事實上，構成文學形式的字音、節奏、句式、結構等要素本身就是一種「美」的體現，《文心雕龍》中聲律、章句、麗辭、誇飾、練字等條目便是在闡釋文學形式之美的理論內蘊。而集句詞無疑是將這種形式美置於首要地位的。作者將唐詩宋詞中的成句重新組合，在符合詞體格律、聲韻、章法等藝術規範的前提下構成一個新的整體，產生一種出人意外的「陌生化」效果，從而激發出讀者強烈的閱讀興趣。這種裁雲縫月、編珠綴玉般的藝術效果在清

67　張宏生：〈詞與曲的分與合——以明清之際詞壇與〈牡丹亭〉的關係為例〉，《武漢大學學報》2011 年第 1 期，頁 51-59。

詞創作中可謂別開生面、自成機杼，使清代詞體在清空醇雅、比興寄託之外再具新的美學情蘊。同時，清代中期的集句詞又能借他人辭藻來自寫胸臆，使得自身的抒情功能得到提升，題材、內容也得以拓展，這在整個集句藝術史上具有特別的意義。原本宋人的集句詩詞多用於調笑與雅謔，文天祥的《集杜詩》雖有忠君愛國之心，但就集句藝術而言，並不高妙；[68]能在高妙的集句藝術中注入自己的情感，使其上升為一種「雅訓」[69]者，當屬清代中期的這些詞人們。所以無論從清詞藝術史的角度還是從集句發展史的角度，清代中期的集句詞都有不容忽視的重要意義。

其次，集句詞的創作不僅有助於清代中期的詞人們有效吸收前人詞作中的優秀藝術成分，還推動清代詞體從詩、曲等其他藝術體裁中吸取營養來發展自己。清人學習填詞一般都是從閱讀前人的優秀作品入門，所謂「學填詞，先學讀詞，抑揚頓挫，心領神會。日久，胸次鬱勃，信手拈來，自然豐神諧鬯矣」。[70]集句詞的創作尤其需要對前人作品的好處爛熟於心，在此基礎上才能排珠作字、組織成詞，其實這就是一個將前人詞作中的優秀藝術成分加以吸收和運用的過程。除此以外，清代中期的詞人們還集詩、曲為詞，這種創作行為有助於突破詞體風格的凝固化，為清詞創作引入新的活力。通常情況下，一種文體會有一種風格特徵，但是當它與別的文體交叉貫通時，便會刺激風格的變異，從

68　吳承學：〈集句論〉，《文學遺產》1993 年第 4 期，頁 12-20。

69　清・李慈銘：〈醉盦詞別集跋〉：「人或視為鬥巧，不知此所謂雅訓也。」清・王繼香，《醉盦詞別集》二卷，清稿本。

70　清・況周頤：《蕙風詞話》，收入孫克強輯考，《蕙風詞話・廣蕙風詞話》（鄭州：中州古籍出版社，2003 年），頁 9。

而產生特殊的藝術價值。集詩、曲為詞，本質上就是一種帶有創造性的「破體」行為，會在一定程度上刺激清詞風格的多元化發展。但是，不管是集詩為詞還是集曲為詞，清人又能將風格的變異控制在詞體婉約要眇的本采之內。方錫綸就曾指出余煌的集句詞是「宛轉含奇思」，[71]也就是說，雖有創造性的「奇思」，卻依然是「宛轉」地表達，沒有失去詞體之本采。清代中期的集句詞將詞體與詩、曲貫通，讓不同體裁的風格與表現手法「契會相參，節文互雜」，卻又能「以本采為地」，[72]使清詞創作能在吸收其他藝術體裁的營養以後達到一種高妙的境界。

　　第三，清代中期集句詞的興盛有助於前代詩詞與清代前期作品的傳播與接受，同時也有助於推進一些詩（詞）人在清代的經典化建構過程。前文曾統計宋代詞人在清代中期集句詞中的接受情況，8 種文獻所集宋人平均在 120 家以上，像俞克成、朱松這樣只有一兩首作品留存下來的宋人，一般詞選都不大會去關注，若非在集句詞中看到他們的片言隻句，很多人恐怕都不知道宋詞史上有過這樣的作者。而周邦彥、辛棄疾、張炎等著名詞人則以頻繁被集而進一步彰顯其在章法、句法、格律等方面的典範意義，從而在創作層面上夯實了他們的經典化基礎。值得一提的是殷如梅《綠滿山房集》所附的一卷〈集詞〉，集取了近 100 家本朝文人的詞作，規模與所集宋人相當。其中既有像朱彝尊、陳維崧、顧貞觀這樣著名的清初詞人，也有像沈樹榮、顧有孝、趙進

71　清・方錫綸：〈百字令・詞鯖題辭〉，清・余煌，《詞鯖》，道光刻本。

72　南朝齊・劉勰撰：《文心雕龍》，見范文瀾注：《文心雕龍注》（北京：人民文學出版社，1958 年），卷六，頁 530。

美這樣不大為人熟知的清代詞人，而朱彝尊的被集次數則高居第一。清人一般不大用本朝人的作品來展露腹笥，像殷如梅這樣大量地集本朝作品為詞，其實是當時盛行的「詞學肇於唐，盛於五季，極於宋，衰於元，絕於明，而復振於我朝」[73]的思想在集句領域內的體現。出於對本朝填詞藝術的高度自信，清代中期的詞人們開始對清初的著名詞人進行經典化的建構，殷如梅大量集取朱彝尊的作品入詞，就是一種非常有效的建構方式。這種方式不僅能夠體現被集者在句法與格律上的典範性，還能通過「爭價一句之奇」[74]的名句效應來讓被集之句深入人心。所以，集句應該與追和、步韻等創作方式一樣，既是清代中期詞壇對於前人作品的一種接受方式，同時也是建構其經典地位的有效方式。

　　第四，集句詞的興盛可以豐富詞人們的創作趣味，有助於保持詞壇生態的多樣性。詞體在誕生之初就是被用來娛賓遣興的，在後來的發展過程中不斷被賦予抒情言志等功能，尤其是在清代中期逐漸興起的常州詞派，極力主張用小詞來寫「賢人君子幽約怨悱不能自言之情」，[75]強調詞體「平矜釋躁、懲忿窒欲、敦薄寬鄙」[76]的教化功能。這在無形中大大削弱了詞體與生俱來的娛樂功能，同時也有使詞壇生態趨向單一的危險。雖然常派理論的提出有著時代的合理性與必然性，但詞人們除了抒發感士不遇、

---

[73]　清‧王初桐：〈西濠漁笛譜序〉，清‧徐喬林：《西濠漁笛譜》，嘉慶刻本。

[74]　南朝齊‧劉勰撰《文心雕龍》，見范文瀾注：《文心雕龍注》，卷二，頁 67。

[75]　清‧張惠言：〈詞選序〉，《詞話叢編》本，頁 1617。

[76]　清‧周濟：〈詞辨自序〉，《詞話叢編》本，頁 1637。

離別懷思等情感以外，還是希望能在填詞中找到一些快樂與消閒的，這是人性的本能需求。集句詞在某種程度上就擔負著這樣的功能。不要說像陳鍾祥那樣非常明顯地借集句詞來遊戲消閒，即便是那些借集句詞來展現才學、欲與前人一較高下的詞人們，何嘗不是想從中得到一種滿足與快樂呢？這種滿足與快樂是在抒發家國之思、講求比興寄託的詞中所難以得到的。而且，集句詞是在對前人作品的玩賞中表現自己的智力和創造，既有趣味，又不低俗，與常州詞派所抨擊的游詞、鄙詞、淫詞有著本質上的不同。所以，清代中期集句詞的興盛其實是對當時詞壇創作傾向單一化的一種反撥，是通過維護詞體的娛樂功能來提升詞人們的創作興味。如果清代中、晚期的詞壇上都是鶴唳風聲的時代之音與功名淹蹇的不平之鳴，而沒有像集句詞這樣可莊可諧、亦雅亦俗的「雜體」存在，那樣單調的詞壇風貌一定是淡乎寡味的。

　　綜上所述，集句詞是一種能夠給人以審美感受的藝術形式，這種「審美感受」既來自於集句詞本身裁雲縫月、敲金戛玉的形式之美，也來自於「聚萬有不齊之口吻，抒百端交集之心胸」的合目的性之美。在清代前期詩詞文獻成果不斷積累的基礎上，在詞體娛樂功能和抒情功能的雙重支撐下，在詩、詞、曲等多種藝術成分的滋養下，清代中期的集句詞得以蓬勃發展、超越前代，並以雅俗複合的特性而為人珍愛，成為當時詞壇不容忽視的創作現象。就像漢代樓護將五侯間的珍膳「合以為鯖」，乃得少有之「奇味」，[77]清代中期的詞人們將前人作品中的詩句、詞句與曲

77　漢‧劉歆撰、晉‧葛洪集，向新陽、劉克任校注：《西京雜記校注》（上海：上海古籍出版社，1991 年），頁 73。

句，用集句的形式加以重新調烹，成為別具風味的「詞鯖」。雖然「詞鯖」裡的原材料並非原創，但它們融合在一起時所產生的新滋味，卻是原來的珍膳之味所不可替代的。如果我們不拘泥於內容與形式之爭，而能用通達的眼光來看待這種「詞鯖」，那就一定可以品出其中的獨特滋味。

本文已發表於《文學遺產》2016 年第 5 期

參考書目

一、傳統文獻

清・謝章鋌：《賭棋山莊詞話》，收入唐圭璋編：《詞話叢編》，北京：
　　中華書局，1986 年。

清・沈雄：《古今詞話》，《詞話叢編》本。

清・毛大瀛：《戲鷗居詞話》，《詞話叢編》本。

宋・張炎：《詞源》，《詞話叢編》本。

清・周濟：〈宋四家詞選目錄序論〉，《詞話叢編》本。

清・周濟：〈介存齋論詞雜著〉，《詞話叢編》本。

清・王士禎：《花草蒙拾》，《詞話叢編》本。

清・田同之：《西圃詞說》，《詞話叢編》本。

清・張惠言：〈詞選序〉，《詞話叢編》本。

清・周濟：〈詞辨自序〉，《詞話叢編》本。

清・王初桐：《小嫏嬛詞話》，收入屈興國編：《詞話叢編二編》，杭
　　州：浙江古籍出版社，2013 年。

清・董文友：《蓉渡詞話》，《詞話叢編二編》本。

清・顧文彬：《百衲琴言》，光緒十年刻本。

清・張鴻卓：《百和詞》，道光刻本。

清・殷如梅：《綠滿山房集》，清刻本。

清・沈傳桂：《霏玉集》，《清夢庵二白詞》，道光二十五年刻本。

清・徐鳴珂：《研北花南合璧詞》，道光刻本。

清・張賜采：《竺嵒詩餘》，清鈔本。

清・余煌：《詞鯖》，道光刻本。

清・戴敦元：《漚麈詩餘》，道光刻本。

清・陳鍾祥：《香草詞》卷首，咸豐刻本。

清・厲鶚：《樊榭山房集》，《四部叢刊》本。

清・夢雲、珊雲合撰：《夢珊吟館蕃錦別譜》，道光十二年刻本。

清・徐喬林：《西濠漁笛譜》，嘉慶刻本。

清‧王昶編：《明詞綜》，嘉慶七年王氏三泖漁莊刻本。

清‧朱彝尊、汪森編：《詞綜》，上海：上海古籍出版社，1978 年。

清‧朱襄：《織字軒詞》，收入南京大學中文系《全清詞》編纂研究室編，《全清詞‧順康卷》，北京：中華書局，2002 年。

清‧江藩：《國朝漢學師承記》，《漢學師承記》（外二種），北京：三聯書店，1998 年。

清‧陳廷焯：《白雨齋詞話》，收入孫克強主編：《白雨齋詞話全編》，北京：中華書局，2013 年。

東晉－南朝宋‧謝靈運撰、黃節注：《謝康樂詩注》，北京：人民文學出版社，1958 年。

南朝齊‧劉勰撰：《文心雕龍》，見范文瀾注：《文心雕龍注》，北京：人民文學出版社，1958 年。

漢‧劉歆撰、晉‧葛洪集，向新陽、劉克任校注：《西京雜記校注》，上海：上海古籍出版社，1991 年。

二、近人論著

嚴迪昌：《清詞史》，南京：江蘇古籍出版社，1999 年。

張伯偉：《中國古代文學批評方法研究》，北京：中華書局，2002 年。

王兆鵬、劉尊明：〈歷史的選擇——宋代詞人歷史地位的定量分析〉，《文學遺產》1995 年第 4 期，頁 47-54。

張宏生：《清詞探微》，上海：上海古籍出版社，2008 年。

張宏生：〈詞與曲的分與合——以明清之際詞壇與〈牡丹亭〉的關係為例〉，《武漢大學學報》2011 年第 1 期，頁 51-59。

吳承學：〈集句論〉，《文學遺產》1993 年第 4 期，頁 12-20。

蔣寅：〈中國古代文體互參中「以高行卑」的體位定勢〉，《中國社會科學》2008 年第 5 期，頁 149-167。

曹明升：〈雍乾學人群體風貌與清代詞學復興的進境〉，《南京大學學報》2013 年第 5 期，頁 136-147。

國家圖書館出版品預行編目資料

回眸‧凝視：明清文學與文化研究論集

李瑞騰、卓清芬、李宜學主編. – 初版. –
臺北市：臺灣學生，2018.12
面；公分

ISBN 978-957-15-1787-2 (平裝)

1. 明清文學 2. 文學評論 3. 文集

820.906　　　　　　　　　　　　　107021812

回眸‧凝視：明清文學與文化研究論集

主　　　　編	李瑞騰、卓清芬、李宜學
出 版 者	臺灣學生書局有限公司
發 行 人	楊雲龍
發 行 所	臺灣學生書局有限公司
地　　　　址	臺北市和平東路一段 75 巷 11 號
劃 撥 帳 號	00024668
電　　　　話	(02)23928185
傳　　　　眞	(02)23928105
E - m a i l	student.book@msa.hinet.net
網　　　　址	www.studentbook.com.tw
登 記 證 字 號	行政院新聞局局版北市業字第玖捌壹號
定　　　　價	新臺幣七五○元
出 版 日 期	二○一八年十二月初版
I S B N	978-957-15-1787-2

82054